GENEVIEVE GORNICHEC
Sisters in Blood – Der Schwur

GENEVIEVE GORNICHEC

Sisters in Blood
DER SCHWUR

Roman

Übersetzung aus dem Englischen
von Frauke Meier

Lübbe

 Die Bastei Lübbe AG verfolgt eine nachhaltige Buchproduktion. Wir verwenden Papiere aus nachhaltiger Forstwirtschaft und verzichten darauf, Bücher einzeln in Folie zu verpacken. Wir stellen unsere Bücher in Deutschland und Europa (EU) her und arbeiten mit den Druckereien kontinuierlich an einer positiven Ökobilanz.

Titel der amerikanischen Originalausgabe:
»The Weaver and the Witch Queen«

Für die Originalausgabe:
Copyright © 2023 by Genevieve Gorniche
This edition published by arrangement with Ace, an imprint
of Penguin Publishing Group, a division of Penguin
Random House LLC.
Für die deutschsprachige Ausgabe:
Copyright © 2024 by
Bastei Lübbe AG, Schanzenstraße 6–20, 51063 Köln

Vervielfältigungen dieses Werkes für das
Text- und Data-Mining bleiben vorbehalten.

Textredaktion: Dr. Frank Weinreich, Bochum
Umschlaggestaltung: Massimo Peter-Bille
Umschlagmotiv: © Shutterstock: likemuzzy |
Mascha Tace | olgamorozart | Christos Georghiou
Satz: two-up, Düsseldorf
Gesetzt aus der Garamond
Druck und Verarbeitung: GGP Media GmbH, Pößneck

Printed in Germany
ISBN 978-3-7577-0079-9

1 3 5 4 2

Sie finden uns im Internet unter luebbe.de
Bitte beachten Sie auch: lesejury.de

*Für die Freunde, die an unserer Seite schreiten,
und für die, die einen anderen Weg einschlagen*

TEIL I

FRÜHE 900ER-JAHRE
NORWEGEN

1

Zwei kurze Hornstösse hallten über das Wasser. Kaum hörte sie das, ließ Gunnhild Ozurardottir Spindel und Rocken fallen und rannte los, ohne auf die Ermahnungen der Dienstmägde zu achten, mit denen sie unter dem Vordach gesponnen hatte. Die würden sie später schelten, aber das kümmerte sie wenig.

Ihre Freunde mussten jeden Moment eintreffen, und in solchen Augenblicken fiel es ihr schwer, sich um irgendetwas anderes zu scheren.

Gunnhild umrundete die Ecke des Langhauses und lief den Hügel hinauf zu dem Wächter ihres Vaters auf der Ostseite der Insel, der dort auf einer kleinen Plattform stationiert war. Von da aus blickte er, das Rufhorn stets zur Hand, auf die See hinaus.

»Ein Schiff«, rief er den anderen Männern, die sich in der Nähe tummelten, über die Schulter zu. Gunnhild, die mit gerafftem Rock die kurze Leiter zur Plattform hinaufkletterte, bemerkte er gar nicht. »Es ist Ketils!«

Ehe er protestieren konnte, nahm Gunnhild das Horn vom Haken und blies zweimal hinein. Als sie es sinken ließ, hörte sie enttäuschte Kinderstimmen von dem herannahenden Schiff herüberhallen und stieß triumphierend die Faust in die Luft. »Ja!«

»He!«, rief der Mann und entriss ihr das Horn. »Das ist nur für Notfälle!«

»Das ist ein Notfall«, entgegnete Gunnhild feierlich und zeigte auf ein dunkles Gebilde im Wasser. »Sobald sie diesen großen Felsen in der Bucht passiert haben, stoßen sie ins Horn. Und wenn ich nicht antworte, ehe sie anlegen, schulde ich ihnen ein Pfand. Zwei Hornstöße für ›Hallo‹, drei für ›Auf Wiedersehen‹.«

»Bist du nicht ein bisschen zu alt für solche Spiele, Mädchen?«

»Nicht, wenn ich weiß, ich kann gewinnen!« Damit huschte Gunnhild wieder die Leiter hinab und rannte zur Küste. Zurück blieb nur ein kopfschüttelnder Wächter.

Als sie näher kam, konnte sie sehen, wie Ketil und sein Sohn Vestein ihr Schiff an dem klapprigen hölzernen Steg vertäuten. Drei andere Leute verließen das Boot: Keils Frau Yrsa und die beiden Töchter Oddny und Signy, die Gunnhild mehr oder weniger überfallartig in eine Umarmung zog. Seufzend verlagerte Signy gleich darauf das aufgerollte Bettzeug in ihren Armen, wühlte in ihrem Rucksack und reichte ihr eine einzelne Glasperle dar, die Gunnhild ihr triumphierend aus der Hand riss und in die Tasche an ihrem Gürtel stopfte.

Mit ihren zwölf Jahren lag Gunnhild in Bezug auf ihr Alter genau zwischen den beiden Schwestern – Signy war einen Winter älter, Oddny einen Winter jünger –, und die Mädchen bekamen einander außer bei Versammlungen nur selten zu Gesicht, was diesen Tag umso schöner machte.

»Du bist zu schnell«, beklagte sich Signy, als Gunnhild einen Arm um jede ihrer beiden Freundinnen legte und sie den Hang hinauf zur Halle ihres Vaters schob.

»Vielleicht bist du nur nicht schnell genug«, antwortete Gunnhild. »Denn wenn ich euch besuche, gewinne ich immer noch. Ich habe eine ganze Sammlung Trophäen, die das beweisen.«

Oddny schniefte und zupfte an einem der Felle in ihrem Bettzeug herum, die schmalen Schultern hochgezogen, und ihr verkniffenes Gesicht sah noch verbissener aus als sonst. »Vielleicht könnten wir dann und wann gewinnen, wenn Signy ausnahmsweise mal nicht vor sich hin träumen, sondern achtgeben würde.«

»Ach, sei doch still. Ich gebe sehr wohl acht«, sagte Signy

leichthin, aber ihre grünen Augen sprudelten vor Übermut. Das mochte Gunnhild besonders an ihr: Ob es darum ging, Haferplätzchen aus der Küche zu stibitzen oder den Landarbeitern einen gut geplanten Streich zu spielen, Signy war für jeden kleinen Schabernack zu haben, während Oddny sich eher von der wie auch immer gearteten Arbeit, die sie gerade pflichtbewusst erfüllte, zurücklehnen und ihnen tadelnde Blicke zuwerfen würde. Mit Oddny konnte man nicht sehr viel Spaß haben, aber wenigstens petzte sie nicht.

Als sie das Langhaus betraten, sah Gunnhild, dass die Vorbereitungen für Ritual und Fest am Abend schon weit gediehen waren. Nahe dem hohen Stuhl ihres Vaters am hinteren Ende der Festhalle war eine kleine Plattform errichtet worden, auf der die zu Gast weilende Seherin sitzen sollte, damit sie die ganze Menge im Auge behalten konnte, wenn sie den Anwesenden die Zukunft offenbarte. Ihr Platz befand sich gleich unter den hölzernen Statuen von Odin, Thor und Freyr, die über dem vorstehenden Türsturz am Durchgang zu dem Nebenraum, in dem Gunnhilds Familie schlief, emporragten.

So hatte Gunnhild die Halle ihres Vaters noch nie gesehen: brodelnd vor Geschäftigkeit, die Luft voller Spannung und Aufregung. Die bevorstehende Ankunft der Seherin hatte den ganzen Haushalt auf den Kopf gestellt, und Gunnhild war froh, dass sie ihrer Spindel in dem Durcheinander hatte entkommen können.

Eine kniehohe Plattform verlief auf beiden Seiten über die ganze Länge des Saals. Dort konnten die Gäste feiern und anschließend auch schlafen. Bei Tag strömte Licht durch die Löcher im Dach über den beiden zentralen Feuerstellen; in der Nacht würde es im Langhaus düster und verraucht sein, Licht würden dann nur die Herdfeuer und eine Reihe von Feuerschalen spenden, die an Pfosten auf beiden Seiten des lang gezogenen Hauptraums hingen und die Sitzbereiche in verschiedene Abschnitte unterteilten.

»Wo sitzt unsere Familie?«, fragte Oddny, als sie sich der Mitte der Halle näherten.

»Meine Mutter hat die Sitzplätze verteilt«, sagte Gunnhild. »Wir können fragen ...«

Wie aufs Stichwort trat die besagte Frau aus dem Nebenraum, zurechtgemacht mit ihren edelsten Gewandspangen und Perlen und einem hauchdünnen Leinenkopftuch, das sie im Nacken geknotet hatte, und bereit, die Gäste in Empfang zu nehmen. Doch ehe Gunnhild auch nur ein Wort von sich geben konnte, fiel ihre Mutter schon über sie her.

»Was für einen Unfug hast du jetzt wieder getrieben, Gunnhild?«, herrschte Solveig sie an. »Warum spinnst du nicht mit Ulfrun und den anderen? Die sollten dafür sorgen, dass du uns nicht im Weg herumstehst.«

Das haben sie mir nicht erzählt, dachte Gunnhild mit einem Gefühl der Erleichterung, das jedoch von kurzer Dauer war, denn der Gesichtsausdruck ihrer Mutter war beinahe feindselig.

Oddny und Signy drängelten sich zu beiden Seiten etwas näher an Gunnhild heran. Signys Arm spannte sich um den Rücken ihrer Freundin, während Oddny – ein Ausbund an Gehorsam gegenüber elterlicher Autorität – sogar regelrecht erstarrte, als würde sie mit einem tätlichen Angriff rechnen. Solveig würde es nie wagen, ihre Tochter in Gegenwart von Gästen zu schlagen, aber das bedeutete nicht, dass sie das nicht noch täte, sobald sie unter sich waren, und das wussten die beiden Ketilsdottirs. Einen Beweis dafür hatten sie mehr als nur einmal zu sehen bekommen.

»Ich ... ich habe die Hornstöße gehört«, sagte Gunnhild endlich, als ihr die Anwesenheit ihrer Freundinnen genug Kraft gespendet hatte. »Ich wollte doch gewinnen.«

»Nicht schon wieder dieses alberne Spiel«, sagte Solveig in scharfem Ton, ehe sie die Worte des Wächters aufgriff: »Seid ihr Mädchen nicht zu alt dafür?«

»Es ist nur ein Spiel.« Gunnhild reckte das Kinn vor. Während sie und ihre Mutter einander fixierten, blieben Oddny und Signy standhaft an ihrer Seite, bis ihre eigene Mutter den Saal betrat.

»Hallo, Solveig«, sagte Yrsa gekünstelt höflich. »Machen meine Töchter jetzt schon Ärger? Wir sind doch gerade erst angekommen.«

Solveig zwang sich einen gleichermaßen angestrengt wie höflichen Ausdruck ins Gesicht. »Nein, nein. Ich hege nur den Verdacht, dass meine wie stets nichts Gutes im Schilde führt.«

Yrsas Stimme klang eisig, als sie antwortete: »Gunnhild ist gerade zum Anleger gekommen, um uns zum Haus zu begleiten. Was stört dich daran?«

»Ich sehe mich gezwungen, dich, Yrsa, daran zu erinnern, dass du ein Gast in meinem Heim bist«, konterte Solveig hölzern. »Ich entsinne mich nicht, dich um deine Meinung darüber gebeten zu haben, wie ich mit meiner Tochter umzugehen habe.«

»Gewiss.« Yrsa hatte die Augen zusammengekniffen und bedachte sie mit einem nichtssagenden Lächeln. »Ehe wir es uns bequem machen: Gibt es irgendjemanden, der meiner Dienste bedarf?« Gewöhnlich gab es auf Gehöften keinen Mangel an Kranken oder Verwundeten, und Yrsa war eine begabte Heilerin.

»Nicht dass ich wüsste. Bitte, macht es euch bequem.« Solveig deutete zu einem Abschnitt der Plattform, zwei Plätze entfernt vom hohen Stuhl, ehe sie Gunnhild anblickte. »Wasch dich, und mach dich fertig. Sofort!« Sie machte Anstalten davonzusausen, hielt aber noch einmal inne, um ihrer Tochter ins Ohr zu zischen: »Und bring mich heute Abend nicht in Verlegenheit!«

Dann war sie fort, und Gunnhild konnte wieder atmen.

Yrsas scharfe Augen folgten Solveig, als die sich aufmachte, die nächsten Gäste zu begrüßen. »Oddny, Signy – wie wär's, wenn ihr Gunnhild helft, sich fertig zu machen?«

Die Schwestern ließen augenblicklich ihr Bettzeug fallen und huschten zusammen mit Gunnhild in den Nebenraum. Ihre Eltern schliefen in dem Bett auf der rechten Seite, und links, hinter einem Vorhang, standen zwei hölzerne Liegestätten mit dünnen Strohmatratzen.

Früher hatte sich Gunnhild diesen Raum mit ihren Schwestern geteilt, doch da die viel älter waren und längst verheiratet, waren nun Solveigs getreueste Dienstmägde an ihre Stelle getreten. Sie war froh, als sie sah, dass ihre bejahrten Zimmergenossinnen nicht hier waren. Neben den Betten beinhaltete das Inventar nur noch ein paar kleine Truhen, von denen eine Gunnhild gehörte. Sie öffnete sie und legte die Perle, die Signy ihr gegeben hatte, in den kleinen Beutel voller glatter Hüpfsteine, Muscheln und anderer Kleinigkeiten, die sie im Spiel mit den Ketilsdottirs im Lauf der Zeit gewonnen hatte. Dann holte sie einen beinernen Kamm hervor und fing an, ihrem dichten dunkelroten Haar zu Leibe zu rücken.

Gunnhilds Festtagskleid lag bereits säuberlich ausgebreitet auf ihrem Bett: ein Leinenkleid, dessen Stoff nach vielen Jahren der Nutzung weich geworden war. Das Material war ausgebleicht und fadenscheinig, aber in einem edlen Diamantmuster gewebt; außerdem lagen dort zwei mattierte, ovale Gewandspangen mit einer einfachen Perlenschnur. All das hatten ihre älteren Schwestern an Gunnhild weitervererbt.

»Mutter hat bei der Sonnwendfeier, als wir das letzte Mal alle zusammen waren, wieder gefragt, ob sie dich aufnehmen darf«, erzählte Signy, setzte sich auf das Bett, auf dem das Kleid lag, und die Perlen klimperten leise. »Deine Mutter hat abgelehnt.«

»Sie hat gesagt, dafür seist du mittlerweile zu alt.« Oddny setzte sich auf das gegenüberstehende Bett. »Als ob sie nicht schon ewig danach gefragt hätte.«

Gunnhild verzog das Gesicht. Überraschend kam das nicht; sie wusste, für sie gab es keinen Ausweg. Ein-, zweimal hatte sie versucht, wegzulaufen, hatte sich im allgemeinen Tumult einer Festlichkeit davongeschlichen, nachdem sie sich etwas Schmuck aus der Truhe ihrer Eltern beschafft hatte, um für die Reise ... wohin? ... bezahlen zu können. Ja, wohin? Wenn nicht zu Ketils Gehöft – der erste Ort, an dem man nach ihr suchen würde. Wo könnte sie dann hingehen? Jedes Mal war sie mitten in der Nacht zurückgekommen, hatte die Sachen ihrer Eltern zurückgelegt, ihr Zeug wieder ausgepackt und war ins Bett geschlüpft.

Früher hatte sie geglaubt, nichts könne ihr mehr Angst machen als Solveig, aber wie sich herausgestellt hatte, war das Unbekannte noch beängstigender.

»Natürlich hat sie abgelehnt«, entgegnete Gunnhild dumpf. »Sie liebt es, mir einfach alles zu verweigern, was ich mir wünschen könnte. Und zu allem Überfluss hat sie mir untersagt, mir heute Abend mein Schicksal vorhersagen zu lassen.«

Signy war neidisch mit der Hand über den Rautenköperstoff des Schürzenkleids auf dem Bett gefahren, doch nun blickte sie ruckartig auf. »Was meinst du damit, sie hat dir untersagt, dir das Schicksal vorhersagen zu lassen?«

»Meine Mutter hat es so beschlossen.« Und wie stets hatte sie keine andere Erklärung als »Weil ich es sage« geliefert. Ihr Vater hatte sich jedoch nach einigen Gläsern und ausgedehntem Gejammer seiner Tochter etwas zugänglicher gezeigt. »Aber Papa hat später gemeint, es ist, weil mir mein Schicksal schon vorhergesagt wurde, als die letzte Seherin hergekommen ist.«

»Aber da warst du doch erst drei«, bemerkte Oddny stirnrunzelnd. »Das ist nicht fair! Du kannst dich ja unmöglich daran erinnern, was sie gesagt hat.«

»Natürlich nicht.« Gunnhild verschränkte die Arme vor der Brust. »Und niemand will es mir sagen.«

»Ausnahmsweise muss ich Oddny Rabenbraue zustimmen«, sagte Signy, und ihre Schwester schnaubte verärgert, als der Spitzname fiel, den sie der Tatsache verdankte, dass ihre dünnen Augenbrauen von einem viel dunkleren Braun waren als die mausbraunen Haare. »Und wenn du einfach mit uns kommst, sobald unsere Mutter uns nach vorn ruft? Solveig kann dich nicht zwingen, dich wieder hinzusetzen, ohne euch beide in Verlegenheit zu bringen. Die Leute würden eine Erklärung verlangen.«

»Wenn ich ihr nicht gehorche, wird sie mir in diesem Winter das Leben noch schwerer machen als sonst«, wandte Gunnhild bedrückt ein, und keine ihrer Freundinnen widersprach.

Gunnhild flocht ihr Haar zu einem dicken Zopf, schlüpfte in das Kleid und steckte Perlen und Gewandspangen fest. Als sie fertig war, seufzte Signy bewundernd, und Oddny nickte ihr anerkennend zu. Keine der Schwestern besaß Gewandspangen, und beide trugen ausgebleichte Wollkleider – Signy in Rot, Oddny in einem stumpfen Gelbton. Gunnhild wusste, dass Oddny ein abgelegtes Kleid auftrug, denn das jüngere Mädchen hatte ihres in der Taille mit einem dünnen und zu langen Ledergürtel stramm festziehen müssen.

Nichtsdestoweniger waren ihre Kleider sauber und wiesen keine offenkundigen Spuren von Ausbesserungen oder Flickwerk auf, woran Gunnhild erkannte, dass dies vermutlich die besten Stücke ihrer Freundinnen waren; auch die Kleider ihrer Mutter sahen nicht viel besser aus. Und obwohl die Familie so wenig besaß, Yrsa versuchte beharrlich, die misshandelte Tochter ihrer Nachbarn in ihr Zuhause zu holen.

Gunnhild schluckte den Kloß in ihrer Kehle hinunter und setzte sich neben Oddny. »Halten wir uns einfach am Rande, bis das Ritual beginnt.«

»Anderenfalls würde unsere Mutter uns auch bestimmt Arbeit aufbürden«, sagte Signy entrüstet und ließ sich rücklings auf das Bett fallen. »Ich möchte nur einen einzigen Tag erleben, an dem ich nicht zur Spindel greifen muss. Ist das zu viel verlangt?«

»Dass du zur Spindel greifst, heißt ja noch lange nicht, dass du damit auch irgendetwas hinbekommst«, murmelte Oddny leise, und Signy streckte ihr die Zunge heraus.

Um sich zu beschäftigen, beschlossen sie, Oddnys und Signys Zöpfe, die während der Überfahrt vom Wind zerzaust worden waren, neu zu flechten. Als Gunnhild dann schließlich mit Oddnys Doppelzopf fertig war und Oddny mit Signys, hallten bereits immer mehr Stimmen aus dem Saal herüber.

»Ich schätze, wir sollten lieber rausgehen, ehe unsere Mütter nach uns suchen«, sagte Gunnhild und stand auf. Das Ritual sollte bei Anbruch der Abenddämmerung beginnen, und von Sonnenschein war draußen nichts mehr zu sehen; es war beinahe Winter, und die Tage wurden kürzer. Schon bald würde die Sonne kaum noch aufgehen, und sie würde in diesem Saal festsitzen und im Feuerschein weben und nähen, gänzlich unter der Fuchtel ihrer Mutter stehen.

Aber noch war es nicht so weit. Heute hatte sie ihre Freundinnen an ihrer Seite und ihre Zukunft vor sich.

Der Saal war voll, die Feuerschalen entzündet, und die letzte Person, die eintraf, war die Seherin selbst, gen Norden geleitet von König Haralds Steuereintreiber und seinem Gefolge.

Zusammen mit den benachbarten Bauern waren auch jene Freunde, die Gunnhilds Vater unter den Samen hatte, zu diesem Anlass eingeladen worden. Sie hatten sich am hinteren Ende des Saals zusammengefunden, aber Gunnhild sah, dass einige der Frauen die Gruppe verlassen hatten und sich auf Nordisch mit Yrsa unterhielten. Ketil und Ozur hatten sich zu den Samen gesellt, um in deren Sprache mit ihnen zu plaudern, und Gunnhild konnte Ketils donnerndes Gelächter quer durch den Raum hören, als der größte der Männer ihm grinsend auf den Rücken klopfte.

Wenn das Festmahl begann, würde Gunnhild sich zu ihren Eltern setzen müssen, doch vorerst blieb sie bei Signy und Oddny. Alle drei waren zufrieden damit, ihre Väter zu beobachten, während die sich in einer Sprache austauschten, die die Mädchen nicht verstanden.

»Ich frage mich, worüber die reden«, bemerkte Signy.

»Ich frage mich, was die Samen von der Seherin halten«, gab Oddny zurück. »Papa hat gesagt, bei den Samen wären die Seher eher Männer als Frauen, wusstet ihr das? Ich wette, ihre Rituale sind auch ganz anders ...«

Signy schlug ihrer Schwester auf den Arm. »Pst. Es geht los.«

Stille senkte sich über den Saal, als die Seherin endlich auftauchte. Die alte Frau sah gebrechlich und sonderbar aus, von der Lammfellmütze und den Handschuhen bis hin zu den unzähligen geheimnisvollen Taschen an ihrem Gürtel. Aber was Gunnhild am meisten faszinierte, war ihr am oberen Ende verdrillter Eisenstab, dessen Kupferbeschläge im Feuerschein schimmerten.

Die Mädchen konnten den Blick nicht von dem Stab lösen. Gunnhild ballte beide Hände im Schoß zu Fäusten, und ihr Herz fühlte sich an, als wäre es im Begriff, sich den Weg aus ihrer Brust zu klopfen.

Während all die anderen Leute halb furchtsam, halb respektvoll zusahen, wie die Männer des Steuereintreibers der hinkenden alten Frau zu der Plattform halfen, musterten die Samen sie mit unverhohlener Neugier. Der Hocker der Seherin – ein einfaches Möbelstück aus Holz mit drei kurzen Beinen, auf dem ein Federkissen lag – war oben auf der Plattform platziert worden. Als die Frau sich nun von ihrer Eskorte löste und den Rücken durchdrückte, ehe sie die Stufen hinaufstieg und ihren Platz einnahm, wurde es still im Raum.

»Möchten die unter euch, die bereit sind, die Schutzweisen zu singen, nun vortreten?«, fragte sie mit einer erstaunlich gebieterischen Stimme, die wie ein Donnerschlag aus ihrem kleinen Körper hallte.

Yrsa, Solveig und die übrigen Frauen erhoben sich und bildeten einen Kreis um die Plattform.

Signy packte Gunnhild und Oddny am Arm und flüsterte: »Eines Tages werden wir da oben stehen.« Oddny brachte sie zum Schweigen, aber Gunnhild nickte. Ja, ihre Mütter hatten sie die Lieder gelehrt, und es war sehr wahrscheinlich, dass die Mädchen, wenn sie erst älter wären, herbeigerufen würden, um bei Ritualen wie diesem mitzuwirken.

Aber sich selbst konnte sich Gunnhild nicht als eine der singenden Frauen vorstellen. Die Macht, die die Seherin schon durch ihre bloße Anwesenheit ausübte – als könnte sie ganz nach Gutdünken ihr Schicksal verändern und sei weit mehr als nur die Botin, die ihnen die Zukunft offenbarte –, reizte sie erheblich stärker. Die war einfach berauschend.

Die Seherin blickte die Frauen an. »Euer Einverständnis, mich zu unterstützen, muss freiwillig erteilt werden, also frage ich euch erneut: Seid ihr bereit, mir dabei zu helfen, heute Abend die Geister anzurufen? Werdet ihr gemeinsam eure Stimmen erheben, um sie herzurufen und jene fernzuhalten, die uns Böses wollen?« Alle drückten ihre Zustimmung aus, und die Seherin sagte: »So lasst uns beginnen.«

Als die Frauen zu singen anfingen, jagten ihre Stimmen Gunnhild einen Schauder über den ganzen Leib. Diese Gesänge beinhalteten keine Wörter, aber die Melodie ließ ihr die Haare an den Armen zu Berge stehen. Bald schloss die Seherin die Augen, klemmte den Stab unter den Arm wie einen Rocken und tat, als würde sie spinnen.

Gunnhild keuchte unwillkürlich. Während die alte Frau mit einer Hand unsichtbare Wolle von ihrem Stab zupfte und mit der anderen eine imaginäre Spindel in Schwung setzte, sah sie, wie sich zwischen ihren Fingern ein dünner Faden bildete, der in einem seltsamen weißen Licht pulsierte.

Niemand sonst schien auf diesen unmöglichen Anblick zu reagieren.

»Seht ihr das?«, flüsterte sie Signy und Oddny zu.

»Was?«, fragte Signy ebenso leise.

»Den Faden«, hauchte Oddny. »Ich sehe ihn auch.«

»Was für einen Faden? Ich sehe gar nichts«, sagte Signy und wurde dabei immer lauter, was dazu führte, dass sie erneut aufgefordert wurde, still zu sein, dieses Mal von mehreren der Erwachsenen, die in ihrer Nähe saßen.

Die Mädchen konzentrierten sich wieder auf das Ritual. Plötzlich ließ die Seherin die unsichtbare Spindel fallen, umfasste mit der freien Hand fest den Stab und zog ihn unter ihrem Arm hervor. Das Ende des glühenden Fadens verlief von ihrer Brust zum Stab, zog sich um ihn herum und weiter bis in den Boden; jetzt war der Faden gespannt, als würde von unten etwas an ihm ziehen.

Gunnhild wurde flau im Magen.

Die Seherin schlug die Augen auf – die so verdreht waren, dass nur noch das Weiße zu sehen war – und intonierte mit einer Stimme, die ihrer eigenen sehr ähnlich war und doch nicht gleich: »Möchten jene, die ihr Schicksal erfahren wollen, nun vortreten? Doch seid gewarnt: Wir sagen nur, was wir zu sagen wünschen, zu wem wir es zu sagen wünschen.«

»Spricht da ein Geist durch sie?«, fragte Signy in einem lauten Flüsterton, worauf Oddny ihr einen Stoß versetzte und »Pst!« machte. Gunnhild ignorierte alle beide; sie war gebannt von dem Spektakel, die Schutzweisen vibrierten in ihren Knochen, während die Frauen nun leiser weitersangen, damit die Worte der Seherin nicht übertönt wurden.

Nacheinander näherten sich die Leute – manche kamen allein, andere scheuchten ihre ganze Familie zur Plattform, und der Kreis der Frauen teilte sich, um sie einzulassen. Und die Seherin, das Kinn hochgereckt, die blicklosen Augen in weite Ferne gerichtet, erzählte ihnen, dass sie eine gute Ernte einfahren würden, dass ihre Kinder gesund blieben, dass das Vieh, das sie nicht geschlachtet hatten, den Winter überstehen werde.

Bei einigen zögerte die Seherin kurz, und die weißen Augäpfel zuckten herum, als ob sie etwas suchten. Bei anderen schienen die Geister bereitwilliger Auskunft zu geben. Die Samen murmelten untereinander, aber keiner von ihnen trat vor, um sich sein Schicksal prophezeien zu lassen.

»Noch jemand?«, fragte die Seherin die Anwesenden, als es so aussah, als wären die meisten von ihnen einschließlich der singenden Frauen bereits an der Reihe gewesen.

Yrsa drehte sich um und sah mit hochgezogenen Brauen ihre Töchter an, während ihr Kopf fast unmerklich zuckte, um sie herbeizurufen. Signy und Oddny standen auf und traten in die Mitte des Raums. Über die Schulter sah sich Signy zu Gunnhild um, als wollte sie sagen: Komm schon, ehe sie und Oddny ihre Plätze vor der Seherin einnahmen und der Kreis der Frauen sich um sie herum wieder schloss.

Gunnhilds Blick bohrte sich in den Hinterkopf ihrer Mutter, und in ihrem Inneren brodelte der Zorn. *Es ist nicht fair, dass ich mir mein Schicksal nicht weissagen lassen darf, obwohl mir niemand erzählen will, was die letzte Seherin über mich gesagt hat.*

Aber vielleicht weiß diese das auch. Ihre Wut verlieh Gunnhild plötzlich eine unerwartete Courage. *Schätze, ich werde es selbst herausfinden müssen.*

Sie zögerte noch einen Moment länger, doch dann stand sie auf und lief hinter ihren Freundinnen her, drängelte sich durch den Kreis der Frauen zu Oddny und Signy. Sie konnte den Blick ihrer Mutter spüren, fühlte die Rage, die in Wellen von ihr ausging, aber Gunnhild drehte sich nicht um und schaute sie nicht an.

Aus der Nähe sah die Seherin im Licht der Herdfeuer und Feuerschalen gespenstisch aus. Das tanzende orangefarbene Licht betonte jede Falte ihrer Haut und fing sich in den Kupferbeschlägen des Stabs. Anscheinend war sie im Begriff gewesen, etwas zu sagen, als Gunnhild aufgetaucht war und sich zu Oddny und Signy gesellt hatte. Nun jedoch zögerte die alte Frau, runzelte die Stirn und sog Luft durch die Zähne.

Oddny zitterte. Gunnhild nahm ihre Hand und drückte sie besänftigend. Neben ihnen wippte Signy nervös auf den Fußballen.

Schließlich sprach die Seherin: »Eine von euch verdunkelt die Zukunft der anderen. Eure Schicksale sind auf Gedeih und Verderb miteinander verbunden.« Erneut verzog sie das Gesicht, dieses Mal zu einem Ausdruck von Furcht und Verwirrung. »Ich wage nicht, mehr zu sagen.«

Gunnhild hörte, wie die Menschen um sie herum kollektiv nach Luft schnappten und erschrocken zu flüstern begannen, aber sie konnte sie kaum hören, so sehr rauschte das Blut in ihren Ohren. Oddny schien nicht minder verstört zu sein. Ihre Fingernägel gruben halbmondförmige Abdrücke in Gunnhilds Haut. Doch Signy, unerschrocken wie eh und je, fragte nach einer Weile: »Wie meinst du das?«

Aber die Seherin hatte ihnen nichts weiter zu sagen. Sie wirkte plötzlich müde und viel älter als noch einen Moment zuvor. »Ich habe heute Abend genug gesagt. Von nun an werde ich still sein.«

Und dann sackte sie auf ihrem Hocker nach vorn, das Kinn sank ihr auf die Brust, und Gunnhild sah zu, wie sie an dem glühenden Faden zerrte wie an einer Angelschnur. Kaum tat sie das, ging ein Ruck durch ihren Körper, und als sie die Augen aufschlug, waren Regenbogenhäute und Pupillen wieder da. Die Männer des Steuereintreibers traten vor, um ihr von der Plattform zu helfen.

Und Oddny, Signy und Gunnhild standen vollkommen reglos da, während sich alle Blicke auf sie richteten, bis Solveig sich aus dem Kreis der Frauen löste, deren Gesang in dem Moment verstummt war, in dem die Seherin erwachte. Mit einem bemühten Lächeln verkündete sie, dass die Festlichkeiten nun begannen, und allmählich setzte zögerliches Geplauder ein, erst ganz leise, dann immer lauter.

Solveig drehte sich zu ihrer Tochter um.

Und Gunnhild würde niemals vergessen, wie ihre Mutter sie nun musterte. Sie sah aus, als täte es ihr leid, dass Gunnhild je geboren wurde.

2

Nach dem ritual ging Gunnhild ihrer Mutter, so weit es eben möglich war, aus dem Weg, musste aber dennoch während des Fests bei ihrer Familie sitzen. Derweil brodelte die Furcht in ihrer Magengrube. Glücklicherweise waren Ozur und Solveig als Gastgeber und Gastgeberin bald viel zu sehr beschäftigt, um auf sie zu achten. Die Dienstmägde und Leibeigenen warfen ihr mitleidige Blicke zu, wann immer sie mit Krügen voller Bier und Tabletts, auf denen bergeweise Rauchfleisch und Fladenbrote lagen, an ihr vorübergingen. Die einzige andere Person, die es noch wagte, sie anzusehen, war ein Freund ihres Vaters, ein alter Bauer, dessen Kinder ihn bloß Mummelgreis Skuli nannten und der zusammen mit seinen zänkischen Frauen und den ungebärdigen Kindern eine Sitzgruppe weiter saß.

Gunnhild ignorierte ihn demonstrativ. Vor dem Ritual hatte sie ihn dabei erwischt, wie er sie anzüglich gemustert hatte, doch nun warf er ihr verstohlene, furchtsame Blicke zu; als wäre sie eine Schlange und im Begriff, ihn zu beißen. Sie wusste nicht recht, welche Art Blick ihr mehr Sorgen bereiten sollte.

Ihre älteren Brüder hingegen – angeberische junge Männer, so rothaarig wie sie und ihre Mutter – hatten entweder die Bedeutung der Prophezeiung nicht erfasst oder waren ihren Problemen gegenüber so desinteressiert wie immer, denn sie kamen zu ihr, um sie zu ärgern, als wäre noch alles beim Alten.

»Warum siehst du so traurig aus, Klein-Gunna?«, fragte Alf, als er sich mit einem Horn voller Bier auf den Platz an ihrer Seite fallen ließ.

Eyvind setzte sich auf der anderen Seite neben sie, ebenfalls mit einem randvollen Trinkhorn. »Ja, du weißt aber, dass das hier eine Feier ist, nicht wahr, kleine Schwester?«

»Was feiern wir denn?«, fragte Gunnhild und stocherte in ihrem Eintopf herum, der inzwischen eher aussah wie Haferbrei. Sie hatte keinen Bissen davon gegessen und stattdessen ihre Nervosität an dem verkochten Wurzelgemüse ausgelassen. »Die freudigen Schicksale aller mit Ausnahme von mir?«

»Ach, du weißt doch, wie Seherinnen sein können.« Eyvind wedelte mit seinem Horn. »So vage.«

»Ich bin sicher, niemand denkt sich was dabei«, fügte Alf hinzu.

Eyvind trank einen tiefen Schluck von seinem Bier. »Kopf hoch! So schlimm ist das nicht.«

»Doch, ist es. Mutter ist wütend auf mich«, sagte Gunnhild missmutig.

Die Zwillinge wechselten über ihren Kopf hinweg einen Blick, während sie schweigend eine weitere Rübe zermatschte. Die zwei konnten das einfach nicht verstehen. Alf und Eyvind, die jüngsten ihrer älteren Geschwister, waren immer noch zehn Winter älter als sie und spielten in ihrem Leben kaum eine Rolle. Sie waren losgezogen, um sich einen Namen als Räuber zu machen, kaum dass sie alt genug waren. Gunnhild hatte gehofft, die Ankunft ihrer einzigen Brüder samt der Beute eines Sommers würde ihre Mutter milde stimmen, aber da hatte sie sich schmerzlich geirrt.

»Ach, nun komm schon«, sagte Alf. »Denkst du wirklich, dass sie so wütend ist, nur weil du dich in das Ritual gedrängt hast? Wir haben ihr ständig den Gehorsam verweigert, als wir so alt waren wie du.«

Gunnhild beäugte ihn. »Sie hat euch erzählt, dass sie mir verboten hat, mir mein Schicksal prophezeien zu lassen?«

»Wir haben es vermutet«, sagte Alf schulterzuckend. »Vor allem nach dem letzten Mal.«

Gunnhild richtete sich auf ihrem Platz auf und sah Eyvind an – der betrunkener wirkte und darum vielleicht nachgiebiger war als sein Bruder. »Was soll das heißen, ›nach dem letzten Mal‹?«

»Das letzte Mal, als eine Seherin hergekommen ist«, lallte Eyvind. »Erinnerst du dich nicht?«

»Da war ich gerade mal drei Winter alt«, sagte Gunnhild und wirbelte zu Alf herum. »Was hat die Letzte über mich gesagt?«

Wieder wechselten die Zwillinge einen Blick. Eyvind schüttelte den Kopf, leerte theatralisch sein Horn, sprang auf und rief: »Mehr Bier!«

»Mach dir keine Gedanken, Gunna«, sagte Alf hastig. »Wir hätten das gar nicht ansprechen sollen.«

Gunnhild schäumte, als die zwei sich auf die Suche nach der nächsten Dienstmagd machten, um ihre Hörner nachfüllen zu lassen. Als sie sich in der Hoffnung erhob, ihnen doch noch mehr Informationen abbetteln zu können, tauchte Oddny neben ihr auf. Einen dicken Schal um die Schultern gewickelt, flüsterte sie: »Komm – die Jungs haben draußen ein Feuer entfacht.«

Die Mädchen schlichen sich aus dem von Lärm erfüllten Saal und gingen hinaus zu einem kleinen Lagerfeuer, das von dunklen Schemen umgeben war. Als sie näher kamen, erkannte Gunnhild Vestein, den Bruder der beiden Mädchen, und ein paar andere Kinder aus der Umgebung, die auf Decken oder Fellen hockten.

Gunnhild und Oddny kauerten sich neben Signy und lauschten einem der Jungs, der sich für einen Skalden hielt und ein Gedicht über Walhall rezitierte: wo jene, die im Kampf gefallen waren, weiterkämpfen und feiern bis Ragnarök, der letzten großen Schlacht der Götter gegen ihre Feinde. Die anderen Kinder lauschten aufmerksam, obgleich sie das Gedicht zweifellos schon einige Male zuvor gehört hatten. Bald wären sie alt genug, um selbst an den Raubzügen teilzunehmen und nach Ruhm zu streben. Viele von ihnen würden nicht zurückkehren; Gunnhilds Brüder gehörten zu den wenigen Glücklichen, die auf dem besten Wege waren, zu erfahrenen und erfolgreichen Räubern aufzusteigen, was sie zu Legenden unter den Kindern Halogalands machen würde. Kinder, von denen die meisten nur an einer Handvoll Raubzügen teilnehmen und sich dann, sofern sie überlebten, als Bauern niederlassen und ein friedliches Leben führen würden, solange kein örtlicher Herse wie Gunnhilds Vater sie im Namen des Königs zu den Waffen rief.

Gunnhild ertappte sich dabei, in Gedanken abzuschweifen, während das Gedicht vorgetragen wurde. Ragnarök war – ebenso wie ihr eigenes Schicksal und das ihrer Freunde, den Worten der Seherin zufolge – ein abstraktes Problem. Eine in der Zukunft liegende Herausforderung. Was ihre Mutter sich als Strafe für sie ausdenken würde, war erheblich unmittelbarer und konkreter. Was würde Solveig mit ihr machen, wenn die Gäste erst fort waren und sie sich nicht mehr wie ein anständiger Mensch benehmen musste?

Der Winter war lang, die Möglichkeiten endlos.

Geplagt von einem plötzlichen Drang, sich zu übergeben, stand Gunnhild auf und stakste davon. Als sie weit genug von den anderen Kindern entfernt war, ließ sie sich auf den mit Steinen übersäten Strand fallen, zog die Knie an die Brust und schlang die Arme darum. So saß sie mit geschlossenen Augen da, bis die Woge der Übelkeit abebbte, ehe sie die Szenerie vor ihren Augen auf sich wirken ließ: Mondschein spiegelte sich im dunklen Wasser der Meerenge, und weiter hinten tanzten Nordlichter über die zerklüfteten Berggipfel des Festlands. Der Anblick war atemberaubend, aber die Schönheit ihrer Heimat konnte sie auch nicht trösten, und so verbarg sie ihr Gesicht in den Armen.

Das Geräusch knirschender Steine in ihrem Rücken verriet ihr, dass sie nicht mehr allein war. Augenblicke später spürte sie, wie eine Decke über ihre Schultern fiel, als Oddny und Signy sich zu beiden Seiten neben sie setzten.

»Meine Mutter wird mich umbringen.« Gunnhild hob den Kopf. »Und da ist irgendetwas, das meine Familie mir verheimlicht. Meine Brüder haben mir gerade erzählt, das hätte mit dem zu tun, was die letzte Seherin gesagt hat. Darum denke ich jetzt, dass ich ... dass ich einen Schatten über unser aller Zukunft werfe. Ich hätte mich Mutter nicht widersetzen sollen. Nun hab ich alles kaputtgemacht.«

»Die Leute reden schon heimlich über uns. Und während der ganzen Feier ist niemand gekommen, um sich mit Signy und mir zu unterhalten«, sagte Oddny. »Mama hat sogar Leute sagen hören, wir beide würden jetzt niemals heiraten können.«

Gunnhild ließ den Kopf wieder sinken und ächzte leise. »Seht ihr?«

»Die Leute reden immer«, wandte Signy verächtlich ein. »Das bedeutet wohl kaum, dass Gunnhild ein Vorbote des Unheils ist. Und außerdem: Ist denn ›niemals heiraten‹ wirklich das Schlimmste, was uns passieren könnte? Du hast doch die Männer deiner Schwestern gesehen, Gunna – alte Böcke, alle miteinander.«

»Vielleicht sollten wir die Seherin bitten, uns unsere Zukunft noch einmal vorherzusagen?«, schlug Oddny händeringend vor.

»Du hast sie doch gehört«, fuhr Signy sie an. »Sie wollte vorhin schon nicht sagen, was ihr solche Angst macht, also warum sollte sie es jetzt tun?«

Oddny funkelte sie wütend an. »Aber unser Leumund ...«

»Den Leumund teilen wir uns jetzt dank dieser alten Schachtel.« Plötzlich strahlte Signy. »Wir sollten einen Blutschwur ablegen!«

»Wir sind doch schon blutsverwandt, Dummkopf.«

»Ich meine, wir sollten einen Schwur mit Gunnhild ablegen. Warum wollen wir die Prophezeiung nicht einfach erfüllen, indem wir uns selbst aneinanderbinden?«

»Obwohl eine von uns ein unheilvolles Schicksal vor sich hat, das auch das Leben der beiden anderen kaputtmachen wird?«, fragte Gunnhild. Sie war erneut davon überzeugt, dass sie von sich selbst sprach.

»Aber nach allem, was wir wissen, könnte eine von uns auch die nächste Königin Asa werden. Was auch immer passiert, wir stellen uns dem gemeinsam«, verkündete Signy mit Inbrunst. »Was sagt ihr?«

Gunnhild nahm an, dabei könnte sie mitspielen, also warf sie sich in eine übertrieben herrschaftliche Pose und sagte im theatralischsten Ton, den sie zustande brachte: »Wüsste ich es nicht besser, du Unruhestifterin, dann würde ich behaupten, du versuchst, dir die Dankbarkeit der in Zukunft mächtigsten Frau ganz Norwegens zu sichern.«

»Also, wenn ich es recht bedenke ...« Signy reckte lobpreisend ihre Hände hoch, als sie sich zu Gunnhild umdrehte und feierlich erklärte: »O künftig mächtigste Frau ganz Norwegens! Bitte lege mit uns einen Blutschwur ab, auf dass du für alle Zeiten in unserer Schuld stehst.«

Gunnhild prustete vor Lachen, aber Oddny sagte nur: »Keine Blutschwüre.«

Signy ließ mit theatralischer Geste die Hände sinken. »Warum nicht?«

»Ich sehe darin kein Problem«, entfuhr es Gunnhild spontan. Beide Schwestern wandten sich ihr schweigend zu: Oddny blinzelte aufgebracht, Signys Lippen verzogen sich zu einem breiten Grinsen, als sie das kleine Messer aus der Scheide an ihrem Gürtel zog.

»Dann los«, sagte Signy. »Versprechen wir uns, immer füreinander da zu sein, auch wenn wir nicht denselben Weg beschreiten.«

»Nicht, Signy«, sagte Oddny verärgert und verzog das Gesicht, als ihre Schwester einen flachen Schnitt durch ihre Handfläche zog und das Messer an Gunnhild weitergab. »Das wird furchtbar wehtun, bis es verheilt ist.«

Gunnhild folgte Signys Beispiel und zuckte zusammen, als die Klinge in ihre Haut fuhr. Dann wollte sie das Messer an Oddny weiterreichen. Die starrte es bloß an und fragte: »Du willst bei Signys Dummheiten also tatsächlich mitmachen?«

»Vorsichtig«, warnte Gunnhild. »Du könntest hier mit der künftig mächtigsten Frau ganz Norwegens sprechen.«

Oddny schürzte die Lippen und riss ihr das Messer aus der Hand. »Schön. Aber ich bin sowieso durch mein Blut verpflichtet, ständig Signys Dreck wegzumachen. Also lege ich meinen Eid nur dir gegenüber ab.«

Nun war Signy diejenige, die die Augen verdrehte, aber Gunnhild sagte nur: »Einverstanden.« Und kaum hatte Oddny den Schnitt geführt, presste sie ihre Handfläche gegen Gunnhilds.

»Wir werden immer füreinander da sein«, versprach Gunnhild leise.

»Auch wenn wir nicht denselben Weg beschreiten«, beendete Oddny den Schwur.

Als Nächstes drückten Gunnhild und Signy die blutigen Hände aneinander.

»Na also«, sagte Signy, als sie fertig waren. »Nun sind wir alle drei Schwurschwestern.«

Etwas rumorte in Gunnhilds Hinterkopf – etwas, das ihr während des Rituals aufgefallen war, das sie jedoch infolge der beunruhigenden Prophezeiung vorübergehend vergessen hatte. Es fiel ihr wieder ein, kaum dass sie sich die Hände mit Stoffstreifen aus der Decke verbunden hatten. »Signy – ist das wahr, dass du den Faden der Seherin nicht sehen konntest?«

»Da war kein Faden«, erwiderte Signy starrköpfig. »Ihr zwei bildet euch nur was ein. Meint ihr nicht, die Leute hätten irgendwie drauf reagiert, wenn da etwas gewesen wär? Mutter, Papa und Vestein haben ihn jedenfalls nicht gesehen. Ich habe extra gefragt, und die haben mich angeguckt, als hätte ich den Verstand verloren. Trotzdem, dass ihr beide die gleiche Halluzination hattet ...« Sie tat verwundert. »Oddny, ich kann nicht glauben, dass du dir etwas zurechtfantasierst.«

»Für einen Abend habe ich jetzt genug Albernheiten mitgemacht«, entgegnete Oddny und stand auf. »Ich gehe zu Bett.« Und damit machte sie sich auf den Weg zurück zum Langhaus und presste dabei mit nachdenklicher Miene die verbundene Hand an die Brust.

Signy drehte sich zu Gunnhild um. »Ich gehe auch zurück. Kommst du mit?«

»Ich bleib noch ein bisschen auf.« Erneut zog Gunnhild die Knie an die Brust, schlang die Arme um die Beine und legte den Kopf in den Nacken, um die Aurora zu betrachten, die in Grün- und Purpurtönen über ihr tanzte. Irgendwann wusste sie nicht mehr, wie lange sie dort gesessen und nachgedacht hatte.

Als sie dann schließlich zurück ins Haus schlüpfte, war es still geworden im Saal, und die meisten Gäste schnarchten leise vor sich hin. Auf Zehenspitzen schlich sie an dem Steuereintreiber und seinen Männern vorbei, an den Samen und dem Bereich, in dem Signy, Oddny und ihre Eltern schliefen. Unterwegs betrachtete sie die in einzelne Abschnitte unterteilten Plattformen auf der Suche nach der alten Seherin. Doch die Feuerschalen waren gelöscht worden, die Herdfeuer heruntergebrannt, und ihre war Mühe vergebens.

Als sie sich dem Nebenraum näherte, blickte sie zu den Statuen von Thor, Odin und Freyr auf und schickte ein stummes Gebet zum Himmel, dass ihre Eltern bitte ebenfalls schliefen, sodass sie sich zumindest in dieser Nacht nicht dem Zorn ihrer Mutter würde stellen müssen.

Ihr Flehen wurde erhört: Als sie sich hineinschlich, schliefen Solveig und Ozur tief und fest, und sie formte mit den Lippen ein Dankeschön für die Götter, während sie zu ihrem eigenen Bett tappte, nur um festzustellen, dass es bereits belegt war – von niemand anderem als der Seherin persönlich.

Hinter ihr drehte sich die alte Dienstmagd Ulfrun um und flüsterte: »Du wirst dir das Nachtlager mit mir teilen müssen, Lämmchen. Befehl deiner Mutter.«

Gunnhild willigte leise ein und zog sich im flackernden Lichtschein der Specksteinlampe um, die auf einer der Truhen stand. Um es wärmer zu haben, behielt sie das Wollkleid über ihrem Unterkleid an und kroch ins Bett zu Ulfrun, die sich zurück zur Wand umdrehte.

Sie wartete, bis ihre Bettgenossin eingeschlafen war, ehe sie wieder aufstand und durch den kleinen, vom Vorhang abgeteilten Raum zu der Seherin ging, deren entspanntes, runzliges Gesicht im Lampenschein reliefartig wirkte. Obwohl sie die Augen geschlossen hatte, atmete sie nicht so langsam und tief wie eine Schlafende.

Als Gunnhild sich neben sie kauerte, öffnete die Frau ein Auge.

»Ich habe deinen Faden gesehen«, flüsterte Gunnhild leise.

Nun schlug die Seherin beide Augen auf. »Ach, hast du?«

»Ja. Und bitte – welche von uns ist es? Aus deiner Prophezeiung? Die für die anderen alles verderben wird?«

Die alte Frau schwieg.

Gunnhild dachte wieder an die Macht, die die Seherin während des Rituals demonstriert hatte, an die Ehre, die man ihr erwiesen hatte, und das Silber, das sie zur Bezahlung für ihre Dienste erhalten hatte. Solch einen Reichtum könnte Gunnhild nur erwerben, würden ihr Vater und ihr künftiger Gatte beide eine exorbitante Summe als Mitgift beziehungsweise Brautpreis bezahlen. Ihr Wert würde stets von anderen bemessen werden.

Wie das wohl ist?, überlegte sie. Keine Mutter und keinen Ehemann zu haben, die einem ständig sagen, was man zu tun hat. Wie ist das, eine Frau zu sein, die ganz für sich allein respektiert wird, für ihre Fähigkeiten und nicht dafür, mit wem sie verwandt ist?

Und dann kam es ihr in den Sinn: eine Möglichkeit, das alles selbst herauszufinden, dem Zorn ihrer Mutter zu entgehen und Abstand zu Oddny und Signy zu gewinnen, die sie sowieso schon dadurch in Misskredit gebracht hatte, dass sie zu ihnen in den Kreis getreten war.

»Kannst du mir beibringen, Seherin zu sein?«, fragte Gunnhild.

Die Frau musterte sie aus zusammengekniffenen Augen. »Und warum möchtest du eine Seherin werden?«

»Ich möchte gefürchtet und respektiert werden. Ich möchte gesehen werden.«

»Das würde ich mir an deiner Stelle aus dem Kopf schlagen.« Die Seherin klang aufgewühlt, und Gunnhild glaubte, einen Hauch von Furcht in ihrer Stimme wahrzunehmen, ganz wie zuvor während des Rituals.

Gunnhild ballte die Fäuste. Da war immer noch etwas, das man ihr nicht gesagt hatte. »Aber ich möchte wie du sein. Ich möchte, dass mein Leben mir gehört.«

Die Seherin starrte sie noch einen Moment länger an, ehe sie sich seufzend zur Wand umdrehte.

»Bringst du es mir bei?«, bettelte Gunnhild den Rücken der Frau an. »Bitte?«

Die Seherin rührte sich nicht. Gunnhild gab sich mit einem leisen Schnauben geschlagen und kroch wieder zu Ulfrun ins Bett.

Der Schlaf ließ auf sich warten, aber als er dann kam, träumte Gunnhild, sie stünde dort oben auf der Plattform mit einem Eisenstab in der Hand und blickte hinaus auf eine verzückte Menge.

In ihren Träumen lag ihr Schicksal in den eigenen Händen und nur in den eigenen Händen.

3

Gunnhild erwachte in dem Wissen, dass die Strafe für ihr Verhalten am Vorabend mit jedem Gast, der von der Insel abreiste, näher rückte.

Ketils Familie gehörte zu den Ersten, die sie mit Verweis auf einen langen Tag voller Landarbeit verließen. Gunnhild hielt sich versteckt und kam nur heraus, um Signy und Oddny Lebewohl zu sagen. Als sie aber zum Abschied dreimal ins Horn stießen, antwortete sie nicht; das hieß, dass sie ihnen ein Pfand schuldete, doch das war die geringste ihrer Sorgen.

Endlich, gegen Mittag, waren nur noch der königliche Steuereintreiber und seine Männer übrig, die eine weitere Nacht bleiben wollten. Mehr Zeit also, in der Gunnhild sich den Kopf darüber zermartern konnte, was ihre Mutter wohl mit ihr machen würde. Der einzige Lichtblick war, dass die alte Seherin aus ihrem Bett verschwunden war. Geflüster machte die Runde, dass sie sich auf die andere Seite der Insel verkrochen hätte. Niemand wusste, was sie vorhatte, aber Gunnhild lauschte dennoch den Spekulationen der Dienstboten, während sie sich in der Küche versteckte und bei den Vorbereitungen für das Nachtmahl half, um dem Zorn ihrer Mutter noch einen zweiten Abend aus dem Weg zu gehen.

Die Seherin kehrte am Morgen zurück, als sich Familie und Gäste gerade zum Frühstück zusammenfanden, nach dem der Steuereintreiber und seine Männer sie zu ihrem nächsten Ziel geleiten würden. Still betrat die alte Frau den Saal und humpelte zu dem hohen Stuhl, von dem aus sie alle Mitglieder des Haushalts gut sehen konnte, die ihrerseits auf der mit kunstvollen Schnitzereien verzierten Bank auf der Plattform saßen.

»Ozur Eyvindsson und Solveig Alfsdottir«, sprach die Seherin, als sie, die Schultern gestrafft, beide Hände mit energischer Geste auf ihren Gehstock legte. »Eure Tochter Gunnhild hat mir gegenüber den Wunsch zur Sprache gebracht, ich möge sie mein Handwerk lehren. Nachdem ich Zeit hatte, darüber nachzudenken, wünsche ich, sie in meine Pflegschaft zu nehmen.«

Gunnhild spuckte einen Mundvoll Haferbrei zurück in ihre Schale.

Ihre Eltern sagten keinen Ton, und das leise Geschnatter im Saal verstummte, als sich alle Augen auf den Hersen und seine Frau richteten. Ozur wirkte entgeistert, aber Solveig sah geradezu mordlustig aus. Gunnhild, die auf der anderen Seite des Saals saß, schluckte schwer.

»Ich ... bin nicht sicher, was ich davon halten soll«, bemerkte Ozur und sah seine Frau an. »Solveig?«

»Wir haben bereits ein Arrangement für Gunnhild getroffen.« Ihr Blick huschte kurz zu ihrer Tochter. »Vorgestern, um genau zu sein.«

Ein Arrangement? Gunnhild stellte ihren Haferbrei weg. Ihr Appetit war wie weggeblasen. Was immer ihre Mutter mit ihr vorhatte – hatte man sie als Dienstmagd verkauft? Mit einem Mann verlobt, der so alt war, dass er vermutlich starb, ehe sie alt genug wäre? – es war gewiss nichts, was Gunnhild sich wünschen würde. So viel verriet ihr schon Solveigs selbstgefälliger Gesichtsausdruck.

»Darf ich fragen, welcher Art dieses Arrangement ist?«, fragte die Seherin.

»Ich habe kurz vor dem Ritual mit meinem alten Freund Skuli gesprochen«, sagte Ozur, »und wir haben eine Einigung getroffen, die, wie wir denken, uns allen zugutekommen wird. In drei Wintern wird Gunnhild seine Frau werden.«

Mummelgreis Skuli?! Gunnhild war zutiefst entsetzt. Aber er ist ... er ist ... Nein! Das kann nicht wahr sein ...

»Aber er ist alt«, platzte sie unvermittelt heraus. »Er hat schon drei Frauen und zwölf Söhne, und die streiten sich bereits über ihr Erbe ...«

»Skuli ist extrem reich, Gunna«, sagte Ozur. »Du wirst gut versorgt sein. Nicht mehr und nicht weniger haben wir für jede deiner Schwestern getan.«

Ich will nicht versorgt sein, wollte Gunnhild brüllen. Ich will frei sein.

»Ich wünschte, wir wären sie schneller los, nutzlose Tochter, die sie ist«, fügte Solveig hinzu. »Vertrau uns, Heid – dieses Mädchen willst du nicht. Sie ist eine Plage, seit sie auf der Welt ist.«

Die alte Frau zog die schütteren Brauen hoch. »So? Wie das?«

Solveig hob höhnisch einen Mundwinkel. »Ihre Brüder hätten meine letzten Kinder sein sollen, aber mein Körper hatte andere Pläne. Ich wusste damals nicht, dass ich noch empfangen konnte, und ihre Geburt hätte mich beinahe umgebracht. Trotzdem ist sie ein undankbarer kleiner Welpe. Sie ist starrköpfig und ungehorsam. Sieh selbst – sie scheut vor der verheißungsvollen Ehe zurück, die wir ihr gesichert haben. Sie sollte sich schämen.«

»Solveig«, sagte Ozur scharf.

Gunnhild spürte, dass Heid sie musterte, sie studierte. *Heid:* ein Name, so geläufig für eine Seherin, dass er beinahe wie ein Titel klang. Sie fragte sich, wie der richtige Name der Frau lautete.

»Also ist das meine Strafe, Mutter?«, fragte Gunnhild zähneknirschend. »Für mein Verhalten während des Rituals?«

Wut blitzte in Solveigs Augen auf. »Du hast dich mir voller Absicht widersetzt. Du solltest dankbar sein, dass wir dich nicht einfach in Knechtschaft verkaufen, statt dich zu verheiraten.«

»Wo liegt der Unterschied?«, gab Gunnhild zurück. »Und warum hast du mir überhaupt verboten, mir mein Schicksal vorhersagen zu lassen? Alf und Eyvind haben gesagt, es hätte etwas mit dem zu tun, was die letzte Seherin dir erzählt hat.«

Solveig bedachte ihre einzigen Söhne, die plötzlich sehr interessiert den Fußboden beäugten, mit einem vernichtenden Blick.

»Ich habe ein Recht, das zu wissen, Mutter«, beharrte Gunnhild.

»Tatsächlich?« Solveig wirbelte zu ihrer Tochter herum. »Du bist zwölf Winter alt. Du hast ein Recht auf gar nichts, abgesehen von dem, was dein Vater und ich als angemessen für dich betrachten. Und das ist so oder so schon mehr, als du verdient hast.« Und dann, als witterte sie eine Gelegenheit, sie zu quälen, lächelte sie. »Aber da du so versessen darauf bist: Ja, als du klein warst, ist während eines Sturms eine andere Seherin hier durchgekommen, darum hat nur unser Haushalt gehört, was sie zu sagen hatte: Dass eine schreckliche Zukunft auf dich wartet. Wir wären dich nie losgeworden, hätte irgendjemand anderes davon erfahren, also haben wir alle zur Verschwiegenheit verpflichtet.«

Gunnhild stockte der Atem. *Eine schreckliche Zukunft?*

»Ich bin nur dankbar, dass du beschlossen hast, mit deinen kleinen Freundinnen in den Kreis zu treten«, fuhr Solveig fort, »denn dadurch blieb unklar, wen die Prophezeiung betraf. Nun hast du Yrsas Mädchen befleckt. Wenigstens du hast bereits einen Bräutigam – kannst von Glück reden, dass dein Vater die Sache mit einem Handschlag besiegelte, ehe das Ritual auch nur angefangen hat, denn nun kann Skuli nicht abspringen.«

»Ich kann von *Glück* reden?«, wiederholte Gunnhild ihre Worte.

Solveig fuhr fort, als hätte sie kein Wort gesagt: »Doch den Ruf deiner kleinen Freundinnen kann nun nichts mehr retten, denn die Saat des Misstrauens ist gelegt. Dir aber haben wir diesen Schmerz erspart. Du solltest uns danken.«

Tränen verschleierten Gunnhilds Blick. Sosehr es ihr widerstrebte, es zuzugeben, Solveig hatte recht mit dem, was auf Signy und Oddny zukam. Selbst in ihrem Alter wusste sie schon, dass abergläubische Ideen, wenn sie erst einmal in den Köpfen der Menschen herumgeisterten, kaum zu erschüttern waren, selbst wenn man den Leuten Beweise für das Gegenteil vorlegte.

»Du bist wahrlich eine niederträchtige Frau«, mischte sich nun Heid ein und fixierte dabei Solveig. Den nachfolgenden Zorneslaut der Dame des Hauses ignorierte sie und konzentrierte sich auf Ozur. »Was auch immer Skuli in drei Wintern als Brautpreis in Aussicht gestellt hat, ich bezahle gleich hier und jetzt das Doppelte, vorausgesetzt, du gibst ihr eine Aussteuer, die sie auf unsere Reise mitnehmen kann.«

Gunnhild mochte ihren Ohren nicht trauen.

Als Solveig sich wutschäumend setzte, sah Ozur seine jüngste Tochter an. »Es tut mir leid, Gunna. Wie deine Mutter sagte, haben Skuli und ich deine Heirat bereits per Handschlag besiegelt. Die Vereinbarung gilt.«

»Dann ist diese Angelegenheit wohl erledigt«, sagte Solveig lächelnd und zeigte dabei zu viele Zähne.

Heid neigte den Kopf und verkündete kalt: »Dann respektiere ich deine Entscheidung und deinen Unwillen, den Eid, den du deinem Freund geschworen hast, zu brechen.«

Nein! Sie war so nahe dran gewesen. Entsetzen stieg aus Gunnhilds Magengrube auf, doch als sie kehrtmachte, um aus dem Saal zu laufen, sah sie ein Funkeln in Heids Augen.

Ein Funkeln, so klar, als spreche die Seherin in ihrem Kopf, das besagte: *Das ist noch nicht vorbei.*

Gunnhild tat, als hätte sie es nicht bemerkt. Sie warf ihrer Mutter einen weiteren klagenden Blick zu – den Solveig sichtlich zufrieden mit einem Hohnlächeln beantwortete – und flüchtete ins Schlafzimmer.

Die Reisetruhe der Seherin stand offen in der Mitte des Raums, leer, abgesehen von ihrem zerlegten Hocker und ein paar Kleidungsstücken zum Wechseln. Gunnhild betrachtete sie und überlegte, ob sie klein genug war, um dort hineinzupassen, als die Frau selbst den Vorhang teilte und in den Raum rauschte.

»Nun verstehe ich, warum du diesen Ort verlassen willst«, sagte Heid nach einem Augenblick des Schweigens. »Ich hatte vergessen, wie es ist, ein junges Mädchen mit wenig Aussichten zu sein, das in eine Ehe gezwungen wird, die es nicht will.«

Gunnhild ließ den Kopf hängen.

»Und noch schlimmer war«, fuhr Heid fort, »mitzuerleben, wie du hier behandelt wirst, nicht wegen etwas, das du getan hast, sondern infolge der Prophezeiung einer meiner Schwestern. Dafür leiste ich Abbitte.« Sie streckte den Arm aus und legte dem Mädchen eine zittrige Hand auf die Schulter. »Du bist kein schlechtes Kind. Du bist keine Bürde. Es tut mir leid, dass man dir das Gefühl vermittelt hat, du seist eine.«

Nie hatte Gunnhild damit gerechnet, dass jemand derlei Worte an sie richten würde. Es kostete sie all ihre Kraft, nicht in Tränen auszubrechen, als sie die alte Frau nun anblickte.

»Ich verstehe jetzt auch, warum dir so viel daran liegt, Seherin zu werden«, fügte Heid hinzu. »Ganz gleich, was deine Eltern sagen, ich wünsche, dass du diesen Ort heute mit mir zusammen verlässt.«

»Ehrlich?« Gunnhild starrte sie aus großen, flehentlichen Augen an. »Aber mein Vater wäre erbost. Du würdest dir einen Hersen zum Feind machen. Willst du das wirklich für mich tun?«

»Ich fürchte keinen Mann«, sagte die Seherin. »Und was deine Mutter betrifft, sie hat dir nicht die ganze Wahrheit erzählt.« Sie seufzte. »Andererseits habe ich das auch nicht getan. Es gab Dinge, die ich gestern Abend für mich behalten habe.«

Gunnhild schauderte innerlich, während sie darauf wartete, dass Heid weitersprach.

»Dein Schicksal ist mit dem deiner Freundinnen verknüpft; das ist wahr. Doch was dich betrifft, Gunnhild Ozurardottir – ich sehe Blut in deiner Zukunft. Blut und Schrecken. Aber ich sehe auch Größe. Diese Dinge sind auf vielerlei Art untrennbar miteinander verbunden.«

Gunnhild prägte sich ihre Worte ein.

»Und meine Freundinnen?«, flüsterte sie. »Wird das … werden das Blut und der Schrecken … werde ich meinen Freundinnen wehtun?«

»Das weiß ich nicht«, sagte Heid bekümmert. »Das ist der Grund, warum ich mich geweigert habe, mehr zu sagen, als du in den Kreis getreten bist. Manchmal ist es besser, gar nichts zu sagen, als Dinge zu offenbaren, ohne dass man das ganze Bild sehen kann. Ich konnte nicht genug sehen, um mich auf die eine oder andere Weise zu äußern. Ich hatte nicht die Absicht, dich zu verdammen, doch es scheint, als hätte ich es trotzdem getan.«

Heid musterte sie für einen Moment prüfend. »Gunnhild Ozurardottir, wenn du mit mir kommst, kann ich dich nicht nur lehren, das Wissen der Geister zu erringen, wie es eine Seherin tut, sondern dich in jeder Form der Magie unterweisen, die mir bekannt ist: Wie man verwünscht und wie man heilt, wie man Stürme herbeiruft und seine Feinde verwirrt, wie man schützende und zerstörerische Amulette fertigt, wie man Runen benutzt und wie man seinen Körper verlassen kann. Aber ich werde dir nichts vormachen: Das wird schwer werden. Nichts, das es in diesem Leben zu erringen wert ist, ist leicht zu erreichen. Du wirst viele Jahre mit mir verbringen, isoliert von der Welt, aber am Ende wirst du eine Seherin und Zauberin sein. Du wirst eine Hexe sein. Hast du das verstanden und stimmst dem zu?«

Der oberflächliche Schnitt in ihrer Handfläche hatte ein wenig zu brennen begonnen, als wollte er sie warnen, und Gunnhild verzog das Gesicht. Wie konnte sie Oddny und Signy zurücklassen, nachdem sie einander geschworen hatten, immer füreinander da zu sein? Aber ihre Mutter hatte recht – die Zukunftsaussichten der beiden waren nun ruiniert. Dank Gunnhild. Vielleicht war das Beste, was sie für ihre Freundinnen tun konnte, schlicht zu verschwinden.

Die Seherin – die *Hexe* – fixierte sie immer noch.

»Ja, ich stimme zu«, sagte Gunnhild inbrünstig. »Nimm mich mit. Ich möchte lernen.«

Heid zeigte auf ihre Truhe. »Dann pack, aber nur das, was du wirklich brauchst, und wir werden dich da drin verstecken.«

Gunnhild wollte der Aufforderung nachkommen, zögerte aber dann. »Aber, Heid, wenn meine Zukunft so furchtbar ist, warum willst du das Risiko auf dich nehmen, mich zu unterrichten? Fürchtest du nicht, dass ich ... dass ich dir schaden könnte?«

»Würde ich glauben, dass ich irgendetwas von dir zu befürchten hätte, Kind, dann hätte ich dieses Angebot nie gemacht. Nur die Zeit wird zeigen, wie sich deine Geschichte entwickelt. Und nichts wird dir größeren Kummer bereiten als der Versuch, eine Prophezeiung zu erfüllen oder ihr zu entgehen.«

»Das verstehe ich nicht«, sagte Gunnhild schwach.

Die alte Hexe bleckte ihre gelben Zähne zu einem breiten Grinsen.

»Ach, mein Mädchen«, sagte sie. »Das wirst du noch.«

TEIL II

ZWÖLF JAHRE SPÄTER

4

An dem frühen Herbstmorgen, der ihr Leben für immer verändern sollte, erwachte Oddny Ketilsdottir mit stechenden Schmerzen im Unterleib und einem Fluch auf den Lippen. Zähneknirschend krümmte sie sich zusammen und bereitete sich innerlich auf den neuen Tag vor.

»Ah, Mutter dachte sich schon, dass du deswegen verschlafen hast«, ertönte Signys Stimme über ihr. »Sie hat gesagt, ich soll dich schlafen lassen, aber ich kann doch nicht zulassen, dass du solch ein köstliches Frühstück verpasst.«

Oddny atmete einmal tief durch und bemühte sich, genug Willenskraft aufzubringen, um sich aufzusetzen. »Gib mir noch einen Moment.«

»Meinetwegen, aber rate wenigstens, was es gibt«, sagte Signy. »Ach, ich werde dir einfach die Überraschung verderben – es gibt Gammelost.«

»Das einzig Verdorbene hier bist du. Den ganzen Sommer hast du in der Meierei Käse stibitzt«, grollte Oddny.

Signy stemmte die Hände in die Hüften. »Na ja, wenn Mutter im Begriff ist, Gemüse einzumachen, und Vestein damit beschäftigt, die Herde auszudünnen, sollte man doch annehmen, dass wir etwas Frisches zu essen bekommen. Aber nein, es ist Gammelost. Immer gibt es nur Sauermilchkäse zum Frühstück und Fisch zum Abendessen. Kannst du dir vorstellen, dass ich zu dieser Jahreszeit tatsächlich anfange, die eingelegten Rüben zu vermissen? Und Haferbrei. O ihr Götter, ich wünschte, ich könnte jetzt ein bisschen Haferbrei haben.«

»Du kannst froh sein, wenn wir im Winter noch genug zu essen haben.« Oddny stemmte sich in eine sitzende Haltung hoch und klappte gleich wieder zusammen. Der Schmerz war heute schlimmer als gestern – das Blut konnte nicht mehr lange auf sich warten lassen.

Signy setzte sich neben ihr auf die Bank, auf der sie geschlafen hatte. »Soll ich Mutter bitten, dir einen Tee aufzubrühen?«

Oddny schüttelte den Kopf. »Den kann ich mir selbst machen. Aber ich muss noch Zutaten sammeln und trocknen, damit sie den Winter überstehen, zusammen mit dem Rest der Kräuter aus Mutters Garten.«

»Schau dich nur an, Mutters kleines Wunderkind.« Spielerisch stieß Signy ihre Schwester mit dem Ellbogen an, wurde aber gleich darauf ernst. »Da wir schon beim Thema sind und ehe du fragst, wir haben nichts Neues von Solveig gehört.«

Oddny verzog das Gesicht. Seit sie den Kinderschuhen entwachsen war, lernte sie die Kunst des Heilens von Yrsa. Den ganzen Sommer hatten sie sich um die kranke Solveig gekümmert. Als sie Gunnhilds Mutter vor ein paar Wochen das letzte Mal besucht hatten, war Oddny erschrocken über den Anblick ihrer Patientin: Die Wangenknochen standen zu stark hervor, die Augen waren eingefallen, und das silbrige Haar mit den roten Strähnen fiel ihr büschelweise aus.

Obwohl Oddny wenig für die Frau übrighatte, erinnerte sie sich mit Schaudern an die düstere Atmosphäre, als sie den Raum betreten und gesehen hatten, in welchem Zustand Solveig war. Sie erinnerte sich an den trüben Lichtschein der Laterne und an den Vogel, der ungesehen im Gebälk des Dachs gezwitschert hatte. Aber vor allem erinnerte sie sich an die Betroffenheit, die sie verspürt hatte, als Yrsa anstelle ihres üblichen Handwerkszeugs einen glatten, flachen Holzstab aus ihrem Bündel gezogen hatte.

»Runen?«, hatte Oddny gefragt. Die hatte Oddny ihre Mutter

nur wenige Male nutzen sehen. Yrsa setzte gewöhnlich eher natürliche Mittel für ihre Heilbehandlungen ein: Arzneitränke, Salben, Tees. Magie war stets der letzte Strohhalm, weil sie nicht immer wirkte.

Andererseits hatte bisher nichts Solveigs Zustand verbessern können. Yrsa war schlicht verzweifelt.

»Sieh mir genau zu, Oddny«, hatte sie gesagt. »Runen zeichnen kann jeder, aber nicht jeder hat auch die Willensstärke, sie dazu zu bringen, das zu tun, was man von ihnen will.«

»Warum benutzen wir sie nicht für alles?«, fragte Oddny. »Hat Odin sie nicht genau dafür bekommen, als er sich an der Weltenesche selbst geopfert hat?«

»Weil Runen zu viel Spielraum für Fehler lassen. Sie müssen exakt geschnitzt werden und zu einem spezifischen Zweck, damit sie auch in deinem Sinne funktionieren, wenn du nicht zugegen bist. Macht man es falsch, wirken sie bestenfalls gar nicht. Sie können aber im schlimmsten Fall sogar die Person töten, für die du sie gemacht hast, selbst dann, wenn ihre Krankheit oder Verwundung eigentlich gar nicht lebensbedrohlich war.«

Dann hatte Yrsa die Runen leise gesungen, während sie sie in das Holz schnitzte. Als sie fertig war, schob sie den Stab unter das Kopfkissen der kranken Frau.

Oddny war klar, dass hier mehr als nur Solveigs Leben auf dem Spiel stand: Der Ruf ihrer Mutter als ehrenwerte Heilerin war gefährdet. Yrsa und Solveig waren sich menschlich schon seit vielen Jahren spinnefeind, aber die gespannte Beziehung zwischen den Frauen war erst allgemein bekannt geworden, nachdem Gunnhild verschwunden war. Wann immer Yrsa Leute flüstern hörte, das Verschwinden der Tochter des Hersen sei die Folge der Prophezeiung, die alle drei Mädchen dem Untergang geweiht habe, ging sie rasch dazwischen – nicht nur um der Zukunftsaussichten ihrer Töchter willen – und erklärte jedem, der zuhören wollte, dass das

Kind sehr wahrscheinlich vor der eigenen Mutter weggelaufen war. Und Solveig ließ im Gegenzug keine Gelegenheit aus, über Yrsa herzuziehen, bis sie dann plötzlich krank geworden war und selbst eine Heilerin brauchte.

Ungeachtet dessen wusste Oddny, dass ihre Mutter es als persönliches Versagen betrachten würde, sollte Solveig sterben. Schlimmer noch – die Leute mochten denken, dass Yrsa sie umgebracht hätte.

»Vestein wird später rüberrudern und sich nach ihr erkundigen«, sagte Signy und riss Oddny so aus ihren Betrachtungen. »Vielleicht habe ich ihn auch ausreichend drangsaliert, damit er mich mitnimmt und dort lässt, bis König Erik mit seinem Gefolge wieder vorbeikommt.«

Oddny bedachte sie mit einem schiefen Blick. »Damit kann Mutter unmöglich einverstanden sein.«

»Mutter muss nichts davon wissen.«

»Signy, du hast doch gar keine Ahnung, wann sie zurückkommen ...«

»Lange kann es nicht mehr dauern. Ehe wir uns versehen, ist es Winter.«

Oddny fuhr sich mit den Fingern durch das dünne Haar und fing an, es über ihrer Schulter zu flechten. Die Schmerzen hatten nachgelassen, aber die nächste Welle konnte sie jeden Moment erwischen. Sie würde bald ihren Tee brauchen, und sie hatte keine Geduld für die Fantastereien ihrer Schwester.

König Erik war der von König Harald zu seinem Nachfolger bestimmte Herrscher über ganz Norwegen. Zu Sommeranfang war er mit seiner Hird – seinem Gefolge eingeschworener Männer – durch Halogaland gekommen auf dem Weg zu den Raubzügen am Fluss Dwina in Bjarmaland im Nordosten. Für eine Nacht waren sie bei Ozur abgestiegen. Damals war Solveigs Erkrankung noch im Anfangsstadium gewesen, und Ozur hatte die Nachbarn eingeladen, seine erhabenen Gäste willkommen zu heißen. Yrsa hatte der Köchin bei der Vorbereitung des Festmahls geholfen und ihre Töchter verpflichtet, die Männer zu bedienen.

Mochte Signy auch eine Menge Aufmerksamkeit erregen, so würdigten die Männer der Hird Oddny doch kaum eines flüchtigen Blickes. Angesichts der vielen Feste des Hersen, bei denen sie und Signy ausgeholfen hatten, war Oddny daran längst gewöhnt. Ihre Augen waren eine bräunliche Version der leuchtend grünen ihrer Schwester, ihr feines Haar schwankte farblich zwischen Braun und Blond, während der dichte, glänzende Schopf ihrer Schwester vom satten Braun frisch gepflügter Erde war. Beide hatten sie herzförmige Gesichter, aber ihres war schmaler. Zudem war sie einen halben Kopf kleiner als Signy, hatte keine nennenswerten Kurven, und ihre dünnen, geraden dunklen Brauen verliehen ihrem Gesicht ein dauerhaft gestrenges Aussehen.

Während Oddny also wie ein kleiner Schatten mit ihrem Bierkrug über das Fest gegeistert war, hatte sich Signy ganz in ihrem Element gefühlt, hatte schamlos mit der gesamten Hird geschäkert und eine ganze Weile um die Aufmerksamkeit des Königs gerungen, um dann schließlich am Ende des Abends mit ihm zusammen zu verschwinden. Den Sommer über hatte Oddny anschließend die Angeberei ihrer Schwester in der Meierei erdulden müssen, als die den jüngeren Mädchen in allen Einzelheiten von ihrer Eroberung erzählte. Ihr Vater Ketil hatte stets gern ausführliche Geschichten über die Abenteuer zum Besten gegeben, die er während seiner Raubzüge erlebte, hatte von seinen Begegnungen mit Trollen und Zwergen und allerlei anderen Wesen berichtet. Signy geriet nicht nur in diesem Punkt ganz nach ihm. Allerdings wusste Oddny, dass ihre Schwester die Geschichte kräftig ausschmückte, denn mit jeder Erzählung veränderte sie sich ein wenig.

Trotzdem hatte Signy in der Meierei unter den Mädchen von

den Gehöften der Umgebung, die jeden Sommer das Vieh landeinwärts zu dem üppigen Weideland in den Gebirgstälern trieben, ein gebanntes Publikum kaum der Kindheit entwachsener Zuhörerinnen mit leuchtenden Augen gefunden, denen es nicht sonderlich wichtig schien, ob das, was Signy ihnen erzählte, auch der Wahrheit entsprach. Signy und Oddny waren die Ältesten dort, abgesehen von den Müttern, die ihre Töchter begleiteten. Die verfolgten Signys Geschichte mit einem kritischeren Ohr und schüttelten die Köpfe über sie. Als unverheiratete, fünfundzwanzig Winter alte Frau war sie gewiss niemand, von dem sich die Mütter wünschten, dass ihre Töchter sie sich zum Vorbild nahmen. Signy wusste das, doch es ermutigte sie nur umso mehr, ihre Geschichte zum Besten zu geben, und die wurde mit jedem Mal anzüglicher.

»Tatsächlich ist gar nichts passiert«, hatte Signy Oddny in ihrer letzten Nacht in der Meierei unter vier Augen anvertraut, als sie sich in einer der Hütten zusammengerollt hatten. »Wir waren beide sehr betrunken und sind gänzlich bekleidet im Stroh eingeschlafen.«

»Wenn das so ist, dann schätze ich, Papa wäre stolz auf dich, dass du es geschafft hast, etwas so Alltägliches dermaßen übertrieben darzustellen«, hatte Oddny geantwortet und einen Schlag auf den Arm von ihrer Schwester kassiert.

Nun stand Oddny auf und sagte: »Du kannst doch nicht wirklich glauben, König Erik würde zurückkommen und beschließen, dich zu einer seiner Frauen zu machen? Oder dich zu entführen und auf all seine Abenteuer mitzunehmen.«

Signy schob die Unterlippe vor und stand ebenfalls auf. »Und warum nicht?«

»Du weißt genau, warum.« Oddny flocht ihren Zopf zu Ende und bedachte ihre Schwester mit einem finsteren Blick. »Wir sind arm. Wir sind verflucht. Muss ich weiterreden?«

Bestenfalls unbedeutend, schlimmstenfalls Ausgestoßene, wie sehr unsere Mutter sich auch bemüht. Seit der Prophezeiung der Seherin. Seit Gunnhild sich einfach in Luft aufgelöst hat.

Oddny musterte die silbrig schimmernde Narbe in ihrer Handfläche und ballte die Faust. Wie so oft hoffte sie, dass Gunnhild es entschieden besser hatte als in den Fängen ihrer Mutter, wo immer sie nun auch sein mochte.

»Na ja, König Erik ist selbst nicht besonders beliebt, nachdem er zwei seiner Brüder getötet hat«, bemerkte Signy.

»Richtig. Eines der schlimmsten Verbrechen, die ein Mensch begehen kann, und er hat es gleich zweimal getan.«

»Aber ich habe gehört, einmal war es auf Befehl seines Vaters ...«

»Du solltest einen Brudermörder nicht auch noch verteidigen, Signy.« Angewidert rümpfte Oddny die Nase. »Ich würde einen anständigen Mann einem wie ihm jederzeit vorziehen, König hin oder her.«

»Tja, vielleicht wären unsere Aussichten nicht auf mürrische alte Männer und Brudermörder beschränkt, wenn Vestein an mehr als nur einem Raubzug teilgenommen hätte«, sagte Signy, als sie zur Tür gingen. »Du weißt schon, Beziehungen knüpfen, ein paar ahnungslosen Mönchen etwas Gold abknöpfen, tatsächlich versuchen, Ehemänner für uns zu finden ...«

Diese spezielle Klage brachte Signy häufig vor, also verdrehte Oddny nur die Augen und lieferte ihr die übliche Antwort: »Und wenn du diejenige gewesen wärest, die bei ihrem ersten Raubzug hätte mitansehen müssen, wie eine Axt Papa am Kopf erwischt, dann glaube ich nicht, dass du besonders erpicht auf den nächsten gewesen wärst. Aber, weißt du, ich denke, wenn du Mutter noch einmal fragst, ob du nicht an seine Stelle treten könntest, dann lässt sie dich vielleicht, und sei es nur, um dein Gejammer nicht mehr hören zu müssen.«

»Signy«, intonierte diese mit hoher Stimme, »du hast dich als Kind vor den Kampflektionen deines Vaters genauso gedrückt, wie du dich heute vor deinen Pflichten drückst. Du kannst kaum Holz hacken und hast schon zu seinen Lebzeiten aufgehört, mit der Waffe zu üben.«

Ihre Mutter hörte sich ganz anders an, also erging sich nun Oddny in einer verstörend akkuraten Imitation Yrsas: »Signy Ketilsdottir, du wirst tot sein, sobald du von Bord gehst. Kümmere dich um deine Pflichten, und sprich das nie wieder an.«

»Jaja, wir wissen alle, dass du die beste Imitatorin von ganz Halogaland bist. Aber anzugeben ist unartig.« Signy öffnete die Tür der bescheidenen Halle, und eine kalte Brise fegte herein. Draußen saßen Vestein, Lif, die persönliche Dienerin ihrer Mutter, und ein halbes Dutzend Landarbeiter auf Hockern und aßen schweigend ihren Gammelost. Die beiden Hunde des Hofes lagen faul im Sonnenschein nahe der Tür; sie hatten den Mädchen den ganzen Sommer in der Molkerei Gesellschaft geleistet, geholfen, das Vieh zu hüten, und sie beschützt. Oddny kraulte einen von ihnen im Vorübergehen hinter den Ohren.

»Signy Ketilsdottir!« Yrsa stürmte auf sie zu, kaum dass ihre Tochter in Sicht kam. »Du gehst heute nirgendwohin, ist das klar?«

Signy warf Vestein einen bösen Blick zu. »Du hast es ihr erzählt?«

»Wie lange, hast du gedacht, kannst du dich bei Ozur verstecken?«, herrschte Yrsa sie an. »Meinst du etwa, ich hätte nichts von dem Unsinn gehört, den du den ganzen Sommer lang darüber verbreitet hast, dass du einen König verführt hättest?«

Nun richtete Signy ihren zornigen Blick auf Oddny, die demonstrativ woanders hinsah. Sie mochte die Geschichte aus Frust ihrer Mutter gegenüber erwähnt haben, als sie nach ihrer Rückkehr am Vortag den Meiereiwagen abgeladen hatten, aber sie hätte nie gedacht, dass ihre Mutter die Sache zur Sprache bringen würde.

»Wenn du auch nur irgendetwas gehört hättest, dann wüsstest du, dass kein Bett im Spiel war«, konterte Signy, worauf Vestein erstickt aufkeuchte und einen Teil seines Frühstücks wieder ausspuckte. Die älteren Arbeiter verdrehten nur die Augen, aber die jüngeren – von denen einer es, wie Oddny wusste, tatsächlich mit Signy getrieben hatte – sahen ein bisschen verschnupft aus. »Ich verstehe nicht, warum du mich bloßstellst, weil ...«

»Soweit es Männer betrifft, kannst du tun, was immer du willst«, blaffte Yrsa, »solange du es diskret tust.« Und so war es auch. Zu den ersten Dingen, die sie Oddny gelehrt hatte, gehörte die Herstellung eines Verhütungsmittels. »Aber nun, da du so ein Spektakel veranstaltet hast, werde ich mir von den anderen Müttern etwas anhören dürfen.«

Signy riss die Hände hoch. »Ich verstehe nicht, warum du dagegen bist. Du tust geradezu, als wäre es nicht gut für unsere Familie, wenn ich einen König heirate.«

»Wenn dieser König irgendetwas mit seinem Vater gemein hat«, entgegnete ihre Mutter in eisigem, tadelndem Ton, »ist es wahrscheinlicher, dass du als seine Konkubine endest.«

»Und sind Konkubinen etwa nicht gut versorgt?«, bohrte Signy weiter. »Hätten die Söhne, die ich ihm schenken würde, etwa keine Aussicht darauf, den Königstitel zu erben, sofern er beschließt, sie zu legitimieren?«

Oddny rieb sich die Schläfen. Die Art und Weise, wie Signy zwischen ihren großen Lebenszielen – dem Traum von Kämpfen, Raubzügen und Abenteuern und dem Wunsch, sich an einen reichen Mann zu binden, bei dem es ihr an nichts fehlen würde – schwankte, würde nie aufhören, sie in Erstaunen zu versetzen.

»Meine Schwester will den meistgehassten Mann in ganz Norwegen ehelichen.« Vestein blickte zum Himmel empor, als gälten seine Worte den Göttern. »Unsere Familie ist wahrlich verflucht.«

»Die Konkubine eines Königs zu sein, wäre besser als das hier.« Signy erfasste mit ausholender Geste ihre Umgebung, doch zugleich stieg ihr die Röte ins Gesicht. »Dieses ... dieses einfache, kleine Leben.«

Einen Moment lang dachte Oddny, ihre Mutter würde ihr widersprechen, doch stattdessen fiel Yrsa in sich zusammen, schüttelte den Kopf und ließ sich schwer auf ihren Hocker fallen.

»Sei nicht so undankbar, Signy. Wir leben, oder etwa nicht? Und das verdanken wir nicht deiner Faulheit«, grollte Vestein. Er war zu einem stillen, hoch aufgeschossenen Mann herangewachsen, bartlos und mit vorzeitig zurückweichendem Haar. Dieser Raubzug – und der Tod ihres Vaters – hatte ihn verändert. Während viele andere Männer seines Alters in die Welt zogen, um sich einen Namen zu machen, arbeitete Vestein zwar hart, zeigte aber jenseits der alltäglichen Bewirtschaftung ihres Hofs keinerlei Ehrgeiz. Rechtlich gehörte das alles ihm, aber jeder wusste, dass Yrsa das Sagen hatte.

»Fang bloß nicht so an«, ging Signy prompt auf ihn los. »Es ist zumindest teilweise deine Schuld, dass wir keine Zukunftsaussichten haben. Deine und die dieser dreimal verwünschten alten Seherin.«

»Du weißt ganz genau, dass die einzigen Männer, die sich nicht um die Prophezeiung scheren, die über euren Köpfen hängt, alte Böcke sind. Männer, verzweifelt genug, um auch eine verfluchte Frau als zweite oder dritte Gattin zu nehmen«, konterte Vestein. »Und sie alle haben einen Brautpreis angeboten, der weit unter dem lag, was eine von euch wert ist. War es etwa falsch von mir, sie abzuweisen? Ist dieses Leben im Vergleich dazu wirklich so schrecklich?«

Signy vergrub für einen Moment die Finger in ihrem Haar und gestikulierte dann wild in die Richtung des Fjords und des Herrenhauses von Ozur auf seiner fernen Insel jenseits der Meerenge.

»Du denkst so klein, Bruder! Ein echter König wird schon bald wieder hier vorbeikommen, und ich ...«

»Es reicht, Signy«, sagte Yrsa leise. »Iss dein Frühstück, und sprich nicht mehr davon.«

»Schön«, sagte sie, und dann, energischer: »Schön!« Damit wandte sie sich ab und stürmte in Richtung Wald davon. Das war an sich nichts Neues – tatsächlich endeten die meisten Streitereien zwischen Signy und Yrsa auf diese Art –, aber dass sie abgehauen war, ohne gefrühstückt zu haben, fand Oddny besorgniserregend. Trotzdem folgte sie ihr nicht. Signy brauchte stets ein bisschen Zeit, um sich zu beruhigen, ehe irgendjemand, gewöhnlich Oddny, versuchen konnte, sie zu besänftigen.

Tief im Inneren wusste sie, dass Signys Befürchtungen nicht aus der Luft gegriffen waren: Eines Tages würde Vestein heiraten und eigene Kinder haben, und dann wären seine Schwestern nur noch zwei zusätzliche Mäuler, die gestopft werden wollten. Verstohlen musterte Oddny die Gesichter um sie herum, bis ihr Blick an Lif hängen blieb. Sie war im gleichen Alter wie Oddnys Mutter, die jüngste Tochter einer armen Familie, die sich keine Mitgift leisten konnte; ihr war nicht viel anderes übrig geblieben, als Dienstmagd zu werden. An diesem Punkt ihres Lebens musste Oddny sich einfach fragen, ob ihre Zukunft ähnlich aussehen würde, doch sie sagte sich, dass das auch nicht so schlimm wäre. Lif wirkte jedenfalls ganz zufrieden.

Als sie mit dem Frühstück fertig waren, reichte Yrsa Oddny einen Korb. »Für deine Zutaten. Und such deine Schwester. Vergewissere dich, dass es ihr gut geht. Ich fürchte, ich war heute zu hart zu ihr, und das tut mir leid.«

»Ich finde nicht, dass du zu hart warst«, widersprach Oddny. »Ich denke, es ist wichtiger, sie eines Besseren zu belehren, als zuzulassen, dass sie sich in ihren Fantastereien verliert.«

Yrsa legte eine Hand an Oddnys Wange. »Manchmal denke

ich, ich habe dich mir zu ähnlich gemacht, Liebes. Oft sind die Geschichten, die wir uns selbst einreden, alles, was uns bleibt, um Halt zu finden. Vielleicht sollte ich Signy lieber weiterträumen lassen.«

»Das würde ihr nicht guttun«, sagte Oddny erbittert. »In einem Punkt hat sie recht: Unsere Zukunftsaussichten sind begrenzt.«

»Du darfst die Hoffnung nicht aufgeben.« Yrsa hob Oddnys Kinn an. »Du bist fleißig, eine tüchtige Arbeiterin, eine gute Spinnerin und Weberin und obendrein eine Heilerin. Eines Tages wirst du eine wunderbare Ehefrau sein, meine Tochter. Deine Aussichten sind nicht so schlecht, wie du denkst.«

Beinahe wäre Oddny in diesem Moment mit ihrer tiefsten, düstersten Furcht herausgeplatzt: *Vielleicht bin ich Signy ähnlicher, als du denkst, aber ich bin gut darin, das zu verbergen.*

Als Oddny, gerade der Kindheit entwachsen, die ersten Male geblutet hatte, da war sie stets einen ganzen Tag bettlägerig gewesen. Jedes Mal hatte sie deswegen ein schlechtes Gewissen gehabt und war sich nutzlos vorgekommen. Aber Yrsa kannte ihre Tochter gut genug, um zu wissen, dass sie nicht nur versuchte, sich vor ihren Pflichten zu drücken.

Irgendwann war es ihr dann gelungen, einen Tee zusammenzubrauen, der Oddnys Schmerzen zu lindern vermochte, aber die ersten paar Monde des Herumprobierens waren wirklich schlimm gewesen.

»Tut es genauso weh, ein Kind zu bekommen?«, hatte Oddny einmal unter Qualen gefragt.

»Ach, mein Liebes«, hatte Yrsa darauf gesagt und Oddny den Schweiß von der Stirn gewischt. »Ich werde dir nichts vormachen: Es ist viel, viel schlimmer.«

Oddny zweifelte nicht an ihren Worten. Von den sieben Kindern, die Yrsa zur Welt gebracht hatte, waren zwei bei der Geburt gestorben und zwei hatten ihren ersten Winter nicht erlebt. Vestein, Signy und Oddny waren die Einzigen, die ihre frühe Kindheit überlebt hatten. Und obwohl Oddny und Signy schon immer gut im Umgang mit Kindern waren und sich bei örtlichen Zusammenkünften stets um eine kleine Horde gekümmert hatten – Signy hatte sie mit ihren Geschichten und ihrer endlosen Tatkraft unterhalten, und Oddny hatte mit Geduld und Geradlinigkeit dafür gesorgt, dass sie sich benahmen –, wurde ihr bei dem Gedanken übel, selbst ein Kind zu gebären.

Aber sie würde es durchstehen, genau wie ihre Mutter. Yrsa durfte niemals erfahren, was wirklich in ihr vorging. Oddny würde sie auf keinen Fall enttäuschen.

»Danke, Mutter«, wisperte sie und machte sich auf, Signy zu suchen.

Der Bauernhof grenzte auf einer Seite an die tiefen, dunklen Gewässer des Fjords und auf den drei anderen an karges Weideland, das sich hangaufwärts in das bewaldete Vorgebirge und weiter hinauf ins Gebirge zog. In den Gebirgsausläufern lag Ketils Grabhügel, überschattet von einer riesigen Kiefer, die eine Lücke in das Blattwerk riss, sodass der Blick frei war auf den Hof, den Fjord und Ozurs ferne Insel.

Im Tode wachte Ketil stets über sie, und sein Grab war der Ort, den Signy am liebsten aufsuchte, um zu grübeln. Als sie also ihren Korb mit Pflanzen für den Tee gefüllt hatte, wusste Oddny genau, wo sie ihre Schwester finden würde.

Während sie sich einen Weg durch den Wald bahnte, sah sie eine Schwalbe von ihrem Thron auf einem Ast herabblicken. Im Vorbeigehen sagte sie lächelnd: »Hallo, kleiner Freund.« Der Vogel neigte den Kopf zur Seite und verschwand zwischen den Kiefern, als Oddny das Grab ihres Vaters erreichte.

»Signy?«, fragte sie. »Geht es dir gut?«

Signy saß mit angezogenen Beinen auf dem Grabhügel, die

Arme über den Knien, das Kinn auf die Unterarme gestützt. »Lass mich in Ruhe.«

Oddny kletterte hinauf, setzte sich zu ihrer Schwester und ahmte ihre Haltung nach. Von hier aus konnte sie Vestein und einen der Landarbeiter in einem Ruderboot beim Fischen im Fjord beobachten.

»Ich bin das alles so leid«, sagte Signy, als klar war, dass ihre Schwester nicht gehen würde.

»Ich weiß«, sagte Oddny.

»Ach wirklich?«, gab Signy zurück. »Es fällt mir schwer, das zu glauben. Ehrlich, Oddny, du bist doch genauso wie Mutter.«

»Ist das etwa so schlecht?«, fuhr Oddny auf.

»Etwa nicht? Du hast immer auf mich herabgeblickt. Du und sie, alle beide. Du hast dich nie auf meine Seite gestellt. Ich hab es so satt.«

Jetzt geht es los. »Das tust du immer. Lass deinen Ärger nicht an mir aus …«

»Ach du. Die perfekte kleine Oddny. Ich werde dir etwas über dich erzählen, Oddny, du unscheinbares Zweiglein«, spottete Signy. Was immer an diesem Morgen in ihr zerbrochen war, schien Raum für Verzweiflung und Grausamkeit gemacht zu haben. »Du hast dich doch nur in das Schicksal gefügt, das Mutter für dich vorgesehen hat, weil du tief im Herzen weißt, dass du für etwas anderes nicht interessant genug bist. Das Einzige, was dich zu etwas Besonderem macht, ist, wie perfekt du in die Gussform dessen passt, was eine Frau sein sollte. Und darum fühlst du dich von anderen, die aus diesen Fesseln ausbrechen und mehr sein wollen, bedroht.«

Oddny lief rot an. Vergessen war ihr Bestreben, ruhig zu bleiben.

»Die Leute sagen Dinge, die sie nicht so meinen, wenn ihnen etwas wehtut und sie sich wünschen, dass andere mit ihnen leiden«, hatte ihre Mutter einmal gesagt, als Oddny noch jünger und nach einem Streit mit Signy weinend zu ihr gelaufen war. »Ihr seid Schwestern. Wenn zwei Menschen einander so gut kennen wie ihr beiden, dann wissen sie auch genau, was sie sagen müssen, um dem anderen den größten Schmerz zu bereiten.«

Nie waren Yrsas Worte zutreffender gewesen – aber selbst wenn Signy es nicht so gemeint haben sollte, war Oddny es doch leid, ständig als Ziel des aus der Verbitterung über ihr Los geborenen Zorns ihrer Schwester zu dienen. So lief das schon, seit sie in jener Nacht der Prophezeiung geächtet worden waren; Oddny schwieg, während Signy sich aufspielte, als wäre sie die Einzige, die zu leiden hatte, als wären sie nicht beide in exakt der gleichen Lage. Und Oddny hatte genug.

»Und du denkst, dein Aussehen wird schon verbergen, wie launisch und hundsgemein du im Inneren bist«, knurrte Oddny. »Aber die Wahrheit ist, dass kein Mann, der es wert wäre, geheiratet zu werden, dumm genug wäre, um jemanden, der so flatterhaft ist, zur Frau zu nehmen. Du würdest dich mit dem Mann im Handumdrehen langweilen und dir einen Liebhaber suchen und auch noch den Rest deiner Reputation in Grund und Boden rammen.«

»Wer sagt, dass eine Frau über die Männer in ihrem Leben definiert werden muss? Über männliche Verwandte und dann ihren Ehemann und ihre Söhne? Wer sagt das? Wer sagt, eine Frau kann nicht für sich selbst einstehen und ihren eigenen Weg gehen?«

»Das kann sie, Signy! Aber sie muss auch etwas dafür *tun*. Was hast du dafür getan, dein Schicksal zu ändern? Nichts, außer mit jedem Mann anzubändeln, von dem du hoffst, er wäre imstande, dich von hier wegzubringen. Du könntest Mutter den Gehorsam verweigern und zu Raubzügen aufbrechen, wenn du es wirklich wolltest. Aber du übst dich nicht einmal im Kampf. Dafür bist du viel zu feige.«

Das saß. Signy wandte sich ab und sagte eisig: »Geh weg!«

Oddny erhob sich. »Ich bin nur hergekommen, um dich zu trösten ...«

»Geh!«

»Schön«, schnaubte Oddny und glitt von dem Hügel herab. Dann folgte sie dem Wildpfad und hielt sich auf dem Weg den Hang hinab an den Bäumen fest. Der Schmerz in ihrem Bauch pulsierte nun auch in ihren Beinen. Bis zu einem bestimmten Punkt konnte sie sich zwingen, es auszuhalten, aber der näherte sich nun rasant.

Auf dem Weg nach Hause hörte sie einen erschrockenen Schrei, und dann brach Signy aus dem Gehölz hervor und lief hinter ihr her. Oddny drehte sich um.

»Hast du das gesehen?«, fragte Signy und zeigte auf etwas.

Dichter Nebel trieb über die Mündung des Fjords, kroch in langen Ranken auf den Hof zu, strich wie Finger über das gespenstisch ruhige Wasser des Fjords, als suchte er etwas, das gerade außer Reichweite lag. Nebel war an sich nicht ungewöhnlich – aber wenn er so abrupt auftauchte, an einem sonst so klaren, wolkenlosen Tag, wirkte das regelrecht unheimlich.

»Was ...?«, sagte Oddny verdattert.

Signy keuchte auf. »Ist das ...?«

Plötzlich schoss ein Schiff aus dem Nebel hervor, glitt mit vollem Segel über das Wasser, so glatt und sauber wie ein Messer durch Butter. Es kam schnell näher – widernatürlich schnell. Oddny spürte, wie die Narbe in ihrer Handfläche kribbelte, als wollte sie sie warnen.

»Vestein!«, brüllte Signy. »Mutter!«

»Signy, warte ...«

Aber Signy war wie der Blitz auf und davon, rannte über die Weide und wich unterwegs Kühen, Schafen, Ziegen und Zicklein aus. Oddny folgte ihr, und als sie wieder zum Wasser blickte, sah sie Vestein und den Knecht in einem kleinen Ruderboot hektisch auf die Küste zuhalten – aber das Schiff holte sie ein.

In diesem Moment begriff Oddny, dass die Mannschaft des Langboots das Drachenhaupt am Bug nicht entfernt hatte; sie sah eine große, behelmte Gestalt neben die geschnitzte Bestie treten. Sah sie einen Bogen halten, einen Pfeil anlegen, die Sehne spannen.

»Nein!«, schrie Oddny, als sie zusehen musste, wie ihr Bruder zusammenbrach. Dann war da noch ein Pfeil, und auch der Knecht wurde getroffen, fiel seitlich über Bord und brachte so das Boot mit Vestein darin zum Kentern. Nur der Knecht tauchte wieder auf, bäuchlings im Wasser, einen gefiederten Pfeil im Rücken. An der Küste bellten die Hofhunde wie rasend vor Angst.

Oddnys Instinkt verlangte, dass sie kehrtmachte und sich versteckte, aber Signy war ihr voraus und rannte mitten hinein in die Gefahr. Und was war mit Yrsa, Lif und all den anderen auf dem Hof? Auf wackeligen Beinen setzte sie ihren Weg fort. Ihr Atem ging stoßweise, ihre Füße schienen sich aus eigenem Antrieb zu bewegen.

»Waffen! Zu den Waffen!«, hörte sie Yrsa in der Ferne rufen. Im Geiste sah sie vor sich, wie ihre Mutter das Schwert ihres Vaters von seinem Platz an der Wand riss, wie die Landarbeiter zu Äxten und Heugabeln griffen, um sich zu verteidigen.

Im Norden wusste jedes Kind gleich welchen Geschlechts mit einer Waffe umzugehen, auch wenn die Waffe nicht mehr als ein bäuerliches Werkzeug war. Und dies war der Grund dafür.

Die Angreifer sprangen von Bord, ehe ihr Schiff ganz angelandet war. Sie hatten Äxte, Speere und Kurzschwerter in Händen. Von dem Bogenschützen abgesehen trug niemand einen Helm oder eine nennenswerte Rüstung. Sie sahen nicht viel anders aus als die Männer, mit denen ihr Vater jeden Sommer zu Raubzügen aufgebrochen war, aber ihre Rufe erklangen in einem Dialekt, der sich in Oddnys Ohren fremdartig anhörte.

Signy war stehen geblieben, vor Furcht erstarrt verharrte sie direkt vor dem Erdwall am Rand des Heufelds.

Als Oddny sie endlich erreicht hatte, packte sie sie von hinten, gerade als einer der Männer sich in ihre Richtung drehte. Die Schwestern hielten vollkommen still, und der Blick des Angreifers schweifte über ihr Versteck hinweg. Oddny unterdrückte einen Schluchzer, als die bellenden, knurrenden Hunde, die herbeigelaufen waren, um ihr Heim zu verteidigen, rasch beseitigt wurden und sie mitansehen mussten, wie einer der ältesten Knechte gnadenlos erschlagen wurde, ehe er auch nur mit seiner Fällaxt ausholen konnte.

Sie wusste nicht, was in diesem Moment über sie kam, diese entsetzliche Ruhe, die sie befiel, als ihr klar wurde, was da geschah. Die einzig überlebenden Knechte, die an Händen und Füßen mit Seilen gefesselt waren, waren die beiden Jüngsten, denn die würden einen guten Preis erzielen.

Unter ihr fing Signy an zu weinen, und Oddny legte eine Hand auf den Mund ihrer Schwester, während sie mit der anderen immer noch ihren Korb festhielt.

Sklavenhändler, formte sie lautlos mit den Lippen, und Sinys tränennasse Augen weiteten sich. Die Schwestern wechselten einen Blick gegenseitigen Verständnisses, in dem das Wissen darum lag, zu welchem Zweck zwei junge Frauen verkauft werden könnten, sollten sie sich erwischen lassen.

Sie hörten Schreie aus dem Inneren des Hauses, hörten das feuchte, gedämpfte Geräusch, mit dem die Waffen ihr Ziel fanden. Oddny erwehrte sich der Vorstellung von ihrer Mutter und Lif, die blutüberströmt und alle viere von sich gestreckt am Boden lagen.

Männer verließen das Gutshaus und nahmen das wenige, was die Familie an Wertsachen besaß, mit: Yrsas Truhe mit dem, was von der Beute von Ketils Raubzügen geblieben war; das gute

Steinzeug; den Kessel; Ketils Erbschwert. Oddny sah zu, wie andere Männer das Vieh begutachteten, die am besten aussehenden Tiere auf ihr Schiff brachten und den Rest verscheuchten oder abschlachteten. Ihr ganzer Körper fühlte sich eiskalt an, während sie das Geschehen verfolgte.

Und dann schleifte ein Mann mit einer hässlichen, klaffenden Wunde am Oberarm Yrsa aus dem Haus und stieß sie in den Dreck. Mit einer blutigen Axt in der Hand landete sie auf allen vieren.

Jeder Knochen in Oddnys Leib schrie sie an: *Hilf deiner Mutter, sonst stirbt sie, wenn nicht Schlimmeres geschieht!* Aber sie war außerstande, sich zu rühren.

Der größte Angreifer – der einzige, der einen Helm trug, der Bogenschütze, der Vestein getötet hatte – trat die Axt weg und sagte: »Mehr hast du nicht, du jämmerliches altes Weib?«

Oddny erschrak, als sie die Stimme hörte – eine weibliche Stimme. Als Yrsa nicht antwortete, nahm die große Kriegerin ihren Helm ab, und zum Vorschein kamen ein kupferfarbener Zopf und Augen, so hart wie Stahl. Der Mann, der Yrsa herausgeschleift hatte, packte nun ihr Haar und zwang sie auf die Knie.

»Zwing mich nicht, noch einmal zu fragen«, sagte die Frau.

»Du überfällst meine Farm, ermordest meinen Sohn, raubst meine Leute und tust so, als hätte ich dich betrogen, weil ich nicht reich genug bin, damit es sich für dich lohnt?«, zischte Yrsa.

Die Frau versetzte ihr eine Ohrfeige. Yrsa gab keinen Laut von sich, aber nun, da ihr Kopf zur Seite gedreht war, erhaschte sie einen Blick auf Oddny und Signy, die über den Wall des Heufelds lugten. Für einen Moment weiteten sich ihre Augen vor Überraschung, die gleich darauf von dem scharfen Blick abgelöst wurde, der genau den Respekt einforderte, den sie von den Mädchen schon eingefordert hatte, als sie noch sehr klein gewesen waren.

Er besagte: Bleibt, wo ihr seid. Helft mir nicht.

Er besagte: Bringt euch in Sicherheit.

»Keine Spur von ihnen zu sehen, Kolfinna«, sagte einer der Angreifer zu der großen Frau. »Wir haben die Nebengebäude durchsucht ...«

»Irgendwo müssen sie sein.« Kolfinna drehte sich wieder zu Yrsa um. »Du und deine Leute sind ein kläglicher Haufen. Wo ist der Rest von ihnen?«

»Da ist niemand sonst«, sagte Yrsa, riss sich vom Anblick ihrer Töchter los und starrte zu Boden.

»Du lügst«, sagte Kolfinna, und ein Hauch von Verzweiflung war aus ihrem Ton herauszuhören. »Es sind noch andere hier. Wo sind sie?«

Yrsa bewegte sich schneller, als Oddny es je von ihr erlebt hatte, schnappte sich die Axt vom Boden, wo Kolfinna sie hingetreten hatte, und holte damit unbeholfen aus, um nach der größeren Frau zu schlagen. Kolfinna schaffte es gerade noch, auszuweichen und ihre Flanke zu schützen, aber die Axt war scharf, und Yrsa verpasste ihr eine oberflächliche Schnittwunde an der Hüfte.

»Miststück!«, heulte Kolfinna. Sie presste eine Hand auf ihr Bein und rammte die andere an Yrsas Kinn, worauf Yrsa die Axt fallen ließ. Ein weiteres Mal packte der Mann, der Yrsa gehalten hatte, ihr Haar und zwang sie auf die Knie.

Kolfinna richtete sich auf und blickte stirnrunzelnd auf ihre zerrissene Hose und die blutende Wunde hinab. In einem langsamen, bedrohlichen Zug hob sie die Axt auf, richtete sie auf Yrsa aus und sagte: »Ich gebe dir eine letzte Chance, Weib. Wo sind die anderen?«

Yrsa blickte zu Kolfinna auf, bleckte blutige Zähne und spuckte ihr vor die Füße. »Möge dich der Drache in Hel langsam verzehren.«

Kolfinna hob die Axt hoch und ließ sie niedersausen.

Unter dem Einfluss des Schocks glitt Oddnys Hand von Signys Lippen.

Yrsa fiel nach vorn und blieb reglos liegen.

Signy schrie.

Und dann trat Stille ein, als jeder einzelne Angreifer sich in die Richtung umdrehte, in der die beiden Frauen sich hinter dem Heufeld versteckt hielten. Oddny krampfte sich abrupt der Magen zusammen, als ihr bewusst wurde, wie gut sie zu sehen waren, wenn jemand nur genau wusste, wohin er blicken musste.

»Bringt sie zu mir«, sagte Kolfinna da und zeigte mit der Axt, von der immer noch Yrsas Blut troff, auf die Schwestern. »Unversehrt.«

Oddny ließ ihren Korb fallen und war im Nu auf den Beinen. Signys Hand fest umklammert, zog sie ihre Schwester mit sich, und sie rannten in das Weideland hinein, auf die Bäume zu. Hinter ihnen stampften die schweren Schritte der Männer, und das Blut pulsierte in ihren Ohren. Ihre Beine brannten, aber sie hatten es beinahe geschafft, wenn sie nur den Wald erreichen konnten …

Jemand packte ihren Arm und riss sie zurück, und sie schwankte zur Seite, ließ Signys Hand los …

Der Mann, der sie festhielt, ließ nicht von ihr ab, wie sehr sie sich auch wehrte. Hinter ihr schrie Signy, als ein größerer Mann sie über seine Schulter warf und sich mit ihr in Richtung Schiff aufmachte.

Jemand hatte das Gutshaus angezündet.

»*Oddny!*«, kreischte Signy. »*Mutter!*« Und dann, als sie sah, wie Yrsas Leichnam kurzerhand in das brennende Gebäude geworfen wurde, schrie sie nur noch unartikuliert.

Oddny spürte, wie ihre Kraft erlahmte, als der Mann, der sie gepackt hatte, sie zum Schiff zerrte. Das war es dann also. Das war das Ende ihrer Welt. Dies war, soweit es Oddny betraf, Ragnarök: Signy, die schreiend über die Schulter ihres Entführers hinweg nach ihr zu greifen versuchte, das brennende Gutshaus, in dem die sterblichen Überreste ihrer Mutter und Lifs lagen, Vesteins Leichnam, irgendwo auf dem Grund des Fjords ...

Ein schriller, unmenschlicher Schrei zerriss die Luft.

Oddnys Möchtegern-Entführer ließ plötzlich los, und ehe sie wusste, wie ihr geschah, rannte sie schon wieder auf den Wald zu, so schnell ihre Beine sie tragen wollten. Nur einmal blickte sie sich über die Schulter um und sah, dass eine Schwalbe – die von vorhin? – den Mann attackierte, der sie festgehalten hatte. Ihre kleinen Krallen waren sündhaft spitz, und ihr Gezwitscher klang immer zorniger. Ein hauchzarter Faden zog sich von ihrer Brust aus in den Himmel und verschwand im Nirgendwo.

Der Mann schlug nach dem Vogel, versuchte, ihn zu verscheuchen, und Oddny konnte sein Gesicht sehen – kein Bart, große Augen von einem sonderbar fahlen Grün. Die Schwalbe musste ihn gut erwischt haben, denn plötzlich schrie er auf, schwankte zurück und bedeckte eines seiner Augen mit beiden Händen.

»Was machst du denn, Halldor?«, bellte Kolfinna. »Sie entkommt!«

Zu diesem Zeitpunkt war Oddny bereits im Kieferngehölz, und sie hielt nicht inne. Ihre Oberschenkel protestierten schrill, als sie den Hang hinauflief.

»*Lauf, Oddny!*«, brüllte Signy mit heiserer, schmerzerfüllter Stimme. »*Lauf ...*« Abrupt brachen ihre Schreie ab, ganz so, als wäre sie geknebelt worden oder Schlimmeres, und, Götter, wie konnte Oddny sie einfach zurücklassen?

Aber Oddny hörte nicht auf zu rennen, bis sie den Grabhügel ihres Vaters erreicht hatte. Dort kletterte sie auf die alte Kiefer, suchte sich einen stabilen Ast und setzte sich darauf, die Arme um den Stamm geschlungen. Ihre Brust hob und senkte sich unter schweren Atemzügen, sie kniff die Augen zu. Nach der Stille um sie herum zu schließen, war ihr keiner der Angreifer gefolgt. Sie wusste nicht, wie lange sie schon dort oben saß, bis sie endlich den Mut aufbrachte, sich zu ihrem Zuhause umzuschauen.

Das Gutshaus ihres Vaters brannte immer noch, und der Nebel war fort, das Schiff nur noch ein dunkler Fleck in der Ferne, der südwärts durch die Meerenge auf die offene See zuhielt. Sie fragte sich, ob die Räuber auch Ozurs Hof angreifen würden, fragte sich, ob sie wussten, wie reich er im Vergleich zu der bescheidenen Familie war, die sie gerade im Handumdrehen zerstört hatten.

Oddny kletterte mit unsicheren Händen und Füßen wieder hinab. Dann sackte sie auf dem Grab ihres Vaters zusammen und schluchzte, bis es um sie finster wurde und sie nichts mehr fühlen konnte.

5

DIE SCHWALBE FLOG über das Getöse.

Nachdem sie sich vergewissert hatte, dass niemand Oddny in den Wald gefolgt war, konzentrierte sie sich auf Signy. Die warf sich, trotz des Knebels kreischend, herum, als der Räuber ihre Hände und Füße fesselte und sie zu den beiden jungen Knechten aufs Schiff warf. Die Schwalbe blieb in ihrer Nähe.

Alles wird gut, sagte die Schwalbe, obwohl sie wusste, dass Signy sie nicht hören konnte. Sie tauchte hinab und fing an, Signys Fesseln mit Schnabel und Krallen zu bearbeiten, musste aber schnell feststellen, dass das ein sinnloses Unterfangen war. Die Seile waren dick und schwer und sie sehr klein – und selbst wenn es ihr gelänge, Signy zu befreien, so würde ihre Freundin den Räubern doch nicht entkommen können. Es waren einfach zu viele.

Also flatterte sie zum Schandeckel und drängte sie, zu sehen.

Und Signy kam endlich zur Ruhe, als sie den Vogel sah und dem Blick seiner menschlichen Augen begegnete – und ihre eigenen Augen weiteten sich, als sie sie erkannte. Ihre Stimme klang durch den Knebel gedämpft und war rau vom Schreien, aber die Schwalbe vernahm in dem Flüstern ihren eigenen Namen: »Gunn…hild?«

Heid versucht, den Nebel zu lichten, damit die Männer meines Vaters zu deiner Rettung kommen können. Alles wird wieder gut.

Aber das muss doch jetzt nicht sein, sagte eine andere Stimme – eine weibliche Stimme, hoch und blasiert –, und die Schwalbe flog auf, um nicht von der weißen Füchsin erwischt zu werden, die sich auf sie stürzte. Ihre Augen waren bernsteinfarben und so menschlich wie ihre eigenen.

Eine Hexe.

Wer bist du?, verlangte Gunnhild zu erfahren. *Was hat das zu bedeuten?*

Das geht dich nichts an, antwortete die Füchsin. *Wir haben nichts gegen dich, Schwester. Nun geh und sprich zu niemandem hiervon.*

Der Nebel über dem Wasser lichtete sich, was bedeutete, dass Heid Erfolg gehabt haben musste, aber Gunnhild konnte sie in der Luft nicht sehen.

»Wo steckt diese verfluchte Hexe?«, fragte die Anführerin der Räuberbande und blickte aus zusammengekniffenen Augen zum Himmel hinauf, während andere das Schiff vom steinigen Ufer ins Meer schoben und an Bord kletterten. Sie wandte sich an die Füchsin: »Wohin ist deine Adlerfreundin verschwunden? Ist sie nicht für den Nebel verantwortlich?«

»Wir haben keine Zeit mehr«, stellte einer der Räuber fest. »Der Nebel lichtet sich. Die Männer des Hersen werden uns jeden Moment entdecken.«

»Da ist die andere«, sagte ein Zweiter und zeigte auf etwas im Wasser, das Gunnhild nicht sehen konnte. »Kolfinna, wir müssen hier weg.«

Der Adler wird uns einholen, sagte die Füchsin.

Kolfinna konnte ihn verstehen – wie die Füchsin das hinbekam, wusste Gunnhild nicht –, denn sie sagte: »Besser wäre es, denn wir werden nicht auf sie warten.«

Ruckartig wies das Tier mit dem Kopf in Signys Richtung. *Mach mit ihr, was du willst, solange sie nur nie wieder nach Norwegen zurückkehren kann.*

»Und die andere Hälfte unseres Lohns?«

Ich hatte dich beauftragt, beide loszuwerden, ganz gleich mit welchen Mitteln. Da du eine hast entkommen lassen, werde ich den Rest nicht auszahlen.

Kolfinna stutzte. Signy sah verwirrt aus, ebenso wie die anderen Gefangenen – und sogar die Mannschaft. Niemand schien zu wissen, was da vor sich ging, und da begriff Gunnhild, dass niemand außer Kolfinna die Worte des Tiers hören konnte. Für sie musste es so aussehen, als würde ihre Anführerin unbegreiflicherweise mit einem Fuchs reden.

»Du betrügerisches kleines Miststück!«, stieß Kolfinna aus.

Du hast deinen Auftrag nur halb erfüllt, stellte die Füchsin fest. *Aber zumindest hast du die Anmutigere der beiden geschnappt – sie wird einen besseren Preis erzielen als die andere, nicht wahr?*

Zitternd vor Zorn wandte sich Kolfinna von dem Tier ab und fing an, ihre Leute auf dem Schiff herumzukommandieren, das schnell Fahrt aufnahm. Dann baute sie sich vor dem Mann auf, der Oddny beinahe entführt hätte. Blut rann aus den drei tiefen Rissen, die Gunnhilds Krallen in seiner dichten Braue hinterlassen hatte, über die Seite seines Gesichts.

Kolfinna musterte die Wunden und knurrte: »Wegen ein paar Kratzern hast du sie entkommen lassen? Du hast uns die Hälfte unseres Lohns gekostet.«

Gunnhild konnte die gemurmelte Antwort des Mannes nicht verstehen, aber sie veranlasste Kolfinna, nach ihm zu schlagen. Mühelos wich er aus und nagelte sie auf Deck fest. Mehrere andere Mannschaftsangehörige versuchten, die beiden zu trennen, und die Füchsin wandte sich an die Schwalbe.

Warum bist du noch hier?, fragte die fremde Hexe und richtete den Blick auf ihre winzigen Krallen. *Sag mir nicht, du bist der Grund, weshalb die andere entkommen konnte. Welche Rolle spielen diese Frauen für dich?*

Ihr werdet nie an den Männern meines Vaters vorbeikommen, und ich beabsichtige, zu bleiben und zuzusehen, wie sie euch gefangen nehmen, sagte Gunnhild und tat selbstsicherer, als sie war. Kein Kriegsschiff überquerte die Meerenge; noch nicht, aber sie konnte sehen, dass sich dort drüben etwas regte. *Was immer du hier zu erreichen hoffst ...*

Die Füchsin stutzte kurz und bleckte dann die Zähne zu einer schauerlichen Nachahmung eines Grinsens. *Ich verstehe. Also bist du Gunnhild Ozurardottir? Was für ein erfreulicher Zufall.*

Ehe Gunnhild fragen konnte, woher in allen Neun Welten diese Hexe ihren Namen kannte, sprang die Füchsin hoch, packte eines ihrer Beine mit scharfen Zähnen und zerrte die Schwalbe auf das Deck hinab, wo sie sie mit den Vorderpfoten festhielt.

Ich hätte mir eigentlich denken können, dass du deinen kleinen Freundinnen nachspionierst. So ein Pech, dass es das Letzte ist, was du je tun wirst, sagte die Füchsin und riss das Maul weit auf ...

Doch Signy, die das Verhalten der Tiere verdattert beobachtet hatte, ohne etwas von dem Gespräch der Hexen zu ahnen, hob die gefesselten Füße an und rammte der Füchsin die Fersen auf den Kopf. Gunnhild sah es gerade noch rechtzeitig kommen, um auszuweichen, ehe der Unterkiefer des Tieres auf Deck prallte. Sie erhob sich in die Lüfte und brachte sich außer Reichweite.

Verdammt sollst du sein, sagte die Füchsin und grub die Zähne in Signys Wade. Signy schrie hinter ihrem Knebel und versuchte, sie abzuschütteln. Kolfinna, die inzwischen jemand von ihrem Kumpanen weggezerrt hatte, versetzte der Füchsin einen Tritt.

»Wenn du meine Ware beschädigst, Hexe«, giftete sie, »dann kannst du von meinem Schiff verschwinden.«

Mit Vergnügen. Wir sind hier fertig, knurrte die Füchsin mit blutigem Schlund, ehe sie über den Schandeckel in die See sprang.

»Und *du*«, wandte sich Kolfinna nun an Signy, aus deren Bein das Blut auf das Deck tropfte, »nimm dich in Acht, sonst komme ich noch zu dem Schluss, dass du mehr Ärger machst, als du wert bist. Ist das klar?«

Signy bedachte sie mit einem unheilvollen Blick, gab aber keine Widerworte.

Gunnhild stieg höher in die Luft und schlug mit den Flügeln, um sicher über dem Schiff zu bleiben. *Komm schon, Vater. Der Nebel ist weg. Komm und hilf deinen Nachbarn ...*

Da plötzlich erregte hektische Bewegung ihre Aufmerksamkeit: Zwei Vögel kämpften über ihr in der Luft. Von beider Brust ging – wie von der Gunnhilds und der Füchsin – ein hauchdünner Faden aus. Einer war ein gewaltiger brauner Adler, den Gunnhild noch nie gesehen hatte, aber der andere war eine Krähe, die sie sehr gut kannte.

Heid!, schrie sie und schoss zu ihrer Mentorin hinüber.

Rette dich, Kind, sagte die alte Hexe mit einer Ruhe, die nicht zu dem hektischen Flügelschlag, den kahlen Stellen im Gefieder, den Kratzern und dem Blut auf ihrer Haut passte. *Los!*

Gunnhild war noch nie besonders gut darin gewesen, Anweisungen zu befolgen.

Sie fegte an Heid vorbei und rammte den Adler mit der ganzen Kraft ihres kleinen Körpers, sammelte all ihre Macht und Willenskraft, um die andere Hexe vom Himmel zu holen. Der Aufprall war so hart, dass beide Vögel ins Trudeln gerieten, ehe sie schließlich mitten in der Luft zur Ruhe kamen.

Heid schwebte keuchend ganz in der Nähe. Gunnhild war klar, dass sie nach Hause mussten, und zwar schnell, aber es war sicherer, wenn sie zusammenblieben. Rasch sah sie sich über ihren Flügel zu dem Schiff um, das durch die Meerenge fuhr. Es gab mehr Aktivitäten auf der Insel ihres Vaters, aber noch immer liefen keine Schiffe aus. Sie würden zu spät kommen.

Es tut mir leid, Signy, dachte Gunnhild im Stillen. Ich werde dich aufspüren, das verspreche ich.

Dann konzentrierte sie sich wieder auf ihre Gegnerin.

Du wagst es, dich in unsere Angelegenheiten einzumischen?, fauchte der Adler, dessen menschliche Augen von einem dumpfen, blassen Grau waren, mit rauer Stimme. *Wer glaubst du, dass du bist?*

Das ist sie: Gunnhild. Die Füchsin strampelte unter ihnen im Wasser, ihr kleiner weißer Kopf tauchte auf und ab. *Töte sie!*

Der Adler schoss auf sie zu und hielt die Schwalbe in seinen Klauen, ehe Gunnhild irgendetwas tun konnte. Aber da stürzte Heid herab – und griff nicht den Adler an, sondern packte mit dem Schnabel den Faden und zerrte daran. Der Adler kreischte, verlor das Gleichgewicht und ließ von Gunnhild ab. Ehe der größere Vogel sich wieder erholen konnte, hielt Heid auf das Land zu und zerrte den Adler hinter sich her.

Gunnhild sauste hinterher. *Heid! Was tust du?*

Katla!, schrie die Füchsin.

Der Adler kreischte, während er durch die Luft gezogen wurde, und flatterte sinnlos mit seinen Schwingen. Er mochte größer sein, aber Heid war eindeutig die mächtigere Hexe.

Waffenstillstand, alte Vettel! Ich ergebe mich.

Aber Heid flog weiter bis zum Wald und bahnte sich dort einen Weg an Stämmen und Ästen vorbei. Bis Gunnhild sie eingeholt hatte, hatte die alte Hexe ihre Gegnerin überwältigt. Der Adler hing zwischen zwei Bäumen, hoffnungslos im eigenen Faden verfangen.

Gunnhild entdeckte die Krähe auf einem Ast. Als Heid sie sah, meinte sie schwach: *Das sollte sie für eine Weile beschäftigen.*

Geht es dir gut?, fragte Gunnhild und landete neben ihrer Lehrerin.

Thorbjörg! Hilf mir!, kreischte der verzweifelt mit den Flügeln schlagende Adler.

Wir müssen los. Heid erhob sich wieder in die Lüfte.

Gunnhild sah sich noch einmal zur Meerenge um: Das Schiff war nicht mehr zu sehen, und die Füchsin hatte ihren patschnassen Leib ans Ufer geschleppt. Sie blickte Gunnhild in die Augen und fletschte die kleinen Zähne, und Gunnhild wusste, dass dies nicht das letzte Mal wäre, dass sich ihre Pfade kreuzten.

Dann riss sie sich von dem Anblick los und flog auf. Als Krähe und Schwalbe sich über die Baumwipfel erhoben, verschwanden Fuchs und Adler aus ihrem Blickfeld.

Sie flogen eine ganze Weile. Berge und Täler und Wälder zogen unter ihnen vorbei, denn sie waren sehr weit von zu Hause entfernt.

Gegen Abend neigte Heid sich plötzlich zur Seite und sackte ab. Voller Furcht folgte ihr Gunnhild, packte den Faden ihrer Lehrerin mit den Krallen und zog sie mit sich, so gut sie nur konnte.

Aber Gunnhild war mental erschöpft, und das schlug sich auf die Schwalbe nieder.

Lass mich, Mädchen, krächzte Heid.

Nein, widersprach Gunnhild. *Wir sind schon so weit gekommen.*

Sie schafften es bis zum Rand der Lichtung, auf der die Hütte stand, ehe Gunnhild die Kraft verließ und Schwalbe und Krähe ins Unterholz stürzten. Heid regte sich nicht, nachdem sie auf dem Boden aufgeschlagen war.

Die Schwalbe rutschte weiter über die Lichtung und glitt durch die geborstene Tür der Hütte, flog auf und verschmolz mit dem Rücken einer jungen Frau mit rotbraunem Haar, die regungslos auf einem Hocker vor einem erlöschenden Herdfeuer saß. Sie hielt einen hölzernen Rocken fest mit einer Hand umklammert – jenen Stab, der bis zu diesem Moment ihren Faden gehalten und den Körper mit ihrem Vogel-Ich verbunden hatte –, eine Steinguttasse stand auf dem Boden vor ihren Füßen.

Gunnhilds Augen öffneten sich schlagartig, als ihr Geist mit ihrer Gestalt verschmolz. Sie ließ den Rocken fallen und huschte auf die andere Seite des Feuers, wo Heid von ihrem Hocker gekippt war. Den eigenen Rocken fest umfasst, lag sie so still am Boden wie die Krähe draußen. Die Hexe war während der vergangenen zwölf Winter sogar noch mehr zusammengeschrumpft, der Körper schmaler, die Zähne spärlicher, und von ihrem weißen Haar waren nur ein paar kleine Büschel geblieben.

Aber die alte Frau atmete noch, und Gunnhild erkannte erleichtert, dass der Faden weiterhin mit Heids Eisenstab verknüpft war und sich zur Tür hinaus und bis zu der Krähe zog. Er schimmerte wie Spinnweben im Sonnenschein.

Gunnhild stolperte hinaus auf die Lichtung, hob vorsichtig die Krähe auf, ging wieder hinein und legte sie auf Heids Brust. Kaum hatte die Hexe den Vogel in sich aufgenommen, hob Gunnhild sie so behutsam auf, als wäre sie ein Säugling, und legte sie auf die klapprige Schlafpritsche, um sie zu untersuchen. Heids Wunden spiegelten die wider, die sie in Krähenform davongetragen hatte, und sie waren viel tiefer, als Gunnhild angenommen hatte, wenn auch nicht tief genug, um sie zu nähen. Doch Heid war sowieso schon arg gebrechlich.

Gunnhild schnappte sich eine Heilsalbe aus ihrem Vorrat, schmierte die grüne Paste auf Heids Wunden und zupfte die staubigen Felle um sie herum zurecht. Dann kauerte sie sich auf den Boden aus gestampfter Erde und ergriff die raue, knotige Hand ihrer Mentorin.

»Sag etwas, Heid. Bitte.«

Die Lippen der alten Frau bewegten sich, doch heraus kam nur ein Hauch von Luft. Gunnhild beugte sich näher heran, bemüht, Wörter auszumachen. Doch ohne Erfolg.

Dann atmete Heid rasselnd aus, ihre Brust sank und hob sich nicht mehr.

»Heid?«, sagte Gunnhild mit schwacher Stimme. »Nein. Nein, nein ...«

Das darf nicht sein. Ich bin noch nicht bereit. Ich bin nicht initiiert.

Ich kann nicht allein bleiben. Noch nicht.

Da kam Gunnhild ein gefährlicher Gedanke, und sie schüttelte erneut ihren Rocken zusammen mit der Tasse, in der die Reste des Bilsenkrauttees schwappten, den sie getrunken hatte, um ihren Geist von ihrem Körper zu lösen. Sie zog ihren Hocker zu Heids Bett, setzte sich und trank den Rest des Tees. Prompt krampfte sich ihr Magen zusammen. Sie hatte bereits seit dem Tag zuvor nichts zu sich genommen, um sich auf diese Reise vorzubereiten, auf die sie sich in regelmäßigen Abständen begab, um nach ihren Freunden und ihrer Familie zu sehen.

Dann fing sie an, das Spinnen zu mimen, während sie zugleich die Schutzweisen intonierte. Einen Teil ihrer selbst würde sie zurücklassen, damit ihr Körper weitersingen konnte, während sie hinabstieg – ein Unterfangen, das sie noch nie allein versucht hatte. Sie sollte dergleichen nicht tun. Es war gefährlich. Es war etwas, wovor Heid sie mit ernsten, düsteren Worten gewarnt hatte: *Reise immer in Begleitung, oder lass eine andere Frau für dich singen, denn es gibt Hexen, die Zauber kennen, mit denen sie deinen Geist von deinem Körper trennen können – und das, liebes Kind, führt zu einem langsamen, qualvollen Tod. Das ist ein Schicksal, das ich nicht einmal meinem ärgsten Feind wünsche.*

Die Erinnerung an diese Worte erfüllte Gunnhild mit eisiger Furcht. Trotz der Hitze des Feuers lief kalter Schweiß über ihren Rücken, und die Hände, die den Rocken hielten, zitterten.

»Spüre deine Furcht«, hatte Heid sie angewiesen, als sie sich das erste Mal in Trance versenkt hatte. »Du weißt nie, wem du begegnest, wenn du gehst, oder wen dein Gesang rufen wird. Nach allem, was wir wissen, könnte es sogar Odin höchstpersönlich sein.«

Das hatte Gunnhild nicht im Mindesten beruhigt. »Wird das mit der Zeit leichter? Ich habe mich mein ganzes Leben lang gefürchtet. Ich bin hergekommen, um meiner Furcht zu entfliehen. Ich hasse es, Angst zu haben.«

»Natürlich tust du das. Und nein, es wird nicht leichter mit der Zeit. Aber du wirst mutiger werden«, hatte Heid geantwortet. »Du wirst dich daran gewöhnen, Angst zu haben. Würdest du keine Furcht verspüren können, wozu solltest du dann Tapferkeit benötigen?«

Viele Winter später hatte Gunnhild noch immer nicht verstanden, was sie damit gemeint hatte. Alles, was sie wusste, war, dass dies nicht das Ende sein durfte – sie brauchte ihre Lehrerin.

Statt ihren Geist als Schwalbe in die Welt hinauszuschicken, zwang sie ihn dieses Mal, tief hinabzusinken, immer weiter und weiter.

In der vollkommenen Schwärze der Leere, des Raums zwischen den Welten, schlug sie die Augen auf. Ihre Gestalt erstrahlte in einem inneren Licht, und ein dünner Faden zog sich von der Mitte ihrer Brust hinauf ins Nichts, von wo ihr eigener Gesang aus weiter Ferne erscholl.

Aber Geister waren keine aufgetaucht, was sonst, wenn Heid für sie sang, immer der Fall war. Warum?

Plötzlich verspürte Gunnhild ein Kribbeln, als würde sie beobachtet. Etwas umkreiste sie im Dunkel, und das war nicht Heid.

Aber wo war Heid? Wo waren die Geister?

»Heid? Heid, bitte!«, rief sie und hielt dann inne, spürte wieder dieses Kribbeln. *Jemand* ist hier. »Heid, du musst zurückkommen. Ich finde eine Möglichkeit, um dich zu heilen. Ich finde ganz bestimmt ...«

»Du bist kühner, als ich dachte, wenn du glaubst, du könntest die Toten zum Leben erwecken«, sagte eine vertraute, harsche Stimme. Die Stimme des Adlers. Katla.

Das war nicht richtig. Das war absolut nicht richtig. So sollte das nicht ablaufen.

Das Kichern einer Frau hallte durch die tiefe Finsternis, und Gunnhild fühlte, dass jemand von hinten nach ihr greifen wollte, aber genau in diesem Moment zwang sie sich wieder hinauf, folgte dem Faden zurück zu ihrem Körper.

Als sie die Augen öffnete, befand sie sich erneut in der Hütte mit rauer Kehle vom Singen. Sie warf den Rocken von sich und tastete nach Heids Leichnam, ergriff die knochigen Hände der alten Frau und weinte wie noch nie zuvor.

»Es tut mir leid, Heid«, wisperte sie. »Ich habe dich enttäuscht ...«

Doch kaum waren ihre Tränen versiegt, erglühte ein Feuer in ihrem Inneren. Hier im Wald war alles so still – ein himmelschreiender Kontrast zu dem Chaos, dem sie so knapp entronnen war –, aber in ihren Ohren pulsierte das Blut, als sie Heids Hände losließ und sich mit geballten Fäusten aufrichtete.

Als sie auf den Leichnam ihrer Mentorin – ihrer Ersatzmutter während der letzten zwölf Winter, ihrer Lehrerin, ihrer ganzen Welt – hinabschaute, überschlugen sich ihre Gedanken bei dem Versuch, alldem, was sich an diesem Tag ereignet hatte, einen Sinn abzuringen. Wer waren diese Hexen, Katla und Thorbjörg, der Adler und die Füchsin – und ihre unbekannte Gefährtin, auf die einer der Angreifer im Wasser hingewiesen hatte? Wie hatte Katla Gunnhild zu dem finsteren Ort folgen können? Was hatten sie gegen Oddny und Signy und deren Familie? Was wäre aus Oddny geworden, hätte Gunnhild ihre Freunde an diesem Morgen nicht beobachtet? Und was wäre aus Gunnhild geworden, hätte Heid sich entschieden, in der Hütte zu bleiben und für sie zu singen, statt sie als Krähe zu begleiten?

Und die vielleicht wichtigste Frage lautete: Woher kannten diese Hexen ihren Namen? Woher wussten sie überhaupt irgendetwas über sie? Und warum?

Sie brauchte einen Plan, benötigte Antworten. Und sie musste Signy finden, die mit jedem Moment, der verging, weiter fortgebracht wurde. Die Begegnung mit Katla an dem finsteren Ort konnte nur ein Zufall gewesen sein. Gunnhild würde Oddny aufspüren und sich vergewissern, dass sie unversehrt war. Und dann würde sie sie dazu bringen, die Schutzweisen zu singen, damit Gunnhild die Geister fragen konnte, wohin man Signy gebracht hatte. Und es gab nur einen Ort, den Oddny aufgesucht haben könnte, nachdem die Küste wieder frei gewesen war: das Haus ihres nächsten Nachbarn Ozur.

Gunnhild musste nach Hause gehen.

Sie hatte Freunde in dem Samenlager in der Nähe, und sie würden schon bald gen Westen aufbrechen, um sich wie jeden Herbst mit König Haralds Männern zu treffen. Wenn sie früh genug zu ihnen stieß, konnte sie mit ihnen gehen. Gleich morgen früh würde sie die Hütte verschließen und losziehen.

Aber vorher musste sie Heid beerdigen.

6

Oddny erwachte in dem leeren Schlafraum von Ozurs Herrenhaus.

Sie erinnerte sich nur bruchstückhaft daran, wie sie hierhergelangt war. Immer wieder hatte sie das Bewusstsein verloren, und sie wusste nicht, wie lange es ihr so ergangen war. Alles, was sie wusste, war, dass sie sich in einem Zustand der Katatonie, ausgelöst durch Trauer, befunden hatte, der sich über Tage, womöglich sogar Wochen hinzog. Nein, es konnten nur ein, zwei Tage vergangen sein, denn ihr Blut war noch nicht geflossen. Ihr Magen sollte vor Hunger lauthals knurren, aber der Schmerz in ihrem Bauch überlagerte alles andere.

Ihr waren nur kleine Erinnerungsfetzen geblieben, kurz aufflammende Bilder davon, wie sie auf Ozurs nahende Krieger zugestolpert war, wie man sie auf das Schiff gebracht hatte. Ein Ruderboot war an die Küste gespült worden, und darunter hatte eine Leiche gelegen, mit einem Pfeil im Hals. Sie hatte nicht hingesehen, hatte nicht gewagt, hinzusehen. Das Boot und der Leichnam ihres Bruders waren, neben denen ihrer geliebten Hofhunde und der niedergemetzelten Knechte, feierlich nebeneinander auf die verkohlten Ruinen gelegt worden, nachdem Oddny den Männern gesagt hatte – Hatte sie? War das ihre Stimme gewesen? Sie hatte so fern geklungen –, dass ihre Mutter und Lif bereits unter dem Haufen geschwärzter Balken begraben waren, aus denen einst das Gutshaus ihres Vaters bestanden hatte.

Ohne wirklich zu sehen, hatte sie zugeschaut, wie Ozurs Männer den Erdwall am Heufeld abgetragen und dazu benutzt hatten, einen Hügel über den Überresten ihres Zuhauses und der Menschen, die dort gelebt hatten, aufzuschichten. Ohne edle Grabbeigaben, die sie in das Leben nach dem Tode mitnehmen könnten. So etwas gab es für ihre Familie nicht: Bettelarm würden sie in Hels Reich sein, noch ärmer sogar als im Leben.

Und nun war sie allein. Während dieser wenigen kostbaren Momente des Erwachens vergaß sie beinahe, was sie hier zu suchen hatte. Aber dann kehrte die Erinnerung an den Überfall zurück, und die letzten Augenblicke im Leben ihrer Mutter spielten sich wieder und wieder vor ihrem geistigen Auge ab.

Yrsa auf Knien vor der axtschwingenden Anführerin der Räuber.

Yrsa, die Oddny und Signy in die Augen sieht und mit ihren Blicken beschwört, still zu sein, sich versteckt zu halten.

Yrsa, furchtlos und mit ausdrucksloser Miene, als die Axt auf sie niederfährt.

Oddny holte tief Luft und kämpfte gegen ihre Tränen an. Ihre Mutter würde nicht wollen, dass sie weinte.

Das kann nicht wirklich passiert sein.

Signy ...

Signy, die über die Schulter ihres Entführers hinweg die Hand nach ihr ausstreckt, die ihren Namen ruft und sie anfleht, fortzulaufen, deren Stimme dann inmitten des Schreis verstummt.

Oddny wollte nichts mehr als weiterschlafen, vergessen, dass irgendetwas von alldem je geschehen war. Aber nun war sie hellwach, und der Schmerz in ihrer Seele und ihrem Körper war überwältigend. Es kostete sie all ihre Kraft, sich aufzusetzen, ihre Beine über die Bettkante zu schwingen und aufzustehen.

Sie hörte das Pochen von Ulfruns Stock nur Augenblicke, bevor der dicke Vorhang, der Schlafraum und Vorzimmer trennte, geöffnet wurde und die Frau selbst hereinwackelte.

»Oh, Oddny! Gute Güte, ich bin froh, dich wach zu sehen.

Du hast zwei Tage lang bloß dagelegen«, sagte Ulfrun und zeigte mit einem knotigen Finger auf etwas hinter Oddny. »Sie haben deinen Korb auf dem Feld bei eurem Hof gefunden und dachten, er könnte wichtig sein, da du doch eine Heilerin bist.«

»Danke.« Erleichtert nahm Oddny den Korb an sich: Ihre Pflanzen waren verwelkt, aber sie sollten dennoch wirken, und was fehlte, konnte sie sich im Küchengarten beschaffen. Und sie brauchte ihren Tee dringend. Der Schmerz strahlte in ihre Beine aus, so sehr, dass ihre Knie nachzugeben drohten. »Gibt es etwas Neues von meiner Schwester?«

Bitte sag mir, dass Ozurs Männer die Räuber inzwischen aufgespürt haben. Sag mir, dass es ihr gut geht. Dass sie gerettet wurde.

»Nein«, sagte Ulfrun betrübt. »Das erste Anzeichen für Ärger, das wir sahen, als der Nebel sich gelichtet hatte, war der Rauch, und da – ach jemine, da war es schon zu spät. Es tut mir so leid, Lämmchen.«

Oddnys Brust krampfte sich zusammen. Sie brauchte einige Augenblicke, um sich zurechtzufinden, nachdem Ulfrun wieder gegangen war. Jeder Schritt war eine Qual, aber schließlich schaffte Oddny es, den Schlafraum zu verlassen, den Vorhang zu öffnen, und zum Vorschein kam ...

Solveig. Angelehnt, aber aufrecht, saß sie in ihrem Bett, hatte wieder Farbe in den Wangen und versuchte mit zitternden Händen, das Kleid zu nähen, das auf ihrem Schoß lag. Und sosehr Oddny dieser Frau verübelte, dass sie ihrer besten Freundin so viel Kummer gemacht hatte, war sie doch erleichtert, sie lebend zu sehen. Zu wissen, dass Yrsas letzter Akt als Heilerin von Erfolg gekrönt war.

»Oh«, entfuhr es Oddny. »Solveig. Du siehst ...«

»Besser aus, dank deiner Mutter. Jedenfalls vorerst. Es kommt und geht«, sagte Solveig. Ihre Miene wurde weicher, während sie die junge Frau im Durchgang musterte. »Dein Verlust tut mir leid,

Oddny Ketilsdottir. Das war ungerecht und unverdient. Ich bin sicher, mein Ehemann wird sich deiner annehmen. Geh zu ihm, wenn du kannst.«

»Hat Ozur vor, mich hierbleiben zu lassen?«

»Das hat er. Du hast keine Verwandten, die sich um dich kümmern könnten, also vertraue ich darauf, dass er dir gestatten wird, auf eine Mitgift hinzuarbeiten, und dass er dir helfen wird, einen Ehemann zu finden.« Solveig deutete auf eine Umhängetasche, die auf einer Truhe in der Nähe lag. »Und das ist für dich.«

Oddny ergriff den unförmigen Habersack und erkannte anhand des Gewichts und der Form des Gegenstands im Inneren schon, was er enthielt, bevor sie ihn öffnete: Die Statue ihrer Mutter, die Eir darstellte, die Göttin der Heilkunst. Sie kannte jede geschnitzte Kerbe, die sie zu einem Ebenbild der Göttin machte, wusste um jeden Tropfen Blut, mit dem die Statue je bei Opferritualen oder Festen gesegnet worden war. Eir war immer schon Yrsas Schutzgöttin gewesen und auch die Oddnys.

»Die Skalden sagen, dass die Schwachen nicht die Gunst der Götter genießen«, hatte Oddny einmal zu ihrer Mutter gesagt, als sie zwölf Winter alt gewesen war und zum dritten oder vierten Mal geblutet hatte. Das war, bevor sie die Heilkunst erlernt und sich durch Eid der Göttin verpflichtet hatte, ehe Yrsa das perfekte Rezept für Oddnys Mondtee gefunden hatte. Damals hatte der Schmerz sie gezwungen, bäuchlings auf ihrem Bettzeug zu verharren. Nie hatte sie sich so verraten gefühlt: Ihr eigener Körper hatte sich gegen sie gewandt und würde das jeden Mond tun, bis sie so alt wäre wie ihre Mutter. Sie hatte jede Hoffnung verloren. »Wird einer von ihnen mir gewogen sein?«

Yrsa hatte sich neben sie gesetzt und im Brustton der Überzeugung erklärt: »Natürlich werden die Götter dir gewogen sein.«

»Dann macht es mich wahrscheinlich nur stärker, wenn ich das durchstehe«, hatte Oddny erbittert geantwortet.

»Wenn es dich tröstet, so darüber zu denken«, hatte Yrsa darauf gesagt. »Aber es ist keine Schande, sich schwach zu fühlen, Oddny. Manchmal beschert uns unser Körper mehr Qual, als wir ertragen können. Aber jeder Gott, der es wert ist, geehrt zu werden, weiß, dass nicht alle Menschen gleich viel leisten können.« Mit einem Nicken hatte sie auf Ketils Statue Thors über dem Türsturz gedeutet – die später mit ihm unter seinem Grabhügel begraben worden war – und dann auf ihre Statue der Eir auf dem einfachen Holztisch, an dem sie ihre Tinkturen anrührte. »Denkst du, sie nehmen es übel, dass wir nur ein Schaf opfern, während Ozur es sich leisten könnte, fünf Bullen zu opfern, wenn er wollte? Die Götter wissen, wie wenig wir zu geben haben – dass wir überhaupt etwas geben, ist alles, was für sie zählt. Verstehst du das? Wenn dein Schutzgott dich ruft, wird er Stärke und Schwäche anhand deiner Möglichkeiten beurteilen und dich nicht mit anderen vergleichen.«

Nun drückte Oddny den Sack an ihre Brust und tat nichts, um die Tränen abzuwischen, die ihr übers Gesicht liefen.

»Unsere Männer haben den Sack in den Ruinen gefunden, ehe sie den Grabhügel errichteten. Sie haben versucht, sie dir auf dem Schiff gegeben, aber sie sagten, es wäre gewesen, als könntest du sie weder sehen noch hören«, berichtete Solveig leise. »Den Habersack kannst du behalten, aber öffne ihn zuerst, Kind. Du solltest das Wunder in seinem Inneren mit eigenen Augen sehen.«

Oddny nahm die Statue heraus und keuchte unwillkürlich auf. Da war nicht der kleinste Brandfleck zu sehen. Eir war so unversehrt wie am Morgen des Angriffs, ihr rundes Gesicht warm und besänftigend. Mit einem unterdrückten Schluchzen steckte Oddny sie wieder in den Sack, schloss die Klappe und sah Solveig an. »Danke.«

Solveig nickte. Oddny verließ den Vorraum, ging in den großen Saal und weiter in Richtung Kochhaus – sie konnte immer noch nicht fassen, dass Ozur eine eigene Halle nur zum Kochen hatte –, in der Hoffnung, man würde ihr erlauben, sich ihren Tee zu brühen.

Die Herrin des Kochhauses war eine kratzbürstige Frau namens Vigdis, die ihr grollend gestattete, sich im Garten zu bedienen und einen kleinen Kessel mit Wasser über dem Herdfeuer zu erhitzen. Als Oddny erwähnte, dass sie Yrsas Tochter war, schlug sich für einen Moment ein Ausdruck von Erkenntnis auf die Züge der älteren Frau nieder.

»Kannst du etwas tun, um meine Gelenke von den Schmerzen zu heilen?«, fragte sie eifrig. »Ich habe damit schon so lange gelebt, darum habe ich es nie für wert befunden, deine Mutter deswegen herzubitten – es gab immer wichtigere Gründe, um sie zu holen. Aber da du jetzt hier bist …«

Oddny schüttelte den Kopf, während sie heißes Wasser in einen Becher schüttete, um die Zutaten ziehen zu lassen. »Es tut mir leid. Krankheiten und Wunden können geheilt werden, aber ich kann dich nicht von dem dauerhaften Zustand deines Körpers kurieren.«

Andernfalls, fügte sie in Gedanken hinzu, *hätte ich längst kuriert, was meinen Bauch plagt. Bei den Göttern, manchmal wünschte sie sich, sie könnte das verdammte Ding einfach rausreißen.*

»Aber ich kann dir etwas gegen die Schmerzen anrühren«, fuhr Oddny fort. »Um sie erträglicher zu machen. Das tue ich auch für mich. Ich kenne alle Rezepte meiner Mutter.« Sie war immer gut darin gewesen, sich Dinge zu merken. Manchmal hatte sie die Zutaten sogar exakt in dem Tonfall rezitiert, den ihre Mutter benutzt hatte, als sie sie ihr erstmals aufgesagt hatte, obwohl das bisweilen viele Winter zuvor geschehen war.

»Wenn du das tun könntest, wäre ich wirklich froh.« Plötzlich schien Vigdis weniger erbittert über ihre Anwesenheit zu sein, dennoch wich Oddny geflissentlich den Blicken der leibeigenen Frauen aus, die ebenfalls in der Küche arbeiteten. Ozur behandelte sie recht gut – ihr Haar war lang, ihre Kleidung abgetragen, aber säuberlich geflickt –, dennoch, Sklaverei blieb Sklaverei. *Wartet dieses Schicksal auch auf Signy? Oder Schlimmeres?*

Oddny war nicht mit Leibeigenen aufgewachsen. Aber im Norden und einem großen Teil der Welt darüber hinaus stellte die Arbeit der Unfreien das Grundgerüst der Gesellschaften dar. Sie hatte ein schlechtes Gewissen, weil sie vor Signys Entführung so selten über die missliche Lage dieser Menschen nachgedacht hatte.

»Das hinterlässt einen bitteren Nachgeschmack auf meiner Zunge«, hatte sie ihre Mutter einmal zu ihrem Vater sagen gehört, als der vorgeschlagen hatte, er könnte eine Leibeigene mitbringen, die ihr bei der Wäsche zur Hand gehen könnte, der lästigsten Pflicht ihrer Mutter. »Jeder kann zu jeder Zeit versklavt werden – wenn man gefangen genommen wird, weil man eine Schuld nicht bezahlen kann. Eines schlimmen Tages könnte auch uns so ein Schicksal treffen. Nein. Und das fühlte sich an, als würden wir es herausfordern.«

Oddny fragte sich nicht zum ersten Mal, ob Yrsa die Fähigkeit besessen hatte, die Zukunft irgendwie vorherzusehen, ohne je darüber gesprochen zu haben.

Endlich war Oddnys Tee fertig, und sie trank ihn umgehend. Es würde eine Weile dauern, bis sie seine Wirkung spürte, aber nun wusste sie zumindest, dass es ihr bald besser ginge.

Plötzlich erklang von draußen Geschrei und ein einzelner Hornstoß. Vigdis bedachte Oddny mit einem gewichtigen Blick, der besagte: Räuber? Schon wieder?

»Ich gehe nachsehen, was da los ist«, sagte Oddny und sah gerade noch, wie Vigdis nach einem großen Küchenmesser griff, ehe sie sich abwandte und hinausging.

Als sie das Haus verlassen hatte, sah sie eine Gruppe Leute den Hang vom Anleger heraufkommen. Erleichtert erkannte sie die vertrauten Gesichter: Ozurs Männer. Aber zwischen den beiden, die voranschritten, war ein kleinerer Mann, der jedem von ihnen einen Arm über die Schultern gelegt hatte und, offenbar verwundet oder nicht ganz bei Sinnen, halb mitging, halb geschleift wurde. Er ließ den Kopf hängen, das Haar verdeckte sein Gesicht, und er war tropfnass, ganz, als hätte man ihn gerade aus der See gezogen.

Der Fremde musste vielleicht geheilt werden, also ging Oddny auf die Männer zu und bereitete sich darauf vor, ihre Dienste zu offerieren. Als sie die Ecke des Langhauses passierte, sah sie Ozur, schwer auf seinen Stock gestützt, herauskommen, um sie in Empfang zu nehmen. »Was ist passiert?«

»Der wurde in der Nähe der Klippen angespült«, sagte eine der Wächter. »Wir haben ein Boot rausgeschickt, um ihn zu holen.«

»Wie ist dein Name, Sohn?«, fragte Ozur.

»Halldor Hallgrimsson«, sagte der Mann und hob den Kopf. Nun konnte Oddny sein Gesicht sehen: kantiges Kinn, hohe Wangenknochen, rotbraunes Haar, das ihm in feuchten Wellen auf die Schultern fiel. Wie ihr verstorbener Bruder Vestein trug er keinen Bart; und wie die meisten freien Männer besaß er einen Sax – ein einschneidiges Kurzschwert –, der in einer an zwei Schlingen befestigten Scheide waagerecht an seinem Gürtel hing. Nach dem, was sie von ihm zu sehen bekam, schloss sie, dass er ungefähr in ihrem Alter sein musste.

Dann fielen ihr die blassgrünen Augen und die drei kleinen, verschorften, vertikalen Schrammen in einer seiner Brauen auf. Sie sahen aus, als hätte etwas erst kürzlich versucht, ihm das Auge auszukratzen.

Etwas mit kleinen, scharfen Krallen.

Etwas wie ein Vogel. Eine Schwalbe gar.

»Du!«, knurrte sie, und seine Augen weiteten sich vor Schreck, als er sie in genau dem Moment erkannte, in dem sie auf ihn zustürzte und ihm eine Ohrfeige versetzte.

»Oddny Ketilsdottir, was ist in dich gefahren?«, fragte Ozur fassungslos. Die übrigen Männer, die bisher so gut wie nichts mit der jüngeren Tochter ihres alten Freundes Ketil zu tun gehabt hatten, sahen gleichermaßen entgeistert aus.

Oddny wich zurück. Ihr Kopf brummte. Ihre Hände zitterten heftig, als sie das kleine Messer aus ihrem Gürtel zog.

»Dieser Mann ist einer der Räuber, die meinen Hof zerstört haben«, sagte sie. »Ich fordere sein Leben als Wiedergutmachung.«

»So wird das nicht gehandhabt, Oddny«, sagte Ozur.

Sie achtete gar nicht auf ihn, sondern wollte sich erneut auf Halldor stürzen, doch die Männer, die ihn hielten, zogen ihn weg und bedachten sie mit warnenden Blicken. Einer von ihnen legte die Hand auf seinen Sax.

»Ihr wollt einen der Mörder meiner Familie beschützen?«, rief sie. Als sie keine Antwort erhielt, gestikulierte sie wild mit dem Messer und drehte sich erbittert zu Ozur um. »Wäre ich ein Mann, würdest du mich ihn hier und jetzt töten lassen.«

»Nur in einem Duell«, sagte der Mann rechts von Halldor, und ein paar andere hinter ihm nickten dazu. »Und ich glaube nicht, dass du das willst.« Vereinzeltes Gelächter folgte seinen Worten, und Oddny spürte, wie ihr Gesicht sich erhitzte. Halldor schwieg mit ausdrucksloser Miene, ließ sie aber nicht aus den Augen.

Ozur wählte eine andere Herangehensweise. »Sie verteidigen ihn, weil sie angesichts unserer eigenen Taten leicht selbst in so eine Lage geraten könnten. Wir haben alle an Raubzügen teilgenommen. Wir haben alle getan, was er getan hat, ohne dafür getötet zu werden.«

»Aber nur, weil ihr nie erwischt wurdet«, geiferte Oddny.

Ozur trat dicht an sie heran, und sein langer weißer Bart erbebte, während er überlegte, was er sagen sollte. Schließlich erklärte er so leise, dass nur sie ihn hören konnte: »Wir wissen nicht, wer er ist, woher er kommt und welche Reichtümer er besitzt ...«

Oddny begriff sogleich, was Ozur im Sinn hatte. Er wollte diesem Mann als Wiedergutmachung ihre Mitgift abnehmen. Genau die Art von Arrangement, bei der Oddny am Ende verheiratet wäre und Signy ihrem Schicksal überlassen. Aber sofern dies wirklich das war, was Ozur vorhatte, konnte sie es womöglich zu ihrem Vorteil nutzen. Immerhin würde die Mitgift ihr Eigentum sein und bleiben ...

Und so entwickelte sich in ihrem Kopf ein Plan.

»Vielleicht können wir eine Einigung erzielen, von der du mehr hast als nur die flüchtige Genugtuung durch seinen Tod«, sagte Ozur, als sie nicht antwortete.

»Sein Tod wäre mir nicht nur flüchtig eine Genugtuung«, quetschte Oddny zwischen zusammengebissenen Zähnen hervor, steckte ihr Messer aber wieder weg.

Wenn sie auch nur die geringste Chance haben wollte, ihre Schwester irgendwann wiederzusehen, dann brauchte sie Halldor lebend.

7

Nachdem die Männer Halldor einen Umhang übergeworfen und ihm eine dampfende Schüssel mit Eintopfresten in die Hände gedrückt hatten, forderte Ozur den jungen Mann zu sprechen auf. Halldor saß auf der Plattform, und Ozur zog sich einen Stuhl heran und setzte sich direkt vor den Besucher, statt auf seinem hohen Stuhl Platz zu nehmen. Oddny saß auf der anderen Seite der Plattform, die Hände so verkrampft, dass sich die Knöchel weiß unter der Haut abzeichneten. Die übrigen Männer hielten respektvoll Abstand, aber Oddny wusste, dass sie lauschten.

»Wo kommst du her, Halldor Hallgrimsson?«, fragte Ozur.

»Aus dem Süden. Saeheim in Vestfold«, sagte Halldor, nachdem er mehrere Löffel Eintopf hinuntergeschlungen hatte. »Mein Vater war ein Schmied in Diensten von König Björn.«

»Ach ja? König Björn der Händler?«, hakte Ozur interessiert nach. »Warst du dabei, als er getötet wurde? Du siehst aus, als wärst du alt genug. Aber du musst noch recht jung gewesen sein, als es geschah.«

Von ihrem Platz aus konnte Oddny sehen, dass Halldor die Augen zusammenkniff. »Du meinst, als sein eigener Bruder ihm die Axt in die Brust getrieben hat?«

Die Haare an Oddnys Armen richteten sich auf; jeder wusste, dass König Erik zwei seiner Brüder getötet hatte, aber sie hatte noch nie jemanden mit solch einem Groll darüber sprechen gehört.

Ozur fixierte ihn gestreng. »Das ist exakt das, was ich meine. Das war – oh, wie viele Winter ist das jetzt her?«

»Neun«, sagte Halldor. »Meine Eltern waren da schon lange tot. Ich hab nur davon gehört. Erik war …«

»*König* Erik ist der nächste Herrscher unseres jungen Landes«, konstatierte Ozur voller Überzeugung und pochte einmal mit seinem Stock auf den Boden.

»*König* Erik, ich habe die Beherrschung verloren, das musst du mir nachsehen.« Halldor klang nicht gerade reumütig. »Dort, wo ich herkomme, sind wir von ihm nicht allzu angetan.«

»König Erik und seine Hird werden auf dem Rückweg von Bjarmaland hier durchkommen. Jeden Tag kann es so weit sein. Ich hoffe, du wirst ihnen den gebührenden Respekt erweisen, sobald sie eintreffen«, herrschte Ozur ihn in scharfem Ton an.

Oddny glaubte, so etwas wie Begierde in Halldors Augen aufblitzen zu sehen oder zumindest etwas, das dem recht nahekam – aber als sie kurz blinzelte, wirkte sein Gesicht wieder so bedacht nichtssagend wie zuvor.

»Meinetwegen musst du dir keine Sorgen machen«, sagte Halldor. »Ich werde meinen Gastgeber nicht in Verlegenheit bringen. Darf ich fragen, wessen Halle mich so großmütig aufgenommen hat?«

Oddny musste widerstrebend anerkennen, dass der Mann sich passend auszudrücken wusste. Schmeichelei konnte einen bei den richtigen Leuten weit bringen, und Gunnhilds Vater war einer dieser Leute.

»Ozur Eyvindsson«, sagte Ozur. »Ich bin der Herse hier.«

»Es ist eine Ehre, von so einem angesehenen Mann gerettet worden zu sein.«

Oddny verzog das Gesicht und begriff zu spät, dass Halldor sie beobachtete, und sie beantwortete seinen emotionslosen Blick mit einer finsteren Miene.

»Und wie wurdest du von deinen Leuten getrennt?«, fragte Ozur.

Halldor konzentrierte sich wieder auf seinen Gastgeber. »Ich wurde nach einer Meinungsverschiedenheit mit meinem Kapitän über Bord geworfen.«

»Und betreibst du ein Handwerk oder ist das Kämpfen dein Beruf?«

»Ich wurde in der Schmiedekunst von Hallgrim – meinem Vater – unterwiesen. Daheim in Vestfold. Ehe er starb.« Halldor musterte den alten Mann argwöhnisch, als wüsste er bereits genau, worauf Ozur hinauswollte. »Ich kann Nieten anfertigen, Kessel flicken und dergleichen mehr, aber nichts sonst, was der Rede wert wäre. Im Kämpfen bin ich erheblich besser. Warum fragst du?«

»Nun, persönlich habe ich nichts gegen dich, aber zu meinem Bedauern hast du am falschen Raubzug auf den falschen Hof teilgenommen«, sagte Ozur und zeigte mit seinem Daumen über die Schulter hinweg dorthin, wo Oddny saß. »Schau, als meine eigene jüngste Tochter noch am Leben war ...« Schmerz lag in seinen Worten, und so unterbrach er sich, um sich zu sammeln.

Oddny wusste, es war leichter, so zu tun, als wäre Gunnhild tot, als sich einzugestehen, was tatsächlich mit ihr geschehen sein könnte. Sie hoffte, den alten Mann plagte ihretwegen ein schlechtes Gewissen.

»Oddny hier war ihr eine liebe Freundin«, fuhr Ozur fort. »Ihre Schwester Signy, die deine Leute entführt haben, auch. Ihr Vater Ketil war zudem ein alter Freund von mir, und ihre Mutter Yrsa gerade dabei, meine Frau von einer schweren Krankheit zu heilen. Als deine Leute sie ermordeten!«

Halldors Miene verdüsterte sich mit jedem Wort mehr. Offenbar wurde ihm der Ernst seiner Lage allmählich bewusst. *Gut so*, dachte Oddny.

»Das bedeutet, dass ich ihre Tochter nicht unversorgt lassen kann«, fuhr Ozur fort. »Ich denke, es wäre nur gerecht, wenn du den Preis für die Taten deiner Gefährten bezahlst, denn du bist der Einzige, der gefangen genommen wurde.«

»Bin ich hier ein Gefangener, Ozur Eyvindsson?«, fragte Halldor gedehnt.

»Bis du Oddny für ihren Verlust entschädigt hast, bist du das.« Die fahlgrünen Augen zuckten zu der fraglichen Frau und dann wieder zurück zum Hersen. »Und wie viel schulde ich ihr?«

Ozur sog Luft zwischen den Zähnen hindurch, während er überlegte. »Zwölf Silbermark«, sagte er dann, und Oddny klappte der Unterkiefer herunter. Eine Silbermark war eine respektable Mitgift, aber zwölf?

Derweil war Halldor erbleicht. Er löffelte den Rest seines Eintopfes, kaute und schluckte. Aber zu seiner Ehrenrettung musste sie anerkennen: Er erhob keine Einwände.

»Dann nehme ich an, ich muss meine Schmiedekunst verbessern«, sagte er.

»Eine gute Idee«, entgegnete Ozur, erhob sich und griff zu seinem Stock. »Anderenfalls wirst du sehr lange bleiben müssen. Meine Männer werden dich zu Feuer und Esse bringen. Dort kannst du bei den anderen Schmieden dein Lager aufschlagen. Entschuldige mich.«

Er trat in den Vorraum, während auch Halldor aufstand und weggeführt wurde. Oddny folgte Ozur ins Familienzimmer und schloss die Tür hinter sich. Solveig schlief, sie sah blasser aus als vorher. Ihr Mann sank neben ihr schwer auf das Bett und seufzte ermattet.

»Ozur, ich danke dir – du hättest nicht – zwölf Mark ist …«, setzte Oddny an, doch als der alte Herse sie anblickte, standen Tränen in seinen Augen.

»Das war nichts. Ich will für dich tun, was ich für meine kleine Gunna nicht tun konnte, Oddny Ketilsdottir«, flüsterte er. »Dir ein gutes Leben ermöglichen. Dein Vater hätte das Gleiche für jedes meiner Mädchen getan. Das entbindet mich nicht von der Verantwortung für die Rolle, die ich dabei gespielt habe, Gunnhild zu dem zu treiben, was sie getan hat ...« Er sah sich kurz zu Solveig um, ehe er wieder Oddny anblickte. »Aber es ist wenigstens etwas.«

Oddny brachte es nicht über sich, ihm zu gestehen, was sie mit dem Silber zu tun gedachte, sobald Halldor es in ihre Hände gelegt hätte. Besser, er glaubte weiter, er würde ihre Zukunft absichern.

Also nickte sie nur und verließ den Raum, ehe er sie weinen sehen konnte.

Zwölf Silbermark!, dachte Oddny den ganzen Tag immer wieder, während sie mit Ulfrun und ein paar anderen Frauen unter dem Vordach saß und spann. Ihre Hände zu beschäftigen hatte normalerweise eine besänftigende Wirkung auf sie, aber derzeit ging es in ihrem Kopf drunter und drüber.

Zwölf Mark! Unfassbar.

Unfassbar genug, um ihr genau das zu ermöglichen, was sie wollte.

Die Schrecken der vergangenen paar Tage waren verblasst; in dem Moment, in dem Oddny klar geworden war, dass Halldor ihre einzige Verbindung zu Signy darstellte, schien es, als hätte sich ein Schleier gehoben und sie könne wieder klar sehen. Das ermöglichte es ihr, den Berg aus Trauer beiseitezuschieben, der sie bis dahin jedes Mal zu erdrücken gedroht hatte, sobald sie an den Überfall dachte. An die Stelle der Trauer trat die grimmige Entschlossenheit, ihre Schwester zu finden; ihre einzige Angehörige und einer der wenigen Menschen, die ihr in dieser Welt geblieben waren und ihr wirklich am Herzen lagen.

In dieser Verfassung bin ich ihr keine Hilfe, sagte sie sich. *Ich muss weitermachen.*

Um ihre Familie konnten sie später – gemeinsam – trauern, sobald Signy in Sicherheit war. Aber eine Sache galt es noch, auf diesem Weg zu erringen, und das beinhaltete mehr als nur Halldors Silber: Sie bedurfte auch seiner Kooperation.

Als sie ihn also am folgenden Abend nach dem Essen allein die Halle verlassen sah, folgte sie ihm.

»Halldor Hallgrimsson«, rief sie, kurz bevor er die Schmiede erreicht hatte. »Auf ein Wort.«

Er blieb stehen und drehte sich um, und sein Blick wanderte zu der Klinge an ihrem Gürtel. Nun, da sein Haar ganz trocken war, fiel es eher lockig als wellig und umrahmte sein sonnengebräuntes Gesicht auf eine Art, die seine markanten Wangenknochen betonte. Seine Lippen formten eine schmale Linie, als er sie beäugte.

»Solange du dieses kleine Messer da in seiner Scheide lässt«, sagte er misstrauisch. »Obwohl es unklug wäre, mich zu verstümmeln, denn es könnte mich daran hindern, die unglaubliche Summe in Silber zu bezahlen, die ich dir schuldig bin.«

»Unglaublich?«, fuhr Oddny auf. »Ich denke, das ist ein fairer Preis für das, was ich verloren habe.«

»Tja, ich wäre nicht einmal hier, hätte ich dich nicht entkommen lassen«, gab er zurück. »Das hat uns unseren halben Lohn gekostet, also hat Kolfinna beschlossen, mich an Ran zu verfüttern, kaum dass wir weit genug draußen auf See waren.«

Es dauerte einen Moment, bis die Worte Wirkung entfalteten. Aber als Oddny sich dann wieder äußerte, explodierte sie.

»Euren halben Lohn? Ihr wurdet dafür bezahlt, unseren Hof zu überfallen?«, brüllte sie so laut, dass ein Schwarm Vögel, die in der Nähe herumpickten, aufflog. »Warum? Von wem?«

»Ich ... warte.« Halldor wich einen Schritt vor ihr zurück, die Handflächen nach oben gerichtet, als sie ihr Messer zog und sich an ihn heranpirschte, die Messerspitze geradewegs auf seine Kehle gerichtet. »Nimm das runter.«

»Nicht, ehe du es mir erklärt hast.«

»Lass uns das auf anständige Art erledigen, ja?«

Oddny sagte nichts und senkte das Messer nicht.

»Wie ich sehe, haben wir den Anstand bereits hinter uns gelassen«, kommentierte Halldor trocken.

»Weit hinter uns«, sagte Oddny. »Sprich. Jetzt!«

»Hör zu, es tut mir leid«, platzte er dann heraus. »Ich bedauere die Rolle, die ich bei dem, was passiert ist, gespielt habe. Es war nichts Persönliches. Könntest du jetzt bitte das Messer wegstecken?«

»Nichts Persönliches?«, wiederholte sie mit schriller Stimme.

Halldors Nasenflügel flatterten, und er hielt die Hände immer noch hoch. »Alles, was ich weiß, ist, dass eine Hexe uns angeheuert hat, um deinen Hof zu überfallen. Sie hat gesagt, ihre Freunde würden unser Schiff verbergen und uns günstige Winde bescheren. Rein und raus – so lautete die Abmachung. Du und deine Schwester, ihr wart die Ziele, aber man hat uns gesagt, wir könnten den Hof plündern und alle anderen nach Gutdünken töten oder gefangen nehmen.«

»Wer war diese Hexe? Und falls du die Wahrheit sagst, dann könntest du mich ebenso gut ermorden und in einem Ruderboot wegschaffen, um wieder zu deinen Freunden zu stoßen und die Schulden, die du bei mir hast, loszuwerden. Woher weiß ich, dass du das nicht tun wirst?«

Halldor musterte das Messer. »Ich bin fertig mit denen.«

»Und warum?«

»Du wirst mir wohl vertrauen müssen.«

»Vergib mir, wenn ich das nicht tue. Und jetzt erzähl mir von dieser Hexe.«

Halldor schüttelte den Kopf. »Sie hat nur mit Kolfinna verhandelt. Sie war ein Fuchs.«

»Die Hexe war ein Fuchs?«

»Ja, und ihre Freundin war ein Adler. Jeder weiß doch, dass Zauberinnen ihre Gestalt verändern können. Der Fuchs schien mit Kolfinna zu sprechen, aber nur in ihrem Kopf. Wenn ich mir das alles ausdächte, meinst du nicht, ich würde mir etwas einfallen lassen, das glaubwürdiger klingt?«

Oddny zweifelte immer noch. »Also gut, sagen wir, ich glaube dir. Aber ... welchen Grund könnte irgendwer haben, uns zu überfallen?« Sie hasste die Tränen, die ihr nun in die Augen traten, hasste die Art, wie das Messer, das sie immer noch erhoben hatte, in ihrer Hand zitterte. Ganz besonders hasste sie, dass ihre Stimme brach, als sie fragte: »Was haben wir getan, um so etwas zu verdienen?«

»Schau, du fragst den Falschen. Würdest du jetzt bitte das Messer wegstecken? Ich kann keine Wiedergutmachung bezahlen, wenn du mir die Kehle aufschlitzt.«

Widerstrebend ließ Oddny die Waffe sinken und steckte sie zurück in die Scheide. »Woher weiß ich, dass du nicht eines Nachts einfach zu flüchten versuchst, ehe deine Schuld bezahlt ist?«

Halldor richtete sich schnurgerade auf. »Du hältst mich wirklich für dermaßen ehrlos, richtig?«

Oddny schwieg.

»Bei meinem Leben, ich werde meine Schuld bezahlen«, sagte er einen Herzschlag später. »Ich habe vor, mich König Eriks Gefolge anzuschließen, sobald sie hier durchkommen. Wenn ich mit denen auf Raubzug gehe, werde ich reicher werden, als ich es mit Kolfinna je könnte. Ich wäre ein Narr, mir so eine Gelegenheit entgehen zu lassen. Als des Königs Gefolgsmann kann ich meine Schuld in einer Saison bezahlen, womöglich sogar noch schneller.«

»Du willst dich der Hird des Königs anschließen?«, fragte Oddny und zog die Brauen hoch. »Obwohl du so geringschätzig über ihn gesprochen hast? Warum solltest du dich entschließen, dich gerade ihm mit deinem Eid zu verpflichten? Und warum sollte er dir trauen, besonders, wenn er erst weiß, dass du aus Vestfold bist?«

Halldor fuhr sich mit der Hand durch die Haare. »Sein Ruf eilt ihm voraus, aber vielleicht möchte ich mir ja selbst ein Urteil bilden? In der Hoffnung, dass er mir die gleiche Großmut erweist, ganz egal, woher ich komme. Und je schneller ich meine Schuld bei dir beglichen habe, desto schneller müssen wir einander nie wiedersehen.«

»Du musst ein schlechterer Schmied sein, als du zugegeben hast«, stellte Oddny mit einem süffisanten Grinsen fest.

Halldor verschränkte lediglich die Arme vor der Brust und musterte sie finsteren Blicks.

Gegen ihren Willen musste Oddny zugeben, dass sein Plan sich sinnvoll anhörte – nach dem Putz zu schließen, den Erik und seine Hirdsmannen bei dem Fest getragen hatten, bei dem sie ausgeholfen hatte, mussten sie sehr reich sein, selbst wenn man die kostspieligen Waffen außer Acht ließ, die sie auf ihrem Schiff gelassen hatten.

»Sind wir dann hier fertig?«, fragte Halldor.

»Nein. Da ist immer noch der Grund, aus dem ich mit dir hatte sprechen wollen.« Oddny drückte den Rücken durch. »Wenn sie Signy nicht getötet haben, wohin könnten sie sie gebracht haben?«

Halldor starrte sie an. »Warum?«

»Ich habe vor, sie zu retten, sobald du mich bezahlt hast.«

Er wirkte überrascht, schüttelte aber den Kopf. »Das werde ich dir nicht sagen. Es würde dir nur schaden. Es gibt keine Möglichkeit, sie zu retten, Oddny. Sie ist fort. Lieber halte ich den Mund und erspare dir die Qual einer hoffnungslosen ...«

»Ich gebe mich sogar mit elfeinhalb statt zwölf Silbermark zufrieden, wenn du es mir erzählst.«

Er musterte sie forschend. »Elf.«

»Nein. Elfeinhalb, oder wir vergessen die Sache.«

»Einverstanden.« Er streckte die Hand aus. Oddny zögerte, ehe sie zugriff und sie schüttelte. Sie fühlte sich kalt an und auf eine andere Art schwielig als die ihre, aber das war alles, was sie wahrnahm, ehe er hastig losließ und sagte: »Birka.«

Von dieser Stadt hatte Oddny schon gehört. Sie lag auf einer Insel in Svealand, von Norwegen aus auf der anderen Seite der Halbinsel.

»Aber ... warum bringen sie sie gerade dorthin?«, fragte sie. »Die Marktstädte sind doch viel näher. Ein paar liegen sogar auf dem Weg.«

»Birka ist der Ort, an dem wir gewöhnlich überwintern, darum wird man sie höchstwahrscheinlich auch dort verkaufen. Aber ...«

»Aber ...?«, hakte Oddny nach.

»Mindestens eine der Zauberinnen war immer noch beim Schiff, um ihre Flucht zu beschleunigen. Selbst wenn ich dir dein Silber in diesem Moment übergeben würde und du noch heute Nacht eine Mannschaft heuerst und morgen ablegst, könntest du sie nicht mehr retten, ehe sie verkauft wird.«

»Aber ich kann ihre Freiheit erkaufen, wenn du mich erst bezahlt hast«, sagte Oddny. »Und wenn ich die Räuber finde, dann finde ich auch die Person, an die sie verkauft wurde. Du wirst dich Eriks Hird anschließen und mich Ende des kommenden Sommers bezahlen, wie du gesagt hast, und dann werde ich nach Birka gehen und mich auf die Suche nach meiner Schwester machen.«

Das war nicht früh genug, aber vorerst war es alles, was sie tun konnte.

»Warte«, sagte Halldor. »Sagen wir, ich schaffe es, dich Ende des kommenden Sommers auszubezahlen. Bis dahin könnte deine Schwester mehrfach weiterverkauft worden sein.«

»Ja, ich weiß. Danke.« Sie wandte sich zum Gehen, begierig, seiner Gegenwart zu entkommen und ein bisschen Zeit für sich zu haben, um ihre Möglichkeiten durchzugehen.

Vielleicht sollte ich meine Heildienste feilbieten. Wenn Seherinnen durch die Lande ziehen und mit ihrer Magie hausieren gehen, kann ich das dann mit meinen Fähigkeiten nicht auch tun? Vielleicht könnte ich genug Silber einnehmen, dass ich Halldors gar nicht brauche.

»Oddny«, sagte Halldor hinter ihr. »Ich versichere dir, es ist hoffnungslos.«

Sie blieb stehen, atmete tief durch die Nase ein und durch den Mund aus.

»Mag sein«, sprach sie über ihre Schulter hinweg. »Aber sie ist meine Schwester, und sie würde das Gleiche für mich tun. Gute Nacht, Halldor Hallgrimsson.«

Sie wartete seine Antwort nicht ab.

8

Gunnhild grub lange Zeit, bis sie mit der Tiefe des Grabs zufrieden war, und sie schwitzte arg, als sie endlich so weit war, vorsichtig den Leichnam ihrer Lehrerin hineinzulegen. Sie hatte Heid ihre edelsten Kleider angelegt, sie mit ihren kostbarsten Ringen und Spangen geschmückt und ihr in mühevoller Kleinarbeit Handschuhe über die steifen Finger gezogen. Als sie Heid sorgsam im Grab platziert hatte, legte sie eine Schale mit Bilsenkraut neben ihren Kopf und das Hnefatafl-Brett an ihre Waden. Anschließend stellte sie die Figuren so auf das Brett, als wollte sie ein Spiel vorbereiten. Heid hatte es verdient, mit dem Besten, was sie besaß, ins Jenseits zu gehen. Eigentlich verdiente eine so hochgeschätzte Frau aber noch viel mehr, als Gunnhild ihr zu geben vermochte: einen feierlichen Abschied, eine weinende Trauergemeinde, angemessene Opfergaben.

Stattdessen bekam sie eine schniefende junge Frau und ein Loch im Boden.

Als das Tafl-Brett fertig aufgebaut war, legte Gunnhild den hölzernen Rocken sacht in Heids Armbeuge. Heids Eisenstab und das wenige, was von ihrem Silber geblieben war, würde sie behalten, denn Heid musste sich nun nicht mehr an ihren Körper binden, und sie brauchte auch keinen Reichtum mehr.

Ein Gegenstand gab Gunnhild noch zu denken: Heids Holzstatue der Göttin Freya. Die hatte sie aus dem kleinen Hain geholt, in den Heid sie gebracht hatte, als sie von ihrer letzten Reise zurückgekehrt war – vor zwölf Jahren, mit Gunnhild im Schlepptau. Und nun starrte Gunnhild auf die Statue hinab.

Die leeren Augen der Figur starrten zu ihr zurück und gaben nichts preis. Freyas auffälligste Merkmale – ihre goldene Halskette und der Umhang aus Falkenfedern – hatte Heid als kleines Mädchen roh herausgearbeitet, aber etwas am Gesicht der Statue, seine steife und schlichte Schönheit, hatte Gunnhild vom ersten Moment an angesprochen.

Von daheim wegzulaufen war so berauschend wie beängstigend gewesen. Nachdem der königliche Steuereintreiber und seine Männer die Seherin und das Mädchen, das sie versteckte, verlassen hatten, waren Gunnhild und Heid tagelang marschiert, bis sie die Hütte erreichten. Gunnhild hatte die ganze Zeit Heids Karre gezogen. Und als sie am Ziel waren, hatte ihre Lehrerin sie angewiesen, die Karre an der Hütte stehen zu lassen, und sie tiefer in den Wald hineingeführt. Gunnhild war zu erschöpft gewesen, um Widerworte zu geben, aber ein Teil von ihr hatte sich gefragt, ob die Hexe übergeschnappt war und ihr Angebot, Gunnhild in die Magie einzuführen, vielleicht nur eine Posse. Womöglich war Gunnhild ja tatsächlich das dumme Kind, für das ihre Mutter sie hielt, und wäre besser beraten, würde sie wieder nach Hause zurückkehren und ihre Eltern um Gnade bitten, statt sich den Marotten einer senilen alten Frau mitten im Nirgendwo auszuliefern.

Und dann hatten sie die Baumgruppe erreicht, in der Heid die Statue aus ihrer Tasche geholt und ehrerbietig in eine Baumhöhle gestellt hatte. Ein Blick auf das Gesicht der Göttin hatte Gunnhild gereicht, um zu wissen, dass sie die richtige Entscheidung getroffen hatte.

»Freya war die erste Hexe«, hatte Heid ihr erklärt und sich mit einem schalkhaften Funkeln in den Augen zu Gunnhild umgedreht. »Vielleicht wirst du ihr eines Tages begegnen.«

»Bist *du* ihr begegnet?«

Heid hatte nur zart gelächelt, sich wieder der Statue zugewandt und sich in den Finger gestochen, um der Göttin einen Tropfen ihres Bluts zu opfern. Gunnhild selbst würde das Gleiche während der folgenden zwölf Winter viele Male tun.

Was immer es mir auch gebracht hat, dachte sie nun verstimmt. Sie hatte niemals ein Zeichen empfangen, dass ihr Opfer akzeptiert worden war.

Am Ende schob sie die Statue unter Heids Arm und griff zu ihrem Spaten. Keine Göttin würde aus dem Wald herbeieilen, um ihr zu helfen; sie war auf sich allein gestellt.

Sie brauchte die ganze Nacht, um das Grab wieder zu füllen. Danach lag sie auf ihrer Strohmatte – sie konnte sich nicht überwinden, Heids Pritsche zu benutzen – und versuchte, sich jede Ritze im strohgedeckten Dach und jeden Stein im Herd einzuprägen und sich mit der Tatsache abzufinden, dass dies ihre letzte Nacht in der Hütte war, in der sie die Hälfte ihres Lebens verbracht hatte.

Am Morgen badete sie und benutzte den Kamm, den sie seit ihrer Kindheit besaß und der inzwischen etliche gebrochene Zinken aufwies, um ihr Haar zu bändigen, ehe sie es flocht. Anschließend packte sie ihre Sachen zusammen: das Bilsenkraut, das sie und Heid angebaut hatten, sowohl die getrockneten Blüten als auch die Samen; eine kleine Kiste mit Tinkturen, Salben und Giften; ihren irdenen Becher; ihre Nähsachen; und schließlich den Eisenstab. Aus der Kleidung, die sie einst getragen hatte, war sie schon vor langer Zeit herausgewachsen, und einen Teil davon hatte sie für einen eng sitzenden Flickenkaftan benutzt, den sie über ihr Kleid zog und an der Brust mit einer rostigen Gewandklammer schloss, ehe sie ihn zusätzlich mit einem Gürtel sicherte.

Als sie dann so weit war, holte sie Heids klapprigen alten Handkarren unter dem Unterstand, wo sie ihn vor den Elementen geschützt verwahrt hatten. Von dem Messer und dem Geldbeutel an ihrem Gürtel abgesehen, passte ihr ganzer Besitz in einen Habersack, den sie zusammen mit Heids kleiner Silbertruhe auf den

Karren packte. Die Felle von der Pritsche hatte sie ausgeschüttelt und ebenfalls eingepackt, um sie den Samen zu geben, damit sie sie ihrem Tribut an König Harald hinzufügten.

Sie betrachtete die leere Hütte, den kahlen Garten und den mit Steinen bedeckten Grund gleich daneben, in dem Heids Leichnam ruhte.

»Lebe wohl«, flüsterte sie dem Grab zu.

Es war um die Mittagszeit, als sie ihr Ziel erreichte. Der Wald lichtete sich allmählich, ehe er einer weitläufigen Hügellandschaft wich. Derzeit waren keine Rentiere zu sehen; sie mochten jenseits der nächsten Anhöhe grasen. Aber in der Richtung, die sie eingeschlagen hatte, konnte sie Rauch träge gen Himmel treiben sehen. Er stieg von einer kleinen Gruppe Zelte am Rande eines weiteren Waldgebiets auf, dessen Bäume einen natürlichen Windschutz bildeten.

Ein paar Köpfe drehten sich, als sie das Lager der Samen betrat, und sie nickte ihnen zu und blieb stehen, um die Leute zu begrüßen, die auf sie zukamen. Nachdem die Felle verteilt waren, ging sie schnurstracks zu der Ansammlung fellbedeckter, oben offener Zelte, bis sie das größte erreicht hatte, in dem ihre beiden Freunde lebten: Zeugnis ihrer Bedeutung für die Gemeinschaft und zugleich Gemeinschaftsraum für Rituale. Juoksa und sein Lehrjunge Mielat waren Noaidi, Samenzauberer und alte Freunde Heids, die oft zu ihrer Hütte gekommen waren, um sie zu besuchen – und folglich auch Gunnhild. Im Laufe der Zeit hatte Gunnhild ihre Sprache gelernt, sich mit ihren Gebräuchen vertraut gemacht und ein bisschen über ihre Magie erfahren, die viele Ähnlichkeiten mit ihrer eigenen aufwies, aber auch wesentliche Unterschiede beinhaltete.

Ehe sie ihre Anwesenheit kundtun konnte, wurde die Zeltklappe zurückgeschlagen, und Mielat kam heraus. Er trug eine locker sitzende Tunika aus Rentierleder, gefärbt und kunstvoll mit bunten Fäden bestickt. Sein gewebter Gürtel war leuchtend blau, sein Haar dunkel, die Augen sanft und freundlich.

Doch als er sie sah, zog er ein langes Gesicht.

»Dann ist es also wahr«, flüsterte er, trat hinaus und ließ die Klappe hinter sich zufallen.

Gunnhild hatte Haltung wahren wollen, aber kaum nahm er sie in den Arm, war es um ihre Beherrschung geschehen, und sie ließ die Deichsel fallen und erwiderte die Umarmung.

»Wir haben den Augenblick wahrgenommen, in dem Heids Geist die Welt der Lebenden verlassen hat«, sagte er, als sie sich voneinander lösten. »Wie ist das passiert?«

»Sie wurde getötet«, sagte Gunnhild leise.

»Getötet? Vom wem?«

»Ich habe mehr Fragen als Antworten. Aber ...«

»Ich hole Juoksa und unsere Trommeln. Wir werden umgehend die Geister befragen.«

»Das wird nicht nötig sein.«

Juoksa kam aus dem Zelt. Er war genauso gekleidet wie sein Lehrjunge, trug aber einen roten Gürtel. Er war größer, hatte helleres Haar und scharfe dunkle Augen. Als sein Blick auf Gunnhild fiel, nickte sie knapp, eine Geste, die er zum Zeichen seines Verständnisses erwiderte: Sie wollte die beiden nicht in diese Sache hineinziehen.

»Warum nicht?«, fragte Mielat und blickte von Juoksa zu Gunnhild.

»Weil es nicht sicher ist«, sagte sie und berichtete ihnen genau, was passiert war. Sie endete mit den Worten: »Ich befürchte, dass diese Hexen mich verfolgen könnten und dass sie euch, solltet ihr bei einem Ritual mit mir oder für mich ertappt werden, ebenfalls angreifen würden. Ich muss so schnell wie möglich zum Haus meines Vaters zurückkehren. Ich hatte gehofft, ich könnte mit euch nach Westen gehen, um zu den Steuereintreibern des Königs zu stoßen.«

Juoksa verzog das Gesicht, und Gunnhild hätte ihm gern gesagt, dass König Harald so sehr ihr König wie der der Samen war – was in etwa besagte, dass er als König so oder so nicht sonderlich viel taugte –, aber stattdessen fragte sie nur: »Wann werdet ihr aufbrechen?«

»In einem Mond von jetzt an«, entgegnete er.

Gunnhild fluchte innerlich. Das war zu spät. Jedenfalls, wenn sie Signy noch vor dem Winter aufspüren wollte …

»Aber warum sollten deinesgleichen dich angreifen? Und was haben deine Kindheitsfreunde mit alldem zu tun?«, fragte Mielat.

»Das ist, was ich herausfinden muss.« Gunnhild seufzte. »Wenn ich warten muss, so werde ich warten. Aber ich bin sehr erpicht darauf, meine Freundin in Sicherheit zu bringen.«

Die Noaidi wechselten einen bedeutungsschweren Blick.

Gunnhild musterte sie aus zusammengekniffenen Augen. »Was ist los?«

»Es könnte einen schnelleren Weg geben, um dich zurück zu deinem Vater zu bringen«, sagte Mielat und sah Juoksa an, als warte er auf eine Erlaubnis.

»Einige Wikinger haben an der Küste ihr Lager aufgeschlagen.« Juoksa deutete Richtung Norden zum Wasser, das weit genug entfernt war, dass es von ihrem eigenen Lager aus nicht mehr zu sehen war.

»Was?« Gunnhild konnte ihr Glück kaum fassen. »Wikinger? Seid ihr sicher?«

Juoksa nickte. »Einige unserer Fallensteller sind ihnen in der Morgendämmerung begegnet. Sie sagen, sie sind nach den Raubzügen des Sommers auf dem Heimweg.«

»Es handelt sich um etwa dreißig Männer, die von einem Sturm erwischt wurden«, fügte Mielat hinzu. »Am Mittag werden sie herkommen, um einen Teil ihrer Beute gegen Proviant zu tauschen.«

Gunnhild blickte zum Himmel empor. »Aber es ist jetzt Mittag.«

Wie aufs Stichwort hörte sie Stimmen – Männer, die eine andere Sprache benutzten, ihre Sprache, und die Laute brachten eine Woge der Erinnerungen mit sich.

Sie würde wirklich zurückgehen, nachdem sie ein halbes Leben fort gewesen war.

Fünf Wikinger waren gekommen, der größte von ihnen schien der Anführer zu sein. Er sagte den anderen mit Säcken voller Handelsgütern bepackten Männern, wo sie diese ablegen sollten, und sie hörte, wie er sie anwies, sich dann später im Lager zusammenzufinden. Ein letztes Mal blickte sie auf der Suche nach Bestärkung Mielat und Juoksa an, dann schluckte Gunnhild einmal krampfhaft und ging zu ihnen.

»Hallo«, grüßte sie auf Nordisch, und der Große drehte sich um.

Als sich ihre Blicke trafen, sah sie in warme braune und neugierige Augen, die einen krassen Kontrast zu seiner bedrohlich wirkenden Größe bildeten. In diesem Moment erkannte sie, dass er jünger war, als sie zunächst angenommen hatte – vielleicht um die zehn Winter älter als sie selbst mit ihren vierundzwanzig. Er trug Tunika und Hose sowie Wadenwickel an den mächtigen Unterschenkeln, ein Sax hing an seinem Gürtel. Sein dunkler Bart war dicht, die Ärmel der Tunika hochgekrempelt, sodass die muskulösen Unterarme zum Vorschein kamen, die in starke, große Hände mündeten. Ein goldener Armreif schimmerte gleich oberhalb seines Ellbogens.

»Hallo«, sagte er gedehnt, als fürchte er, sie wäre nur ein Produkt seiner Fantasie.

Sie drückte die Schultern durch. »Mein Name ist Gunnhild

Ozurardottir. Ich benötige eine Überfahrt nach Süden. Ich kann dafür zahlen.«

Er wirkte verunsichert, während er ihre geflickten Kleider musterte und dann auf ihre Rentierlederstiefel zeigte. »Dein Akzent – wo kommst du her?«

»Halogaland.«

»Was tust du dann so weit hier draußen?« Sein Blick wanderte von ihr zu Juoksa und Mielat und kehrte dann zurück. Die Samen betrachteten ihn teilnahmslos, und Gunnhild reckte ihr Kinn noch etwas höher, um dem großen Wikinger ins Gesicht zu schauen.

»Magie erlernen.« Gunnhild war drauf und dran, die Geduld zu verlieren, aber wenn sie die Dinge aus seinem Blickwinkel betrachtete, hätte sie das vermutlich auch gefragt.

Nun wirkte er noch verunsicherter, sagte aber: »Nun gut … wir fahren gen Süden. Wenn du uns begleiten willst, wirst du dich mit König Erik einigen müssen. Ich kann dich zu ihm bringen.«

Aus dem Augenwinkel sah sie, wie Juoksa bei der Erwähnung des Königs erstarrte.

»Danke, das weiß ich sehr zu schätzen«, sagte Gunnhild und drehte sich wieder zu ihren Freunden um.

Juoksas Augen glühten förmlich, während Mielat sich bemühte, eine ermutigende Miene aufzusetzen, obwohl er unverkennbar Bedenken hatte. Sie schlang nacheinander beiden die Arme um den Hals und drückte sie fest. Juoksa wäre beinahe zurückgezuckt angesichts dieses ungewohnten Ausdrucks von Zuneigung, aber Mielat lachte und klopfte ihr auf den Rücken.

»Du weißt, wo du uns findest, wenn du uns brauchst«, sagte Mielat, als sie sich voneinander lösten.

Und als Gunnhild dann von Juoksa ablassen wollte, nahm er plötzlich den Arm hoch und legte ihn um ihre Taille. Obwohl die Wikinger sie aller Wahrscheinlichkeit nach gar nicht verstehen konnten, sprach er im Flüsterton mit ihr: »Erik Haraldsson ist ein Hexenmörder. Wenn das wirklich der König ist, von dem er spricht, musst du sofort zu uns zurückkommen. Hast du verstanden?«

Hexenmörder? Die Vorstellung war beängstigend, aber was war dieser Erik Haraldsson schon im Vergleich zu ihren übrigen Problemen? Er war nur ein Mann.

»Heid hat mich viel gelehrt. Ich kann auf mich aufpassen«, versicherte sie, als sie sich von Juoksa löste, der einerseits besorgt aussah, andererseits auch ein wenig gekränkt, dass sie seine Warnung nicht ernster nahm. »Lebt wohl, meine Freunde.«

»Leb wohl, Gunnhild«, sagte Mielat, als sie zur Deichsel ihres Wagens griff und sich zum Gehen wandte, um dem Wikinger in den Wald zu folgen. Als sie weit genug vom Lager entfernt waren, fiel der Mann neben ihr in Schritt, und ihr wurde bewusst, dass sie ihn nicht nach seinem Namen gefragt hatte.

»Thorolf Skallagrimsson«, sagte er, als sie es tat, und fuhr sich mit den Fingern durch das zottige, dunkle Haar. »Ich hätte mich schon vorhin vorstellen sollen. Ich bitte um Vergebung.«

Gunnhild drehte sich zu ihm um und zog angesichts der Erwähnung des väterlichen Spitznamens im Patronym die Brauen hoch. »Nennt man deinen Vater wirklich ›Kahler Grimm‹?«

»Viele Männer heißen Grimm«, sagte Thorolf lächelnd und zuckte mit den Schultern. »Er nimmt es nicht krumm. Es ist ja nicht so, als wäre er nicht kahl.«

Unfähig, sich zurückzuhalten, erging sich Gunnhild in bellendem Gelächter und schlug hastig die Hand vor den Mund. Doch als sie sich zu ihm umblickte, sah sie, dass er nun so breit lächelte, dass sich Fältchen in seine Augenwinkel gruben, und sie spürte, dass sich ihr verräterisches Gesicht erwärmte.

Doch dann wurde er wieder ernst und wirkte beklommen. »Also, du bist eine Hexe?«

»Bin ich. Hast du ein Problem mit Hexen, Thorolf Skallagrimsson?«

»Grundsätzlich nicht. Es ist nur so, dass die Ereignisse des Sommers uns alle ein wenig misstrauisch gemacht haben.«

»Was ist in diesem Sommer geschehen?«

Einige Schritte legten sie schweigend zurück, während er seine Gedanken ordnete. Sie wartete geduldig, denn auf seinem Gesicht lag nun ein gequälter Ausdruck, und sie spürte, dass diese Mimik für ihn uncharakteristisch war.

»Wir haben einen Hafen in Bjarmaland überfallen. Er war gut geschützt. Während der Schlacht haben sich vier der Hirdsmannen des Königs gegen ihn gewandt. Sein Ziehbruder und ich standen ihm im Kampf am nächsten, und wir mussten ...«

Er brachte es nicht über sich, zu sagen »unsere Freunde töten«, aber den Teil konnte sie sich auch so denken.

Gunnhild verzog das Gesicht. »Das tut mir leid. Aber warum denkt ihr, ihre Taten wären das Ergebnis von Magie gewesen? Diese Männer könnten Verräter gewesen sein.«

Thorolf schüttelte den Kopf. »Nein. Ich kannte sie gut. Und als es passiert ist, sahen ihre Augen ... sonderbar aus. Anders. Als würde jemand anderes durch sie schauen. Sie waren bernsteinfarben wie die einer Katze. Und als sie tot waren, wurden sie wieder normal.«

Vor ihrem geistigen Auge sah Gunnhild die gelblichen Augen eines Fuchses, und ein Schauder lief ihr über den Rücken. Konnte das ein Zufall sein?

»Merkwürdig ...«, war alles, was sie über die Lippen brachte.

Lange Zeit gingen sie schweigend weiter.

»Ich will euch nichts Böses. Ich habe nur den Wunsch, nach Hause zu gelangen.« Sie legte eine kurze Pause ein. »Aber nach dem, was du mir gerade erzählt hast ... Meinst du, der König wird mir überhaupt gestatten, an Bord zu gehen?«

»Ich denke, er wird zumindest gewillt sein, mit dir zu reden. Das war nur das letzte einer ganzen Reihe von Übeln, die sich um ihn herum ereignet haben. Er hat inzwischen schon eine ganze Weile versucht, eine Hexe anzuheuern, um sich dagegen zur Wehr zu setzen, aber alle haben ihn zurückgewiesen. Sogar die unter den Samen.«

»Nun, dann tut es mir leid, ihm sagen zu müssen, dass ich ebenfalls nicht vorhabe, mich heuern zu lassen. Aber ich habe Silber und kann für meine Überfahrt bezahlen.« Und da sackten auch seine letzten Worte in ihr Bewusstsein. *Nicht einmal die Samen wollten helfen?* Es war nicht so ungewöhnlich, dass Wikinger an Noaidi herantraten, wenn sie magische Unterstützung benötigten. Aber die Tatsache, dass wirklich alle ihn abgewiesen hatten, verhieß nichts Gutes.

»Warum hat niemand zugestimmt, ihm zu helfen?«, fragte Gunnhild gespielt gelassen, während Juoksas Worte durch ihren Kopf hallten. »Wenn er so verzweifelt ist, wird er doch gewiss bereit sein, einen großzügigen Lohn zu bezahlen. Also muss es an etwas anderem liegen.« *Etwas Schlimmerem.*

»Äh ...« Thorulf rieb sich den Nacken.

Gunnhild blieb stehen. »Entweder du sagst es mir jetzt, oder ich werde umgehend zurückgehen.«

Auch er hielt inne und strich sich erneut mit den Fingern durchs Haar. »Es ist nur, weil Erik früher Begegnungen mit Hexen hatte ...« *Verdammt*, dachte Gunnhild, *Juoksa hatte recht.* »... die ihn bei deinesgleichen ein wenig unbeliebt gemacht haben.«

Er wollte weitergehen, aber Gunnhild blieb wie angewurzelt stehen, die Hand fest um den Griff der Deichsel geklammert. Als Thorolf merkte, dass sie ihm nicht folgte, blieb er wieder stehen und drehte sich um, um sie anzublicken.

»Was für Begegnungen mit Hexen hatte dieser König?«, fragte Gunnhild zähneknirschend.

Thorolf wandte den Blick ab. »Er hat seinen Bruder getötet, weil der Magie benutzt hat. Aber sein Vater war derjenige, der ...«

»Wie?« Gunnhild standen sämtliche Haare zu Berge. *Hexenmörder* waren schlimm genug, aber einen Angehörigen zu töten war ein unvorstellbares Verbrechen. Eines, das nicht einmal den Göttern vergeben werden konnte. »Wie hat er ihn getötet?«

Thorolf zögerte. Aber er hatte ein offenes, ehrliches Gesicht, eines, das Gunnhild den Eindruck vermittelte, er werde ihr alles erzählen, wenn sie nur fragte. Und sie musste wissen, in was sie sich hier hineinziehen lassen mochte. Musste erfahren, welchen Preis sie würde entrichten müssen, um so schnell wie möglich zu Oddny zu gelangen und Signy zu retten.

»Erik hat ihn in seiner Halle verbrannt«, sagte Thorolf und erschrak, als er ihr Auge zucken sah. »Aber ...«

»*Verbrannt?*«, explodierte sie. »Das ist eine der schlimmsten und feigsten Methoden, um jemanden zu töten.«

»Er hat auf Geheiß seines Vaters gehandelt«, sagte Thorolf verdattert. Ganz offensichtlich hatte er nicht mit solch einem Ausbruch gerechnet. »König Harald wurde einmal verzaubert und hat nichts für Magie übrig. Aber hör mal, jetzt ...«

»Von König Haralds ›Verzauberung‹ habe ich als Kind von einer seiner Frauen gehört«, blaffte Gunnhild. »Die haben sie Snaefrid genannt, und sie war eine Samin – aus einer anderen Sippe als meine Freunde da drüben, aber dennoch eine Samin. Und die erzählen eine ganz andere Geschichte. Sie sagen, König Harald hätte sie so sehr geliebt, dass er sein Königreich vernachlässigte. Weil er so besessen von ihr war, dass er nicht mehr regieren konnte. Aber nun, da sie tot ist, kann man ihr natürlich die Schuld an einfach allem geben, nicht wahr?« Sie begann, ihren Wagen zu wenden. »Ich gehe zurück. Mit diesem Mann will ich nichts zu tun haben.«

Stattdessen werde ich mit Juoksa und Mielat nach Westen gehen, dachte sie. Wenn auch die Hoffnung mit jedem Tag, der verging, schwand, dass sie imstande wäre, Signy vor dem Winter zu retten. Und wenn sie Signy finden wollte, brauchte sie eine Frau, der sie vertraute und die die Schutzweisen für sie singen würde. Sie brauchte Oddny.

»Hör zu«, sagte Thorolf hastig. »Komm einfach mit, und sprich mit ihm. Er ist in einer schlimmen Lage. Vielleicht ist er bereit, einen Handel zu schließen.«

»Ich will nichts von einem Hexenmörder und Brudermörder. Und dass du solch einem König dienst, lässt mich an meinem ursprünglichen Eindruck, dass du ein guter Mann bist, zweifeln. Gehab dich wohl, Thorolf Skallagrimsson.«

Ruckartig zerrte sie an der Handkarre, als er vor sie trat.

»Geh mir aus dem Weg, oder du wirst es bereuen«, sagte Gunnhild.

Thorolf reckte ergeben die Hände in die Höhe. »Hör mich an ...«

»Lass es mich deutlich sagen: Ich würde eher deines Königs Schwanz verfluchen, auf dass er verschrumpelt und abfällt, ehe ich ihm bei irgendetwas helfe. Und wenn ich dir noch einmal sagen muss, dass du mich passieren lassen sollst, wird es dir leidtun.«

»Bitte«, sagte er, trat aber zur Seite. »Hör ihn wenigstens an. Ohne deine Hilfe könnten noch mehr Männer zu Tode kommen.«

Vielleicht lag es an dem flehentlichen Ausdruck in seinen Augen, an dem Wissen darüber, was er in diesem Sommer erlebt hatte und was er hatte tun müssen – auf jeden Fall spürte sie, wie ihr Widerstand ganz gegen ihren Willen erlahmte. Und an Bord der Schiffe dieser Männer würde sie schließlich immer noch am schnellsten zurück nach Hause gelangen ...

»Ich verspreche, dir wird kein Übel widerfahren«, fügte Thorolf sanft hinzu. »Bei meiner Ehre.«

Gunnhild dachte darüber nach. Sie nahm an, dass sie nichts zu verlieren hatte, wenn sie ihn anhörte, und die Gelegenheit,

König Erik von Angesicht zu Brudermörder-Hexenmörder-Angesicht zurechtzuweisen, wäre überdies eine Genugtuung. Immerhin hatte er keinen Grund, ihr die Überfahrt zu verwehren, solange sie dafür bezahlen konnte.

Und sie erkannte, dass sie Thorolf ihren Bedenken zum Trotz vertraute.

»Also gut«, sagte sie. »Bring mich zu deinem König.«

9

Als thorolf sie durch das Wikingerlager führte, war Gunnhild überrascht vom Anblick der vielen Kisten und Zelte und Männer in allen Formen, Größen und Farben. Einige kochten, andere kümmerten sich um das Schiff oder ihre Waffen, und wieder andere kämmten und flochten sich die Haare und Bärte. Ein paar waren von dunklerer Hautfarbe, was auf eine Herkunft aus dem tieferen Süden hindeutete; einer von ihnen hatte sein drahtiges schwarzes Haar dicht am Kopf geflochten. Aber natürlich war es keineswegs ausgeschlossen, dass sich die Krieger eines Landes dem König eines anderen anschlossen; ihre eigenen Landsleute waren bekannt dafür, auf ihren Reisen genau das getan zu haben.

König Eriks Hirdsmannen wirkten allesamt gepflegt und wohlgenährt. Sie trugen wie Thorolf einen goldenen Armschmuck unter dem Ärmel ihrer Tunika, gleich oberhalb des Ellbogens; einen in sich gedrehten, offenen Reif mit einem zähnefletschenden Wolfskopf an beiden Enden. Einige hatten Tätowierungen im verbreiteten Knotenmuster, die aus Halsausschnitten und Ärmelsäumen lugten.

Alle starrten sie an, als sie vorüberging. Sie hörte auf, sich in ihrer Umgebung umzuschauen, und richtete ihren Blick stattdessen stur geradeaus auf Thorolfs Rücken, während sie den knarrenden Handwagen hinter sich herzog und ihm auf dem Pfad zwischen von der Sonne gebleichten wollenen Zeltplanen folgte. Die meisten Zelte nutzten die Riemen des Schiffs als Stützbalken, aber das, zu dem Thorolf sie führte, hatte richtige Zeltstützen mit verschlungenen Schnitzereien, deren oberes Ende ein Drachenkopf schmückte.

Jenseits des Lagers erhob sich das auf den Strand gezogene Kriegsschiff mit umgelegtem Mast und aufgerolltem roten Segel. Sogar aus dieser Entfernung konnte Gunnhild sehen, dass dies das edelste Schiff war, das sie je zu Gesicht bekommen hatte. Zwar war der Drachenkopf entfernt worden, um die Landgeister nicht zu erzürnen, aber das Schiff war dennoch prächtig, die Bordwand rot gestrichen und vom Bug bis zum Heck mit einem komplexen Muster aus geschnitzten Schleifen und Kringeln verziert.

Vor dem Zelt mit den Zeltstützen brannte ein Lagerfeuer. Daneben saßen zwei Männer auf Seekisten und spielten Hnefatafl auf einer dritten, die zwischen ihnen stand. Der Mann, der von ihr wegblickte, trug das dunkelbraune Haar kurz geschnitten und hatte eine kahle Stelle oben auf dem Kopf. Ihm gegenüber saß ein Mann mit dunkler Haut und festen Locken und spielte auf einer Leier, während er das Spielbrett aus zusammengekniffenen Augen wütend musterte.

»Warte.« Thorolf unterstrich seine Aufforderung, indem er eine Hand ausstreckte. Sie hatten neben dem Zelt innegehalten, von hier aus konnte sie die beiden Männer beobachten, ohne selbst gesehen zu werden. »Finden wir erst einmal heraus, in welcher Stimmung der König ist.«

Gunnhild schnaubte leise. »Oh, gut. Das fängt wunderbar an.«

»Der König ist in die Enge getrieben worden«, sang der Skalde leise und zupfte die Seiten seines Instruments zu den folgenden Worten: »Vielleicht ist die Zeit zum Aufgeben gekommen.«

»Du bist doch kein Mann, der einfach so aufgibt, Svein«, entgegnete der andere Mann, als er mit großer Geste eine der elfenbeinernen Spielfiguren über das Brett bewegte. »Aber ich habe dich trotzdem geschlagen. Wieder einmal.«

Svein blinzelte einige Male und seufzte, ehe er drei traurige Noten anschlug, deren letzte trillernd herüberhallte. »Drei von fünf. Und du übernimmst dieses Mal die Seite des Königs.«

»Ist er das?«, fragte Gunnhild Thorolf im Flüsterton. »Der, der von uns wegschaut?«

»Nein.« Thorolf deutete mit einem Nicken auf eine Gestalt, die sich den Männern von der anderen Seite des Zelts, hinter dem sie sich versteckten, näherte. »Da.«

»Hmm«, machte Gunnhild. Sie konnte sein Gesicht nicht sehen, aber er war groß – so groß wie Thorolf, jedoch ein bisschen schmaler – und hatte dunkelblondes Haar, das ihm gerade bis zur Schulter reichte. Seine Kleidung war nicht viel erlesener als die seiner Männer, aber eine Seereise war auch nicht dazu geeignet, die besten Sachen zu tragen.

Gunnhild und Thorolf noch immer den Rücken zugewandt, blieb Erik hinter dem Mann mit der kahlen Stelle stehen und räusperte sich.

Der Mann drehte sich um. Im Profil sah er aus, als wäre er ungefähr so alt wie die anderen – was bedeutete, nicht viel älter als sie selbst, vielleicht dreißig Winter. Er trug einen kurzen dunklen Bart, sein Haar lichtete sich an der Stirn, und er hatte ein süffisantes Grinsen aufgesetzt, das sie im Gesicht eines Mannes, der seinen König anblickte, nicht zu sehen erwartet hatte.

»Ja?«, fragte er freundlich.

»Du sitzt auf meinem Platz«, sagte Erik.

»Steht da etwa dein Name drauf?«, konterte der Mann, worauf Svein mehrfach zwei schnelle, unheilvolle Noten auf seiner Leier anschlug. »Und da drüben ist ein ungenutzter Hocker.«

»Soll es wirklich so laufen, Arinbjörn?«

Arinbjörn widmete sich wieder dem Spiel und sagte milde: »Das tut es bereits.«

»Also gut.« Erik ging hinter ihm in die Knie, hob ihn von der Kiste und setzte ihn einen Fuß seitlich davon wieder ab – genauer gesagt ließ er ihn fallen, denn Arinbjörn war beinahe einen Kopf kleiner als der König. Svein gluckste vergnügt. Arinbjörn verbeugte sich knapp vor niemand Speziellem, als wäre es für ihn etwas völlig Normales, vom künftigen Herrscher seines Landes hochgehoben und woanders hingesetzt zu werden.

»Siehst du?« Der König nahm das dicke Schaffell, das als Sitzkissen gedient hatte, von der Kiste und deutete auf den ebenen Deckel, in den Runen geschnitzt worden waren, groß genug, dass Gunnhild sie sogar aus dieser Entfernung gut erkennen konnte: **ERIKS**

»Die sehen neu aus«, sagte Arinbjörn, während er sie musterte. »Hast du das gerade erst gemacht?«

»Ja, weil du mir ständig meinen Sitz wegnimmst«, antwortete Erik, legte das Schaffell wieder auf die Kiste und nahm Platz. »Ich sollte dich ächten.«

»Es hat eben Vorzüge, dein Ziehbruder zu sein«, gab Arinbjörn zurück und lieferte Gunnhild damit eine Erklärung für sein respektloses Auftreten gegenüber seinem Herrn. Er stützte sich mit einem Ellbogen auf Eriks breite Schulter und wedelte mit der Hand. »Habe ich dir über die Jahre nicht genug andere Gründe geliefert, um mich zu ächten?«

»Der Streich mit den Fischköpfen war ganz eindeutig mindestens eine geringfügigere Ächtung wert«, bemerkte Svein. »Ich hatte schon überlegt, ein Lied darüber zu schreiben.«

»Ich würde dich dafür nicht bezahlen«, raunzte Erik und griff nach dem Bierkrug neben der Kiste, ehe er Arinbjörn dessen Becher aus der Hand riss. »Außerdem gehört der auch mir.«

»Steht da etwa dein Na…«

Erik drehte den Becher um und zeigte ihm etwas auf dem Boden des Trinkgefäßes, bei dem es sich, wie Gunnhild aus Arinbjörns Gesichtsausdruck schloss, nur erneut um den in Runen gefassten Namen des Königs handeln konnte.

»Wie schön.« Arinbjörn wandte sich an Svein. »Ich würde dich bezahlen. Wie viel?«

»Du wirst ihn nicht dafür bezahlen, ein Lied über die Fischköpfe zu schreiben«, konstatierte Erik.

»Wir sollten mit ihm sprechen, ehe sie sich noch länger über die Streiche austauschen können, denn das ist eine sichere Methode, ihn in schlechte Stimmung zu versetzen«, flüsterte Thorolf Gunnhild zu und ging los.

Sie folgte ihm – und als sie das tat, quietschte ihr Wagen vernehmlich, und die drei Männer drehten sich in ihre Richtung um, sodass Gunnhild einen ersten Blick auf das Gesicht des Königs werfen konnte. Sein Bart war säuberlich gestutzt und kurz, und er hatte auf der Höhe seiner Schlüsselbeine je eine Tätowierung in Form eines zähnefletschenden Wolfs, groß genug, dass sich die Nasen beider Wolfsköpfe beinahe in seiner Halsgrube berührten. Seine Augen waren gletscherblau und umrahmt von den Überbleibseln der Mischung aus Kohle und Bienenwachs, die sich viele Seeleute zum Schutz vor der Sonne auf die Augenlider schmierten.

Er musterte sie vom Scheitel bis zur Sohle, betrachtete ihren zusammengestückelten Kaftan und das zerlumpte Kleid. Sie hatte sich nie Gedanken über ihr Erscheinungsbild machen müssen. Thorolfs Freundlichkeit hatte ihr keinen Anlass gegeben, sich darüber den Kopf zu zerbrechen, und ihr ein trügerisches Gefühl der Sicherheit vermittelt. Nun, unter den Augen des Königs, fühlte sie sich plötzlich entblößt.

Sie holte tief Luft. Ja, er war attraktiv. Aber das war für sie kaum von Bedeutung; selbst wenn sie nichts von seinen Taten gewusst hätte, hätte sie ihn dafür verabscheut, wie er sie nun beäugte, als wäre sie nichts als Dung unter seinem Schuh.

Gunnhild hatte nicht gewusst, dass der bloße Anblick genügen konnte, um einen Menschen zu hassen. Doch nun stand Erik Haraldsson vor ihr.

Er hatte noch keinen Ton zu ihr gesagt und war ihr schon jetzt zuwider.

»Thorolf«, sagte Erik. »Wer ist diese ... dieser Mensch?«

»Du klingst, als wärest du nicht sicher, ob ich tatsächlich ein Mensch bin, König«, sagte Gunnhild, bevor Thorolf antworten konnte. »Wenn du wissen willst, wer ich bin, dann frag mich, nicht ihn.«

Thorolf seufzte leise, als würde diese Sache exakt so schlecht laufen, wie er es erwartet hatte. Eriks Mund stand offen, und er maß sie mit einem finsteren Blick, sichtlich gekränkt, als hätte er aus irgendeinem Grund nicht damit gerechnet, dass sie ihn hören könnte – von tadeln gar nicht zu reden.

Sie hielt seinem Blick stand. *Wie dreist dieser Mann doch ist!*

Arinbjörn jedoch sah Gunnhild an, als wäre sie ein Geschenk der Götter, als er zu ihr ging und lächelnd ihre beiden Hände ergriff. »Hallo. Ich bin Arinbjörn Thorisson. Es ist wunderbar, dich kennenzulernen, mein neuer Lieblingsmensch, dessen Name lautet ...?«

»Gunnhild«, sagte sie und konnte nicht anders, als ebenfalls zu lächeln. Er war etwa so groß wie sie, das Gesicht unverstellt und freundlich, doch in seinen klugen Augen funkelte der Schalk. Sie kam zu dem Schluss, dass ein Mann, der dem König auf solch eine Art Verdruss bereiten konnte, ein guter Verbündeter wäre. »Mein Vater ist Ozur Eyvindsson, ein Herse in Halogaland.«

»Ah! Auf dem Hinweg sind wir bei ihm abgestiegen. Mein Vater Thorir ist Herse in Fjordane«, sagte Arinbjörn anerkennend. Er ließ ihre Hände los und deutete auf einen Hocker. »Nimm Platz.«

Gunnhild setzte sich. Thorolf verweilte hinter ihrer Schulter, gleichermaßen linkisch und beschützerisch, was, wie sie im Stillen zugeben musste, liebenswert war.

Arinbjörn nahm wieder seinen Platz an Eriks Schulter ein. »Ich habe so viele Fragen. Was hat dich hierhergeführt? Und wie lange bist du schon hier?«

»Ich habe während der letzten zwölf Winter die Magie studiert.

Meine Lehrmeisterin ...« *Wurde gestern getötet.* Sie setzte sich aufrechter hin. Vor diesen Männern durfte sie keine Schwäche zeigen, ganz besonders nicht in Gegenwart des Königs, dem sie sich jetzt zuwandte. »Sie ist nun fort, und ich muss so schnell wie möglich nach Hause reisen. Thorolf erwähnte, dass du auf dem Weg nach Süden bist, und er hat mich hergebracht, damit ich dich bitten kann, mich mitzunehmen. Ich kann dich für die Überfahrt in Silber bezahlen.«

Erik musterte sie immer noch äußerst verächtlich, als er sich vorbeugte und einen Ellbogen auf sein Knie stützte, während er in der anderen Hand den Becher hielt, den er Arinbjörn entrissen hatte. »Wie können wir wissen, dass du tatsächlich Ozurs Tochter bist? Für uns bist du eine Fremde. Darum lautet meine Antwort nein, und es gibt nichts, das du mir anbieten könntest, um mich zu bewegen, meine Meinung zu ändern. Behalte dein Silber, und bring dein Verderben über andere.«

Gunnhild war fassungslos angesichts dieser Zurückweisung. Thorolf hatte ihn als ebenso verzweifelt beschrieben, wie sie es war. *Will er mich täuschen, oder ist er so dumm?*

»Dann hat Thorolf mich wohl irregeführt«, sagte sie so gelassen, wie es ihr unter diesen Umständen möglich war. »Er erwähnte, dass du die Dienste einer Hexe benötigst, und ich bin bewandert in der Kunst der Magie.«

Der höhnische Ausdruck schwand aus Eriks Zügen, und er warf Thorolf einen bösen Blick zu, den der mit einem Schulterzucken beantwortete.

»Sie hat nicht unrecht«, bemerkte Arinbjörn und beäugte sie interessiert. »Wir brauchen eine Hexe, Bruder.«

»Ich weiß«, sagte Erik leise. »Aber das kommt einfach zu passend. Es könnte eine Falle sein.«

»Oder es ist Schicksal.« Auch Arinbjörn sprach mit gesenkter Stimme, dennoch konnte Gunnhild seine Worte verstehen. »Du musst sie nicht mögen, du musst nur einen Handel mit ihr abschließen.«

»Sie taucht plötzlich aus dem Nichts aus«, zischte Erik ihn an. »Das könnte eine weitere List sein.«

»Sie könnte ebenso gut unsere letzte Hoffnung sein.«

»Oder unser Verderben.«

»Das könnte ich gewiss sein, solltest du fortfahren, so zu tun, als säße ich nicht gleich hier«, sagte Gunnhild mit lauter Stimme, woraufhin sich beide Männer zu ihr umdrehten.

»Bitte vergib meinem Bruder, Gunnhild«, sagte Arinbjörn. »Er kann ein bisschen schwierig sein ...« Bei diesen Worten verschränkte Erik grunzend die Arme vor der Brust. »Aber wir können dir eine Überfahrt nach Süden gewähren. Im Austausch ...«

»Nein!« Erik sprang auf, was sie zum Anlass nahm, sich ebenfalls zu erheben. »Woher wissen wir, dass sie wirklich eine Hexe ist? Wir haben noch nie von ihr gehört, also steht fest, dass sie sich noch keinen Namen gemacht hat. Wie sollen wir jemandem vertrauen, der keinerlei Leumund hat? Und falls sie eine Hexe ist, woher wissen wir, ob sie irgendetwas taugt?«

Wie Thorolf überragte Erik sie deutlich. Gunnhild war eine Frau von durchschnittlicher Größe, aber im Schatten dieser beiden Giganten kam sie sich plötzlich sehr klein vor.

Und das machte sie wütend. *Ich lasse mich von euresgleichen nicht einschüchtern.* Sie ging um die Seekiste mit dem Taflbrett herum und trat unangenehm nahe an den König heran. »Möchtest du, dass ich dich verfluche? Wäre dir das Beweis genug, um einen Handel mit mir zu schließen? Ich mag Flüche sehr.«

»Na, wenn *das* nicht beruhigend ist.« Erik verdrehte die Augen und gestikulierte in ihre Richtung, während er sich von ihr entfernte. »Siehst du, Arinbjörn? Sie beweist nur, wie recht ich habe. Geh dorthin zurück, woher du gekommen bist, Frau. Du strapazierst meine Geduld.«

Gunnhilds Temperament ging mit ihr durch. »Warte, du scheußlicher ...«

»Denk darüber nach, Erik«, sagte Arinbjörn in dem Moment auf eine Art, die Gunnhild den Eindruck vermittelte, dass er genau diese Worte schon tausendmal zuvor an ihn gerichtet hatte, und wandte sich dann an sie. »Ganz ruhig, Gunnhild. Achte nicht auf ihn. Wir können uns einigen ...«

»Nein, können wir nicht«, widersprach Erik. »Wir können unmöglich darauf vertrauen, dass irgendetwas, das sie sagt, wahr ist.«

Gunnhild warf sich den dicken rotbraunen Zopf über die Schulter und verschränkte die Arme vor der Brust, bemüht zu verbergen, wie sehr ihre Hände zitterten. »Wenn ich dir ohne jeden Zweifel beweise, dass ich eine Hexe bin, bist du dann bereit, mit mir zu verhandeln?«

»Ja«, stimmte Arinbjörn sofort zu. »Ja, das klingt nach einer guten Idee. Erik?«

Einen endlosen Moment lang starrte der König sie nur an. »Schön«, sagte er dann. »Aber ohne Flüche.«

»Nun gut«, begann sie. »Ich könnte einen Sturm herbeirufen ...«

Beide Männer zuckten zusammen.

»Nein. Davon hatten wir diesen Sommer schon genug«, brummte Erik düster. »Ein Sturm hat uns überhaupt erst hierhergeführt. Versuch es mit etwas anderem.«

Wenn Flüche und Wetterzauber nicht infrage kamen und keine Frauen zugegen waren, die für sie singen konnten, und keine anderen Hexen, die zu ihrem Schutz mit ihr reisten – besonders, falls Katla immer noch irgendwo hier herumschlich –, waren ihre Möglichkeiten auf Heilmagie beschränkt. Sie könnte sich erkundigen, ob einer der Hirdsmannen verwundet war, sodass sie ihre Macht an ihm vorführen konnte, aber sie war bei Weitem nicht die Heilerin, zu der sie Oddny unter Yrsas Anleitung hatte heranwachsen sehen. Heid hatte ihr gezeigt, wie sie Tees brauen, Tinkturen anmischen und Umschläge machen konnte, aber wenn es um Wunden ging, war die Person, an der sie am meisten Erfahrungen hatte sammeln können, sie selbst. Auf diese Art hatte sie diese Fertigkeit überhaupt erst erworben.

Mit jedem Moment, der verging, ohne dass sie sich rührte, wirkte Erik selbstgefälliger. Am liebsten hätte sie ihm das hämische Grinsen aus dem Gesicht geklatscht. Aber dann fiel ihr auf, dass einige der Hirdsmannen herbeigekommen waren und sie beobachteten.

Dreißig kampferprobte Männer starrten sie an. Gunnhild musste irgendwie Eindruck schinden.

Sie griff in ihre Gürteltasche, um sich zu vergewissern, dass eine Leinenbandage greifbar war, und dann holte sie einen der kleinen, flachen Holzstäbe hervor, die sie für ihre Runenmagie benutzte, und steckte ihn zwischen ihre Zähne.

Dann zog sie das Messer aus der Gürtelscheide.

Mehrere Männer wichen zurück oder gaben überraschte Laute von sich, und ein paar legten die Hände auf die Saxe an den eigenen Gürteln, bereit, sie hervorzuholen. Sogar Erik wirkte nun vorsichtig, hielt aber eine Hand hoch, um seine Männer zur Ruhe zu ermahnen, ohne Gunnhild dabei aus den Augen zu lassen.

»Also?«, fragte er.

Sie blickte auf ihre Hand, die Finger gespreizt, die Handfläche nach oben gerichtet, legte das Messer an und zwang sich, es konzentriert und mit festem Griff zu halten. Es musste schnell gehen, die Wunde sauber sein. Ein oberflächlicher Schnitt würde nicht genug Eindruck schinden, aber sollte sie etwas Wichtiges erwischen, würde die Heilung sie zu viel Magie kosten, und sie könnte das Bewusstsein verlieren. Das war das Letzte, was sie brauchte.

Sie musste es einfach richtig machen.

Für Signy.

Arinbjörn war der Erste, der begriff, was sie vorhatte, und er riss die grauen Augen weit auf. »Warte. Moment. Es ist nicht nötig, dass du ...«

Gunnhild rammte das Messer durch ihre Hand und riss es wieder heraus – zum Entsetzen der königlichen Hird, die das Geschehen keuchend und fluchend verfolgte.

Der Schmerz setzte sofort ein. Er war schlimm und stellte ihre Selbstbeherrschung auf eine harte Probe. Sie biss die Zähne so krampfhaft zusammen, dass einer ihrer Backenzähne beinahe an dem Stab zwischen ihren Kiefern zerbrochen wäre. Ohne auf die gedämpften Laute des Erstaunens um sich herum zu achten, krümmte sie sich zusammen und fluchte trotz des Stabes in ihrem Mund lauthals, bis sie keine Worte mehr hatte.

»Ich wusste es«, hörte sie Erik sagen. »Sie ist nur eine Irre.«

»Gib ihr einen Moment«, sagte Arinbjörn.

Blut troff über ihr Handgelenk und befleckte die Ärmel von Kleid und Kaftan. Als sie wieder klar sehen konnte, nahm sie den Stab aus dem Mund und hielt ihn vorsichtig in der verletzten Hand. Mit dem Messer schnitt sie Runen in das Holz und sang jede lautlos mit. Dann zog sie den Verband aus ihrer Tasche und wickelte ihn, den Runenstab immer noch auf der blutenden Wunde, um ihre Hand.

Die Männer waren totenstill. Endlich richtete Gunnhild sich auf. Thorolf war blass geworden, Arinbjörn musterte sie neugierig, und Erik stand nur teilnahmslos mit vor der Brust verschränkten Armen da.

Sie hielt die zitternde Hand hoch. Schon jetzt war der Verband blutgetränkt. Neben dem Schmerz und dem Blutverlust machte ihr auch der Energieaufwand zu schaffen, der nötig war, um Runen zu schnitzen, die ihre Wunde schneller heilen ließen, als die Natur es vorsah. Gunnhild war erschöpft.

»Bis zum Abendbrot wird die Wunde verheilt sein«, sagte sie

und hatte schwer zu kämpfen, um mit ruhiger Stimme zu sprechen. Sie brauchte schon all ihre Kraft, um auf den Beinen zu bleiben.

Erik fixierte sie immer noch finsteren Blicks, aber als ihn Arinbjörn einen Moment später anstupste, ging ihm auf, dass sich alle Augen auf ihn richteten.

Gunnhild reckte das Kinn vor.

»Schön«, sagte der König endlich. »Wenn ich den Beweis gesehen habe, können wir reden.«

Thorolf gestattete ihr, sich in seinem Zelt auszuruhen. Sie schaffte es kaum auf sein Lager, ehe sie zusammenklappte.

»Ist alles in Ordnung?«, fragte er besorgt und kauerte sich neben sie. »Das war … ziemlich übertrieben. Gab es wirklich keine andere Möglichkeit, deine Fähigkeiten unter Beweis zu stellen?«

Hat doch funktioniert, oder etwa nicht? Gunnhild rollte sich zusammen, die verbundene Hand an die Brust gepresst, und kniff die Augen zu. *Jetzt wird er bereit sein, mit mir zu verhandeln.*

»Ich habe mich überanstrengt, und dafür bezahle ich nun den Preis«, flüsterte sie. »Es ist normal, dass man ermüdet, wenn man zu viel Magie auf einmal einsetzt.«

»Würde es helfen, etwas zu essen? Ich kann dir …«

»Ich brauche Ruhe. Weck mich vor dem Abendessen, ja?«

»Ich … Ja. Natürlich.« Er stand auf und ging zur Zeltklappe.

Gunnhild sammelte den Rest ihrer Kraft und sagte: »Thorolf.«

Er hielt inne und blickte sich über die Schulter um.

»Danke«, sagte sie.

Er ließ sich einen Moment zu lang Zeit, ehe er nickte und das Zelt verließ. Gunnhild legte den Kopf auf den klumpigen Habersack, den er als Kissen benutzte, und sank schnell in die warme Umarmung des Schlafs.

Sie wusste nicht, wie lange sie geschlummert hatte – nur dass sie, als sie erwachte, nicht mehr allein war. Überrascht zuckte sie zusammen, als ihr Blick auf ihren Besucher fiel. Sie brauchte einen Moment, bis sie begriff, was sie vor sich sah.

Die weiße Füchsin saß eine Armlänge von ihrem Kopf entfernt da und beobachtete sie aus ihren unheimlichen Bernsteinaugen. Langsam setzte sie sich auf, und ihre gesunde Hand bewegte sich zu dem Messer an ihrem Gürtel.

Das wird nicht helfen, sagte Thorbjörg. *Du träumst nur.*

Gunnhild glaubte ihr, wenn auch nur, weil ihre Hand nicht mehr schmerzte; zwar heilte sie schneller als normal, dennoch hatte sie gewiss nicht lange genug geschlafen, dass die Magie ihre Wirkung gänzlich hatte entfalten können.

»Wie machst du das?«, flüsterte sie voller Entsetzen. »Verschwinde aus meinem Kopf.«

Ich bin nur gekommen, um dich zu warnen, sagte Thorbjörg. *Du musst diese Männer sofort verlassen.*

»Und warum?«

Du hättest gar nicht dort sein sollen. Auf jenem Hof. Das Gleiche gilt für deine Mentorin. Aber ihr wart dort, und wir mussten handeln. Das war ... unselig.

»Tatsächlich? Hattest du nicht von einem erfreulichen Zufall gesprochen? Oder galt das nur, solange du gedacht hast, ich wäre leicht zu töten?«

Die Füchsin sagte nichts, was Antwort genug war.

»Warum hast du Oddny und Signy angegriffen? Sie haben nichts Falsches getan.«

Die Dinge laufen nicht immer wie beabsichtigt. Ich wollte dich mir nicht zum Feind machen – nur vorab dafür sorgen, dass du und deine Schwurschwestern sich mir nicht in den Weg stellen. Beherzige meine Warnung, und dir wird kein weiteres Leid geschehen ...

»Aber warum? Wir waren dir nicht im Weg. Wir haben dich nicht einmal gekannt ...« Gunnhild brach ab. *Vorab?* »Es sei denn ... du hast etwas vorhergesehen. Etwas, von dem du *denkst*, dass wir es tun würden.«

Die Füchsin fixierte sie nur starren Blicks, sagte aber auch jetzt nichts.

Ein Gefühl brodelte in Gunnhilds Brust, als sie sich an das Gemetzel am Vortag erinnerte, als erneut Signys Schreie durch ihre Ohren hallten, sie die zarte, kalte Haut von Heids Händen unter ihren spürte, als ihre Mentorin ihren letzten Atemzug getan hatte.

Zorn. Reiner Zorn, tief, eisig und verderbt. Hätte dieser Fuchs tatsächlich vor ihr gesessen, sie hätte das Vieh gepackt und ihm das Genick gebrochen. Oder Schlimmeres getan.

»Meine Lehrmeisterin sagte mir einmal, dass einem nichts mehr Kummer bereiten könne als das Bemühen, eine Prophezeiung zu erfüllen oder ihre Erfüllung zu verhindern«, sagte sie. »Ich nehme an, dir wurde das nie gesagt, andernfalls führten wir dieses Gespräch nicht. Hättest du nicht getan, was du getan hast, hätten sich unsere Wege vielleicht nie gekreuzt.«

Die Füchsin kniff die Augen zusammen, und Gunnhild wusste, dass sie richtiglag: Thorbjörg wusste sehr genau, dass sie einen Fehler begangen hatte – mehrere, sogar, und große außerdem –, aber sie war nicht bereit, es zuzugeben. Stattdessen hatte sie offenbar beschlossen, den Einsatz zu erhöhen.

Geh, sagte Thorbjörg. *Geh dorthin zurück, woher du gekommen bist. Oder wir werden jeden deiner Schritte überwachen, so wie wir die Männer überwacht haben, in deren Gesellschaft du dich befindest. Bleib bei ihnen, und wir werden dir das Leben zur Qual machen.*

Gunnhild erschrak. Als Thorolf ihr erstmals die Männer mit den gelben Augen beschrieben hatte, die er in diesem Sommer hatte töten müssen, hatte sie spontan an Thorbjörg gedacht. Aber aus dem Mund der anderen Hexe unumwunden zu hören, dass sie tatsächlich diejenige war, die der Hird so zusetzte – änderte das etwas? Es konnte kein Zufall sein, aber das war nicht Gunnhilds unmittelbare Sorge.

Falls Thorbjörg dachte, sie könnte Gunnhild mit Drohungen gefügig machen, lag sie weit daneben.

Sie beugte sich vor und flüsterte: »Ich hoffe, dir ist klar, dass du genau das Gegenteil von dem erreicht hast, was du wolltest. Sobald ich mich vergewissert habe, dass meine Freunde in Sicherheit sind, werde ich dich suchen und dir ein Ende bereiten. Und das ist ein Versprechen.«

Knurrend stürzte sich die Füchsin auf ihre Kehle.

Keuchend und in kalten Schweiß gebadet schrak Gunnhild hoch. Die Hand unter dem blutverkrusteten Verband pulsierte, und sie hielt sie an die Brust und bemühte sich, ruhiger zu atmen.

In die Träume eines Menschen einzudringen – das war eine Kunst, die Heid ihr nicht vermittelt hatte. Wie hatte Thorbjörg das bewerkstelligt? Und – wichtiger – wie konnte Gunnhild verhindern, dass es wieder geschah?

Zuerst kam ihr ein schützendes Amulett in den Sinn. *Ich könnte mir etwas einfallen lassen – vielleicht eine Binderune? –, um eine Barriere um meinen Geist zu errichten, damit sie nicht hineingelangt. Das wird schwierig, aber wenn ich es richtig anstelle ... wenn ich sie immer bei mir habe oder ...* Sie blickte auf ihre Hand. *Wenn ich sie mir in den Leib ritze oder tätowiere, sodass man sie mir nicht wegnehmen kann ... Ja! Das würde funktionieren.*

Aber es würde sie einige Zeit kosten, und im Augenblick musste sie sich erst einmal den Weg nach Hause sichern, also verwahrte sie den Gedanken in ihrem Hinterkopf. Als sie dann wieder einigermaßen zur Ruhe gekommen war, erhob sie sich auf wackeligen Beinen, glättete ihr Haar und musterte ihre Hand. Sie tat nicht mehr so weh wie vorher. Das war ein gutes Zeichen.

Sie drückte die Schultern durch und stolzierte mit hocherhobenem Kopf aus dem Zelt. Die Dämmerung war nah; so weit im

Norden war die Sonne trotz der späten Stunde immer noch am Himmel zu sehen, obwohl die Nächte während der letzten drei Monde kontinuierlich länger geworden waren.

Erik, Thorolf, Arinbjörn und Svein saßen um das Feuer vor dem Zelt des Königs herum und unterhielten sich. Alle drehten sich um, als sie sich näherte.

Direkt vor Erik blieb sie stehen, hielt die Hand hoch und wickelte das verkrustete Leinen ab. Darunter kam eine rosarote Narbe zum Vorschein, wo kurze Zeit zuvor noch eine blutende Wunde gewesen war. Der Stab, der unter dem Verband gesteckt hatte, fiel klappernd zu Boden. Ein Riss zerteilte die blutbefleckten Runen, die Gunnhild in das Holz geschnitzt hatte. Sie hob ihn auf und warf ihn ins Feuer. Dann hielt sie erneut ihre Hand hoch, sodass alle sie sehen konnten.

Thorolfs Schultern sackten vor Erleichterung ein wenig tiefer. Arinbjörn und Svein wirkten beeindruckt. Aber Eriks Gesicht war völlig ausdruckslos, als er sich erhob und sie musterte.

Sie sah ihn an und hielt seinem Blick stand. »Also?«

Der König presste die Lippen so fest aufeinander, dass sie eine schmale Linie bildeten, und sein Kopf bewegte sich ruckartig zur Seite, als wolle er sie auffordern, ihm zu folgen. Dann marschierte er los. Gunnhild sah Arinbjörn an, hoffte, er würde auch mitgekommen – er kam ihr vor wie Eriks Stimme der Vernunft –, aber er rührte sich nicht. Doch Thorolf bedachte sie mit einem ermutigenden Nicken, und sie wandte sich ab und folgte Erik.

10

Erik führte sie zu einem kleinen Kiefernhain auf dem nächsten Hügel, von dem aus das Lager noch sichtbar war, aber außer Hörweite lag. Gunnhild setzte sich auf einen Baumstumpf und schlug die Beine übereinander. Der König blieb stehen und lehnte sich an einen Stamm.

»Also …«, sagte er.

»Also«, wiederholte sie. »Schauen wir doch mal, wo wir stehen, einverstanden? Ich habe bewiesen, dass ich eine Hexe bin. Ich muss nach Hause. Du willst mein Silber nicht. Du willst aber eine Hexe in deine Dienste stellen. Doch ich muss dich zu meinem Bedauern informieren, dass derzeit wichtigere Dinge meine unmittelbare Aufmerksamkeit erfordern …«

»Warum verschwendest du dann meine Zeit? Warum machst du dir die Mühe, mir deine Fähigkeiten vorzuführen, wenn du gar nicht beabsichtigst, sie mir im Gegenzug für deine Überfahrt zur Verfügung zu stellen?«

»Lass mich ausreden.«

Er verschränkte die Arme und wartete.

Gunnhild nahm sich einen Moment, um ihre Möglichkeiten zu erwägen. Was konnte sie ihm anbieten, das ihm nicht zu sehr nützen würde, aber zugleich vielleicht wenigstens seinen Männern helfen könnte? Die schienen recht anständig zu sein, auch wenn sie eine fragwürdige Entscheidung getroffen hatten, indem sie ihm Treue gelobten. Sie erinnerte sich gepeinigt an den Ausdruck in Thorolfs Zügen, als er ihr von den Freunden erzählt hatte, die er hatte töten müssen.

Dann kam ihr der Traum wieder in den Sinn. Thorbjörgs Eingeständnis, dass sie die Hird überwacht hatte; ihre unverkennbare Begabung, wenn es um die Beeinflussung des Geistes mit magischen Mitteln ging, die Abwehrmaßnahme, die Gunnhild sich nach dem Erwachen zurechtgelegt hatte.

Das war eine Aufgabe mit klaren Grenzen. Etwas, das sie hinnehmen konnte. Etwas, das sie so oder so hatte tun wollen und das imstande wäre, das schlechte Gewissen zu besänftigen, nachdem sie so tief gesunken war, einen Hexenmörder zu unterstützen.

»Thorolf erzählte mir, was er und Arinbjörn diesen Sommer haben tun müssen, als sich mehrere deiner Männer im Kampf gegen dich gestellt haben«, sagte sie schließlich. »Seinen Worten zufolge war es, als würde jemand anderes sie kontrollieren. Und ihre Augen hätten sonderbar ausgesehen.«

Eriks Miene verfinsterte sich, und er wandte den Blick ab, was ihr bestätigte, dass Thorolf die Wahrheit gesagt hatte.

»Ich kann eine Binderune erschaffen, die verhindern wird, dass so etwas noch einmal passiert. Die ihren Geist vor dieser Magie schützt«, fuhr sie fort. »Würde dir das als Bezahlung genügen?«

»Eine Binderune?«, fragte Erik.

»Ja. Ich werde mehrere Runen zu einer Sigille zusammenfügen, und die Magie wird – anders als die des Runenstabs, den ich vorhin geschnitzt habe, um mich selbst zu heilen – nicht schwinden. Sie wird wirken, solange ich lebe.«

Mit einem Nicken deutete er auf ihre Hand. »Wird dich das auch so schwächen wie der Heilungszauber?«

»Ja und nein«, sagte sie. »Was ich in den Stab geschnitzt habe, waren individuelle Runen, ein Bann, den ich umgehend zum Leben erweckt habe. Binderunen zehren nur nach und nach an der Macht einer Hexe. Man muss vorsichtig sein und darf in einer Lebensspanne nicht zu viele davon schaffen.« Sie fixierte ihn mit einem gestrengen Blick. »Ich versuche, dir damit zu vermitteln, dass ich dieses Angebot nicht leichthin mache. Es ist den Preis der Überfahrt zum Haus meines Vaters mehr als wert.«

Erik widersprach nicht. »Wie genau funktioniert das?«

»Ich werde zunächst die richtige Kombination finden müssen«, erklärte Gunnhild. »Wenn das erledigt ist, kann ich die Runen in Holz oder Geweihstücke schnitzen, die deine Männer an einer Halskette tragen können, oder sie lassen sie sich auf den Körper tätowieren, sodass sie nicht verloren gehen oder gestohlen werden können.«

Erik dachte einen Moment nach. »Ich habe eine Tätowiererin in Hordaland, wo wir überwintern. Sie wird dieser Aufgabe zweifellos gewachsen sein. Musst du anwesend sein, damit die Binderune wirkt?«

Eine Tätowiererin? Gunnhild kämpfte ihre Neugier nieder und antwortete: »Ja. Es sei denn ... Ich könnte all die Magie in eine Schnitzerei einfließen lassen, die sie während der Arbeit bei sich tragen kann. Aber wie dem auch sei – ich kann auf keinen Fall dreißig individuelle Amulette und eine Schnitzerei mit der Macht von dreißig Binderunen für die Tätowiererin anfertigen. Das wäre zu viel.«

»Ich ziehe die dauerhafte Lösung vor, wenn meine Männer einverstanden sind«, sagte Erik. »Ich werde eben das Risiko eingehen müssen zu warten, bis wir wieder in Hordaland sind.«

»Einverstanden. Eine Binderune für die Überfahrt zu meinem Vater. Sind wir uns einig?«

Sie stand auf und streckte die Hand aus; er ergriff sie und schüttelte sie knapp. Seine Berührung jagte ihr einen Schock durch den Arm, aber sie wagte nicht, die Hand wegzuziehen, ehe es sich geziemte, und sie war dankbar, als er zuerst losließ. Die Befriedigung zu erkennen, wie sehr er sie verunsicherte, gönnte sie ihm nicht.

»Ich werde mich gleich morgen früh an die Arbeit machen«,

versprach Gunnhild. »Tät ich es noch heute, könnte ich mich nach meinem vorigen Zauber übernehmen.«

»Einverstanden. Wir bereiten das Schiff vor, damit wir beim ersten Tageslicht in See stechen können.« Erik blickte sich zum Lager um.

»Gut.« Sie verzog das Gesicht. »Nun muss ich nur noch hoffen, dass sich Thorbjörg aus meinem Kopf fernhält, bis ich fertig bin«, murmelte sie vor sich hin.

Erik stutzte und wirbelte zu ihr herum. Seine fahlen Augen waren geweitet und angefüllt mit demselben Misstrauen, das er ihr entgegengebracht hatte, als sie sich früher an diesem Tag erstmals unterhalten hatten. »Woher kennst du diesen Namen?«

Zwar fürchtete sie, dass sie die Antwort längst kannte, dennoch hakte Gunnhild nach: »Warum fragst du?«

»Weil das der Name einer Frau ist, die für meinen Bruder arbeitet«, quetschte er zwischen zusammengebissenen Zähnen hervor. »Sie ist seit Jahren hinter mir her. Sie ist der Grund für all meine Probleme.«

Thorbjörg arbeitet für seinen Bruder?! »Dann ist das also kein Zufall«, konstatierte Gunnhild tonlos, setzte sich wieder auf den Stumpf und stützte das Kinn auf die Hand, während sie darüber nachdachte.

Erik war weniger gelassen.

»Ich wusste es! Ich hatte recht!«, polterte er. »Das war alles nur ein Trick – ihr arbeitet zusammen. Ich hätte nie auf Arinbjörn hören sollen. Ich hätte dich in dem Moment, da ich dich zum ersten Mal sah, töten sollen!«

Er zog seinen Sax, und sie blickte erst ihn an, dann die Waffe und dann wieder sein von Hass verzerrtes Gesicht.

»Steck deine Klinge weg«, sagte sie und rümpfte angewidert die Nase. »Ehrlich, hast du mir überhaupt zugehört? Ich wende diese Binderune selbst an. Um mich vor ihr zu schützen.«

Erik blinzelte einige Male, steckte den Sax weg und ließ sich dann gegenüber von Gunnhild schwer auf den Stamm eines umgestürzten Baums fallen.

»Was hat sie dir angetan?«, fragte er misstrauisch.

»Erst du«, forderte sie. »Ich bin ihr gestern zum ersten Mal begegnet. Du hast gesagt, sie ist schon seit Jahren hinter dir her. Warum?«

»Das ist eine lange Geschichte.«

»Und ich möchte sie hören.«

»Ich weiß nicht einmal, wo ich anfangen soll.«

»Am Anfang, das sollte reichen.«

Erik starrte auf seine Füße. Gunnhild wartete.

»Mein Vater hat viele Kinder mit vielen verschiedenen Frauen«, sagte er endlich. »Als meine ältesten Brüder alt genug waren, fingen sie an, ein Geschrei darüber zu veranstalten, dass wir alle über unser eigenes Gebiet herrschen sollten. Daraufhin teilte er das Land auf und stellte uns über die Jarls, aber unter sich.«

Das wusste Gunnhild seit ihrer Kindheit, auch wenn Erik ihrer Schätzung nach noch sehr jung gewesen sein musste, als sein Vater ihn und seine Brüder in den Stand von Kleinkönigen erhoben hatte.

»Aber er hat mich immer bevorzugt und hatte mich bereits zu seinem Nachfolger bestimmt«, fuhr Erik fort. »Wie du dir vorstellen kannst, waren meine Brüder darüber nicht besonders erfreut. Meine Stärke liegt im Kampf, nicht in der Politik. Das ist alles, was ich kann. Ich gehe auf Raubzüge, seit ich zwölf Winter alt war, und habe mehr Männer getötet, als ich zählen kann.«

Gunnhild musste sich eingestehen, dass sie mit so viel Einsicht nicht gerechnet hatte, aber sie konnte sich eine Anmerkung nicht verkneifen: »Deinen eigenen Bruder eingeschlossen.«

»Zwei Brüder, um genau zu sein«, sagte Erik. Als Gunnhild die Augen weit aufriss, erzählte er ihr vom Tod König Björns, neun

Winter zuvor, und dem des Hexers Rögnvald zwei Winter danach. Die Erklärung für Rögnvalds Tod war nach alldem, was Thorolf ihr berichtet hatte, nicht verwunderlich, aber der andere Bruder ...

»Nur, damit ich das richtig verstehe«, sagte sie. »Du hast König Björn getötet und seine Stadt geplündert, weil er nicht wollte, dass du seine Steuereinnahmen deinem Vater bringst? Was wolltest du damit beweisen?«

»Damals hätte ich alles getan, um besser dazustehen als meine Brüder, und sei es nur, um meinem Vater zu zeigen, dass er recht hatte, mich als seinen Nachfolger auszuwählen. Darum hatte ich, als er mir sagte, er wolle Rögnvald tot sehen, keine andere Wahl, als ihn zu töten. Hätte ich es nicht getan, dann hätte einer meiner anderen Brüder es übernommen, und der wäre dann zum Favoriten geworden.«

»Oh, und das konntest du natürlich nicht zulassen.«

Er maß sie mit einem finsteren Blick, ging aber nicht auf ihre Bemerkung ein. »Dass ich Rögnvald getötet habe, ist auch der Grund, warum nicht einmal die Hexer der Samen uns zur Seite stehen wollen. Ich habe Boten ausgesandt und jede uns bekannte Gemeinschaft um ihre Hilfe gebeten, aber sie haben sich alle geweigert.«

»Ja, ich nehme an, dadurch, dass du einen von Snaefrids Söhnen getötet hast, hast du dich bei den Samen nicht besonders beliebt gemacht. Sag mir – hat dein Vater mit deiner Wahl die richtige Entscheidung getroffen? Mir scheint, du löst all deine Probleme mit der Klinge und kümmerst dich wenig um familiäre Bande.«

»Richte nicht über mich. All meine Brüder sind Halbbrüder. Wir sind nicht zusammen aufgewachsen. Wir sehen uns nur ein paarmal im Jahr, wenn überhaupt. Meine Hirdsmannen sind mir mehr Brüder als irgendjemand sonst. Nur weil die anderen Söhne meines Vaters mit mir verwandt sind, muss ich ihnen noch keinerlei Liebe entgegenbringen.«

Gunnhild konnte beinahe nachfühlen, wie er empfand. Ihre eigenen Geschwister waren ihr immer fremd gewesen. Trotzdem konnte sie sich nicht vorstellen, sie zu töten – oder irgendjemanden sonst.

Abgesehen von Thorbjörg, natürlich.

»Das Gesetz kümmert es nicht, ob du sie geliebt hast oder nicht. Sie sind dennoch deine Angehörigen«, wandte sie ein.

»Und wenn meine Brüder mich getötet hätten, wären sie ebenso Brudermörder. Wohin soll das führen?«

»Was hat das alles mit Thorbjörg zu tun?«

»Dazu komme ich noch.« Erik seufzte gereizt auf. »Mein Halbbruder Olaf hat nach Björns Tod die Herrschaft über Vestfold übernommen. Er ist Björns Vollbruder und hat mir Rache geschworen. Mein Bruder Halfdan hat sich ihm angeschlossen. Er ist einer der Könige von Trondheim und außerdem der älteste lebende Sohn meines Vaters, darum denkt er, er sollte der nächste Herr über Norwegen sein.«

Allmählich ging Gunnhild auf, wie schlimm die Lage tatsächlich war. Trondheim und Vestfold waren zwei der mächtigsten Regionen des Landes. Sich ihre Könige zum Feind zu machen war unklug.

»Hast du Olaf Wiedergutmachung angeboten?« Es war nicht ungewöhnlich, den mutwillig herbeigeführten Tod einer Person über das Rechtssystem auszugleichen, statt Rache zu üben, auch wenn das eine Blutfehde nicht in jedem Fall verhinderte. Brach so eine Fehde innerhalb einer Familie aus, konnte es sehr schnell kompliziert werden; was ein Grund dafür war, dass der Mord an Verwandten als besonders abscheuliches Verbrechen galt.

»Das habe ich«, sagte Erik missmutig. »Viele Male. Und er hat mich zurückgewiesen.«

Gunnhild verzog das Gesicht. »Ich verstehe. Nun gut, inzwischen sind neun Winter vergangen, warum so lange warten?«

»Weil mein Vater wütend genug wäre, um beide zu entthronen. Wie ich schon sagte, ich bin sein Favorit. Aber er wird älter, und bald wird er zu alt sein, um meinetwegen einzuschreiten. Inzwischen schicken meine Brüder ihre Hexen aus, um mit mir zu spielen und Chaos und Misstrauen zu stiften, wo immer ich hingehe. Bis zu diesem Sommer waren es nur Kleinigkeiten: Gehöfte in meinem Besitz werden von Schädlingen befallen, während die anderen in der Umgebung verschont bleiben. Im Rumpf meiner Schiffe tauchen mitten auf See Lecks auf, obwohl ich genau weiß, dass sie vor der Abreise wieder und wieder überprüft worden sind. Aber der Angriff auf mich und meine Männer in Bjarmaland – das ging zu weit. Das weckt in mir den Eindruck, dass die Dinge nun schnell eskalieren könnten.«

»Für welchen deiner Brüder arbeitet Thorbjörg?«

»Olaf. Eine andere, Katla, arbeitet für Halfdan«, sagte Erik. »Und es wird schlimmer.«

Katla. Gunnhild kam sich vor, als hätte sie einen Tritt gegen die Brust eingesteckt. Während des Überfalls war Thorbjörg die Anführerin gewesen, aber Katla war diejenige gewesen, die gegen Heid gekämpft hatte. Die Heid getötet hatte. *Sie werde ich auch umbringen, sobald ich mit Thorbjörg fertig bin.*

»Mir ist unklar, wie es noch schlimmer kommen könnte«, bekannte Gunnhild.

»Rögnvald war Thorbjörgs Lehrer.«

Gunnhild kniff sich mit Daumen und Zeigefinger in den Nasenrücken. »Ich nehme es zurück.«

Scheinbar verloren blickte er an ihr vorbei. »Nachdem wir Rögnvald … Als seine Halle brannte, sah ich ein Mädchen mit einem Beutel über der Schulter am Waldrand stehen, die mich anstarrte. Dann hab ich geblinzelt, und weg war sie. Ich dachte schon, ich hätte sie mir nur eingebildet, aber seither sucht sie mich auf Schritt und Tritt heim.«

»Also geht es nicht nur darum, dass sie in deines Bruders Diensten steht. Sie selbst will Rache. Es ist etwas Persönliches«, stellte Gunnhild fest, stand auf, wandte sich von ihm ab und verschränkte die Arme vor der Brust. Sie grub ihre Fingernägel tief in die Haut über ihrem Bizeps und biss sich so fest auf die Lippe, dass sie blutete.

Was kann das alles zu bedeuten haben?

Ein vertrautes Gefühl regte sich in ihr, und doch wollte sie einfach nicht zugeben, dass die wahrscheinlichste Antwort lautete, dass ihr Schicksal auf irgendeine komplizierte Weise mit dem des Königs verknüpft war.

»Du bist dran«, sagte Erik hinter ihr und klang so müde, als wäre er nicht daran gewöhnt, so lange am Stück zu reden. »Woher kennst du sie? Was hat sie dir angetan?«

Gunnhild atmete tief ein und wieder aus. »Gestern bin ich auf die Art der Hexen gereist, um nach ein paar lieben Freunden zu sehen, als deren Hof überfallen und ihre Familie ermordet wurde. Geplant hat das Thorbjörg. Eine meiner Freundinnen wurde entführt, die andere hat vermutlich bei ihrem nächsten Nachbarn Zuflucht gesucht – bei meinem Vater. Als wir versucht haben, ihnen zu helfen, haben die Hexen meine Lehrmeisterin und mich angegriffen, und sie ... sie haben sie getötet.«

Erik wartete einen langen Moment, ehe er sich äußerte. »Also darum hast du es so eilig, nach Hause zu kommen. Aber was war der Grund für den Angriff? Waren deine Freunde einflussreich? Hatten sie Macht? Waren sie eine Bedrohung für sie?«

Sie war froh, dass sie immer noch von ihm wegblickte, denn sie schaffte es kaum, ihre Tränen zurückzuhalten.

Eine von euch verdunkelt die Zukunft der anderen. Die Worte, die Heid vor einem halben Leben gesprochen hatte, hallten durch ihren Kopf und mit ihnen jene, die Thorbjörg in ihrem Traum an sie gerichtet hatte: *Ich wollte dich mir nicht zum Feind machen –*

nur vorab dafür sorgen, dass du und deine Schwurschwestern sich mir nicht in den Weg stellen.

»Nein«, flüsterte sie. »Aber ich glaube allmählich, dass ich das bin oder Thorbjörg zumindest annimmt, ich wäre es, und dass meine Freunde wegen ihrer Verbindung zu mir zur Zielscheibe wurden. Ich versuche immer noch, dem allem einen Sinn abzuringen. Aber zuerst muss ich zum Haus meines Vaters.«

Erik erhob sich. »Vorhin hast du gesagt, du willst dich nicht anheuern lassen, aber nun liegt auf der Hand, dass wir denselben Feind haben. Wenn du für mich arbeiten würdest ...«

Sie wischte sich die Tränen ab und drehte sich um, um ihn endlich anzuschauen, steinernen Blicks, bemüht, den Mantel der Trauer abzuwerfen, der über ihre Schultern gefallen war.

»Nein«, sagte sie.

»Warum nicht? Es wäre nur sinnvoll. Und außerdem würde ich dich reich machen. Es wird dir nie an irgendetwas mangeln. Dir stünden all meine Mittel zur Verfügung, so wie Thorbjörg Olafs ganze Unterstützung hat. Du wärst närrisch, so ein Angebot auszuschlagen. Du kannst doch unmöglich hoffen, du könntest sie ganz allein vernichten.«

Im Handumdrehen verwandelte sich der letzte Rest ihrer Trauer in Rage.

»Ich bin nicht daran interessiert, reich zu werden, und die Rache ist mir nicht so wichtig wie die Rettung meiner Freundin«, erwiderte sie hitzig. »Überdies hege ich nicht den Wunsch, mein Schicksal an deinesgleichen zu binden. Ich glaube, Thorbjörg ist hinter mir her wegen etwas, das ich tun *könnte*, aber du *hast* die Dinge getan, wegen derer sie dich hasst. Du hast deine eigenen Brüder getötet. Wenn Rögnvald Thorbjörg so am Herzen gelegen hat wie Heid mir, dann, das kann ich nicht leugnen, wäre ich an ihrer Stelle auch auf dein Blut aus.«

An diesem Punkt zitterte Erik vor Zorn. Er hatte die Fäuste geballt und sämtliche Muskeln gespannt, als wolle er jeden Moment zuschlagen. Aber sie trat trotzdem auf ihn zu.

»Wenn du deine Hand gegen mich erhebst, Erik Haraldsson«, sagte Gunnhild mit leiser Stimme, »dann wisse, dass ich dich neunmal auf neun verschiedene Arten töten kann, ehe dein Hieb auch nur sein Ziel berührt. Soweit es mich betrifft, hast du dir dein eigenes Grab geschaufelt. Unsere Verbindung wird kurz sein, und über diese Vereinbarung hinaus wünsche ich nicht, dein Gesicht je wiederzusehen.«

»Schön«, sagte er angespannt und wich einen Schritt zurück. »Wir haben unsere Abmachung getroffen. Nun geh mir aus den Augen.«

11

Als sie ins Lager zurückkam, waren die Männer gerade beim Abendessen. Gunnhild hatte angenommen, sie wäre viel zu aufgebracht, um Appetit zu entwickeln, bis Thorolf ihr eine hölzerne Schale mit dampfendem Eintopf in die Hände drückte und sie abrupt von Heißhunger überwältigt wurde.

»Wie ist es gelaufen?«, fragte Arinbjörn, als sie alle um das Feuer herumsaßen.

Gunnhild vergewisserte sich, dass Erik nirgends zu sehen war, ehe sie antwortete: »Wir haben uns geeinigt.«

Als sie keine weiteren Einzelheiten lieferte, hakte Arinbjörn nach: »Und worauf?«

Sie erzählte ihnen von der Binderune und ihrer Wirkung.

»Ein guter Handel«, kommentierte er leise, als sie fertig war. »Und begrüßenswert.«

»Für uns wird es vieles ändern, dass wir nicht befürchten müssen, das, was geschehen ist, könnte sich wiederholen«, fügte Thorolf hinzu. »Danke, Gunnhild.«

Sie schluckte den Kloß in ihrer Kehle hinunter, und sie speisten zu Ende, säuberten ihre Schalen und setzten sich wieder ans Feuer. Die Sonne war inzwischen untergegangen, aber niemand schien erpicht darauf zu sein zu schlafen, obwohl sie schon in der Morgendämmerung abreisen würden. Stattdessen beschaffte Thorolf mehr Bier. Svein holte seine Leier hervor, und Arinbjörn stellte die Spielsteine wieder in der Ausgangsposition auf das Hnefataflbrett.

Erik war noch immer nicht zurück.

»Das tut er manchmal«, sagte Arinbjörn vage, als sie ihn danach fragte, und bedachte sie mit einem wissenden Blick. »Hast du ihn erzürnt?«

»Ich würde sagen, wir haben uns gegenseitig erzürnt«, grollte Gunnhild.

»Und doch bist du immer noch imstande gewesen, einen Handel mit ihm zu schließen, ohne dass ihr euch geschlagen habt. Für mich klingt das, als wäre er über sich hinausgewachsen.«

»Zwischendurch hat er schon seinen Sax gezogen.«

»Nun, er neigt eben doch dazu, erst zuzuschlagen und dann nachzudenken.«

»Wenn das so ist, warum hast du uns dann nicht begleitet? Du scheinst mäßigend auf ihn zu wirken.«

Arinbjörn zog eine Braue hoch. »Du hast mich nicht gebraucht – immerhin hast du dich ihm gegenüber schon zuvor behauptet. Ich liebe Erik, das tue ich wahrlich, aber ich kann nicht bestreiten, dass es befriedigend ist, dann und wann zu sehen, wie er Demut gelehrt wird.« Er deutete auf das Taflbrett. »Weißt du, wie man spielt?«

Gunnhild nickte. Heid hatte das Spiel gern gespielt, um in ihrem hohen Alter geistig agil zu bleiben, und sie hatten viele Abende lang gemeinsam daran gesessen. Infolgedessen war Gunnhild selbst eine geschickte Spielerin geworden.

»Wunderbar«, sagte Arinbjörn und setzte sich ihr gegenüber auf die Kiste. »Möchtest du den König und seine Verteidiger spielen oder die Feinde?«

Sie dachte einen Moment darüber nach. »Den König.«

Arinbjörn grinste. »Also gut«, sagte er und tat den ersten Zug.

Seine gute Laune hielt nicht lange vor. Schon nach sehr kurzer Zeit hatten sich ein Dutzend Männer um sie herum versammelt, um ihn schwitzen zu sehen. Gunnhild hatte ihn beinahe geschlagen, doch dann konnte Arinbjörn mit einigen überraschenden Zügen die Partie für sich entscheiden.

»Ich schätze«, sagte sie ergrimmt, »es ist gut für Erik, dass du auf seiner Seite bist, wenn du so gut darin bist, Könige zu fangen.«

»Einen Moment sah es aus, als würde ich verlieren«, sagte Arinbjörn, wirkte aber geradezu berauscht infolge seines Sieges. »Noch ein Spiel? Es ist lange her, dass jemand mich vor so eine Herausforderung gestellt hat.«

»Red keinen Unsinn«, sagte Svein und spielte drei Noten auf der Leier, die in Kombination mit seinem zur Grimasse verzogenen Gesicht und den zusammengepressten Lippen tatsächlich verärgert klangen. Thorolf, der neben Gunnhild auf einer Kiste saß, schien von ihrem Beinahe-Sieg beeindruckt. Als sie sich umdrehte und seinem Blick begegnete, lächelte er, und ihr Herz fing an zu flattern. Ihre Knie standen dicht beieinander. Nur ein kleiner Stupser, und sie hätten sich berührt.

Gunnhild schüttelte sich, rückte von ihm ab und sagte zu Arinbjörn: »Ja, lass uns noch ein Spiel machen.«

Im Zuge einiger weiterer Spiele kam Gunnhild dem Sieg immer näher. Beim letzten Spiel hätte sie es beinahe geschafft, indem sie ihren König in seine sichere Ecke bewegte – und dann tauchte Erik auf. Thorolf, der sich auf die Schiffskiste des Königs gesetzt hatte, stand auf, ehe er dazu aufgefordert werden konnte, und Erik nahm Platz. Er stieß sofort ihr Knie an, als wäre sie diejenige, die zu viel Platz einnahm. Nach einem Blick auf das Spielbrett bedachte er sie mit einem herablassenden Lächeln. »Nimm es dir nicht zu sehr zu Herzen. Niemand gewinnt gegen Arinbjörn.«

Angewidert drehte sie ihre Beine von ihm weg. Am liebsten hätte sie ihm das Taflbrett über den Schädel gezogen oder ihm Pusteln an den Leib gezaubert, während er schlief. »Ich hätte beinahe gewonnen.«

Arinbjörn griff nach dem Krug neben sich, füllte erst diesen mit Bier und dann den geborgten Becher, den jemand Gunnhild während der zweiten Partie gegeben hatte. Sie nickte ihm dankbar zu und trank, und er sagte zu Erik: »Das ist wahr. Dieses Mal hätte sie mich beinahe geschlagen. Bis dann so ein Pferdearsch aufgetaucht ist und ihre Konzentration gestört hat.«

»Was habe ich mit alldem zu tun?«, fragte Erik. Als Gunnhild ihr Lachen mit dem Handrücken an den Lippen erstickte, warf er ihr einen mörderischen Blick zu. »Was?«

»Wenn du das nicht verstehst, werde ich es dir nicht erklären«, konterte sie scharf.

Arinbjörn blickte zwischen den beiden hin und her und dann zum Himmel, als wollte er die Götter um Hilfe anflehen.

Während der Abend sich hinzog, gingen Erik und Arinbjörn irgendwohin, um sich unter vier Augen zu unterhalten – um die Inhalte ihres vorangegangenen Gesprächs weiterzugeben, wie Gunnhild annahm –, aber wie es schien, hatte sich die Kunde, dass die Hexe ihnen helfen würde, bereits im Lager verbreitet, und die Stimmung war lockerer geworden. Als Svein die Männer zu Trinkliedern animierte, fand sie sich bald auf einer Schiffskiste wieder, Schulter an Schulter mit Thorolf, der es offenbar nicht sonderlich eilig hatte, ihr von der Seite zu weichen.

Und sie ertappte sich dabei, dass sie das auch nicht wollte. Tatsächlich empfand sie, je länger sie beieinandersaßen, ein immer deutlicheres Gefühl der Hoffnung – die Art Hoffnung, die ihr Herz zum Rasen brachte und ihr das Empfinden vermittelte, sie wäre wieder ein närrisches Kind. Aber sie war eine erwachsene Frau und sagte sich, dass sie, auch wenn sie ihn mochte, nicht unbesonnen handeln sollte. So viel hatte selbst sie begriffen, obwohl sie ihr halbes Leben mit einer alten Frau im Wald verbracht hatte.

Nicht, dass Heid keine angenehme Gesellschaft gewesen wäre, und nicht, dass Gunnhild die Zeit, die sie mit Juoksa und Mielat zugebracht hatte, nicht genossen hätte. Aber ihre Sehnsucht nach der Gesellschaft anderer Menschen auf diese besonders intime Art, die war über die Jahre beinahe unerträglich geworden. In jenen

Nächten, in denen Heid nicht hatte schlafen können und durch den Wald gestreift war, was mit zunehmendem Alter immer häufiger vorgekommen war, hatte Gunnhild in ihrem Nest aus Decken gelegen und sich vorgestellt, wie es wohl wäre, würde jemand anderes sie so berühren, wie sie selbst es tat.

Und nun war ein Mann, den sie begehrte, in Griffweite – und sie gestand sich sogar ein, dass sie ihn begehrte –, und sie wusste nicht, was sie tun sollte. Sie waren sich heute zum ersten Mal begegnet, also kannte sie ihn fraglos nicht gut genug, um vorab zu wissen, wie er reagieren würde. Außerdem konnte sie den Gedanken, abgewiesen zu werden, nicht ertragen.

Und so saßen sie kameradschaftlich schweigend beisammen und sahen zu, wie die Männer um sie herum langsam, aber stetig betrunkener wurden, bis er doch endlich etwas sagte.

»Die Art, wie du mit Erik umgehst, ist gewagt«, sagte Thorolf in einem gedankenschweren Ton, ganz so, als hätte er schon eine Weile überlegt, wie er ihr sagen sollte, was ihm auf dem Herzen lag. »Sollte dir ein Leid zustoßen, solange du bei uns bist, ist das meine Schuld, weil ich dich zu uns geholt habe.«

»Sollte mich irgendein Leid befallen, während ich bei euch bin, wird das die Schuld eures Königs sein, nicht deine«, widersprach Gunnhild. »Und ich fürchte ihn nicht.«

Er antwortete nicht, und sie fragte sich, ob ihm wohl die Worte *Vielleicht solltest du aber* auf der Zunge lagen.

»Warum kümmert dich das so sehr?«, fragte sie. »Wir sind Fremde. Sorgst du dich nur um deines eigenen Gewissens willen darum, was aus mir wird? Oder …« Pause. »Oder empfindest du anders im Hinblick auf uns?«

Das war die einzige Art, diese Frage zu stellen, die ihr in den Sinn kommen wollte.

»Beides. Gleichermaßen, glaube ich«, sagte er, was keine Zurückweisung war, aber auch keine ausdrückliche Einladung.

Aber es reichte, um sie zu einem Versuch zu ermutigen.

Nachdem sie ihr Bier ausgetrunken hatte, sagte sie mit gekünstelter Nonchalance, die Augen stur auf das Feuer gerichtet: »Während meines Nickerchens ist mir aufgefallen, dass deine Schlafstatt recht bequem ist. Ich hatte mich gefragt, ob ich heute dort nächtigen könnte.«

Aus dem Augenwinkel sah sie, wie er, den Becher auf halbem Wege zum Mund, erstarrte, und für einen Moment fürchtete Gunnhild, sie hätte die Situation vollkommen falsch erfasst.

Aber dann senkte er den Becher und sagte sanft: »Ich wüsste nicht, was dagegenspräche, immer vorausgesetzt, du gestattest mir, das Lager mit dir zu teilen.«

Gesang und Geplapper um sie herum schienen zu verhallen, als sie sich zu ihm und er sich zu ihr umdrehte. Als ihre Blicke sich trafen, wusste Gunnhild ohne jeden Zweifel, dass der Rest der Nacht genauso verlaufen würde, wie sie gehofft hatte. Sie gab jeglichen Versuch der Raffinesse auf und gestattete sich ein zartes Lächeln.

»Das hört sich für mich vernünftig an«, sagte sie.

Thorolf erhob sich und blickte sich rasch um, um sicherzugehen, dass niemand sie beobachtete, ehe er sich wieder ihr zuwandte, den Rücken zum Feuer und den anderen Männern: »Wie der Zufall es will, wollte ich mich gerade zurückziehen.«

Er bot ihr seine Hand, und sie griff zu.

Später kauerten sie erschöpft und schweigend unter seinem Mantel. Der Schleier des Verlangens hatte sich gelichtet, und sie war wund und empfindlich an Stellen, von denen sie dergleichen nicht erwartet hatte. Ihre Vorstellungen waren in Teilen erfüllt und in anderen enttäuscht worden. Sie hatte gewusst, dass es schmerzen würde, aber nicht, in welchem Ausmaß. Und sie hatte ganz gewiss nicht damit gerechnet, ein ebenso befriedendes Gefühl zu erleben wie er – dafür war sie zu realistisch. Heid war immer ehrlich zu ihr gewesen, wenn sie ihr in ihrer Jugend Fragen über derlei Dinge gestellt hatte.

Doch wie sich herausgestellt hatte, war Thorolf während der ganzen Sache nichts anderes als aufmerksam gewesen. Zuerst war sie verwirrt, verlegen, nicht bereit, einzugestehen, dass sie keine Ahnung hatte, was sie tat. Er jedoch hatte nicht ein Wort über ihren offensichtlichen Mangel an Erfahrung verloren, und das hatte ihr schließlich genug Zuversicht vermittelt, um endlich aufzuhören zu denken und einfach zu genießen.

Gunnhild hatte gar nicht gemerkt, dass sie eingeschlafen war, bis die vom Bier volle Blase sie weckte. Jenseits der Zeltwand herrschte Stille im Lager. Widerstrebend löste sie sich aus Thorolfs Armen, zog sich an und verließ das Zelt. Dann entfernte sie sich weit genug vom Lager, um sich ungesehen zu erleichtern, ehe sie wieder zum Zelt zurückging.

Als sie die Zeltklappe aufschnürte, um wieder hineinzuschlüpfen, erklang hinter ihr eine Stimme: »Wie ich sehe, hast du einen Schlafplatz gefunden.«

Gunnhild erschrak und griff sich an die Brust, als sie sich umdrehte, um einen finsteren Blick auf Erik zu werfen. Er saß an dem erlöschenden Feuer auf dem Boden, den Rücken an eine Schiffskiste gelehnt, in einer Hand einen Becher und zwei schlafende Katzen auf seinem Körper; eine große schwarze auf dem Schoß und eine kleine dreifarbige auf der Schulter. Jemand hatte ihr erzählt, dass dies die Schiffskatzen seien, aber aus irgendeinem Grund empfand sie es als irritierend, dass zwei so unschuldige Kreaturen sich bei einem Mann wie ihm so wohlfühlen sollten.

Gunnhild trat einen Schritt näher und sagte in einem erzürnten Flüsterton: »Es geht dich nichts an, wo ich zu schlafen beschließe.«

Erik machte sich nicht die Mühe, die Stimme zu senken. »Das

habe ich auch nicht behauptet. Ich habe lediglich eine Beobachtung angestellt ...«

»Sag nicht, du bist eifersüchtig.«

Sie ging davon aus, dass er es abstreiten und sie für verrückt erklären würde, aber stattdessen stand er auf und stolzierte zu seinem Zelt. Die Katzen, die die Störung mit einem empörten Quäken quittiert hatten, folgten ihm.

»Er ist unerträglich«, sagte Gunnhild leise vor sich hin, als sie sich wieder behaglich zu Thorolf unter den Mantel kuschelte.

»Er ist ziemlich eigen, so viel steht fest«, murmelte Thorolf. Er hatte in die andere Richtung geblickt, doch nun drehte er sich auf den Rücken.

Sie lag auf der Seite, ein Ellbogen auf dem Bettzeug, die Wange auf die Handfläche gestützt, während sie mit der anderen Hand immer wieder über seine von Kämpfen vernarbte Brust strich, bis er seine Hand über ihre legte.

»Tut mir leid«, sagte sie. »Ich wollte dich nicht wecken.«

»Hast du nicht. Das war Erik.«

»Was hat der überhaupt hier draußen gemacht? Darauf gewartet, dass ich das Zelt verlasse, damit er versuchen konnte, mich zu beschämen?«

»Es geht nicht um dich«, sagte Thorolf sanft, dennoch wurde sie von einer Woge der Verlegenheit überspült. »Das ist bei ihm ganz normal. Er schläft nie gut.«

»Wie kommt's?«

Thorolf schwieg so lange, dass Gunnhild schon dachte, er wäre wieder eingeschlafen.

»Du kannst nicht tun, was wir tun, und so lange, wie wir es tun, ohne dass die Folgen all der Gewalt und der Toten dich irgendwann einholen. Und Erik macht das schon länger als der Rest von uns. Abgesehen von Arinbjörn, aber der ist ... Na ja, auch ziemlich eigen.«

Trotz seiner gewichtigen Worte musste Gunnhild kurz lachen. »Das klingt nach einer Untertreibung.«

Sie konnte sein Gesicht in der Dunkelheit nicht sehen, aber sie wusste, dass er lächelte. »Sinn für Humor zu haben ist nicht die schlechteste Art, um damit zurechtzukommen.«

»Wie ist das eigentlich? Die Kämpfe, meine ich.«

Wieder schwieg Thorolf lange Zeit. »Du nimmst nichts mehr wahr außer dem, was dich am Leben hält. Alles andere ist zweitrangig. Das Blut, der Geruch, die Schreie – nichts davon ist wichtig. Nur die Klinge deines Gegners und das sichere Wissen, dass einer von euch an diesem Tag zu Rabenfutter wird. Dass Arinbjörn und ich bei dem Kampf in Bjarmaland überhaupt gemerkt haben, dass etwas nicht in Ordnung war, und genug Zeit hatten, um Erik zu Hilfe zu kommen, ist schon ein Wunder für sich.«

Das hörte sich viel ehrlicher und weitaus weniger dichterisch an als das, was die Skalden sagten, aber Gunnhild ließ sich ihre Verwunderung nicht anmerken. »Und trotzdem geht ihr immer wieder auf Raubzüge. Zieht in den Kampf. Warum?«

»Weil es das ist, was wir tun«, sagte Thorolf nur.

»Aber warum?«, bohrte sie nach und dachte an den Abend, an dem Heids Ritual in Halogaland stattgefunden hatte; daran, wie sie später um das Feuer am Strand gesessen und die Nachbarjungen so begierig davon gesprochen hatten, große Krieger zu werden. Die Gedichte, die sie rezitierten, drehten sich um die immer gleichen Themen. »Ehre? Ruhm? Walhall?«

»Das alles ist ja gut und erstrebenswert«, sagte Thorolf. »Aber die bedeutendere Frage lautet, was tun wir, wenn der Kampf vorüber ist. Wie lassen wir den Schrecken hinter uns und leben weiter? Das zehrt an einem Menschen, es frisst einen Stück für Stück auf.« In seiner Stimme tat sich unverkennbar Schmerz kund, als er hinzufügte: »Manchmal fürchte ich, wenn die Walküren kommen, um Erik zu holen, wird von ihm nichts mehr übrig sein.«

Dazu hatte Gunnhild nichts zu sagen. Aber sosehr sie sich inzwischen für die Hird erwärmte, da war immer noch eine Sache, die ihr Probleme bereitete: »War jemand von euch dabei? Bei Björn oder Rögnvald? Wie konntet ihr mit diesen Taten zurechtkommen?«

»Niemand von uns war dabei. Das ist zu lange her. Erik hat all die Männer überlebt, die über die Jahre Teil seines Gefolges wurden, abgesehen von denen, die der derzeitigen Hird angehören. Und Arinbjörn. Aber der teilt seine Zeit zwischen Fjordane und wo immer Erik gerade ist auf. Es war purer Zufall, dass Arinbjörn nicht dabei war, als Erik Björn getötet und seine Halle geplündert hat.«

»Er hätte Erik das ausgeredet.«

»Ja.« Thorolf senkte die Stimme. »Und ich glaube auch, dass sein Vater sich gut überlegt hat, wann er den Befehl gab, Rögnvald zu töten, sodass Arinbjörn auf keinen Fall dabei sein und dem Einhalt gebieten konnte. Einen Angehörigen zu töten ist eine üble Sache.«

»Aber König Harald wusste das und hat es trotzdem angeordnet«, konstatierte Gunnhild ebenso leise. Das, was sie hier von sich gaben, war nichts weniger als Verrat, und die Zeltwände waren dünn. »Hätte er sich nicht denken können, dass so eine Tat ein schlechtes Licht auf ihn und Erik werfen muss?«

»Ich glaube nicht, dass er das so sieht. In seinen Augen war es vermutlich schlimmer, einen Hexer zum Sohn zu haben. Alles dreht sich um den äußeren Schein«, stellte Thorolf düster fest. »Je mehr Zeit ich in Norwegen verbringe, desto besser verstehe ich, warum mein Vater und mein Großvater geflohen sind, als König Harald die Macht übernommen hat. Erik ist der einzige Grund, weshalb ich so lange geblieben bin. Würde ich ihn nicht lieben, so wäre ich längst nach Hause gegangen.«

Gunnhild war gar nicht klar gewesen, dass er nicht aus Norwegen stammte. »Und wo ist dein Zuhause?«

»Island.«

»Verstehe.« Sie wusste nicht viel über diese Insel im Westen, mitten im offenen Meer gelegen. Aber nun, da er sie erwähnte, fiel ihr wieder ein, dass ihre Eltern gesagt hatten, viele Unzufriedene seien dorthin gezogen, nachdem König Harald das Land geeint hatte. »Und ist deine Familie fortgegangen, weil sie nicht unter seiner Herrschaft leben wollte oder weil sie ihn sich zum Feind gemacht hatte?«

»Meine Familie verbindet eine lange Geschichte mit König Harald«, sagte Thorolf. »Er hat meinen Onkel Thorolf getötet, als der in seinen Diensten stand. Der Onkel, nach dem ich benannt wurde. Mein Vater hat dafür gesorgt, dass seine Missbilligung gehört wurde, ehe er das Land verlassen hat. Es war schon eine gute Sache, dass er bereits geplant hatte zu gehen, bevor er daraufhin geächtet wurde.«

Gunnhild war fassungslos. »Und du bist nach Norwegen gegangen, um dem Sohn des Mannes zu dienen, der deinen Onkel getötet hat?«

»Das war nicht meine Absicht, als ich mein Zuhause verließ, aber so ist es gekommen. Und ich bedaure es nicht.« Thorolf drückte kurz ihre Hand. »Ich werde in Island überwintern, das erste Mal, seit ich gegangen bin. Ich hoffe, du wirst mit mir kommen.«

Sie war froh, dass es dunkel war, sodass er den zweifelnden Ausdruck in ihrem Gesicht nicht sehen konnte.

»Wenn wir bei deinem Vater sind«, fuhr er fort, »will ich ihn um deine Hand bitten. Aber zuerst möchte ich mich vergewissern, was du willst.«

»Nach diesem einen Mal willst du mich heiraten?«, fragte sie und bemühte sich um einen neckischen Ton, klang jedoch angespannt. »Wir sind uns gerade heute zum ersten Mal begegnet. Na ja, gestern, aber ...«

»Manche Paare bekommen gar nicht die Gelegenheit, einander zu sehen, bevor sie heiraten, ganz zu schweigen davon, beieinanderzuliegen und zu sehen, wie es sich in diesem Punkt verhält.«

»War es für dich wirklich so schön?«, fragte sie, überrascht und erfreut zugleich.

Nun hörte Thorolfs Stimme sich etwas panisch an. »War es das für dich nicht?«

»Nein, doch, das war es. So habe ich das nicht gemeint«, sagte sie hastig. »Es ist nur ... Das kam unerwartet.«

»Du bist die erstaunlichste Person, die mir je begegnet ist«, sagte er mit solch einer Aufrichtigkeit, dass sie errötete. »Und ich dachte – wenn wir erst das Anwesen deines Vaters erreicht haben, dann könnte er dich zwingen zu heiraten. Auf diese Weise hättest du wenigstens eine Wahl. Du kannst dein Schicksal bestimmen, ehe er auch nur die Möglichkeit hat, dir einen anderen Mann aufzuzwingen.«

Der Gedanke gefiel Gunnhild nicht. Sie war so wild entschlossen gewesen, zu Oddny zu gelangen und Signy zu retten, dass sie ihre eigenen Aussichten gar nicht bedacht hatte. Im kommenden Sommer hatte Heid mit ihr durch Norwegen reisen und sie als ihre Nachfolgerin vorstellen wollen. Danach hätte Gunnhild den Namen Heid angenommen, und ihre Mentorin hätte sich endgültig auf ihren Ruhesitz im Wald zurückgezogen.

Aber sosehr Erik auch überreagiert hatte, als er ins Lager gekommen war, in einem Punkt hatte er recht: Sie war ein Niemand. Sie besaß keine Reputation. Ihre eigene Familie hielt sie für tot. Wenn Heid nicht für ihre Fähigkeiten bürgte, wer sollte dann ihren Prophezeiungen vertrauen? Und weil sie als unbekannte Seherin keinen gesellschaftlichen Rang innehatte, wäre es für ihren Vater nur recht und billig, die Kontrolle über ihr Leben in dem Moment wieder an sich zu reißen, in dem sie erneut zur Tür seines Hauses hereinspazierte.

Thorolf wartete darauf, dass sie weitersprach, und als sie das nicht tat, drückte er noch einmal ihre Hand.

»Wenn du mit mir kämst, würde ich Island nie wieder verlassen«, sagte er. »Nicht einmal, um auf Raubzug zu gehen. Das Leben dort fällt vielen nicht leicht, aber es kommt darauf an, was man daraus macht. Ich habe inzwischen genug gespart, um uns ein bequemes Dasein zu ermöglichen. Meine Familie wäre froh, würde ich bleiben – besonders mein Vater. Und ich habe meinen Bruder nicht mehr gesehen, seit er ein kleines Kind gewesen ist.« Kurze Pause. »Ich meine, seit er noch sehr jung gewesen ist. Ich kann nicht behaupten, dass er je klein gewesen wäre.«

Für einen Moment gestattete sich Gunnhild, sich ein Leben an seiner Seite vorzustellen. Sie glaubte nicht, dass es ein schlechtes Dasein wäre – aber sie hatte nicht die Hälfte ihres Lebens dafür gegeben, die Magie zu erlernen, um dann nur einen Haushalt zu führen. Sie wusste nicht einmal ansatzweise, wie das ging, und es war mehr als ein Jahrzehnt her, seit sie zum letzten Mal eine Spindel angerührt hatte, von einem Webstuhl ganz zu schweigen.

Wichtiger noch: Ihre Freundinnen brauchten sie. Sie würde sie bestimmt nicht im Stich lassen.

»Ich kann nicht mit dir gehen«, sagte sie. Ehe er Einwände erheben konnte, ergriff sie seine Hand und drückte seine Fingerspitzen auf die Narbe in ihrer Handfläche, die von ihrem Blutschwur mit Oddny und Signy zurückgeblieben war. »Meine Freundinnen und ich haben einander vor sehr langer Zeit geschworen, wir würden immer füreinander da sein. Sie stecken in Schwierigkeiten, und das könnte meine Schuld sein. Es wäre so leicht für mich, einfach Ja zu sagen und sie zu vergessen, aber ich bin keine Eidbrecherin.«

»Das verstehe ich nicht. Du bist seit zwölf Wintern fort. Wie kann dann irgendetwas, das ihnen widerfährt, deine Schuld sein?«

Da erzählte sie ihm alles. Von den Umständen, die sie von daheim fortgetrieben hatten, von der Grausamkeit ihrer Mutter und dem Trost, den sie bei ihren Freundinnen und in dem Eid fand, den sie in der Nacht abgelegt hatten, als Heid ihr Ritual durchgeführt hatte; davon, wie sie sich davongestohlen hatte, wie sie die Hexenkunst erlernt, wie sie spioniert und den Raubzug mitangesehen hatte; und sie erzählte von den Hexen und Heids Tod. Schließlich berichtete sie auch, was sie von Erik erfahren hatte und worüber genau sie gesprochen hatten.

Als sie fertig war, sagte Thorolf: »Aber sollten du und Erik denn nicht zusammenarbeiten, wenn ihr doch einen gemeinsamen Feind habt?«

Für einen Moment flammte Zorn in ihr auf – er sagte das so einfach, ganz so, als läge diese Entscheidung auf der Hand –, doch sie erstickte die Reaktion sogleich. Obwohl sich Thorolf der Schwächen des Königs offensichtlich bewusst war, nahm sie an, dass Erik ihm zu sehr am Herzen lag, als dass er verstehen könnte, warum es nach ihrem Empfinden unmöglich war, mit ihm zu arbeiten, und sie war zu müde, um ihre Entscheidung zu verteidigen.

»Nein. Wenn die Bedingungen unserer Vereinbarung erfüllt sind, hoffe ich, ihn nie wiederzusehen.« Sie legte den Kopf an die Mulde zwischen seinem Hals und der Schulter und presste ihren Körper gegen seinen. »Ich schlage dein Angebot nicht aus, weil ich nichts für dich übrighätte. Frag mich noch einmal, wenn meine Schwurschwestern in Sicherheit sind und Thorbjörg und ihre Freunde sich für ihre Verbrechen verantwortet haben. Aber bis dahin: Können wir es nicht einfach genießen, so lange es dauert?«

Er spannte seinen Arm um sie herum an. »Ich habe schon schlechtere Vorschläge gehört.«

12

Oddny arbeitete gerade in der Küche, als sie von draußen den langen Hornstoß hörte, der das Herannahen eines Schiffs ankündigte, gefolgt von einem kürzeren, der verriet, dass keine Gefahr drohte.

»Das werden der König und seine Männer sein«, bemerkte Vigdis. »Sie müssen noch weit draußen sein, wenn die Wachen sie gerade erst entdeckt haben.« Trotzdem vergeudete sie keine Zeit und verteilte die Aufgaben für die Vorbereitung des Festmahls an ihre Mädchen. Oddny würfelte Rüben und Pastinaken, bis Vigdis ihr sagte, sie solle zu Ulfrun gehen und sich erkundigen, ob sie in der Halle Hilfe brauchte. Also wischte sie das Messer am Saum ihres Kleids ab, steckte es in die Scheide, trat hinaus in die kalte Luft und eilte zu dem Langhaus, in dem es zuging wie in einem Bienenstock, während Ulfrun ihrerseits Aufgaben delegierte.

»Wärest du so lieb, mir mehr von diesem Tee anzumischen?«, fragte sie, als Oddny sich erkundigte, wie sie helfen könne. Wie viele der älteren Frauen hatte Ulfrun schlimme Schmerzen in den Händen, den Handgelenken und den Ellbogen nach all den vielen Jahren, in denen sie mit Spindeln und Webstühlen gearbeitet hatte.

Oddny ging in den Schlafraum, in dem sie nun ihre Vorräte in Gunnhilds alter Truhe verwahrte. Sie schnappte sich einen Leinenbeutel mit getrockneten Kräutern und kehrte in den größeren Raum von Ozur und seiner Frau zurück. Solveig schlief und reagierte weder auf die Geräusche aus der Halle noch auf Oddnys Schritte.

Oddny fachte in der Kammer ein Feuer an, kochte etwas Wasser und goss Tee auf. Während der Tee zog, betrachtete sie Solveig und verzog das Gesicht. Der Zustand der Frau hatte sich wieder verschlechtert seit dem Tag, an dem Oddny eingetroffen war. Sie hatte die Runen ihrer Mutter durchgesehen und keinen Fehler gefunden, also wusste sie nicht, was sie nun noch tun konnte. Und selbst wenn es etwas gäbe ... Sie musste an Gunnhild denken, an ihre stolze, sturköpfige Freundin, die sich von nichts außer ihrer furchterregenden Mutter hatte einschüchtern lassen, und sie erkannte, dass es ihr nicht möglich war, allzu viel Mitgefühl für Solveig aufzubringen.

Als der Tee fertig war, ging es auf der anderen Seite der Wand schon recht laut her. Oddny spannte die Hand um den dampfenden Tonbecher und erhob sich.

Der große Saal war voller Männer, als sie herauskam. Die Gesichter waren ihr noch vage vertraut von dem Fest, bei dem sie zu Beginn des Sommers bedient hatte. Sie huschten durch ihr Blickfeld, während sie sich einen Weg durch die Menge bahnte. Als sie Ulfrun endlich gefunden hatte, stand die neben Ozur, angetan mit seiner besten Tunika und Armreifen, und Erik, der etwas sagte und mit einem Nicken in Richtung Tür deutete.

Oddny, Ozur und Ulfrun drehten sich um, als die letzten paar Leute von dem Schiff eintraten. Ein großer, dunkelhaariger, bärtiger Mann zog seinen seemännischen Überwurf aus und übergab ihn der Magd, die an der Tür die Mäntel der Hird einsammelte. Dann trat er zur Seite, als hinter ihm eine andere Person aus ihrer Jacke schlüpfte und ihn der Magd reichte.

Ehe Oddny auch nur begriff, dass diese Person eine Frau war, sprang ihr das Haar ins Auge: über eine Schulter geworfen und zu einem dicken Zopf geflochten, der im Laternenschein orange leuchtete.

Die Magd, die die Mäntel hielt, keuchte auf, als sie das Gesicht der Frau sah. Ulfrun keuchte ebenfalls und schlug eine zitternde Hand voller Leberflecken vor den Mund. Ozur ließ seinen Stock fallen, der mit einem lauten Klappern zu Boden fiel.

Bei dem Geräusch drehte die Frau sich um.

Und als sie von der anderen Seite des Saals aus Oddny erblickte, glitt dieser die Tasse aus der Hand und zerschellte in tausend Stücke, während sich heiße Flüssigkeit über ihre Schuhe ergoss.

Die Narbe in ihrer Handfläche brannte.

Oddny setzte sich in Bewegung, bahnte sich einen Weg durch das Gedränge, während die Frau von der anderen Seite aus das Gleiche tat. Oddnys Gesicht war tränennass, als sie aufeinanderprallten, sich fest in die Arme nahmen und gemeinsam zu Boden sanken. Ungehemmt und laut schluchzte sie an Gunnhilds Schulter, und es war ihr völlig egal, wer sie sah oder hörte.

»Pst«, machte ihre Freundin und streichelte ihr Haar. »Es ist alles in Ordnung. Ich bin ja da. Ich bin jetzt da. Ach, Oddny, es tut mir so leid. Ich habe getan, was in meiner Macht stand, aber ich konnte sie nicht aufhalten.«

Oddny stand völlig neben sich. Götter, Gunnhild war real und greifbar und *hier* – aber wie konnte sie hier sein? *Und sie konnte sie nicht aufhalten ...* Bedeutete das womöglich ...?

»Wie ...?« Oddny löste sich gerade lange genug von ihr, um ihr ins Gesicht zu blicken – ein Gesicht, an das sie sich nur zu gut erinnerte. Ein Gesicht, von dem sie gedacht hatte, sie würde es nie wiedersehen: blass, hier und da sommersprossig, scharfe Augen so blau wie das Meer und ein Rahmen aus Haar vom kupfrigen Rot getrockneten Blutes. Aber es sah nicht mehr ganz so aus wie früher: Beispielsweise waren die runden Wangen der Kindheit nicht länger zu sehen. Und Gunnhild hatte sich zu etwas entwickelt, das stärker, hungriger und kämpferischer war als das Kind, an das Oddny sich erinnerte. Sie sah es in ihrem Gesicht, in ihren Augen und der Haltung ihrer Schultern: Was immer mit Gunnhild geschehen war, wo sie auch in diesen letzten zwölf Wintern gewesen war, es hatte sie geschliffen wie eine Klinge.

Oddny hatte so viele Fragen und nicht die geringste Ahnung, wo sie anfangen sollte.

Die Männer machten einen weiten Bogen um die zwei Frauen. Oddny konnte Ozurs Stock ganz in der Nähe auf den Boden schlagen hören. Als Gunnhild an ihr vorbeiblickte und ihn sah, drückte sie Oddnys Schulter und flüsterte: »Später.«

Dann erhob sie sich, half Oddny auf und drehte sich zu ihrem Vater um.

»Hallo, Papa«, sagte sie. Oddny fiel auf, dass ihre Mundwinkel genauso zitterten wie damals, als sie klein war und sich bemüht hatte, nicht zu weinen, wenn ihre Mutter sie gescholten hatte.

Der Herse trat einen Schritt auf sie zu und flüsterte: »Ist das ... ist das wirklich ...«

»Ja«, sagte Gunnhild. »Deine jüngste Tochter ist von den Toten zurück.«

Er tat einen Satz voran und nahm sie in die Arme. Irgendwie schaffte er es, trotzdem seinen Stock festzuhalten. Oddny sah, dass Gunnhild für einen Moment die Augen schloss und ihm vorsichtig auf den Rücken klopfte.

»Wie ist das möglich? Wo bist du all diese Zeit gewesen?«, fragte Ozur, trat zurück und starrte Gunnhild ins Gesicht, ehe er sich über die Schulter zu Erik umblickte. »Wie hast du sie gefunden?«

»Sie hat uns gefunden«, erwiderte Erik, und Oddny entging nicht, dass Gunnhild und der König einen eisigen Blick wechselten. »In Finnmark, auf dem Rückweg von Bjarmaland. Sie war enorm erpicht darauf, nach Hause zu gelangen.«

»Ich kann für mich selbst sprechen«, kommentierte Gunnhild gereizt.

»Du musst die beiden entschuldigen, Ozur.« Ein kleiner Mann

mit zurückweichendem Haar drängelte sich in den Kreis der Männer um Gunnhild. Oddny erkannte den Ziehbruder des Königs in ihm, dessen Name ihr jedoch nicht bekannt war. »Wir waren lange Zeit fern von feinen Leuten, und diese zwei scheinen außerstande zu sein, ihre gegenseitige Verachtung wenigstens vorübergehend im Zaum zu halten.« Er bedachte den alten Mann mit einem einnehmenden Lächeln. »Ich sorge dafür, dass mein Bruder sich benimmt, wenn du sicherstellst, dass deine Tochter das Gleiche tut.«

Erik schüttelte langsam den Kopf. Alles an ihm drückte Mordlust aus, doch der andere Mann blieb im Angesicht der bedrohlichen Miene vollkommen gelassen. Gunnhild verdrehte die Augen, und Oddny wischte sich die Tränen aus dem Gesicht und unterdrückte den Drang zu lachen, der sie selbst überraschte. Wann hatte sie das letzte Mal gelacht?

»Ja. Ja, natürlich, Arinbjörn.« Ozur schüttelte kurz den Kopf und räusperte sich. »Komm, mach es dir bequem. Das Abendessen müsste bald fertig sein.«

Er führte Gunnhild zu dem hohen Stuhl, und Oddny trottete hinterher, als Ulfrun ihnen in den Weg trat, die rheumatischen Augen feucht, die dürren Arme weit ausgestreckt. Und Gunnhild fiel regelrecht hinein, ohne einen Moment zu zögern.

»Oh, Lämmchen«, murmelte Ulfrun und legte die Hände an Gunnhilds Wangen. »Was für ein Anblick für diese alten Augen.«

»Es tut mir so leid«, sagte Gunnhild. »Du weißt, warum ich gehen musste.«

»Aber ja. Ach, Liebes – deine Mutter ist sehr krank. Sie schläft schon seit gestern Nachmittag. Möchtest du sie sehen?«

Das Leuchten in Gunnhilds Augen verblasste ein wenig. »Vielleicht, wenn sie wach ist.«

»Gewiss, gewiss.« Ulfrun ließ ihre Hände sinken. »Ich muss Vigdis erzählen, dass du da bist.«

»Vigdis! Geht es ihr gut?«

»Dank Oddny«, sagte Ulfrun, »geht es uns allen recht gut.«

Ehe sie Gunnhild zu dem hohen Stuhl folgte, sah sich Oddny über die Schulter um und wurde Zeugin, wie Erik Arinbjörn mit wütenden Gesten und leiser Stimme zurechtwies, während Letzterer den König weiterhin völlig unbeeindruckt musterte. Der dunkelhaarige Mann, der vor Gunnhild hereingekommen war, stand ein wenig linkisch daneben und ließ sie nicht aus den Augen, als sie in die andere Richtung geführt wurde.

Arinbjörn sah Oddny in die Augen und zwinkerte ihr kurz zu, ehe sie sich abwandte.

Oddny war es so gewohnt, zu bedienen, es fühlte sich seltsam an, nun als Gast an einem Festmahl teilzunehmen, aber Gunnhild bestand darauf, sie auf der Bank an ihrer Seite zu haben. Sie saßen gemeinsam mit Erik, Arinbjörn, Ozur und dem dunkelhaarigen Mann – der, wie Oddny inzwischen wusste, auf den Namen Thorolf hörte – in dem Bereich des Saals, in dem der hohe Stuhl stand, und unterhielten sich.

Ozur erzählte Gunnhild von dem Überfall auf Oddnys Hof. Die wirkte keineswegs überrascht, was ihren Vater zu erschrecken schien – und es ließ auch Oddny schaudern, aber sie wusste, sie würde die Wahrheit erfahren, sobald sie unter sich wären.

Dann fragte Ozur Gunnhild erneut, wo sie gewesen sei. Und sie erzählte es ihm.

»Aber ich habe Männer geschickt, die dem Schiff der Steuereintreiber gefolgt sind«, sagte er verdattert, als sie fertig war. »Sie haben jede Kiste an Bord überprüft.«

»Heid hat Runen hineingeritzt, um mich vor unerwünschten Blicken zu verbergen«, sagte Gunnhild nur.

Erik saß auf der Plattform vor ihnen, lehnte sich an einen Pfosten, ein Bein auf dem Boden, während sein Handgelenk auf dem angezogenen anderen ruhte, und der sanfte Lichtschein der Herdfeuer und Feuerschalen zeichnete die Konturen seines Gesichts scharf nach. Dies war ein Mann, der sich überall ungezwungen verhalten konnte, weil er wusste, dass die Welt sich schlicht aufgrund seiner Herkunft vor ihm verneigen würde.

Selbst wenn sie nicht wüsste, dass er ein Brudermörder war, hätte Oddny ihn als widerwärtig empfunden, und ein Blick auf Gunnhild verriet ihr, dass es ihrer Freundin ebenso erging. Eine Erkenntnis, bei der sie sich gleich viel besser fühlte. *Was hat Signy bloß in ihm gesehen?*

»Ozur«, sagte Erik und erhob sich. »Es würde meiner Hird gefallen, für drei Nächte zu bleiben, wenn es dir recht ist.« Das war Brauch; ein längerer Besuch barg das Risiko, die Gastfreundschaft übermäßig zu beanspruchen, es sei denn, er wäre bereits im Vorfeld so geplant worden.

Gunnhild beugte sich zu Oddny hinüber und hauchte: »Ich wäre früher hier gewesen, hätte Erik nicht beschlossen, dass wir drei Nächte bei dem Jarl in Borg bleiben. Ich glaube, das hat er nur getan, um mich zu ärgern. Thorolf musste mich beim letzten Festmahl davon abhalten, ihn zu vergiften, so wütend war ich.«

»Es ist unhöflich, Leute während eines Festmahls zu vergiften«, bemerkte Thorolf ebenso leise. »Außerdem haben wir, wie ich schon sagte, von Anfang an vorgehabt, drei Nächte zu bleiben. Erik möchte, dass wir uns ein paar Tage mit einem Dach über dem Kopf ausruhen können, und daran habe ich nichts auszusetzen.«

»Verteidige ihn nicht«, zischte sie.

»Ich bin ein Teil dieser Hird. Es ist buchstäblich meine Aufgabe, ihn zu verteidigen.« Er stupste sie so unauffällig an, dass es Oddny wohl entgangen wäre, hätte sie die beiden nicht direkt angeschaut. »Und sag mir nicht, du würdest drei weitere gemeinsame Nächte bedauern.«

Aha, dachte Oddny und blickte zwischen Gunnhild und Thorolf hin und her, *so ist das also.*

»Außerdem bist du eine Hexe – hättest du nicht einen starken Wind herbeirufen können, der uns schneller herträgt, wenn du so besorgt warst?«, fragte er.

Gunnhild schnaubte, sagte aber nichts. Oddny wusste nicht recht, was sie von alldem halten sollte, doch ein knapper Blick ihrer Freundin verriet ihr, dass sie später eine Erklärung erhalten würde.

»Ich werde dir ewig dankbar dafür sein, dass du Gunnhild zu mir zurückgebracht hast«, sagte Ozur zu Erik. Sollte er das Geflüster zwischen seiner Tochter und Thorolf wahrgenommen haben, so ignorierte er es, aber Oddny nahm an, er hatte es gar nicht mitbekommen. Das Gehör des alten Mannes war nicht mehr das, was es früher einmal war. »Was wünschst du als Lohn von mir?«

Erik sah Gunnhild an und dann wieder den Hersen. »Nichts«, sagte er zu Oddnys Verwunderung.

»Bist du sicher?«, fragte Ozur.

»Natürlich. Wir haben unsere eigene Vereinbarung getroffen. Sie ist uns auch nicht zur Last gefallen.« Er bedachte Gunnhild mit einem hämischen Grinsen, und die spannte die Muskeln an, als wollte sie ihm ihren Teller samt Eintopf an den Kopf werfen.

»Papa, wenn ich mich entschuldigen darf, ich möchte Vigdis persönlich dafür danken, dass sie uns so ein wunderbares Festmahl zubereitet hat«, sagte Gunnhild. Ozur bedeutete ihr mit einer Geste, dass es ihr freistehe zu gehen, und als Gunnhild unauffällig mit einer Kopfbewegung Richtung Tür deutete, stand auch Oddny auf, um ihr zu folgen. Im Vorbeigehen rempelte Gunnhild Erik absichtlich mit der Schulter an, was der mit einer zutiefst angewiderten Miene quittierte, die er sich aber rasch aus dem Gesicht wischte, ehe er sich wieder zu Ozur und den anderen Männern umdrehte.

Kaum draußen, seufzte Gunnhild erleichtert auf. »Freya sei Dank. Ich weiß nicht, wie viel von seinem Getue ich noch hätte ertragen können. Götter, wie ich diesen Mann verabscheue!«

»Gunna …«, setzte Oddny zu sprechen an.

»Erst die Küche«, fiel Gunnhild ihr ins Wort. »Was ich über Vigdis gesagt habe, habe ich auch so gemeint.« Sie hakte sich bei Oddny unter. »Und dann, dachte ich, könnten wir ein Feuer machen, wenn es die Grube noch gibt, und ein bisschen draußen sitzen, so wie früher. Vorausgesetzt, es ist dir nicht zu kalt.«

»Gar nicht«, sagte Oddny, denn sie trug ihren Schal und war erleichtert, dem Tumult entkommen zu sein. Auf dem Weg zur Küche klammerte sie sich geradezu an Gunnhild, getrieben von der kindlichen Furcht, dass, sollte sie auch nur für einen Moment loslassen, ihre Freundin einfach verschwinden könnte, ganz wie sie es getan hatte, nachdem sie das letzte Mal getrennt worden waren.

Ulfrun war ebenfalls in der Küche, als sie dort eintraten. Nach einem tränenreichen Wiedersehen mit Vigdis sagte Gunnhild: »Ich brauche morgen Abend eure Hilfe für ein Ritual.«

Vigdis und Ulfrun wechselten einen Blick. Oddny, die sich sofort wieder an Gunnhild gehängt hatte, kaum dass die von Vigdis abgelassen hatte, fragte: »Ein Ritual?«

»Ja. Nach dem Abendessen. Werdet ihr drei für mich die Schutzweisen singen? Gleich hier in der Küche, zusammen mit allen anderen Mädchen hier, die sie kennen?«

»Seit der, die dich fortgebracht hat, ist keine Seherin mehr hier durchgekommen«, sagte Vigdis zögerlich. »Ich glaube, es bleiben nur wir drei. Solveig hat uns verboten, den Jüngeren die Gesänge beizubringen. Sie denkt, sie seien verflucht.«

»Auf so etwas kann auch nur sie kommen«, bemerkte Gunnhild stirnrunzelnd.

»Wir machen es«, konstatierte Ulfrun. »Und sei es nur, weil wir dich in jeder anderen Hinsicht im Stich gelassen haben, Lämmchen.« Ihre Augen waren wieder verhangen, als sie vortrat und Gunnhilds Hand ergriff. »Es tut mir so leid, dass wir dich nicht vor ihr schützen konnten.«

Vigdis Unterlippe zitterte. »Hast du sie schon gesehen?«

»Ich muss gehen. Oddny und ich haben viel zu besprechen. Danke für eure Hilfe«, sagte Gunnhild angespannt und entzog Ulfrun ihre Hand. »Wir sehen uns morgen.«

Kaum hatten sie die Küche verlassen, sagte Oddny sehr leise: »Ich wünschte, meine Mutter hätte dich von ihr weggeholt. Sie hat es versucht ...«

»Ich weiß«, sagte Gunnhild und starrte stur geradeaus, während sie durch den düsteren Garten gingen, ohne auf den Lärm zu achten, der aus der Halle herüberwehte. »Yrsa war eine gute Frau. Sie hat so ein Schicksal nicht verdient.«

»Was mich auf die Frage bringt, woher du gewusst hast, was passiert ist, ehe dein Vater es dir erzählte.«

»Von dem Moment an, in dem ich gelernt hatte, meinen Körper zu verlassen und auf die Art der Hexen zu reisen, bin ich zurückgekommen, sooft ich konnte. Als Vogel.« Gunnhild hakte sich wieder unter, als sie weiter zum Strand gingen und das Gras von Kies abgelöst wurde. »Ich habe viele Jahre über euch gewacht. Dass ich den Raubzug miterlebte, war ein Zufall. Ein glücklicher für dich, denn ich konnte dir zur Flucht verhelfen, aber ein unglücklicher für meine Lehrmeisterin. Sie starb an jenem Tag. Ich wünschte, ich hätte für euch beide mehr tun können. Und für Signy.«

»Ein Vogel?« Oddny verharrte im Schritt. »Du warst die Schwalbe? Die, die angegriffen hat ...?«

Beide blieben stehen. Weiter unten am Strand hatte bereits jemand ein Feuer entzündet. Die beiden Frauen wechselten einen Blick und näherten sich mit zögerlichen Schritten, bis die Umrisse von Halldor erkennbar waren.

»Hätte ich es doch geschafft, ihm das Auge auszuhacken«, sagte Gunnhild eisig. »Was macht der hier?«

»Und ich dachte, da hätte es nur zufällig irgendein Vogel auf mich abgesehen«, verkündete Halldor. »Interessant, die Wahrheit zu erfahren.«

»Wie hast du …«, begann Gunnhild.

»Ihr redet ziemlich laut für zwei Menschen, die sich unter vier Augen unterhalten wollen.« Halldor warf noch ein Holzscheit ins Feuer und lehnte sich dann an den Felsbrocken hinter ihm.

»Halldor, das ist Gunnhild«, sagte Oddny. »Die lange verlorene Tochter unseres Gastgebers.«

»Ich hörte davon«, sagte er. »Der ganze Hof spricht über sie.«

Oddny deutete auf ihn. »Gunnhild, das ist Halldor. Er wurde nach dem Raubzug über Bord geworfen und hier angespült. Dein Vater sorgt dafür, dass er mir im Namen all seiner Kumpane Wiedergutmachung leistet. Zwölf Silbermark.«

»Elfeinhalb«, korrigierte Halldor. »Weißt du noch?«

»Richtig.« Oddny setzte sich ihm gegenüber ans Feuer und bat Gunnhild, sich zu ihr zu gesellen. »Warum bist du nicht beim Fest, Halldor? Wenn du dich der königlichen Hird anschließen willst, wäre es doch nur vernünftig, würdest du dich vorstellen.«

»Ich mag keine Menschenansammlungen.« Halldor verlagerte sein Gewicht. »Und ich werde mich morgen auf dem Übungsplatz vorstellen. Mit einer Waffe in der Hand. Das wird einen denkwürdigeren Eindruck hinterlassen.«

Gunnhild blickte zwischen den beiden hin und her. »Es tut mir leid, aber seit dem Raubzug habe ich euch nicht mehr beobachtet, also nehme ich an, mir entgeht hier etwas: Wieso sitzen wir hier so behaglich mit einem der Männer beisammen, die für das verantwortlich sind, was deiner Familie widerfahren ist?«

»Halldor und ich haben uns geeinigt«, sagte Oddny. »Dein Vater denkt, ich werde das Silber, das er mir bezahlen wird, dazu benutzen, einen Ehemann zu finden und mein Leben wieder aufzubauen, aber ich habe die Absicht, es dazu zu verwenden, Signy zu retten. Halldor sagt, dass man sie wahrscheinlich in Birka verkaufen wird, weil die Angreifer dort überwintern werden.«

Gunnhild warf ihm einen argwöhnischen Blick zu. »Aber es gibt noch andere Marktstädte, weit vor ...«

»Nun ja, Kolfinna wurde aus Dänemark verbannt«, erklärte Halldor. »Dort würde sie nicht anlegen. Sie ist ... auffällig.«

»Wie ist das möglich?«, fragte Gunnhild. »Frauen können nicht geächtet werden.«

»Ich habe nicht gesagt, dass sie geächtet wurde. Es war mehr so, dass man sie gebeten hat, das Land zu verlassen und niemals zurückzukehren. Höflich. Mit einem Schwert an der Kehle.« Halldor zuckte mit den Schultern. »Das kann schon passieren, wenn man nur genug Leute bei Wirtshausprügeleien tötet, ohne ihre Familien zu entschädigen. Wie auch immer, wie ich bereits Oddny erklärt habe, sind die Aussichten, Signy zu finden, auch dann, wenn ihr nach Birka zieht, äußerst gering. Man wird sie da nur durchschleusen. Selbst wenn ihr vor Wintereinbruch eintrefft, würdet ihr dort festsitzen und könntet ihrer Spur nicht länger folgen.«

»Er hat mir auch erzählt, dass die Mannschaft dafür bezahlt wurde, meinen Hof zu überfallen«, sagte Oddny. »Von jemandem, der die Gestalt eines weißen Fuchses annimmt und nur mit Kolfinna spricht.«

Gunnhild schürzte die Lippen. »Das stimmt alles mit dem überein, was ich an jenem Tag beobachtet habe. Kolfinna war wütend, weil dieser Mann dich hat entkommen lassen, Oddny. Es überrascht mich nicht, dass sie ihn Rans Töchtern überlassen wollte. Thorbjörg hat ihren Lohn halbiert.«

»Thorbjörg?«

»Das ist ihr Name. Der der weißen Füchsin«, sagte Gunnhild. »Von Erik habe ich erfahren, dass sie für König Olaf von Vestfold arbeitet und die Magie bei seinem Bruder Rögnvald erlernt hat, den Erik getötet hat.«

»Wenn dem so ist, verstehe ich ihren Zorn«, sagte Oddny gedehnt. »Aber was hat das alles mit dir zu tun? Oder mit Signy und mir?«

Gunnhild wandte den Blick ab. »Alles, was ich weiß, ist, dass diese Hexe etwas vorhergesehen hat. Etwas, das ... mit uns zu tun hat. Ich habe die einzelnen Teile noch nicht zusammensetzen können, aber das werde ich noch.« In ihren Augen glühte ein Feuer auf, als sie Oddny wieder ansah. »Der Grund für das Ritual morgen ist, dass ich die Geister fragen will, wohin man Signy gebracht hat. Die Toten kennen nicht nur die Zukunft – sie wissen alles. Und wenn sie mir erst einmal verraten haben, wo sie ist, dann werden wir sie nach Hause holen.«

Oddny fixierte sie mit einem harten Blick und kämpfte gegen die Tränen. Mehr als eine Woche war seit dem Überfall ins Land gezogen, und sie hatte jeden Tag eine tapfere Fassade aufgesetzt, während sie auf dem Hof geholfen und Tees und Tinkturen für jene angemischt hatten, die ihrer bedurften. Aber Nacht für Nacht hatten ihre Trauer und die Schuldgefühle, diesen Überfall als Einzige unversehrt überlebt zu haben – dass sie noch immer eine freie Frau war, während ihre Schwester zweifellos irgendwo in Ketten lag –, sie übermannt, bis sie kaum mehr hatte atmen können. Und sosehr es sie drängte, ihren Rettungsplan in die Tat umzusetzen, sobald Halldor sie bezahlt hatte, gab es doch Zeiten, zu denen das alles so unwirklich erschien: dass Signy fort war; dass ihre Mutter und ihr Bruder tot waren; dass sie, wenn sie nur über die Meerenge blickte, beinahe ihren Grabhügel ausmachen konnte anstelle der Umrisse des väterlichen Gutshauses.

Aber Signy lebte. Oddny wusste es. Und sie hatte ihren Plan im Herzen bewahrt, als würde sie die Hände um eine kleine Flamme im Dunkeln wölben, sie abschirmen vor der eigenen Verzweiflung. Sie hatte alle Bedenken ausgeschlossen und einfach vorausgesetzt, dass sie ihre Schwester ganz allein aufspüren würde. Aber nun ...

»Du willst mir helfen, sie zu retten?«, flüsterte sie.

Gunnhild zog vor lauter Überraschung die Brauen hoch, ganz so, als könnte nichts mehr außer Frage stehen. »Wir haben einen Eid abgelegt, Oddny. Ich habe nicht die Absicht, ihn zu brechen. Und da Erik mein Silber nicht wollte, kann ich nun auch das für Signys Rettung verwenden.«

Oddny holte zittrig Luft. »Danke.«

Gunnhild lächelte. »Das ist doch selbstverständlich. Hoffen wir, dass das, was die Geister mir zu sagen haben, bekräftigt, was Halldor dir erzählte. Und das wird es, wenn er weiß, was gut für ihn ist.«

»Ich habe die Wahrheit gesagt«, beharrte Halldor gereizt.

»Wir werden sehen«, sagte Gunnhild und erhob sich. »Aber bei allem, was mir heilig ist, solltest du uns belügen, werde ich es wissen, und du wirst dafür bezahlen.«

Das schien ihn keineswegs zu beeindrucken. »Pflichtgemäß zur Kenntnis genommen.«

»Gunna«, sagte Oddny, in deren Brust die Hoffnung aufloderte. »Wenn du das Silber hast, dann … Sobald wir erst wissen, wo sie ist, meinst du, wir schaffen es vor dem Winter zu ihr?«

»Das war mein Plan«, sagte Gunnhild. »Was denkst du, warum ich es so eilig hatte, herzukommen?«

Oddny schluchzte auf und schlug die Hand vor den Mund, aber Halldor sagte: »Kein Seemann, der bei Verstand ist, würde sich so spät im Jahr zu so einer langen Reise bereit erklären, es sei denn, ihr habt vor, am Zielort zu überwintern …«

»Darüber werden wir uns den Kopf zerbrechen, wenn wir genau wissen, wo sie steckt.« Gunnhilds Blick wanderte zu einer dunklen Gestalt, die über den Rasen zum Bootshaus ging. »Wenn ihr mich jetzt entschuldigen würdet, ich muss mich um etwas kümmern. Oddny, soll ich dich erst zur Halle zurückbringen?«

Oddny stand ebenfalls auf. »Ja, bitte. Gute Nacht, Halldor.«

»Gute Nacht, Oddny. Gunnhild«, antwortete Halldor, und als Oddny sich über die Schulter zu ihm umblickte, erkannte sie, dass er ihnen hinterhersah, während sie sich entfernten.

Kaum außer Hörweite fragte Gunnhild: »Du vertraust diesem Mann?«

»Ja«, sagte Oddny nach kurzem Zögern. »Er hätte ebenso gut längst fort sein können. Ich glaube tatsächlich, er hat vor, Wiedergutmachung zu leisten, weshalb ich auch denke, dass er keinen Grund hat zu lügen.«

»Das soll mir reichen.« Gleich an der Ecke neben der Tür, in der Nähe einer Hängelaterne, die den Eingang beleuchtete, blieb Gunnhild stehen und nahm ihre Freundin fest in die Arme, eine Geste, die Oddny inniglich erwiderte. »Wir sehen uns morgen früh. Gute Nacht, Oddny.«

»Gute Nacht.« Und damit schritt Gunnhild um die Ecke und ließ Oddny mit einem Gefühl neuer Entschlossenheit allein.

Wir werden dich finden, Signy, dachte sie, als sie wieder hineinging. *Gemeinsam. Halt nur noch ein bisschen aus.*

13

Am morgen lag Gunnhild zusammengerollt Rücken an Rücken mit Oddny in deren Bett, ganz wie sie es als Kinder manchmal getan hatten, wenn sie einander besuchten.

Oddny setzte sich langsam auf und taxierte die Schmerzen in ihrem Körper. Ihr Zyklus war beinahe vorbei, und heute war der erste Tag seit ihrer Ankunft bei Ozur, von dem sie glaubte, ihn ohne ihren Tee durchstehen zu können. Aber sie würde unbedingt das provisorische Kleidungsstück waschen müssen, das sie eilends genäht hatte, um das Blut aufzufangen; es war aus mehreren Lagen Wolle gefertigt und reichte ihr vom Nabel bis ins Kreuz. Beide Enden waren an einer Kordel befestigt, die sie wie einen Gürtel geschnürt trug. Das Gehen fiel ein wenig schwer, wenn sie es anhatte, aber zumindest konnte das Blut nicht frei laufen und das einzige Kleid, das sie besaß, ruinieren.

Sie kletterte über Gunnhild hinweg aus dem Bett. Die Dienstboten, die mit ihnen im Schlafraum nächtigten, schlummerten noch tief und fest. Aber Gunnhild regte sich, als Oddny Socken und Schuhe anzog.

»Ich hole Frühstück«, sagte Oddny leise. »Hast du einen bestimmten Wunsch?«

»Nein, danke. Ich werde bis zu dem Ritual heute Abend fasten.«

»Also wirst du den ganzen Tag schlechte Laune haben.«

Gunnhild zog sich das Kissen über den Kopf. »Ja. Ich bin es nach meiner Ausbildung gewohnt, ohne Nahrung auszukommen, aber eine Woche unter diesen Männern hat alles ruiniert.«

»Nicht überraschend – man muss sie nur ansehen, um zu wissen, dass die keine Mahlzeit auslassen.« Oddny beugte sich vor und schloss die Knebel an ihren Schuhen. »Warum musst du fasten? Hat das spirituelle Gründe?«

»Jaja«, sagte Gunnhild, deren Stimme vom Kissen gedämpft wurde, und wedelte mit der Hand. »Aber vor allem praktische. Wenn mein Magen leer ist, brauche ich weniger Bilsenkraut, um meinen Geist vom Körper zu trennen.«

»Bilsenkraut? Gunna, das ist giftig.«

Gunnhild hob das Kissen gerade weit genug an, um sie anzusehen. »Ja, wenn man zu viel nimmt. Also – fasten. Und Meditation. Ich werde mir auch ein ruhiges Plätzchen suchen müssen, an dem ich sitzen und denken kann, ehe das Ritual beginnt. Meinen Geist leeren und das alles. Außerdem muss ich an der Gegenleistung arbeiten, die ich Erik dafür schulde, dass er mich hergebracht hat. Ich bin beinahe fertig damit und kann es kaum erwarten, diesem Mann gegenüber von jeglicher Verpflichtung frei zu sein.«

Als Oddny mit der Wäsche fertig war, aß sie in der Küche ein gekochtes Ei und half Vigdis und den anderen Mädchen, die Speisen für die Gäste vorzubereiten. Bald schmerzte ihr Arm vom Drehen der Handmühle, in der sie das Getreide mahlten. Es fiel ihr schwer, zu glauben, dass die Bewirtung all dieser zusätzlichen Leute kaum eine Lücke in Ozurs Wintervorräten hinterlassen würde. Aber niemand schien sich ernsthafte Sorgen zu machen, dass sie ganze drei Tage lang dreißig zusätzliche Mäuler zu stopfen hatten.

Sie hatte so viel zu tun, dass sie, als Gunnhild gegen Mittag herbeikam und fragte, ob sie mitkommen und den Männern beim Schwertkampf zusehen wolle, überrascht war, wie viel Zeit vergangen war. Vigdis entließ sie aus ihrer Pflicht und dankte ihr für ihre Hilfe.

Der Übungsplatz neben der Waffenkammer bestand aus einem

großen, umzäunten Erdkreis inmitten des Grases, der völlig unscheinbar gewesen wäre ohne die Männer, die innerhalb der Begrenzung kämpften. Sonnenschein fing sich in ihren Waffen. Eriks Hird und Ozurs Krieger waren dort, außerdem ein paar weitere Männer, die Oddny noch nie zuvor gesehen hatte, dazu ein Häufchen Mägde und einige Jungs, die sich um Ozurs Waffenkammer zu kümmern hatten.

»Diese Runde geht an Svein!«, hörten sie Arinbjörn brüllen, als sie näher kamen.

»Was ist aus deiner Meditation geworden?«, fragte Oddny.

Ihre Freundin wedelte mit der Hand. »Das kann ich später noch machen. Ich würde zu gern sehen, wie Erik mit scharfen Gegenständen geschlagen wird, aber ich gebe mich auch mit stumpfen zufrieden. Ein guter Treffer genügt mir schon.«

Sie schlängelten sich an den versammelten Männern vorbei und beanspruchten ein Plätzchen am Zaun gleich neben Arinbjörn.

»Also, was soll das alles?«, fragte ihn Gunnhild und deutete auf die Stelle, an der Svein, der Skalde, und ein Mann, den Oddny nicht kannte, sich in dem Kreis einen Schlagabtausch lieferten.

»Ein Initiationsritus«, antwortete Arinbjörn. »Der Mann, den Svein gerade bezwungen hat, kam von einer nahen Insel und wollte sich der Hird anschließen. Und es werden noch mehr kommen, ehe wir weiterziehen. Erst kommt eine Schwertprüfung, dann eine Zeit der Erprobung, und dann, falls Erik gefällt, was er dabei sieht, erhalten sie einen von diesen.« Er ließ den Armreif an seinem Bizeps aufblitzen. »Um es zu besiegeln.«

»Ich verstehe«, sagte Oddny und dachte an Halldor – Augenblicke später tauchte er auf und trat ein Stück weiter rechts an den Zaun. Das Haar hatte er zu einem kurzen Zopf geflochten, die Ärmel bis über die Ellbogen hochgekrempelt, sodass die von der Schmiede rußgeschwärzten Unterarme zum Vorschein kamen. Er starrte unverwandt Erik an, der sich auf einer Bank gleich außerhalb des Übungsareals fläzte.

»König Erik«, sagte Halldor. »Ich will deiner Hird beitreten.«

»Da bist du heute nicht der Erste«, sagte Erik, ohne sich auch nur umzudrehen, und nahm den dargebotenen Becher mit Bier aus den Händen einer Magd entgegen, die prompt rot anlief und verlegen kicherte. Das veranlasste Gunnhild neben Oddny laut zu würgen, sodass Erik sich zu ihr umwandte und ihr einen bösen Blick zuwarf.

Dann stand er auf, um sich Halldor genauer anzusehen – der seinerseits behände über den Zaun sprang und sich innerhalb des Kreises vor dem König aufbaute. Er zog die Brauen hoch. »Wie alt bist du, Junge? Komm wieder, wenn dir ein Bart wächst.«

Die meisten Männer lachten, und sogar die Jungs, die für die Waffenkammer zuständig waren, wirkten amüsiert. Oddny jedoch ertappte sich dabei, trotz der Abneigung, die sie ihm gegenüber empfand, an seiner Stelle gekränkt zu sein. Ihrem Bruder Vestein war auch nie ein Bart gewachsen, was für sie jedoch nie bedeutet hatte, dass er kein ganzer Mann gewesen wäre.

»Ich bin ein erwachsener Mann, kein Knabe«, sagte Halldor hocherhobenen Hauptes. »Mein Name ist Halldor Hallgrimsson.«

Erik musterte ihn nachdenklich. »Sehr groß bist du nicht.«

»Ich bin auch nicht kleiner als viele deiner geschätzten Hirdsmannen«, erwiderte Halldor mit einem demonstrativen Blick auf Arinbjörn, der nickend anerkannte, dass Halldor tatsächlich größer war als er selbst.

Der König sah seinen Ziehbruder an und dann wieder Halldor und sagte: »Also gut, Halldor Hallgrimsson, sehen wir doch mal, ob dein Geschick mit dem Schwert diesen kühnen Worten gerecht wird. Arinbjörn?«

Arinbjörn sprang über den Zaun. Er hatte zwei Saxe im Gürtel, einen vorn, einen hinten, und er zog beide mit einer fließenden, anmutigen Bewegung. Halldor zog seinen eigenen Sax in dem Moment, in dem ihm einer der Knaben über den Zaun einen Schild reichte.

»Benutzt du keinen?«, fragte Halldor Arinbjörn und gestikulierte mit dem Schild.

Der kleinere Mann zuckte mit den Schultern und wirbelte mit großer Geste seine Saxe herum, ehe er Kampfstellung einnahm. »Ich blockiere deine Schläge lieber mit etwas, das dich auch verletzen kann.«

»Bist du je mit einem Schild geschlagen worden? Das tut ganz sicher weh.«

»Ich nehme an, das ist möglich, wenn man weiß, wie man es zu benutzen hat. Tust du das?«

»Das wirst du gleich herausfinden.«

»Oh! Na, das wird ein Spaß!«

Gunnhild formte mit den Händen einen Trichter vor ihrem Mund und schrie: »Arinbjörn, wenn du ihn tötest, wirst du meiner Freundin die zwölf Silbermark geben müssen, die er ihr schuldet.«

»Elfeinhalb«, sagten Halldor und Oddny im Chor, und Halldor fügte trocken hinzu: »Danke für dein Vertrauen, Gunnhild.«

»Wenn wir dann mit den Störungen fertig sind«, rief Erik, »dürft ihr nach Belieben beginnen. Bis Blut fließt.«

Arinbjörn tat den ersten Zug, schlug von oben mit dem Knauf eines seiner Saxe, um ihn hinter dem Schild zu verhaken, während er gleichzeitig mit dem zweiten Sax nach der Flanke seines Gegenübers hieb. Aber Halldor war schneller: Er wehrte die Klinge des anderen mit dem eigenen Sax ab und zog den Schild mit festem Griff näher an seinen Körper. Arinbjörn wich zurück, um die Lage neu zu beurteilen, und die beiden Männer fingen an, einander zu umkreisen.

Dieses Mal wagte Halldor den ersten Vorstoß, aber Arinbjörn wich dem Angriff mit Leichtigkeit aus und versuchte sich an einem Gegenschlag, den Halldor mit seinem Sax parierte. Oddny stand wie angewurzelt da, verfolgte gebannt das Geschehen – jede Bewegung wirkte durchdacht, während sie einander sonderbar leichtfüßig umkreisten. Eine Finte hier, ein Schwinger da, und schon gingen sie auf Abstand, warteten auf eine Gelegenheit und griffen wieder an.

Oddny hatte zunächst Halldors Eindruck geteilt, demzufolge Arinbjörn ohne Schild im Nachteil sei. Aber der kleinere Mann setzte seine Saxe defensiv wie offensiv ein. Er bewegte sich geschmeidig, als wären die Waffen Verlängerungen seiner Arme, und wehrte jeden Angriff ab, bis Halldor sich auf ihn stürzte und versuchte, ihn mit seinem Schildbuckel zu erwischen. Arinbjörn wich aus und schlug den Schild mit beiden Saxen zur Seite, doch Halldor hielt abrupt inne, riss den Schild wieder hoch, und …

Die mit Rohhaut bespannte Kante krachte mit einem übelkeiterregenden Knirschen, das den Umstehenden entsetzte Aufschreie entlockte, auf Arinbjörn Nase. Eine der Mädge in Eriks Nähe fiel in Ohnmacht; einer der Knaben aus der Waffenkammer umklammerte seine eigene krumme Nase, als würde er den Schmerz spüren. Arinbjörn stolperte ein paar Schritte rückwärts, ehe er seine Saxe fallen ließ und mit dem Hinterteil in den Dreck sank. Blut strömte ihm aus der Nase und über das Kinn auf die Vorderseite seiner Tunika.

Er hob die Hand, wollte den Schaden taxieren und wirkte überrascht vom Anblick des eigenen Blutes, als er die Hand wieder sinken ließ.

»Tja«, würgte er hervor. »Das ist das erste Blut. Der Sieg gebührt Halldor.« Die Zuschauer klatschten, und Oddny staunte, wie verunsichert Applaus wirken konnte. Mehr als nur eine Person sah sich vorsichtig zu Erik um – der mit versteinerter Miene auf seiner Bank saß und sein Bier anscheinend vollends vergessen hatte –, wie um seine Reaktion abzuwarten.

»Ich richte seine Nase«, sagte Oddny in genau dem Moment, in dem Arinbjörn es selbst tat und dabei laut fluchte. »Was soll's.«

»Das passiert ihm nicht zum ersten Mal«, sagte Thorolf, der sich während des Kampfes zu Gunnhild gesellt hatte. »Aber es ist das erste Mal, dass ich Arinbjörn gegen jemand anderen als Erik verlieren sehe.«

Halldor steckte seinen Sax in die Scheide, ließ den Schild fallen, sammelte Arinbjörns Waffen ein, trat vor und bot ihm seine Hand, um ihm aufzuhelfen. Der andere Mann ergriff sie und bedankte sich mit einem Nicken, als Halldor ihm beide Saxe mit dem Heft voran reichte. Als sie wieder sicher in ihren Scheiden steckten, grinste Arinbjörn mit blutverschmierten Zähnen und klopfte Halldor auf die Schulter.

»Gut gemacht«, sagte der kleinere Mann. »Dieses Mal habe ich dich unterschätzt, aber das wird nicht noch einmal passieren.«

»Dann freue ich mich jetzt schon auf die Revanche«, antwortete Halldor, aber Oddny hatte den Eindruck, dass er nervös war. Einen Moment später wusste sie auch, warum.

Erik war von seiner Bank aufgestanden, und in der Menge kehrte Stille ein.

»Alles in Ordnung?«, fragte er Arinbjörn, als dieser sich aufmachte, den Kampfbereich zu verlassen. Arinbjörn winkte bloß ab.

Der König wandte sich Halldor zu und rief den Jungen zu: »Bringt mir meine Äxte.« Mehrere Männer glucksten; ein paar »Oohs« erklangen, als wäre Halldor ein Bruder, der im Begriff war, von seinem Vater gemaßregelt zu werden.

»Er hat eindeutig einen Hang zum Drama, was?«, sagte Gunnhild gedehnt.

Arinbjörn, der auf der anderen Seite Thorolfs am Zaun Position bezogen hatte, beugte sich vor und sah an ihm vorbei zu Gunnhild. »Ich habe dir zugesehen, als du dir das Messer buchstäblich ins eigene Fleisch gerammt hast, um dich zu beweisen.«

»Er hat dir bei was zugesehen?«, fragte Oddny, drehte sich aber, als ihre Freundin nicht antwortete, wieder zum Kampfbereich um. »Thorolf, was tut Erik da?«

Der große Mann warf ihr über Gunnhilds Kopf hinweg einen düsteren Blick zu. »Ich weiß es nicht. Normalerweise stellt er die Leute nie selbst auf die Probe. Halldor muss ihn beeindruckt haben.«

»Ganz wie beabsichtigt«, kommentierte Gunnhild, beugte sich vor und legte die verschränkten Unterarme auf den Zaun. »Ich hoffe, er bricht Erik auch die Nase.«

»Das ist nicht fair«, sagte Oddny, als der König mit den Waffen in Händen die Kampffläche betrat. »Halldor ist nach dem letzten Kampf noch nicht einmal zu Atem gekommen, und Erik ist ausgeruht.«

»Das wird so oder so nichts ausmachen«, bemerkte Thorolf ergrimmt. »Schau einfach zu.«

Halldor hob rasch seinen Schild auf, zog den Sax und nahm Verteidigungshaltung ein, als Erik auf ihn zukam. In seinen Zügen spiegelte sich unerschütterliche Entschlossenheit und noch etwas anderes, das Oddny nicht zuordnen konnte.

»Wenn ihr bereit seid«, rief Arinbjörn. »Bis zum ersten Blut.«

Erik überließ die ersten Vorstöße seinem Gegner und wehrte sie lässig ab. Kaum hielt Halldor inne, um nach einer Blöße Ausschau zu halten, da verhakte Erik den Bart einer Axt am Rand von Halldors Schild und riss es ihm aus der Hand. Ehe der reagieren konnte, schlug Erik tief und schnell mit der anderen Axt zu, verhakte den Bart an seinem Unterschenkel und riss Halldor den Fuß unter dem Leib weg. Der ließ im Sturz sein Sax los und landete hart auf der Seite.

Ehe Oddny auch nur blinzeln konnte, hatte Erik eine Axtklinge an Halldors Kehle.

»Zwei Züge!«, konstatierte Gunnhild und umklammerte den

Rand des Zauns mit beiden Händen. »Er hat ihn in nur zwei Zügen geschlagen, dieser Hurensohn.«

»Nicht ganz«, sagte Oddny verdattert. »Schau.«

Halldor starrte zu seinem Gegner empor, einen Mundwinkel zu einem halben Lächeln angehoben. Im Zeitraum eines Herzschlags – nach seinem Sturz, aber bevor Eriks Axt an seiner Kehle lag – hatte er es geschafft, ein Messer aus seinem Gürtel zu ziehen, dessen Spitze jetzt nur eine Haaresbreite von Eriks Leiste entfernt war.

»Das erste Blut, richtig?«, fragte Halldor.

»Unentschieden«, verkündete Arinbjörn hastig. »Kein Sieger. Der Kampf ist vorbei. Erik, hast du gehört? Halldor?«

Erik nahm die Axt weg, und Halldor steckte das Messer wieder ein. Als der König die Waffen fallen ließ und die Hand ausstreckte, starrte Halldor ihn einen Moment zu lange an, ehe er sie ergriff, und als er wieder auf den Beinen war, taxierten die beiden Männer einander.

»Mach so weiter, und du bist dabei«, sagte Erik schließlich. »Reinigt meine Äxte«, bellte er den Knaben, die für die Waffenkammer verantwortlich waren, im Fortgehen zu, ehe er durch die Lücke im Zaun schlüpfte und in der Menge verschwand.

»Zu schade«, grollte Gunnhild. »Ich wollte ihn bluten sehen.«

»Und das war alles?«, erkundigte sich Oddny bei Thorolf. »Halldor gehört jetzt zur Hird?«

»Er ist auf dem besten Weg. Und er ist auch der Erste, den Erik heute akzeptiert hat«, bestätigte Arinbjörn, doch seine sonst so wohlgestimmte Miene war einem berechnenden Ausdruck gewichen. »Ein Mann, der so gut ist – den müssen wir uns warmhalten, wenn wir nicht riskieren wollen, ihm auf der anderen Seite des Schlachtfelds zu begegnen.«

»Ein Unentschieden. Unfassbar«, hörte Oddny Svein weiter

unten am Zaun ächzen, womit er nur den Eindruck in Worte fasste, der sich durch die ganze Menge auszubreiten schien. Warum er jedoch besorgt klang, erschloss sich ihr erst, als Thorolf sagte: »Nach dieser Geschichte wird Erik miserabel gestimmt sein.«

»Wer ist dieser Mann?«, murmelte Arinbjörn, während er zusah, wie auch Halldor die Kampffläche verließ. »Ich mag ihn. Das ist …« Er unterbrach sich und zählte etwas an seinen Fingern ab. »Das ist das vierte Mal, dass mir jemand die Nase gebrochen hat, aber ich mag ihn.«

»Waren die ersten drei Male Eriks Werk?«, fragte Gunnhild ironisch.

Arinbjörn setzte eine gespielt überraschte Miene auf. »Wie kommst du darauf?«

»Ich habe Brüder.«

»Das ist ein Argument.«

Als er den Kampfbereich verließ, drehte sich Halldor für einen kurzen Moment zu Oddny um und nickte ihr zu. Die erwiderte die Geste, als ihm mehrere Männer auf den Rücken klopften und gratulierten, genau wie Arinbjörn es getan hatte. Oddny konnte sich ein Lächeln nicht verkneifen. *Eindruck hat er bestimmt gemacht.*

Arinbjörn wandte sich an Thorolf. »Ist meine Nase gerade? Sie fühlt sich nicht gerade an.«

»Ist sie auch nicht.« Oddny seufzte. »Komm, ich bringe das in Ordnung.«

Oddny verbrachte den Rest des Tages damit, ihre Heilmittelvorräte im Küchengarten und draußen am Hang aufzufüllen. Sie fertigte eine Packung für Arinbjörns Nase, um die Heilung zu beschleunigen, und brachte sie ihm, als er gerade auf dem Weg in die Waffenkammer war. Er nahm sie dankbar an. Als er hineinging, ließ er die Tür ein Stück weit offen, und so erhaschte Oddny, als sie sich gerade zum Gehen wandte, kurze Gesprächsfetzen. Neugierig hielt sie inne, um zu lauschen.

»... wie auch immer, ich halte das nach wie vor für eine furchtbare Idee«, sagte Arinbjörn. »Du weißt ja nicht einmal, ob diese Binderune funktioniert ...«

Eriks Stimme unterbrach ihn: »Sie schien jedenfalls davon überzeugt zu sein, als sie mir davon erzählt hat, und du hast gesehen, wie sie ihre eigene Hand geheilt hat. Thorbjörg wird sich nur noch schlimmere Methoden einfallen lassen, um uns anzugreifen, wenn die Binderunen erst bereit sind und sie erkennt, dass ihr Irrsinn keine Wirkung auf uns hat. Und wenn das passiert, werden wir Gunnhild brauchen.«

»Trotzdem – sie wird nie zustimmen, und wenn sie dich abweist, dann wird sie sich damit rühmen.«

»Ich könnte mich mit ihrem Vater einigen. Dann hätte sie keine andere Wahl.«

»Das ist die schlechteste Idee, die du je hattest. Würdest du das tun, dann könnte sie dich sogar töten. Sie hat dich schon jetzt mehr als nur einmal dumm dastehen lassen. Und ich kann es ihr nicht verübeln, besonders, wenn man bedenkt, dass ich dergleichen auch regelmäßig tue. Aber ...«

»Aber sie ist nicht mein Bruder. Du untergräbst meine Stellung aus Spaß. Sie tut es aus Bosheit.«

»Exakt. Und du willst ihr wirklich zusätzliche Angriffspunkte liefern?«

»Und was, wenn ich auch ein paar bei ihr gefunden hätte?«

Arinbjörns nächste Worte klangen nachdenklich. »Das ist ein Argument – wir wissen eigentlich gar nichts über diese Frau. Ich glaube, es wäre nicht die dümmste Idee, zuerst mit anderen Leuten um sie herum zu reden. Sich deren Meinung anzuhören. Subtil. Du weißt doch, was das Wort bedeutet, oder?«

»Thorolf wird darüber nicht erfreut sein.« Erik klang tatsächlich bekümmert. »Wenn sie zustimmt.«

»Und wenngleich uns beiden Thorolfs Wohl am Herzen liegt, was ist wichtiger? Seine Gefühle oder die Sicherheit und das Wohlergehen von uns allen?«

Oddny flüchtete, als sie Eriks schwere Schritte auf die Tür zukommen hörte.

Die Unterhaltung erregte ein gewisses Misstrauen bei Oddny, aber sie schob es beiseite und lief los, um Vigdis bei der Zubereitung des Abendessens zu helfen. Gunnhild war auf die andere Seite der Insel gegangen, um allein zu meditieren und, wie Oddny vermutete, ihrer Arbeit für Erik nachzugehen. Sie nahm an, dass es etwas mit dieser Binderune zu tun hatte, die die Männer erwähnten. Nicht bereit, sich ohne ihre Freundin dem Lärm im Saal auszusetzen, beschloss Oddny, ihr Abendmahl im Kochhaus einzunehmen, wo sie von den Dienstmägden hörte, dass Halldor mit dem engsten Kreis des Königs speiste. Gut. *Je früher sie ihn aufnehmen, desto schneller kann er seine Schuld begleichen.*

Kaum hatten sie nach dem Abendessen abgeräumt, traf Gunnhild zu dem Ritual im Kochhaus ein, und es war ganz anders als das letzte, das Oddny miterlebt hatte: Sie, Vigdis und Ulfrun bildeten in dem beengten Raum ein Dreieck um Gunnhild, die – nachdem sie ihr Gift getrunken hatte – auf einem Hocker saß mit dem Stab der alten Seherin unter dem Arm und so tat, als würde sie spinnen.

Wie damals als Kind sah Oddny den Faden, der sich ausbildete und im Boden versank. Aber dieses Mal schnellte er sogleich zurück und verschwand wieder, als Gunnhild aus ihrer Trance schrak, seitlich vom Hocker fiel und fluchte wie ein Kesselflicker.

Sie wollte sich von niemandem aufhelfen lassen. Die Hand, die ihren Stab hielt, war weiß vor Anspannung. »Danke für eure Hilfe«, sagte sie zu den drei Frauen, als sie wieder auf den Beinen war. »Das ist vorerst alles.« Dann fegte sie zitternd und mit hochgezogenen Schultern zur Tür hinaus.

Ulfrun und Vigdis wechselten einen hilflosen Blick. »Ich rede mit ihr«, sagte Oddny und schnappte sich eine Laterne.

»Was ist passiert?«, fragte sie, während sie hinter Gunnhild durch den Garten lief. Es war dunkel, aber das Fest in der Halle noch in vollem Gang. »Gunna, sag was. Was hast du getan?«

Sie waren bereits auf der anderen Seite des Langhauses, als Gunnhild abrupt stehen blieb und sich umdrehte. Ihre Augen funkelten wild im Lampenschein. »Nichts. Ich habe nichts getan. Ich konnte die Geister nicht erreichen. Ich konnte niemanden erreichen. Ich hätte es wissen sollen. Als ich es zuvor probiert habe, gleich nach dem Überfall, war Katla dort an diesem dunklen Ort. Deshalb habe ich es nicht noch einmal versucht – nicht allein. Aber sie war auch jetzt wieder da, und … ich … Ich bin nicht … Ich bin nicht stark genug …«

Obwohl Oddny nicht einmal die Hälfte verstand und keine Ahnung hatte, wer Katla war, glaubte sie, das Problem erfasst zu haben. »Darum dieser Ausdruck in deinem Gesicht, als Thorolf bei dem Fest vorschlug, du könntest einfach einen Wind rufen – du kannst es nicht, weil du deinen Körper verlassen musst, um den Zauber zu wirken?«

»Richtig. Und wie es scheint, kann ich es sogar im Schutz der Gesänge nicht riskieren zu reisen. Ich habe die Runen, und ich habe meine Flüche, aber wenn ich meinen Geist nicht aussenden oder Kontakt zu den Toten aufnehmen kann … Ich bin gar keine Hexe, oder? Wenn ich all das nicht tun kann? Wie sollen wir jetzt Signy finden?«

»In Birka anfangen und von dort aus weitersuchen, wie Halldor gesagt hat. Wir sind nicht schlimmer dran als bei deiner Ankunft.« Im Stillen aber musste Oddny zugeben, dass sie enttäuscht war – hätten sie eine klare Spur, der sie folgen könnten, würden sie

Signy viel schneller finden. »Glaubst du immer noch, wir könnten es vor Wintereinbruch zu ihr schaffen?«

»Ich habe meinen Vater heute gefragt, ob er mir ein Schiff und eine Mannschaft überlassen würde. Er hat abgelehnt. Er sagte, wir würden es nie rechtzeitig dorthin und wieder zurück schaffen.« Gunnhild rieb sich die Stirn und schien etwas ruhiger zu werden. »Aber wir werden einen anderen Weg finden, das schwöre ich dir.«

Ehe Oddny antworten konnte, kam jemand aus der Dunkelheit auf sie zu und nahm langsam Gestalt an ...

»Sein Gefühl für den passenden Zeitpunkt ist unerträglich«, grollte Oddny.

»Was willst du?«, fragte Gunnhild, als der flackernde Lichtschein von Oddnys Laterne auf Eriks Züge fiel.

»Auf ein Wort«, sagte der König. »Vertraulich. Lass die Laterne bitte hier, ja?«

Ruckartig hielt Oddny sie hin und gab ihm kaum Zeit, das Seil zu packen, ehe sie losließ. Nun blieb ihr keine Gelegenheit mehr, den Inhalt des Gesprächs zwischen ihm und Arinbjörn in der Waffenkammer weiterzugeben. Alles, was sie jetzt noch zu Gunnhild sagen konnte, war: »Sei vorsichtig.«

Damit stapfte sie zurück zum Kochhaus, die Hände an ihren Seiten zu Fäusten geballt, einen Aufruhr im Kopf, erzürnt darüber, dass Erik sie einfach unterbrochen und Ozur ihnen ein Schiff verwehrt hatte.

Es tut mir leid, dachte sie und wünschte, Signy könnte ihre Worte hören. *Wir werden nicht aufgeben, das verspreche ich.*

14

»Du hast wirklich nerven«, fuhr Gunnhild Erik an, kaum dass Oddny weit genug weg war. »Was ist los?«

»Du schuldest mir immer noch den Lohn dafür, dich hergebracht zu haben«, sagte er und wirkte trotz ihres Tonfalls sonderbar ruhig. Das war der erste Hinweis darauf, dass dieses Gespräch eine unerwartete Wendung nehmen würde.

»Du wirst ihn am übernächsten Morgen bei Tagesanbruch erhalten, und dann sind wir miteinander fertig«, sagte sie angespannt. »Ist das alles?«

»Nein. Denn weißt du, ich habe heute ein paar Dinge gelernt.«

»Ach ja? Meinen Glückwunsch? Wie viele Dinge? Eines, zwei? Das ergibt dann, wie viel genau, vier Dinge, die du weißt?«

Erik ging nicht auf die Stichelei ein. »Ich habe mit einigen der älteren Wächter deines Vaters gesprochen, und dann habe ich einen Abstecher zum Kochhaus gemacht und mich ein bisschen mit Ulfrun und Vigdis unterhalten. Die hatten eine Menge zu erzählen.«

Gunnhild kämpfte den Drang nieder, ihm ihren Stab über den Schädel zu ziehen. Ihm die Schläge zu verpassen, die sie ihn vorhin im Kampfbereich hatte einstecken sehen wollen. »Worüber?«

»Über dich. Über deine Kindheit. Über deine Beziehung zu deiner Mutter.«

Ihr standen sämtliche Haare zu Berge.

»Du führst dieses Gespräch auf dünnem Eis, König Erik«, presste Gunnhild mit zusammengebissenen Zähnen hervor. »Sei vorsichtig. Sag, was du zu sagen hast, und dann geh deiner Wege.«

»Ich habe dich einmal um Hilfe gebeten, und wir haben uns geeinigt. Ich hatte gehofft, das wäre ein weiteres Mal möglich. Für ... einen längeren Zeitraum.«

»Nein«, sagte Gunnhild ohne das geringste Zögern. »Ich habe dir bereits gesagt, dass ich Wichtigeres zu tun habe. Der Moment, in dem ich dir die Binderune übergebe, ist auch der letzte Moment, den ich in deiner Gegenwart zuzubringen wünsche.«

»Wie ich schon sagte, ich kann dich bezahlen.«

»Ich will dein Silber nicht.«

»Das dachte ich mir. Aber wenn ich nicht an deinen Münzbeutel appellieren kann ...« Er trat näher und hielt die Lampe zwischen ihnen in die Höhe. »Dann vielleicht an deinen Ehrgeiz.«

»Du weißt nichts über meinen Ehrgeiz.«

»Ach nein? Mal sehen ...« Er fing an, sie mit langen, trägen Schritten zu umrunden, und sie drehte sich mit ihm, um ihm nicht den Rücken zuzukehren. »Als das Kind einer Mutter, die Töchter leid war und es nie gewollt hat. Als Mädchen, für das niemand einstehen wollte, obwohl alle wussten, was vor sich ging. Ihren Vater und ihre Brüder hat es nicht interessiert, und die Dienstboten hatten ebenso viel Angst vor der Mutter wie sie selbst. Die Person, die eigentlich immer hätte für sie da sein müssen, war tatsächlich ihre ärgste Peinigerin. Nur die Nachbarsmutter hat wenigstens den Versuch unternommen, sie zu retten, aber am Ende musste sie sich selbst retten. Wie weit würde solch eine Person gehen, um etwas aus sich zu machen? Um ihrer Mutter zu zeigen, wie falsch sie lag?«

Nach der Hälfte seines Vortrags hatte sie aufgehört, sich um die eigene Achse zu drehen, und war wie erstarrt stehen geblieben, beide Hände fest um ihren Stab geschlossen. Seine Worte gingen ihr unter die Haut wie Nadelstiche.

»Das ist abgefeimt, sogar für dich«, sagte sie. »Du hast in meinem Leben herumgeschnüffelt, nur um dir meinen Schmerz zu nehmen und ihn mir ins Gesicht zu klatschen in dem erbärmlichen Versuch, mich gefügig zu machen. Das ist verwerflich. Nenn mir einen guten Grund, dich nicht mit einem Fluch zum Ausgleich für meinen Kummer deiner Wege zu schicken.«

Erik blieb vor ihr stehen und schüttelte den Kopf. »Du denkst, ich würde versuchen, dir wehzutun. Aber das tue ich nicht. Diese Leute haben dich nicht verdient, Gunnhild.«

Sie klappte den Mund auf und wieder zu. Diese Worte Eriks zu hören – das kam so unerwartet, dass sie schlicht nicht mehr weiterwusste.

»Ich habe einigen Respekt vor deinem Vater verloren, so viel steht fest«, fuhr er fort. »Er hat nichts getan, um sie aufzuhalten. Die Mutter deiner Freundin Oddny war die Einzige, die je versucht hat, dir zu helfen, und Thorbjörg ist der Grund für ihren Tod – und dennoch willst du dich immer noch nicht mit mir gegen sie verbünden?«

»Das ist richtig«, konstatierte Gunnhild eisig.

»Verstehst du denn nicht? Was immer Thorbjörg gegen dich hat, sie ist Olafs rechte Hand. Und sie ist auch mein Feind. Wenn du also nicht für mich arbeiten willst, dann könnten wir doch vielleicht zusammenarbeiten ...«

»Wie oft muss ich dich zurückweisen, bis du es begreifst?« Sie rammte ihm den Stab vor die Brust, und er wich einen Schritt zurück. »Ich will nichts mit dir zu tun haben. Du magst solch eine Allianz als für beide Teile vorteilhaft darstellen, aber es gibt nichts, was du mir zu bieten hättest, das meinen Wunsch wecken könnte, dir zu helfen. Wie soll irgendetwas von alldem an meinen Ehrgeiz appellieren?«

Erik zögerte, als müsse er erst Kraft sammeln, um die nächsten Worte über seine Lippen zu zwingen.

»Komm zur Sache«, blaffte sie ihn an. »Meine Geduld reißt bald, und ...«

»Heirate mich.«

Einen endlosen Moment lang musterte sie forschend sein Gesicht, doch sie konnte kein Anzeichen dafür erkennen, dass er scherzte. Er hatte das Kinn vorgereckt und die Lippen zu einer schmalen Linie zusammengepresst. Das war wohl der traurigste Heiratsantrag, von dem sie je gehört hatte, so kläglich, dass sie nicht anders konnte, sie musste lachen: lauthals und so heftig, sodass sie sich zusammenkrümmte und ihr Gelächter durch den leeren Garten hallte und einen Schwarm Möwen am anderen Ende des Strands aufschreckte.

»Bist du fertig?«, herrschte er sie an, nachdem sie sich schon eine Weile ausgeschüttet hatte. Seine Miene war im Zuge ihrer Heiterkeit noch härter geworden.

»Was ...«, fragte sie und wischte sich die Tränen aus den Augenwinkeln, während sie sich bemühte, zu Atem zu kommen. »Was in allen Neun Welten bringt dich auf die Idee, ich könnte dich je heiraten wollen?« Sie wandte sich zum Gehen. »Vergiss es. Ist nicht wichtig. Die Antwort lautet Nein.«

»Ich glaube, du hast diese Sache nicht ernsthaft durchdacht.«

»Hast du überhört, dass ich dir erklärte, dass ich nichts mit dir zu tun haben will?«, sagte sie im Weggehen über die Schulter zu ihm.

»Wenn du mich heiratest«, rief Erik ihr hinterher, »dann wirst du eine Königin sein.«

Gunnhild blieb wie angewurzelt stehen.

»Königin des Gebiets, über das ich herrsche. Für den Anfang. Und dazu zählt auch Halogaland. Aber wenn ich der König werde, statt nur ein König zu sein, würde dich das zu einer der mächtigsten Frauen des ganzen Landes machen«, fuhr Erik fort. »Ich frage mich, was deine Mutter wohl dazu sagen würde.«

Der Stab lag locker in einem Arm, während sie mit der anderen Hand eine Faust bildete.

Sie ist ein undankbarer kleiner Welpe ... starrköpfig und ungehorsam ... sollte sich schämen.

Und das waren nicht einmal die schlimmsten Worte, die Solveig über sie verloren hatte.

»Es ist deine Entscheidung«, sprach Erik weiter. »Ich werde dich nur einmal fragen. Wenn du mich zurückweist, dann hast du mein Wort, dass ich dieses Thema dir gegenüber nie wieder anschneiden werde.«

Derweil fing Gunnhild an, ernsthaft über sein Angebot nachzudenken. Wenn sie es annahm, würde Thorolf sie hassen. Und Oddny würde denken, sie habe den Verstand verloren. Aber Erik hatte es nun doch geschafft, an ihren Ehrgeiz zu appellieren – nur nicht auf die Weise, wie er es erwartet hatte.

Von seinem Titel ganz abgesehen: Erik und ihr Vater waren jeweils reich, und wenn sie erst den Brautpreis und die Mitgift entrichtet hatten – die beide in ihrem Besitz bleiben würden, wie es der Brauch befahl –, dann hätte sie wahrscheinlich mehr Silber, als sie in Jahren ansammeln könnte, während sie versuchte, als ehrenwerte Seherin Fuß zu fassen.

Und auf kurze Sicht war Erik in größeren Nöten, als sie angenommen hatte, wenn er ihr einen derart extremen Vorschlag unterbreitete. Was bedeutete, dass er vielleicht bereit war, ähnlich extremen Bedingungen zuzustimmen.

Er hatte Schiffe und Männer. Sie waren bereits auf der Reise.

Vielleicht konnte sie ihn dazu bringen, nur noch ein kleines bisschen weiterzureisen, ehe der Winter seine Flotte einholte.

Was immer Thorbjörg ihr auch entgegenzusetzen hatte, es war unbedeutend angesichts dessen, was Erik ihr versprach. Die Mittel, die ihr dann zur Verfügung stünden, übertrafen alles, was sie sich in ihren wildesten Träumen ausmalen könnte. Ganz gleich, ob sie als Hexe reiste oder nicht: Sie hätte alles, was sie brauchte, um nicht nur Signy zu retten, sondern auch Thorbjörg und Katla aufzustöbern und sie für das bezahlen zu lassen, was sie Heid und Oddnys Familie angetan hatten.

Sie könnte beide auf die schrecklichste Art töten, die man sich nur vorstellen konnte.

Und danach, nur aus Bosheit, würde sie sich aus dem verdammten Fuchs eine hübsche Fellmütze machen.

Von alldem abgesehen: Solveig als Ehefrau eines Königs unter die Augen zu treten, sollte sie je wieder aufwachen, wäre in der Tat äußerst befriedigend.

»Schön.« Gunnhild drehte sich um. »Ich nehme an.«

Überrascht tat Erik einen Satz zurück. »Du … nimmst an?«

»Ja. Und du wirst den Brautpreis und die Mitgift mit meiner Familie aushandeln, wie es das Gesetz befiehlt. Doch wie dem auch sei, ich habe noch ein paar eigene Bedingungen.«

»Oh, gut. Großartig.« Erik fuhr sich mit der Hand übers Gesicht. »Sprich weiter.«

Sie konnte nicht mit der wichtigsten Sache anfangen, mit dem, was sie sich am dringendsten wünschte. Sie musste vernünftig wirken. Also dachte sie über das nach, was er ihr in Finnmark im Wald erzählt hatte, und legte es ihrer Antwort zugrunde.

Dann aber kam ihr in den Sinn, erst eine Frage zu stellen: »Wie viele Frauen hast du bisher? Und wie viele Kinder?«

»Keine und keine. Jedenfalls soweit ich weiß. Warum?«

Die Antwort überraschte sie nicht, auch wenn sie nicht so recht wusste, warum. Nichtsdestoweniger legte sie die Stirn in Falten, außerstande, sich die Spitze zu verkneifen: »Tatsächlich? Aber du bist ein König und, wie alt? Dreißig Winter?«

Erik fixierte sie lange, ehe er sagte: »Jetzt spuck es schon aus.«

»Nun gut«, sagte Gunnhild, als klar war, dass er den Köder nicht schlucken würde. »In diesem Fall: Wenn wir heiraten sollen, wirst du keine anderen Frauen außer mir haben und keine Kinder neben meinen zeugen. Und wenn du deinem Vater auf den Thron folgst, werde ich nicht nur die Königin deines Herrschaftsgebiets, sondern Königin von Norwegen – nicht nur Gemahlin oder Königsgemahlin, sondern Königin. Die einzige Königin.«

Ein paar von Haralds hochgeborenen Ehefrauen wurden Königin genannt, aber keine wurde auch als die Königin des ganzen Landes betrachtet. Sie forderte damit, die erste Frau in solch einer Position zu werden.

Und verlangte mehr von Erik, als angemessen wäre.

Sie verlangte, dass sie öffentlich als ihm gleichgestellt anerkannt wurde.

Erik verschränkte die Arme. »Du machst wohl Witze. Es ist das Recht jedes freien Mannes, so viele Frauen zu ehelichen und Kinder zu zeugen, wie er ernähren kann.«

»Richtig«, sagte Gunnhild unbeeindruckt. »In Finnmark hast du mir erzählt, wie du aufgewachsen bist. Wünschst du dir für deine Söhne, dass sie einander lieben wie du und Arinbjörn? Oder wäre es dir lieber, wenn sie wie du und deine Halbbrüder werden, damit du zusehen kannst, wie sie um Norwegen kämpfen wie Aasfresser um einen Kadaver, noch bevor du unter der Erde bist? Willst du die Fehler deines Vaters wiederholen?«

»Mein Vater macht keine Fehler«, sagte Erik zähneknirschend.

»Deine Brüder wären da wohl anderer Meinung«, sagte sie und schwelgte in dem Anblick des Zorns in seinen Zügen. »Wie auch immer. Das ist meine erste Bedingung. Die zweite ...«

»Bei den Göttern, was denn noch?«

»Wie du bereits gesagt hast, war die Mutter meiner Freundin Oddny der einzige Mensch, der versucht hat, mir zu helfen, als ich ein Kind war – ich weiß nicht, ob du Oddny selbst bereits kennengelernt hast, aber sie war gerade hier. Du hast ihre Laterne in der Hand.«

»Sie kam mir bekannt vor, aber, nein, ich wüsste nicht, dass wir einander je offiziell begegnet wären. Warum?«

»Der Überfall, über den wir in Finnmark sprachen, der, den mein Vater am Abend unserer Ankunft erwähnte – es war ihr Hof, der dabei zerstört wurde. Ihre Schwester war diejenige, die entführt wurde, und wir haben vor, sie vor Wintereinbruch zu retten. Daher lautet meine letzte Bedingung, dass du mich und Oddny von hier aus direkt nach Birka bringst.«

Erik starrte sie an. »Hast du den Verstand verloren? Wir sind den ganzen Sommer über gereist. Wir wollen nach Hause!«

»So lauten meine Bedingungen«, konstatierte Gunnhild. »Nimm an oder lass es.«

»Du bist verrückt.« Nun fuhr sich Erik schon mit beiden Händen übers Gesicht. »Du musst wahnhaft sein, wenn du denkst ...«

Sie trat näher an ihn heran, bis sie Nase an Nase standen. »Wie dringend brauchst du meine Hilfe?«

Er ließ die Hände sinken.

»Nein«, sagte er so entschieden, dass sie zurückwich. »Auf keinen Fall. Du weißt nicht, was du da forderst, Gunnhild. Der Herbst ist zu weit fortgeschritten für solch eine lange Reise. Weißt du, wie es ist, im Winter zu segeln? Bei Tag wird es so kalt, dass man seine Finger oder Zehen verlieren kann. Und die Nächte sind sogar noch kälter und sehr viel länger. Wir müssten jeden Tag bei einer Siedlung anlegen oder die Reise unterbrechen, um ein Lager aufzuschlagen, oder wir würden riskieren, alle auf See zu erfrieren. Angesichts all dieser Hindernisse würden wir mindestens zwei Monde brauchen, um dorthin zu gelangen. Zwei lange, elende Monde. Ich werde mein Leben oder mein Schiff oder meine Männer nicht so in Gefahr bringen. Dann gehe ich lieber das Risiko ein, mich allein um Thorbjörg zu kümmern, ehe ich solch einer Torheit zustimme.«

Gunnhild biss sich auf die Lippe und seufzte durch die Nase. Dies war ein Gebiet, auf dem sie nicht ernsthaft mit ihm debattieren konnte. Er war deutlich erfahrener und viel weiter gereist als vermutlich jeder andere, den sie kannte. Wenn selbst er dieser Reise nicht zustimmte, dann war sie vielleicht gezwungen, sich einzugestehen, dass niemand es tun würde. Und wenn das der Fall war, konnte sie ihrem Vater auch keine Vorwürfe machen, dass er ihr Ersuchen ebenfalls abgelehnt hatte.

»Ich nehme an, wenn während des Winters niemand irgendwohin geht, dann gilt das auch für Oddnys Schwester«, sagte sie. »Du hast gesagt, ihr überwintert in Hordaland?«

»Auf dem Anwesen meines Vaters in Alreksstadir, ja.«

»Könnten wir von dort gleich in See stechen, wenn der Frühling kommt?«

Er dachte darüber nach. »Was diesen Sommer geschehen ist, verrät, dass die Intrigen meines Bruders sprunghaft zugenommen haben. Ich hatte daran gedacht, auf die Raubzüge zu verzichten, um meine Stellung zu festigen und mich noch mehr um die Loyalität der Jarls und Hersen zu kümmern, die mir Treue gelobt haben ...«

»Nun, das könntest du auch tun«, sagte Gunnhild. »Nach Birka. Wie lange würde es dauern, von Alreksstadir aus dorthin zu gelangen?«

Wieder trat eine Pause ein, doch diese wirkte weniger besorgt als kontemplativ. »Nur etwas mehr als eine Woche; aber das gilt lediglich bei perfektem Wetter und guten Winden und unter der Voraussetzung, dass wir zwischendurch nicht anlegen.«

»Das klingt viel besser als zwei Monde«, räumte Gunnhild ein. »Gut. Dann lautet meine zweite Bedingung so: Bring mich und Oddny im Frühling nach Birka, sobald es möglich ist, in See zu stechen.«

»Einverstanden.«

»Gut.« Sie zog das Messer aus der Scheide an ihrem Gürtel und grinste, als er einen großen Schritt rückwärts tat. »Lass uns einen Eid darauf ablegen.«

Sein Widerwille war spürbar. »Ich werde diesen Eid nicht mit dir ablegen. Mein Wort sollte gut genug sein. Außerdem – hast du je einen Schnitt in der Handfläche erlebt? Das ist ganz schön unangenehm.«

Gunnhild verzog das Gesicht, während sie einen flachen Schnitt durch ihre linke Handfläche zog und damit die Narbe zerteilte, die von der Wunde zurückgeblieben war, die sie sich in Finnmark beigebracht hatte. »Was ist denn? Hast du Angst vor einem bisschen Blut?«

Erik würdigte die Bemerkung keiner Antwort. Stattdessen sagte er: »Schließt man den Bund nicht gewöhnlich mit der Rechten?«

»Mit der habe ich bereits einen Blutschwur mit Oddny und Signy abgelegt.«

Für einen Moment huschte ein Ausdruck der Erkenntnis über sein Gesicht. »Signy ist die entführte Schwester, nehme ich an?«

»Ja. Wir haben einen gemeinsamen Eid abgelegt, als wir Kinder waren.«

»Ich verstehe.« Erik stellte die Laterne zwischen ihnen ins Gras, zog sein eigenes Messer hervor und schnitt sich ebenfalls in die Handfläche. Dann reckte er die Hand vor, hielt jedoch kurz vor der Berührung inne und wirkte vage verunsichert. »Ich habe noch eine Bedingung«, sagte er.

»Ich höre.«

»Wird diese Binderune, die du für uns machst, auch gegen deine eigene Macht wirksam sein, solltest du dich entschließen, sie gegen mich oder einen meiner Männer einzusetzen?«

Dergleichen musste er wohl fürchten nach dem, was seinem Vater und Snaefrid widerfahren war, wenngleich Gunnhild nicht glaubte, dass die Geschichte sich so abgespielt hatte, wie der Nordmann sie erzählt hatte. »Nein«, begann sie, »aber das würde ich nicht tun …«

»Dann schwör es«, verlangte er rundheraus.

»Schön. Ich schwöre, nie mit meiner Magie auf dich einzuwirken.« Selbst wenn ich so geschickt wäre wie Thorbjörg, doch es gibt andere Möglichkeiten. »Hör mal, es gibt für mich nichts Wichtigeres, als Signy zu retten. Denkst du nicht, dass ich, wenn ich imstande wäre, einen Zauber zu wirken, um die Kontrolle über deinen Geist zu erlangen, damit du mich zu ihr bringst, das längst getan hätte?«

Erik presste die Lippen zusammen, erhob aber keine Widerworte.

»Also, können wir es jetzt hinter uns bringen?« Sie griff nach seiner Hand, doch er entzog sie ihr.

»Um das noch einmal ganz klar zu sagen: Du wirst nicht nur zustimmen, mich zu heiraten, du wirst auch zustimmen, meine Feinde zu deinen Feinden und mein Schicksal zu deinem Schicksal zu machen. Du stimmst zu, deine Macht zu benutzen, um mich und meine Männer zu schützen, und du wirst mich nie mit deiner Magie beeinflussen. Im Gegenzug wirst du die Königin sein. Ich werde mir keine anderen Frauen nehmen und keine Kinder außer denen zeugen, die du gebierst ...«

Er verzog das Gesicht, offenbar genauso angewidert wie sie selbst von dem Gedanken, was notwendig war, um Kinder zu bekommen. Das war wenigstens ein kleiner Trost; es gab also zumindest eines, was ihnen gemeinsam war. Er hatte nicht plötzlich entschieden, sie zu lieben. Das wäre allerdings auch noch verstörender gewesen als der Heiratsantrag selbst.

»Und ich bringe dich und deine Freundin Oddny nach Birka, sobald es Frühling ist.«

»Ich stimme den Bedingungen zu.«

»Ich ebenso. Wunderbar«, sagte Erik zutiefst sarkastisch. »Habe ich irgendetwas übersehen?«

»Ich glaube nicht«, entgegnete Gunnhild vergnügt.

»Gut.«

»Schön.«

Sie legten zur Besiegelung des Eides die Handflächen aneinander, gerade so lang, wie es angemessen war, dann riss jeder seine Hand zurück. Beunruhigt musterte Gunnhild ihre Handfläche. Sie fühlte sich ein wenig versengt an, so wie damals, als sich das Ende ihres Zopfes am Herdfeuer entzündet hatte; damals war sie in Trance gewesen und erst hochgeschreckt, als Heid einen Kübel Wasser über ihr ausgeschüttet hatte. Aber als sie aufblickte, löschte die Kälte in Eriks Augen nicht minder wirkungsvoll jedes Gefühl, das die Berührung in ihr geweckt hatte.

»Du hast, was du willst«, sagte sie ruhig. »Unsere Schicksale sind nun aneinandergebunden. Genau wie du es gewollt hast.«

Erik dehnte die Finger seiner blutenden Hand, während er sich bückte, um mit der anderen die Laterne aufzuheben. »Der Abend ist zu weit vorangeschritten, um heute noch mit deinem Vater zu sprechen. Ich werde es morgen vor dem Abendmahl tun. Ich zöge es vor, wenn diese Vereinbarung bis dahin zwischen uns bliebe.«

»Wie es dir beliebt«, sagte sie, sah an ihm vorbei zum Bootshaus, und ihr wurde das Herz schwer. »Aber es gibt da jemanden, der es verdient, das zuerst von mir zu erfahren.«

15

NACHDEM SIE GUNNHILD allein gelassen hatte, war Oddny so tief in Gedanken versunken, dass sie Halldor, der das Kochhaus in dem Moment verlassen wollte, als sie die Tür aufriss und eintrat, gar nicht wahrnahm und geradewegs in ihn hineinrannte.

Bei dem Zusammenprall stieß er einen überraschten Aufschrei aus, und ein kleiner Gegenstand flog ihm aus der Hand, aber er schaffte es immerhin, auf den Beinen zu bleiben. Oddny jedoch verfing sich mit der Schuhspitze an der Schwelle und fiel nach vorn, die Hände ausgestreckt, um den Sturz abzufangen – doch Halldor erwischte ihren Arm und richtete sie wieder auf. Das Ganze geschah so plötzlich, dass sie einen Moment brauchte, um zu begreifen, dass ihre Füße fest auf dem Boden standen.

»Oje«, sagte Ulfrun milde. Sie saß am Herd neben Vigdis, die von dem Wollstrumpf aufblickte, den sie gerade stopfte, und die Brauen hochzog. Oddny lief rot an und atmete einmal tief durch, um ihr rasendes Herz zu besänftigen.

»Du kannst mich jetzt loslassen«, sagte sie zähneknirschend, und Halldor – der offenbar selbst überrascht war, dass seine Hand immer noch an ihrem Ellbogen lag – gehorchte umgehend. Beschämt fügte Oddny hinzu: »Danke. Es tut mir leid. Ich war in Gedanken anderswo.«

»Ich war gerade auf der Suche nach dir.« Halldors Blick tastete den Boden ab. »Wo ist …? Oh, danke.«

Ulfrun war aufgestanden und hatte sich mühsam gebückt, um aufzuheben, was er verloren hatte – einen Apfel, der unter dem Tisch gelandet war und den sie ihm nun zurückgab. Halldor wischte ihn an seinem Ärmel ab, hob ihn vor den offenen Mund, hielt aber dann inne und bot ihn Oddny an. Sie schüttelte den Kopf, worauf er mit den Schultern zuckte und hineinbiss.

»Warum hast du mich gesucht?«, fragte sie.

»Ich wollte wissen, ob ich damit rechnen muss, mitten in der Nacht aufzuwachen, während Gunnhild mit einem Messer in der Hand über mir steht«, entgegnete Halldor mit vollem Mund. Als Oddny ihn nur verständnislos anblickte, schluckte er und erklärte: »Dies Ritual? Das ihr angeblich verraten soll, ob ich ein verlogener Haufen Hundescheiße bin.«

»Ja, was hat sie gesagt, Lämmchen?«, fragte nun Ulfrun. »Hat sie dir erzählt, was passiert ist?«

»Nicht wirklich.« Oddny hatte nicht die Energie, den anderen zu vermitteln, was Gunnhild ihr nur halb erklärt hatte, zumal sie nicht imstande wäre, irgendwelche Rückfragen zu beantworten. Außerdem wollte sie nicht verraten, dass die Macht ihrer Freundin beeinträchtigt war, solange Halldor das hören konnte, denn sie fürchtete, die Information würde ihren Weg zu Erik finden und Gunnhilds Glaubwürdigkeit bei der Hird schädigen. »Aber wir wissen eure Hilfe zu schätzen. Danke.«

Das schien Ulfrun und Vigdis zufriedenzustellen. Oddny wandte sich zum Gehen, und Halldor dankte Vigdis für den Apfel und nahm seine Laterne vom Tisch. Dann folgte er Oddny und schloss die Tür hinter sich.

»Gunnhild würde raffinierter vorgehen, wenn sie dich töten wollte«, sagte Oddny, als sie draußen an der kalten Nachtluft waren und zum Langhaus gingen. Erik und Gunnhild debattierten vermutlich immer noch auf der anderen Seite des Hauses, aber Oddny konnte sie weder sehen noch hören.

»Richtig«, kommentierte Halldor trocken. »Sie würde nicht über mir stehen. Sie käme als Schwalbe und flöge mit einem Messer in den winzigen Krallen zu mir.«

»Das ist eine ziemlich spezielle Vorstellung. Ich dachte, sie würde dich einfach vergiften.«

»Ich werde darauf achten, keine Getränke von ihr anzunehmen.«

»Halldor.« Oddny blieb stehen und sah ihn an, als er gerade das Kerngehäuse des Apfels wegwarf. »Hör zu, ich glaube dir. Und – was hast du mit deinem Haar gemacht?«

Der Wind hatte aufgefrischt und seine Locken über seinen Schädel gefegt, sodass ein unsauber rasierter Bereich um das linke Ohr erkennbar war, auf dem eine stark verblasste Tätowierung prangte: Ein Lachs mit Laichhaken im Knotenmuster, so dargestellt, als würde er von seinem Nacken zu seiner Schläfe springen.

»Oh«, machte Oddny und musterte den Lachs mit zusammengekniffenen Augen im Laternenschein. »Was bedeutet das?«

»Muss eine Tätowierung immer etwas bedeuten?«

»Du hast beim Rasieren ein paar Stellen ausgelassen.«

»Ich konnte nicht richtig sehen, was ich tue. Ich habe mir Ulfruns Bronzespiegel ausgeliehen, aber der ist gerade so groß wie mein Daumen und war nicht sonderlich hilfreich.«

Oddny wusste nicht, warum, aber sie sagte: »Wenn du möchtest, könnte ich es für dich nachbessern, wenn wir erst drin sind.«

»Danke, aber ich glaube, ich verzichte. Immerhin hast du mich bei den letzten beiden Malen, als du ein Messer in der Hand hattest, damit bedroht.«

»Schon, aber wenn ich dich jetzt umbringe, bekomme ich mein Silber nicht, richtig?«

»Richtig«, räumte er nach kurzem Stutzen ein. »Geh voran.«

Solange Svein aufspielte und die Männer trunkener und lauter waren als zu dem Zeitpunkt, zu dem Oddny gegangen war, konnten sie und Halldor mühelos in die Halle schlüpfen, den Saal durchqueren und in die Kammer gehen, ohne dass es jemandem auffiel. Solveig schlief tief und fest; Oddny warf einen kurzen

Blick auf sie, während sie Halldor in den Schlafraum führte, der von einer Specksteinlampe auf einer der Truhen erhellt wurde.

Ehe Oddny ihr Messer hervorholen konnte, griff Halldor in seine Tasche und zog ein kleineres aus einer abgewetzten Lederscheide mit angelaufenen Messingbeschlägen mit Prägemuster, die an einer schadhaften Kette hing. Das war die Art Werkzeug, die sich eine Hausherrin an ihre Gewandspangen hängen würde, sofern sie das Glück hatte, welche zu besitzen. Sie fragte sich, ob es einmal einer seiner Angehörigen gehört hatte – oder sogar einer Geliebten.

»Ich habe es frisch geschärft«, sagte er. »Sei vorsichtig.«

»In Ordnung.« Oddny deutete auf Gunnhilds alte Truhe. »Setz dich.«

Er tat es, und sie machte sich an die Arbeit. Das Messer war sehr scharf – die Scheide hatte schon bessere Tage gesehen, die Klinge jedoch war tadellos – und beide verzogen das Gesicht angesichts des schabenden Geräuschs, das auftrat, als sie ihm das Messer über den Kopf zog. Und jedes Mal, wenn er nervös herumzappelte, musste sie innehalten.

»Wessen Messer ist das?«, fragte sie nach einer Weile.

Er zögerte einen Moment, ehe er antwortete: »Meine Großmutter gab es mir, als ich noch klein war.«

»Sie muss dir sehr am Herzen gelegen haben, wenn du es immer noch hast.«

»Ja«, sagte Halldor nur.

Oddny arbeitete ein paar Augenblicke weiter. »Wie lautete ihr Name?«, fragte sie dann.

Anspannung schlug sich in seinen Schultern nieder. »Bist du bald fertig?«

Oddny schürzte die Lippen und beschloss, trotz ihrer Neugier nicht weiter nachzuhaken. Sie wusste, wie es war, Angehörige zu verlieren, und in Anbetracht des Umstands, dass er offenbar nicht über die Seinen sprechen wollte, nahm sie an, dass er einen Kummer mit sich herumtrug, der dem ihren nicht viel nachstand. Mit einem letzten scharrenden Zug des Messers beendete sie die Rasur an seinem Haaransatz, wischte die Klinge an ihrem Ärmel ab, schob sie in die Scheide und gab sie ihm zurück. Wortlos nahm er sie entgegen und steckte sie beim Aufstehen in die Tasche.

»Ich wollte dich nicht verletzen«, sagte sie, als er sich zum Gehen wandte.

Kurz vor dem Vorhang, der die Schlafkammer vom Rest des Raums trennte, hielt er inne, drehte sich aber nicht um. »Ich bin nicht verletzt. Nur verwirrt. Ich verstehe nicht, warum dich das interessiert.«

»Ich war nur neugierig. Es tut mir leid. Ich …«

»Svanhild«, sagte er leise. »Sie hieß Svanhild. Meine Großmutter.«

Schwanenkampf. »Das ist ein kraftvoller Name.«

Er drehte sich halb, sodass sie sein Profil sehen konnte, die Seite mit der Tätowierung. »Wie war der Name deiner Mutter?«

Oddny faltete die Hände, um ihr Zittern zu unterdrücken.

»Yrsa«, flüsterte sie.

»Bärin. Auch ein kraftvoller Name.« Wieder wandte sich Halldor zum Gehen. »Gute Nacht, Oddny.«

»Gute Nacht, Halldor«, antwortete sie und sank auf Gunnhilds Truhe. Erst als er schon lange fort war, erkannte sie, dass ihre Hände immer noch zitterten. Ein sonderbares Gefühl war an diesem Abend in ihr erwacht, ein Gefühl, ebenso extrem unerwartet wie absolut unerwünscht, und sie schwor sich an Ort und Stelle, sie würde es niedertrampeln und ausmerzen. Solange Signy nicht gerettet war, konnte sie sich keinerlei Ablenkung leisten – am wenigsten von einem der Männer, die für die Notlage ihrer Schwester verantwortlich waren.

16

Gunnhilds letzter tag in Halogaland rauschte nur so an ihr vorbei. Den größten Teil davon verbrachte sie auf der Nordseite der Insel, wo sie am Rand einer Klippe saß, an ihrer Binderune arbeitete und sich mühte, den Vorabend aus ihrem Kopf zu vertreiben.

Thorolf hatte sie nicht einmal mehr ansehen können, nachdem sie ihm von ihrem Gespräch mit Erik und der Entscheidung, die sie getroffen hatte, berichtet hatte. Stattdessen war er wortlos in die Halle geflüchtet. Sie hoffte, er hatte sich mit den anderen Männern betrunken, um seinen Schmerz zu dämpfen. Ein Teil von ihr wünschte, sie hätte das Gleiche getan, um ihre Schuldgefühle zu lindern, aber stattdessen war sie gleich zu Bett gegangen und hatte nicht einmal Oddny erzählt, was vorgefallen war.

Als die Sonne schon tief am Himmel stand, war sie erschöpft, der Zauber aber vollendet: Sie hatte die perfekte Runenkombination gefunden. Zunächst nahm sie eine Nadel und etwas Kohlenstaub und Wasser und stach sich das Muster eigenhändig knapp über dem Ellbogen in den Arm. Dabei sang sie die Runen; ihre tiefe Konzentration dämpfte den Schmerz. Das war weit entfernt von der Arbeit eines erfahrenen Tätowierers, aber in dem Moment, in dem sie den letzten Stich setzte und zu singen aufhörte, nahm sie etwas wie ein Klimpern in ihrem Inneren wahr und lächelte. Sie hoffte, das bedeutete, dass ihre Binderune ihren Zweck erfüllen würde, und dass ihr Geist und ihre Träume sicher wären.

Anschließend schnitzte sie ihr Werk bedächtig und sorgfältig in eine kreisrunde Scheibe aus einem Hirschgeweih und reicherte jeden Strich mit so viel Bedeutung an, wie es ihr möglich war, ehe sie die Rune mindestens dreißigmal vor sich hin sang, einmal für jeden Mann in der Hird. Als sie mit ihrer Arbeit zufrieden war, steckte sie den Geweihabschnitt in die Tasche, erhob sich auf unsicheren Beinen und ging quer über die Insel zurück zur Halle ihres Vaters. Dort setzte sie sich zu Oddny auf die Bank, darauf bedacht, Thorolf, der mit Svein zusammensaß, nicht anzusehen. Der Skalde hingegen fixierte sie mit einem finsteren Blick, doch sie ignorierte ihn.

»Ist alles in Ordnung?«, fragte Oddny sie während des Abendessens, als sie zusammengesunken am Tisch saß und beinahe ihre Schale mit Eintopf hätte fallen lassen.

»Ich glaube, ich muss mich hinlegen«, murmelte Gunnhild. Doch ehe sie Gelegenheit dazu bekam, stand Erik auf und drehte sich zu ihrem Vater um. Ein Gefühl der Beklommenheit breitete sich in ihrem Magen aus.

»Ozur«, sagte Erik, und sie konnte trotz des Lärms um sie herum hören, wie hölzern seine Stimme klang. »Ich habe etwas mit dir zu besprechen.«

Thorolf stand auf und ging wortlos hinaus. Svein folgte ihm nach einem letzten Blick auf Gunnhild. Jemand, der nichts von ihrer Beziehung zu Thorolf wusste, hätte sich wohl nichts dabei gedacht, aber Gunnhild schon. Nach dem Ausdruck auf Eriks Gesicht zu schließen und danach, dass er sich nicht einmal umdrehte, als seine beiden Männer gingen, war auch er im Bilde. Nahe der Stelle, an der sie gesessen hatten, lächelte Arinbjörn angespannt, und als Erik ihn anblickte, als brauche er eine Bestärkung, nickte sein Ziehbruder ihm aufmunternd, aber unauffällig zu.

Erik sah wieder den Hersen an. »Ich wünsche deine Tochter zu ehelichen.«

In Gunnhilds Augen war es schon geradezu peinlich, dass Ozur sich überschlug, dem zuzustimmen, ohne sie auch nur zu fragen.

Sie ballte ihre bandagierte Linke – das Ebenbild von Eriks ebenfalls verbundener Hand – im Schoß zur Faust, während die beiden Männer über Brautpreis und Mitgift verhandelten.

Das Ergebnis war nicht weniger als ein kleines Vermögen. Und es gehörte ihr.

»Gunnhild«, zischte Oddny neben ihr, »hast du das gewusst?«

»Denkst du, Erik hätte das getan, ohne mich vorher zu fragen?«, murmelte Gunnhild aus dem Mundwinkel. »Nicht mal er ist so dumm.«

»Darum ging es also gestern Abend. Warum hast du mir nichts davon erzählt?«

»Weil du es mir ausgeredet hättest«, gestand Gunnhild. »Und weil du geschlafen hast, als ich heute Morgen gegangen bin, um an meiner Binderune zu arbeiten.«

Ehe Oddny etwas sagen konnte, stand Ozur auf und brachte das Geschnatter im Saal mit seinen Worten zum Erliegen: »Ein Trunk! Auf die Verlobung meiner Tochter mit König Erik!«

Er wies die Dienstboten an, das zeremonielle Trinkhorn – ein gewaltiges Horn, so lang wie Gunnhilds Arm, bemalt mit kunstvollen Bildern und verziert mit Schnitzereien, Wirbeln und Schleifen, dessen Rand und Spitze vergoldet waren – von seinem erhabenen Platz über dem Türsturz bei den Statuen von Odin, Thor und Freyr zu holen und mit Met aus seinem Vorrat zu füllen. Das trug ihm allgemeine Aufmerksamkeit ein: Met war ein Göttertrunk und wurde aufgrund der Masse an Honig, die für die Herstellung benötigt wurde, nur zu besonderen Gelegenheiten ausgeschenkt. Eriks Hird und Ozurs Männer taten ihre Anerkennung mit lautem Gebrüll kund, während die Anweisung des Hersen ausgeführt wurde.

»Auf unsere Hochzeit.« Erik nahm den ersten Schluck Met aus dem Horn und reichte es weiter an Gunnhild, und bevor er losließ, lagen für einen Moment beider verbundene Hände an dem

Gefäß, ohne sich jedoch zu berühren. Sie hoffte, die Leute, die sie beobachteten, hielten ihre grimmigen Mienen für eine Folge der Nervosität, statt darin zu erkennen, was sie wirklich zum Ausdruck brachten.

»Auf unsere Hochzeit.« Sie zwang sich zu einem Lächeln, nippte kurz und gab das Horn an Oddny weiter. Der süße Met rutschte wie Schlamm über ihre Kehle und hinterließ ein Gefühl der Trockenheit, das sie mit Bier hinunterspülte.

»Mir gefällt das nicht«, lautete Oddnys leiser Trinkspruch, ehe sie selbst einen Schluck nahm und das Horn Arinbjörn gab.

»Dann schätze ich, du kannst einfach hierbleiben, statt uns nach Hordaland und dann, im Frühjahr, nach Birka zu begleiten«, gab Gunnhild schroffer als beabsichtigt zurück.

Oddnys Mund klappte ein paarmal auf und zu, ehe sie einen Ton herausbekam. »Ich … du … Was?«

»Das war ein Teil unserer Ehevereinbarung. Wir brechen morgen früh auf, um auf König Haralds Anwesen in Alreksstadir zu überwintern. Wir haben einen Blutschwur abgelegt, und Erik hat gelobt, uns nach Birka zu bringen, sobald …«

Sie verstummte, als Oddny sie in ihre Arme riss und fest an sich drückte.

»Oh, Gunna, danke«, flüsterte sie.

»Alles, was ich tue, tue ich für Signy«, antwortete Gunnhild ebenso leise. »Und um Vergeltung zu üben.«

»Achte nur darauf, dass Letzteres nicht wichtiger wird als Ersteres«, raunte Arinbjörn, der auf ihrer anderen Seite saß.

Kurze Zeit später, als das Horn mehrfach die Runde gemacht hatte und der Alkohol reichlich floss, nahm Ulfrun Gunnhild zur Seite. »Deine Mutter ist wach. Sie wünscht, dich zu sehen«, sagte die alte Frau händeringend. »Aber fühl dich nicht gezwungen. Ich kann dich bei ihr entschuldigen. Ich könnte ihr sagen, dass …«

»Ich gehe zu ihr.« Gunnhild erhob sich und stellte mit unbeholfener Hand ihren Becher auf die Bank. Sie schwankte, und Oddny ergriff ihren Arm.

»Du musst nicht«, sagte Oddny.

»Doch, ich muss«, entgegnete Gunnhild, ohne sie anzusehen.

»Tu dir das nicht an. Du hast schon so viel geschafft.«

»Ich muss ihr gegenübertreten.«

»Das wird dir nicht helfen, so schwach, wie sie ist.«

»Es könnte die letzte Gelegenheit für mich sein.«

Oddny seufzte, drückte sie kurz und ließ wieder los. »Wie du wünschst.«

Gunnhilds Beine fühlten sich schwer an, als sie Ulfrun zum Vorraum folgte. Zwar hatte sie die beiden letzten Nächte in der Schlafkammer nebenan verbracht, doch sie hatte es sogar vermieden, in die Richtung des Betts ihrer Eltern zu sehen, wenn sie gekommen oder gegangen war. Folglich hatte sie das Gesicht ihrer Mutter seit über einem Jahrzehnt nicht angeschaut.

Als sie Ulfrun jedoch nun in den Vorraum folgte, kam sie nicht mehr drumherum. Sie trat ein, und da war Solveig. Den Kopf an ein Kissen gelehnt, starrte sie Gunnhild an, als hätte sie ein Gespenst vor sich.

Dann schloss Ulfrun geräuschvoll die Tür, und Mutter und Tochter waren allein im Raum.

Gunnhild trat hölzern näher – der Rücken durchgedrückt, die Hände gefaltet, um das Zittern zu unterdrücken – und setzte sich auf einen Hocker neben dem Bett. Als sie das verhärmte Gesicht ihrer Mutter anblickte, das sie an einen Totenschädel erinnerte, und ihre welken Glieder betrachtete, da erkannte sie, dass Oddny recht hatte: Solveig so zu sehen, war ihr keine Hilfe. Sie wünschte, sie hätte es mit dem Monster aus ihrer Erinnerung zu tun, statt mit dieser kranken, sterbenden Frau.

Aber das Monster war immer noch irgendwo da drin, und das wusste sie.

»Kleine Gunna«, röchelte Solveig und versuchte mit tränenden Augen, nach ihr zu greifen. »Mein Liebling.«

»Du hast mich nie zuvor ›kleine Gunna‹ oder ›Liebling‹ genannt«, sagte Gunnhild. »Keine Spitznamen, keine Kosenamen. Nie.«

Solveigs Unterlippe zitterte. »Natürlich habe ich das getan. Du bist meine Tochter.«

Ah, da ist sie ja. »Nenn mir nur eine Gelegenheit.«

Der Verdruss verlieh ihrer Stimme mehr Kraft. »Du warst so viele Jahre fort und erwartest, dass ich mich an alles erinnere, was ich je zu dir gesagt habe? Das ist lächerlich!«

»Merkwürdig, welche Dinge uns erhalten bleiben und welche wir lieber vergessen, nicht wahr?« Gunnhild hatte Mühe, ruhig zu sprechen, aber sie würde auf keinen Fall die Beherrschung verlieren. Nicht jetzt. Sie musste die Kontrolle behalten.

Solveigs Hand sank herab. »Ich weiß nicht, wovon du sprichst.«

»Ach nein? Erinnerst du dich an die letzten Worte, die du an mich gerichtet hast, Mutter?« Gunnhild sprach mit gefährlich leiser Stimme. »Hast du dich je gefragt, warum ich weggelaufen bin?«

Solveig schniefte. »Du warst ein schwieriges Kind.«

Gunnhild dachte an Heids Hand auf ihrer Schulter. *Du bist kein schlechtes Kind. Du bist keine Bürde. Es tut mir leid, dass man dir das Gefühl vermittelt hat, du seist eine.*

»War ich das?«, fragte sie. »Oder warst du eine schwierige Mutter?«

»Damit hätte ich rechnen sollen. Du bist so undankbar.« Solveig wedelte mit einer Hand, und ihre dünne Stimme bebte vor Zorn. »Du bist weggelaufen. Wir waren krank vor Sorge. Du hast uns glauben lassen, du wärest tot. Und dann sagst du, es wäre unsere Schuld, dass du mit dieser alten Hexe verschwunden bist und eine ... was, bist du nun auch eine Hexe? Das soll ich glauben?«

Inzwischen war Gunnhild klar, dass bei diesem Gespräch

nichts Gutes herauskommen konnte; es war Zeit, es zu beenden, ehe sie die Fassung verlor. Sie könnte ihrer Mutter jede einzelne Erinnerung in allen Details darlegen, und die Frau würde ihr immer noch erzählen, es stimme nicht – sie sei nur ein Kind gewesen und erinnere sich falsch.

Und hätte es Heid nicht gegeben, so hätte Gunnhild sich womöglich sogar überzeugen lassen.

Du magst mich zur Welt gebracht haben, Solveig, aber du bist nicht meine Mutter.

»Ja. Und König Haralds Thronerbe hat um meine Hand angehalten«, sagte sie. »König Erik. Er und Vater haben einander bereits die Hand darauf gereicht.«

Solveig maß sie mit einem scharfen Blick. »Tatsächlich?«

»Tatsächlich. Erik hat viele, mächtige Feinde, von denen sich einige auf Magie verstehen. Er benötigt die Hilfe einer ebenso mächtigen Hexe, um sie abzuwehren. Und die, solltest du wissen, bin ich.« Gunnhilds Stimme war vor Stolz lauter geworden. »Ich werde Königin sein, Mutter. Ich werde die mächtigste Frau in Norwegen sein. Und das alles trotz dir.«

Nach einem langen Moment des Schweigens stieß Solveig ein tiefes, raues Kichern hervor, und Gunnhild lief es eiskalt den Rücken hinunter.

»Ach, mein liebes Mädchen«, sagte Solveig schleppend. »Du bist verwirrt. Wenn dem so ist, dann bist du wegen mir an diesen Punkt gekommen. Hättest du nicht so dringend vor mir weglaufen wollen, hätte ich dich nicht in die Arme dieser Seherin getrieben, wo wärst du dann jetzt?«

Gunnhilds Brust war so verspannt, dass sie kaum atmen konnte.

»Also, was jetzt, Mutter?«, fragte sie. »Hast du mich jetzt misshandelt oder nicht?«

»Aber nun wirst du Königin sein«, sagte Solveig, ohne auf ihre

Fragen einzugehen. Sie war arrogant, ermüdete aber zusehends. Ihr Kopf sank tiefer in das Kissen. »Du solltest mir danken. Nur wegen meiner angeblichen Misshandlungen bist du die Frau geworden, die du heute bist. Das hat dich stark gemacht.«

Gunnhild mochte ihren Ohren nicht trauen. Sie beugte sich über ihre Mutter und sah ihr direkt in die Augen. Dabei spürte sie, dass ihr die Tränen kamen, aber sie blinzelte nicht und verlor keine einzige.

Diese Frau würde sie niemals weinen sehen. Nie wieder.

»Mir wäre lieber gewesen, du hättest mich geliebt«, sagte sie, und ihre Stimme brach beim letzten Wort.

Solveig starrte sie aus großen Augen an, als hätte sie ihr einen Hieb versetzt. Ehe sie etwas tun konnte, griff Gunnhild unter das Kissen und zog den Runenstab hervor, den sie Yrsa hatte anfertigen sehen, als sie in Schwalbengestalt in den Dachsparren gehockt und sie beobachtet hatte.

Die Runen waren korrekt. Yrsa hatte gute Arbeit geleistet. Aber Solveig war zu krank und Yrsa keine Hexe. Mit welcher Macht sie die Schnitzerei auch erfüllt hatte, sie hatte ihr Werk getan. Ein schmaler Riss, der sich über die Länge des Stabes zog, lieferte den Beweis. Nun gab es nichts mehr, was eine Heilerin allein für Solveig tun konnte. Aber Gunnhild wäre mühelos dazu imstande, den Zauber mit ihrer eigenen Macht zu verstärken. Den Stab umzudrehen, selbst ein paar Runen hineinzuritzen. Es würde nur einen Moment dauern. Und es könnte der Frau womöglich das Leben retten.

Oder.

»Die Runen sind sauber geschnitzt.« Gunnhild schob den Stab zurück unter Solveigs Kissen und erhob sich. »Zu schade, dass ihre Magie verbraucht ist.«

»Vergib mir«, sagte Solveig und griff erneut nach ihr. Ihre Augen waren halb geschlossen, während die Ermattung ihren Tribut von ihr forderte. »Gunnhild. Meine Tochter. Vergib mir.«

Da war Gunnhild schon auf halbem Weg zur Tür hinaus. »Lebe wohl, Mutter.«

Sie blickte nicht mehr zurück.

Am Morgen darauf war Solveig tot. Gunnhild erwachte vom Wehklagen ihres Vaters, dem sich bald das der getreuen Dienerinnen ihrer Mutter anschloss, als sie von der Schlafkammer hinüber in den Raum ihrer Herrin stolperten und sich um das Bett versammelten. Oddny und Gunnhild nahmen die Gelegenheit wahr, um sich anzuziehen, ihre Sachen zu packen und unbemerkt hinauszuschlüpfen. Oddny sagte keinen Ton, sondern stand ihrer Freundin genauso stumm zur Seite, wie sie es getan hatte, als sie noch Kinder gewesen waren. Gunnhild liebte sie dafür.

Was sie weniger liebte, war, dass Oddny sie beim Gehen stützen musste. Nun bezahlte sie den Preis für die Überanstrengung am Vortag; es würde einige Tage dauern, bis sie sich erholt hätte. Aber als sie das Haus verließen und sich Erik und seinen Männern näherten, bat Gunnhild Oddny, auf Distanz zu gehen. In Gegenwart dieser Männer konnte sie sich keine Schwäche erlauben.

»Das Schiff ist bereit, in See zu stechen. Wir reisen nach dem Frühstück ab«, sagte Erik. Er und die Hird aßen draußen, vermutlich um der Melancholie zu entgehen, die sich nach Solveigs Tod im Haus ausgebreitet hatte.

»Gut«, sagte Gunnhild. »Hervorragend.« Sie griff in ihre Tasche und holte die Geweihscheibe und ein kleines Tongefäß hervor. »Die Binderune, wie versprochen. Und ein bisschen Salbe für deine Handfläche. Als ich den Eid mit Oddny und Signy geschworen hatte, fing meine Hand zu eitern an, ehe Heid sie geheilt hat. Ich bin überzeugt, die Mutter meiner Freundinnen hat damals das Gleiche für die Mädchen getan.«

»Ich habe dir ja gesagt, Wunden in der Handfläche sind unangenehm.« Er nahm die Salbe, nicht aber das Geweihstück. »Behalte das vorerst. Wenn wir anlegen, kannst du es Runfrid persönlich geben, nun, da du uns begleiten wirst.«

Sie nickte und steckte es weg, und als sie dann wieder aufblickte, sah sie, dass er sie mit einem Blick fixierte, den sie nicht zu deuten wusste.

»Willst du bleiben, um ihrer Bestattung beizuwohnen?«, fragte er.

Keine Vorrede, keine Sanftmut, kein Beileid. Sie konnte ihm nur nicht sagen, wie sehr sie das zu schätzen wusste.

»Nein«, sagte sie. »Will ich nicht. Ich wünsche, wie geplant, heute nach Süden abzureisen.«

»Wie es dir beliebt«, sagte der König und drehte sich zu seinen Männern um. »Sammelt euch am Schiff, sobald ihr mit dem Essen fertig seid.« Er ging in Richtung Anleger, und Gunnhild stolperte hinterher.

»Erik«, sagte sie.

Er drehte sich um.

»Danke«, sagte sie und richtete sich auf. »Dass du nicht gesagt hast, du würdest meinen Verlust bedauern. Dass du mir nicht das Gefühl gibst, ein Monster zu sein. Es wäre schön, wenn du mich weiter behandeln könntest, als wäre nichts geschehen.«

Für einen Moment wirkte er verunsichert. »Ich ... gern geschehen. Natürlich.« Und als sie sich zum Gehen wandte, fügte er hinzu: »Weißt du, worin man sie beerdigen will?«

Gunnhild verharrte. »In ihren besten Kleidern, nehme ich an. Warum?«

»Ich rate dir, die Dinge durchzusehen, die noch da sind.« Er musterte ihr abgetragenes, vielfach geflicktes Kleid. »Es sei denn, natürlich, du möchtest in dem da vor meinen Vater treten.«

Ihr klappte der Unterkiefer herab.

»Was?«, fragte er. »Es ist ja nicht so, als würde sie sie noch ...«

»Du unsensibler ... Meine Mutter ist gerade erst gestorben.«

Er blinzelte. »Ja, und du hast mir gesagt, ich soll mich verhalten, als wäre nichts geschehen. Was darf es also sein? Soll ich jetzt sensibel tun oder nicht?«

Gunnhild drückte ihre Handballen auf die Augen und atmete tief durch. Wie konnte sie auch nur anfangen, den Wust der Gefühle zu entwirren, die der Tod ihrer Mutter in ihr hervorgerufen hatte, ganz zu schweigen davon, sie jemand anderem nahezubringen? Glücklicherweise musste sie das nicht. Als sie die Hände langsam sinken ließ, sah sie, dass Erik leise weitergegangen war und Oddny nun an ihrer Seite stand.

»Gunna?«, fragte Oddny. »Bist du bereit?«

»Ja«, antwortete Gunnhild, ergriff Oddnys Hand und drückte sie. »Komm, gehen wir.«

17

Gunnhild wusste, dass Oddny noch nie zuvor auf solch einem großen Schiff gereist war, aber sie erkannte auch, dass die neue Erfahrung ihre Wirkung auf ihre Freundin genauso schnell verlor wie zuvor bei ihr. Frierend und jämmerlich kauerten sie sich unter den Seemannsmänteln zusammen, die sie vor dem beißenden Wind und der Gischt schützten.

Aber das Wetter war gut, die Reise ruhig, die Küste stets in Sichtweite. Als die Sonne tief am Horizont stand, zeigten sich einige der Männer verwundert, dass sie nicht die Gastfreundschaft eines Bauern oder Jarl in der Nähe in Anspruch nahmen, aber Erik sagte nur: »Ich bin es leid, unter Menschen zu sein.«

»Aber was, wenn wieder ein Sturm aufkommt?«, fragte einer der Männer besorgt und blickte zum klaren Himmel empor, als sei er überzeugt, das Wetter könnte jeden Moment umschlagen.

»Wir haben jetzt eine Hexe an Bord«, sagte Erik. »Sie wird sich darum kümmern. Ich möchte meinen Frieden genießen, solange ich kann.«

Seine Worte stießen nicht auf Gegenliebe, aber es erhob sich auch kein Widerspruch.

»Du willst es ihm nicht sagen?«, murmelte Oddny. »Dass du nicht ...«

»Wenn es so weit kommt, kannst du für mich singen«, antwortete Gunnhild ebenso leise.

»Aber die Hexen! Es könnte gefährlich für dich ...«

»Das ist der Preis dafür, Signy zu retten. Dieses Risiko nehme ich gern auf mich.«

Darauf hatte Oddny keine Antwort.

Die Männer holten eine große Zeltleinwand von unter Deck und spannten die Seile für den Aufbau. Danach wurde ein Sack Stockfisch zum Abendessen herumgereicht. Eine der Schiffskatzen, die dreifarbige, kam zu Gunnhild und jammerte so lange, bis sie ihr ein Stück von ihrem Essen gab. Die beiden Tiere hatten einen Narren an ihr gefressen, und ihr entging nicht, dass Erik deshalb verdrießlich reagierte, weshalb sie stets darauf achtete, den Katzen besondere Aufmerksamkeit zu schenken.

»Die schwarze heißt Hnoss und diese Gersimi«, sagte Arinbjörn, der herbeigeschlendert war und die dreifarbige Katze hinter den Ohren kraulte.

Nach Freyas Töchtern, dachte Gunnhild und lächelte, war aber auch ein wenig verdattert: Niemand in der Hird schien der Göttin besonders verbunden zu sein. »Wer hat sie so genannt?«

»Erik. Immerhin gehören sie ihm«, antwortete Arinbjörn. »Das ist die Original-Hnoss, aber wir sind schon bei der – wievielten? Der dritten oder vierten Gersimi? Ihre Mutter wirft immer neue Kätzchen, und es scheint, als gäbe es jedes Mal, wenn wir unsere Gersimi verlieren, Nachwuchs, der genauso aussieht wie sie. Hnoss ist schlau, darum bleibt sie am Leben. Gersimi nicht so.«

»Sie ist die fünfte Gersimi«, warf Erik ein, der ein Stück weiter weg saß. Hnoss thronte auf seiner Schulter und bemühte sich wacker, ihm ein Stück von seinem Stockfisch zu klauen.

»Warum keine neuen Namen?«, fragte Gunnhild.

Erik sah sie an, als wäre das der absurdeste Vorschlag, der ihm je unterbreitet worden war. »Wie sonst soll ich denn eine Gefährtin für Hnoss nennen? Sie gehören zusammen. Wie Ask und Embla, Sol und Mani, Hugin und Munin ...«

»Wie originell.« Gunnhild verdrehte die Augen. »Als Nächstes erzählst du mir, deine Äxte heißen Geri und Freki nach Odins Wölfen.«

Eriks Ohrmuscheln liefen am oberen Ende rosarot an, und er starrte sie lange Zeit so erbost an, dass sie glaubte, die Ader an seiner Schläfe müsste jeden Moment platzen.

»Ich kann meine Sachen bezeichnen, wie ich will«, blaffte er einige Augenblicke zu spät.

Gunnhild verzog das Gesicht. »Auch gut, aber wieso brauchst du so lang für so eine jämmerliche Erwiderung?«

Erik machte auf dem Absatz kehrt und stolzierte ohne ein weiteres Wort auf die andere Seite des Schiffs. Arinbjörn folgte ihm, aber seine Schultern bebten unter stummem Gelächter.

»Ich wusste nicht, dass seine Äxte Namen haben«, bemerkte Oddny neben ihr, und als Gunnhild sie anstupste, fingen beide an zu kichern.

In der Nacht schliefen Oddny und Gunnhild im Zelt. Ihre Betten hatten sie auf Rudern ausgebreitet, um sie trocken zu halten. Die Männer schliefen abwechselnd um sie herum. Die Wachhabenden orientierten sich an den Sternen, um das Schiff auf Kurs zu halten, wenn es zu dunkel war, um die Küste in der Ferne auszumachen.

Halldor erwies sich als besserer Seemann als die übrigen fünf Hirdanwärter, die auf Ozurs Anwesen dazugestoßen waren. Er war fleißig, beklagte sich nicht, war stets bereit, freiwillig die erste Wache zu übernehmen, und schien genauso wenig zu schlafen wie Erik. Oft, wenn Gunnhild in der Nacht aufstand, um sich zu erleichtern, sah sie Halldor und Erik in kameradschaftlich wirkendem Schweigen gemeinsam Wache halten.

»Er ist gut«, hörte Gunnhild Arinbjörn beim Stockfischfrühstück am zweiten Morgen zu Erik sagen. »Erfahren. Er hat mir erzählt, er geht schon seit neun Sommern auf Raubzug. Die anderen können schiffen, aber er ist ein Seemann. *Und* er kann kämpfen. Besser, du gibst ihm einen Armreif, ehe er auf die Idee kommt, jemand anderem die Treue zu geloben, Bruder.«

Erik sah sich zu Halldor um, der sich leise mit Svein, dem Steuermann, unterhielt, sagte aber nur: »Dann muss er nur noch seine Ergebenheit beweisen.« Kurzes Schweigen. »Und seine Fußarbeit ist verbesserungswürdig.«

»Sieht aus, als liefe es ganz gut für Halldor«, sagte Gunnhild, nachdem Oddny ihr erzählt hatte, was ihr zu Ohren gekommen war. »Er wird seine Schuld bei dir im Handumdrehen bezahlen können. Und nun, da ich hier bin, kannst du das Silber behalten – wir werden Signy sowieso zurückhaben, bevor er diese zwölf Mark verdient hat.«

Oddny nahm ihre Hand und drückte sie, und der hoffnungsvolle Ausdruck in ihren Zügen war beinahe mehr, als Gunnhild ertragen konnte. Sie lehnte sich mit der Schulter an Oddny und seufzte lange und tief, zuversichtlich, dass das Schlimmste hinter ihnen lag.

Der letzte Tag ihrer Reise dämmerte hell und klar herauf, und die Stimmung war aufgekratzt: Noch vor Einbruch der Nacht, möglicherweise vor dem Abendessen, würden sie Alreksstadir erreicht haben. Die Männer lungerten auf ihren Schiffskisten herum, würfelten und unterhielten sich, während die Katzen von einem zum anderen zogen, um Essensreste zu stibitzen, ehe sie es sich bei Erik und Arinbjörn bequem machten, die nahe dem Bug saßen. Erik starrte hinaus auf das Wasser, und Arinbjörn flickte mit Ahle und Sehne ein Loch in seinem Schuh. Nicht weit entfernt spielten Svein und Thorolf Tafl. Keiner der beiden sprach mit dem König oder seinem Ziehbruder. Halldor saß bei ihnen und beobachtete das Spiel, während er seinen Sax mit einem Wetzstein schärfte.

Aber Svein saß mit dem Gesicht zu den beiden Frauen, und Gunnhild sah ihn immer wieder besorgte Blicke mit Arinbjörn austauschen. Sie wusste zu schätzen, dass der Skalde versuchte, Thorolf abzulenken, konnte sich der Frage aber nicht erwehren, wie die Dinge zwischen Thorolf und Erik stehen mochten. Erik hatte gewusst, dass sie das Bett geteilt hatten, aber hatte er auch gewusst, dass Thorolf zuerst um Gunnhilds Hand angehalten hatte?

Mit gedämpfter Stimme erzählte sie Oddny davon, und die sagte nur: »Ich glaube, Erik wusste es. Ich habe ihn und Arinbjörn darüber reden gehört. Erik wirkte reumütig, weil er wusste, dass Thorolf bestürzt ist, aber sie sind übereingekommen, dass es um ein übergeordnetes Wohl geht.«

Für einen Moment war Gunnhild verwirrt, aber sie nahm an, das ergab Sinn – bei all seinen Schwächen war Erik doch sehr auf die Sicherheit seiner Hird bedacht. Doch es ärgerte sie, dass sie ihn nicht so recht einordnen konnte, diesen Mann, den sie anfangs für weiter nichts als einen brutalen Rohling gehalten hatte. Als die Hird beim Jarl innegehalten hatte, war Gunnhild aufgefallen, dass ihr Gastgeber sich förmlich überschlagen hatte, um Erik zu Gefallen zu sein, und das Gleiche hatte sie auch schon bei ihrem Vater beobachtet. Erik schien mit dieser Aufmerksamkeit gerechnet und sie sogar gewürdigt zu haben. Aber sobald sie wieder abgereist waren, zog er sich in sich selbst zurück. Er war nicht länger der selbstgefällige, großtuerische König, sondern verwandelte sich wieder in jenes grüblerische, wortkarge Wesen, dem sie erstmals am Strand von Finnmark begegnet war.

Vielleicht war er nach dem langen Sommer einfach müde. Oder die Erwartungen, denen er sich durch seinen Status stellen musste, lasteten schwerer auf ihm, als er zugeben wollte. Doch wie dem auch sei, Gunnhild empfand kein Mitleid mit ihm.

Es war Mittag, als sich etwas in der Luft veränderte, und plötzlich kippte das Schiff ruckartig zur Seite, und die Männer fielen von ihren Kisten. Gunnhild, die zum Horizont gestarrt hatte, prallte gegen Oddny und riss sie von den Beinen, sodass beide auf den Planken landeten und alle viere von sich streckten. Als die Seeleute sich wieder aufrappelten, prügelte der Wind von allen

Seiten auf sie ein, und der Himmel verdunkelte sich mit widernatürlicher Geschwindigkeit. Die See schäumte, Spritzwasser fegte übers Deck, und bald drohten die Wogen das Schiff zu verschlingen.

»Nicht schon wieder«, ächzte Svein. Mehrere der anderen Männer stimmten ein.

Eis flutete Gunnhilds Adern. Noch vor wenigen Augenblicken war keine Wolke am Himmel gewesen, die Sonne strahlend hell im Zenit, aber jetzt ...

»Räumt das Deck!«, brüllte Erik über den tosenden Wind hinweg. »Segel einholen!« Während Gunnhild hinsah, schnappte er sich Hnoss und Gersimi und warf die beiden heulenden Katzen in eine Schiffskiste, die er dem nächsten Mann rüberschob, auf dass er sie unter Deck verstaute.

Die Hird wusste genau, wer was zu tun hatte, ohne dass Erik weitere Anweisungen geben musste. Das Zelt wurde abgebrochen, Planken angehoben, Kisten und Riemen darunter verstaut. Einige Männer kontrollierten das Tauwerk, während andere das Segel einholten und bargen.

»Und ihr zwei«, blaffte Erik die Frauen an, während er sich zwei Kübel schnappte und einen Arinbjörn, den anderen Thorolf zuwarf, »bleibt unten und mittschiffs – wir müssen das Schiff stabilisieren!«

Gunnhild und Oddny beeilten sich, seinem Befehl Folge zu leisten, und legten sich auf den nassen Planken flach auf den Bauch, ihre Taschen unter sich. Gunnhild ging niemals das Risiko ein, ihren Habersack unter Deck zu lassen, denn der enthielt ihren Stab, das Bilsenkraut und all ihr anderes Handwerkszeug. Auf See erschien es ihr klug, alles stets bei sich zu haben, falls sie in eine Notlage geriet; Oddny erging es mit ihren Heilmitteln ähnlich, weshalb sie ihren Beutel immer über der Schulter mit sich herumtrug.

Ein Mann nach dem anderen beendete seine Arbeit und legte sich ebenfalls flach auf das Deck.

»Wir müssen es einfach durchstehen!«, sagte Svein, als er sich neben Oddny und Gunnhild auf die Planken fallen ließ.

»Das kam aus dem Nichts«, sagte Gunnhild, hob den Kopf und betrachtete die dunklen Wolken. »Der Sturm ...«

»So ging das den ganzen Sommer«, sagte Svein ergrimmt.

Das Schiff schwankte, und eine Woge eiskalten Wassers spülte über sie hinweg und trieb Gunnhild die Luft aus der Lunge, während sie und Oddny sich um des lieben Lebens willen aneinanderklammerten. Wieder hob sie den Kopf und sah Erik, Arinbjörn und Thorolf Wasser schöpfen. Während sie hinschaute, kippte das Schiff in die Gegenrichtung. Thorolf verlor den Halt und wäre beinahe über Bord gegangen, aber Erik packte ihn am Kragen und riss ihn zurück auf Deck.

»Runter!«, schrie Gunnhild sie an. »Was tut ihr denn?!«

»Wir versuchen, nicht zu ersaufen!«, brüllte Arinbjörn und kippte einen Kübel Wasser über Bord. Zugleich blaffte Erik: »Du gibst hier keine Befehle!«

Aber die drei Männer konnten nicht schnell genug schöpfen, und immer mehr Wasser flutete das Deck, während sich das Schiff durch die schäumenden Wellen plagte. Mehrere Schilde lösten sich aus der Vertäuung am Schandeckel. Sie wusste nicht, wie viel das Schiff noch aushalten konnte.

So ging das den ganzen Sommer.

Gunnhild reckte den Kopf und suchte den dunklen Himmel ab, bis sie ihn fand: den Adler. Hoch oben kreiste er über dem Schiff und schien mit jeder Bewegung seiner Schwingen weitere schwarze Wolken aus dem Nichts herbeizurufen.

Katla.

Gunnhild umklammerte mit einer Hand Oddnys Arm und zeigte mit der anderen nach oben.

»Das ist die Hexe, die Heid getötet hat!«, rief Gunnhild. »Katla – sie arbeitet für König Halfdan! Sie war es, die den Nebel in deinem Fjord schuf.«

Oddnys Augen weiteten sich. »Sie löst den Sturm aus? Was sollen wir tun?«

Gunnhild stemmte sich auf alle viere und wühlte hektisch in ihrem Zauberbeutel. Oddny packte ihren Ellbogen und legte ein Bein um ihr Knie, um zu verhindern, dass sie von Deck rutschte, und Svein stützte sie von der anderen Seite. Gunnhild zog ihren Stab hervor und eine kleine, wasserdicht gewachste Lederflasche. Sie hatte die Flasche bereits mit Wasser gefüllt und Bilsenkraut hineingestopft, bevor das Schiff in See gestochen war. Als sie beide Gegenstände in Händen hatte, drehte sie sich auf die Seite.

»Was tust du?«, brüllte Halldor, der plötzlich auf Oddnys anderer Seite aufgetaucht war und ebenso verwirrt zu sein schien wie Svein.

»Uns das Leben retten!« Gunnhild zog den Stopfen aus der Flasche und wandte sich an Oddny. »Du musst für mich singen!«

Oddnys Augen wurden, sofern das überhaupt möglich war, noch größer. »Wenn Vigdis, Ulfrun und ich nicht stark genug waren, um dich mit unseren Schutzweisen vor denen zu beschirmen, wie kannst du dann annehmen, ich könnte das allein schaffen?«

Gunnhild verzog das Gesicht. Seit Heids Tod hatte sie nicht mehr versucht, ihren Geist als Vogel auszusenden, weil sie fürchtete, dass die Hexen ihren Schritten in der Wachwelt genauso folgten wie im Nirgendwo. Nach allem, was sie wusste, war es gut möglich, dass in dem Moment, in dem sie ihren Körper verließ, Thorbjörgs Fuchs aus dem Nichts erscheinen und sich eine Schwalbe zu Mittag reißen würde.

Trotzdem musste sie es versuchen.

»Wenn es schlimm wird, zieh mich zurück«, sagte Gunnhild.

»Zurückziehen?«, wiederholte Oddny verständnislos.

»Du kannst die Fäden sehen.« Gunnhild drehte sich um und packte sie an den Schultern, während sie im kalten Wasser auf Deck auf der Seite lagen. »Oddny – du kannst die Fäden doch noch sehen, oder?«

Oddny war einer Panik nahe. Ihre Tränen mischten sich mit dem Salzwasser, das ihr Gesicht und ihre Haare benetzte, als eine weitere Welle das Schiff überspülte. »Ja ... aber ...«

»Wenn du andere Tiere siehst – beispielsweise einen Fuchs –, zieh mich zurück. Hast du verstanden?«, sagte Gunnhild. »Es gibt Schlimmeres als Ertrinken. Wenn sie es schaffen, meinen Faden zu durchtrennen, werde ich sterben, und ich werde langsam sterben. Oddny, begreifst du, was ich sage?«

Oddny nickte fieberhaft.

Gunnhild bemühte sich, einen klaren Kopf zu behalten, obwohl sie fürchtete, sich übergeben zu müssen. Mehreren der Männer war es, als sie sich um ihres Lebens willen irgendwo auf Deck festgeklammert hatten, so ergangen, obwohl sie alle erfahrene Seeleute waren. Der Wind hatte nicht nachgelassen. Eine Woge riss Arinbjörn von den Beinen, aber er hielt sich an einem Seil fest, wohingegen sein Kübel über Bord gespült wurde; dieselbe Woge hätte Gunnhild beinahe aus Oddnys Umklammerung gerissen, aber Sveins Arm lag fest genug über Gunnhilds Taille und hielt sie sicher auf Deck, während das Schiff weiter schwankte.

»Was immer du tun musst«, brüllte Svein, »tu es schnell.«

Halldor packte Oddny auf die gleiche Art, um sie zu sichern. Über die Schulter ihrer Freundin hinweg konnte Gunnhild die Entschlossenheit in den Zügen des Mannes erkennen.

»Wir schützen euch, so gut wir können«, sagte Halldor. »Los!«

Gunnhild schüttete den kalten Tee in sich hinein, stopfte die Flasche in ihren Beutel und drehte sich mit dem Stab in der Hand auf den Rücken. Der Tee schmeckte noch schlechter als sonst, war aber nicht minder wirkungsvoll. Das Letzte, was sie spürte, war, wie Svein und Oddny sich an sie klammerten, ehe Oddny zu singen begann, den Mund direkt an Gunnhilds Ohr. Ihre hohe, weiche Stimme übertönte das Peitschen des Windes, gab Gunnhild Halt und vermittelte ihr das Gefühl, in einer sicheren, warmen, hellen Umgebung zu sein, nicht gefangen auf einem Schiff mitten in einem bizarren Sturm.

Und in dem Moment, in dem Gunnhild anfing zu spinnen und den Zauber sang, der das Unwetter beenden sollte, erhob sich die Schwalbe aus ihrer Brust und stieg hinauf in das wirbelnde Chaos. Sie vernahm die fassungslosen Rufe Sveins und Halldors und der anderen, die das Geschehen verfolgten. Oddny stockte für einen Moment der Atem, aber sie hörte nicht auf zu singen, so wie Gunnhilds Körper weiter die Beschwörung flüsterte.

Gunnhild schlug mit den Schwingen gegen den Wind an – ein Wind, so stark, dass er einen normalen Vogel flügelschlagend in die Fluten geschleudert hätte –, und der Zorn brannte in ihr, während sie weiter aufstieg. Doch sie empfand auch Erleichterung, weil sie immer noch fähig war, auf diese Art zu reisen. Dass sie selbst dann, wenn an dem dunklen Ort keine Geister zu ihr kamen, noch immer über diese Fähigkeit verfügte. Und sie würde das Beste daraus machen.

Sie fing sich einen der Winde und breitete die Schwingen weit aus, ließ sich empor und hinter den Adler tragen. Katla konzentrierte sich so auf ihr Werk, dass sie den kleineren Vogel gar nicht bemerkte, bis Gunnhild, nun über dem Adler, herabstieß, sie rammte und aus dem Gleichgewicht brachte.

Der Adler kreischte und kippte zur Seite. Der unerwartete Schlag hatte gereicht, um Katlas Zauber zu stören, denn wo immer der Körper der Hexe auch sein mochte, er sang genauso wie Gunnhilds. Die Dunkelheit am Himmel lichtete sich ein wenig, die Wogen kamen gerade weit genug zur Ruhe, dass das Schiff nicht noch mehr Wasser aufnahm.

Die Schwalbe und der Adler starrten einander nun direkt an, während sie hoch oben in der Luft, ein wenig seitlich vom Schiff, mit den Flügeln schlugen.

Und da fiel Gunnhild etwas Interessantes auf: Der Adler schien nachzulassen. Katla musste erschöpft sein, nachdem sie den ganzen Sommer über die Hird gepiesackt hatte. Den eigenen Körper längere Zeit zu verlassen forderte seinen Preis, und jedes Mal, wenn Katla gekommen war, um sie zu peinigen, musste ihr Vogel, von wo immer ihr Körper auch gerade war, erst herfliegen. Und sollte die andere Hexe sich auch so aufgerieben haben, würde ihre Ermattung Gunnhild zum Vorteil gereichen.

Ich hoffe, jemand singt für dich, wo immer du bist, fauchte Gunnhild. *Denn du wirst allen Schutz brauchen, den du kriegen kannst.*

Das Gleiche könnte ich zu dir sagen, ertönte Katlas harsche Stimme zur Antwort. *Die alte Frau ist nicht mehr da, um dir den Rücken freizuhalten.*

Dank dir, konterte Gunnhild und stürzte sich erneut auf sie.

Sie bildeten ein wirres Knäuel aus Federn und Schwingen, klappernden Schnäbeln und aufblitzenden Krallen – und dann rammte Gunnhild, der kleinere und wendigere Vogel, dem Adler ihren winzigen Fuß ins Auge und spürte, wie etwas platzte, als sie ihre Krallen krümmte. Sofort erstarb der Wind, und die Wellen sackten zurück ins Meer. Die See wurde ruhig, und die dunklen Wolken fingen an, sich aufzulösen. Überraschte Rufe drangen vom Schiff an ihre Ohren.

Aber Katlas gequälter Schrei hallte durch Gunnhilds Kopf, als der Adler abdrehte und wild mit den Flügeln flatterte, als wollte Katla ihr zerstörtes Auge betasten und müsste feststellen, dass ihr die Hände dazu fehlten.

Das war für Heid, geiferte Gunnhild. Der Adler achtete überhaupt nicht auf sie, sondern kreischte nur weiter vor Schmerzen. Gunnhild nahm an, dass Katla, wo immer sie war, aus einer gleichartigen Wunde blutete. Sollte sie Frauen haben, die bei ihrem Körper für sie sangen, so konnte Gunnhild sich gar nicht ausmalen, wie dieser Anblick auf sie wirken musste.

Ehe Gunnhild einen weiteren Hieb landen konnte, legte der Adler die Schwingen an und stürzte in die Tiefe wie ein Stein. Blut und andere Flüssigkeit strömten aus seinem Auge, als er auf die Wasseroberfläche zuraste.

Dafür wirst du bezahlen, sagte Katla, und der Schmerz in ihrer Stimme ließ die Drohung nur umso schauriger klingen, als der Adler in der See verschwand.

Gunnhild spürte einen Ruck, dann noch einen und noch einen; sie wurde herabgezogen. Sie drehte sich um und sah, dass ihr Körper noch dort auf Deck lag, wo sie ihn zurückgelassen hatte, und die Männer waren auf den Beinen und starrten zu ihr hinauf.

Und Oddny? Oddny sang nicht mehr. Sie stand auf den Planken und zerrte so verzweifelt an Gunnhilds Faden wie ein Verhungernder an einer Angelschnur. Halldor hatte sie an der Taille umfasst, um sie auf den Beinen zu halten, während ihre Füße über das schlüpfrige Deck rutschten.

»Da ist was im Wasser!«, schrie Oddny.

Plötzlich zitterte Gunnhild vor Angst, als es ihr wieder einfiel: Der Überfall – die dritte Hexe im Wasser, die, die sie nicht kannte, die sie nicht gesehen hatte ...

Katla war doch nicht allein gewesen.

Sie jagte zurück zu ihrem Körper.

Und in genau dem Moment, in dem die Schwalbe sich in ihrer Brust einnistete und sie den Stab losließ, schlug eine gewaltige Woge gegen das Schiff, und Gunnhild wurde über den Schandeckel in das dunkle Wasser geschleudert.

Sie riss die Augen auf, als die Kälte sie umfing, und für einen Moment wusste sie kaum, wo sie war: unter Wasser. Und sie sank schnell in die Tiefe, hinabgezogen von ihrem schweren, wollenen

Kaftan und dem Mantel. Ihre Finger und Zehen waren bereits auf Deck taub geworden, aber nun, in dem eisigen Wasser, spürte sie sie gar nicht mehr.

Und während ihre steifen, unbeholfenen Finger darum kämpften, die Ringfibel zu lösen, die ihren Mantel an ihrem Körper hielt, biss etwas kraftvoll mit scharfen, spitzen Zähnen in ihren Unterschenkel und zog.

Gunnhild schrie auf, und die Laute kamen in einem Strom aus Luftblasen aus ihrem Mund. Was sie auch gebissen hatte, es zerrte sie in die Tiefe. Der Schmerz war schauderhaft, und als sie versuchte, sich zu befreien, indem sie ihr Bein drehte, biss die Kreatur nur fester zu. Wieder schrie sie und bemühte sich, ihren Fuß wegzuzerren. Da spürte sie, wie etwas riss.

Dann war da ein Plätschern über ihr, doch sie blickte nicht auf. Stattdessen sah sie in die Tiefe, und in der zunehmenden Finsternis unter ihr starrten ihr menschliche Augen aus dem Gesicht der Robbe entgegen, die versuchte, sie hinab in ein nasses Grab zu zerren. Neun weitere spiegelnde Augenpaare lauerten weit unten in der Dunkelheit: Rans Töchter warteten darauf, sie in die Halle ihrer Mutter zu eskortieren.

Langsam wurde es schwarz am Rande ihres Blickfelds. Selbst der Schmerz des Robbenbisses ließ nach.

Gerade, als es um sie dunkel wurde, spürte sie neben sich im Wasser eine Bewegung – schnell, wie ein Tritt oder ein Hieb. Sie hörte einen feucht blubbernden, animalischen Schmerzensschrei von unten, und zugleich ließen diese bösartigen kleinen Zähne ihr Bein los, und jemand zog sie nach oben.

Sie prallte auf eine harte Oberfläche und spuckte einen Schwall Salzwasser auf das Deck des Schiffs.

Im nächsten Moment schlossen sich Oddnys Arme um sie.

»Gunna, oh, Gunna, oh, ihr Götter – können wir ihnen etwas Trockenes holen?«

Vage hörte Gunnhild Arinbjörn Befehle erteilen. Aber warum er? Wo war Erik? Alles war verschwommen. Sie schnappte ein paarmal nach Luft, ehe sie sich aufsetzte. Die Bisswunde über ihrem Fußgelenk blutete, und Oddny machte schon jetzt ein großes Aufheben darum, wühlte in ihrem eigenen durchnässten Habersack auf der Suche nach einem Umschlag und Verbandsmaterial.

Zähneklappernd wischte sich Gunnhild das Wasser aus den Augen und blinzelte einige Male, bis sie wieder klar sehen konnte.

Neben ihr mühte sich Erik durchnässt und zitternd auf die Beine. Und als er auf sie hinabblickte, war sein sonst so stechender Blick umwölkt von Erschöpfung und Sorge.

»Geht es dir gut?«, fragte er.

Gunnhild sackte der Unterkiefer herab. *Er war derjenige, der ... der ...?*

Nein, das kann nicht sein. Ich darf nicht in seiner Schuld stehen.

Sie stemmte sich trotz Oddnys wütendem Protest hoch und stolperte auf ihrem zerfleischten Fußgelenk, als der Schmerz durch ihr Bein schoss. Doch sie achtete nicht darauf und herrschte stattdessen Erik an: »Warum hast du das getan?«

Erik starrte sie an, als hätte sie in einer fremden Sprache zu ihm gesprochen. »Du warst dabei, zu ertrinken!«

»Ich habe nicht um deine Hilfe gebeten. Ich hatte alles im Griff.«

Ein eisiger Ausdruck trat in seine Augen. »Ich glaube, was du eigentlich sagen wolltest, war: ›Danke, Erik, dass du mir das Leben gerettet hast‹.«

»Das hätte ich auch selbst geschafft.«

»Das bezweifle ich. Du warst so gut wie tot, als ich dieser Robbe ins Gesicht trat.«

»War ich nicht. Ich habe meine Kraft gespart für einen letzten Versuch, mich zu befrei...«

Mit einer gespielt gekränkten Miene wich er zurück. »Nun,

dann vergib mir, dass ich nicht gewartet habe, bis du deinen letzten Atemzug getan hast, ehe ich eingegriffen ...«

»Ich verzeihe gar nichts! Ich brauche deine Hilfe nicht ...«

»Ich habe immer noch kein ›Danke‹ gehört.«

»Schluss jetzt. Um der Liebe der Götter willen: *Hört auf!*«, forderte Arinbjörn und drängte sich mit erhobenen Händen zwischen sie. »Gunnhild. Danke. Du hast uns allen das Leben gerettet. Erik. Danke, dass du Gunnhild das Leben gerettet hast. Ihr seid quitt, und wir alle können uns beruhigen und an einem anderen Tag weiterstreiten.«

»Das ist es, was dir Sorgen bereitet?« Erik lugte um Arinbjörn herum zu Gunnhild. »Der Punktestand?«

Die wandte schniefend den Blick ab, als er näher trat.

»Ich werde dich mit vollem Ernst bitten müssen, diese Denkart abzulegen, wenn wir verheiratet sind«, sagte er in einem so erbitterten Ton, dass sie ihm umso weniger in die Augen sehen wollte. »Andernfalls werden wir beide für den Rest unseres Lebens todunglücklich sein.«

»Oder so lange, wie unsere Ehe dauert«, murmelte Gunnhild tonlos. Ihr Zorn war verpufft, und alles, was sie nun noch wahrnahm, waren die Kälte und die Nässe und ihre eigene Trübsal. Ihr Fußgelenk brannte. Oddny hatte den Versuch, sie zu behandeln, aufgegeben und stand nun entnervt wartend neben ihr.

Erik zögerte einen ausgedehnten Moment lang, ehe er Richtung Bug davonstürmte. »Wo sind meine Katzen?«

Jemand hob eine Planke an, und Erik zog die Kiste hervor, in die er sie geworfen hatte. Kaum war der Deckel offen, sprangen die Katzen heraus und taten lauthals ihren Ärger kund. Der Wind lebte wieder auf, und Erik befahl, das Segel erneut zu setzen. Bald darauf war das Schiff zurück auf dem Weg nach Hordaland.

Thorolf tauchte mit einem Stapel trockener Felle, Decken und Mäntel, die zuvor sicher in Zeltleinwand gewickelt waren, neben

Oddny auf. Er sah Gunnhild nicht an, als er ihr einige Stücke reichte. Oddny dankte ihm, und er zog weiter, um Erik den Rest zu übergeben.

Gunnhild verspürte tiefen Schmerz in ihrem Herzen. *Er wird wohl nie wieder mit mir sprechen.*

Oddny hielt eine Decke hoch, damit Gunnhild sich dahinter umziehen konnte, und die schälte sich die nassen Klamotten vom Leib und wickelte sich in einen Mantel und mehrere Felle. Aus dem Augenwinkel sah sie, dass Erik am anderen Ende des Schiffs das Gleiche tat, sich aber offensichtlich weit weniger Sorgen darüber machte, wer ihn beobachten könnte.

Demonstrativ sah sie in eine andere Richtung und sank schwer auf die Kiste, die herbeigeschafft worden war, damit sie sich setzen konnte. Etwas Glänzendes schob sich in ihr Blickfeld: Oddny legte ihr den Stab auf den Schoß. Gunnhild blinzelte gegen die Tränen an. Sie hatte nicht einmal gemerkt, dass er fort war.

»Svein hat den Stab und deinen Beutel aufgefangen, ehe beides über Bord gehen konnte. Er hatte sich an einem Schild verfangen«, erklärte Oddny. »Ich habe versucht, auch dich abzufangen, aber Halldor hat mich zurückgehalten.«

»Das war vermutlich auch das Beste«, sagte Gunnhild.

Oddny kauerte sich zu ihren Füßen und fing an, die Wunde zu versorgen.

»Hat Erik gerade gesagt, er habe ... einer Robbe ins Gesicht getreten?«, fragte Oddny, als die Packung aufgelegt war und sie einen feuchten Leinenverband anlegte. »Ich habe nur diese ... Konturen im Wasser gesehen, dieses Etwas, das zu dir hinaufgestarrt hat, und da habe ich angefangen, an deinem Faden zu ziehen ...«

Die Robbe.

Gunnhilds Kopf ruckte hoch, und sie umklammerte den Stab, während sie die Wogen musterte. Halb rechnete sie damit, den Kopf der Kreatur auf den Wellen hüpfen und sie mit diesen schrecklichen Augen fixieren zu sehen. Aber nichts durchbrach die Wasseroberfläche, und so sackte sie wieder zusammen. Die Furcht vor einem weiteren Angriff hatte ihr das letzte bisschen Energie geraubt. Sie war so müde, so durchgefroren.

»Die dritte Hexe«, murmelte sie.

»Gunnhild?« Oddnys dünne, dunkle Brauen zogen sich sorgenvoll zusammen. »Wovon redest du?«

»Es waren drei. Am Tag des Überfalls. Thorbjörg, der Fuchs. Katla, der Adler. Und da war noch eine dritte im Wasser – eine, die ich nie zu Gesicht bekommen habe.«

Oddny verknotete den Verband und hockte sich auf die Fersen. »Tja, ich schätze, jetzt weißt du, welche Gestalt diese dritte Hexe annimmt. Aber wer sind sie?«

Ja, wer? Gunnhild blickte erneut auf die See hinaus, spannte die Hände um den Stab, und die Ereignisse des Tages stürzten alle auf einmal auf sie ein – raubten ihr den Atem und brachten ihre Hände zum Zittern.

Erik *hatte* sie gerettet, auch wenn sie das ihm gegenüber nie zugeben würde. Niemals zuvor war sie dem Tod so nahe gewesen. Es kostete sie all ihre Kraft, die Furcht zu unterdrücken, die kalt wie Eis über ihre Wirbelsäule kroch. Thorbjörg und Katla hatten nur Wut in ihr entfacht, keine Angst – aber deren Gefährtin hätte ihr beinahe das Leben genommen. Bis jetzt war sie nicht bereit gewesen, sich einzugestehen, dass sie unterlegen war.

Dass sie verlieren könnte.

Und sie hasste es.

TEIL III

18

ALREKSSTADIR LAG am hintersten Ende eines Fjords und erstreckte sich weiter in das Tal hinein, als Oddny sehen konnte. Üppig belaubte Bäume klammerten sich an die Klippen zu beiden Seiten des Anwesens, ihr Blattwerk gefärbt in lebhaften Orange-, Gelb- und Rottönen. Aus der Ferne sah es aus, als wiegte die Landschaft die gewaltige Halle und die Ansammlungen von Außengebäuden gleichsam in einer gewölbten Handfläche.

Der Anblick raubte Oddny den Atem; dieser Hof war so groß und wirkte doch so vertraut. Rauch waberte aus Löchern in den Dächern der Gebäude. Das Geschnatter von Menschen, die sich über ihren Tag austauschten, drang bald an ihre Ohren, begleitet von den Lauten der Hunde und des Viehs und der herumrennenden, spielenden Kinder. Ihre Brust zog sich zusammen, und sie sehnte sich nach einem Zuhause, das nicht länger existierte.

Als das Schiff anlegte, kamen Dienstboten – zumindest nahm Oddny an, dass es Dienstboten waren, für Leibeigene waren sie zu gut gekleidet – herbei, um es zu entladen. Ein paar kleinere Schiffe waren links von Eriks und längs der Küste vertäut, und Oddny sah noch einige andere Boote, die an Land gezogen worden waren, vermutlich, um sie in Bootshäuser zu schaffen, wo sie während des Winters gewartet oder repariert werden konnten.

Je näher sie dem Anwesen gekommen waren, desto gelöster war die Stimmung der Männer geworden. Sogar Erik schien besserer Laune zu sein, obwohl er nicht viel sprach. Gunnhild hingegen hatte kein Wort mehr gesagt, seit Oddny ihr Fußgelenk verbunden hatte, und ihre Augen blickten ins Leere,

»Es ist in Ordnung, Angst zu haben, weißt du?«, sagte Oddny leise, während sie den Männern den sanften Hang vom Hafen zur Haupthalle hinauf folgten. »Was heute passiert ist ...«

»Ich habe keine Angst«, sagte Gunnhild, ohne sie auch nur anzusehen.

Ehe Oddny antworten konnte, waren sie schon im Langhaus, und ihr sackte der Unterkiefer herab. Es war schon von außen beeindruckend, aber von innen erwies es sich als mindestens viermal so groß wie Ozurs Halle. Drei Herde verteilten sich in der Mitte, und eine Reihe Pfosten zu beiden Seiten stützte die hohe Decke. Die Pfosten waren mit aufgeprägten goldenen Vierecken verziert, die im Flammenschein zu glühen schienen, und an jedem hing eine Feuerschale. Durch sie war der Raum viel heller als jede andere Halle, die Oddny kannte. Am hinteren Ende blickten in erhabener Höhe gewaltige hölzerne Statuen von Odin, Thor und Freyr über den riesigen Raum hinweg. Unterhalb der Götter erkannte Oddny zwei Türen, von denen sie annahm, dass sie zu privaten Kammern führten; ein Luxus, der ihr, so viel wusste sie, nie zuteilwerden würde.

Angesichts der Dienstboten, die saubere Böden fegten, und der Luft, in der nicht der geringste Hauch eines unangenehmen Geruchs hing, war Oddny auf Anhieb klar, dass Nutzvieh noch nie einen Huf in dieses Haus gesetzt hatte, und für einen Moment verspürte sie einen Anflug von Neid. Selbst auf Ozurs Hof wurden Schafe, Kühe, Ziegen und Pferde im Winter hereingeholt und auf der Seite des Langhauses untergebracht, die dem Familienraum gegenüberlag. Auf diese Weise hatten die Tiere es warm und trugen ihrerseits dazu bei, die Halle zu heizen. Auf Oddnys eigenem Hof hatte es für so eine Aufteilung nicht genug Platz gegeben; Familie und Arbeiter hatten inmitten der Ausdünstungen des Mists den ganzen Winter in einem schwach beleuchteten Raum zugebracht.

Wie das wohl ist, fragte sie sich, *wenn man genug Mittel hat, um so behaglich zu leben? Um es den ganzen Winter über hell und warm zu haben, ohne sich sorgen zu müssen, Öl oder Holz könnten zur Neige gehen?*

Beinahe hätte sie Gunnhild darauf angesprochen, bis ihr wieder bewusst wurde, dass ihre Freundin unter ähnlichen Annehmlichkeiten aufgewachsen war – bevor sie fortgelaufen war jedenfalls. Außerdem starrte Gunnhild immer noch stur geradeaus, als würde sie tatsächlich gar nichts sehen, also blieben sie ein wenig unbeholfen in der Nähe eines Herds stehen, während die Menge geschäftig um sie herumlief. Dienstmägde zogen ihre Runden durch den Saal, boten den müden Seeleuten Krüge mit Bier und das eine oder andere verschmitzte Lächeln an.

Endlich tauchten Arinbjörn und Svein neben Oddny und Gunnhild auf, beide mit zwei Bechern Bier in Händen.

»Willkommen in Alreksstadir«, sagte Arinbjörn, als er Gunnhild einen Becher reichte und dann den eigenen Becher sacht gegen ihren schlug. »Trink. Immerhin verdanken wir es dir, dass wir in einem Stück hier angelangt sind.«

Endlich schien der verlorene Ausdruck aus Gunnhilds Augen zu schwinden, und sie schenkte ihm ein schwaches Lächeln. Oddny nahm Svein einen Becher ab und fragte: »Wo werden wir schlafen?«

»Ich habe gehört, wie Erik Befehl gegeben hat, eure Sachen in die Weberei zu bringen«, sagte Svein. »Da gehen viele der Frauen hin, wenn sie zwischen den Stadien sind.«

Oddnys Miene wirkte prompt heiterer.

»Zwischen welchen Stadien?«, fragte Gunnhild argwöhnisch.

Arinbjörn wedelte mit der Hand. »Das wirst du bald sehen. Saeunn nimmt alle: ältere Frauen, die nie geheiratet haben, Witwen, die von ihren Schwiegerkindern von ihren Höfen vertrieben wurden, Töchter, die sich ihre eigene Mitgift verdienen müssen, weil sie zu viele ältere Schwestern haben ...« Als er Oddnys Gesichtsausdruck sah, grinste er. »An einem Ort wie diesem gehen viele akzeptable Männer ein und aus. Eine geringe Mitgift kümmert einige dieser trunkenen Narren wenig, wenn sie im Sommer genug Beute gemacht haben.«

»Und die Frauen hübsch sind!«, warf ein Mann in der Nähe ein, und einige andere lachten dazu. Oddny und Gunnhild wechselten einen eigenartigen Blick.

»Wir werden uns vor dem Abendessen frisch machen.«

Arinbjörn nahm einen Schluck Bier und musterte über den Rand des Bechers hinweg die Leute im Saal. »Habt ihr ... oh, nein.«

Oddny drehte sich um. Eine Frau betrachtete vage angewidert die schmuddeligen Männer, die hereinströmten, als wäre sie diejenige, die den Schmutz, den sie in ihre Halle trugen, später wegputzen musste. *Aber nein*, dachte Oddny. Dies war keine Frau, die je einen Besen in Händen hielt. Sie musste mindestens siebzig Winter alt sein, wenn Oddny raten sollte, und sie trug ein dunkelrotes Gewand mit einem hellblauen Schürzenkleid, das sie mit einem Paar enorm großer, kunstvoller ovaler Spangen gesichert hatte, an denen mehrere Perlenstränge hingen. Auf ihrem Kopf saß ein dünner Goldreif, und das Haar hatte sie mit einem Seidenschal zurückgebunden, aus dem sich im Nacken ein paar graue Strähnen gelöst hatten.

Erik ging auf sie zu und sagte etwas, und ihre Mundwinkel sanken finster herab, als sie ihm antwortete. Bei all dem Lärm in der Halle und der beträchtlichen Entfernung konnte Oddny nicht hören, was sie sagte, aber sie sah, dass das Gespräch nicht gut verlief. Wer immer diese Frau war, sie freute sich nicht, Erik zu sehen. Und was immer er sagte, sorgte nur dafür, dass ihre Miene mit jedem Moment ärgerlicher wurde.

Gunnhild verfolgte das Geschehen mit einigem Interesse. »Sagt mir nicht, das ist seine Mutter.«

»Ah, nein«, sagte Arinbjörn. »Seine Mutter starb, als wir noch jung waren. Das ist Königin Gyda.«

Oddny hätte beinahe aufgekeucht. Königin Gydas Vater hatte über Hordaland geherrscht, als Norwegen aus unbedeutenden, kleinen Königreichen bestanden hatte, und sie war beinahe ebenso legendär wie ihr Gatte. In seiner Jugend hatte König Harald um ihre Hand angehalten, und sie hatte ihn zurückgewiesen und ihn herausgefordert, erst ganz Norwegen unter einer Regentschaft zu einen, ehe sie ihn heiraten würde. Er hatte einen Eid geschworen, dass er sich das Haar weder schneiden noch kämmen werde, bis er dieses Ziel erreicht hätte. Oddny hatte zwar Angst vor der Frau, stellte aber fest, dass sie zugleich tiefe Ehrfurcht empfand.

Gunnhild dagegen blinzelte nur einmal, ehe sie das Bier in ihrer Hand in einem Zug austrank. Arinbjörn, Oddny und Svein musterten sie beeindruckt, bis sie den leeren Becher sinken ließ und sagte: »Genau. Meine künftige Schwiegermutter.«

»Eine von vielen«, rief Arinbjörn ihr ins Gedächtnis.

Gunnhild starrte finster in ihren Becher, als wollte sie ihn nötigen, sich von selbst wieder zu füllen.

»Arinbjörn«, fragte Svein, »willst du ihn nicht retten gehen?«

Doch ehe er antworten konnte, drehten sich beide, Erik und Königin Gyda, um und sahen in ihre Richtung.

»Dieses Mal nicht«, sagte Arinbjörn und stupste Gunnhild an, worauf diese Oddny einen flehentlichen Blick zuwarf. Schließlich verschränkten die beiden Frauen die Arme miteinander und traten vor.

»Das ist sie. Meine Verlobte. Gunnhild Ozurardottir von Halogaland«, sagte Erik, zeigte auf sie und ignorierte Oddny komplett, was die keineswegs überraschte. »Gunnhild, das ist Königin Gyda, meines Vaters Hauptfrau, wenn auch nicht seine derzeitige Favoritin.«

Königin Gyda ignorierte die Stichelei. Ihre Lippen krümmten

sich zu einem humorlosen Lächeln, während sie Gunnhild vom Scheitel bis zur Sohle musterte. »Und weiß dein Vater, dass du vorhast, eine Hexe zu ehelichen, Erik?«

»Woher sollte er das wohl wissen?«, konterte Erik. »Er ist noch gar nicht hier.«

»Er wird nicht erfreut sein. Für dich wäre es angebracht, seine Gunst nicht zu verlieren, solltest du weiterhin König von Norwegen werden wollen, Junge. Aber das?« Wieder sah Königin Gyda Gunnhild an – die schäbigen Kleider, steif und salzverkrustet, das Haar zerzaust vom Wind, Wangen und Nase von der Sonne verbrannt – und schnaubte verächtlich. »Das ist dazu nicht der richtige Weg.«

Gunnhild spannte sich an, und Erik drückte die Schultern durch, aber zu Oddnys Verwunderung schienen zur Abwechslung beide einmal nicht zu wissen, was sie sagen sollten.

Königin Gyda wedelte ärgerlich mit der Hand, um sie davonzuscheuchen. »Ich muss Vorbereitungen für die Winternächte treffen. Alles ist erheblich komplizierter geworden – nun, da ich mich auch noch um eine Hochzeit werde kümmern müssen.« Sie sprach das Wort aus, als stünde es für eine Krankheit. Nach einem letzten vernichtenden Blick auf Gunnhild fegte sie aus der Halle, ohne sich auch nur zu verabschieden.

»Na«, sagte Oddny in dem verlegenen Schweigen nach ihrem Abgang. »Das lief ja gut.«

Erik strich sich mit der Hand über das Gesicht. »Bedauerlicherweise glaube ich nicht, dass es hätte besser laufen können.«

Gunnhild wirbelte zu ihm herum. »Wir werden während der Winternächte verheiratet werden, verstehe ich das richtig? Dem habe ich nicht zugestimmt. Das ist zu früh.«

Obwohl Oddny die Mondphasen eigentlich stets im Blick hatte, um immer zu wissen, wann sie mit ihrer Blutung rechnen musste, war ihr Zeitgefühl seit dem Überfall gestört, und sie hatte fast vergessen, dass der Vollmond, der die Festlichkeiten zu den Winternächten kennzeichnete, schon so nahe war. Diese drei Festtage kündigten den Winteranfang und den Beginn eines neuen Jahres an, und sie leiteten die Zeit der Dunkelheit, der Magie und der Ruhe ein: ein klarer Kontrast zu dem Sonnenschein, den Reisen und Raubzügen – ganz zu schweigen von der bäuerlichen Arbeit –, die für die meisten Menschen im Norden den Sommer beherrschen.

»Deine Bedingungen haben nichts darüber ausgesagt, wann wir heiraten. Außerdem mildert es den Schlag, keine separate Hochzeitsfeier zu erbitten«, erwiderte Erik. »Hochzeiten finden oft in den Winternächten statt. Es ist ein verheißungsvoller Zeitpunkt.«

»›Mildert den Schlag‹ – und dieser ›Schlag‹ bin ich?«, fragte Gunnhild, und in ihrer Stimme lag ein Schmerz, mit dem Oddny nicht gerechnet hatte. Dass Gunnhild in seiner Gegenwart auch nur die mindeste Verwundbarkeit offenbarte, konnte nur bedeuten, dass ihre Nahtoderfahrung auf der Reise sie schlimmer mitgenommen hatte, als Oddny bewusst gewesen war.

Und die Art, wie Königin Gyda Gunnhild angesehen hatte – ganz ähnlich wie die Blicke, die Oddny so viele Male bei Solveig erlebt hatte –, war da offensichtlich nicht hilfreich gewesen.

»Ich wünschte, du hättest erwähnt, dass deine Familie mich hassen wird, als wir unsere Bedingungen verhandelt haben«, fuhr Gunnhild erbittert fort. »Obwohl ich annehme, dass ich damit hätte rechnen müssen, wenn man bedenkt, welche Vorgeschichte deinen Vater mit Hexen verbindet. Es war meine Torheit, etwas Besseres von euch zu erwarten. Von jedem von euch.«

Erik schien ihr widersprechen zu wollen, doch stattdessen machte er auf dem Absatz kehrt, stürmte zu Arinbjörn, sprach kurz zornig gestikulierend mit ihm und stolzierte dann in die Kammer auf der linken Seite und knallte die Tür hinter sich zu. Hnoss und Gersimi rannten hinterher und kratzten an der Tür, worauf diese einen Spalt weit geöffnet wurde, um die Katzen einzulassen, ehe sie sich erneut mit lautem Krachen schloss.

Zumindest weiß Erik, wann er das Feld räumen sollte, dachte Oddny. Gunnhild wusste es offenkundig nicht. Sie wollte ihm folgen, doch Oddny packte ihren Arm. »Du solltest ihn besser allein lassen, bis er sich beruhigt hat.«

Gunnhild riss sich los und bedachte sie mit einem finsteren Blick. »Auf wessen Seite stehst du?«

»Oddny sieht das ganz richtig«, sagte Arinbjörn, als er neben ihnen auftauchte. Svein war mit etlichen der anderen Hirdsmannen verschwunden, sodass außer den dreien nur noch die Dienstboten da waren, die unentwegt die Halle putzten. »Kommt. Ich bringe euch zu Runfrid, damit du ihr die Binderune geben kannst. Einige der Männer haben einen langen Heimweg und beabsichtigen, schon vor dem Fest abzureisen, je eher sie also damit anfangen kann, sie zu tätowieren, desto besser. Unterwegs zeige ich euch die Weberei. Dort wird man sich eurer annehmen.«

Oddny wollte gerade fragen, ob sie richtig gehört hatte – dass die Person, die die Tätowierungen vornehmen sollte, tatsächlich eine Frau war –, als Gunnhild sagte: »Nicht so hastig, Arinbjörn. Was hat er zu dir gesagt, ehe er sich in seinen Schmollwinkel verzogen hat?«

Arinbjörn strich sich das kurze, dunkle Haar zurück und schenkte ihr ein Lächeln, das seine Augen nicht erreichte. »König Harald ist auf dem Weg hierher von Vestfold, wo er Olaf besucht hat, der zugleich auch Halfdan zu Gast hatte. Und sie alle werden König Harald wegen des Festes begleiten.«

»Überwintern sie hier?«, fragte Oddny verwundert; drüben in Halogaland waren die Winternächte intimer. Nur die nächsten Nachbarn nahmen teil. »Es kommt mir nicht sehr vernünftig vor, das Land zu dieser Jahreszeit zu durchqueren, nur um ein Fest zu besuchen.«

Allerdings nahm sie an, dass Halfdan eine Hexe mit einem Talent für Wettermagie in Diensten hielt, und an der Westküste Norwegens wurde es auch nie gar so kalt. Also war er vielleicht nicht allzu besorgt wegen eines möglichen Wetterumschwungs vor der Heimreise nach Trondheim.

»Nur König Harald überwintert hier, soweit ich weiß«, sagte Arinbjörn. »Aber wie es scheint, hat Königin Gyda Erik beschuldigt, er verbreite Gerüchte über seine Brüder und behaupte, sie würden Magie gegen ihn einsetzen. Sie vermutet, dass Olaf und Halfdan sich bemühen werden, den König davon zu überzeugen, dass das eine Lüge ist. Sie selbst zweifelt zwar, dass das mit der Zauberei der beiden stimmt, aber sie kann Olaf und Halfdan noch weniger ausstehen als Erik. Also ist noch offen, auf welche Seite sie sich stellen wird.«

»Aber wir haben die Tricks der Hexen mit eigenen Augen gesehen«, protestierte Oddny.

Arinbjörn verzog das Gesicht. »Da wir gerade beim Thema sind, Thorbjörg und Katla sind bei ihnen, und Königin Gyda überlegt, während des Festes ein Disablot abzuhalten.«

Gunnhild und Oddny wechselten einen Blick – einen angewiderten Blick, und nicht nur aufgrund der Aussicht, den beiden Hexen gegenübertreten zu müssen. Das Opfer für die Disen – untergeordnete Göttinnen, deren Launen sowohl Glück als auch einen schlimmen Tod mit sich bringen konnten – war eine große Verpflichtung, die sich auf das Schicksal aller, die bei dem Fest anwesend waren, mindestens ein Jahr lang auswirken würde. Sollte Thorbjörg und Katla eine derart wichtige Aufgabe übertragen werden, dann würde das Los ihrer Feinde zweifellos eine schlimme Wendung nehmen. Oddny wusste nicht, wie viele solche Wendungen sie, Gunnhild und vor allem Signy noch ertragen konnten.

»Wer macht das normalerweise?«, fragte Oddny. Daheim wurden die Opferungen entweder von der Dame des Hauses dargebracht oder von derjenigen gläubigen Person, die sich der Aufgabe am besten gewachsen fühlte. »Können die das nicht einfach wieder machen?«

»Kommt darauf an. Königin Gyda oder jemand aus dem Tempel, normalerweise«, sagte Arinbjörn. »Aber sie hat vorgeschlagen, eine der Seherinnen solle das übernehmen, weil seit Jahrzehnten keine hier war. Sie denkt, König Harald hätte nichts gegen eine gute Prophezeiung einzuwenden, um die Leute bei Laune zu halten. Aber Erik traut offensichtlich weder Thorbjörg noch Katla, also hat er angeboten, Gunnhild könne das Disablot an ihrer Stelle abhalten.«

Gunnhild hätte nicht schockierter aussehen können, hätte sich jemand hinter ihr angeschlichen und einen Kübel mit eiskaltem Meerwasser über ihrem Kopf ausgeschüttet. Oddny drückte den Arm ihrer Freundin; eine besänftigende Geste, von der sie zugleich wusste, dass sie nutzlos war.

Wenn diese Opferzeremonie so schlecht verlief wie das Ritual, das Gunnhild im Kochhaus ihres Vaters hatte durchführen wollen, wäre nicht nur ihr Ruf als Seherin beschädigt. Es würde sich auch auf ihre Vereinbarung mit Erik auswirken, wenn er feststellen musste, dass sie nicht imstande war, über ihre ganze Macht zu gebieten. Und sollte er sie vor dem Frühjahr verstoßen, dann würden sie und Oddny ihr Schiff nach Birka verlieren. Zu Signy. Gunnhild hätte immer noch ihre Mitgift und das Brautgeld, um für die Fahrt zu bezahlen und Signy freizukaufen, aber ein neues Schiff aufzutreiben und eine Mannschaft zu heuern würde wertvolle Zeit kosten.

»Wie ich sehe, ist das tatsächlich keine gute Nachricht«, stellte Arinbjörn nicht ohne Mitgefühl fest.

Gunnhild riss sich ausreichend zusammen, um grollend zu sagen: »Ich wünschte nur, er hätte das zuerst mit mir besprochen.«

Arinbjörn zog eine Braue hoch. »Du kommst mir nicht vor

wie jemand, der vor einer Gelegenheit, sich selbst zu beweisen, zurückscheut. Ist alles in Ordnung?«

»Alles ist wunderbar«, sagte Oddny, ehe Gunnhild einen Ton von sich geben konnte. »Wir sind nur erschöpft von der Reise. Je schneller du uns zu Runfrid bringst, damit Gunnhild die Bindrune abliefern kann, desto früher sind wir in der Weberei, und umso früher kann uns jemand sagen, wo eine Frau hier am besten ein Bad nehmen kann.«

Arinbjörns scharfe graue Augen fixierten sie einen Moment zu lang, als suchte er nach Hinweisen auf eine Lüge, aber dann kehrte das Lächeln in sein Gesicht zurück. »Gut, dann folgt mir.«

Arinbjörn führte sie über das Gelände und zeigte unterwegs auf die Weberei und einige andere Gebäude. Jedes war größer als die Halle von Oddnys Vater. Die Leute, an denen sie vorübergingen, sahen alle recht gesund aus, ihre Kleidung war abgetragen, aber von guter Qualität. *Dies sind keine ärmlichen Bauern*, dachte Oddny. Aber reich waren sie auch nicht, und sie grüßten Arinbjörn und bedachten die beiden Frauen mit neugierigen Blicken, ehe sie ihren Weg fortsetzten.

Als sie die Waffenkammer erreichten, war Oddny keinesfalls verwundert, dass auch diese größer war als das Haus, in dem sie aufgewachsen war. Sie war angefüllt mit Regalen voller Speere und Äxte, und an den Wänden prangten ausrangierte zersplitterte Schilde. Kleine hölzerne Götterbilder von Odin, Tyr und Thor wachten auf einem Brett oberhalb des Speergestells. Die Statuen waren mit getrockneten Blutspritzern befleckt, vermutlich die Folge vergangener Rituale – hoffte Oddny zumindest. Am anderen Ende des Raums gab es einen Speicher, aber sie konnte dort oben nichts und niemanden sehen.

Die Männer aus der Hird gingen ein und aus, ließen ihre Waffen und Schiffskisten planlos irgendwo fallen. Oddny sah keine

Spur von Halldor, Svein oder Thorolf, glaubte aber, dass sie bereits ein Bad nahmen. Mehrere der Hirdsmannen trugen schon frische, trockene Kleidung und bürsteten die nassen Haare und Bärte.

Oddny verspürte einen Anflug von Neid. Im Moment wünschte sie sich nichts mehr als einen Zuber heißes Wasser.

»Normalerweise sieht es hier nicht so unordentlich aus«, sagte Arinbjörn und zeigte auf das Chaos um sie herum, »aber ich schätze, alle sind erpicht darauf, sich noch vor dem Abendessen zu waschen.«

»Das können wir nachvollziehen«, bemerkte Oddny spitz.

»Alles zu seiner Zeit, Oddny Ketilsdottir.« Arinbjörn ging zu der Leiter, die auf den Speicher führte. »He, Runa!«

»Nur einen Moment«, ertönte von oben eine Frauenstimme.

»Weißt du, die meisten Leute können es gar nicht erwarten, ihre Liebsten nach einem ganzen Sommer voller gefährlicher Abenteuer wiederzusehen, aber mein Schiff ist gerade eingelaufen, und du warst nicht einmal am Steg«, sagte Arinbjörn im Plauderton und lehnte sich mit verschränkten Armen an die Leiter.

Ihre Liebsten?, formte Gunnhild tonlos mit den Lippen vor Oddny, die nur mit den Schultern zuckte. Das war das erste Mal, dass sie etwas über eine romantische Beziehung Arinbjörns hörten.

»Ich habe gehört, dass das Schiff gekommen ist«, erklang die Stimme der geheimnisvollen Frau zusammen mit ihren leichten Schritten. »Aber du weißt ja, wo du mich finden kannst, Arri.«

Arinbjörn zog einen Flunsch. »Das ist nicht der Punkt.«

Eine Frau steckte ihren Kopf über den Rand des Speichers, doch ihre Züge lagen im Schatten. »Vergib mir, dass ich die letzten Augenblicke des Friedens und der Ruhe auskosten wollte, ehe ihr alle zurück seid – und auch noch gerade dann, wenn ich denke, ich hätte diese Kammer endlich von dem Gestank befreit.«

Rauch waberte aus dem Speicher. Die Frau verbrannte etwas –

Wacholder, wenn Oddnys Nase sie nicht trog –, um die feuchten, muffigen Gerüche zu bekämpfen, die den Seeleuten in die Waffenkammer gefolgt waren.

»Na gut«, sagte Arinbjörn. »Außerdem habe ich Freunde und einen Auftrag von Erik mitgebracht.«

»Wie viel zahlt er?«, fragte die Frau.

»Würdest du einfach runterkommen? Bitte?«

Die Person, die nun die Leiter herabstieg, war anders als alle Menschen, die Oddny bis dahin zu sehen bekommen hatte. Sie war klein, ungefähr so groß wie Oddny selbst, und trug eine fahlgrüne wollene Tunika zu einer grauen Hose und hellblauen Wadenbinden über dicken, nadelgebundenen Socken. Ihr Haar war kohlrabenschwarz und noch dicker als das von Gunnhild, und sie hatte es zu einem Zopf geflochten, der etwa so lang war wie ihr Unterarm. Ihre Haut war von einem tiefen Kupferbraun und über und über mit Tätowierungen bedeckt, einige verblasst, andere kraftvoll und farbenprächtig.

Sie stürzte sich auf Arinbjörn, noch bevor sie die Leiter ganz hinabgestiegen war, und er wirbelte sie im Kreis herum. Oddny und Gunnhild starrten höflich zur Decke empor und ließen den beiden einen Moment für sich, obgleich Oddny bereits zu dem Schluss gekommen war, dass sie sich beeilen mussten, wenn sie und Gunnhild sich noch waschen und einrichten sollten, andernfalls würden sie keinen guten Eindruck machen. Das schwache Lächeln auf Gunnhilds Gesicht deutete an, dass sie ähnlich dachte.

»Ich bin froh, dass du noch lebst«, sagte die Frau, als Arinbjörn sie absetzte. »Thorolf und Svein haben mir erzählt, was passiert ist …« Sie wich zurück und musterte ihn, als suche sie nach offenen Wunden. »Wie geht es dir?«

»Später«, sagte er und deutete auf Gunnhild und Oddny. »Runfried, das sind Gunnhild Ozurardottir und Oddny Ketilsdottir aus Halogaland.«

»Runfried Asgeirsdottir.« Sie schüttelte erst Oddny, dann Gunnhild die Hand.

»Oddny ist Heilerin, und Gunnhild ist eine Hexe. Und sie heiratet Erik während der Winternächte.«

»Ah, das haben sie mir auch erzählt. Das ist sie, also?« Für einen Moment stand Runfrid, die immer noch Gunnhilds Hand hielt, regungslos da. Dann legte sie ihre andere Hand auch über Gunnhilds, sah ihr in die Augen und sagte in gespieltem Ernst: »Das tut mir so leid.« Als Gunnhilds Lächeln daraufhin noch gequälter wirkte, fügte sie hinzu: »Nur ein Scherz. Ich sage das, weil Erik wie ein Bruder für mich ist. Der große, launische, kratzbürstige Bruder, den ich nie hatte. An dir wird er wachsen. Wie ein Pilzgeflecht.«

Sie ließ Gunnhilds Hand los und sah sich über die Schulter zu Arinbjörn um, als suchte sie Unterstützung. Der zuckte nur mit einer Schulter. »Das hast du gesagt, nicht ich. Gunnhild, die Binderune?«

Ohne Vorrede griff Gunnhild in ihre Gürteltasche und zog die Geweihscheibe hervor, in die sie das Symbol geschnitzt hatte. Sie erklärte, wofür es stand und wie es benutzt werden musste – Oddny lauschte interessiert, denn das war neu für sie –, und Runfried nickte dazu, bis Gunnhild ihr die Scheibe in die Hand legte, worauf sie überrascht aufkeuchte.

»Ich habe etwas gespürt«, sagte Runfrid ehrfürchtig und strich mit einem Finger über die Schnitzerei. »Unfassbar.«

»Erik wird später mit dir über deinen Lohn sprechen«, sagte Arinbjörn. »Vorerst ...«

»Wenn dies die Arbeit ist, von der du gesprochen hast, dann mache ich es umsonst. Um euer aller willen.« Runfrid schloss die Hand um die Binderune zur Faust und blickte sich über die Schulter zu den frisch gebadeten Hirdsmannen um, die allmählich wieder in die Waffenkammer zurückkamen. »Gut. Wer ist der Erste?«

Danach verabschiedeten sich Oddny und Gunnhild und gingen zu dem Gebäude, von dem Arinbjörn gesagt hatte, es beherberge die Weberei.

»Gunna«, sagte Oddny, als sie vor der Tür stehen blieben. »Geht es dir gut?«

Gunnhild nagte an ihrer Lippe. »Ich habe gerade nachgedacht. Über das Opfer ...«

»Ich bin sicher, wenn du einfach mit Erik darüber sprichst ...«

»Oh, ihr Götter, das ist das Letzte, was ich will. Mit ihm sprechen?« Gunnhild verzog das Gesicht. »Nein. Aber ich denke, wir können die Situation vielleicht zu unserem Vorteil nutzen.«

»Wie? Du hast mir erzählt, dass die Geister nicht kommen wollten ...«

»Pst!« Hektisch sah Gunnhild sich um, um sich zu vergewissern, dass niemand lauschte, ehe sie mit gesenkter Stimme sagte: »Nein. Hör zu: Falls Thorbjörg und Katla während des Disablot hier sind und König Harald zustimmt, dass ich das Ritual durchführe, dann heißt das, keine von ihnen kann an den dunklen Ort gehen.«

»Den dunklen Ort?«

»Den Ort, an den eine Seherin geht, wenn sie hinabsinkt und die Toten aufsucht. Wie dem auch sei – was immer diese beiden tun, um mich davon abzuhalten, mit den Geistern zu verkehren, werden sie nicht tun können, weil sie sich nicht mitten in der Halle in Trance versetzen können.«

»Nicht, ohne Verdacht zu erregen«, sagte Oddny mit geweiteten Augen, als sie begriff, was Gunnhild im Sinn hatte. »Und ihre Abwesenheit würde an solch einem wichtigen Tag auch auffallen. Und falls Olaf und Halfdan wirklich versuchen, König Harald von ihrer Unschuld zu überzeugen ...«

»... werden sie es nicht wagen, direkt vor seiner Nase irgendetwas zu versuchen«, beendete Gunnhild den Satz an ihrer Stelle.

Sie legte Oddny die Hände auf die Schultern und drückte sie kurz. »Jede Frau hier wird für mich singen. Ich werde sicher sein, und die Geister werden kommen, und ich werde herausfinden, wo genau Signy ist. Wir werden im Frühjahr gar nicht nach Birka reisen müssen – wir können direkt zu dem Ort gehen, an den man sie verkauft hat, genau wie ich es bei meinem Vater sagte. Ich werde nicht noch einmal versagen, Oddny. Ich schwöre es.«

»Und wenn König Harald dir nicht gestattet, das Ritual zusammen mit der Opferzeremonie durchzuführen?«

Gunnhild zog eine Grimasse und ließ die Hände sinken. »Dann überlegen wir uns etwas anderes.«

»Ja, das werden wir.« Oddny holte zittrig tief Luft, nicht bereit, sich zu viele Hoffnungen zu machen, aber verzweifelt um ihrer Schwester willen um Optimismus bemüht. Und um Gunnhilds willen.

Sie drehte sich wieder zur Tür um. »Sollen wir?«

In dem Augenblick, in dem sie die Weberei betraten, senkte sich ein Gefühl des Friedens über Oddnys Schultern. Das fröhliche Knistern des Herdfeuers und das leise Geplapper arbeitender Frauen waren Balsam für ihre Ohren. Das sanfte Rascheln und Klappern des Litzenstabs sowie das leichte Klirren aneinanderschlagender Webgewichte erzeugten vertraute Melodien. Öllampen hingen auch hier an den Pfosten und sorgten dafür, dass es in dem kleinen Raum ebenso hell war wie in der Haupthalle. Unter jeder Lampe waren Bündel mit getrockneten Wildblumen und Kräutern angebracht, deren berauschender Duft sich mit dem Geruch des Holzrauchs vermischte und sie wie mit einer warmen Umarmung umfing.

Statuen von Frigg und ihren Dienerinnen thronten über der Tür, Schalen mit Opfergaben standen gleich vor ihnen, und zwischen den Figuren loderten die Flammen von Specksteinlampen empor. Oddny lächelte, als sie Eir an dem Engelwurzstrauß in ihren Händen erkannte – ihr gütiges Gesicht ähnelte dem von Yrsas Eir-Statue, die sicher in Oddnys Tasche lag –, und während sie die Göttin betrachtete, wurde ihr bewusst, dass sie sich zum ersten Mal seit dem Überfall wieder wirklich sicher fühlte.

Aber Gunnhild schien es hier unbehaglich zu sein. Und Oddny wusste auf Anhieb, warum – wann hatte Gunnhild das letzte Mal einen Webstuhl bedient? Vermutlich nicht mehr, seit sie von zu Hause weggelaufen war. Und auf den ersten Blick konnte Oddny unter all den Figuren auf dem Balken keine sehen, die Freya repräsentierte, die Göttin, die mit größter Wahrscheinlichkeit Gunnhilds Schutzgöttin war.

Als sie eingetreten waren, kam eine Frau auf sie zu, die sich auf einen Stock stützte. Sie war groß, vielleicht vierzig Winter alt und hatte lockige dunkelbraune Haare und ein freundliches Gesicht. Oddny, die hier ganz in ihrem Element war, stellte sich und Gunnhild vor und erklärte, was sie hergeführt hatte.

Die Frau stellte im Gegenzug sich selbst als Saeunn Hrolfsdottir, Leiterin der Weberei, vor. Sie schien sich über ihre Anwesenheit zu freuen und fing gleich an, den Tagesablauf der Weberinnen zu beschreiben. Während sie das tat, hielten viele der Frauen in der Arbeit inne, um die beiden Fremden prüfend zu mustern; einige flüsterten hinter vorgehaltener Hand miteinander und bedachten Oddny und Gunnhild – vor allem Gunnhild – mit befremdlichen Blicken. Aber eine dunkelhaarige, hellhäutige Frau, die an dem Webstuhl saß, der der Tür am nächsten stand, strahlte sie mit unverhohlenem Interesse an, und Oddny ertappte sich dabei, ihr Lächeln zu erwidern.

»Wir fertigen hauptsächlich Segeltuch«, erzählte Saeunn, und Oddny konzentrierte sich wieder auf sie. »Alreksstadir ist das Schiffsbauzentrum des Königs, zumindest bis sie hier alle geeigneten Bäume gefällt haben und weiterziehen. Aber solange die

Schafe hier sind, sind wir es auch.« Sie lächelte. »Wir schlafen hier in der Weberei. Ich kann die Mädchen bitten, zusätzliches Bettzeug für euch zwei herzuholen.«

»Danke«, sagte Oddny aufrichtig. »Aber wir würden zu gern ein Bad nehmen, ehe wir uns hier einrichten.«

Saeunn nickte verständnisvoll. »Ulla kann euch zum Badehaus bringen. Sie kann euch auch herumführen, falls ihr ...«

»Das würde ich sehr gern tun«, sagte die lächelnde Frau an dem nahen Webstuhl, stand auf und sprang von der Plattform. Ehe Oddny und Gunnhild wussten, wie ihnen geschah, schob Ulla sie schon zur Tür hinaus, um mit der Führung zu beginnen.

»Das ist das Kochhaus, da führt Hrafnhild das Zepter. Hallo, Hrafnhild!«, rief Ulla und winkte vergnügt einer drallen Frau zu, die sich mit hochrotem Kopf lebhaft mit einem dünnen Mann stritt, der mit einer Birkenrinde wedelte, auf der Runen und Kerben zu sehen waren. Die Herrin des Kochhauses ignorierte sie, aber davon ließ sich Ulla nicht beirren. Einige der Mädchen, die im Kochhaus arbeiteten, begegneten Ullas Winken jedoch mit einem Lächeln und lauten Hallos.

»Das Gebäude da drüben, durch das der kleine Bach fließt, das ist die Brauerei. Normalerweise holt sich Hrafnhild ein paar von uns aus der Weberei zu Hilfe, um das Bier für das Julfest zu brauen. Da ist die Waffenkammer. Dort drüben – weit weg – ist die Latrine. Das ist die neue, die sie nach dem Krankheitsausbruch im letzten Winter gebaut haben. Richtig übel. Und da ist der Tempel, aber der ist vor allem Odin gewidmet, darum gehen wir nicht oft hin. Und dort drüben ... oh.«

Stromabwärts der Brauerei war das Badehaus, das aber, wie sie gleich sahen, noch immer von Eriks Hirdsmannen frequentiert wurde.

»Wir kommen später wieder, wenn ihr einverstanden seid?«, sagte Ulla. Sosehr sie sich nach einem Bad sehnten, Oddny und

Gunnhild waren auch der Ansicht, es wäre besser, zu warten, bis dort weniger Andrang herrschte.

Sie gingen weiter, und Ulla zeigte ihnen noch andere Gebäude: die Lagerhäuser, die Stallungen. Wohin sie auch kamen, begrüßte sie die Leute mit Namen, und dem Augenschein nach freuten sich alle, sie zu sehen. Als sie ihren Weg fortsetzten, blieb Oddny beim Anblick einiger baufälliger Hütten abrupt stehen. Durch die offenen Türen konnte sie Frauen mit kahl geschorenen Köpfen und zerlumpten Kleidern Wolle spinnen sehen, die Augen gesenkt, die Bewegungen steif und matt.

Leibeigene. Ihr Magen krampfte sich zusammen, als sie sich vorstellte, Signy wäre eine von ihnen.

Gunnhild und Ulla waren ebenfalls stehen geblieben, und Ullas vergnügte Miene wich einem düstereren Ausdruck. »Diese Frauen ergänzen die Produktion der Weberei und arbeiten an den Färbekesseln. Mehr als einmal mussten wir Männer vertreiben, die sie belästigten. Arme Mädchen. Ich wünschte, ich könnte mehr für sie tun.«

Ein Wunsch, den Oddny teilte.

»Kommt«, sagte Ulla sanft. »Wir gehen über diesen anderen Weg zurück zum Badehaus.« Sie winkte ihnen zu und setzte sich wieder in Bewegung. Nach einem letzten, langen Blick auf die Hütten folgten ihr Oddny und Gunnhild.

Ulla zeigte auf die gepflegten Häuschen, die das ganze Jahr über von Handwerkern und Landarbeitern bewohnt wurden, die Felder, auf denen Winterweizen angebaut worden war, und die Weiden, auf denen Vieh graste. Dahinter lag der Wald und hinter diesem die Berge. Die drei Frauen gingen am Weidezaun vorbei zu ihrem nächsten Ziel, statt sich den Bäumen zu nähern, obwohl Oddny ein quer durch das Feld führender Pfad auffiel, auf dem eine Gruppe Männer einen mächtigen Baumstamm aus dem Wald herbeischleppte.

Oddny dachte über den Wald nach, wohl wissend, dass sie bald wieder ihren Tee würde brauen müssen – sie konnte kaum glauben, dass seit dem Überfall schon fast wieder ein ganzer Mond vergangen war. Schließlich fragte sie Ulla, wo sie die Zutaten finden könnte.

»Oddny ist eine sehr begabte Heilerin«, fügte Gunnhild hinzu. »Ich kenne zwar auch ein paar Tricks, aber sie ist weit fähiger als ich.«

»Du bist zu bescheiden«, wandte Oddny ein, fühlte sich aber insgeheim geschmeichelt.

Gunnhild winkte ab. »Magie kann nicht alles in Ordnung bringen. Du hast die passende Gabe.« Sie blieb stehen und reckte ihren verbundenen Fuß vor. »Dank dir humpele ich nicht einmal.«

»Du solltest Hrafnhild bitten, dass sie dir gestattet, dich im Garten zu bedienen«, schlug Ulla vor. »Ich bin sicher, sie wird es erlauben. Hier gibt es eine Menge Leute, die Hilfe brauchen könnten. Und ich begleite dich gern bei der Suche im Wald – ich kenne mich da gut aus.«

Als Nächstes erreichten sie den Meilerplatz und die Schmieden, wo sie Halldor entdeckten, der den Schmieden zusah und mit einem der Jungen plauderte, die den Blasebalg bedienten. Halldor sah aus, als hätte er sich noch nicht gewaschen, und Oddny fragte sich, warum er nicht mit den anderen Männern badete, bis ihr wieder einfiel, dass er für volle Räume nicht viel übrighatte. Wahrscheinlich hatte er einfach beschlossen, sich erst einmal auf eigene Faust auf dem Anwesen umzusehen und zu warten, bis sich das Badehaus wieder geleert hatte; ganz wie sie und Gunnhild.

Halldor sah sie und nickte ihr zu, und sie erwiderte den Gruß, bemüht, nicht auf die Wärme zu achten, die ihr den Nacken emporkroch, als sie daran dachte, wie er auf dem Schiff den Arm um sie gelegt hatte. Das hatte sie seither gut verdrängen können – bei allen Göttern, waren sie wirklich erst an diesem Morgen dem Tod so nahe gewesen? –, aber nun, da sie sicher an Land war, schlich sich bei seinem Anblick die Erinnerung daran, wie er seinen Körper an ihren gepresst hatte, wieder in ihr Bewusstsein zurück. Kaum waren das Deck geräumt und seine Befehle abgearbeitet, da war er zu ihr gestürzt und hatte sie so fest gehalten, dass die Welle, die Gunnhild über Bord gespült hatte, sie nicht aus seinen Armen hatte reißen können. Und als sie törichterweise versuchte, ins Wasser zu springen, um ihre Freundin zu retten, hatte er sie zurückgehalten.

Warum hat er das getan?

Vielleicht dachte sie einfach viel zu viel über diese Geschichte nach. Schließlich war sie einem Mann nie so nahe gewesen, abgesehen von ein paar wenigen Begegnungen auf Festen und Versammlungen, die sie nicht als besonders erfreulich in Erinnerung hatte. Aber Halldors Nähe dort auf Deck, getragen von verzweifelter Not, nicht von sexuellen Gelüsten, schien sich auf eine Art auf sie auszuwirken, mit der sie nicht gerechnet hatte.

Und das gefiel Oddny überhaupt nicht. Noch weniger behagte ihr, dass ein Teil von ihr hoffte, er würde zugleich mit ihr und Gunnhild das Badehaus aufsuchen …

Nein, so ist das nicht. Wir sind einander verbunden, bis er mich bezahlt hat, ermahnte sie sich in Gedanken. Danach werde ich nie wieder an ihn denken müssen.

Oddny hörte nur halb zu, als Ulla ihnen die Holzwerkstatt zeigte, wo Zimmermänner damit beschäftigt waren, den Kiel eines Kriegsschiffes zu schleifen, während einige Böttcher Dauben für Fässer und Kübel fertigten. Wenig später geleitete Ulla sie wieder zum Badehaus, das sich glücklicherweise inzwischen geleert hatte.

Von Halldor war nichts zu sehen, als sie dort ankamen, und Oddny hasste den winzigen Hauch von Enttäuschung, den sie deshalb verspürte.

Ulla verabschiedete sich und meinte, sie sähen sich dann beim Abendessen in der Haupthalle. Das Feuer im Badehaus brannte bereits, und Oddny hätte beinahe geweint, als sie eintraten: So warm war ihr seit Tagen nicht mehr gewesen. Als sie und Gunnhild dann gewaschen und gekämmt waren, saßen sie in behaglichem Schweigen beisammen, um den Frieden im Badehaus zu genießen, solange sie unter sich waren.

Gunnhild lehnte den Kopf an die Wand und schloss die Augen. »So gut habe ich mich seit einer Ewigkeit nicht mehr gefühlt.«

Oddny, die ihr gegenübersaß, zog die Knie an und schlang die Arme darum. »Dieser Ort – ich hätte nie gedacht, dass ich einmal solche Annehmlichkeiten genießen würde.«

»Das kannst du laut sagen«, entgegnete Gunnhild mit Nachdruck. »Ich habe die letzten zwölf Winter auf einer Strohmatte auf dem kalten, harten Boden ...«

»Ich frage mich, wo Signy wohl in diesem Winter schlafen wird«, fiel Oddny ihr ins Wort.

Gunnhild wandte den Blick ab. Sie war bei dem Versuch, den Sturm aufzuhalten, und bei der folgenden Konfrontation mit der geheimnisvollen dritten Hexe in ihrer Robbengestalt beinahe umgekommen. Ihr Tag war also schon schlimm genug verlaufen – ganz abgesehen von der desaströsen Begegnung mit Königin Gyda und den Grübeleien über die bevorstehende und vermutlich noch üblere Begegnung mit König Harald, Eriks Brüdern und den feindlich gesonnenen Hexen.

Aber Oddny musste sich das von der Seele reden.

»Ich kann nicht aufhören, an sie zu denken, Gunna. Die Frauen in diesen Hütten. Wenn Signy nun in ähnlich schlimmen – oder sogar schlimmeren – Verhältnissen lebt ... Ich wünschte, wir hätten vor dem Winter zu ihr stoßen können.«

Gunnhild sackte in sich zusammen. »Ich weiß. Aber wir haben einen Plan. Es hat keinen Sinn, sich dermaßen schuldig zu fühlen, dass wir uns an nichts mehr erfreuen können. Es wird nur von jetzt an alles etwas schwieriger werden.«

»Besonders, da Thorbjörg und Katla gerade in diesem Moment auf dem Weg hierher sind«, bemerkte Oddny finster.

Furcht spiegelte sich für einen Augenblick in Gunnhilds Gesicht, wurde aber sogleich von einer entschlossenen Miene vertrieben.

»Richtig«, sagte sie.

Als sie sich schließlich wieder angezogen hatten und das Badehaus verließen – beide dabei laut über die kalte Luft fluchend, kaum dass sie die Tür geöffnet hatten –, war das Abendessen bereits vorbei. Also gingen sie geradewegs zum Kochhaus, um ein paar Reste zu stibitzen. Dann zogen sie sich in die Weberei zurück und sanken in dem geborgten Bettzeug in einen tiefen, wohlverdienten Schlaf.

19

Gunnhild träumte, dass sie ertrank.

Das Wasser um sie herum war so dunkel wie das Nichts, und sie ruderte mit den Armen, während sie in die Tiefe gezogen wurde. Ein Bein von spitzen Zähnen umklammert, trat sie mit dem anderen Fuß um sich.

Ihr war so kalt.

Sie konnte nicht atmen.

Gunnhild!

Etwas regte sich über ihr, und ihr Herz tat einen Satz, als sie hinaufblickte. Doch es war nicht Erik, der sich dort materialisierte – es war ein weißer Fuchs, und der verbiss sich in ihrem Arm, und dann tauchte noch etwas auf sie zu, und das war der Adler. Blut und andere Flüssigkeiten rannen aus seiner leeren Augenhöhle, und das verbliebene Auge starrte sie hasserfüllt an, während weit unter ihr in der Tiefe Rans Töchter lachten ...

Und dann ergriffen zwei Hände ihre Schultern.

»*Gunnhild!*«

Sie zitterte, schwitzte, und Oddny stand über ihr und blickte besorgt zu ihr hinab. »Geht es dir gut?«

»Ja«, würgte Gunnhild hervor. »Ja. Es war nur ein Traum.«

Oddny wirkte nicht überzeugt, ließ sie aber los.

Sie frühstückten mit den Frauen aus der Weberei. Danach nahm Oddny die Gelegenheit wahr, sich einen Webstuhl mit Ulla zu teilen, und Gunnhild zog los, um an einem Zauber zu arbeiten, der ihr, geboren aus dem furchtbaren Traum, in den Sinn gekommen war.

Der Wald war ihre erste Wahl auf der Suche nach ein wenig Abgeschiedenheit. Das Problem war, dass sie zögerte, vom Weg abzuweichen, weil sie fürchtete, sie könnte sich verirren, und so begegnete sie immer wieder Zimmerleuten oder Leibeigenen bei der Arbeit, die damit beschäftigt waren, Bäume zu kennzeichnen oder Stämme aus dem Wald zu schleifen.

Ihre zweite Wahl war ein Eichenhain hinter der Waffenkammer, in dem sie sich hinter dem dicksten Baum versteckte und sich ihrem Vorhaben widmete. Einen Zauber von Grund auf zu entwickeln war ermüdend. In diesem frühen Stadium gehörte kaum mehr dazu, als Runen mit einem Stück Kohle auf Birkenrinde zu kritzeln, bis sie die passende Kombination gefunden hatte. Auf dem Übungsplatz in der Nähe maßen sich Männer im Kampf, und ihr Geschnatter, Gelächter und Gebrüll sowie das Klirren ihres Stahls klangen immer ferner, je länger sie arbeitete.

Als dann plötzlich mehrere Stimmen in ihrer unmittelbaren Umgebung erklangen, erstarrte sie.

Die erste gehörte Erik, er klang angespannt und besorgt: »Bist du sicher, dass du den Winter nicht hier verbringen willst? Die Jahreszeit ist für eine Seereise schon weit fortgeschritten. Und während der Winternächte zu reisen, bringt Unglück. Es ist gefährlich...«

Dann Thorolf, steifer und formeller, als Gunnhild es je von ihm erlebt hatte: »Auf mich wartet ein Handelsschiff der Isländer, mit denen ich die Überfahrt zu Beginn des Sommers verabredet habe. Wenn ich mich nun entschließe, nicht mit ihnen zu reisen, hätten sie die letzten paar Wochen für nichts und wieder nichts auf mich gewartet. Sie haben diese Reise schon viele Male gemacht. Das wird gut gehen.«

»Er muss mal eine Weile weg, Erik«, warf Arinbjörn gewohnt beschwichtigend ein. »Weg von ihr.«

»Und von dir«, fügte prompt Svein hinzu.

Vor lauter Schuldgefühlen konnte Gunnhild kaum atmen. In der Stille, die den Worten des Skalden folgte, ging sie das Risiko ein, sich weit genug zur Seite zu beugen, um an dem Baum vorbeizuspähen, und sie sah, dass die drei anderen Männer sich zu Svein umgedreht hatten und ihn fixierten.

»Was?«, fragte der Skalde und verschränkte die Arme vor der Brust. »Jeder weiß, dass Thorolf sie zuerst gefragt hat.« Als niemand antwortete, seufzte er. »Ich gehe sie holen«, sagte er und verschwand in der Waffenkammer.

»Ich wünsche nicht, das erneut zu vertiefen«, sagte Erik matt zu Thorolf, als Svein fort war. »Ich habe mich dir gegenüber bereits erklärt und Abbitte geleistet. Was willst du mehr von mir?«

»Zeit«, sagte Thorolf. »Abstand.«

Unausgesprochene Dinge lasteten schwer auf seiner Stimme, und der Blick, den die beiden Männer wechselten, entging Gunnhild nicht, ebenso wenig wie die Tatsache, dass Erik es nicht ganz schaffte, eine neutrale Miene zu wahren, oder dass er den Augenkontakt als Erster brach.

Die Bedeutung dieses Augenblicks schien Arinbjörn vollends zu entgehen, oder er ignorierte es lediglich pflichtschuldig. Gunnhild tippte auf Letzteres. »Lass dich von ihm nicht abhalten, Thorolf. Es ist nur, weil so viele von uns über den Winter fort sein werden, und das macht ihn nervös ...«

Das trug nicht dazu bei, Eriks Stimmung zu verbessern. »Ja, danke, dass du mich daran erinnerst.«

»Ach, nun komm schon«, sagte Arinbjörn. »Du hast immer noch Svein. Und Halldor. Der war schon vor Sonnenaufgang auf und hat geübt, weißt du noch? Die anderen Hoffnungsträger haben mit dem Rest von uns ihren Verstand ersäuft und waren heute früh immer noch betrunken.«

»Aber ist es nicht besser, die Männer, an deren Seite man kämpfen wird, kennenzulernen?«, fragte Thorolf. »Ich habe nichts gegen Halldor, aber er kommt mir ein bisschen … unnahbar vor, meint ihr nicht?«

»Und Erik ist *nicht* unnahbar? Er hat auch nicht mit uns getrunken und war ebenfalls vor Sonnenaufgang wach.« Arinbjörn schlug seinem Ziehbruder aufmunternd auf die Schulter.

»Das lag daran, dass ich gar nicht schlafen gegangen bin«, sagte Erik tonlos.

Arinbjörn deutete mit dem Daumen auf ihn und fuhr fort, als hätte er gar nichts gesagt: »Der würde sich mit niemandem außer seinen Katzen in einer Trollhöhle verkriechen, wenn wir ihn ließen. Halldor wird sich schon einfügen. Geh und genieß deinen Winter, Thorolf. Und sag deinem Vater, mein Vater lässt grüßen.« Gunnhild erinnerte sich vage, dass jemand erzählt hatte, sein Vater und Thorolfs Vater wären Ziehbrüder gewesen.

In diesem Moment kehrte Svein mit einer Axt, die er Erik überreichte, aus der Waffenkammer zurück. Der König nahm sie und hielt sie Thorolf hin, der sie angaffte, aber keine Anstalten machte, sie zu ergreifen. Es war ein prächtiges Stück mit einem sichelförmigen Blatt, goldenen Intarsien und einer silbernen Plattierung am Schaft: eine Waffe, die unverkennbar mehr der Zierde als der praktischen Nutzung diente.

»Du warst mir viele Jahre ein guter Freund«, sagte Erik, immer noch mit dargebotener Axt. »Du hast mir mein erstes Schiff gegeben, als wir jung waren. Und das hast du im vollen Bewusstsein der Zwietracht zwischen unseren Familien getan in der Hoffnung, den Graben zwischen ihnen überbrücken zu können. Doch während des letzten Monats habe ich die Brücke wieder abgerissen. Ich kann nicht bedauern, was ich getan habe oder warum ich es getan habe. Was ich jedoch bedauere, ist, all deine harte Arbeit zunichtezumachen. Lass es mich wenigstens in diesem Punkt wiedergutmachen.«

»Aber diese Axt …«, sagte Thorolf. »Ist das nicht die, die dein

Vater dir geschenkt hat, als er dich zu seinem Nachfolger ernannt hat? Du kannst doch unmöglich ...«

»Sie ist es, und ich kann. Ich weiß nicht, wie unsere Väter das sehen, aber für mich steht unsere Freundschaft nicht infrage. Seit wir uns begegnet sind, bist du nicht mehr in dein Heim nach Island zurückgekehrt, und ich möchte, dass du jetzt, da du das tun willst, dies mitnimmst.«

»Ich kann nicht«, sagte Thorolf mit weit aufgerissenen dunklen Augen. »Das ist zu viel.«

»Gib sie Skallagrim«, entgegnete Erik nachdrücklich. »Weitergereicht von meinem Vater an mich, von mir an dich, von dir an deinen Vater. Mit meinem Dank.«

Thorolf schüttelte den Kopf, bis Erik »Bitte« hinzufügte, ein einzelnes Wort, so voller Gefühl, dass Gunnhild sah, wie Thorolfs Entschlossenheit schwand, als er nach der Waffe griff.

Gunnhild wandte sich ab. Sie konnte sich das nicht länger ansehen, konnte es nicht ertragen, zu hören, wie sie sich voneinander verabschiedeten. Die Schuld rumorte tief in ihrer Brust, zappelte, trieb sie an, wegzulaufen.

Aber sie blieb und hielt sich nur die Ohren zu, bis sie überzeugt war, dass sie fort waren – und dann blickte sie auf und sah, dass Thorolf über ihr stand. Allein. Hastig rappelte sie sich auf, sah ihm in die traurigen braunen Augen, und mit jedem Atemzug schien ihre Brust enger zu werden.

Er war ein guter Mann. Freundlich und süß und tapfer. Er hatte nichts falsch gemacht, abgesehen davon, dass er ihr zu sehr zugetan war. Im Laufe der Zeit, so dachte sie, hätte sie ihn vielleicht lieben lernen können. Was für ein Mensch war sie nur, dass sie ihn für einen anderen fallen ließ? Für jemanden, der das glatte Gegenteil von ihm war, zu allem Überfluss?

»Es steht nicht gut zwischen dir und Erik, und alle wissen es.« Das waren die ersten Worte, die Thorolf seit dem Bootshaus an sie richtete. »Du kannst deinen Eid ihm gegenüber immer noch brechen und mit mir nach Island kommen. Du könntest all dies hinter dir lassen, wenn du nur willst.«

Gunnhild schüttelte den Kopf. »Signy braucht mich. Nichts hat sich verändert. Da gab es nie eine Wahl, Thorolf. Ich muss bleiben und das zu Ende bringen.«

Er reckte das Kinn vor. »Ist es wahrhaft das, worum es dir geht?«

»Wie meinst du das?«, fragte sie, verstimmt über seinen Tonfall. »Du warst doch derjenige, der mir anfangs geraten hat, mit Erik zusammenzuarbeiten.«

»Aber nicht so. Du hättest ihn nicht gleich heiraten müssen, um mit ihm zu arbeiten. Nicht um deines hehren Ziels willen hat sein Antrag dich gereizt, sondern wegen deiner Selbstsucht. Deinem Wunsch, jemand zu sein. Zu beweisen, dass deine Mutter falschlag. Aber für mich bist du die ganze Zeit jemand gewesen. Mir hättest du nie etwas beweisen müssen. Erkennst du das nicht?«

Sie war sprachlos. Seine Worte schmerzten, als hätte er Salz in eine offene Wunde gerieben. Ja, es stand nicht gut zwischen Erik und ihr – aber wenn sie diesen Weg weiter beschritt, würde sie gewiss Signy retten und Heid rächen, und wenn es das Letzte wäre, was sie täte. Doch zu welchem Preis? Sollte sie Erik wirklich heiraten, würde sie dann je wieder die zärtliche Umarmung eines anderen Menschen erleben?

Noch immer brachte sie kein Wort heraus, doch das war in Ordnung. Sie hatten einander längst alles gesagt, was es zu sagen gab.

Sie wartete, bis er weg war, ehe sie wieder mit dem Rücken zum Baum zu Boden sackte und stumm schluchzte, bis sie keine Luft mehr bekam. Kurze Zeit später sah sie zu, wie sein Schiff ablegte.

In dieser Nacht träumte sie zum zweiten Mal, sie würde ertrinken, und als sie erwachte, war sie nur umso entschlossener, es zu Ende zu bringen. Es war nicht wichtig, wo sie an ihrem Zauber arbeitete, es war nur wichtig, dass sie daran arbeitete. Und so kehrte sie nach dem Frühstück zurück in den Wald, wich ein wenig vom Pfad ab, und wenn ihr auch die Geräusche menschlicher Tätigkeiten verrieten, dass sie nicht ganz allein war, schloss sie sie aus ihrem Bewusstsein aus, so gut sie konnte, und versuchte, sich auf ihre Arbeit zu konzentrieren.

Sie war überzeugt, dass ihre Binderune funktionierte und ihr Geist vor Thorbjörg sicher war. Was bedeutete, dass ihr diese Träume nicht von jemandem geschickt worden waren, der sie ängstigen wollte: Dieser Schrecken gehörte ganz ihr. Doch sie musste sich etwas einfallen lassen, um auch ihren Körper zu schützen. Sie benötigte einen Zauber, der sie vor jedem Schaden bewahrte. Dank dieser verfluchten Robbe – dieser gottlosen dritten Hexe und diesen Zähnen in ihrem Bein – hatte sich Todesangst tief bis ins Mark in ihr eingenistet, und die wollte sie loswerden.

Ich bin nicht schwach. Ich habe keine Angst.

Vielleicht würden die Träume aufhören, wenn sie sich erst wieder sicher fühlte.

Aber der Zauber erwies sich als komplizierter als erwartet. Es gab zu viele potenzielle Schäden abzuwehren, zu viele Dinge, die einen Menschen verwunden oder töten konnten und die Gunnhild alle einbeziehen musste. Die Folge war, dass sie zunehmend enttäuscht und ungeduldig reagierte und sich bald der anderen Aufgabe zuwandte, die sie sich für diesen Tag vorgenommen hatte: einem Fluch.

Flüche waren ihr stets so leichtgefallen wie das Atmen. Sie suchte im Wald nach Hirschrippenknochen, bis sie einen ganzen Haufen gesammelt hatte, und ritzte ihre Absicht in Form von Runen in jeden einzelnen davon. Dann wartete sie bis tief in die

Nacht, ehe sie eine Rippe an der Schwelle jeder der Hütten der Leibeigenen vergrub.

Als sie den letzten Fluch platziert hatte und das Loch gerade wieder auffüllen wollte, wurde das zerfledderte Tuch, das als Hüttentür diente, zur Seite gezogen, und eine der blassen, matten Frauen kam zum Vorschein. Verständlicherweise erschrocken darüber, sie zu dieser Stunde dort zu sehen, keuchte sie auf und machte eine sonderbare Geste. Sie berührte mit den Fingerspitzen erst ihre Stirn, dann die Mitte der Brust und dann jede Schulter und sagte etwas in einer fremden Sprache. Gunnhild versuchte, sie aufzuklären, konnte aber in ihren Augen keinen Hinweis darauf entdecken, dass sie verstanden worden wäre. Doch dann tauchte eine zweite Frau auf – vielleicht eine, die Nordisch verstand – und zerrte die erste wieder hinein, sodass Gunnhild ihre Arbeit beenden konnte.

Am nächsten Morgen hörte sie Gerede über einen Mann, dessen Körper seit dem Moment, in dem er versucht hatte, eine der Hütten zu betreten, mit scheußlichen Pusteln übersät war, und lächelte still in sich hinein. Ulla, der die dunklen Ringe unter ihren Augen und der Dreck unter ihren Fingernägeln aufgefallen waren, lächelte ebenfalls.

Am Nachmittag, als Oddny beim Weben eine Pause einlegte, um eine ihrer Socken zu flicken, erzählte Gunnhild ihr von den Flüchen. Die beiden saßen auf einer Bank in der Nähe der Waffenkammer. Der Tag war ungewöhnlich warm, aber am Horizont zogen Regenwolken auf.

»Ich wusste gar nicht, dass du so etwas – oh!« Ein Aufschrei hatte Oddny erschreckt. Sie zuckte zusammen und stach sich mit der Nadel in den Finger. »Geht das nicht leiser?«, fragte sie mit einem wütenden Blick zu den beiden Männern auf dem Kampfplatz.

»Könnt ihr euch nicht woanders hinsetzen?«, konterte Erik und griff wieder an.

»Furchtbare Reaktion«, murmelte Gunnhild leise.

»Absolut abscheulich«, stimmte Oddny zu.

Erik und Halldor übten sich – ausgerechnet mit Stöcken – im Kampf, seit Gunnhild bei Sonnenaufgang zur Weberei zurückgetrottet war. Beide waren so schnell, dass die Frauen ihren Bewegungen kaum zu folgen vermochten. Nach dem Gespräch, das Gunnhild zwei Tage zuvor belauscht hatte, war sie verwundert, dass Erik allem Anschein nach Spaß hatte.

Spaß? Das war schlicht nicht hinnehmbar.

»Was ist los, Erik? Hast du deine Äxte verloren?«, stichelte Gunnhild von der Bank aus.

»Wenn du es unbedingt wissen willst: Ich zeige Halldor, wie er seine Fußarbeit verbessern kann«, antwortete Erik von der anderen Seite des Zauns. »Dafür braucht man keine Klingen.« Er hielt inne, um wieder zu Atem zu kommen, und deutete mit dem Stock, bei dem es sich, wie Gunnhild nun erkannte, um einen kurzen Speerschaft ohne Spitze handelte, auf Halldor. *Nicht ungefährlich, aber besser als eine Klinge*, dachte sie.

»Meine Fußarbeit hat mich neun Sommer lang durch Raubzüge getragen, vielen Dank auch«, konterte Halldor und stützte sich keuchend auf seinen Stock. »Ich muss da nicht viel dran verbessern.«

»Ach wirklich?«, spottete Erik. »Warum bist du denn jeden Tag vor dem ersten Hahnenschrei auf und übst, wenn du doch bereits ein perfekter Krieger bist?«

»Die Frage könnte ich dir auch stellen, wenn man bedenkt, dass wir beide die Einzigen waren, die vor dem Frühstück schon hier draußen waren.«

»Zugegeben – du lässt den Rest meiner Männer tatsächlich schlecht aussehen. Abgesehen von deiner Fußarbeit.«

»Gut, dann weiß ich ja jetzt, dass ich nach unten sehen muss, sobald du mit der Axt auf mich losgehst«, sagte Halldor feixend.

»Ich habe nie gesagt, ich wäre ein perfekter Krieger. Aber du bist der Einzige, den ich erst noch schlagen muss.«

Selbstzufrieden sah sich Erik zu den Frauen um. »Große Reden schwingen kann er schon, aber auf dem Feld ist er immer noch eine Bürde.«

Halldor schnaubte verächtlich und schlug mit dem Stock nach Erik, doch der blockte den Hieb einfach ab. Es dauerte nicht lange, und die Männer kämpften wieder rasant und bewegten sich, begleitet vom ständigen Klack-klack-klack ihrer Waffen, zur anderen Seite des Übungsplatzes.

»Seit ich Halldor erstmals begegnet bin, war er einem echten Lächeln noch nie so nahe«, bemerkte Oddny in sonderbarem Ton.

Gunnhild sollte später noch oft an diesen Moment zurückdenken – daran, wie Oddny dahinzuschmelzen schien, als sie seinen Namen aussprach –, denn sie konnte nicht begreifen, warum Oddny dem Mann gegenüber, der dazu beigetragen hatte, ihr Leben zu zerstören, so zugetan sein konnte. Aber in diesem Moment ging sie nicht weiter darauf ein.

Die Träume kamen wieder und wieder, bis Gunnhild eines Morgens erwachte und feststellte, dass Ulla sich mit sorgenvoll geweiteten Augen über sie beugte. Wie stets brauchte sie einen Moment, ehe sie begriff, dass sie sich in der Sicherheit der Weberei befand – in der außer ihr und Ulla gerade niemand war. Erleichtert entspannte sie sich. Ihr leinenes Unterkleid war schweißgetränkt, und kaum hatte sie sich aufgesetzt und die Decke zurückgeschlagen, fing sie an zu frieren. Sie war die Einzige, die noch geschlafen hatte; die anderen Frauen hatten ihr Bettzeug bereits von den Plattformen an den Wänden der Halle geräumt, auf denen sie rund um die Webstühle zu schlafen pflegten.

»Wieder dieser Traum?«, fragte Ulla aufgewühlt. »Wenn ich meine Familie besuche, kann ich unseren Noaidi fragen …«

»Ich habe alles unter Kontrolle«, fiel Gunnhild ihr ins Wort. Und dann ging ihr auf, was sie gesagt hatte. »Du bist Samin?«

»Ja«, bestätigte Ulla stolz. »Meine Familie hält sich zu dieser Jahreszeit gleich jenseits des Berges auf. Nach dem Julfest werde ich sie besuchen, aber ich kann auch früher hingehen, wenn dir das helfen würde.«

Gunnhild sagte etwas zu ihr in der Sprache, die sie gelernt hatte, aber Ulla und ihre Verwandten sprachen so weit im Süden eine ganz andere – und ihr fiel wieder ein, dass ihre Freunde in Finnmark ihr einmal erzählt hatten, dass es beträchtliche Unterschiede zwischen den Samensprachen gab. Bei dem Gedanken an Juoksa und Mielat wurde ihr das Herz schwer. Was würden sie denken, wenn sie sie jetzt sehen könnten? Wenn sie wüssten, dass sie genau den Mann heiraten würde, vor dem die beiden sie gewarnt hatten?

Aber so, wie sie damals fest entschlossen gewesen war, ihre Noaidi-Freunde um deren Sicherheit willen aus ihren Problemen herauszuhalten, so würde sie auch nicht zulassen, dass Ullas Familie darin verwickelt würde.

»Danke, aber das ist kein Problem. Ich verspreche es.« Gunnhild fuhr sich mit der Hand durch das feuchte Haar, bis sich ihre Finger in dem vom Schlaf zerzausten Zopf verfingen. »Wo ist Oddny hingegangen?«

»Sie ist mit den anderen losgezogen, um Frühstück zu holen«, sagte Ulla. »Wir sollten dein Bettzeug wegräumen, damit wir uns an die Arbeit machen können, wenn sie zurück sind. Und du musst doch immer noch deine Kleider fertigen, nicht wahr?«

Gunnhild blickte auf die ausgefransten Ärmelsäume des Leinenkleids hinab, das sie während der Nacht getragen hatte. »Richtig. Du hast recht.« Sie griff in ihren Habersack und zog ein schlichtes, weiches, ungefärbtes Leinengewand hervor, das beinahe genauso aussah wie das, was sie trug, und wechselte die

Kleidung. Nie zuvor in ihrem Leben hatte sie ein Ersatzunterkleid aus Leinen besessen, und das war ein Luxus, den sie heute zu schätzen wusste.

Ihre Kleidung aus Finnmark hatte sie ganz offiziell abgelegt; nicht nur wegen ihres Zustands, sondern auch, weil sie kaum mehr hineinpasste. Glücklicherweise hatte sich Gunnhild noch einmal in die elterliche Schlafkammer geschlichen, nachdem der Leichnam ihrer Mutter weggebracht worden war – weil ihr klar war, dass Eriks zur Unzeit vorgebrachter, aber durchaus vernünftiger Vorschlag Sinn ergab, wenngleich sie das ihm gegenüber niemals einräumen würde –, und hatte sich ein paar der Kleider ihrer Mutter geschnappt. All das hätte ihr wunderbar gepasst, als sie in Finnmark gelebt hatte, aber ein paar Wochen mit vollständigen Mahlzeiten hatten dafür gesorgt, dass sie ihr zu eng wurden, umso mehr, da Solveig kleiner gewesen war als sie. Die alten Leinenkleider waren vom Alter ausgeleiert, aber die wollenen saßen nun arg knapp.

Als sie nun also ein wollenes Überkleid in verblasstem Rot hervorholte und sich über den Kopf zog, trat Ulla vor und half ihr ungefragt, es auch über den Rest ihres Körpers zu streifen.

»Kannst du darin überhaupt atmen?«, fragte Ulla und trat einen Schritt zurück, um sie in Augenschein zu nehmen.

»Ich habe keine andere Wahl.« Gunnhild sprang von der Plattform. Die Bewegung versetzte die Gewichte am nächsten Webstuhl in Schwingung, und sie prallten mit leisem Klickern aneinander.

In diesem Moment betrat Oddny die Weberei mit einer Schale Haferbrei in der Hand. Auch sie trug eines von Solveigs alten Wollkleidern. Dieses war gelb-grün, und sie hatte es gekürzt, um die Länge ihrer eigenen Zwergengestalt anzupassen. »Wie geht es deinem Fußgelenk, Gunna? Immer noch alles in Ordnung?«

»Dank dir«, sagte Gunnhild. Die Wunde, die sie sich am letzten Tag ihrer Reise vor einer Woche zugezogen hatte, war bereits weitgehend geheilt, sodass nur die Narben der einzelnen Bisswunden übrig waren.

Dunkelheit überall – die Augen der Robbe ...
Nicht. Denk nicht daran!

»Gut.« Oddny reichte ihr die Schale und musterte sie von Kopf bis Fuß, ehe sie Ullas Frage wiederholte: »Kannst du in dem Kleid überhaupt atmen?«

»So gerade eben. Ich werde mir ein paar neue Kleider nähen müssen, wenn ich mit meinem Hochzeitskleid fertig bin«, grummelte Gunnhild und aß einen Happen von ihrem Haferbrei. Sie hasste es, zu nähen, vielleicht sogar noch mehr als das Weben.

»Du bist noch nicht fertig damit? Dir bleiben nur noch ein paar Tage!«

Gunnhild dachte beim Kauen einen Moment nach. »Wenn ich dir etwas Silber gebe, machst du es dann für mich fertig? Du hast ein besseres Händchen dafür als ich.«

»Das ist wahr. Nach dem, was ich gesehen habe, bist du beim Nähen ziemlich mies.«

»Danke«, sagte Gunnhild sarkastisch. »Dieses Vertrauen in meine Fähigkeiten kann ich brauchen, während ich eine neue, königliche Garderobe für mich zusammenstoppele. All das feine Gewebe, das ich Saeunn abgekauft habe, ist vergeudet an meine jämmerlichen Fähigkeiten im Umgang mit Nadel und Faden.«

Oddny überlegte einen Augenblick und schnippte mit den Fingern. »Ich näh dir den Rest der Kleider, wenn du mir die überlässt, die du von deiner Mutter hast, sobald ich fertig bin.«

»Abgemacht«, stimmte Gunnhild zu, und sie besiegelten die Vereinbarung mit einem Handschlag.

»Saeunn gibt dir vielleicht sogar frei, damit du dich darum kümmern kannst, Oddny«, warf Ulla ein. »Gunnhild wird die

Kleider eher früher als später brauchen, denn König Harald könnte nun jederzeit eintreffen.«

»Oh, ihr Götter, erinnert mich nicht daran.« Gunnhild aß den Rest ihres Haferbreis. »Nachdem das nun klar ist, Oddny, könntest du vielleicht mit dem Entenkleid anfangen?«

»Dem Entenkleid?«, wiederholte Ulla neugierig.

Gunnhild stellte ihre Schale weg, griff in ihre Truhe und zog ein mit Krapp gefärbtes Rautenköper-Schürzenkleid hervor: eines, das Solveig in der Schwangerschaft getragen haben musste, denn es war nicht nur größer als die anderen, es war auch so lange eingelagert gewesen, dass Mäuse und Motten Löcher hineingefressen hatten. Glücklicherweise beschränkten sich die Schäden auf Oberteil, Leinenbänder und -träger auf der Vorderseite. Neue Bänder hatte Gunnhild bereits genäht, aber der Rest …

»Oje«, meinte Ulla besorgt, »das Kleid hat schon bessere Tage gesehen, was?«

»Saeunn hatte eine Idee«, sagte Gunnhild und zog eine Bahn Seidenköper aus der Truhe, gemustert – ausgerechnet – mit Enten.

»Das stammt von den Kleidern meiner Großmutter«, hatte Saeunn zu dem Zeitpunkt eingeräumt. »Ich fand immer, es sieht ein bisschen albern aus, aber ich habe es trotzdem behalten. Wahrscheinlich ist es schon hundert Winter alt.« Zwar hatte sie Gunnhilds Silber gern genommen, doch schien ihr das sündhafte Kichern, das die künftige Königin beim Anblick der kunterbunten Enten von sich gab, ein wenig zu schaffen zu machen.

»Seht ihr? Ich muss es nur drübernähen«, fuhr Gunnhild fort, während Oddny und Ulla wortlos den Stoff anstarrten. »Es überdeckt all die Schäden und verleiht dem Kleid noch dazu ein bisschen … Ich weiß nicht … es wirkt vielleicht …«

»Albern?«, schlug Oddny vor.

»Genau. Erik wird es hassen«, sagte Gunnhild mit hämischem Vergnügen.

»Ich nähe das drauf.« Oddny entriss ihr blitzartig Kleid und Stoff zugleich. »Ich traue dir nicht zu, mit Seide zu arbeiten.«

Gunnhild tat beschämt, war aber insgeheim erleichtert, dass sie in nächster Zeit von der Näharbeit verschont bleiben würde. Sie schnappte sich den Beutel mit ihrem Handwerkszeug und bedankte sich bei Oddny für das Frühstück. Dann ging sie hinaus, um die Schale im Bach zu spülen und zum Kochhaus zurückzubringen, ehe sie sich wieder in den Wald zurückzog, um an dem Schutzzauber zu arbeiten. Inzwischen glaubte sie, die passenden Runen gefunden zu haben, also schnitzte sie sie in einen Stab. Selbigen fest umklammert, hoffte sie, die Klinge würde sie nicht verletzen, wenn sie nun versuchte, einen flachen Schnitt über ihren Handrücken zu ziehen. Als sie das doch tat, zuckte sie erst zusammen, fing dann an zu fluchen und schleuderte den Stab von sich.

Als der Nachmittag halb vorüber war, hatte sie einen hübschen Stapel fehlgeschlagener Versuche angesammelt und beschloss, es für diesen Tag gut sein zu lassen. Sie sammelte die Stäbe ein, um sie als Anmachholz zu verwenden, rieb sich etwas Heilsalbe auf die Schnittwunden und begab sich zurück in die Weberei.

Sie war schon beinahe dort, als Oddny auf sie zurannte.

»Da bist du!«, keuchte sie. »Alle suchen dich. König Harald ist hier – sein Schiff legt gerade an.«

Ehe Gunnhild irgendwie reagieren konnte, hatte Oddny sie schon am Arm gepackt und zerrte sie hinein.

»Ich bin mit deinem Schürzenkleid fertig«, sagte Oddny und drückte ihr das rote Kleid mit den lustigen Enten in die Arme. »Trag darunter das Leinenkleid mit den Falten, die wollenen passen alle nicht richtig. Saeunn, darf sie sich deinen guten Mantel leihen? Und Ulla, kannst du mir mit ihrem Haar helfen?«

Saeunn nickte und zog los, um das Kleidungsstück zu holen. Ulla förderte scheinbar aus dem Nichts einen Kamm zutage und grinste.

Gunnhild reckte das Kinn vor. »Ich kann mich allein um ...«

»Setz dich!«, sagte Oddny und stieß ihre Freundin mehr oder weniger auf die Plattform. »Wir haben viel zu tun und nicht viel Zeit. Und es geht schneller, wenn du stillhältst.«

20

Kurze Zeit später trug Gunnhild Saeunns Mantel, das Unterkleid mit den Falten und das Entenschürzenkleid und dazu die Gewandspangen aus ihrer Kindheit. Die hatte sie hastig poliert, während Oddny ein paar Perlen aus Gunnhilds Pfänderbeutel von dem lange zurückliegenden Hornspiel auffädelte. Oddny hatte sie in Gunnhilds alter Truhe aus Halogaland behalten, als sie die für ihre Heilmittel in Beschlag genommen hatte.

»An ein paar von denen erinnere ich mich noch«, sagte Oddny, als sie die fertige Perlenschnur weiterreichte. Gunnhild schlang die Schlaufen an den Enden über die Nadeln auf der Rückseite der Spangenteile und sicherte damit die Träger des Schürzenkleids. Ulla hörte auf, an ihrem Haar herumzufummeln, das sie zu einer Zopfkrone geflochten hatte, um die spiralförmig kleinere Zöpfe geschlungen waren wie um einen Kranz. Als Gunnhild sich in Saeunns poliertem Bronzespiegel betrachtete, wusste sie beim besten Willen nicht, wie Ulla das geschafft hatte.

»Oh! Die hat der Schuster vorhin für dich vorbeigebracht.« Ulla reichte ihr ein Paar Lederschuhe, die Gunnhild in Auftrag gegeben hatte und deren Knebel im gleichen Stil gehalten waren wie die an Oddnys Schuhen und denen vieler anderer Frauen. Sie streifte die spitzen Rentierlederstiefel aus Finnmark ab und probierte das neue Paar an; es passte perfekt.

»Danke für eure Hilfe«, sagte sie zu den beiden Frauen. Dann fragte sie Ulla: »Möchtest du diese Stiefel haben? Sie sind noch fast neu.«

»Freilich, ja.« Ulla zog ihre eigenen Schuhe aus, schlüpfte in die

Rentierstiefel und bewunderte sie mit einem breiten Lächeln. »Sie passen gut. Meine alten sind abgetragen, und im Winter werde ich zum Skifahren welche brauchen. Ich hatte daran gedacht, meine Familie um ein neues Paar zu bitten, aber das muss ich nun nicht mehr.« Gerührt sah sie Gunnhild an. »Danke.«

Gunnhild nickte nur, und Oddny wünschte in feierlichem Ton: »Viel Glück, Gunna.«

Augenblicke später fand Erik sie vor dem Langhaus vor, musterte sie von Kopf bis Fuß und sagte: »Ausreichend. Komm.«

»*Ausreichend?*«, fuhr Gunnhild ihn an.

Für einen Moment schweifte sein Blick zu ihrer Brust – genauer gesagt, zu der Seide auf der Vorderseite des Schürzenkleids. »Sind das ... Enten? Du willst dich meinem Vater in einem Kleid mit *Entenmuster* vorstellen?«

Sie verschränkte die Arme und schob dabei absichtlich ihre üppigen Brüste hoch, sodass das Muster sich vorwölbte. »Hast du ein Problem mit meinen Enten?«

Erik starrte einen Moment zu lange hin, ehe er sich innerlich zu schütteln schien und hangabwärts losmarschierte. Gunnhild folgte ihm schnaubend.

Sie steuerten auf zwei prachtvolle Kriegsschiffe an den Stegen zu; das erste hatte ein blaues Segel, das andere ein gelb-weiß gestreiftes. Ersteres war eine Aussage für sich: Wie bei Eriks tiefrotem Segel diente auch die Menge an Farbe, die für dieses Segel notwendig war, einer abscheulichen Zurschaustellung des Reichtums. Die Zutaten, die für solch ein sattes Blau benötigt wurden, waren besonders kostspielig, also ging sie davon aus, dass dieses Schiff König Harald gehörte.

»Wenigstens dein Haar sieht gut aus«, sagte Erik. »Ich nehme an, das hast du nicht selbst gemacht?«

»Du bettelst geradezu darum, verflucht zu werden.«

»Und du solltest dir vielleicht größere Kleider nähen ...«

»Ich arbeite daran.«

»… obwohl ich mich nicht beklagen möchte.« Bei diesen Worten bedachte er sie mit einem Seitenblick.

Gunnhild zog die Brauen hoch. »Ich hoffe sehr, du willst keine Kommentare über meinen Körper abgeben. Denn weißt du, wenn Menschen, die gerade genug zu essen hatten, um zu überleben, anfangen, große Mahlzeiten zu verspeisen, die andere Menschen zubereitet haben …«

Seine Ohrläppchen färbten sich rosarot. »Ich hatte nicht die Absicht, dich zu kränken. Ich sage nur, dass es mir gefällt, Gunnhild. Aber wenn eine der Nähte dieses Entenoberteils während der Begegnung mit meinem Vater platzt, dann ist es deine eigene Schuld, dass du noch keine anderen Kleider genäht hast.«

»Dann war das also tatsächlich ein Kompliment? Geht es dir gut?«

Erik sah aus, als fiele es ihm nicht leicht, die Fassung zu wahren. »Ich hätte meine Worte sorgsamer wählen sollen. Ich hatte nicht vor, dir zu nahezutreten. Es tut mir leid.«

Er leistete *Abbitte?* Ehe sie nachhaken konnte, sagte er: »Siehst du das Kriegsschiff mit den gelb-weißen Segeln? Das gehört Olaf. Halfdan ist noch nicht angekommen. Hoffentlich hat er die kluge Entscheidung getroffen, direkt nach Trondheim zurückzukehren.«

»Richtig«, presste Gunnhild mit zusammengebissenen Zähnen hervor. »Thorbjörg und Olaf sind schlimm genug …«

»Für dich *König* Olaf. Bis wir verheiratet sind, von da an kannst du ihn nennen, wie es dir gefällt.«

»Ich finde, der Begriff ›König‹ wird in diesem Land zu lax gehandhabt«, witzelte sie.

Beinahe hätte Erik gelächelt, doch als sich ihre Blicke trafen, presste er die Lippen zusammen, als wollte er ihr die Befriedigung über die Erkenntnis, dass sie ihn amüsiert hatte, nicht gönnen.

»Das würde ich in Gegenwart meines Vaters nicht zur Sprache bringen.«

»Was mich daran erinnert – Arinbjörn erwähnte, dass dein Vater nach dem Fest mit uns überwintert?« König Harald hatte keinen ständigen Wohnsitz, aber mehrere Anwesen wie dieses, auf denen er unterschiedlich lange zu verweilen pflegte.

»Ja«, bestätigte Erik. »Und seine neueste Frau auch.«

Gunnhild riss die Augen weit auf. »Warte – es gibt nur zwei Kammern in der Halle. Deine ...« *In die ich bald den Fuß werde setzen müssen.* »... und Gydas. Werden er und seine Frau mit Gyda zusammen in dem Zimmer schlafen?«

»Mein Vater und *Königin* Gyda sind seit fünfzig Wintern verheiratet. Ich kann dir versichern, dass sie nicht gekränkt sein wird. Normalerweise bleiben all seine Frauen auf ihren eigenen Anwesen, und er besucht sie auf seinen Reisen. Trotzdem gibt es zwischen ihnen wenig Unfrieden. Abgesehen von denen, die er abgelegt hat, als er *meine* Mutter ehelichte, nur um sie dann zurückzunehmen, als sie gestorben ist. Ich glaube, die sind immer noch ein wenig verbittert. Verständlicherweise.«

Als Gunnhild nichts sagte, musterte er sie aus dem Augenwinkel. »Ein Grund, warum mein Vater es geschafft hat, das Land zu einen, ist, dass er herumgereist ist und die Töchter bedeutender Männer geheiratet hat.«

»Hmm.«

»Das nennt man Strategie, Gunnhild. Muss ich dich etwa daran erinnern, dass diese Strategie genau die ist, die ich in Anerkennung deiner Bedingungen aufgeben werde?«

»Du hättest diesen Bedingungen nicht zustimmen müssen.«

»Du hast meine verzweifelte Lage ausgenutzt.«

Gunnhild blieb stehen und maß ihn mit einem finsteren Blick. »Ich habe nicht versucht, dir etwas zu verwehren. Ich möchte verhindern, dass es erneut zu einem Zwist kommt, wie er sich jetzt in deiner Familie abspielt. Offensichtlich bist du derjenige, der eine Strategie nicht einmal erkennen würde, wenn sie aus der Latrine spränge und dir in den ...«

Auch er war stehen geblieben, und nun legte er die Hände auf ihre Schultern. »Darüber kannst du später noch nach Herzenslust mit mir streiten.«

»Es gibt nichts zu streiten.« Seine Berührung schien sich durch ihre Kleider zu sengen, und die frische Narbe in ihrer linken Handfläche fing an zu kribbeln. Sie ignorierte beides und reckte das Kinn. »Wir haben bereits einen Eid darauf abgelegt.«

»Ich meinte ... nicht wichtig. Hör mal, wir müssen vor meinem Vater Einigkeit demonstrieren. Wenn er von den Bedingungen für unsere Heirat und deinem Gewerbe erfährt, wird er wütend sein. Du hast nur eine Chance, einen guten Eindruck zu machen. Das könnte seinen Zorn lindern.«

»Nimm die Hände von mir«, sagte sie. Kaum tat er es, ging sie weiter. Und sie beschloss, das Thema zu wechseln. »Also, was ist so besonders an der neuen Frau, dass er sie auf seine Reisen mitnimmt?«

»Wer weiß. Vielleicht liegt es an seinem hohen Alter, aber er scheint ihr sehr zugetan zu sein. Und ihrem Sohn. Er ist jetzt vielleicht vier Winter alt und wird bald irgendwo anders aufgezogen werden, dessen bin ich sicher.«

Gunnhild war nicht bewusst gewesen, dass Erik so junge Brüder hatte. »Noch ein Sohn? Will dein Vater denn nie aufhören?«

»Er ist mehr als siebzig Winter alt. Wenn er jetzt noch nicht aufgehört hat, dann bezweifle ich, dass er es je tun wird.«

»Hat er das Kind anerkannt? Hat er ihm einen Namen gegeben?«

»Hat er. Sein Name ist Haakon. Seine Mutter heißt Tora. Sie trägt nicht den Titel einer Königin, ist aber von angemessener Herkunft. Und sie sind keine Bedrohung, falls es das ist, was du denkst.«

»Gut. Zumindest hast du einen Bruder, der dich nicht umbringen will.« *Noch*, fügte sie in Gedanken hinzu, aber er sah sie so zürnend an, als hätte sie es laut ausgesprochen.

Königin Gyda wartete mit einem hellblauen pelzbesetzten Umhang über den Schultern am Steg. Sie wirkte angespannt, und Gunnhild konnte sich vorstellen, warum: Die alte Königin hatte ein Stück Autonomie genossen, indem sie das Anwesen eigenverantwortlich leitete. König Haralds Besuche waren für sie zweifellos vor allem eine Plage; wahrscheinlich zählte sie bereits die Tage, bis er zum Ende des Winters wieder abreiste.

Sie musterte Gunnhild vom Scheitel bis zur Sohle, beinahe so, wie Erik es getan hatte. Doch sie wandte sich nach einem kurzen Naserümpfen wieder ab und betrachtete die Leute auf den Schiffen. Gunnhilds Wangen brannten. Sie musste wohl davon ausgehen, dass Königin Gyda ihre Enten missbilligte.

Und dann kam ein Mann aus der Menge auf sie zu, gefolgt von einem Diener, der drei gewaltige Hunde an dicken ledernen Leinen führte. Gunnhild war ihm nie zuvor begegnet, erkannte aber an seiner Haltung, der Kleidung und der unheimlichen Ähnlichkeit mit Erik auf Anhieb, wen sie da vor sich hatte.

Vor fünfzig Jahren, als ein Mann von gerade zwanzig Wintern, hatte König Harald die unbedeutenden Königreiche Norwegens unter einer Herrschaft vereint. Nun war er – groß und breitschultrig mit einem Schopf silbernen Haars – alt geworden und ein bisschen gebeugt, hatte aber immer noch das Auftreten eines Menschen, der in seiner Blüte enorm stark gewesen war. Gunnhild konnte sich des Eindrucks nicht erwehren, dass Erik in vierzig Wintern ganz genauso aussehen würde.

Der sattblaue Mantel des Königs war mit Pelz gesäumt und verbarg den größten Teil seines Körpers, aber als er winkte, um dem Diener mit den Hunden die Richtung zur Halle zu weisen, und dann Königin Gyda umarmte, konnte Gunnhild einen Blick auf die edlen Kleider darunter erhaschen: blaue Hose und Tunika, abgesetzt mit brettchengewebten, von goldenen Fäden durchzogenen Bändern; Kragen und Ärmelstulpen bestanden aus Seide. Der Gürtel über der Tunika war mit stilisierten Goldbeschlägen verziert, die blauen Wadenbinden direkt unter den Knien mit goldenen Haken befestigt. Auf seinem Kopf thronte ein schlichter, aber schwerer Goldreif. *Die Farbe für seine Kleider war vermutlich kostspieliger als die Kleidung selbst*, dachte Gunnhild.

Der König löste sich von seiner Gattin, drehte sich zu seinem Sohn um und klopfte ihm auf die Schulter: »Ah, Erik, ich hörte, du hast diesen Sommer am Düna einen großen Sieg errungen. Ich vertraue darauf, dass dein Skalde uns alle bald mit einem ausführlichen Bericht über deine Heldentaten erfreuen wird.«

»Dafür bezahle ich ihn«, sagte Erik, doch sein Lächeln wirkte angespannt. Gunnhild hatte von Runfrid erfahren, dass die Hirdsmannen sich nach wie vor weigerten, über diese Schlacht zu reden. Svein würde es nicht leicht haben, aus diesem Abenteuer ein Gedicht zu machen, mit dem er die Halle erfreuen konnte, ohne seinen Freunden unnötig viel Schmerz zu bereiten. Auch wenn der Skalde sie nun Thorolfs wegen zu hassen schien, empfand sie doch Mitleid mit ihm.

Dann fiel König Haralds Blick auf sie. »Und wer ist das?«

»Gunnhild Ozurardottir.« Sie hielt seinem Blick stand und ihren Körper aufrecht. »Mein Vater ist einer deiner Hersen in Halogaland. Es ist wahrlich eine Ehre, dich kennenzulernen.«

»Gunnhild und ich werden am zweiten Festtag den Bund der Ehe schließen«, sagte Erik.

Das schien König Harald zu überraschen. »Die Tochter eines Hersen ist gewiss keine schlechte Wahl, aber auch kaum die vorteilhafteste für den künftigen König von Norwegen.« Skeptisch sah er Gunnhild an und dann wieder Erik. »Aber sie ist schön, und für eine erste Frau … sag mir nicht, es geht um Liebe.«

»Wir haben viel zu besprechen, Vater«, entgegnete Erik zugeknöpft.

König Harald wandte sich wieder Gunnhild zu. »Die Seide, die du trägst, ist das ein Erbstück?«

»Ich ...« Gunnhild blickte verwundert auf die Enten hinab und sah dann wieder den König an. »Ja, aber nicht meines. Ich habe es Saeunn Hrolfsdottir abgekauft. Es gehörte einst zu einem Kleid im Besitz ihrer Großmutter; so sagte sie jedenfalls.«

Zu ihrem Erstaunen lächelte König Harald. »Ihre Großmutter war eine Freundin meiner Mutter und hat sich oft um mich gekümmert, als ich noch klein war. Ich weiß noch, dass sie ein Seidenkleid in diesem Muster hatte. Das ist eine schöne Erinnerung.« Nun sah er sie so beifällig an, als sei das ein gutes Omen.

Gunnhild unterdrückte die hämische Freude, die sie empfand – *Er mag die Enten!* –, doch der König hatte sich so oder so schon wieder seinem gewählten Erben zugewandt.

»Ich erwarte, dass du dich benimmst, wenn deine Brüder eingetroffen sind«, riet ihm der König weise, doch mit bedrohlichem Unterton.

Das Lächeln auf Eriks Lippen erstarb. »Das werde ich, wenn sie es auch tun.«

»Das könnt ihr später besprechen, zusammen mit den Begleitumständen von Eriks Hochzeit«, sagte Königin Gyda und bedachte Gunnhild dabei mit einem vernichtenden Blick. »Kommt. Es ist kalt hier unten im Wind. Wir ... Du liebe Zeit, wie groß er doch geworden ist.«

Auf dem Steg unterbrach das schrille Quengeln eines Kindes das Geplapper der Menge. Eine kleine, unscheinbare Frau tauchte im Rücken König Haralds auf und schleppte die Lärmquelle hinter sich her. Harald stellte sie als Tora vor und das Kind mit dem hochroten Kopf als Haakon. Königin Gyda begegnete Tora mit aufrichtiger Wärme. Sie bückte sich, um sie in die Arme zu schließen, ehe sie auch Hakon umarmte, der ihr gestattete, ihn auf die Wange zu küssen, ehe er sich freistrampelte.

»Es ist schön, euch beide zu treffen«, sagte Tora zu Gunnhild und Erik, die sie ebenso freundlich begrüßten. Ohne es wirklich zu wollen, mochte Gunnhild die Frau auf Anhieb; sie hatte ein liebenswürdiges Gemüt.

Hakon fuchtelte mit einem kurzen Holzschwert herum und fing an, auf Königin Gydas Bein einzuschlagen. Tora winkte ihn leise lachend zu sich.

»Er ist ein ungestümer kleiner Kerl. Und besessen von diesem Schwert!« Grübchen bildeten sich in Toras Wangen, als sie Erik anlächelte. »Vielleicht zeigt ihm sein älterer Bruder in diesem Winter, wie man es auf dem Feld anständig führen kann?«

»Ich ... Ja, natürlich.« Erik wirkte ein bisschen überrumpelt, als wäre er es nicht gewohnt, dass jemand ihm im Gespräch zugewandt begegnete. Das rief in Gunnhild eine Empfindung wach, die ihr Sorgen bereitete, also stopfte sie sie zurück in die Ritze ihres Geistes, aus der sie gekommen war.

Nachdem nun alle beisammen waren, scheuchte Königin Gyda König Harald, Tora und Haakon hinauf zur warmen Halle. Ihnen folgte ein ganzer Zug an Dienern und Leibeigenen mit den Besitztümern der hohen Herrschaften.

Erik und Gunnhild sahen einander an, als die anderen außer Hörweite waren.

»Du hast recht«, sagte sie. »Tora und der Junge wirken recht ... erbaulich.«

»Ich habe dir ja gesagt, um die zwei musst du dir keine Sorgen machen«, antwortete er.

Gunnhild sah an ihm vorbei und sagte düster: »Da wir gerade bei Sorgen sind, das muss dann wohl Olaf sein.«

»*König* Olaf.« Erik drehte sich zu seinem anderen Bruder um. »Du hast wirklich Nerven, hier aufzutauchen.«

»Ich kann nicht behaupten, ich wüsste, wovon du sprichst«, erwiderte Olaf. Er war ähnlich edel gekleidet wie sein Vater, als hätte er erwartet, gleich nach dem Verlassen des Bootes einem großen Fest vorzustehen. Aber was Gesichter betraf, so war seines recht unscheinbar. Es gab ein paar Ähnlichkeiten mit Erik und Harald, aber sie waren nur vage. Er war kleiner als sein Vater und auch sein Bruder, hatte ein rundes Gesicht und zurückweichendes Haar, aber die gleichen kalten blauen Augen.

»Vater hat uns eingeladen«, fuhr Olaf fort. »Das ist immerhin sein Anwesen. Nicht deines.« Dann drehte er sich zu Gunnhild um und musterte sie eingehend. »Und du bist …?«

»Meine Braut«, sagte Erik rundheraus.

Olaf zog eine Braue hoch. »Ich hatte immer angenommen, du würdest eine hübschere Frau heiraten.«

Gunnhild bedachte ihn mit einem nichtssagenden Lächeln. »Und ich hatte angenommen, ein Bruder von Erik müsse größer sein, bedenkt man deine Abstammung. Aber ich denke, wir wissen beide, dass Aussehen nicht alles ist, nicht wahr, König Olaf?«

Olaf studierte sie für einen endlosen Moment, ehe er den Kopf zurückwarf und kurz und humorlos auflachte. »Nun ja, die hier hat zumindest ein bisschen Scharfsinn. Hoffen wir, dass sie genug für euch beide hat, was, Erik?«

Damit schob er sich an ihnen vorbei, und Erik sagte zu seiner Kehrseite: »Ich sehe meine Neffen nirgends. Hat Vater sie nicht auch eingeladen?«

Olaf drehte sich wieder zu ihnen um, und nun waren seine Lippen zu einem verächtlichen Ausdruck verzogen. »Denkst du etwa, Gudrod hat Lust, einer Hochzeit beizuwohnen und den Mann zu feiern, der seinen Vater ermordete? Nein. Er und Tryggvi genießen die Winternachtsfestlichkeiten in Vestfold, wo ich mir keine Sorgen um ihre Sicherheit machen muss. Ich will diese Jungen nicht in der Nähe von deinesgleichen sehen.«

Erik tat drohend einen Schritt auf ihn zu, und Gunnhild griff nach seinem Oberarm in dem aussichtslosen Versuch, ihn zurückzuhalten. »Nicht. Das ist genau das, was er will.«

Zu ihrer Verblüffung entspannte Erik sich wieder.

Doch dann ertönte hinter ihnen eine dünne, kapriziöse und vertraute Stimme: »Ja, König Erik. Dich mit deinem Gast zu prügeln, kaum dass er von Bord eines Schiffs gekommen ist, würde nur dich selbst schlecht dastehen lassen. Und das wollen wir doch nicht, oder?«

Gunnhild gefror das Blut in den Adern.

Eine winzige Frau kam vom Schiff aus auf sie zu. Ihr weißes Wollkleid schien im Licht der Mittagssonne zu glühen. Trotz der Kälte trug sie keinen Mantel, aber vornehme Handschuhe, eine Pelzmütze und einen Gürtel voller Taschen, Federn und Knochen. Über ihrer Schulter hing ein Sack, den sie mit einer Hand hielt, während in der anderen ihr Stab lag. Unter der Mütze wallte langes, glattes weißblondes Haar hervor, das ihr bis zur Taille reichte, und die großen Augen schimmerten honigbraun unter fahlen Wimpern.

Und obgleich sie Erik angesprochen hatte, starrte sie doch unverwandt Gunnhild an, die scharf Luft holte.

Thorbjörg.

Die Frau grinste und entblößte dabei perlweiße Zähne, als sie auf Gunnhild zuging, die Eriks Arm losgelassen hatte und ihrerseits vortrat. »Was ist denn nur? Du siehst ja aus, als hättest du gerade einen Wiedergänger gesehen.«

Was Gunnhild vor ihrem geistigen Auge sah, das waren Heids Leichnam und Oddnys brennender Hof. Vestein Ketilsson, der mit einem Pfeil in der Luftröhre ins Wasser fiel. Yrsa, niedergemetzelt mit ihrer eigenen Axt. Thorolfs gepeinigten Blick, wie er an die Freunde zurückdachte, die er auf dem Schlachtfeld hatte töten müssen, um seinen König zu retten; Freunde, die Thorbjörgs

Wahnsinn verdorben hatte. Und Signys gefesselte Füße, die auf den Kopf eines kleinen weißen Fuchses krachten.

Am liebsten würde ich dich mit bloßen Händen erwürgen, wollte Gunnhild sagen. Aber nein; sie waren Hexen. Und sie kannten schnellere, sauberere Methoden, ein Leben zu nehmen.

Sie bedachte Thorbjörg mit einem milden Blick. »Tut mir leid, sind wir uns schon begegnet?«

Ein Ausdruck der Abneigung kräuselte die Haut um Thorbjörgs bernsteinfarbene Augen, während sie sich nach Kräften bemühte, ihr Lächeln beizubehalten. »Wir sind uns noch nicht von Angesicht zu Angesicht begegnet, nein. Aber dein Ruf eilt dir voraus, Gunnhild.«

»Sonderbar, nicht wahr, wenn man bedenkt, dass ich mir erst noch einen Namen machen muss. Du scheinst etwas zu wissen, das ich nicht weiß.« Gunnhild neigte den Kopf zur Seite wie eine Katze und tat verwirrt. »Und doch habe ich von dir noch nie etwas gehört ...«

»Thorbjörg«, sagte die andere Hexe zähneknirschend, und ihre Lippen bewegten sich kaum.

»Es ist mir ein Vergnügen, Thorbjörg. Das ist eine schöne Mütze. Ist das Fuchsfell? Rotfuchs?«

»Ja.«

»Irgendwann würde ich mir auch gern eine zulegen.« Gunnhild ging noch einen Schritt näher an sie heran und sprach so leise, dass nicht einmal Erik, der ganz in ihrer Nähe stand, sie hören konnte. »Aber ich würde sie in Weiß vorziehen.«

»Thorbjörg«, rief Olaf. Er hatte auf dem Weg zum Langhaus innegehalten, um das Gespräch der beiden Hexen zu beobachten, obwohl er außer Hörweite war. »Komm.«

Thorbjörg drehte sich nicht einmal um. Ihr Blick ruhte noch einen weiteren Herzschlag lang auf Gunnhild, ehe das Lächeln endgültig verschwand und mit ihm die gleichmütige Haltung.

»Du kannst nichts beweisen«, geiferte sie und sah dabei aus, als täte sie nichts lieber, als Gunnhild an Ort und Stelle niederzuschlagen. »Was immer du dir zu wissen einbildest, du liegst falsch.«

»Thorbjörg«, sagte Olaf erneut, und es klang wie eine Warnung.

»Papa ruft nach dir«, höhnte Gunnhild.

»Die Person, die einem Vater in meinem Leben am nächsten kam, ist *tot*. Ermordet von dem Mann, mit dem du dich unklugerweise zu verbinden entschlossen hast«, sagte Thorbjörg, und in ihren Augen glühte der Hass. »Erik Haraldsson ist ein Tyrann und ein Rohling. Er ist kein großer Seekönig – er besitzt nichts außer dem, was König Harald ihm überlassen hat, und stiehlt den Rest. Und – bei meinem Leben – er wird bekommen, was er verdient. Er ist unwürdig, seines Vaters Erbe anzutreten, so wie du des Stabes, den du trägst, nicht würdig bist. Du hättest ihn mit der alten Frau begraben sollen.«

Damit rauschte Thorbjörg an ihr vorbei und folgte Olaf. Gunnhild blieb zornerfüllt zurück und, wie sie sich eingestehen musste, auch ein wenig verärgert darüber, wie schnell sie die Kontrolle über das Gespräch verloren hatte.

»Olaf hatte nicht unrecht, was deinen Scharfsinn betrifft«, sagte Erik hinter ihr, während sie seinem Bruder und Thorbjörg nachblickten. »Aber es ist nicht erforderlich, dass du meine Kämpfe an meiner Stelle austrägst.«

»Wie bitte?«, fuhr Gunnhild ihn an. »Ist das nicht der einzige Grund dafür, dass wir heiraten werden?«

Sie sah, wie er sich verspannte, als müsste er sich mühsam zurückhalten, um sie nicht mit einer seiner geballten Fäuste zu schlagen.

»Reiß dich zusammen. Ich bin nicht die Person, die du schlagen willst.« Sie reckte das Kinn vor und starrte ihm gestreng in die

Augen. »Und wenn du es doch tust, dann sorge ich dafür, dass du bedauern wirst, je geboren worden zu sein.«

Die Spannung löste sich. »Ich leiste Abbitte. Meine Brüder bringen das Schlechteste in mir zum Vorschein. Besonders Olaf ...« Er schüttelte den Kopf und fuhr sich mit der Hand durchs windgepeitschte Haar, ehe sie sich auf den Weg zum Langhaus machten.

»Ich weiß. Und Thorbjörg hat sich gerade mehr oder weniger zu ihren jämmerlichen Racheakten bekannt«, bemerkte Gunnhild.

Erik wurde prompt munterer: »Können wir das beweisen? Können wir die Sache meinem Vater und dem Gesetzessprecher vorlegen?«

»Nein. Es stünde nur mein Wort gegen ihres, und ich habe das Gefühl, das wird deinem Vater nicht reichen.«

»Wenigstens müssen wir uns keine Sorgen machen, dass sie Unheil anrichtet, solange mein Vater vor Ort ist«, sagte Erik erbittert.

»Nicht offenkundig, jedenfalls«, fügte Gunnhild seufzend hinzu. »Da wir gerade beim Thema ›Leute, die dich töten wollen‹ sind, was ist mit den Jungen, die er erwähnt hat? Deinen Neffen? Gudrod und Tryggvi?«

Erik schüttelte den Kopf. »Gudrod ist Björns Sohn. Olaf zieht ihn nur auf.«

»War Gudrod Björns einziger Sohn?«

»Ja. Es gab noch eine Tochter, ein paar Winter älter als Gudrod, aber die ist, soweit ich weiß, schon lange tot. Ich bin ihr nie begegnet. Björns Frau starb bei Gudrods Geburt, und er hat nie wieder geheiratet.«

»Ich verstehe. Gut, kommt sonst noch jemand zu unserer Hochzeit, der dich umbringen will? Und wirst du mich auch tadeln, wenn ich dich dann verteidige?«

»*Es reicht!*«, sagte er laut genug, dass die Seevögel, die sich in der Nähe geschart hatten, auseinanderstoben. Er blieb stehen und gestikulierte wild mit beiden Händen, eher verdrossen als wütend. »Du sollst nur *ganz bestimmte* Kämpfe für mich austragen, und auch nur auf meinen *ausdrücklichen* Befehl.«

»Deinen Befehl? Ha!« Gunnhild rammte ihm einen Finger an die Brust. »Was ist aus ›vielleicht könnten wir *zusammenarbeiten*‹ geworden? Ich werde deine Frau, nicht deine Magd. Du hast mich nicht geheuert. Du gibst mir keine Befehle. Hast du mich verstanden?«

Erik schob ihre Hand weg. »Wie dem auch sei ...«

»Hast du mich verstanden?«

»Gunnhild«, blaffte Königin Gyda in dem Moment an der Tür des Langhauses. »Ist das die Art, wie du mit deinem Gemahl zu sprechen gedenkst? Deinem König?« Sie drehte sich zu jemandem um, der hinter ihr im Schatten stand. »Siehst du? Es kommt genau so, wie ich dir sagte.«

König Harald tauchte mit Donnerwettermiene neben ihr auf, seine fahlen Augen fixierten Erik, und er befahl ihn mit einer knappen Handbewegung zu sich und verschwand wieder, ohne abzuwarten, ob Erik ihm folgte.

Erik und Gunnhild standen regungslos da, aber aus dem Augenwinkel sah sie, dass er schluckte und einen Schritt tat, um der Anweisung seines Vaters Folge zu leisten.

»Ich hatte vor, ihm alles zu erzählen«, sagte Erik zu Königin Gyda.

»Das musst du nun nicht mehr«, erwiderte seine Stiefmutter zuckersüß und trat zur Seite, um ihn vorbeizulassen. »Jetzt musst du dich nur noch verantworten.«

Als die Königin ihren Blick dann auf Gunnhild richtete, krampfte sich ihr Magen zusammen, und sie folgte Erik ins Haus.

21

König Harald besass zumindest den Anstand, seinen Sohn unter vier Augen zu schelten, was mehr war, als Gunnhilds Mutter je für sie getan hätte. Sie stand vor der Tür zu seiner Kammer und versuchte, über den Lärm hinweg, den die beiden königlichen Gefolge in der Halle veranstalteten, zu lauschen.

Sie verstand die Wörter »verwünscht« und »verzaubert« und die Sätze »Hast du denn gar nichts gelernt?« und »Wie konntest du so dumm sein?«. Sie presste das Ohr fester an die Tür. Wie es schien, ging König Harald ruhelos auf und ab, denn seine Stimme wurde ständig lauter und leiser.

»Ein König sollte sich so viele Frauen nehmen und so viele Kinder zeugen, wie es ihm beliebt«, sagte er. »Und das will sie dir verweigern? Und sie wünscht, als dir ebenbürtig eingestuft zu werden? Als die Königin? Das ist absurd. Wie konntest du nur auf die Idee kommen, solch einem Irrsinn zuzustimmen? Eine Hexe zu heiraten. Und wozu? Um dich vor Gefahren zu schützen, die nicht existieren? Sie hat dich mit einem Bann belegt ...«

Erik unterbrach: »Das hat sie nicht. Ich war derjenige, der mit dieser Angelegenheit an sie herangetreten ist, Vater. Meine Hird ist eingeschworen, mich zu schützen, und ich muss das Gleiche für sie tun. Meine Brüder ...«

»Haben mir geschworen, dass sie sich keiner Missetat schuldig gemacht haben.«

»Sie lügen. Du glaubst nicht, was meine Männer und ich mit eigenen Augen gesehen haben? Frag Arinbjörn. Er und Thorolf ...«

»Sprich nicht über Skallagrims Sohn mit mir«, sagte König

Harald entrüstet. »Ich habe dir schon früher gesagt, dass du die Freundschaft zu ihm eines Tages bereuen wirst. Ich hätte das niemals zulassen sollen.«

»Dass du es zugelassen hast, ist der Grund, warum ich noch lebe. Er und Arinbjörn haben vier meiner Hirdsmannen getötet, um mich zu retten. Sie waren ... Das war widernatürlich. Ich habe sie sterben sehen, Vater.«

»Männer sterben«, konterte König Harald leichtfertig.

»Nicht so«, widersprach Erik mit belegter Stimme. »Du wirst das nicht aufhalten. Und ich kann dir ohne Gunnhilds Hilfe nichts beweisen. Was soll ich also sonst tun?«

»Schick diese Frau weg, und mach dem Unsinn ein Ende, sofort. Oder du zwingst mich, mir einen neuen Erben zu suchen. Dir kann ich die Regentschaft nicht anvertrauen, wenn dein Geist dem Einfluss irgendeiner schäbigen Zauberin ausgeliefert ist.«

»Und das würdest du ja auf Anhieb erkennen, nicht wahr?«, gab Erik erbost zurück.

Die Stille, die nun eintrat, lastete so schwer, dass sich die Haare auf Gunnhilds Armen aufstellten; sie konnte die Anspannung auf der anderen Seite der Tür spüren. Etwas sagte ihr, dass Erik noch nie zuvor so mit seinem Vater gesprochen hatte.

»Geh mir aus den Augen, Junge«, sagte König Harald schließlich, und jedes Wort klang giftig. »Wir unterhalten uns wieder, wenn du zu Verstand gekommen bist und für deine Respektlosigkeit Abbitte geleistet hast.«

Die Tür wurde so abrupt aufgestoßen, dass sie Gunnhild beinahe ins Gesicht geschlagen wäre, aber sie schaffte es gerade noch rechtzeitig, zur Seite zu springen. Als Erik auf der Schwelle innehielt, bekriegten sich Schmerz, Zorn und Enttäuschung in seinen Zügen.

Beinahe hätte sie etwas gesagt, fast hätte sie nach ihm gegriffen, und dann ...

»Siehst du, was passiert, König«, sagte Königin Gyda zu ihrem Gemahl, »wenn du die Zügel schleifen lässt?«

Nun brach ein Sturm in Eriks Miene aus, und er flüchtete, so schnell es seine Würde erlaubte.

Gunnhild wusste nicht, was in den nun folgenden Augenblicken über sie kam. Während sie den alten König hatte schimpfen hören, war sie plötzlich wieder ein kleines Mädchen gewesen, niedergebrüllt von der eigenen Mutter wegen irgendeiner vermeintlichen Verfehlung.

In diesem Moment begriff sie erst, was für ein Glück sie gehabt hatte, dass sie Solveig schon in so jungen Jahren entkommen war. Sie wusste, dass Erik mit Arinbjörn aufgewachsen war, und Arinbjörn selbst schien auch keinen Schaden genommen zu haben, aber es lag auf der Hand, dass man Erik von Geburt an eingebläut hatte, er habe dem König zu gehorchen, ihm zu gefallen, seine Befehle zu befolgen und ihn unter allen Umständen zu respektieren. Seine Treue und sein Respekt gegenüber dem König und die Furcht, die er vor seinem Vater empfand, waren keine Errungenschaften, die der sich verdient hatte. Es waren Dinge, die einfach vorausgesetzt wurden.

Und was hatte ihm dieser Vater im Gegenzug gegeben, abgesehen von der in Aussicht gestellten Macht, um die Erik nie gebeten hatte und die bisher nur Unglück über die Menschen um ihn herum gebracht hatte?

Sie dachte zurück an die Worte, die sie an Solveig gerichtet hatte – *Mir wäre lieber gewesen, du hättest mich geliebt* – und sie erkannte, dass Erik vermutlich ganz ähnlich empfand.

Gunnhild trat auf die Schwelle und lugte in die Kammer hinein, deren verschwenderischer Prunk vor ihren Augen verblasste, als sie König und Königin betrachtete. Sie hatten sich unterhalten, hatten Dinge zueinander gesagt, die sie nicht hatte hören können, weil das Blut zu laut in ihren Ohren toste, und sie erschraken, als sie sie sahen. Die Hunde, die zu König Haralds Füßen geschlafen hatten, blickten teilnahmslos auf, und der König öffnete den Mund, um sie wegen ihres Eindringens zu schelten, aber Gunnhild kam ihm zuvor.

»Vielleicht bist du es, König, der sich respektlos verhält«, sagte sie. »Erik ist dein gewählter Nachfolger, nicht einer deiner Hunde. Und wenn du so deinen bevorzugten Sohn behandelst, dann schaudere ich bei dem Gedanken, wie du wohl mit dem Rest deiner Söhne umgehst.«

Ohne eine Reaktion von König oder Königin abzuwarten, ging sie davon und machte sich auf die Suche nach Erik.

Sie verfolgte Erik bis zu den Ställen. Dort sah sie gerade noch, wie er auf ein ungesatteltes Pferd sprang und in Richtung Wald davonritt.

»Verdammt«, fluchte sie. Und dann, zu einem der Stallburschen: »Sattel mir bitte ein Pferd.« Während Erik offensichtlich ein erfahrener Reiter war, galt für sie das glatte Gegenteil. Aber zu Fuß würde sie ihn nie einholen können.

Das Pferd, das man ihr brachte, sah aus, als freue es sich ebenso sehr darauf, geritten zu werden, wie sie sich aufs Reiten. Sie winkte ab, als die Stallburschen ihr in den Sattel helfen wollten.

Gerade ließ sie die Zügel schnalzen, da brach das Tier schon in einen Galopp aus, und sie war kaum imstande, es auf den Pfad zu dirigieren, der in den Wald führte. Leute hechteten aus dem Weg, ließen Körbe mit Lebensmitteln und Wäsche fallen oder was sie sonst so bei sich trugen, und ergingen sich in wütendem Gebrüll, wo immer sie vorbeikam.

»Tut mir leid!«, rief Gunnhild, aber ihre Stimme verlor sich im Wind, während sie den Pfad hinunter und über die Weide flog. Bald war sie im Wald, umfangen von den warmen, tröstlichen Farben des herbstlichen Blattwerks um sie herum.

Sie sah eine Bewegung vor sich und zerrte grob an den Zügeln, worauf das Pferd mit einem empörten Wiehern stehen blieb. Erik hatte sein Pferd einen Wildwechsel hinuntergeführt, den Gunnhild höchstwahrscheinlich gar nicht bemerkt hätte, wäre sie ihm nicht auf der Spur gewesen. Nun steuerte sie ihr eigenes Pferd denselben Weg hinab. Als sie zu dem Baum gelangte, an den er sein Pferd gebunden hatte, glitt sie wenig elegant aus dem Sattel und band ihr Tier ebenfalls fest. Erik war nirgends zu sehen, aber der Pfad war noch da, wenn er hier auch schmaler war.

Sie folgte dem Wildwechsel, bis er in eine Lichtung mündete, in deren Mitte eine kleine Gruppe Weißbirken stand; ihr Laub war noch grün, und Gunnhild fiel auf, wie still der Wald sich hier anfühlte, wie friedvoll. Keine Tierlaute, nicht einmal ein Rascheln im Unterholz, nur das Geräusch ihrer eigenen Schritte. Sie blieb stehen, um sich umzusehen, und tat dann einen zögerlichen Schritt. Laub knirschte unter ihren Sohlen.

Erik saß auf einem Baumstamm am Rand der Lichtung in Blickrichtung der Birken.

»Geh weg«, sagte er, ohne sich zu ihr umzudrehen.

»Was ist das für ein Ort?«, hauchte sie atemlos. »Ich ... oh.«

Im Stamm des Baums, der genau in der Mitte der Birkengruppe stand, befand sich eine Höhlung, und darin stand eine verwitterte Statue der Freya. Sie sah ganz anders aus als Heids alte Figur, strahlte aber etwas sehr Ähnliches aus.

»Ah«, flüsterte Gunnhild. »Ich hatte mich schon gefragt, warum sie nicht in der Weberei steht.«

Die kleine hölzerne Statue trug einen Mantel aus Federn und den berühmten Halsschmuck, zwei charakteristische Merkmale, die sich als komplizierte, hingebungsvolle Schnitzerei präsentierten. Um das Göttinnenbild herum erkannte sie eine ganze Ansammlung von Federn, Perlen, Messinggegenständen und Münzen, die aussahen, als stammten sie aus fernen Ländern.

»Ich bin hergekommen, um allein zu sein«, sagte Erik mürrisch, blieb jedoch sitzen. Sie konnte seine Blicke spüren, als sie an ihm vorbeiging, um sich den Schrein näher anzusehen. »Aber es sieht ganz so aus, als würden auch andere diesen Ort besuchen – diese Bernsteinperlen waren beim letzten Mal noch nicht hier.«

»Sei einen Moment still«, bat sie ohne Groll. »Ich möchte ein Opfer darbringen.«

Sie ahnte, dass er eine Entgegnung auf der Zunge hatte – *Du bist diejenige, die mich stört* –, aber er sagte nichts, was ihr Sorgen bereitete. Er musste noch niedergeschlagener sein, als sie angenommen hatte. Aber sie ging nicht darauf ein. Dafür war später Zeit.

Gunnhild zog das kleine Messer aus ihrem Gürtel, stach sich in den Finger, ohne auch nur mit der Wimper zu zucken, und ließ ihr Blut auf die Figur tropfen. Sah zu, wie es durch die Furchen in Freyas Haar lief, dann über Halsschmuck und Federmantel, bis es den flachen Sockel erreichte. Sie schloss die Augen.

Gib mir die Kraft, um mit meinen neuen angeheirateten Verwandten und meinem Gemahl fertigzuwerden, Thorbjörg zu besiegen und Heid zu rächen, die eine deiner ergebensten Verehrerinnen war, betete sie. *Du magst Thorbjörg ebenso als deine Tochter betrachten wie mich, aber wenn Blut und Schrecken und Größe in meiner Zukunft liegen, will ich das Blut wenigstens dir widmen.*

Möge es dich sättigen. Möge es mehr Gefallene in deine Halle führen, ein größeres Heer für den Kampf gegen deine Feinde zu Ragnarök.

Sollte ich die Ursache für mannigfaltigen Tod sein, so möge dieser Tod dir dienen.

Und er möge mit Thorbjörg beginnen.

Als sie die Augen wieder aufschlug und sich umdrehte, sah sie, dass Erik sich erhoben hatte und sie vage besorgt beobachtete. Sie grinste spöttisch. »Hast du vergessen, dass Freya die Hälfte der im Kampf Gefallenen in ihrer Halle empfängt? Meine Göttin freut sich wie jeder andere über Blumen und hübsche Kleinigkeiten, aber manchmal zieht sie Blut vor.«

Erik verschränkte die Arme und zog die Brauen hoch. »Die Zwiespältigkeit der Frau?«

»Langsam verstehst du.« Gunnhild erfasste mit einer Geste ihre Umgebung. »Wessen Ort ist das? Wessen Statue?«

Für einen Moment dachte sie, er würde nicht antworten, sondern einfach davonstolzieren, um andernorts zu grübeln, aber er überraschte sie.

»Ich wünschte, ich wüsste es«, sagte Erik und betrachtete den Baldachin aus für die Jahreszeit zu grünem Birkenlaub. »Meine Mutter pflegte mich hierherzubringen, wenn die Seherinnen durchkamen. Ich war noch so klein, als sie starb, und das sind die einzigen Erinnerungen an sie, die mir geblieben sind.«

»Du hast erwähnt, dein Vater hätte einige seiner anderen Frauen fallen lassen«, sagte Gunnhild, die nicht recht wusste, was sie sonst sagen sollte. »Sie muss eine bemerkenswerte Frau gewesen sein, wenn er so etwas getan hat.«

»Sie war die Tochter eines dänischen Königs. Wenn ich raten sollte, würde ich sagen, ihr Vater hat das zu einer Bedingung für die Ehe gemacht.« Er schenkte ihr einen vagen Abglanz eines Lächelns. »Nach der Hochzeit zog sie nach Alreksstadir. Sie lebte nur kurze Zeit hier, ehe sie starb, aber sie war beliebt. Wenn du also je Leute über Königin Ragnhild reden hörst – das war sie.«

»Also hat sie auch auf diesem Anwesen gelebt?«, fragte Gunnhild. »Mit Königin Gyda? Und es gab kein böses Blut?«

»Königin Gyda war keine der Frauen, die mein Vater fortgeschickt hat, um sie zu heiraten. Also, nein.«

»Aber das ist der Grund, warum es zwei verschiedene Schlafkammern gibt?«

»Ja. Der Raum, in dem wir unterkommen, hat einst meiner Mutter gehört. Ebenso wie dieser Hain. Sie hatte großes Interesse an der Arbeit der Hexen. Nicht, dass sie das am Ende hätte retten können.« Er wandte den Blick ab. »Aber immer, wenn ich in Aleksstadir bin, komme ich wenigstens einmal hierher. Mein Vater hat angeordnet, dass dieser Ort zum Gedenken an Mutter unverändert zu bleiben hat.«

»Ich verstehe«, sagte Gunnhild. Das war zartfühlender, als sie es von König Harald erwartet hätte. Doch andererseits war er auch der Mann, der seine Frau der Zauberei bezichtigt hatte, als er sich zu sehr in sie verliebt hatte. Da war es kein Wunder, dass Erik vor seinen eigenen Gefühlen Angst zu haben schien. Gunnhild nahm an, das lag in der Familie.

»Es fühlt sich an, als wäre meine Mutter immer noch hier«, sagte Erik und deutete in die stille, leere Luft. »Vielleicht ist sie jetzt eine Fylgjur, einer der Schutzgeister, die über das Schicksal unseres Familienzweigs wachen. Ich schätze, es ist in gewisser Weise tröstlich, mir vorzustellen, dass meine Vormütter Wache halten, während meine Vorväter in Walhall feiern.«

Gunnhild unterdrückte ein Schaudern. »Es heißt, man bekäme seine Fylgja zu sehen, wenn etwas Schlimmes bevorsteht. Sollte das stimmen, habe ich noch mehr Grund zu hoffen, dass ich meine Mutter niemals wiedersehe.« Sie verlagerte ihr Gewicht. »Seit ich ein Kind war, macht mir Kummer, dass nur diejenigen, die im Kampf fallen, hoffen können, nach ihrem Tod einen ruhmreichen Platz bei den Göttern zu erhalten. Bei Hel oder Ran zu landen hört sich düster an – das kann doch nicht das sein, was die meisten Frauen erwartet, oder? Da gefällt mir die Vorstellung, nach meinem Tod zur Fylgja zu werden, besser.«

»Na ja, du bist eine Hexe. Ich bin sicher, Freya würde dich in ihrer Halle willkommen heißen. Oder denkst du, sie würde dir als einer der Ihren nicht das Jenseits schenken, das du verdienst?«

Gunnhild war zugleich gerührt und erschrocken, dass er so ehrerbietig über Freya sprach, besonders, nachdem sich jede Hexe im Norden gegen ihn gewandt hatte. Zwar mochte sein Interesse an der Göttin erklären, warum er seine Katzen Hnoss und Gersimi genannt hatte, es erklärte aber etwas anderes nicht, das ihr zu schaffen machte, seit sie die Namen der beiden Geschöpfe kannte.

»Mir scheint, du bringst den magischen Künsten mehr Respekt entgegen, als ich dachte. Aber«, wagte sie sich vor, »wie konntest du dann deinen Bruder Rögnvald töten?«

Eriks Miene verfinsterte sich. »Weil es nicht richtig ist, wenn ein Mann Magie praktiziert. Männer sind dazu bestimmt, das Schwert zu führen und ihre Probleme auszufechten. Magie ist für Feiglinge und Frauen.«

»Und doch«, wandte Gunnhild ein, »ehrst du die Abbilder Odins in der Haupthalle und der Waffenkammer und dem Tempel. Ist er nicht auch ein Magier? Hat Freya ihn nicht auch Magie gelehrt?«

»Odin ist etwas anderes«, sagte Erik steif und auf eine so ärgerlich ruhige, sachliche Art, dass sie den Verdacht hegte, er plappere nur die Worte eines anderen nach. Und sie konnte sich sehr gut vorstellen, wer das war. »Er ist auch der Schutzgott der Könige.«

»Aber hat Rögnvald ihn denn nicht auch geehrt?«, drang sie weiter in ihn. »Sag mir – ehe du ihn in seiner Halle bei lebendigem Leib verbrannt hast, hast du da gesehen, welche Statue dein Bruder über seiner Tür aufgestellt hatte?«

Eriks Augen weiteten sich, und er wandte sich ab von ihr. Sie wusste nicht, was er in diesem Moment vor seinem geistigen Auge sah, aber sie konnte eine Vermutung anstellen.

»Ich weiß nicht, was du von mir hören willst«, sagte er mit gedämpfter Stimme. »Ich kann nicht rückgängig machen, was ich getan habe, und nun bezahle ich den Preis. Ich bedauere ...«

»Wirklich? Würdest du es auch bedauern, wäre Thorbjörg nicht so erpicht darauf, ihn zu rächen?«

»Ja, das würde ich. Würden dich die leibeigenen Frauen dieses

Anwesens auch kümmern, wenn du nicht denken würdest, deine Freundin könnte eine von ihnen sein? Ich habe von deinem Zauber gehört – Männer scheinen mit Pusteln geschlagen zu werden, sobald sie versuchen, eine der Weberinnenhütten zu betreten. Das war wahrlich edel, aber was immer du für sie tust, es wird Signy Ketilsdottir nicht helfen.«

»Du bist ein Scheusal«, sagte sie, unter anderem, weil er nicht so falschlag, und das war ihr zuwider.

Erik schwieg. Nach einer Weile sagte er: »Man hat mich schon Schlimmeres genannt.«

Jegliches Mitgefühl, das sie ihm gegenüber empfunden hatte, nachdem sein Vater und seine Stiefmutter ihn so arg getadelt hatten, hatte sich in Luft aufgelöst. »Du regst mich endlos auf. Inzwischen ist mir klar, dass du noch nie in deinem ganzen Leben einen eigenen Gedanken gefasst hast. Du bist durch und durch König Haralds Geschöpf. Du kannst von Glück reden, dass du Arinbjörn an deiner Seite hast – er erkennt, dass du Demut lernen musst, wenn du nicht ebenso selbstherrlich werden willst wie dein Vater.«

»Sprich nicht so über meinen Vater«, blaffte Erik.

»Und warum sollte ich nicht, nachdem ich gehört habe, wie er mit dir spricht? Er sagt: ›Geh und töte deinen Bruder.‹ Und du antwortest: ›Ja, mein König‹, und dann sagst so alberne Dinge wie: ›Magie ist für Feiglinge und Frauen‹. Hörst du dir auch mal selbst zu? Er hat versucht, dich zu einem exakten Ebenbild seiner selbst zu machen.«

Erik fühlte sich inzwischen sichtlich unwohl und reckte das gerötete Gesicht hoch wie ein Kind, das im Begriff war, einen Trotzanfall hinzulegen. »Ist das denn so ein schlechtes Ansinnen?«

»Ja. Denn wenn du nicht zugeben kannst, dass dein Vater nicht perfekt ist, wie solltest du dann je besser werden als er?«

Er zuckte zusammen, als hätte sie ihm einen Schlag versetzt, und sie bereitete sich innerlich darauf vor, dass er wütend wurde oder ihr befahl zu verschwinden. Aber stattdessen sah er sie nicht an und regte sich nicht, sprach kein Wort.

Am liebsten hätte sie ihm Verstand eingeprügelt. Am liebsten hätte sie sich mit beiden Händen sein Haar gegriffen und ...«

Nein. Der nächste Gedanke war entsetzlich, aufregend und absolut unerwünscht. *Nein, nein, nein.* Es war besser, lediglich ein herzloses Monster in ihm zu sehen.

Aber er hatte Angst. Er war *verwundbar.* Das erkannte sie nun. Und das bei einem Mann zu sehen, der nie irgendetwas Sanftes erfahren hatte, der vermutlich nur eine vollends verblasste Erinnerung an die einzige freundliche Präsenz in seinem Leben hatte, verunsicherte sie mehr als alles andere.

Und dann war der Moment vorüber und er wieder ganz der Alte.

»Du führst dieses Gespräch auf dünnem Eis«, sagte er. »Sei vorsichtig.« Diese Worte, ihre eigenen Worte, die er an sie zurückgab, fielen leise, harsch, abgehackt. Er musterte sie nun auf seine gewohnt geringschätzige Art, und sie reagierte in gleicher Weise, erfüllt von einem Zorn, stärker als alles andere, was sie je empfunden hatte – denn er entsprang der Enttäuschung, der Zerschlagung ihres Optimismus.

Da erkannte sie die eigene Torheit. Es war ein Aberwitz, auch nur für einen Moment zu glauben, dass dieser Mann irgendetwas anderes sein könnte als das, was er war. Zu was er geboren und geformt worden war.

Erst als sein Hufschlag in der Ferne verhallte, beruhigte sich ihr rasender Herzschlag wieder, und sie sank auf den Baumstumpf und barg den Kopf in Händen.

Wo habe ich mich nur reingeritten?

Als sie das Pferd in den Stall zurückgebracht hatte und zurück zur Weberei ging, war die Abendessenszeit bereits vorüber, und ihr Magen knurrte lautstark. Die Frauen in der Weberei hatten offenbar irgendwie heißen Apfelwein in die Finger bekommen, denn Gunnhild stieg Apfelgeruch in die Nase, der aus einem Kessel über dem Herd in der Mitte aufstieg. Sie ging rüber und setzte sich zu Oddny, die mit einer Näharbeit beschäftigt war, während Ulla sich mit dem Nadelbinden einer Socke befasste. Überraschenderweise war auch Runfrid, die Tätowiererin, hier und flickte einen Riss im Ärmel eines Kaftans.

»Die ganze Hird steckt in der Waffenkammer, damit in der Halle genug Platz für die anderen Könige und ihre Gäste ist«, erklärte Runfrid, als Gunnhild ihre Überraschung über ihre Anwesenheit zum Ausdruck brachte. »Oddny hat mich eingeladen, herzukommen, wenn ich etwas Ruhe finden möchte. Ich dachte mir, da ihr alle mit eurem Tagewerk fertig seid, wird wohl niemand versuchen, mir eine Spindel oder ein Weberschiffchen in die Hand zu drücken.«

»Was ist los, Gunna?«, fragte Oddny. »Wo warst du den ganzen Tag? Und wie war dein Zusammentreffen mit König Harald?«

In dem Moment, in dem Gunnhild eingetreten war, war Ulla aufgestanden. Nun kam sie mit einer dampfenden Tasse Apfelwein zu ihr, die Gunnhild dankbar entgegennahm. Ulla kehrte zu ihrem Platz neben Oddny zurück und widmete sich wieder dem Nadelbinden.

»In Anbetracht der Stimmung, in der Erik war, als er in die Waffenkammer zurückkehrte«, sagte Runfrid, »nehme ich an, es ist nicht gut gelaufen.«

Gunnhild sah erst Runfrid und Ulla an und dann Oddny, und sie verzog das Gesicht. »So viel kann ich euch verraten: Ich bezweifle, dass Harald mich die Opferzeremonie ausführen lässt, ganz zu schweigen von dem Ritual.«

»Du wolltest ein Ritual durchführen?«, fragte Ulla mit großen Augen. »Ich war noch nie dabei, wenn eine nordische Seherin die Zukunft vorhergesagt hat.«

»Aber heiraten wirst du doch noch, oder?«, fragte Oddny und sah Gunnhild forschend in die Augen. »Er hat Erik nicht veranlasst, dich fallen zu lassen?«

Nicht, solange Erik sich nicht ganz allein dazu entschließt, nach dem Gespräch, das wir gerade hatten, dachte Gunnhild, sagte aber nur: »Noch nicht. Wie es derzeit steht, werde ich in ein paar Tagen heiraten, was bedeutet, wir werden im Frühjahr immer noch nach Birka reisen.« Sie lehnte sich an den Pfosten hinter ihr und trank einen Schluck Apfelwein. »Die Winternächte wären immer noch der perfekte Zeitpunkt dafür. Jul würde auch gehen, aber die Tatsache, dass Katla und Thorbjörg hier sind, verschafft uns jetzt einen Vorteil, den wir dann nicht mehr haben werden.«

Oddny bearbeitete ihre Unterlippe mit den Zähnen, während sie nachdachte. »Was, wenn wir das Ritual hier in der Weberei durchführen und es für uns behalten? Alle werden bei dem Fest sein. Wir könnten einen der Männer bitten, Thorbjörg und Katla im Auge zu behalten, um sicherzustellen, dass sie das Langhaus nicht verlassen und uns stören.«

»Wer sind Thorbjörg und Katla?«, fragte Ulla und neigte den Kopf zur Seite.

Runfrid ließ ihr Nähzeug sinken. »Wartet, geht es bei einem Ritual nicht darum, allen die Zukunft weiszusagen? Warum sollte man es dann im Geheimen tun?«

Oddny und Gunnhild wechselten einen langen Blick. Keine von ihnen wusste, wem sie hier trauen konnten, insbesondere, weil die Identität der dritten Hexe immer noch ein Rätsel war. Was Runfrid und Ulla betraf, so hatte Gunnhild sie in der kurzen Zeit ihrer Bekanntschaft schon lieb gewonnen, und beide sahen sie derzeit mit aufrichtiger Besorgnis und Bestürzung an. Oddny, die vermutlich mit ihnen mehr Zeit verbracht hatte als Gunnhild, nickte und stupste sie sanft mit dem Ellbogen am Arm an, als wollte sie sagen: *Erzähl es ihnen.*

Gunnhild breitete die ganze Geschichte von Beginn an vor ihnen aus, von dem Tag an, an dem sie ihr Zuhause verlassen hatte, um die Kunst der Magie zu erlernen. Oddny füllte die Lücken aus, bis sie zum Tag des Überfalls kamen und zu alldem, was passiert war, seit sie Erik kennengelernt hatte. Sie schloss mit dem Gespräch zwischen Erik und seinem Vater und dem, was sie zu König Harald gesagt hatte, ehe sie ihrem Verlobten in den Wald gefolgt war.

»Aber ich habe ihn zwischen den Bäumen aus den Augen verloren und seither nicht mehr gesehen«, sagte sie abschließend, und das war die einzige Unwahrheit, die sie bei alldem erzählte. Was auf der Lichtung geschehen war, hatte etwas in ihr aufgewühlt, etwas, das sie für sich behalten wollte, bis sie es entweder loswerden oder in die richtigen Worte fassen konnte.

Inzwischen war Gunnhilds Apfelwein kalt geworden, und Runfrid war so aufgebracht, dass sie ihre Näharbeit zu Boden warf und die Finger um die Knie krallte.

»Und das«, sagte die Tätowiererin, »ist nur ein Beispiel dafür, wie König Harald Erik behandelt. Darüber könnte ich endlos erzählen, und bei den Göttern, Gunnhild, du hast recht getan, ihm zu sagen, was du gesagt hast, auch wenn du dafür später wirst bezahlen müssen. Ich kann kaum fassen, was da in Bjarmaland passiert ist. Die Männer wollen immer noch nicht über diese Schlacht reden. Nicht einmal Arinbjörn ist bereit, mir irgendetwas zu verraten. Bei Skadis Bogen, es bringt mich um, ihn so zu sehen. Dieser Gesichtsausdruck, wenn er glaubt, ich würde ihn nicht im Blick haben – und das alles nur wegen ihr? Wegen dieser Hexe?«

Ulla war eher nachdenklich als aufgebracht. »Diese Thorbjörg.

Können wir nicht einfach ...« Sie breitete die Hände zu einer unschuldigen Geste aus, »... ihr Frühstück vergiften?«

»Nein«, sagte Oddny und wandte sich an Gunnhild: »Du bist ihr vor aller Augen am Steg entgegengetreten. Sollte man sie tot auffinden, wärst du die Erste, die man verdächtigt. Und wenn das passiert, wird es mehr Beweise für deine Untat ihr gegenüber geben als für ihre dir gegenüber.«

Ulla seufzte. »Ich fürchte, sie hat recht. Und Thorbjörg ist ersetzbar, oder nicht? König Olaf könnte doch jederzeit eine andere Hexe anheuern.«

»Das ist wahr«, stimmte Runfrid zu. »Also müssen wir sie und ihre Freundin ablenken, wenn du die Geister bittest, dir bei der Suche nach Oddnys Schwester zu helfen. Und du brauchst uns, damit wir für dich singen, während du das tust. Ist das richtig?«

Ihre Unfähigkeit, mit den Geistern zu sprechen, hatte Gunnhild in ihrem Bericht ausgelassen – das war etwas, von dem niemand außer ihr selbst und Oddny erfahren durfte, wollte sie nicht riskieren, dass jemand Erik über ihre beschränkten Möglichkeiten unterrichtete. Sie konnte nur hoffen, dass es dieses Mal mit all den vielen Stimmen und zu einer so von Macht durchdrungenen Jahreszeit anders laufen würde. Es musste einfach.

»Ja«, sagte Gunnhild, »so ist es.«

Ulla klatschte in die Hände. »Nun, dann denke ich, wir werden das Ganze zu einem großen Erfolg machen.«

»Ich kann Arinbjörn bitten, Thorbjörg und Katla im Auge zu behalten«, schlug Runfrid vor und wandte sich an Oddny: »Warum fragst du nicht Halldor, ob er nicht ebenfalls ein Auge auf sie hält? Dann wäre, falls einer von beiden zu viel trinkt oder einschläft ...«

»Warum – warum sollte ich diejenige sein, die Halldor fragt?«, stammelte Oddny.

Runfrid blinzelte sie verdattert an. »Na ja, als ich die Binderune gestochen habe, hat er in den höchsten Tönen von dir gesprochen. Ich dachte, ihr seid befreundet ...«

»Befreundet?«, spottete Gunnhild. »Er war einer der Räuber, die ihren Hof zerstört haben. Er schuldet ihr zwölf Silbermark.«

»Elfeinhalb«, sagte Oddny.

»Vielleicht habe ich seine Worte ja falsch ausgelegt.« Aber Runfrid klang nicht überzeugt.

»Ich habe kaum mit ihm gesprochen, seit wir eingetroffen sind«, bemerkte Oddny. »Aber – ja, ich schätze, ich kann ihn fragen. Es ist eine gute Idee, mehr als nur einen Mann zu haben, der weiß, was wir vorhaben. Nur für den Fall, dass etwas schiefgeht. Aber sonst sollten wir es sicherheitshalber niemandem erzählen.«

»Wir könnten noch weitere der Frauen auf dem Anwesen fragen, ob sie singen würden«, schlug Ulla vor. »So funktionieren die Schutzweisen doch, oder? Je mehr Stimmen, desto stärker der Schutz?«

Gunnhild musterte die Frauen um sie herum verstohlen, ehe sie antwortete: »Wir haben Grund, nicht jedem hier zu vertrauen. Wegen der dritten Hexe, von der ich euch erzählt habe.«

Ulla sah besorgt aus. »Wen hast du im Verdacht?«

»Niemanden, bisher«, versicherte ihr Gunnhild. »Aber was passiert, wenn man seinen Geist einmal ausgesandt hat, schlägt sich auf den Körper nieder, wenn uns also jemand mit einer Prellung im Gesicht begegnet ...«

»Aber Arinbjörn hat mir erzählt, dass du deine Hand in Finnmark durch Magie heilen konntest, Gunnhild. Sollte der Tritt, den Erik der Hexe verpasst hat, als sie eine Robbe war, eine sichtbare Quetschung im Gesicht der Frau hinterlassen haben, könnte sie sich dann nicht selbst geheilt haben, ehe irgendjemand etwas bemerkt hat?«, wandte Runfrid ein.

Gunnhild schwieg; das Argument war stichhaltig.

»Wenn es darum geht, wem wir trauen können«, fügte Ulla

hinzu, »unter den neuen Mädchen sind schon ein paar, bei denen ich nicht weiß, was ich von ihnen halten soll. Für den Rest würde ich mich aber fraglos verbürgen.«

Runfrid zuckte mit den Schultern. »Tja, mir reicht das. Ich bin mit einigen der Handwerkerinnen befreundet und auch mit Hrafnhild und den Mägden im Kochhaus. Die könnte ich auch einladen. Diejenigen, die ich nicht verdächtige, insgeheim mordlüsterne Zauberinnen zu sein.«

»Wir dürfen es nicht zu groß aufziehen«, warnte Gunnhild und reckte die Hände hoch. »So, wie König Harald über mich gesprochen hat – über die Zauberei –, fürchte ich, mir könnte Schlimmeres zustoßen als eine gelöste Verlobung, sollte auch nur das Geringste davon zu ihm durchdringen.«

»Wird es nicht«, sagte Ulla im Brustton der Überzeugung. »Saeunn hat mir mal erzählt, dass seit der Zeit Königin Ragnhilds keine Seherin mehr in Aleksstadir war. Die Leute werden viel zu gespannt sein, um das zu ruinieren, selbst dann, wenn sie nichts über ihr eigenes Schicksal hören werden. Nur zu singen und dabei zu sein – ich glaube, das reicht völlig.«

»Lass uns helfen«, sagte Runfrid sanft.

Und Ulla fügte hinzu: »Bitte.«

Gunnhild atmete tief durch und legte die Hände in den Schoß, eine davon um die Tasse mit nunmehr kaltem Apfelwein gelegt. »Also gut. Sagt ihnen, es wird hier stattfinden, am dritten Tag der Festlichkeiten.«

Die anderen Frauen nickten. Der erste Tag des Winternachtsfests war für das Disablot reserviert, dann wäre Gunnhild, sollte sie es immer noch durchführen, wahrscheinlich zu sichtbar, um sich davonzuschleichen. Am zweiten Tag, dem verschwenderischsten Tag, an dem am meisten getrunken wurde, würde sie heiraten. Und der dritte Festtag wäre der einzige Tag, an dem die Gäste am Abend müde genug wären, um nicht sonderlich darauf zu achten, sollten sich einige der Frauen frühzeitig verabschieden oder einfach davonschlüpfen.

Ja, dachte Gunnhild. *Dieser Plan wird funktionieren. Er muss.*

Die Alternative, der Verlust der Macht, die sie nicht nur zu einer Zauberin machte, sondern auch zu einer Seherin, wäre mehr, als sie ertragen könnte. Sie dachte an Heids Stab – der nun ihr Stab war –, der verborgen und sicher in ihrer Truhe unter der Plattform ruhte, dachte an das Blut, das sie Freya an diesem Nachmittag geopfert hatte.

Thorbjörg irrte. Sie *war* des Stabs würdig. Sie hatte die Hälfte ihres Lebens aufgegeben, um ihn sich zu verdienen. Und sie hatte ihn sich verdient.

Aber sollte sie dennoch kein erfolgreiches Ritual durchführen können, dann wäre alles, was sie und ihre Freunde durchgestanden hatten, umsonst gewesen.

Sie durfte nicht scheitern.

Am letzten Abend vor Beginn der Feierlichkeiten anlässlich der Winternächte war der Anleger voller miteinander vertäuter Schiffe. Gunnhild nahm an, dass Olaf und Halfdan nicht die einzigen Gäste waren, die König Harald unverhofft zu dem Fest nach Alreksstadir eingeladen hatte.

Während der ersten Abende nach dem Zusammentreffen mit Eriks Vater hatte Gunnhild sich bei Oddny und den anderen Frauen in der Weberei verkrochen und dort in einer Ecke an ihrem Schutzzauber gearbeitet. So hatte sie König Harald und Erik aus dem Weg gehen können. Es schien ihr das Klügste, beiden Gelegenheit zu geben, sich wieder zu beruhigen.

Aber nun konnte sie nur mutmaßen, dass Erik sich irgendwie mit seinem Vater geeinigt hatte. Angesichts der Tatsache, dass sie nicht zu König Harald zitiert und dafür gerügt worden war, wie sie mit ihm gesprochen hatte, fragte sie sich, ob ihre Worte ihn vielleicht in seiner Entscheidung hinsichtlich der Hochzeit ins Schwanken gebracht hatten. Niemand war gekommen, um ihr zu sagen, dass sie nicht erwünscht war, dass die Hochzeit abgesagt sei, dass sie das Disablot nicht durchführen dürfe. Stattdessen tauchte am Tag vor den Festivitäten Königin Gyda persönlich auf, um mit ihr darüber zu sprechen, wie alles vor sich gehen sollte. Sie wirkte dabei die ganze Zeit ziemlich angefressen.

»Ich gehe davon aus, dass du für die Opferzeremonie und das Weitere ein Gewand hast. Eines, das auch Blutflecken aushält«, schloss Königin Gyda. »Aber bis zum Disablot musst du aussehen und dich benehmen, wie es sich für eine Frau deines Standes gehört. Auch gegenüber Leuten, die dein Gesicht nicht kennen. Nach dem morgigen Abend werden sie dich wiedererkennen, und sie werden sich erinnern, ob du liederlich ausgesehen hast. Also musst du dich gut kleiden. Alles andere ist verpönt.«

Bei wem?, hätte Gunnhild am liebsten gefragt, aber sie entschied sich, ihr Glück nicht zu sehr herauszufordern. Also gab sie sich demonstrativ folgsam, dankte der Königin für ihren Rat und ihre Großmut und spuckte auf den Boden, kaum dass die Frau die Tür hinter sich geschlossen hatte.

Als Gunnhild am Morgen des ersten Festtags erwachte, kochte Saeunn Haferbrei in einem kleinen Kessel über dem Herdfeuer. Es roch so verlockend, dass Gunnhild bedauerte, dass sie erst nach der Opferzeremonie an diesem Abend etwas essen würde. Nach dem Frühstück gingen die Frauen grüppchenweise los, um sich unter die Leute zu mischen, bis nur noch Gunnhild und Oddny übrig waren. Gunnhild saß im Schneidersitz auf der Plattform und flocht ihr Haar, nur um es vor lauter Nervosität gleich noch mal zu flechten, während Oddny, deren mausbraunes Haar längst zu dem üblichen, dünnen, ordentlichen Zopf frisiert war, ihr unerschütterlich gegenübersaß.

Als Gunnhild zufrieden war, stand sie auf. »Ist es so weit?«

»Es ist so weit«, bestätigte Oddny.

Gunnhild nickte, schlüpfte aus ihrem Kleid – dem letzten von Solveigs zu kleinen Kleidern, die sie aus Halogaland mitgebracht hatte – und reichte es Oddny, wie sie es versprochen hatte. Die faltete es zusammen und packte es zu den anderen alten Kleidern von Gunnhilds Mutter in ihre Truhe. Dann gab sie ihrer Freundin das letzte Gewand, das sie für sie genäht hatte: ein mit Waid gefärbtes, wollenes Unterkleid in gedecktem Blau und das Schürzenkleid mit dem Entenmuster. Gunnhild befestigte die Träger mit ihren Gewandspangen und den Perlen, die Oddny aufgefädelt hatte. Auf einen Gürtel verzichtete sie, denn sie hatte das Gefühl, dass der nur vom Rest ihrer Garderobe ablenkte.

»Wie sehe ich aus?«, fragte sie und drehte sich zu Oddny um, die in eines der alten Kleider geschlüpft war, das sie bereits gekürzt hatte: Der nesselgefärbte Stoff war von einem ins Bräunliche gehenden Grünton, der gut zu ihren Augen passte.

»Wie eine Königin.« Oddny schnallte sich den schmalen Ledergürtel über das Kleid, an dem wie immer Beutel und Messer baumelten. »Sollen wir?«

Man hatte Bänke und Stühle aus dem Langhaus geholt, und die Gäste hatten sich zu verschiedenen Gruppen zusammengerottet. Man trank, brachte einander auf den neuesten Stand und tauschte Klatschgeschichten aus, denn abseits von heiligen Festen und regionalen Zusammenkünften gab es dazu wenig Gelegenheit. Der Tag war angenehm kühl, und Gunnhild und Oddny schlenderten Arm in Arm durch die Menge.

Die Spiele waren bereits im Gang. Leute hatten einen Kreis um zwei Männer gebildet, die sich im Ringen maßen, und feuerten die Kämpfer johlend an. Runfrid schien den Wettkampf im Bogenschießen für sich entscheiden zu können, und sie hob grüßend die Hand, als Oddny und Gunnhild vorüberkamen, ehe sie sich wieder mit einer Frau auseinandersetzte, die anscheinend eine

Wiederholung des Wettkampfs forderte. Schließlich passierten sie zwei Gruppen, die auf dem Übungsareal zu einem Ballspiel mit Stöcken gegeneinander antraten.

Nachdem Gunnhild die Spieler kurz beäugt und sich vergewissert hatte, dass Erik nicht unter ihnen war, gingen sie und Oddny näher heran. Die erste Gruppe bestand aus Erwachsenen – überwiegend junge Männer, aber es waren auch ein paar junge Frauen dabei, die Gunnhild nie zuvor gesehen hatte –, die zweite ausschließlich aus Kindern. In dieser Gruppe gab es gleich viele Mädchen und Jungen, und sie schienen gröber zu spielen als die Erwachsenen.

»Ich erinnere mich nicht so recht an die Regeln«, sagte Gunnhild, als sie stehen blieben, um eine Weile zuzusehen. »Aber ich glaube, die Mädchen gewinnen. Weißt du noch, wie Vestein und seine Freunde uns immer geschlagen haben, als wir Kinder waren?«

»Ja, vor allem, weil ich keine Lust hatte und du kapitulierst, wenn du nicht sofort Erfolg hast.«

»Das ist nicht …« Gunnhild unterbrach sich, als ihr in den Sinn kam, wie Heid ihr regelmäßig mit einem Stock auf die Finger geschlagen hatte, wenn sie sich beklagt hatte und – aus genau dem Grund, den Oddny soeben genannt hatte – bei irgendetwas, das sie gerade lernen sollte, einfach aufgeben wollte. »Also gut. Schön. Das ist wahr.«

»Darum war Signy auch immer die Letzte, die durchgehalten hat«, sagte Oddny.

Dieser Gedanke war für beide ernüchternd, doch dann wurde Gebrüll in der Waffenkammer laut. Sie gingen um das Gebäude herum und fanden die Ursache des Lärms: Eriks Hird, sauberer und besser gekleidet als je zuvor, hatte sich nahe dem Eichenhain versammelt, an dem Gunnhild Thorolf zum letzten Mal gesehen hatte. An dem dicksten Stamm lehnte ein Holzbrett, auf das mit Kohle Kreise gezeichnet worden waren, die als Ziele dienten.

»Ha! Ich gewinne wieder!«, rief Arinbjörn Svein zu, als er seine Wurfaxt aus der Mitte des Bretts zog. »Ich glaube, es wird Zeit, dass du aufgibst, mein Freund.«

»Die besten vier von sieben!«, sagte Svein. Auch er hielt eine Wurfaxt in der Hand.

»Wenn du noch einmal verlieren willst, mir soll es recht sein. Das wird dir diesen Winter wenigstens etwas geben, das dich an mich erinnert, was?« Arinbjörn zog einen Kussmund, als er auf die andere Seite der Linie trat, die jemand in die Erde gekratzt hatte. Svein lachte und versetzte ihm einen Stoß.

Erik hatte es sich auf einer Bank bequem gemacht, den Rücken an die Außenwand der Waffenkammer gelehnt. Er trank Bier direkt aus dem Krug, während zwei edel gewandete junge Frauen – Töchter reicher Gäste, nahm Gunnhild an – mehr oder weniger versuchten, ihm auf den Schoß zu klettern. Er trug eine Tunika in dem gleichen fahlen Blau, in dem auch ihr Unterkleid gehalten war, und einen krapproten Mantel, an der Schulter festgesteckt mit einer abscheulich großen und aufwendig gearbeiteten Gewandspange. So ungern sie es auch zugab, aber er sah genauso geschniegelt aus wie der Rest der Hird.

»Sollen wir die Frauen werfen lassen?«, fragte Svein und drehte sich zu den beiden um, die bei Erik saßen. Dann, er hatte kaum zu Ende gesprochen, sah er Gunnhild und Oddny und hielt ihnen seine Axt mit dem Griff voraus hin. »Wie wäre es mit euch beiden?«

»Ich glaube nicht, dass wir …«, setzte Oddny an.

»Wir würden es gern probieren.« Gunnhild sah, dass Eriks Aufmerksamkeit nun ihr galt, aber er schob die Frauen nicht von sich. Sie ignorierte ihn und nahm Svein die Axt ab. Nachdem sie ein paar Augenblicke lang versucht hatte, die Entfernung einzuschätzen, warf sie sie Richtung Baum.

Die Axt schaffte es nicht einmal halb bis zum Ziel, ehe sie sich mit einem dumpfen Ton in den Boden bohrte.

Die Leute um sie herum lachten, die Frauen bei Erik kicherten hinter vorgehaltener Hand, bis Gunnhild herumwirbelte und sie mit einem mörderischen Blick fixierte, woraufsie abrupt still wurden. Da hörte sie jemanden »Pusteln« flüstern.

Oddny trat neben sie, sichtlich erbost um Gunnhilds willen.

»Gib mir die«, sagte Oddny zu Arinbjörn, der ihr sogleich seine Axt überreichte.

Gunnhild fielen die amüsierten Mienen um sie herum auf. Natürlich konnte die Hird sich nicht vorstellen, dass die winzige Oddny es besser hinkriegen sollte als Gunnhild, aber sie wusste es besser.

Oddny blickte das Ziel kaum an, ehe sie warf.

Die Axt bohrte sich in den mittleren Kreis.

Sie drehte sich zu dem Häufchen schockierter Gesichter um, zuckte mit den Schultern und sagte: »Bauernmädchen.«

Dieser Erklärung folgte vollkommene Stille.

»Na«, sagte Arinbjörn schließlich, »wie es scheint, hat Oddny Rabenbraue einen ziemlich guten Wurfarm.«

Svein stieß die Faust in die Luft und sagte: »Rabenbraue!« Und der Rest gesellte sich dazu und skandierte: »Rabenbraue! Rabenbraue! Rabenbraue!«

Oddny lachte und sah nervös und erfreut zugleich aus, bis Erik aufstand – sehr zum Ärger der Frauen, die ihn umschwärmten, die warfen Oddny beim Gehen niederträchtige Blicke zu – und ihr den Krug reichte, aus dem er getrunken hatte. Angespornt von den Männern nahm sie einen tiefen Zug. Jubel wurde laut, und Erik klopfte ihr so heftig auf den Rücken, dass sie einen Teil des Biers verschüttete.

Gunnhild, nicht im Mindesten gekränkt, dass Oddny sie derart übertrumpft hatte, nahm die Gelegenheit wahr, um sich zu Freyas Baumgruppe davonzustehlen, wo sie, was ihr an Zeit noch blieb, unbeobachtet auskosten und das Bündel Zweige sammeln konnte, das sie für das Opfer benötigte. Königin Gyda hatte in einem Punkt recht: Nach dem Disablot würden die Leute ihr Gesicht kennen.

Heute Nacht würde sich alles ändern.

22

Oddny verlor Gunnhild in dem Chaos, das nach ihrem ersten Wurf ausbrach, aus den Augen, und das Axtwerfen ging weiter. Obwohl sie viel zu viel Bier getrunken hatte, gelang es ihr, Arinbjörn mit sechs von zehn Treffern zu schlagen. Danach fragte Svein, ob Oddny sich für eine Siegerrunde auf seine Schultern setzen würde. Sie stimmte zu und ließ sich unter lauten »Rabenbraue«-Rufen über das Gelände tragen. Sie wusste nicht, woher die Hird ihren Spitznamen kannte, aber das kümmerte sie nicht. Die Gäste, von denen viele schon zu dieser Mittagsstunde betrunken waren, stimmten in den Jubelgesang ein, obwohl sie nicht die leiseste Ahnung hatten, worum es ging.

Als Oddny kurz vor der Abendbrotzeit in die Weberei zurückkam, stellte sie fest, dass Gunnhild bereits in ihr Ritualgewand geschlüpft war und gerade ihr Haar kämmte, das ihr in sanften Wellen bis zum Gürtel reichte. Das schlichte Leinenkleid, das Oddny genäht hatte, war noch etwas steif, weil es so neu war, von der Sonne knochenweiß gebleicht, um schon bald mit Opferblut gesprenkelt zu werden.

»Wie sehe ich aus?«, fragte Gunnhild sie das zweite Mal an diesem Tag.

Oddny dachte einen Moment nach. Dann sagte sie: »Wie eine Frau in Unterwäsche, die schon bald jemand sein wird, den man fürchten sollte.«

»Das ist der Gedanke dahinter«, entgegnete Gunnhild grinsend.

Als sie die Weberei verließen, sah Oddny Hrafnhild und die

anderen Küchenarbeiterinnen im Gänsemarsch in Richtung Langhaus gehen, alle beladen mit Bierkrügen, mit Ausnahme Hrafnhilds, die einen ansehnlichen Bullen an einem Seil führte. Oddny tat das arme Tier leid, aber sie wusste, es würde keinen Schmerz leiden, und sein Opfer würde die Disen erfreuen und all die anwesenden Gäste sättigen.

»Also«, sagte Oddny, »wollen wir?«

Oddny hatte niemals irgendwo anders einen Ort gesehen, der bei Nacht so hell erleuchtet war. Da für den Tempel zu viele Gäste gekommen waren, sollte das Disablot im Langhaus stattfinden, und die Luft dort war angefüllt mit den Gerüchen von Holzrauch, Schweiß und Alkohol. Holzböcke mit Tischplatten und Bänke waren überall in der Halle aufgestellt worden, nur für das Opfer und die Darbietungen der Skalden, die später vortragen sollten, wurde jeweils ein Bereich frei gehalten. Die Goldprägung der Pfosten schien im Licht der Herdfeuer, hängenden Feuerschalen und der Lampen auf den Tischen zu glühen.

Oddny verweilte bei Runfrid und Ulla, die mit ihren Laternen in der Nähe der Tür darauf warteten, bei der kurzen Prozession behilflich zu sein, die sich der Zeremonie anschließen sollte. Gürtel und Messer hatte sie vor der Tür gelassen, da im Langhaus keine Waffen erlaubt waren mit Ausnahme derer, die für das Opfer benötigt wurde. Wie viele der anderen Gäste hatten auch die beiden Frauen alles bis auf die Leinenunterkleider abgelegt, um ihre Alltagskleidung nicht mit Blut zu beschmutzen, und Oddny folgte ihrem Beispiel umgehend. Bald darauf wartete sie, das Wollkleid zusammengerollt unter einem Arm, die Statue der Eir, die ihrer Mutter gehört hatte, unter dem anderen, zwischen Runfrid und Ulla. Alle drei waren still und ein wenig bang wegen Gunnhild.

Lange mussten sie nicht warten. Im vorderen Bereich der Halle war ein niedriges Podest aufgebaut worden, und auf dem stand

Gunnhild neben einem gewaltigen, flachen Stein, der herbeigeschafft worden war, um als Altar zu dienen. Den Bullen hatte man an dem Stein festgebunden, und die Statuen der Götter lauerten über und hinter ihr auf ihrem Balken.

Als die Halle voll und Stille eingekehrt war, begann Gunnhild. Sie bot einen prachtvollen Anblick. Der Feuerschein tauchte ihr Haar in rotgoldenes Licht und verwandelte ihre Augen in glühende Kohlen. Aber was Oddny am meisten fesselte, waren Gunnhilds Selbstsicherheit und die totale Ausdruckslosigkeit, durch die sie beinahe aussah wie eine besessene Frau. Die Art, wie ihre Freundin sich präsentierte, erinnerte Oddny stark an die alte Seherin an jenem lange vergangenen Abend, und ihre laut durch den Raum hallende Stimme klang wie Heids. Gunnhild fand genau die richtigen Worte: Sie dankte den Disen für die Gunst, die sie im vergangenen Jahr erwiesen hatten, weihte ihnen den Bullen und bat sie, allen Anwesenden Gesundheit und Wohlstand zu schenken. Dann trat Erik vor – ähnlich wie sie nur mit Untertunika und einer Hose aus schlichtem Leinen angetan –, in der Hand eine gewöhnliche, aber bösartig scharfe Axt, und enthauptete das Tier mit einem Schlag. Das strömende Blut bespritzte ihn und alle Leute, die in seiner Nähe saßen.

An diesem Punkt der Zeremonie war Oddny stets besonders angespannt, denn das konnte schrecklich schiefgehen, wenn die Axt nicht scharf genug oder der, der sie führte, nicht stark genug war. Im Großen und Ganzen war die Enthauptung jedoch besser als andere Tötungsmethoden, die das Leiden des Tiers nur verlängerten. Der größte Teil des Bluts lief über den Altarstein in eine große, mit Runen versehene Tonschale, doch bald war auch das ganze Podest davon getränkt, und dort, wo Gunnhild stand, breitete sich eine Pfütze aus und färbte ihre nackten Füße und den Saum ihres Unterkleids leuchtend rot.

Erik lehnte die Axt – die durch den Aufprall auf dem Stein

eine Scharte davongetragen hatte – an den Altar und kehrte zu seinem Platz zurück. Neben ihm saßen König Harald und Tora zusammen auf einer Bank, auf deren Rücken- und Armlehnen geschnitzte und gemalte Drachen im Knotenmuster prangten. Ein paar Kinder im Saal weinten, darunter Haakon, und Tora hielt ihn auf ihrem Schoß und murmelte besänftigende Worte. Auf der anderen Seite des Königs saß Königin Gyda auf ihrem eigenen, mit Schnitzereien verzierten Stuhl und verfolgte das Geschehen mit kühler Distanziertheit.

Am anderen Ende der Halle entdeckte Oddny eine Frau, bei der es sich nur um Thorbjörg handeln konnte: klein, helles Haar, herausgeputzt mit den Insignien ihres Gewerbes, folgte sie dem Spektakel mit betont ausdrucksloser Miene. Neben Thorbjörg saß eine große Frau, älter, mit dunkelbraunem Haar und einer Augenklappe. Sie war genauso gekleidet wie Thorbjörg und starrte Gunnhild hasserfüllt an. Oddny staunte, dass ihre Freundin unter diesem sengenden Blick nicht gleich in Flammen aufgegangen war.

Das, so ging Oddny auf, war Katla. Sie hatte selbst gesehen, wie Gunnhild dem Adler in ihrer Schwalbengestalt das Auge ausgestochen hatte.

Gunnhild gab durch nichts zu erkennen, ob sie die beiden anderen Hexen bemerkt hatte – oder irgendeinen anderen Menschen im Saal, so sehr war sie in ihr Werk vertieft. Und Oddny war nicht entgangen, dass Erik sie nur in der kurzen Zeit, in der er seinen Teil zu der Zeremonie beigetragen hatte, vorübergehend aus den Augen gelassen hatte.

Als die Schale voll war, hob Gunnhild sie über ihren Kopf. Die Flammen der drei Herdfeuer loderten plötzlich hoch empor und mit ihnen die in jeder einzelnen Lampe und Feuerschale, was der Menge ein kollektives Keuchen entlockte. Gleich darauf schrumpften sie wieder zu normaler Größe, als Gunnhild die

Tonschale sinken ließ. Sie zog ein Bündel Zweige aus dem Ärmel, tauchte sie in das Blut und tupfte damit ihre Stirn ab, tauchte sie erneut ein und spritzte rote Tropfen in die Menge; das tat sie wieder und wieder, während sie durch die Halle ging und dafür sorgte, dass jeder des Opfers teilhaftig wurde. Viele Gäste hielten Götterbilder von den Altären ihrer eigenen Häuser hoch, um sie segnen zu lassen. Oddny hob die Statue der Eir, Runfrid tat neben ihr das Gleiche mit einer kleinen Figur, deren Schnitzwerk sie als die Jagdgöttin Skadi mit ihrem Bogen auswies.

Endlich wandte sich Gunnhild dem vorderen Bereich der Halle zu, um Blut auf die Statuen von Thor, Odin und Freyr zu sprenkeln – und plötzlich loderten die Herdfeuer wieder auf. Die ganze Versammlung erging sich in erstaunten Ausrufen und begann dann beglückt zu jubeln, als Hrafnhilds Mägde anfingen, mit ihren Bierkrügen die Runde zu machen. Mehrere große Hörner wurden mit Honigwein gefüllt und herumgereicht, nachdem Gunnhild Blut auf die eingeschnitzten Runen geschmiert hatte. Der Bulle wurde derweil hinausgeschleppt, um für das Festmahl vorbereitet zu werden.

Köpfe drehten sich, als Gunnhild sich einen Weg zur Tür bahnte, immer noch mit Schale und Zweigen in Händen. Auf einen Seitenblick und ein Nicken hin folgten Oddny, Runfrid und Ulla ihr hinaus in die Nacht, schlüpften draußen in ihre Wollkleider und nahmen ihre Waffen von dem Haufen. Oddny, der der Gedanke an die feindseligen Hexen einen Schauder über den Leib jagte, fühlte sich gleich besser, als sie ihren Gürtel samt Messer wieder angelegt hatte.

Sie barg die Statue aus dem Besitz ihrer Mutter im Arm, während sie gespannt warteten, wer zu ihnen stoßen würde. Zu ihrer Überraschung gesellten sich immer mehr Frauen dazu, darunter Tora und Saeunn – und dann lösten sich zu ihrem Schrecken Katla und Thorbjörg aus der Menge, um die Prozession zusammen mit Gunnhild anzuführen. Niemand erhob Einwände – sie waren schließlich Seherinnen, und ihre Gegenwart erschien allen, die ihre wahren Motive nicht kannten, als ganz normal.

Gunnhild tat sehr überzeugend, als würde sie die beiden gar nicht wahrnehmen, aber Oddny sah, wie sich ihre Schultern anspannten, als die Hexen sich näherten. Oddny schob sich näher an sie heran und wagte dabei kaum zu atmen, als fürchtete sie, sie könnte die Seherinnen erschrecken, wenn die sie bemerkten.

Thorbjörg ahnte anscheinend, dass sie beobachtet wurden; sie blickte sich für einen kurzen Moment über die Schulter zu Oddny um und wandte sich gleich wieder ab. Die Gelassenheit, die sie dabei ausstrahlte, deutete an, dass sie in Oddny keine Bedrohung sah.

Oddny dachte an ihre Mutter und ihren Bruder und Signy, und plötzlich verspürte sie den Drang, der Frau das Messer in den Rücken zu rammen. Das Einzige, was sie davon abhielt, war die Erinnerung an ihre eigenen Worte: Solange es keinen Beweis für ein Fehlverhalten der beiden Hexen gab, wäre ihre Ermordung eine nutzlose Geste, die lediglich die Vertrauenswürdigkeit von Gunnhild und Erik weiter beschädigen würde.

Gunnhild führte die Menschen in einer stillen Prozession zu jedem der Nebengebäude, wo sie Blut auf die Statuen der Frigg und der Göttinnen in der Weberei und dann auf jene von Tyr und Thor und Odin in der verlassenen Waffenkammer und schließlich auf das wuchtige Abbild Odins im Tempel spritzte, bevor sie zur allgemeinen Verwunderung den Weg zum Wald einschlug. Die Frauen wechselten verunsicherte Blicke, ehe sie ihr folgten – alle, bis auf Thorbjörg und Katla, die ihr ohne Zögern auf den Fersen blieben, und Saeunn, der das Knie zu schaffen machte, nun, da die Wirkung von Oddnys Tee abgeklungen war. Tora erbot sich, bei ihr zu bleiben und ihr zurück zur Weberei zu helfen.

Oddnys Beklommenheit nahm zu, als die Prozession ihren Weg fortsetzte. Gunnhild führte sie weit fort von der Haupthalle, weiter, als viele am Abend eines heiligen Fests zu gehen wagen würden.

»Gunnhild«, sagte Oddny vorsichtig, als sie die Handwerkerhütten passierten, »wo gehen wir hin? Es ist kalt. Wir sollten wieder hineingehen.«

»Es gibt da noch eine Statue, die ich segnen muss«, antwortete Gunnhild, ohne sich umzudrehen.

Während sie die Hinterköpfe Gunnhilds und der beiden ihr mit einem Schritt Abstand folgenden Hexen beobachtete, nahm Oddnys Besorgnis weiter zu. Wer würde zuerst zuschlagen? Würde Thorbjörg oder Katla beschließen, jetzt den nächsten Zug zu tun? Würde Gunnhild noch vor Sonnenaufgang sterben und mit ihr Oddnys einzige Hoffnung, Signy zu finden?

Das ist keine zeremonielle Prozession mehr, dachte Oddny und wischte sich kalten Schweiß von der Stirn, *es fühlt sich an, als werden wir dem Tod entgegengeführt.*

Keine der anderen Frauen schien besorgt zu sein, abgesehen von Ulla und Runfrid, die Oddny flankierten und ihre Laternen hoch in die Luft hielten. Runfrids Hand ruhte auf dem Heft des kleinen Sax an ihrem Gürtel.

Als sie tief im Wald waren, verließ Gunnhild den Hauptweg und führte sie zu einer Birkengruppe in der Mitte einer Lichtung. Im größten Baum gab es eine Höhlung, in der eine kleine Holzstatue von Freya stand. Gunnhild benetzte sie mit Blut aus der Opferschale und verkeilte schließlich die Schale selbst in der Öffnung.

»Vergebt mir, dass ich euch alle so weit fortgeführt habe, aber meine Göttin ist an diesem Ort lange vernachlässigt worden«, sagte Gunnhild zu ihnen, wieder ohne sich umzudrehen. »Ihr könnt nun zur Halle zurückgehen und das Fest genießen. Danke, dass ihr euch mir angeschlossen habt.«

Die Frauen flüsterten untereinander, und der Zug begann, sich aufzulösen. Zu Oddnys Überraschung zogen sich sogar Thorbjörg und Katla zurück – nachdem sie sich in den Finger gestochen und Freya ihr persönliches Blutopfer dargebracht hatten. Nur Oddny, Runfrid und Ulla blieben bei Gunnhild und sahen ihnen hinterher. Erst als die Hexen außer Sichtweite waren, seufzte Gunnhild vernehmlich und erleichtert.

»Das waren sie also?«, fragte Runfrid.

»Ja«, sagte Oddny. »Aber warum haben sie nichts getan? Was hatte das alles zu bedeuten? Warum …?«

»Das hätten sie nie«, sagte Gunnhild tonlos. Die letzten Spuren der feierlichen Atmosphäre dieses Abends waren verflogen, und in ihren Augen flackerte der Zorn. »Es wäre zu verdächtig, genauso, wenn wir zuerst zuschlagen würden. Sollte mir etwas passieren, unter den Augen so vieler Menschen, würde das nur beweisen, dass Erik recht hat. Dafür sind sie zu raffiniert, Oddny. Das müssen sie sein, aber wir genauso. Sie haben lediglich versucht, mich einzuschüchtern.«

»Hat es funktioniert?«, fragte Ulla mit leiser Stimme, erhielt aber keine Antwort. Gunnhild machte auf dem Absatz kehrt und stolzierte von der Lichtung. Das blutbeschmierte Kleid und die wirren Haare verschwanden aus dem Laternenschein in die Finsternis, ehe die anderen drei Frauen auch nur ein weiteres Wort herausbekamen.

Runfrid regte sich als Erste, die Hand immer noch auf dem Heft des Saxes. »Kommt sie zurecht?«

Oddny wusste es nicht. Sie winkte den anderen zu, Gunnhild zu folgen, und sie behielten sie auf dem ganzen Weg zurück zur Weberei im Auge, um sicherzustellen, dass ihr kein Leid geschah.

»Saeunn ist dort, und inzwischen vermutlich auch ein paar der anderen Frauen, also ist sie da drin sicher«, sagte Ulla, während sie zusahen, wie Gunnhild die Weberei betrat. Nach einer kurzen Diskussion erkannten sie, dass keine von ihnen in Stimmung war, dem Festmahl beizuwohnen, und so begleiteten Oddny und Ulla Runfrid zur Waffenkammer in der Absicht, sich gleich danach ebenfalls in die Weberei zurückzuziehen.

Doch als Runfrid die Tür zur Waffenkammer öffnete und Halldor im Inneren vorfand, drehte sie sich zu Oddny um und flüsterte: »Hast du ihn inzwischen gefragt, ob er Arinbjörn hilft, während des Rituals die Hexen im Auge zu behalten?« Als sie Oddnys Miene sah, grinste sie spöttisch. »Tja, jetzt hast du die Gelegenheit.«

Halldor war allein in der Waffenkammer. Er saß auf einem Hocker nahe dem Feuer und befiederte Pfeile, die aus einem Kübel zu seinen Füßen ragten. Links von ihm befand sich eine Schüssel mit Pfeilspitzen, eine Rolle Schnur und ein ganzer Haufen aufgespaltener und zurechtgestutzter Federn.

»Hast du schon genug von den Festlichkeiten?«, fragte ihn Runfrid und zerzauste ihm das Haar, als sie quer durch den Raum zu der Leiter ging, die zum Speicher führte. »Es hört sich so an, als wären alle bereits ziemlich betrunken.«

Halldor winkte ab, aber einer seiner Mundwinkel zuckte amüsiert, wenngleich er nicht von seiner Arbeit aufblickte. »Ich hasse Menschenansammlungen, und ich betrinke mich nur zum Julfest. Den Rest des Jahres ziehe ich es vor, bei Sinnen zu bleiben und es anderen zu überlassen, sich zum Narren zu machen.«

»Kein Wunder, dass Arinbjörn dich so mag«, kommentierte Runfrid. »Tee?« Als alle zustimmten, holte sie einen kleinen, sauberen Topf vom Speicher, füllte ihn mit Wasser und stellte ihn ins Feuer. Dabei warf sie Oddny immer wieder spitze Blicke zu, als wollte sie sagen: Frag ihn!

Oddny schüttelte nur stumm entsetzt den Kopf, also sagte Runfrid laut: »Ulla, würdest du mir helfen, einen Tee auszuwählen? Ich hab ihn oben auf dem Speicher.«

Kaum waren sie dort, blickten sie über den Rand und winkten Oddny aufmunternd zu. *Verräter*, dachte sie ungehalten.

Mit einem stillen Seufzer näherte sich Oddny dem Herd und setzte sich Halldor gegenüber auf einen Hocker. Er war bei dem Disablot gewesen, denn ein paar Blutflecken tüpfelten sein Gesicht. Aber die Kleidung, die er nun trug, hatte Oddny zuvor noch nicht an ihm gesehen: eine Tunika aus schwerer grüner Wolle und eine braune Hose. Beide Stücke waren von guter Qualität, aber hier und da ausgebessert und etwas zu groß für seine schmale Gestalt. Die abgetragenen Schuhe, die ausgebleichten roten Wadenbinden und der Sax in der abgewetzten Scheide an seinem Gürtel sahen immer noch so schäbig aus wie an dem schicksalhaften Tag, da sie ihm das erste Mal begegnet war. Seine Ärmel hatte er hochgekrempelt, sodass die sehnigen Unterarme zum Vorschein kamen, und während er an seinen Pfeilen arbeitete, konnte Oddny einen Blick auf Gunnhilds kleine Binderune erhaschen, die direkt unter dem Ellbogen gestochen worden war.

Als Halldor endlich etwas sagte, tat er das in nüchternem Ton. »Die Sachen sind geliehen, falls dir dazu etwas auf der Zunge liegt.« Er hatte immer noch nicht aufgeblickt. »Ich habe noch kein Silber verdient, du musst dir also keine Sorgen machen, dass ich versuchen könnte, mich aus meiner Schuld herauszuwinden oder Geld auszugeben, das in deinem Münzbeutel landen sollte.«

»Das war nicht, was ich sagen wollte«, erwiderte Oddny abwehrend.

Seine fahlgrünen Augen zuckten hoch, und sie hasste das Gefühl, das sich in ihrem Bauch regte, als sein durchdringender Blick den ihren traf. Jemand hatte die Seite seines Kopfes nachrasiert, sodass der Lachs in all seiner verblassten Pracht gut zu sehen war, auch wenn sein Haar nicht groß nachgewachsen war, seit Oddny ihn in der Schlafkammer von Ozurs Halle rasiert hatte.

»Hast du das selbst gemacht?«, fragte sie. »Es sieht besser aus.«

Halldor hob die Hand und berührte die rasierte Stelle. »Das war Runfrid. Sie wird auch meine Tätowierung auffrischen, ehe sie zu ihrem Winterquartier reist.« Er hielt einen der halb fertigen Pfeile hoch und fügte hinzu: »Und ehe du fragst, wie ich mir das leisten kann: Wir haben uns geeinigt.«

Ein Rascheln erklang vom Speicher, gefolgt von Runhilds Stimme: »Für mich ist unsere Abmachung mehr als fair. Ich liebe es, mit Pfeil und Bogen zu schießen, aber ich hasse es, Pfeile zu fertigen.«

Oddny ergriff eine der Pfeilspitzen und musterte sie prüfend. »Hast du die selbst geschmiedet?«

»Ja.« Halldor senkte die Stimme. »Sie sind nicht sehr gut, aber sag ihr das nicht.«

»Das habe ich gehört«, rief Runfrid von oben.

Halldor stellte seinen unfertigen Pfeil in den Kübel und sah Oddny an. »Aber das ist alles nicht der Grund, warum du dich zu mir gesetzt hast, um mit mir zu sprechen.«

Oddny räusperte sich. »Nein, ist es nicht. Ich benötige eine Gefälligkeit.«

»So?« Er zog eine Braue hoch – die, die von den Narben von Gunnhilds Angriff mit den kleinen Klauen durchbrochen war. »Welche Art Gefälligkeit? Und wärst du bereit, mir einen Schuldennachlass zu gewähren, wenn ich einwillige?«

»Es geht um eine recht einfache Sache, und ja«, sagte Oddny. »Um eine Mark.«

Nun zog er beide Brauen hoch. »Eine ganze Mark?«

»Gunnhild hat jetzt eigenes Silber, das sie einsetzen kann, um Signy zu retten, also kann ich meines für eine wichtige Angelegenheit nutzen«, entgegnete Oddny. »Ich nehme an, du hast Olafs und Halfdans Hexen bei der Opferzeremonie heute Abend bemerkt.«

»Sie sind schwer zu übersehen«, sagte Halldor. »Die ganze Hird ist nervös, seit sie eingetroffen sind. Aber nach dem, was Erik gesagt hat, glaubt sein Vater nicht, dass sie verantwortlich sind für irgendetwas von dem, was passiert ist.« Er rieb sich das Kinn. »Was sonderbar ist, denn König Harald verabscheut Zauberei. Man sollte doch annehmen, dass er dazu neigt, solche Anschuldigungen zu schlucken, wenn das bedeutet, dass er zuerst das Schwert gegen eine Hexe erheben und später die Wahrheit über ihre Verbrechen aufdecken kann.«

»Darüber hatte ich noch gar nicht nachgedacht.« Runfrid kam mit einem kleinen Leinenbeutel zwischen den Zähnen die Leiter herunter und warf gleich darauf den Inhalt des Beutels in das inzwischen kochende Wasser. Ulla folgte ihr mit einem Tontopf mit Honig. »Das ist schon merkwürdig, nicht wahr?«

»Vielleicht hindert ihn etwas. Meint ihr, jemand versucht, Erik in Verruf zu bringen?«, fragte Ulla. »Seinem Vater etwas einzuflüstern?«

»Es wäre nicht das erste Mal, dass sich König Harald von nichts weiter als Gerüchten hat beeinflussen lassen«, bemerkte Runfrid, und ein finsterer Ausdruck huschte über ihr Gesicht. »Erinnert mich daran, dass ich euch beizeiten erzähle, was Thorolfs Onkel zugestoßen ist.«

Ihr Ton reichte vollkommen, damit Oddny zu dem Schluss kam, dass sie es gar nicht wissen wollte.

Runfrid schöpfte Tee in Tassen und verteilte sie, und als Ulla den Honigtopf herumreichte, sagte Halldor: »Also, Oddny, du sagtest …? Diese Gefälligkeit, die du benötigst …?«

»Richtig.« Oddny inhalierte den Duft des Tees – Löwenzahnwurzel – und senkte die dampfende Tasse wieder. »Du müsstest die beiden Hexen am dritten Abend des Fests im Auge behalten. Darauf achten, dass sie die Halle nicht verlassen, und ihnen folgen, sollten sie es doch tun. Und wenn sie irgendetwas Verdächtiges tun, dann komm sofort in die Weberei und sag es uns.«

»Warum?«, fragte Halldor.

»Weil Gunnhild ein Ritual durchführen wird, um zu sehen, ob die Geister ihr verraten, wohin Signy verkauft wurde. Mit etwas Glück müssen wir gar nicht nach Birka reisen. Aber König Harald wird wütend werden, sollte er das herausfinden, und darum darf niemand davon wissen. Gunnhild meint, es wäre möglich, dass Thorbjörg und Katla ihr schaden wollen. Also müssen wir dafür sorgen, dass sie bleiben, wo sie sind, bis das Ritual abgeschlossen ist.«

Halldor nagte an der Innenseite seiner Wange, während er darüber nachsann. »Lass mir eineinhalb Mark nach – mach glatte zehn Mark daraus –, und wir sind uns einig.«

»Schön. Ich senke deine Schulden auf zehn Mark. Tust du es?«

Ein Moment zog dahin, dann nickte Halldor und streckte die Hand aus, und Oddny schlug ein. Im Gegensatz zum ersten Mal, dass sie einander zur Besiegelung einer Vereinbarung die Hände geschüttelt hatten – als sie zugestimmt hatte, ihm für die bis jetzt einzige Spur zu Signy einen Nachlass zu gewähren –, empfand sie die Berührung dieses Mal als nicht ganz so unangenehm.

Als sie und Ulla ihren Tee ausgetrunken hatten, wünschten sie Runfrid und Halldor eine gute Nacht und gingen wieder hinaus in die Kälte. Halldor sah ihr noch hinterher, als die Tür zufiel, und Oddny schüttelte sich, glaubte, sie hätte da etwas gesehen, das sie sich nur eingebildet haben konnte.

Aber sie konnte Halldors Augen nicht aus ihren Gedanken verdrängen oder diese schlichte, unschuldige Berührung ihrer Hände. Warum dachte sie so über ihn? Dieser Mann war an jener entsetzlichen Tat beteiligt, in deren Zug ihre Familie und ihr Hof zerstört und ihre Schwester entführt worden waren. Aber hatte Ozur nicht recht, wenn er sagte, dass jeder Räuber in diese Lage hätte geraten können? Hatte nicht auch fast jeder freie Mann auf diesem Anwesen mindestens einmal an einem Raubzug teilgenommen?

Außerdem hatte Halldor Abbitte geleistet. Er war ehrenhaft, das hatte er deutlich gemacht. Aber er konnte den Überfall nicht rückgängig machen. Er konnte ihr Mutter und Bruder nicht zurückbringen.

Ich mag ihn nicht, sagte sie sich im Stillen und nicht zum ersten Mal. *Er schuldet mir Geld, und er hat zugestimmt, mir eine Gefälligkeit zu erweisen. Das ist alles.*

Ulla blieb auf halbem Wege zur Werkstatt stehen und legte den Kopf in den Nacken, um den Vollmond zu bewundern. »Was für eine seltsame Nacht.«

Oddny neben ihr hielt ebenfalls inne und verzog das Gesicht. »Ich habe das Gefühl, das ist nur die erste von vielen.«

23

Der zweite Festtag verlief weitgehend wie der erste: Es wurde viel getrunken, geklatscht und gewetteifert – nur dass Gunnhild nun nicht mehr unbemerkt durch die Menge schlendern konnte, sondern auf Schritt und Tritt Aufmerksamkeit erregte, wie es schien.

Es fing in dem Moment an, in dem sie an diesem Morgen die Weberei verließ. Offenbar hatte sie die Gäste beim Disablot beeindruckt, denn viele wollten sich und ihre Familie der künftigen Königin vorstellen, ihre Anerkennung über die Macht des Opfers am Abend zuvor zum Ausdruck bringen oder ihr sagen, sie wüssten einfach, dass dank ihr die Zukunft Gutes für sie bereithielte. Nun kannten sie ihr Gesicht und kannten ihren Namen.

Sie sahen sie. Sie wollten sie kennen.

Sie wünschte, sie könnte sich mehr darüber freuen. Doch ihr Lächeln war bemüht, und jeder Name entfleuchte ihren Gedanken in dem Moment, in dem sie sich umdrehte, um die nächste Person zu begrüßen.

Zunächst schien der Tag sich endlos zu ziehen, doch es dauerte nicht lang, bis sie zurück in die Weberei gehen musste, um sich auf ihre Hochzeit vorzubereiten, die in der Abenddämmerung stattfinden sollte. Oddny hatte ihr ein weiteres Leinenkleid genäht, das fast genauso aussah wie das, das sie bei dem Ritual getragen hatte, nur dass Ärmelaufschläge, Saum und Halsausschnitt mit einem fahlblauen Wollfaden verziert waren.

Doch Gunnhild entschied sich dafür, ihr Ritualkleid zu tragen. Das Blut von dem Opfer am Vortag war getrocknet und nun vom gleichen dunklen Kupferrot wie ihr Haar. Als Oddny sich nach dem plötzlichen Sinneswandel erkundigte, log Gunnhild und sagte, es sei mit Erik abgestimmt, aber die Wahrheit lautete, dass sie alle daran erinnern wollte, wer sie war. Ihre Feinde und jene, die an ihr zweifelten – König Harald, Königin Gyda, Thorbjörg, Katla, sogar Olaf und Halfdan, den sie bisher noch gar nicht kannte –, sollten ganz genau wissen, mit wem sie es zu tun hatten.

Und das war nicht irgendeine Heimatlose in einem makellosen weißen Kleid, sondern eine Hexe, die nicht davor zurückschreckte, Blut zu vergießen, wenn das Schicksal es erforderte. Als sie sich nun die Haare kämmte und dabei auf die Flecken hinabsah, war sie überzeugter denn je, dass sie den Pfad beschritt, der für sie vorgesehen war, sowohl wegen als auch trotz Thorbjörgs Einmischung.

Einen Pfad, der, das konnte sie nicht mehr leugnen, direkt zu Erik führte.

Das war eine Wahrheit, die sie Oddny nicht offenbaren konnte, auch wenn sie gefragt hätte. Zwar hatte Erik seit dem Tag im Wald nicht mehr mit ihr gesprochen, und Gunnhild war immer noch nicht sicher, dass er sie nicht verschmähte, doch während des Disablot hatte sie eine Veränderung wahrgenommen – alle hatten sich ausschließlich auf den Opferbullen konzentriert, seine Blicke jedoch hatten auf ihr geruht.

Und sie wollte, dass er sie ansah, wie sie nun erkannte. Dass er sie anerkannte für das, was sie war. Mehr als alle anderen musste er sie *sehen*. Und vielleicht würde er dann auch auf sie hören.

Als ihr Haar gekämmt war, stand sie auf, nahm die Wacholderkrone, die Ulla ihr hinhielt, und platzierte sie auf ihrem Kopf. Oddny trat vor und rückte sie gerade.

Und dann war es Zeit.

Gunnhild bewunderte das tiefe Rot des Sonnenuntergangs, während ein Dutzend Weberinnen, unter ihnen Oddny und Ulla, sie zum Tempel geleiteten. Als sie sich den Leuten näherten, die sich dort versammelt hatten, um der Hochzeit beizuwohnen, kehrte Stille ein, und die Menge teilte sich, um sie passieren zu lassen.

Als sie auf der anderen Seite anlangten, sah Gunnhild, dass vor der Tür zum Tempel ein Feuer entfacht worden war. Die Zeremonie sollte unter freiem Himmel stattfinden. Die Frauen blieben stehen, und nur Gunnhild allein ging weiter, wäre aber beinahe gleich wieder stehen geblieben, als sie erkannte, dass sie Oddny doch nicht irregeführt hatte: Erik stand in exakt der schlichten Tunika und der Hose vor ihr, die er beim Ritual getragen hatte; sein Haar war im Nacken gebunden und der Bart gestutzt, was nicht so recht zu dem getrockneten Blut auf seiner Kleidung passen wollte. Er starrte sie an, als wäre er nicht minder verdattert, dass sie unabhängig von ihm die Entscheidung getroffen hatte, auf den edlen Staat zu verzichten, zugunsten von etwas, das sogar noch eindrucksvoller war.

Ein Priester Freyrs vollzog die Trauung, und die untergehende Sonne tauchte die ganze Zeremonie in blutrote Farbschattierungen. Die Menge ignorierte sie. Es kümmerte Gunnhild nicht, was diese Leute dachten. Nicht mehr.

Ihr Blickfeld hatte sich immer mehr zusammengezogen, bis sie nur noch Erik sehen konnte. Es war, als wären sie die einzigen Menschen in den Neun Welten. Sie sprachen nicht, berührten sich nicht, bis der Priester sie aufforderte, ihre Unterarme miteinander zu verschränken. Daraufhin umwickelte er sie mit einem wunderschönen brettchengewebten Band mit eingearbeiteten Goldfäden, das Saeunn angefertigt hatte. Während er das tat, erteilte er ihnen den Segen der Götter. Dabei rief er Thor an, die Ehe zu weihen, bat Odin um Weisheit für ihre Regentschaft und Freyr und Freya um Fruchtbarkeit.

Gunnhild nahm die Worte des Priesters wahr, als kämen sie aus weiter Ferne. Er reichte ihr eine große, flache Schale mit goldenem Met, die sie mit ihrer freien Hand ergriff, um daran zu nippen.

Du musst mich nicht mögen. Als sie langsam die Schale sinken ließ, blickte sie Erik über den Rand direkt in die Augen und dachte daran, was Arinbjörn an dem Tag gesagt hatte, als sie einander erstmals begegnet waren. *Aber ich bin deine letzte Hoffnung, so wie du die meine bist.*

Sie reichte ihm die Schale, und er trank ebenfalls. Dann nahm der Priester sie an sich und schüttete den Rest des Mets als Opfer für die Götter ins Feuer. Alle um sie herum jubelten, von ein paar Ausnahmen abgesehen.

Gunnhild nahm es kaum wahr.

Unter den Bändern drückte sie Eriks Arm und flüsterte: »Deine Feinde sind meine Feinde.«

Sogleich erinnerte er sich seiner Worte an dem Tag vor beinahe einem Mond, an dem sie sich einander mit Blut verpflichtet hatten, und ein kaum wahrnehmbares, grimmig entschlossenes Lächeln huschte über seine Lippen. Diese Hochzeit war für seine Familie, für die Leute, die Götter. Aber die Worte waren eine Erinnerung an den Eid, den sie bereits abgelegt hatten, eine Erinnerung, die sie allein teilten.

»Und dein Schicksal ist mein Schicksal«, sagte er.

Das anschließende Festmahl kam Gunnhild vor wie ein Fiebertraum, aus dem sie nicht erwachen konnte.

Ein Tisch stand nun an der Stelle des Altarsteins auf dem blutgetränkten Podest, und dort saßen Erik und Gunnhild unter den Statuen der Götter. Zu ihrer Linken thronte König Harald auf seinem hohen Stuhl, neben ihm Tora und Haakon. Noch einen Platz weiter speiste Königin Gyda in argwöhnischem Schweigen.

Gunnhild trank einen tiefen Schluck Traubenwein aus dem großen Holzbecher, den sie sich mit Erik teilte: dem Becher, den sie schon bei der Zeremonie benutzt hatte. Kunstvoll geschnitzte Drachenköpfe zierten ihn auf beiden Seiten. Der Wein war ein kostbares Gut. Importiert aus dem fernen Süden, war er eigens zu diesem Anlass hervorgeholt worden. Gunnhild genoss ihn vielleicht ein wenig zu sehr.

Zwar hatte sie während der Trauung das Gefühl gehabt, ihre Beziehung nähme eine Wendung zum Besseren, doch Erik hatte seither nicht mehr mit ihr gesprochen oder in irgendeiner Weise Zuneigung erkennen lassen. Langsam kam sie zu dem Schluss, dass sie sich geirrt hatte, dass er sie wirklich verabscheute, und der Wein tat ihrer Stimmung nicht gut. Hinzu kam, dass der Strom der Gäste, die herbeikamen, um ihnen zu gratulieren, einfach nicht abreißen wollte. Ein paar Gratulanten bedachten sie sogar mit verschwenderischen Geschenken.

Je mehr sie trank, desto weniger fühlte sie. Und sie wollte gar nichts fühlen, also trank sie weiter, was recht bequem war, denn der Weinvorrat schien endlos zu sein.

Als wieder eine Frau aus der Gästeschar ihre lange Lobrede abschloss und endlich zu ihrem Platz zurückkehrte, trat eine Magd an den Tisch und füllte den Drachenkopfbecher nach. Gunnhild wollte ihn sich gerade schnappen, als Erik ebenfalls danach griff.

Er bedachte sie mit einem geharnischten Blick. »Ich weiß nicht recht, ob dir das bewusst ist, aber ich würde an meinem Hochzeitstag auch gern trinken.«

Gunnhild schwenkte den Becher in seine Richtung, sodass Wein über den Rand schwappte. »Aha! Er spricht! Und ich dachte schon, du hättest vergessen, dass ich da bin … Moment mal.« Sie kniff die Augen zusammen. »Kaust du an deinen Nägeln?«

Er verbarg seine Hand im Schoß und maß sie mit einem grimmigen Blick. »Eine nervöse Angewohnheit aus der Kindheit. Dann und wann kommt es wieder. Etwa, wenn ich mich in einer misslichen Lage befinde.«

»Oh, du bist also in einer misslichen Lage, ja?«

»Ja«, sagte Erik und griff nach dem Becher. »Gib her. Du kannst später mehr trinken, wenn du wieder nüchterner bist.«

Sie hielt den Becher von ihm weg. »Du kannst mir nicht sagen, was ich zu tun habe.«

»Ich kann dir aber sagen, dass du dich vor meiner Familie zum Narren machen wirst, wenn du weitertrinkst. Gib mir den Becher.«

»Aber Erik«, meldete sich da eine Stimme zu Wort, als sich zwei Männer dem Tisch näherten. »Wer bist du, deiner Gemahlin zu sagen, dass sie auf ihrer eigenen Hochzeit nicht trinken darf?«

»Ich habe ihr nicht gesagt, sie dürfe nicht trinken, sondern dass sie aufhören sollte«, entgegnete Erik bemüht gelassen, als er sich erhob und den Unterarm mit dem des großen schwarzhaarigen Mannes verschränkte, der zuerst vortrat. Keiner von beiden sah besonders erfreut aus, den anderen auf eine wenigstens zum Schein wohlwollende Art zu begrüßen. Für Gunnhild war klar, dass die beiden lediglich eine Vorstellung für die Gäste lieferten. Anscheinend wollten sie den Frieden wahren. Die fahlblauen Augen verrieten Gunnhild, dass dies einer von Eriks Brüdern war. Olaf, den Mann in seiner Begleitung, hatte sie bereits kennengelernt.

Gunnhild hätte ihnen am liebsten um die Ohren gehauen, dass auch sie hier war, aber sie zwang sich, zu schweigen, nachdem ihr aufgegangen war, dass dieser Mann Halfdan Haraldsson sein musste, Eriks ältester Bruder. Da Katla bei der Opferzeremonie zugegen gewesen war, musste er bereits gestern eingetroffen sein und hatte sich nur nicht gezeigt; Gunnhild nahm an, dass er nur auf eine Gelegenheit wartete, um Ärger zu machen. Am Abend zuvor wäre das einer Kränkung der Disen gleichgekommen, aber bei der Hochzeit war das eine ganz andere Geschichte.

»Du hättest beinahe das Disablot verpasst«, sagte Erik, ließ die Hände sinken und rang sich ein Lächeln ab.

»Die Seherin in meinen Diensten hat eine Verletzung erlitten und war zu schwach für die Reise«, erklärte Halfdan. »Darum haben wir uns ein paar Tage verspätet.«

Gunnhild sah an ihm vorbei zu Katla, die sie hasserfüllt anstarrte, ehe sie wieder die Männer betrachtete. Sie bedauerte nicht, was sie getan hatte – nur, dass sie es nicht zu Ende gebracht hatte.

»So ein Pech«, sagte Erik steif.

Aus dem Augenwinkel sah Gunnhild, wie König Harald sich auf seinem Platz vorbeugte und den Austausch aus zusammengekniffenen Augen verfolgte.

»Vater hat uns von deinen Heiratsbedingungen erzählt«, sagte Halfdan mit einem höhnischen Grinsen. »Nur eine Frau, was, Bruder? Sag nicht, du stehst unter ihrem Bann.«

Ein Scherz, so dachte sie zunächst, doch als Halfdans Blick zu ihr herüberzuckte, erkannte sie die Niedertracht in seinen Augen. Ihre Hand spannte sich um den Becher.

»Du hältst mich für hohlköpfig genug, um auf solche Tricks hereinzufallen?«, konterte Erik spöttisch.

Die Mienen seiner beiden Brüder bestätigten das, aber Olaf war derjenige, der das Wort ergriff. Er legte eine Hand auf seine Brust und tat gekränkt. »Ist das etwa eine Anspielung auf Vaters einstmalige Betörung? Solch eine Respektlosigkeit, ausgerechnet aus dem Mund seines *auserkorenen Nachfolgers*.«

Eriks Adamsapfel bewegte sich, aber er schien außerstande, etwas zu sagen. Dafür sah er umso wütender aus.

Ehe er sich eine noch tiefere Grube graben konnte, regte sich etwas in Gunnhild, als wäre plötzlich ein eisiger Wind durch ihren Geist gefegt und hätte den Nebel vertrieben, mit dem der Wein sie umgeben hatte. Laut genug, dass um sie herum alle verstummten, laut genug, dass König Harald sie hören konnte, sagte sie: »Falls du von Sneafrid sprichst – wenn sie wirklich eine Hexe war, dann muss sie enorm mächtig gewesen sein, um solch einen Mann wie König Harald zu verzaubern. Ich fühle mich geehrt, dass du denkst, ich hätte so viel Macht, um dergleichen mit einem Mann wie meinem Gemahl zu machen. Du wolltest König Erik kränken, doch indem du mich beschuldigst, hast du uns beiden geschmeichelt. Vielleicht sollte ich dir danken.«

Ihr Herz pochte heftig, als sich zu viele Augen im Saal auf sie richteten, Eriks eingeschlossen. Aber sie hielt ihren Kopf hocherhoben.

»Ah, aber du bist eine Zauberin, nicht wahr?«, stichelte Halfdan. »Ich nehme an, du weißt nicht, was unserem Bruder Rögnvald widerfahren ist. Ich hörte, du seist weise, aber es scheint mir närrisch zu sein, dass du dich mit ihm zusammentust, nach dem, was er getan hat.«

»Besonders, da du die Einzige deiner Art bist, die dazu bereit wäre«, fügte Olaf hinzu. »Da ich dich aber gestern Abend gesehen habe, wage ich zu behaupten, dass du dein Talent vergeudest, wenn du ihm dienst.«

»Ich diene ihm nicht«, erwiderte Gunnhild.

»Und das solltest du auch nicht«, sagte Halfdan begütigend, was Gunnhild auf den Gedanken brachte, dass er vielleicht der klügere der beiden Brüder war. »Es ist noch nicht zu spät, um die Verbindung zu lösen, weißt du.« Er bedachte Erik mit einem schiefen Blick. »Inzwischen weißt du ja sicher, dass im Speicher keine Laterne brennt. Er ist nicht mehr als Vaters Kampfhund. Wenn du Königin sein willst, so gibt es in diesem Land würdigere Könige zu ehelichen.«

Gunnhild erhob sich.

Deine Feinde sind meine Feinde.

Sie würde keine Magie benötigen, um die Krallen auszufahren, nicht dieses Mal. Diese Feinde waren keine Hexen – es waren nur Männer.

»Ich nehme an, du willst uns nur aufziehen, weil ich dir einen weiteren Grund gab, eifersüchtig auf Erik zu sein. Die Ehe mit einer Frau wie mir ist so weit außerhalb der Reichweite von euch beiden, dass ich nicht weiß, ob ihr meinen Zorn oder mein Mitgefühl verdient, weil ihr versucht, mein Hochzeitsfest zu verderben. Eure Frauen tun mir leid, sofern ihr welche habt.«

Als sie mit ihrem kurzen Ausbruch fertig war, war es in der Halle totenstill geworden. Sogar der Skalde war mitten im Gedicht verstummt.

»Hündin«, sagte Olaf nach kurzem Stutzen.

Gunnhild riss die Hände in die Luft und sagte zur Decke. »Gibt es in diesem Raum wenigstens einen Haraldsson, der imstande ist, eine angemessene Erwiderung zu formulieren? Bei den Göttern, ihr habt alle ein Vorstellungsvermögen wie ein toter Kabeljau. Werde ich diese Ödnis all die Jahre meiner Ehe erdulden müssen?«

Dieser letzte Teil war Erik gewidmet, der sie prompt mit einem wütenden Blick bedachte. Außerhalb ihres Blickfelds prustete Königin Gyda höchst unköniglich und schlug eine Hand vor den Mund. Auf der anderen Seite des Königs grinste Tora von einem Ohr zum anderen und bemühte sich gar nicht erst, ihr Vergnügen zu verbergen.

»Für diese Kränkungen wirst du bezahlen«, knurrte Halfdan.

Gunnhild verzog das Gesicht. »Ach, wie langweilig. Danke für diese Bestätigung meiner Worte. Komisch übrigens, dass du von Respektlosigkeit gegenüber deinem Vater sprichst, obwohl gerade ihr diejenigen seid, die fortwährend seine ausdrücklichen Wünsche missachten. Er hat Erik wieder und wieder als seinen Nachfolger benannt, oder etwa nicht? Und doch steht ihr hier, vor dem König, und verhöhnt seine Entscheidung.«

Sie sah sich zu König Harald um und stellte erleichtert fest, dass er ihr unter dem geflochtenen Silberbart ein kaum wahrnehmbares Lächeln schenkte.

»Königin Gunnhild spricht die Wahrheit«, sagte er und erhob sich, und die Worte »Königin Gunnhild« aus seinem Munde bedeuteten einfach alles.

»Vater ...«, setzte Olaf an.

»Sie ...«, sagte Halfdan.

»Diese Runde habt ihr verloren, Jungs«, sagte König Harald leutselig und reckte eine Hand hoch, um seine Söhne zum Schweigen aufzufordern. »Ihr seid gekommen, um euren Bruder zu ärgern, und ich kann nicht sagen, er hätte es nicht verdient, wenn ich an die unbegründeten Vorwürfe denke, die er gegen euch erhob ...«

Erik klappte den Mund auf, um sich gegen die Aussage, seine Vorwürfe seien unbegründet, zur Wehr zu setzen, aber Gunnhild trat ihm unter dem Tisch auf den Fuß, und er klappte den Mund wieder zu.

»... doch es scheint«, fuhr König Harald fort, »als hättet ihr nur seiner neuen Gemahlin Gelegenheit gegeben, ihren Scharfsinn zu demonstrieren.«

»Was ein guter Plan gewesen wäre, wenn sie nicht die Frau wäre, die sie ist«, fügte Königin Gyda hinzu, wenngleich nicht ohne einen Hauch von Erbitterung, so, als würden die Worte einen fauligen Geschmack auf ihrer Zunge hinterlassen. »Doch nun ist es Zeit, dass ihr euch wieder setzt.«

Gunnhild war fassungslos. *Die stellen sich auf meine Seite? Das kann nicht sein.* Doch das Geflüster um sie herum verriet ihr, dass sie die Masse der Gäste für sich gewonnen hatte, und König Harald und Königin Gyda wussten das. Sie hätten sich zum Narren gemacht, hätten sie sich nun noch gegen Erik mit Halfdan und Olaf verbündet.

Halfdan zitterte vor Wut. »Aber, Vater ...«

»Genieß deinen Trunk. Such dir eine Frau«, sagte der König und wedelte mit der Hand, als er sich wieder setzte. »Vergiss deinen Groll, sei es auch nur für heute Nacht, und lass Erik und seine Braut feiern.«

Olaf war noch nicht bereit aufzugeben. »Aber, Vater, wir ...«

Das war der Tropfen, der das Fass zum Überlaufen brachte. König Haralds Geduld war erschöpft. Er richtete sich wieder auf und donnerte laut genug, dass das Geschirr auf den Tischen um ihn herum erbebte: »Soll ich euch zeigen was passiert, wenn ihr mir gegenüber noch länger so respektlos auftretet?«

Das brachte die Brüder endlich zum Schweigen. König Harald ließ sich schwer auf seinen Platz zurückfallen. Als die Stille in der Halle fortdauerte, bellte er: »Also?«

Sofort fuhr der verdatterte Skalde fort, ein Gedicht über Thor und Loki zu rezitieren, die sich als Braut Freya und deren Dienstmädchen verkleideten, um Thors Hammer zurückzuholen; ein bei Hochzeiten beliebtes Stück.

Halfdan und Olaf hingegen stürmten aus der Halle und stießen auf ihrem Weg links und rechts die Leute zur Seite. Gunnhild tat einen tiefen, zittrigen Atemzug und nahm wieder Platz. Erik folgte ihrem Beispiel.

Langsam kehrte die gelöste Stimmung im Saal zurück, der Skalde sang lauter, die Feiernden lachten über seine übertriebene Darstellung der Götter, und das Geplapper lebte wieder auf.

Erik jedoch hatte keinen Ton von sich gegeben und trank einen tiefen Schluck aus dem Becher. Als Gunnhild danach greifen wollte, umklammerte er mit einer Hand ihr Knie, lehnte sich zu ihr und flüsterte: »Das sind nicht die Feinde, die du für mich bekämpfen sollst.«

Gunnhild nutzte die Gelegenheit, um sich den Becher zurückzuholen, und drehte den Kopf, bis sich ihre Nasen beinahe berührten. »Und wo liegt der Unterschied?«

»Der Unterschied ist der, dass das Männer sind und ich allein mit ihnen fertigwerde.«

»Dann hast du gerade keine gute Arbeit geleistet. Wenn wir einen Feind haben, den du mit einer deiner Äxte niederstrecken kannst, bist du an der Reihe zu kämpfen. Ich bin der Geist. Du bist der Muskel. Vergiss das nicht, Gemahl.«

Das Wort hätte vielleicht eine andere Wirkung erzielt, hätte sie es während der Zeremonie ausgesprochen, in diesem Moment, in dem sie gedacht hatte, die Dinge würden sich zwischen ihnen zum Besseren wenden. Nun aber bereiteten sie ihr Übelkeit. *Ich war so dumm, Besseres von ihm zu erhoffen.*

Erik schürzte die Lippen und wich zurück, und während der restlichen Festivitäten sprach er kein Wort mehr mit ihr. Auch viel später, als sie sich unter dem Jubel und Gebrüll der Menge erhoben und zum Schlafzimmer gingen, sagte er keinen Ton.

Gunnhilds Truhen waren bereits in den Raum gebracht worden, und sie kontrollierte sie rasch, um sich zu vergewissern, dass all ihre Habe noch da war – insbesondere ihr Stab. Anschließend drehte sie sich um und sah sich im Raum um: ein paar Truhen mit Eriks Sachen, ein paar neue Bildteppiche an den Wänden; und natürlich Hnoss und Gersimi, zusammengerollt auf dem Bett.

Das Bett.

Der Rahmen war mit Schnitzereien verziert, viel schöner als die an dem Bett, in dem ihre Eltern geschlafen hatten. Der Anblick rührte Gunnhild beinahe zu Tränen. Sie hatte die Hälfte ihres Lebens auf dem Boden geschlafen und die letzten paar Wochen auf einer Matte gerade so dick wie ihre Finger. Nun erwartete sie hier eine echte Matratze, gefüllt mit Federn, auf der sie würde schlafen dürfen ...

Mit ihrem Ehemann.

Der rasch eine saubere Tunika angezogen hatte, während sie mit ihren Truhen beschäftigt war, und nun unter die Decke schlüpfte. Die Katzen kletterten prompt auf ihn, als er sich auf die Seite drehte, das Gesicht zur Wand. Während Erik ihr den Rücken zukehrte, nahm Gunnhild die Wacholderkrone ab, zog das blutbefleckte Ritualgewand aus und ein sauberes Leinenkleid an und schob sich dann unter die Felle und die dicke, mit Eiderdaunen gefüllte Decke. Ein Tuch aus erstaunlich weicher Wolle lag auf der Matratze, um zusätzlich Wärme zu spenden.

So behaglich hatte sie es in ihrem ganzen Leben noch nicht gehabt. Sie musste sich tatsächlich eine Träne aus dem Gesicht wischen, als sie es sich bequem machte, ehe ihr wieder einfiel, dass sie sich nicht zu gemütlich einrichten sollte angesichts dessen, was sie heute Nacht noch vor sich hatte. Sie legte sich auf den Rücken und starrte die Zimmerdecke an.

»Schläfst du immer so?«, fragte sie und erinnerte sich zu spät, dass er so oder so kaum schlief. Sie war noch immer etwas trunken, aber das hatte seinen Grund. Sie konnte sich einfach nicht vorstellen, dass sie diesen Akt nüchtern bewerkstelligen könnte. »Kein Wunder, dass Könige glauben, sie wären besser als alle anderen.«

Erik drehte sich nicht um. »Die Dienstboten werden dann und wann reinkommen, um nach dem Herd zu sehen. Bitte lösch die Laterne. Gute Nacht.«

Gunnhild setzte sich auf, ignorierte aber seine Bitte. Einer der Dienstboten hatte erfreulicherweise einen vollen Krug Südwein auf der Truhe an Gunnhilds Seite des Betts hinterlassen, und sie trank direkt aus dem Krug und lehnte sich an das Kopfbrett. Durch die Wand hinter ihr konnte sie den Skalden singen hören, begleitet von lautem Gequassel und Gelächter. Weiterhin feierten alle die Hochzeit – mit Ausnahme der Frischvermählten.

Genervt von dem immer wieder auftretenden *Gluck-gluck-gluck*, das aus dem Krug ertönte, während sie ihn leerte, drehte Erik schließlich doch den Kopf in ihre Richtung. »Hör auf zu trinken und schlaf.«

Gunnhild blinzelte. Vor ihren Augen verschwamm alles, als sie ihrerseits den Kopf zu ihm drehte und lallte: »Vollziehen wir heute Nacht unsere Ehe oder nicht?«

Erik setzte sich schneller auf, als sie es für möglich gehalten hatte. Die Katzen jaulten empört, als er ihr den fast leeren Krug aus den Händen riss. »Das tun wir nicht. Ganz sicher nicht jetzt, nachdem du dich so gründlich hast volllaufen lassen.«

Sie verzog das Gesicht. Ungeachtet der Tatsache, dass sie sich schon seit der Konfrontation auf der Lichtung einzureden versuchte, sie wolle ihn gar nicht, sagte ihr die Logik des Rauschs, sie müsse gekränkt sein, weil er sie nicht wollte. Sie fühlte sich verletzt. Sie fühlte sich schäbig.

»Ich ziehe eine Partnerin vor, die nüchtern und willig ist«, sagte er. »Und du bist im Moment keines von beidem.«

»Na, da schau her«, lallte Gunnhild. »Der Brudermörder hat doch ein bisschen Ehrgef…«

Der Krug flog an ihrem Kopf vorbei und prallte an den Bildteppich an der gegenüberliegenden Wand.

Der Lärm aus dem Saal legte sich für einen Moment, und dann brach Jubel aus.

Erik ballte die Hand zur Faust. Er hatte den Krug gezielt weit weggeworfen und nie die Absicht gehabt, sie damit zu verletzen. Dennoch war Gunnhild wie erstarrt. Die untere Hälfte des Wandteppichs, den, wie sie kürzlich erfahren hatte, seine eigene Mutter gewebt hatte, war nun von tiefroten Flecken übersät.

Erik legte sich wieder hin und wandte sich erneut von ihr ab. Gunnhild tat einige tiefe Atemzüge, um sich zu beruhigen, folgte dann seinem Beispiel und löschte die Laterne.

Trotz all des Weins brauchte sie sehr lange, um in den Schlaf zu finden.

24

Oddny hatte den größten Teil des Abends mit Runfrid und Ulla verbracht. Beide Frauen hatten sich als höchst geschickt darin erwiesen, unerwünschte Annäherungsversuche abzuwehren, was es Oddny gestattet hatte, in Frieden zu trinken. Aber Ulla hatte sich vor einer Weile zurückgezogen, und Gunnhild und Erik waren zu Bett gegangen. Für Neuvermählte hatten sie recht jämmerlich ausgesehen; und nun beteiligte sich Runfrid an einem Würfelspiel mit Halldor und Svein auf der anderen Seite der Halle. Oddny hatte beschlossen, einfach sitzen zu bleiben. Sie glaubte nicht, dass sie sich in Halldors Nähe wohlfühlen würde, nicht bei all diesen verwirrenden Gefühlen, die durch ihren Kopf summten und mit ihrer Schädeldecke kollidierten wie Motten in der Falle.

Die Frau, die neben Oddny saß, hatte im Laufe des Abends angefangen, mit einem von Eriks Hirdsmannen zu schäkern, und als sie aufstand, um ihm nach draußen zu folgen, nahm sogleich Arinbjörn ihren Platz ein.

»Endlich«, sagte Arinbjörn und winkte einer Magd zu, um sich seinen Becher nachfüllen zu lassen. Dann nickte er zum Dank und drehte sich zu Oddny um. »Ich dachte, die würden nie gehen.«

»Du hast darauf gewartet, dich zu mir zu setzen?«

»Aber natürlich. Du bist eine der interessantesten Personen hier, Oddny Ketilsdottir.« Er warf einen Blick auf die geschlossene Tür zu Eriks und Gunnhilds Kammer. »Ich habe gesehen, dass du sie beobachtet hast, genau wie ich. Was geht dir dazu durch den Kopf?«

»Ich bin besorgt«, sagte Oddny und folgte seinem Blick. »Die

Zeremonie war sehr beeindruckend, aber die beiden kamen mir den ganzen Abend unglücklich vor.«

»Ja«, sagte Arinbjörn, »da stimme ich dir zu.«

»Du hast versucht, ihn davon abzuhalten, ihr einen Antrag zu machen, damals in Ozurs Waffenkammer.« Als sie seinen überraschten Blick bemerkte, fügte sie verlegen hinzu: »Ich hab's gehört. Nachdem ich dir die Packung für deine Nase gebracht hatte.«

Arinbjörn hob die Hand an die Nase und grinste. »Das erste Mal, dass von einer gebrochenen Nase eine Narbe zurückgeblieben ist. Halldor hat sich gut geschlagen.« Er deutete mit einem Nicken auf die Tür. »Falls das ein Trost ist – Erik hat sich verändert, seit die zwei sich begegnet sind, und ich glaube, möglicherweise zum Besseren. Sie hat etwas mit ihm gemacht. Während des größten Teils unseres Lebens war er Frauen gegenüber einfach gleichgültig.«

»Lass mich raten – er hält uns für törichte, leichtfertige Kreaturen, die seiner bedeutenden, männlichen Aufmerksamkeit nicht würdig sind?«, fragte Oddny trocken und dachte daran, wie Erik sich während des ersten Fests bei Ozur Signy gegenüber verhalten hatte: Er hatte ihre Annäherungsversuche kaum beachtet, bis er sehr betrunken gewesen war.

»So etwas in der Art. Aber ich würde mir um Gunnhild keine Sorgen machen. Sie ist ihm mehr als gewachsen«, sagte Arinbjörn. »Du bist eine gute Freundin, Oddny. Das ist ein Grund, warum ich auf eine Gelegenheit gewartet habe, mit dir zu reden. Runfrid hat dich schrecklich gern, und jeder Mensch, mit dem meine Liebste befreundet ist, ist es meiner Ansicht nach wert, ihn besser kennenzulernen. Sie wählt ihre Freunde sorgsamer aus als jeder andere Mensch, den ich kenne.«

Wärme breitete sich in Oddnys Brust aus. Sie hatte nicht das Gefühl, dass sie Runfrid sonderlich gut kannte, und sie war gerührt, dass die Tätowiererin anscheinend so große Stücke auf sie hielt. Aber ihr fiel auch auf, dass Arinbjörn nicht von seiner »Frau«

gesprochen hatte, also fragte sie: »Ihr zwei ... ihr seid nicht verheiratet, richtig?«

»Oh, nein. Sie will nicht.«

»Aber verlangt ihr Vater das nicht? Oder weiß er nicht, dass ihr euch so ... nahe seid?«

»Ha! So dumm ist er nicht. Er hat sie schließlich zu der gemacht, die sie ist«, sagte Arinbjörn. Auf Oddnys fragenden Blick hin erklärte er: »Er hat Runfrid auf der Straße gefunden, nachdem er und seine Räuberfreunde eine Stadt in Córdoba geplündert hatten. Da war sie vielleicht vier Winter alt. Er war ein erfolgreicher Krieger ohne Frau oder eigene Kinder, aber er hatte eine Schwäche für sie, die er sich bis heute nicht erklären kann. Das Problem war, dass er keine Ahnung hatte, was er mit einer Tochter anfangen sollte. Er wollte sie nicht an Kindes statt aufnehmen, nur um sie dann bei Verwandten abzugeben, also nahm er sie mit, wenn er im Sommer zu Raubzügen aufbrach, und sie lernte ihr Handwerk unterwegs.«

»Das ist ja unglaublich«, hauchte Oddny. Das war die ungewöhnlichste Erziehung, die sie sich für ein Mädchen vorstellen konnte.

»Ich weiß«, sagte Arinbjörn voller Stolz. »Also ist sie in meinem Herzen meine Frau, auch wenn sie mich nicht offiziell heiraten will. Wir haben vor ein paar Wintern eine Zeremonie abgehalten, bei der wir einen Eid voreinander ablegten, aber sie will sich nicht dem Gesetz unterwerfen. Sie hat gesagt, dann würde sie sich fühlen, als wäre sie mein Besitz. Und sie will niemandem verpflichtet sein. Das respektiere ich.«

»Aber eine Frau darf Mitgift und Brautpreis behalten«, wandte Oddny ein. »Eine Frau ist kein Besitz.«

»Beides wird jedoch von ihren Angehörigen bezahlt. Verstehst du, warum sie sich so fühlen könnte?«

Oddny lehnte sich zurück und trank einen Schluck Bier. Tatsächlich hatte sie eine Ehevereinbarung nie aus diesem Blickwinkel betrachtet. Die Frauen, mit denen sie aufgewachsen war – ihre Mutter und Solveig –, hatten für ihre jungen Augen immer so unabhängig ausgesehen. Aber wie viel ihrer Autorität hatten sie von ihren Ehemännern bezogen?

Sie warf einen Blick auf die geschlossene Tür der Kammer, die Gunnhild nun mit Erik teilte.

Sie mag nun eine Königin sein, aber nur seinetwegen, dachte Oddny. Bei dem Ritual morgen würde es nicht nur darum gehen, Signy zu finden. Es ging darum, sich selbst zu beweisen, dass Gunnhild immer noch über eine Macht verfügte, die ihr niemand nehmen konnte.

Signy hatte die ganze Zeit recht gehabt, erkannte Oddny erschrocken. Während ihre Schwester von Abenteuern und Freiheit geträumt hatte, seit sie klein gewesen waren, hatte Oddny immer an ihr gezweifelt. Da es aber in ihrem wahren Leben niemanden gab, der ein Beispiel hätte setzen können außer den sagenhaften Frauen aus den Märchen ihres Vaters, hatte Signy nicht gewusst, wie sie das, was sie wollte, in die Tat umsetzen könnte. Das war der Grund dafür gewesen, warum sie sich stattdessen auf den Versuch verlegt hatte, die Aufmerksamkeit eines reichen Mannes zu erregen, der sie weit von Halogaland fortbringen würde. Auch Oddny war nie einer Frau begegnet, die das getan hätte, was ihre Schwester sich wünschte – bis jetzt. Bis Runfrid. Sobald Signy in Sicherheit war, würde sie die beiden miteinander bekannt machen.

»Und wenn du zum Heiraten gezwungen wirst?«, hakte sie nach. »Was wird dann aus Runfrid?«

»Das ist kein Problem, bis es ein Problem ist«, sagte Arinbjörn. »Es hat keinen Sinn, sich im Vorfeld den Kopf darüber zu zerbrechen. Kann ich jetzt dir eine persönliche Frage stellen?« Als sie nickte, sagte er: »Du und Gunnhild, ihr seid ungefähr gleich alt. Warst du vor dem Überfall verlobt?«

Oddny schüttelte den Kopf. »Nein. Meine Schwester und ich galten als verflucht. Aber vielleicht ist es am Ende gut so. Wäre ich verheiratet, dann hätte ich vermutlich gar keine Möglichkeit, Signy zu retten. Ich wäre zu sehr damit beschäftigt, einen Hof zu führen.«

»Ist es denn das, was du wolltest?«

»Es ist, was ich immer zu wollen geglaubt habe.« Sie nippte wieder an ihrem Bier. »Aber ich konnte mit meiner Mutter auch nie über meine Zweifel sprechen. Ich hatte zu viel Angst, sie würde es missbilligen, wenn ich irgendetwas anderes tue als das, was von mir erwartet wurde. Und nun kommen die Leute zu mir, seit ich den ersten Tee für Saeunn zubereitet habe, und ich empfinde es als ... befriedigend, Menschen zu helfen. Ich frage mich, ob ich, wenn Signy erst in Sicherheit ist, meinen eigenen Weg gehen kann. So wie Runfrid es tut. Eine reisende Heilerin werden, wie Gunnhild eine reisende Seherin hat werden wollen. Und vielleicht will Signy mich ja sogar begleiten. Sie hat sich immer nach Abenteuern gesehnt.«

»Das scheint mir eine großartige Idee zu sein«, sagte Arinbjörn. »Ich hatte wenig Gelegenheit, mit deiner Schwester zu sprechen, als wir auf dem Weg nach Bjarmaland bei Ozur abgestiegen sind; sie war zu sehr darum bemüht, Erik irgendwohin zu schaffen, wo es nett und still ist und sie ihm die Hose ausziehen kann ...«

Oddny prustete in ihren Becher. Sie fragte sich, ob Erik sich an diese Nacht überhaupt erinnern konnte oder ob er Gunnhild davon erzählt hatte. Doch die hatte bisher nicht den Eindruck erweckt, als wüsste sie, dass ihre Schwurschwester einmal versucht hatte, den Mann, der nun ihr Gemahl war, ins Bett zu bekommen.

»... aber mir scheint, ihr zwei seid sehr verschieden, oder?«

»Doch«, sagte Oddny nachdrücklich. Das Bier löste ihre Zunge. »Wir sind sehr verschieden. Signy hatte viele Kontakte zu Männern, während ich nur wenig hatte. Ich habe versucht, mit einigen vertraut zu werden, aber das ist nicht gut gelaufen, weil ich keine ... Verbindung zu ihnen verspürt habe. Ich kann mir nicht einfach jemanden, den ich gerade erst kennengelernt habe, ausgucken und beschließen, ihn zu verführen. Mir ist, als müsste ich jemanden erst wirklich kennen, um ihn auf diese Art zu wollen. Ergibt das einen Sinn?«

Als Arinbjörn nichts sagte, fürchtete Oddny, sie könnte zu viel gesagt haben, und er würde sie für närrisch halten. Aber stattdessen bedachte er sie mit einem verständnisvollen Lächeln. »Ich bin vielen Leuten begegnet, die so empfinden. Um genau zu sein, ich bin einer von ihnen.«

»Tatsächlich? Du auch?«, fragte Oddny völlig verblüfft.

»Ja. Es ist nichts falsch daran, jemanden erst einmal als Mensch kennenlernen zu wollen, ehe man sich überlegt, ob man mit ihm intim werden möchte. Aber nur wenige haben die Möglichkeit, das zu tun.« Arinbjörn beugte sich zu ihr. »Und darf ich dir einen Rat geben? Falls du Halldor kennenlernen willst, dann gehst du besser langsam mal los und verwickelst ihn in ein Gespräch, ehe jemand anderes ein Auge auf ihn wirft.«

Oddny sackte der Unterkiefer herab, und sie knuffte ihn an die Schulter. »Warum sagst du so etwas? Was hat Runfrid dir erzählt?«

»Ach, dies und das. Warum gehst du nicht da rüber und fängst an, eine Beziehung zu ihm zu schmieden?«

»War das ein Schmiedewitz?« Als er nur grinste, fügte sie hinzu: »Nein. Er schuldet mir zehn Silbermark, und das ist schon alles an Beziehung, was ich in Bezug auf ihn haben möchte.«

»Ah, ja, wie dumm von mir. Es geht nur um das Silber«, sagte Arinbjörn weise. »Er ist kein guter Fang. Er sieht nur umwerfend gut aus, ist ein vollendeter Kämpfer und ein anständiger Schmied – oh, und der nächste König von Norwegen ist im Begriff, ihn zu einem offiziellen Angehörigen seiner Hird zu machen.«

»Jetzt schon? Es ist doch noch kein Mond vergangen!«

»Die kürzeste Probezeit, die Erik je irgendjemandem gewährt hat, abgesehen von Svein. Und mir, natürlich, aber das lag nur daran, dass wir praktisch, seit wir laufen können, Seite an Seite gekämpft haben.«

Oddny zögerte – doch als sie sah, dass Halldor sich erhob und Richtung Ausgang ging, hörte sie Arinbjörn sagen: »Wenn du jetzt nicht gehst, verpasst du vielleicht deine Chance.« Plötzlich war sie auf den Beinen, und ihre Füße bewegten sich aus eigenem Antrieb.

Aber als sie ihm um die Ecke des Langhauses folgte, hatte sie ihn in der Dunkelheit auch schon aus den Augen verloren. Stolpernd kam sie zum Stehen und ließ die Schultern hängen. *Ist vielleicht besser so?*, dachte sie. *Was hätte ich schon zu ihm sagen sollen?*

»Oddny Ketilsdottir«, sagte plötzlich eine Stimme hinter ihr. »Wir hätten einander längst offiziell vorgestellt werden müssen.«

Oddny wirbelte herum und sah Thorbjörg dort mit vollends ruhiger, sogar unschuldiger Miene stehen. Ihr wurde übel.

»Komm nicht näher, oder du wirst es bereuen«, sagte Oddny und zog ihr Messer.

Thorbjörg gab sich unbeeindruckt, aber ihr Blick huschte zu der Klinge, und ihr Lächeln bekam eine nicht minder scharfe Note. »Steck das weg. Du machst dich nur lächerlich.«

Oddny tat nichts dergleichen. »Du hast meine Familie ermorden lassen. Meine Schwester ist deinetwegen verschleppt worden. Warum? Sag es mir auf der Stelle, dann lasse ich dich vielleicht am Leben.«

»Oh, du lässt mich am Leben, ja?« Die Hexe erging sich in gänzlich humorlosem Gelächter. »Hör mir zu, Oddny, ich werde dir das Gleiche sagen, was ich Königin Gunnhild gesagt habe, und ich werde es dir nur einmal sagen: Du kannst das alles hinter dir lassen.«

»Das kann ich nicht. Du hast das unmöglich gemacht.«

»Das ließe sich ändern.« Thorbjörg zog eine kleine Münze aus einem Beutel an ihrem Gürtel und hielt sie zwischen Daumen und Zeigefinger. »Ich wollte nicht, dass die Sache so ausgeht, das gebe ich zu. Mein Plan war unbesonnen.«

Oddny schnaubte höhnisch und musterte die Münze. »Sag mir nicht, du möchtest Wiedergutmachung für die Ermordung meiner Angehörigen leisten? Es gibt in allen Neun Welten nicht genug Silber, um ...«

»Oh, nein. Aber es ist genug, um deiner Schwester die Freiheit zu erkaufen.«

»Das kann Gunnhild auch so. Versuch's noch mal.«

»Und wenn ich dich jetzt gleich auf ein Schiff setze, ihm ausreichend frischen Wind mitgebe, um dich zu Signys Aufenthaltsort zu tragen, und euch beide in Sicherheit bringe, ehe der Winter richtig losgeht? Kann Gunnhild das auch?«

Oddny hätte beinahe ihr Messer fallen lassen – wegen der Bestätigung, dass Signy noch am Leben war, und der Tatsache, dass Thorbjörg wusste, wo man sie hingebracht hatte.

»Wo ist sie?«, fragte Oddny fordernd.

»Wenn du meinen Bedingungen zustimmst, bist du bis zur Morgendämmerung schon halb dort.«

»Und diese Bedingungen lauten?«

Thorbjörbs Lächeln schwand. »Brich den Eid, den du gegenüber Gunnhild abgelegt hast.«

»Was?«, flüsterte Oddny. »Du willst von mir, dass ...?«

»Dass du nichts tust. Einfach nur gehst. Das ist alles. Das einzige Leid, das ihr geschehen wird, das wird sie selbst über sich gebracht haben. Ich bitte dich nicht, ihr irgendetwas Schlimmes anzutun ...«

»Und meinen Eid zu brechen ist nicht schlimm?«

»Sie ist der Grund, warum wir überhaupt auf dich und deine Familie aufmerksam geworden sind«, geiferte Thorbjörg zunehmend verärgert. »Wir haben sie jahrelang gesucht, aber die Magie der alten Frau hat sie vor uns verborgen. Also blieb uns keine andere Wahl, als stattdessen euch anzugreifen. Hättet ihr nicht diesen Eid geschworen, als ihr Kinder wart, dann wären deine Mutter und dein Bruder vielleicht noch am Leben.«

Die Worte waren zu entsetzlich, ihnen Glauben zu schenken. *Gunnhild war das eigentliche Ziel?* Die Hand am Messer begann zu zittern, und sie quetschte mühsam heraus: »Es ist nicht Gunnhilds Schuld, dass sie tot sind. Es ist eure. Warum sollte ich dir auch nur ein Wort glauben?«

»Du hast sie zwölf Winter lang nicht gesehen, Oddny – wie kannst du überhaupt sicher sein, dass sie noch dieselbe Person ist wie einst als Kind? Sie wird dir noch früh genug ihr wahres Gesicht zeigen, und dann wirst du es bereuen, mein Angebot abgelehnt zu haben, und zwar für den Rest deines Lebens.«

Oddny konnte nur in stummer Qual den Kopf schütteln.

»Entsage ihr«, knurrte Thorbjörg, »und schwör mir einen Eid, dass weder du noch deine Schwester sie je im Leben wiedersehen werden. Im Gegenzug lege ich den Eid ab, dass für deine Sicherheit und die deiner Schwester gesorgt sein wird. Das ist der Preis.« Die Hexe hielt ihr die Münze hin. »Wirst du ihn bezahlen? Für Signy?«

Ganz langsam steckte Oddny das Messer zurück in die Scheide und betrachtete ihre Handfläche, betrachtete die Narbe, die von dem Blutschwur zurückgeblieben war.

Es tut mir leid, Signy. Du wirst noch etwas länger durchhalten müssen.

Ich kann nicht eine Schwester für die andere aufgeben.

Und dann kam ihr etwas anderes in den Sinn.

»Das ist doch nicht alles, oder?«, sagte sie. Obwohl sie so viel getrunken hatte, fühlte Oddny sich plötzlich nüchterner denn je. »Warum bist du so erpicht darauf, Gunnhild allein in die Finger zu bekommen? Sie hat gesagt, du hättest etwas vorausgesehen, aber sie wusste nicht, was. Und ihr seid nicht zu uns gekommen, um Gunnhild herauszulocken – sie hat mir erzählt, wie überrascht ihr wart, als sie am Tag des Überfalls plötzlich dort auftauchte. Signy und ich sind ebenfalls aus irgendeinem Grund wichtig, nicht wahr? Wir alle drei. Gemeinsam.« Sie sah Thorbjörg an. »Hör zu, ich verstehe dein Bedürfnis, Rögnvald zu rächen. Das tue ich wirklich. Und das tut Gunnhild auch. Immerhin hast du ihre Mentorin umgebracht. Aber ...«

»Du weißt nicht, wovon du sprichst«, sagte Thorbjörg, aber ein Hauch von Schrecken hatte sich in ihren Tonfall geschlichen, und das reichte, um Oddny zu überzeugen, dass sie auf der richtigen Spur war.

»Oh, ich denke, das weiß ich sehr wohl«, konterte Oddny. »Dein Preis dafür, mir meine Schwester zurückzugeben, besteht darin, uns zu trennen. Aber warum? Du sagtest, der von dir geplante Überfall sei unbesonnen gewesen, was mich auf den Gedanken bringt, er könnte aus Furcht geboren sein. Und das bringt mich wiederum auf den Gedanken, dass du, solange wir fort sind, gewinnen kannst und Gunnhild sterben wird. Aber wenn wir da sind – dann wird sie dich besiegen. Vielleicht wird sie dich sogar töten.«

Thorbjörg starrte sie mit einer Miene an, die nicht allein Furcht spiegelte oder Entsetzen oder Zorn, sondern eine Mischung aus allen drei Emotionen.

Dann, in einer fließenden Bewegung, stopfte die Hexe die Geldtasche zurück in ihren Beutel und zog ihr Messer: länger als Oddnys, mit Horngriff und gefährlich scharf. »Vielleicht könnte ich ja stattdessen all meine Probleme gleich hier und jetzt lösen.«

»Nur zu«, blaffte Oddny. »Wenn sie meine Leiche finden, wird König Harald wissen, dass hier ein verräterisches Spiel im Gang ist. Wie lange wird Olaf wohl dann noch für dich bürgen? Er wird sich nie zu irgendetwas bekennen. Nicht, wenn er König von Vestfold bleiben will. Und selbst wenn du König Harald entkommen kannst, wird Gunnhild dich bis ans Ende der Welt jagen. Was immer du sie in deiner kümmerlichen Prophezeiung hast tun sehen, sie wird zehnmal Schlimmeres tun, wenn du mich tötest.«

Angewidert wich Thorbjörg zurück. »Setzt du wirklich so viel Vertrauen in sie?«

»Allerdings«, sagte Oddny standhaft.

»So sei es also.« Thorbjörgs Messer blitzte auf, als sie auf Oddny zukam. Oddny zog ein weiteres Mal ihr eigenes Messer und wich nicht von der Stelle.

»Oddny, da bist du ja!« Halldor tauchte neben ihr auf, stolperte und klatschte ihr einen Arm über die Schultern. »Ich hab dich überall gesucht.« Er sah Thorbjörg – die wie angewurzelt stehen geblieben war – mit dem ganzen Desinteresse eines Trunkenen an. »Was ist hier los?«

Als er sich an Oddny lehnte, hätte sein Gewicht sie beinahe umgeworfen, aber ihr entging nicht, dass seine andere Hand nach dem Sax an seinem Gürtel griff. Thorbjörg sah es auch und kniff die Augen zusammen; selbst wenn sie davon ausgehen musste, dass Halldor betrunken war, würde sie hier unterliegen, und das wusste sie.

Diskret steckte Oddny ihre eigene Waffe wieder weg und spielte mit. »Wir haben nur eine kleine Meinungsverschiedenheit. Lass uns verschwinden.«

Die beiden machten kehrt und schlurften davon. Oddny rechnete bei jedem Schritt mit einem Messer zwischen den Rippen, doch nichts geschah. Als sie innehalten wollte, zog Halldor sie weiter, bis sie an der Tür zur Weberei waren, wo er plötzlich den Arm von ihren Schultern nahm und sich zu voller Größe aufrichtete.

»Du bist ziemlich gut darin, berauscht zu tun«, bemerkte sie.

Halldor war nicht gerade begeistert. »Geht es dir gut?«

»Ja.«

»Wenn du das sagst.« Er deutete mit einem Nicken auf die Tür hinter ihr. »Bleib da drin. Und falls du rausmusst, nimm jemanden mit. Einverstanden?«

Als sie ihm ins Gesicht blickte, wusste sie nichts mehr zu sagen. Jeglicher Gedanke an das Gespräch mit Arinbjörn war entflohen, vertrieben von dem, was Thorbjörg ihr unwissentlich offenbart hatte: Dass Heids Prophezeiung vor all diesen Jahren zutraf, dass Gunnhild wirklich die Zukunft Oddnys und Signys durch ihre Verbindung zu ihnen ruiniert hatte. Aber vor allem verweilten Oddnys Gedanken bei Thorbjörgs Behauptung, dass man Gunnhild nicht trauen könne. Dass Oddny und Signy beide in Gefahr und besser beraten wären, würde sie ihr Angebot annehmen und Ozurs Tochter sich selbst überlassen. Dass sie wusste, wo Signy zu finden war.

Aber nein. Thorbjörg war diejenige, der man nicht trauen konnte. Und morgen Abend würde Gunnhild selbst in Erfahrung bringen, wo Signy war. Thorbjörg versuchte, sie gegeneinander aufzubringen, aber Oddny würde nicht zulassen, dass das geschah.

»Oddny?«, riss Halldor sie aus ihren Überlegungen. »Bist du sicher, dass alles in Ordnung ist?«

»Ja.« Oddny schüttelte sich. »Danke. Für dein Eingreifen. Das war lieb von dir.«

Er verlagerte sein Gewicht, als wäre ihm das Lob unangenehm. »Na ja, wenn dir etwas zustieße, dann ...«

Oddny stockte der Atem, und als er nicht weitersprach, trat sie einen Schritt näher und hakte nach: »Ja?« *Dann hättest du nicht mehr ein noch aus gewusst? Ist es das, was du sagen wolltest?* »Dann was?«

Halldor sah sie einen Moment zu lange an, ehe er zurückwich und sich den Nacken rieb. »Dann wüsste ich gar nicht, wem ich die zehn Silbermark schulde.«

Oddny wurde das Herz schwer.

»Richtig.« Sie räusperte sich. Früher an diesem Abend war sie unsicher gewesen. Sie hatte nicht recht gewusst, was sie selbst wollte. Doch nun war sie nur noch müde. Sie wünschte sich, dass er bliebe. Wollte herausfinden, was immer da zwischen ihnen vorging. Aber sie wollte auch allein sein, und das war viel einfacher. »Dann gute Nacht.«

»Gute Nacht«, sagte er, und als er sich zum Gehen wandte, wünschte sich ein Teil von ihr, er würde sich noch einmal umblicken. Aber dann ging er um die Ecke und war fort.

25

Als Gunnhild am dritten Festtag erwachte, fühlte sie sich, als wäre in der Nacht eine Rinderherde über sie hinweggetrampelt. Sie war froh, aber keineswegs verwundert, die andere Seite des Betts leer vorzufinden. Nach der letzten Nacht hatte sie keine Ahnung, wie sie Erik gegenübertreten sollte.

Sie setzte sich auf und schlüpfte in die dicken, brettchengewebten Socken, die Ulla ihr zur Hochzeit geschenkt hatte. Doch sie zog weder ein Obergewand über das Unterkleid, noch tat sie irgendetwas, um ihr Haar zu bändigen, das sich über Nacht in einen wütenden roten Orkan verwandelt hatte, weil sie es vor dem Zubettgehen nicht mehr geflochten hatte. Die Dienstboten, die das Feuer entfacht hatten, hatten auch einen Krug mit frischem Wasser auf einer der Truhen abgestellt. Gunnhild trank es komplett aus, benutzte den Nachttopf und machte sich auf, die Dinge zu begutachten, die über Nacht in dem Zimmer aufgetaucht waren.

Die Hochzeitsgeschenke, von denen ihr und Erik viele bereits während des Fests überreicht worden waren, hatte man hereingebracht, als sie noch schliefen; zusammen mit einer Truhe Silbermünzen. Das war der Brautpreis, den Erik bezahlt hatte und der nun direkt neben der Mitgift ihres Vaters ruhte. Sie schob beides unter das Bett, wo es bleiben sollte, bis sie Gelegenheit bekäme, den Silberschmied zu beauftragen, die Münzen einzuschmelzen und zu etwas zu schmieden, was leichter zu tragen war, Armreifen zum Beispiel.

Königin Gyda und die Frauen aus der Weberei hatten Gunnhild weniger ein Geschenk als eine Aufgabe verehrt: einen Teppichwebrahmen, in den anstelle von Kettfäden ein weißes Tuch eingespannt war, und dazu einige Garne in kräftigen Farben.

»Saeunn erwähnte, dass Weben nicht deine Stärke sei«, hatte die alte Königin am vergangenen Abend gesagt. »Aber einen Wandteppich zu besticken dürfte dir nicht so schwerfallen, wie einen zu weben. Du könntest ihn zu Ehren einer der Schlachten gestalten, die Erik geschlagen hat. Königinnen weben, um die Taten ihrer Ehemänner für alle sichtbar zu verewigen, ganz wie es die Skalden mit ihren Gedichten tun.«

Gunnhild wollte keinen Wandteppich sticken, schon gar nicht als Tribut an Eriks glorreiche Siege, aber sie hatte ein sonniges Lächeln aufgesetzt und ihrer Stiefschwiegermutter für diese gütige Gabe gedankt. Königin Gyda schien daraufhin zur Abwechslung einmal nichts an ihr auszusetzen zu haben.

Als sie nun finsteren Blicks den Rahmen musterte, klopfte es leise an der Tür. »Herein.«

Oddny schlüpfte mit einer Schale Haferbrei in jeder Hand in den Raum und sah ungefähr so schlecht aus, wie Gunnhild sich fühlte. Mit dem Fuß schloss sie die Tür hinter sich, sah Gunnhild an und sagte: »Oh, nein.«

Gunnhilds Miene fiel zusammen, und sie schlug die Hände vors Gesicht.

»Ach, ihr Götter, Gunna.« Sie stellte die Schalen ab, eilte zu Gunnhild, die auf einen Hocker gesunken war, und kniete sich zu ihr. »Hat er dir wehgetan? Brauchst du meine Heilkunst oder so was? Oder …« Sie senkte die Stimme. »… soll ich ihn vergiften?«

Gunnhild schüttelte den Kopf und ließ die Hände sinken. »Ich kann diesen Haferbrei nicht essen. Ich faste heute. Aber es war sehr lieb von dir, mir welchen zu bringen. Nimm dir deine Schale, und ich erzähle dir alles.«

Und das tat sie, während Oddny im Schneidersitz auf dem Boden saß und aß.

»Denkst du, du kannst die Dinge wieder in Ordnung bringen?«, fragte Oddny, als Gunnhild fertig war.

»Ich werde es auf jeden Fall versuchen.« Gunnhild musterte sie forschend. »Du siehst auch nicht gut aus. Ist alles in Ordnung?«

»Oh, ja. Es ist nur, weil ich gestern zu viel getrunken habe, genau wie du«, sagte Oddny etwas zu schnell. »Komm, lass uns an den Lustbarkeiten teilnehmen. Runfrid ist im Begriff, den Wettbewerb im Bogenschießen erneut für sich zu entscheiden.«

Der dritte Tag der Winternächte verging weitgehend wie die anderen beiden, aber statt sich unter die Leute zu mischen, schützte Gunnhild Kopfschmerzen vor und schaffte es, sich in einem unauffälligen Umhang, den sie sich wie eine Kapuze über den Kopf zog, um ihr Gesicht zu verbergen, davonzuschleichen. Den ganzen Tag saß sie draußen in Freyas kleinem Hain, und ehe sie ging, opferte sie der Göttin erneut Blut. Danach kehrte sie in ihre Kammer zurück, stopfte ihren Zopf unter ein Kopftuch und zog ihr bestes Festkleid an, ehe sie ihren Platz an der Seite ihres neuen Gemahls einnahm. Erik sprach immer noch nicht mit ihr und sagte nichts dazu, dass sie sich weigerte, etwas zu essen, und behauptete, ihr sei von der Trinkerei am Vorabend zu übel.

Als sie irgendwann zu dem Schluss kam, dass nun alle zu betrunken waren, um ihre Abwesenheit zu bemerken, schnappte sie sich ihren Hexenbeutel und schlich sich zur Weberei. Dort legte sie das feine Kleid ab, unter dem das blutbespritzte Gewand vom Disablot zum Vorschein kam, entfernte das Kopftuch, kämmte ihr Haar und kochte sich ihren Tee.

Bald darauf kamen nach und nach die Frauen herein: Saeunn war die Erste, dann Oddny, Runfrid und Ulla; Tora, die so strahlte, als wäre sie dankbar dafür, in dieses Geheimnis eingebunden zu sein; ein paar andere Weberinnen, deren Namen Gunnhild nicht kannte; und schließlich Hrafnhild und ein paar der Mädchen aus dem Kochhaus.

Die letzte Person, die eintraf, war niemand anderes als Königin Gyda persönlich, die sich neben Saeunn setzte. Ihre ausdruckslose Miene gab nicht preis, was in ihrem Kopf vorging. Gunnhild war bemüht, sich von der Anwesenheit der alten Königin nicht verunsichern zu lassen.

Die Webstühle im Rücken saß sie auf der Plattform, die sich durch die Halle zog, und sah zu, wie die Frauen sich in einem Halbkreis vor ihr verteilten. Als alle ihren Platz gefunden hatten, erhob sich Gunnhild, den Stab in einer Hand, den Tonbecher mit dampfendem Bilsenkrauttee in der anderen, und plötzlich ging ihr auf, dass sie nicht wusste, was sie sagen oder wie viel sie den Frauen erzählen sollte. Thorbjörgs Untaten zu erwähnen, wäre nicht hilfreich, denn sie fürchtete, Königin Gyda würde sich einmischen und sie der Lüge bezichtigen. Nein – sie würde sich auf ihr einziges Ziel konzentrieren. *Was würde Heid sagen, wäre sie an meiner Stelle?*

»Willkommen, meine Freundinnen. Ich danke euch, dass ihr euch hier eingefunden habt«, sagte Gunnhild. »Als ich ein Kind war, habe ich einen Blutschwur mit meinen liebsten Freundinnen Oddny und Signy abgelegt. Wir haben geschworen, immer füreinander da zu sein, ganz gleich, was geschieht. Doch nun ist ihr Hof zerstört, und Signy wurde verkauft. Die Räuber, die sie überfielen, wurden nicht gefunden, und sie auch nicht.«

Die Reaktionen der Frauen variierten: Tora keuchte auf, schlug eine Hand vor den Mund und sah aus, als könnte sie jeden Moment in Tränen ausbrechen; Hrafnhild und Saeunn schienen Mitleid zu empfinden; Königin Gydas ausdruckslose Miene blieb unverändert; Runhild und Ulla legten Oddny eine Hand auf die Schulter, und Oddny sah Gunnhild in die Augen und nickte ihr zu, fortzufahren.

»Aber Oddny und ich wollen sie mit Hilfe der Geister aufspüren und retten. Dafür brauchen wir eure Hilfe. Und darum muss ich euch alle fragen ...« Und nun stellte Gunnhild die Frage, die auch Heid den Frauen in der Halle ihres Vaters vor so langer Zeit gestellt hatte: »Seid ihr bereit, mir heute Abend zu helfen, die Geister zu rufen und die Schutzweisen zu singen? Werdet ihr sie herrufen und alle abwehren, die uns Böses wollen?«

»Ja«, antworteten die Frauen im Chor.

Bis auf eine: Ulla. Sie trat mit einem Lederbeutel, dessen Form zeigte, dass er etwas Rundes enthielt, vor. Als sie ihn öffnete und eine Trommel hervorzog, war Gunnhilds Kehle wie zugeschnürt, denn sie war liebevoll mit Menschen und Tieren und anderen Figuren bemalt, ganz wie die Trommeln, die Juoksa und Mielat bei ihrer Magie benutzten.

»Königin Gunnhild«, sagte Ulla und reckte das Kinn hoch. »Ich kenne die Gesänge nicht. Aber wenn du mir erlaubst, mich diesem Ritual anzuschließen, indem ich eine der heiligen Trommeln meiner Familie spiele, würde es mir viel bedeuten, dir auf jede mir mögliche Art zu helfen.«

»Ja«, sagte Gunnhild und blinzelte gegen die Tränen an. »Ja, bitte. Ich fühle mich geehrt.«

Ulla nickte einmal sichtlich erfreut. Sie ließ die Tasche fallen, hob den glatten Knochenschlägel an das gespannte und bemalte Fell der Trommel und wartete.

»Lasst uns beginnen«, wandte Gunnhild sich an die Runde der Frauen.

Dann setzte sie sich wieder auf ihren Hocker, Ulla schlug die Trommel, und der Gesang setzte ein.

Saeunn und Hrafnhild waren die Ersten, die ihre Stimmen erhoben, um die ergreifende, ätherische Melodie vorzutragen. Dann gesellte sich Runhilds Stimme dazu, dann Oddnys und schließlich auch alle anderen. Die eröffnenden Noten waren schwierig, die Harmonie nicht perfekt, das Tempo ungleichmäßig – Tora wollte schneller singen, Runfrid träger. Oddny sang andere Noten als der Rest der Frauen, denn die Gesänge unterschieden sich je nach Region – aber Ullas steter Trommelschlag zwang bald alle in einen gemeinsamen Rhythmus.

Gunnhild schloss die Augen und wartete, bis der Gesang ebenmäßig ertönte. Als sie zufrieden war, atmete sie einmal tief durch und trank den Tee in einem Zug.

Die Wirkung setzte umgehend ein, vertraut und doch stets ein wenig verstörend: Sie wurde von Schwindelgefühl ergriffen, als ihr Geist sich aus ihrem Körper zu lösen begann; ehe es schlimmer werden konnte, klemmte sie sich den Eisenstab unter den Arm und imitierte die Bewegungen des Spinnens von Garn.

Als sie die Augen wieder aufschlug, war sie an dem dunklen Ort.

Singende Stimmen in der Höhe, begleitet von Trommelschlägen.
Aber hier unten war Gunnhild ganz allein. Erneut. Nur sie und ihr inneres Leuchten. Und der schimmernde Faden zog sich von ihrer Brust weit in die Finsternis.

»Wo seid ihr?«, flüsterte sie. »Wo seid ihr alle? Warum wollt ihr nicht zu mir kommen?«

»Es ist nicht zu spät, um aufzugeben, weißt du?«, erklang eine Stimme, und als Gunnhild sich umdrehte, sah sie eine Frau vor sich stehen. Ein Umhang verbarg ihren Körper, eine Kapuze das Gesicht. Ihre Stimme klang verzerrt, als spräche sie unter Wasser.

Doch Gunnhild erkannte die Präsenz. Sie hatte sich ihrer wochenlang jede Nacht in ihren Träumen erinnert.

Die Robbe. Die dritte Hexe.

»Thorbjörg hat dir dieses großzügige Angebot bereits unterbreitet«, fuhr die Frau mit der Kapuze fort. »Aber dies ist deine letzte Chance. Flieh, und wir lassen dich vielleicht leben. Wenn du nicht mit den Geistern sprichst, bist du unwürdig, den Namen deiner Lehrerin zu beanspruchen – aber du kannst wenigstens mit deiner belanglosen Magie hausieren gehen, nicht wahr?«

»Was machst du mit mir?«, knurrte Gunnhild. »Wie hältst du die Geister von mir fern?«

Die Frau kicherte, und es klang genauso verzerrt wie ihre Worte. »Du arme, kleine Närrin. Niemand hält irgendetwas fern von dir. Du weißt so gut wie ich, dass die Geister selbst entscheiden, ob und wem sie zu erscheinen wünschen. Und sag mir – wann ist es dir das letzte Mal gelungen, zu ihnen zu sprechen? Hast du da vielleicht noch mit deiner Mentorin zusammengearbeitet? Oder warst du auf dich gestellt?«

Gunnhild erschrak. »Ich war ...«

Sie hatte mit Heid zusammengearbeitet. Jedes einzelne Mal.

»Mmm«, machte die Frau und genoss unverkennbar den entsetzten Ausdruck in Gunnhilds Gesicht. »Siehst du, Liebes, die Toten wissen alles. Was bedeutet, sie erkennen dich als das, was du bist: ein eigennütziges, dummes Mädchen. Eine Täuschung. Der Grund, warum du das Wissen, das du begehrst, nicht erringen wirst, ist, dass sie es dir nicht zukommen lassen wollen. Es hat mit nichts zu tun, das wir getan hätten.«

»Du lügst«, sagte Gunnhild, doch ihre Stimme klang belegt vor Angst und Zorn. Sie ging auf die Frau zu, die Hände zu Klauen verkrümmt. »Du steckst dahinter. Ich weiß es. Du verfolgst mich, wenn ich meinen Körper verlasse, und du ... Du tust etwas, gerade jetzt. Du denkst, ich hätte Angst vor dir? Ich habe keine Angst vor irgendetwas ...«

Die Frau trat einen Schritt vor und verschwand.

Gunnhild blieb ruckartig stehen, als etwas sie von hinten packte und den Arm um ihren Hals legte.

»Und das«, zischte ihr die Frau ins Ohr, »ist genau dein Problem.«

Ihr Blickfeld verengte sich, während sie mit der Frau kämpfte und ihr gegen die Schienbeine trat, als sie in die Luft gehoben wurde.

Gesang und Trommel in der Höhe verstummten abrupt.
Oh, ihr Götter – Oddnys Stimme aus weiter Ferne.
Wir müssen sie wecken! Ulla, panisch.
Aber wie? Das war Runfrid.
Dann wieder Oddny: *Lasst mich ...*

Und dann gab es einen Ruck, und sie spürte, wie sie durch die Dunkelheit emporgezogen wurde.

26

Ihre Freundin so zu sehen, gewürgt von nichts, war das Entsetzlichste, was Oddny je zu Gesicht bekommen hatte. Gunnhild krallte keuchend die Finger an ihre zusammengedrückte Kehle, ihre Augen traten aus den Höhlen und die Lippen liefen blau an.

Oddny zog den glühenden Faden aus dem Boden.

Die Wirkung trat augenblicklich ein: Gunnhild schnappte nach Luft und kippte auf ihrem Hocker nach vorn; der Tonbecher fiel zu Boden und zersprang, ihr Eisenstab landete gleich daneben, und der Faden löste sich auf. Gunnhild wäre geradewegs mit dem Gesicht voran auf den Boden geprallt, hätte Runfrid sie nicht aufgefangen.

Nachdem sie Runfrid geholfen hatte, Gunnhild auf die Plattform zu legen, hielt Oddny inne und starrte sie an. »Dein Hals. Gute Götter.«

Gunnhild hustete einige Male und krächzte: »Wie sieht er aus?«

»Als hätte jemand versucht, dich zu erwürgen«, sagte Oddny und berührte vorsichtig die Druckstellen. »Was ist passiert, Gunna?«

Gunnhild wandte den Blick ab.

Oddny sprang von der Plattform, zog ihre Truhe hervor und wühlte in ihren Arzneien, bis sie ein kleines, tönernes Fläschchen und einen Holznapf mit einer Salbe gefunden hatte. Beide Gefäße waren mit gewachsten Leintüchern verschlossen.

»Konntest du mit den Geistern sprechen?«, fragte Ulla, aber je länger Gunnhilds Schweigen andauerte, desto stärker schwand die aufgeregte Spannung aus Ullas Zügen. Hinter ihr hatte Runfrid eine besorgte Miene aufgesetzt. Tora schien den Tränen nahe, und in den Gesichtern der anderen Frauen spiegelte sich eine Mischung aus Verunsicherung und Furcht. Sogar Königin Gyda hatte die Brauen sorgenvoll zusammengezogen.

Oddny massierte die Salbe mit beiden Händen in Gunnhilds Kehle, ohne auf die kurzen, gepeinigten Grunzer ihrer Freundin zu achten. »Das wird die Heilung beschleunigen. Und ich gebe dir auch einen Trank gegen die Schmerzen. Morgen früh sollte es dir schon besser gehen.«

»Danke«, sagte Gunnhild mit rauer Stimme. »Würdest du … mir … zurück in meine Kammer helfen?«

»Aber was ist passiert?«, drängelte Runfrid.

»Nicht jetzt«, sagte Oddny und zog Gunnhild auf die Beine.

Tora trat hinzu und legte sich einen von Gunnhilds Armen über ihre erstaunlich starken Schultern. »Ich will auch zurück in meine Kammer. Ich werde euch helfen.«

Unterwegs sagte Gunnhild kein Wort, und obwohl die Heilsalbe erkennbar wirkte, nahm Oddny an, dass das Sprechen ihr Schmerzen bereitete. Die drei Frauen bahnten sich einen Weg durch den chaotischen Festsaal. Die Feiernden waren überwiegend zu betrunken, um zu bemerken, dass irgendetwas nicht in Ordnung war. Und die, die es taten, dachten vermutlich, die Königin hätte auch heute nur wieder zu viel getrunken.

Aus dem Augenwinkel sah Oddny Thorbjörg und Katla in der Halle sitzen und flüsternd die Köpfe zusammenstecken – und wenn sie auch sofort aufmerksam wurden, als die Frauen vorübergingen, wirkten sie doch vage verwirrt angesichts Gunnhilds Verfassung. Oddny sah mit einem Blick, dass diese Reaktion nicht vorgetäuscht war. Sie drehte sich um und entdeckte Arinbjörn und Halldor beim Würfelspiel. Beide hatten die Hexen direkt im Blick, und als Halldors Oddny sah, nickte er ihr kaum merklich zu.

Oddny spannte ihren Arm um Gunnhild. *Wenn beide Männer*

Thorbjörg und Katla nicht aus den Augen gelassen haben – was ist dann drüben geschehen? Kann denn die dritte Hexe dahinterstecken?

Erik war nicht in dem Schlafzimmer, als sie eintraten – noch war, wie Oddny nun feststellte, irgendeiner seiner Hirdsmannen in der Halle gewesen, abgesehen von Arinbjörn und Halldor. Seltsam.

»Armes Ding«, gurrte Tora, als sie Gunnhild halfen, sich aufs Bett zu setzen. Dann drehte sie sich zu Oddny um und sagte leise: »Ich weiß nicht, was gerade passiert ist, aber sie war von Anfang an nicht im besten Zustand. Diese Familie kann sehr fordernd sein …« Ihre Hände waren weich und warm, als sie Oddnys Arm kurz drückte. »Kann ich sonst noch etwas tun?«

»Nein«, antwortete Oddny gerührt. »Ich werde mich um sie kümmern. Danke für deine Hilfe.«

Nach einem letzten besorgten Blick auf Gunnhild verabschiedete sich Tora, und Oddny half ihrer Freundin in ein sauberes Kleid und in das wirklich schöne, wirklich weiche Bett.

»Trag die Salbe noch einmal auf, ehe du schlafen willst«, sagte Oddny. »Möchtest du, dass ich bei dir bleibe?«

Gunnhild hatte sich bereits zur Wand umgedreht. »Nein.«

»Gut. Schick einfach einen Dienstboten, um mich zu holen, falls du es dir anders überlegst.«

»Es tut mir leid«, flüsterte Gunnhild, als Oddny sich zum Gehen wandte.

»Gunna …«

»Ich habe versagt.«

Das hatte Oddny bereits vermutet, dennoch hatte sie nicht damit gerechnet, dass Gunnhild es einfach so bestätigen würde. Sie kannte ihre Freundin lange genug, um zu wissen, dass es ihr schwerfiel, eine Niederlage einzuräumen. Was immer geschehen war – wo immer sie gewesen war –, das Ergebnis war offensichtlich das glatte Gegenteil dessen, was sie gewollt hatte.

Setzt du wirklich so viel Vertrauen in sie?

Oddny verdrängte Thorbjörgs Worte aus ihrem Geist. Auch wenn die Hexe ihr angeboten hatte, ihr Signy zurückzubringen, war Thorbjörg doch auch der Grund, warum sie überhaupt verschleppt worden war. Dass Gunnhilds Ritual an diesem Abend fehlgeschlagen war, beruhte wahrscheinlich auf einem Eingriff von außen. Irgendwie. Eines wusste Oddny instinktiv: Ihr Vertrauen in Gunnhild war nicht fehlgeleitet. Sie war genau in dem Moment aufgetaucht, in dem Oddny sie am meisten gebraucht hatte, und es gab nichts, was sie nicht gemeinsam schaffen konnten. Und das war genau das, was Thorbjörg fürchtete.

Sie musste standhalten. Sie durfte nicht wanken.

»Es ist schon gut«, sagte Oddny, ohne sich umzudrehen. Gunnhild sollte die Enttäuschung nicht sehen, die sich auf ihre Züge niedergeschlagen hatte.

»Ist es nicht«, sagte Gunnhild kläglich. »Ich habe Signy enttäuscht. Ich habe dich enttäuscht.«

»Wir werden einfach wie geplant in Birka mit der Suche beginnen«, entgegnete Oddny. »So ein großer Rückschlag ist das nicht.«

Doch genau das war es. Es hätte ihnen Wochen, wenn nicht gar Monde der Suche ersparen können, hätten sie Signys genauen Aufenthaltsort mit Hilfe der Geister in Erfahrung bringen können. Aber sie wollte nicht, dass Gunnhild sich noch schlechter fühlte, weshalb sie auch nicht die Absicht hatte, ihr von der Unterhaltung mit Thorbjörg zu erzählen.

»Gute Nacht, Gunna«, sagte sie über die Schulter.

Gunnhild antwortete nicht. Oddny schlich sich hinaus und schloss die Tür hinter sich. Die Hitze, das Licht und der Lärm in dem Langhaus waren erdrückend, also schlängelte sie sich erneut durch die Menge und ging hinaus in die kalte Nachtluft, wo Runfrid schon auf sie wartete.

»Geht es ihr gut?«, fragte sie, ehe Oddny auch nur die Tür hinter sich schließen konnte.

»Nein«, antwortete Oddny.
»Können wir irgendetwas tun?«
»Nein.«
Runfrid seufzte und schüttelte sich. »Na gut, dann gehe ich jetzt in die Waffenkammer. Wie es scheint, haben wir die Zeremonie nicht verpasst – sie haben auf Arinbjörn und Halldor gewartet.«
»Zeremonie?« Oddny hörte zum ersten Mal davon.
Runfrid grinste. »Komm mit.«

Die Waffenkammer war voll. Neben den Männern aus Eriks Hird, die nicht bereits abgereist waren, um den Winter daheim zu verbringen, waren auch ein Dutzend hoffnungsvoller Anwärter da, darunter Halldor, und alle tranken und lachten. Runfrid zerrte Oddny durch das klaustrophobische Gedränge männlicher Leiber zu der Leiter, die zum Speicher hochführte. Unterwegs drehten sich einige der Männer um und schauten Oddny neugierig an, doch kaum sahen sie, dass Runfrid bei ihr war, ließen sie die Frauen passieren.

Als sie die Leiter hinaufkletterten, sah Oddny, dass der Speicher bis auf zwei zusammengeschobene Schlafmatten und ein paar Truhen, die von unten nicht zu sehen waren, leer war. In der Nähe des Rauchlochs im Giebel waren Talgkerzen auf dem Boden zu Klumpen geschmolzen, und sie alle brannten und beleuchteten Runfrids Kohlezeichnungen auf dem blanken Holz. Die größte Gruppe Kerzen umgab ihre blutbefleckte Statue der Jägerin Skadi, die stolz und grimmig blickte, einen Bogen mit der Hand umklammert hielt. Genauso hatte sich Oddny Runfrids Bleibe vorgestellt.

Jemand rief zur Ruhe auf, und Stille senkte sich über die Waffenkammer, als Erik die Anwärter nach vorn winkte. Oddny und Runfrid huschten zum Rand des Speichers, schwangen die Beine über die Kante und verfolgten das Geschehen von oben.

So ungern Oddny es zugab, Erik sah gut aus. Während der ersten beiden Feste war er wie Gunnhild in blutiges Leinen gehüllt gewesen, doch nun war er herausgeputzt wie der Rest der Männer: gekämmte Haare und Bärte, saubere Tuniken und Hosen und Wadenbinden; Ringe sowie Arm- und Halsreife funkelten im Licht des Herdfeuers.

Erik hatte zwei Armreife in der Hand, und aller Augen ruhten darauf.

»Ich mache es kurz, damit ihr wieder zurück zu jenen könnt, mit denen ihr diese Nacht verbringt«, sagte er. »Ich habe dieses Mal nur zwei von diesen zu vergeben. Einen davon, könnte man sagen, vorzeitig. Aber der andere ist längst überfällig.«

Verwirrtes Gemurmel. Diese Männer waren neue Rekruten – wen konnte er meinen?

Erik blickte zum Speicher hinauf und sagte: »Runfrid, würdest du bitte runterkommen?«

Nach einem Moment der Überraschung hallte donnernder Applaus von unten herauf. »Ach, das kann doch nur ein Witz sein«, sagte ein Mann laut, lächelte und klatschte aber wie all die anderen.

»Los!«, sagte Oddny, denn die Tätowiererin saß mit offen stehendem Mund da und rührte sich nicht. Oddnys Ermunterung scheuchte sie hoch, und sie stieg die Sprossen hinab. Arinbjörn wartete strahlend am Fuß der Leiter und drückte ihr einen satten, feuchten Kuss auf die Wange, als sie ihn gerade lachend wegschieben wollte, um zu Erik zu gehen. Die Menge teilte sich vor ihr.

Runfrid blieb vor dem König stehen und verschränkte die Arme vor der Brust. »So, so. Ich bin wahrscheinlich die beste Bogenschützin in ganz Hordaland, aber wie kommst du darauf, dass ich mich deiner albernen Jungenbande anschließen will?«

Gelächter brandete auf, und Svein und mehrere andere ergingen sich in Buhrufen. Runfrid winkte nur ab. Erik zog die Brauen hoch und den Reif langsam weg, doch Runfrid riss ihn ihm mit einem leisen Schnauben aus der Hand, ehe sie ihn fest in die Arme nahm. Die Männer jubelten erneut, als er ihr auf den Rücken klopfte, und sie befestigte den Ring auf der Höhe ihres Bizeps, gleich über dem Ellbogen an ihrem Arm, genau wie alle anderen, ehe sie zur Leiter zurückging und unterwegs einem der feuchten Küsse ihres Geliebten auswich.

»Du hast nicht gewusst, dass das passieren würde, oder?«, fragte Oddny sie, als sie wieder oben war.

»Na ja, Arinbjörn hat mir erzählt, dass Gunnhild Erik ein-, zweimal gepiesackt hat, weil es in der Hird keine Frauen gibt«, sagte Runfrid und verdrehte dabei kurz die Augen. »Da war ich das offensichtliche Mittel, um sie loszuwerden. Wenn es etwas gibt, das ich über Erik weiß, dann, dass er alles dafür tut, damit die Leute ihn in Ruhe lassen.« Sie blickte auf den Armreif hinab und lächelte. »Was aber nicht heißt, dass ich diese Anerkennung nicht zu schätzen wüsste.«

Erik wartete, bis sie wieder auf ihrem Platz saß, ehe er den zweiten Armreif hochhielt und an der Reihe der Anwärter entlang von einer Seite zur anderen schritt. Einige starrten den König begierig an. Andere, darunter Halldor, blickten zu Boden und konnten vor Nervosität kaum atmen.

»Ihr alle habt eifrig geübt und seid willkommen, wenn ihr bleiben und besser werden wollt. Aber der Mann, den heute Abend in meine Hird aufzunehmen ich mich entschlossen habe, hat sogar meine erfahrensten Kämpfer beschämt, wenn es um Einsatz und Begeisterung geht, und das in nur ein paar kurzen Wochen«, sagte Erik im Gehen. »Wenn er das beibehält, dürfte eine lange, glänzende Laufbahn vor ihm liegen. Und ich bin überzeugt, er schafft das.«

Vor Halldor blieb er stehen.

Halldor blickte auf.

Erik hielt ihm den Armreif hin. »Willkommen in der Hird.«

Wieder brach lauter Jubel in der Waffenkammer aus. Halldor nahm wie benommen den Reif entgegen und starrte ihn an, als hätte er so ein Ding noch nie im Leben gesehen.

»Und jetzt trinkt!«, rief Erik, und seine Männer verließen freudig nach und nach die Waffenkammer. Doch als er sich umdrehte, um den anderen zu folgen, zog Halldor ihn zur Seite. Noch immer hielt er den Armreif in der Hand, statt ihn anzulegen, und sie bewegten sich in Richtung Hintertür.

Halldor sprach zuerst, unterbrach sich aber, blickte Erik in die Augen und sagte dann noch etwas. Was immer das war, es veranlasste Erik, einen Schritt zurückzutreten und ihn vom Scheitel bis zur Sohle zu mustern. Halldor verzog das Gesicht und hielt ihm mit einer Hand den Armreif hin, während die andere in die Nähe des Griffs seines Saxes zuckte.

Was ging da vor? Oddny sah ihnen mit angehaltenem Atem zu.

Nach einer scheinbaren Ewigkeit, die doch nur einen Moment gedauert hatte, schüttelte Erik den Kopf, nahm Halldor den Reif aus der Hand und legte ihn ihm knapp über dem Ellbogen an. Dann sagte er etwas, das Halldors Züge vor Verblüffung erschlaffen ließ.

Oddny bekam nur die letzten Worte des Königs mit, denn die sprach er laut aus: »Und ich meine es auch so. Und jetzt geh und trink etwas, Halldor Hallgrimsson. Diese Nacht gehört dir.«

Dann klopfte Erik ihm auf die Schulter und ging zur Hintertür hinaus. Halldor stand da und starrte ihm hinterher, bis Runfrid den Kopf über den Rand des Speichers schob und rief: »Halldor! Ich habe es mir anders überlegt. Ich weiß, dass du mit meinen Pfeilen noch nicht fertig bist, aber ich werde dir trotzdem heute Abend die Tätowierung stechen. Gib mir nur einen Moment, um alles vorzubereiten. Und hol mir einen Kübel sauberes, abgekochtes Wasser aus dem Kochhaus, ja?«

Halldor kam wieder zu sich. »Bin gleich wieder da«, sagte er und verschwand zur Tür hinaus.

Einen Moment später kletterte Oddny die Leiter hinunter und folgte ihm.

»Halldor«, rief sie, worauf er kurz vor dem Kochhaus stehen blieb und sich zu ihr umdrehte. Im Haus war es still, als würde das Gebäude tonlos vor sich hin seufzen, erleichtert, dass die Festtage endlich vorbei waren.

»Ja?«, fragte er.

»Herzlichen Glückwunsch«, stieß Oddny mühsam hervor, und einen Moment zu spät, um sich dabei wirklich wohlzufühlen.

»Danke.« Er rieb sich den Nacken. »Das war ... unerwartet.«

»Was ist da gerade passiert?«, fragte sie, unfähig, sich zu beherrschen. »Mit Erik?«

»Das hast du gesehen?« Halldor trat von einem Fuß auf den anderen. »Es war ... ich habe ihm etwas sehr Persönliches erzählt. Etwas, das manche Leute als Täuschung empfinden könnten. Und ich musste wissen, ob er einer dieser Menschen ist, denn es ist keine Täuschung – es ist, was ich bin. Aber er ...« Er blickte auf den Armreif hinab und sah aus, als wäre er überrascht, dass er noch da war und sich nicht längst in Luft aufgelöst hatte. »Er hat es verstanden.«

»Oh. Na ja, gut«, sagte Oddny halbherzig und verstand sich selbst nicht. Halldor ging ins Kochhaus, und sie blieb draußen stehen, bis er mit dem Eimer Wasser wieder herauskam. Als er sah, dass sie dort auf ihn wartete, seufzte er.

»Ich versuche nicht absichtlich, vage zu bleiben«, sagte er. »Aber das betrifft nur Erik und mich.«

»Ich weiß.« Oddny wühlte mit der Spitze ihres abgetragenen Lederschuhs in der Erde. »Ich wollte nicht neugierig sein. Es ist nur, weil ich besorgt war.«

»Warst du?«

»Ja. Trotz allem …« Das Eingeständnis blieb ihr im Hals stecken, und als sie die Worte endlich auf der Zunge hatte, breitete sie die Hände aus. »Ich will wissen, was aus dir wird.«

Er starrte sie ein gefühltes Leben lang an, ehe er sie mit einem schiefen Grinsen bedachte. »Richtig. Weil ich dir etwas schulde.«

Für einen Moment wogte Ärger in ihr hoch. So wie in der Waffenkammer, als er ihr dargelegt hatte, woher die Kleidung kam, die er getragen hatte. Er hatte damals gedacht, sie wäre gekommen, um ihn zu schelten, da er es wagte, etwas Neues zu haben, obwohl er ihr noch Geld schuldete. »Darum geht es nicht. Die Schulden sind mir egal.«

»Warte? Was?« Halldor stellte den Eimer ab. »Also muss ich sie nicht bezahlen?«

»Nein. Ich meine doch, musst du!«, schnaubte Oddny und verschränkte um Fassung ringend die Arme vor der Brust. »Das ist nicht, was ich meinte, und das weißt du.«

»Tue ich das?«, fragte Halldor milde und verschränkte seine Arme ebenfalls. »Du hast gerade gesagt, es sei dir egal.«

»Ich habe dir gesagt, das ist nicht, was ich …« Sie blinzelte ihn an. »Oh. Jetzt verstehe ich. Du scherzt, richtig?«

»Ich weiß nicht, tue ich das?«

Oddny seufzte. Da stand sie nun und versuchte, sich von der Seele zu reden, dass sie ihn mochte, und er wich ihr aus, indem er diese verflixten Schulden zur Sprache brachte. Aber warum wich er überhaupt aus? Vielleicht empfand er ihr gegenüber nicht das Gleiche, wollte aber nicht darüber reden, und es fiel ihm leichter, das Thema zu wechseln, statt sie zu verletzen.

Oder lag es an etwas anderem?

Es gab nur eine Möglichkeit, das herauszufinden.

»Also schön, die Schulden sind mir nicht egal«, sagte Oddny. »Aber das ist nicht der Grund, warum ich mich um dich sorge.«

Halldor musterte sie argwöhnisch. »Warum dann?«

»Weil du nicht bist, wofür ich dich gehalten hatte.«

»Und wofür hast du mich gehalten?«, fragte er, anscheinend bemüht gelassen. »Abgesehen von ehrlos.«

»Ja ... nein ... aber ...« Sie wedelte mit den Händen, während sie nach Worten suchte. »Aber Halldor, kannst du mir etwa vorwerfen, dass ich das dachte? Wir sind uns erstmals begegnet, als deine Freunde mein Zuhause niedergebrannt und die Menschen, die mir am nächsten standen, ermordet ...«

»Das verstehe ich. Und ich habe Abbitte geleistet für den Schmerz, den dir das bereitet hat. Ich fühle mich schuldig, weil ich daran beteiligt war. Aber das ist ... Es ist das, was wir tun, Oddny. Sogar Gunnhilds Vater ist das klar gewesen. Er konnte mich nicht verdammen, ohne sich selbst zu verdammen und zugleich jeden anderen Mann, den er je gekannt hat.«

Oddny wurde wütend. Wie hatte dieses Gespräch solch eine Wendung nehmen können?

»Kein Wunder, dass du dich so gut mit Erik verstehst«, sagte sie. »Aber wieso ist das so? Das habe ich mich wirklich gefragt. Noch vor einem Mond wolltest du dich seiner Hird anschließen, um reich zu werden und deine Schuld bei mir schneller abzugelten. Und jetzt stehst du vor Sonnenaufgang auf, um dich mit ihm im Kampf zu messen, und erzählst ihm deine Geheimnisse? Erklär mir das.«

Halldor ballte die Fäuste und kniff die Augen zu, als ob die nächsten Worte, die er aussprechen wollte, ihm körperliche Schmerzen bereiteten. »Er ist auch nicht, wofür ich ihn gehalten habe«, sagte er schließlich.

Das ließ Oddny so weit stutzen, dass ihr Zorn erlosch wie eine zwischen den Fingern erstickte Kerzenflamme, und sie brachte lediglich ein »Oh« heraus.

In die nachfolgende unbehagliche Stille hinein sagte Halldor: »Also, was denkst du jetzt, dass ich bin?«

Oddny zog den Schal fester um ihre Schultern, fummelte am Saum herum und starrte zu Boden. »Ich denke, du bist ein ehrenwerter Mann. Weil ...«

»Ja?«, ermunterte er sie.

»Auf dem Weg hierher, als der Sturm uns erwischt hat, da hast du getan, was du tun musstest, und dann ... dann bist du zu mir gekommen, um mir zu helfen. Ich habe dich nicht einmal um Hilfe gebeten, aber du hast mir an dem Tag vielleicht das Leben gerettet«, sagte sie. Als sie dann näher an ihn herantrat, begegneten sich ihre Blicke doch endlich. »Als diese große Woge das Schiff getroffen und Gunnhild über Bord gespült hat, da hättest du mich einfach loslassen können, mich ertrinken lassen können, und alle hätten gedacht, es sei ein Unfall gewesen. Du hättest sogar einfach nur zulassen können, dass ich Gunnhild folge und mich selbst umbringe. Wäre ich ertrunken, wärest du für immer von deiner Schuld befreit. Aber das hast du nicht getan. Du hast mich festgehalten, obwohl du mich hättest loslassen können. Warum?«

Er wirkte verwirrt. »Weil ich nicht wollte, dass du stirbst?«

»Aber warum nicht?«, hakte Oddny nach. »Für dich bin ich doch ein Niemand. Ich bin nur ...«

Halldors nächste Worte brachen so gewaltig aus ihm hervor, als wäre ein Damm gebrochen: »Weil du mir auch wichtig bist, in Ordnung?«

»Du ... ich ... wirklich?«

»Ja. Wegen des Menschen, als der du dich erwiesen hast«, sagte er und sprach immer noch sehr hastig, als fürchtete er, wenn er die Worte nicht jetzt herausbekäme, würde er es niemals schaffen. »Nicht nur wegen deiner Heilkräfte, sondern wegen dem, was du für Signy tust. Damit hatte ich nicht gerechnet. Du bist ein Bauernmädchen, und ich ... ich war überzeugt, du würdest bei Ozur bleiben und auf mein Silber warten. Würdest dir einen Ehemann suchen, dich häuslich niederlassen und den Rest deines Lebens

Kinder aufziehen und dich nur ab und zu fragen, was wohl aus deiner Schwester geworden ist. Aber nein. Sogar bevor Gunnhild gekommen ist, um dir beizustehen, warst du fest entschlossen, das Unmögliche zu wagen. Deine Schwester zu retten, komme, was da wolle. Oddny Ketilsdottir, du bist außergewöhnlich.«

Oddnys Kehle fühlte sich trocken an.

»Außergewöhnlich?«, wiederholte sie. »Du denkst, ich ...«

»Ja«, sagte Halldor. »Das denke ich.«

Sie gaffte ihn noch einen Moment länger an und schüttelte dann den Kopf. »Nein. Das meinst du nicht ernst. Ich bin nicht ... und wenn doch, dann nur wegen dem, was passiert ist. Vorher war ich ... anders. Mein ganzes Leben lang habe ich gedacht, ich würde mir nichts anderes wünschen, als in die Fußstapfen meiner Mutter zu treten. Ich wusste gar nicht, dass ich etwas anderes wollen könnte. Es war Signy, die immer etwas Besonderes sein wollte. Sie musste nicht erst in eine verzweifelte Lage geraten, die sie verändert, so wie ich.«

»Aber du hast dich verändert«, sagte Halldor. »Der Überfall hat dich auf einen Pfad geführt, den du dir anderenfalls für dich selbst nie hättest vorstellen können. Du hast keine Ahnung, wie gut ich das nachvollziehen kann.«

Oddny wischte sich mit dem Schal über die Augen, lachte kurz auf und starrte wieder zu Boden. »Signy und ich haben uns an jenem Tag gestritten. Am Tag des Überfalls. Sie hat mir gesagt, ich sei langweilig. Das Einzige, was mich zu etwas Besonderem machen würde, wäre, dass ich eine gute kleine Ehefrau abgeben werde.«

Den Blick immer noch gesenkt, fühlte sie mehr, als sie sah, dass Halldor näher kam, und dann, zu ihrer Überraschung, war seine Hand plötzlich da und wischte ihr eine Träne aus dem Augenwinkel, und er sagte sanft: »Na ja, wenn du erst diejenige bist, die sie rettet, dann wird sie wissen, wie sehr sie sich in dir geirrt hat.«

Die Stille zwischen ihnen fühlte sich so spannungsgeladen an wie Luft vor einem Gewitter. Und als sie den Kopf hob und ihre Augen seine fanden, schlug der Blitz ein.

Und dann trafen sich ihre Lippen, und der Rest der Welt verschwand.

Ihr war, als würde sie schweben, und sie fühlte, dass das richtig war, als seine Hände sich zu ihrer Taille bewegten und sie näher an ihn zogen, als sie einen Arm um seinen Hals legte, die andere Hand auf seine Rippen gepresst, wo sie, von Neugier gelenkt, für einen Moment verweilte, als ihre Finger die Umrisse von etwas entdeckten – das untere Ende von etwas, das sich anfühlte wie ein steifes, dickes Kleidungsstück unter seiner Tunika, und dann ...

Stockte ihm der Atem, und er zuckte weg von ihr.

Verwirrt trat Oddny einen Schritt zurück. »Halldor?«

»Warte«, sagte er und fuhr sich keuchend mit der Hand durchs rotbraune Haar. »Warte!«

»Oh.« Oddnys Wangen brannten vor Scham. »Habe ich etwas falsch gemacht? Ich ... ich habe nicht viel Erfahrung, wenn es um ...«

»Das ist es nicht. Ich bin ... es ist nur ...« Halldor rieb sich die Stirn. »Ehe das weitergeht, muss ich dir sagen, was ich Erik vorhin erzählt habe.«

Oddny blinzelte überrascht.

Er richtete sich zu voller Größe auf, schien sich innerlich vorzubereiten. »Aber ... Aber was immer du über das denkst, was ich dir nun erzählen werde, du musst es für dich behalten, einverstanden? Ich schäme mich nicht, nicht im Mindesten, aber es wäre gefährlich für mich, wenn das bekannt würde. Sogar Erik stimmt mir deswegen zu. In Ordnung?«

»Natürlich«, sagte Oddny mit wachsender Besorgnis. »Bitte, sag es mir einfach.«

Und da sagte er: »Als ich zur Welt kam, gab mir mein Vater den Namen einer Tochter. Und als er starb, wählte ich einen eigenen Namen.«

Es dauerte einen Moment, bis das, was er gesagt hatte, richtig angekommen war, und dann fielen ihr gleich mehrere Dinge auf einmal auf: Warum er nicht ins Badehaus ging, wenn es voll war; warum Erik ihn vom Scheitel bis zur Sohle gemustert hatte, als würde er nach etwas suchen, das seine Worte bestätigte. Und als sich diese Wahrheit in ihrem Bewusstsein eingenistet hatte, stellte sie fest, dass das an ihren Gefühlen ihm gegenüber oder an ihrem Wunsch, ihm nahe zu sein, nichts änderte.

»Verstehst du?« Halldor sah ihr forschend in die Augen. »Sag etwas.«

»Ja, ich verstehe es.« Sie zögerte. »Was hat Erik gesagt, als du es ihm erzählt hast?«

Mit dieser Frage hatte Halldor offensichtlich nicht gerechnet. Er betrachtete seinen Armreif. »Er hat gesagt, seine Entscheidung stehe fest. Er sagte zu mir: ›Du bist kein Mann, den ich von der anderen Seite des Schlachtfelds auf mich zukommen sehen möchte.‹«

»So viel Klugheit hätte ich nicht von ihm erwartet«, gestand Oddny beeindruckt und hörte in diesen Worten zugleich ein Echo dessen, was Arinbjörn an dem Tag gesagt hatte, an dem Halldor ihm die Nase gebrochen hatte. »Kein Wunder, dass du so überrascht ausgesehen hast.«

Er bedachte sie mit einem angespannten Lächeln und verlagerte sein Gewicht. »Siehst du mich jetzt anders als vorher?«

Oddny tippte sich mit dem Finger ans Kinn. »Hmm. Nein. Alles, was ich sehe, wenn ich dich betrachte, ist ein Mann, der mir immer noch zehn Silbermark schuldet.« Sie blickte durch ihre Wimpern zu ihm auf. »Und außerdem halte ich dich zufällig auch für ziemlich außergewöhnlich.«

Halldor blinzelte mehrmals, ehe sich ein breites Lächeln auf seinen Lippen zeigte, das ihr den Atem raubte. Das ihr das Gefühl vermittelte, ihr Herz wäre auf einmal zu groß für ihren Brustkorb.

Und als er dann erneut näher kam, schien es, als würde der Mond heller leuchten.

»Wenn das so ist, war der Kuss dann vielleicht eine weitere Mark Nachlass wert?«, sagte Halldor und umfasste ihr Gesicht mit beiden Händen. Die Berührung jagte ihr einen Schauder über den Leib, und sie legte die Arme um seine Taille und wagte kaum zu glauben, dass das wirklich geschah.

»Fordere dein Glück nicht heraus«, sagte Oddny.

Ehe sie sich erneut küssen konnten, löste sich Halldor von ihr und sagte: »Runfrid wartet. Wenn ich meine Tätowierung noch auffrischen lassen will, ehe sie und Arinbjörn morgen nach Fjordane aufbrechen, sollten wir besser zurückgehen. Das wird sowieso den größten Teil der Nacht dauern.«

»Richtig«, sagte Oddny, aber es fiel ihr schwer, nicht enttäuscht zu reagieren. Nun, da sie die Berührung eines anderen Menschen zur Abwechslung einmal wirklich genossen hatte, war es hart, nicht mehr zu wollen, nicht alles zu bekommen, genau in diesem Moment. Auch wenn das, was als Nächstes kommen würde, sie auch noch so nervös machte. Als er also den Eimer ergriff, schüttelte sie seine Hand und lächelte. »Dann ab zu Runfrid.«

Er erwiderte das Lächeln, und ihr ging das Herz auf. Aber als sie zurück zur Waffenkammer gingen, dachte sie wieder an Signy, die irgendwo auf der Welt leiden musste, während Oddny einen Mann küsste, der an der Tat beteiligt war, die ihre Schwester in diese Lage gebracht hatte. Die Scham drohte sie zu überwältigen. Das alles war zu viel, um es gleichzeitig zu verarbeiten.

Sie versuchte, sich zu sagen, dass Gunnhild und sie alles getan hatten, was sie derzeit nur tun konnten. Aber dann fiel ihr Thorbjörgs Angebot ein, und die Schuldgefühle wallten erneut hoch wie eine Woge, die so groß war, dass sie all das Licht verdrängte, das Halldor an diesem Abend in ihr Leben getragen hatte.

Thorbjörgs Angebot auszuschlagen, war dumm gewesen, oder nicht? Sie könnte jetzt schon auf halbem Wege zu Signy sein, sofern die Hexe sie nicht belogen hatte. Und wenn sie Signy wirklich zurückhaben wollte, hätte sie dieses Risiko dann nicht auf sich nehmen müssen? Hatte sie die richtige Entscheidung getroffen, als sie Thorbjörg zurückgewiesen hatte? Wie würde sie je damit leben können, sollte sie falschgelegen haben?

Oddny konnte nur darauf hoffen, dass Signy sie, eines Tages, wenn sie ihre Schwester wiedersah, verstehen würde.

27

Gunnhild hatte ihre persönlichen Hochzeitsgeschenke von denen getrennt, die Erik gehörten. Die, die ihnen beiden galten – wie die feinen Stoffe –, hatte sie ihm überlassen. Sie packte sie auf ein weiteres Geschenk, einen Kastenstuhl: ein prachtvolles Möbelstück mit einer hohen Rückenlehne und Armlehnen, die reich mit Schnitzereien verziert waren, sowie einer Sitzfläche, die sich hochklappen ließ, um an den Stauraum darunter zu gelangen. Hnoss und Gersimi dösten auf einem Stapel Tücher, den sie auf den Stuhl gelegt hatte, über dessen Lehne ein weiteres Geschenk drapiert war: ein makelloses Eisbärenfell.

Den Brautpreis hatte sie zu seinen Sachen gepackt und so viel wie möglich von ihrer Mitgift in den Beutel mit ihrem Handwerkszeug gestopft, doch das Silber beschwerte ihn erheblich, sodass nun der Korbgriff ihres Stabs herausragte. Dann hatte sie sich einen Tragekorb geschnappt und ihn mit allem Übrigen vollgestopft, das sie mitnehmen wollte. Nur ungern hatte sie sich entschlossen, das Entenkleid zurückzulassen, denn sie würde vermutlich ihre angelaufenen alten Gewandspangen ebenso veräußern müssen wie die deutlich schwereren, extravaganteren und wertvolleren neuen Stücke, die König Harald persönlich ihr zur Hochzeit geschenkt hatte.

Zum Schluss musterte sie nachdenklich den Webrahmen, den Königin Gyda ihr gegeben hatte, und plötzlich war ihr danach, das Ding aus purer Gehässigkeit in Stücke zu hauen und im Herd zu verbrennen – aber dann wurde die Tür geöffnet und ließ für einen Moment den Lärm der ausufernden Festivitäten herein, ehe sie wieder geschlossen wurde.

»Was tust du da?«, fragte Erik. »Und was … was ist mit deinem Hals passiert?«

Sie hatte sich das Haar zu einem einseitigen Zopf geflochten, der ihr über der Schulter hing, sodass die leichte Quetschung sichtbar war, wofür sie sich nun selbst verwünschte. Ehe sie den Raum verließ, würde sie ein Schultertuch umlegen müssen, um zu verhindern, dass noch mehr Leute Fragen stellten.

»Ich gehe«, sagte sie.

Es klirrte vernehmlich, als er seinen Becher auf einer der Truhen abstellte. »Du gehst? Warum?«

»Ich gehe zurück nach Finnmark. Ehe die Gäste morgen abreisen, werde ich das Schiff suchen, das am weitesten nach Norden fährt, und für meine Überfahrt bezahlen. Diskret. Ich würde sogar als blinder Passagier mit Halfdan persönlich reisen, wenn es nötig ist, um bis nach Trondheim zu kommen. Von dort aus kann ich den Rest allein schaffen.« Sie deutete auf die Gegenstände auf dem Kastenstuhl. »Ich habe alles hiergelassen, was dir gehört. Sag den Leuten, was du willst, wenn sie nach meiner Abreise fragen. Ich werde zu weit weg sein, als dass es mich interessieren würde, was sie von mir halten.«

»Aber *warum?*«

Sie blinzelte gegen die Tränen an. »Weil ich eine Hochstaplerin bin.«

Erik verschränkte die Arme vor der Brust, lehnte sich an die Tür und musterte sie argwöhnisch. »Du hast dich selbst verletzt und noch am selben Nachmittag geheilt. Du hast Flüche niedergelegt, um die Frauen in den Weberhütten zu schützen. Mir kommt deine Macht nicht vor wie eine Täuschung. Was ist wirklich los?«

»Ich war nicht ehrlich zu dir«, gestand sie. »Ich habe heute Abend ein Ritual durchgeführt, das fehlgeschlagen ist. Und das war nicht das erste Mal. Nun bin ich gezwungen, mich der Tatsache zu stellen, dass ich außerstande bin, aus eigener Kraft mit den Geistern zu sprechen. Meine Macht ist auf Talismane und Flüche und ein bisschen Heilmagie begrenzt. Und das ist alles.«

Eine Krämerin, die mit belanglosem Zauber handelt. Wenn sie nicht fähig war, mit den Toten zu sprechen und an ihrem Wissen teilzuhaben, dann war Gunnhild nur eine halbe Hexe, vielleicht nicht mal das. Sie konnte nicht einmal ein wirkungsvolles Schutzamulett anfertigen; sie hatte es versucht und war so viele Male gescheitert, dass es ihr inzwischen unmöglich erschien. Was mochte sonst noch ihre Möglichkeiten übersteigen?

Erik schüttelte den Kopf. »Das verstehe ich nicht. Was ist mit dem Vogel? Während des Sturms? Der, der aus deiner Brust gekommen ist? Und was ist mit Signy?«

Gunnhild ballte die Hände zu Fäusten. »Oddny wird besser beraten sein, Signy ohne mich zu suchen. Ich bin ein Fluch für sie beide.«

Dank Oddnys Salbe heilte ihre Kehle schnell, aber ihre Stimme war noch immer rau und brach bei dem Wort »Fluch«, woraufhin ein paar treulose Tränen über ihr Gesicht rannen. Sie wischte sie hastig weg und deutete auf eine der Truhen, die sie zurücklassen wollte. Auf ihr lag ein Habersack, vollgestopft mit dem Silber aus ihrer Mitgift, das sie in ihrem eigenen Beutel nicht hatte unterbringen können.

»Das ist für Oddny«, sagte Gunnhild. »Es wird reichen, um sie nach Birka zu bringen, wenn du ihr eine sichere Überfahrt auf einem Schiff verschaffst, das diese Richtung einschlägt. Und so die Götter wollen, bleibt noch genug übrig, um Signy freizukaufen, wenn sie sie erst gefunden hat.«

»Ich werde mich darum kümmern.« Erik rieb sich das Kinn. »Willst du dich nicht von ihr verabschieden?«

»Nein. Das wäre zu schmerzhaft.« Sie griff zu ihrem Tragekorb.

Er antwortete nicht, und als sie sich zu ihm umdrehte, sah sie, dass er verdrossen an der Nagelhaut seines Daumens nagte. Sie stellte den Korb wieder ab, durchquerte den Raum und riss ihm die Hand vom Mund. »Bitte Oddny, dir etwas herzustellen, was dir hilft, damit aufzuhören. Eine Salbe, die scheußlich genug ist, um dich von dieser Kauerei abzuhalten.«

Erik sah erst sie an, dann ihrer beider Hände, die sich seit dem Blutschwur im Wald von Finnmark nicht mehr berührt hatten. Nicht einmal, als sie die Unterarme verschränkt und der Priester sie mit Band umwickelt hatte; nicht einmal, als sie sich während des anschließenden Fests den Drachenkopfbecher geteilt hatten.

Seltsam, dass sich so eine schlichte Berührung anfühlen konnte wie eine äußerst intime Geste.

Und doch …

Plötzlich fiel ihr wieder dieses Bedürfnis ein, ihn zu berühren, zu packen; das, was sie in dem kleinen Hain überfallen hatte. Es war erstaunlich, wie viel sich seit diesem Gespräch zwischen ihnen verändert hatte – und wie wenig.

Dann zog er die Hand weg, und da erinnerte sie sich plötzlich: Er hasste sie. Und zwar zu Recht.

»Es tut mir leid«, sagte sie. »Wegen letzter Nacht. Ich hatte während der Hochzeitszeremonie gedacht, zwischen uns hätte sich etwas verändert. Und als du den Rest des Tages mir gegenüber so abweisend warst und dann auch noch wütend geworden bist, weil ich mich für dich starkgemacht habe, war ich erbittert.«

Erik, der immer noch an der Tür lehnte, die Arme vor der Brust verschränkt, blickte zur Zimmerdecke hinauf. »Ich bin es nicht gewohnt, Zuneigung zu zeigen, und die Leute sind es nicht gewohnt, dergleichen bei mir zu sehen. Ich hatte befürchtet, wenn ich wirke, als wäre ich vernarrt in dich, würden mein Vater und meine Stiefmutter das für außergewöhnlich genug halten, um darin den Beweis dafür zu sehen, dass ich verzaubert wurde. Besser also, sie merken nicht, dass du mir etwas bedeutest.«

Gunnhild starrte ihn an. Er hatte ihr Zuneigung erweisen wollen? Er war *vernarrt* in sie? Aber er hatte Angst, seine Eltern könnten misstrauisch werden, wenn sie ihn *glücklich* sähen?

Er runzelte die Stirn angesichts ihrer verdatterten Miene. »Ist das so überraschend?«

»Ja, das ist es. Es ist einfach ... Ich weiß auch nicht.« Sie ruderte mit den Händen. »Götter, du kannst einen wirklich zur Verzweiflung bringen.«

Erik trat von der Tür weg und richtete sich auf. »Da bist du schlimmer. Als wir uns das erste Mal begegnet sind, dachte ich, *das ist die schönste Frau, die ich je gesehen habe.* Und dann hast du den Mund aufgemacht.«

Schön? Das alles zu entwirren, war zu viel. Sie musste weg von hier, und zwar jetzt. Aber etwas hielt ihre Füße an Ort und Stelle fest. »Und doch hast du mich behandelt, als wäre ich irgendein wildes Tier, das nur darauf aus ist, dich und deine Männer kaltblütig zu ermorden.«

»Es war ein harter Sommer. Ich war nervös und angespannt. Ich war paranoid.«

»Das ist wohl kaum eine Ausrede für dein Benehmen.«

»Wenn du es sagst. Was den Rest betrifft – wir sind verheiratet. Du gehst nicht.«

»Und du willst mich aufhalten?«

Er reckte die linke Hand hoch, um die Narbe in seiner Handfläche zu zeigen. »Wir haben einen Eid geschworen, weißt du noch? Dann kannst du eben keine Weissagungen machen. Du hast die Binderune geschaffen ...«

»Die du erst noch auf die Probe stellen musst. Nach allem, was du weißt, könnte ich bei der auch versagt haben«, entgegnete sie erbittert. Sollte Thorbjörg erkannt haben, dass Eriks Männer für ihre magischen Einflüsterungen nicht mehr empfänglich waren, so hatte sie sich während der Festlichkeiten nichts anmerken lassen. Allerdings hatte Gunnhild auch nicht damit gerechnet, dass sie das täte.

»Im Gegenteil. Ich vertraue voll darauf.« Wieder blickte er zur Decke empor. »Und ich ... ich möchte nicht, dass du gehst.«

Gunnhild hatte das Gefühl, der Boden bebe mit einem Mal unter ihren Füßen.

»Du ... *was?* Aber letzte Nacht ...« Sie deutete auf den mit Wein befleckten Wandteppich. »Ich dachte ... Zwischen uns hat es schlimm gestanden, Erik. Warum um alles in der Welt solltest du wollen, dass ich bleibe?«

Endlich blickte er ihr in die Augen und kam auf sie zu. »Seit unserem ersten Zusammentreffen habe ich in jeder wachen Stunde an dich gedacht. Im Guten wie im Schlechten«, sagte er leise. »Ich werde nicht behaupten, ich hätte dich nie verabscheut. Das habe ich wahrlich, anfangs. Aber du hast mich infrage gestellt. Du hast mich verunsichert. Und ich glaube, am Ende werde ich dadurch besser – und auch besser dir gegenüber, wenn du mir nur die gleiche Gunst erweisen würdest.«

Das verschlug ihr für einen Moment die Sprache. Er war ihr jetzt so nahe, dass sie ihn hätte berühren können, aber noch näher kam er ihr nicht.

»Ich kann die Gründe dafür, warum ich dich verabscheut habe, noch bevor wir einander trafen, nicht vergessen«, sagte sie langsam. »Die Dinge, die du getan hast ...«

»Kann ich nicht rückgängig machen. Ich kann nicht ändern, wer ich bin, Gunnhild. Ich kann nicht ändern, was ich tue und wozu ich gemacht wurde. Ich bin in einer Sache gut, und nur in dieser einen Sache. Und das ist Gewalt. Mein Bruder hat mich den Kampfhund meines Vaters genannt, und ich fürchte, das kommt der Wahrheit sehr nahe. Ich weiß nicht, ob ich je mehr sein kann. Aber vielleicht können *wir*. Gemeinsam.«

Gunnhild war so verunsichert wie ratlos.

Sie könnte in die Wildnis zurückkehren. Ihre Ausbildung beenden und Heids Namen annehmen. Ein langes, glückliches, unscheinbares Leben leben. Oddny und Signy ihrem Schicksal überlassen und hoffen, dass ihnen durch ihre Abwesenheit mehr Glück beschert war. Sich abwenden von beiden Eiden, die sie abgelegt hatte. Fortgehen.

Oder sie konnte dies wählen. Sie wählen. *Ihn* wählen.

Doch was ihr dabei im Weg stand, war die Überzeugung, dass sie, wenn sie sich jetzt für ihn entschied, es immer wieder und wieder tun würde, bis es irgendwann keine Fragen und keine Wahl mehr gab. Bis es immer nur Erik wäre.

Das, erkannte sie, war Liebe. Eine andere Art Liebe als die, die sie für ihre Schwurschwestern und für Heid empfand. Eine Liebe wie ein Feuer, warm und hell und zerstörerisch zugleich. Und sie war nicht sicher, ob sie dieses Gefühl anfachen sollte. Sie musste keine Seherin sein, um zu wissen, dass die Feuersbrunst, die dabei entstehen würde, eines Tages alles andere verzehren könnte.

Erik schien verunsichert, da sie so lange schwieg. »Jedenfalls«, sagte er, »wenn du dich zum Bleiben entschiedest. Aber wenn du wirklich gehen willst, dann werde ich dich nicht daran hindern.«

Außerstande, sich zurückzuhalten, streckte sie die Hand aus und strich ihm das Haar hinters Ohr. Er schnappte nach Luft und zuckte im ersten Moment zurück, als hätte die Berührung ihrer Finger ihn abgeschreckt, sogar geängstigt. Doch als sie ihre Hand nicht zurückzog, spürte sie, wie sein Widerstand erlahmte, fühlte, wie er sich vorsichtig in ihre Hand schmiegte. Als hätte er sich nach einer sanften Berührung gesehnt – nach ihrer Berührung –, aber zugleich Angst vor den Gefühlen gehabt, die das in ihm wecken mochte.

Ihr Eid war wie der Schlag eines Feuersteins auf Feuerstahl gewesen, er war der Funke gewesen. Und sie hatte in diesem Moment beschlossen, die Flammen anzufachen.

»Was tust du?«, würgte er hervor.

»Ich treffe meine Entscheidung«, sagte sie und küsste ihn.

Als ihre Lippen sich trafen, dieses Gefühl, das in ihr aufwogte ... Es war anders als alles, was sie je empfunden hatte – es war *Gewissheit*. Als wäre ein Teil von ihr endlich an seinen Platz geglitten. Als wären die beiden Enden eines Stricks zusammengebunden worden. Als hätte sie den letzten Stich in den Wandteppich ihrer verknüpften Schicksale gesetzt.

Zögernd, als könnte er nicht glauben, was geschah, erwiderte er den Kuss, doch dann griff er nach ihr, zog sie an sich, fuhr mit den Händen von ihrer Taille hinab zu ihren Hüften, als sie die Arme um seinen Hals schlang. Plötzlich lagen seine Hände auf der Rückseite ihrer Oberschenkel, und er packte sie, hob sie hoch, presste sie an die Wand. Sie keuchte auf, überrascht, aber auch wegen des Gefühls von seinem Körper an ihrem und der wilden Begierde, die das in ihr auslöste. Sie klammerte sich an ihn, krallte die Hände in sein Haar, als ihre Münder erneut zusammenfanden und er sie mit einem Knie abstützte und anfing, ihr Kleid hochzuschieben, und ...

Schnell, viel zu schnell. Gunnhild musste sich sammeln. Sie musste die Kontrolle behalten, so wie sie es während des Opfers getan hatte, als er so von ihr fasziniert gewesen war, dass er den Blick nicht hatte abwenden können. Und Sex war doch auch nur ein weiteres Ritual, nicht wahr?

Abrupt löste sich Gunnhild von Eriks Lippen, und er hielt still, sah sie mit gerötetem Gesicht und fragenden Augen an. Sie entschlüpfte seinem Griff, pflanzte beide Füße auf den Boden, packte ihn am Kragen und dirigierte ihn rückwärts zu dem Kastenstuhl. Als sie ihn auf das Möbelstück stieß, kippte der Stapel Tücher, die sie auf der Sitzfläche abgelegt hatte, herunter, und die Katzen schossen erschrocken unter das Bett. Das Bärenfell jedoch lag immer noch auf der Lehne. Erik leistete keinen Widerstand. Er umklammerte die Armlehnen des Stuhls und sah sie mit Augen voller Begehren an.

Als sie ihr Kleid hochzog und sich rittlings auf ihn setzte, rührte er sich nicht, und er wehrte sich nicht, als sie ihm die Tunika über den Kopf zog. Und auch nicht, als sie mit den Fingerspitzen über die Kampfesnarben strich, die sich durch das etwas dunklere Haar auf seinem Bauch und seiner Brust zogen, bis hin zu den zähnefletschenden Wölfen, die in Höhe seiner Schlüsselbeine tätowiert waren und ebenfalls von den Überbleibseln längst verheilter Wunden zerschnitten wurden. Stattdessen atmete er schwerer und schneller unter ihrer Berührung, und er packte wieder ihre Hüften und presste sie an sich.

Sie griff mit einer Hand nach der Kordel seiner Hose, während sie mit der anderen in seinem Haar wühlte. Sie zog ein bisschen stärker an seinen Haaren, als sie eigentlich beabsichtigt hatte, zwang seinen Kopf nach hinten, und in seinen Zügen stritten Verwirrung, Ärger und Verlangen um die Oberhand – er war es eindeutig gewohnt, dass er in solchen Situationen den Ton angab –, doch als sie sich an ihm bewegte, da spürte sie, dass er reagierte; das Verlangen hatte eindeutig gewonnen.

Gunnhild grinste. In einem Punkt hatte Arinbjörn absolut recht – es war befriedigend, Erik Demut zu lehren. *Enorm* befriedigend.

»Vielleicht«, flüsterte sie, »solltest du dich daran gewöhnen, zu mir aufzublicken.«

»Ich kann nicht behaupten, dass mir der Anblick nicht gefällt«, antwortete er ebenso leise.

28

Nach dem Winternachtsfest wurde es still auf dem Anwesen, aber am stillsten war es in der Waffenkammer; nur die Hälfte der Hird war geblieben, um zu überwintern, darunter Svein und Halldor. Runfrid war mit Arinbjörn nach Fjordane gegangen und hatte Oddny gestattet, den Speicher als festen Platz für ihre Heilkunst zu benutzen.

Gunnhild war besser gestimmt, als Oddny es nach dem letzten fehlgeschlagenen Ritual erwartet hatte, und bald hegte sie insgeheim einen Verdacht, warum das so war. Nun, da nur noch so wenige Leute hier waren – die ständigen Bewohner, Eriks restliche Hird und die seines Vaters –, aßen alle gemeinsam im Langhaus, und so hatte sie Gelegenheit zu sehen, wie Erik und Gunnhild miteinander umgingen. Das Paar stritt immer noch über triviale Dinge, aber dass dabei plötzlich keinerlei Boshaftigkeit mehr ihren Ausdruck fand, wirkte auf Oddny zunächst geradezu erschreckend.

»Schön zu sehen, dass sie endlich miteinander auskommen, nicht wahr, Lieber?«, hörte sie Tora eines Tages zu König Harald sagen, nachdem sich der junge König und seine Königin im Laufe des Abendessens nicht einen Schlagabtausch geliefert hatten.

»Ja, aber ich wünschte, wir könnten nicht hören, wie gut sie die ganze Nacht miteinander auskommen, während wir versuchen zu schlafen«, murmelte Königin Gyda, was ihr einen schiefen Blick ihres Gatten und ein Kichern Toras einbrachte.

An diesem Abend saß der kleine Haakon wie immer auf dem Schoß seiner Mutter, aß ein gekochtes Ei und erzählte aufgeregt von seinen Schwertlektionen bei Erik und der Hird. Seine Mutter hörte ihm duldsam lächelnd zu und streichelte das weißblonde Haar des Kindes. Tora mochte nicht aus bescheidenen Verhältnissen stammen, war aber, anders als viele ähnlich reich geborene Leute, von freundlichem Gemüt, und wie Ulla schien sie Sonnenschein zu verbreiten, wohin sie auch ging.

Saeunn entschuldigte Oddny immer häufiger von der Webarbeit, denn Oddny hatte mehr und mehr anderes zu tun. Seit sich herumgesprochen hatte, dass sie einen Tee angemischt hatte, der Saeunns Knieschmerzen linderte, nahm eine immer größere Zahl von Leuten ihre Dienste in Anspruch.

Oddny erkannte schnell, dass sie nicht genug Vorräte hatte, um den Winter zu überstehen, auch nicht, nachdem Hrafnhild ihr unbegrenzten Zugang zu den Speichern des Anwesens gewährt hatte im Austausch für einen Trunk, der ihrem chronisch gereizten Darm Linderung verschaffte. Und es gab ein paar Dinge, die in den Gärten gar nicht zu finden waren. Ehe Ulla abreisen konnte, um ihre Familie zu besuchen, nahm Oddny also ihr Angebot an, sie bei der Suche zu unterstützen, und sie zogen Schneeschuhe an und verbrachten einen kurzen, kalten Nachmittag im Wald, um Pflanzen zu sammeln.

Ungefähr zwei Monde nach den Winternächten folgte das Julfest, und als auch die Festlichkeiten zum Julmond vorüber waren, brach Ulla zu ihrem Besuch daheim auf. Die Weberei kam Oddny in ihrer Abwesenheit kälter vor, und so verbrachte sie mehr Zeit auf Runfrids Speicher, auch wenn sie keine Kräuter mahlen oder Tees anmischen musste. Doch als Ulla einige Wochen später zurückkam, hielt sich Oddny in der Weberei auf, wann immer ihr das Ansetzen und Verabreichen ihrer Arzneien Zeit dafür ließ, und ihr wurde bewusst, dass ihr die beruhigenden, gleichbleibenden Bewegungen des Webens beinahe so sehr gefehlt hatten wie ihre Freundin.

Es war kaum möglich, die Gegenwart der Göttinnen nicht zu spüren, während sie arbeitete; ihre Statuen thronten kämpferisch und wachsam auf dem Sturzbalken. Als Oddny an diesem Ort eingetroffen war, hatte sie Opfer für Eir in der Weberei hinterlassen und die Statue ihrer Mutter weiterhin in ihrem Beutel mit sich herumgetragen. Doch nun, da sie Zugang zu dem Speicher hatte, holte sie sie hervor und stellte sie an den Platz, an dem zuvor das Abbild der Skadi gestanden hatte, das Runfrid mit nach Fjordane genommen hatte. Bei ihrer Arbeit als Heilerin fühlte sich Oddny ihrer Schutzgöttin am nächsten, also schien der Speicher der passende Ort für sie zu sein. Manchmal war ihr, als spürte sie, wie Eir neben ihr arbeitete, ihr die Hand führte und ins Ohr flüsterte.

Die kurzen Tage vergingen rasch, ebenso wie die langen Nächte. Zwar verbrachte Oddny den größten Teil ihrer Zeit auf dem Speicher, doch es widerstrebte ihr, dort zu nächtigen. Eriks Hird kampierte in der Waffenkammer, damit König Haralds Gefolge sein Lager in der Haupthalle aufschlagen konnte, und mit so vielen fremden Männern allein zu sein, beunruhigte sie. Selbst in dem Wissen, dass Halldor und Svein unter ihnen waren, würde sie bestimmt vom Speicher aus mit der Hand am Heft ihres Messers auf jedes unerwartete Knarren der Leiter lauschen.

Aber eines Abends war sie so erschöpft, dass sie, obgleich sie unter ihrem dünnen Tuch vor Kälte zitterte, auf Runfrids Lager einschlief. Sie erwachte, als Halldor sie an der Schulter rüttelte. Fahles Morgenlicht ließ seine Züge weich erscheinen. Für einen Moment glaubte sie, zu träumen, doch dann beugte er sich herab, um sie zu küssen, und sagte mit einem schiefen Grinsen: »Weißt du, du hättest mich wenigstens einladen können, heraufzukommen, wenn du schon vorhattest, die Nacht hier zu verbringen. Wir hätten uns gegenseitig wärmen können.«

Ihr Herz setzte einen Schlag aus. Bisher hatte es zwischen ihnen hier und da einen verstohlenen Kuss gegeben, manche leidenschaftlicher als andere, doch noch immer zuckte sie bisweilen vor einer längeren Berührung zurück, wie sehr sie sich auch danach sehnen mochte. Das hatte sie ihm gleich zu Beginn erklärt, wie sie es Arinbjörn im Zuge der Winternächte erklärt hatte.

Halldor hatte über ihre Worte lange nachgedacht, und für einen Moment hatte Oddny gepeinigt befürchtet, er könnte das Interesse an ihr verloren haben. Angesichts der Blicke, mit denen einige der Dienstmägde ihn bedacht hatten, nahm sie an, es wäre nicht schwer für ihn, eine andere Frau zu finden, die er in sein Bett holen konnte.

Schließlich hatte er gesagt: »Unsere Liebe muss nicht darin gipfeln, miteinander zu schlafen, Oddny.«

»Aber ich möchte das«, hatte sie eingewandt. »Wirklich. Ich brauche nur Zeit.«

In der Nacht nach der Wintersonnenwende brach Halldor seine selbst auferlegte Regel, außerhalb des Julfestes nicht zu trinken, als er, Oddny, Ulla und Svein in ein besonders wettkampforientiertes Würfelspiel verwickelt waren. Danach stolperten Oddny und Halldor Hand in Hand zum Speicher, und als sie es die Leiter hinaufgeschafft hatten, küsste er sie, bis sie nicht mehr wusste, wie sie hieß. Seine Hand glitt an ihrem Kleid empor, doch dann stutzte er, kam zu Sinnen und fragte: »Ist das in Ordnung?«

Oddny, die gerade genug Bier getrunken hatte, um sich gut zu fühlen und dennoch bei Verstand zu sein, flüsterte lächelnd: »Ja.«

So lief es zwischen ihnen. »Ist das in Ordnung?« und »Darf ich dich da berühren?«. Beide lernten den Körper des anderen kennen, lernten, was sich gut anfühlte und was nicht. Und je weiter der Winter voranschritt, desto mehr Nächte verbrachte Oddny mit ihm auf dem Speicher, schlief jedoch in anderen bei den Frauen in der Weberei. Sie war noch immer nicht gewillt, sich gänzlich dieser erblühenden Romanze hinzugeben, aus Furcht, danach könne am Ende nichts mehr von ihr übrig bleiben.

Wenn dies wahre Liebe war, dann war sie süßer, als sie es sich je hätte vorstellen können – und weitaus gefährlicher.

Gunnhild ließ sich nicht mehr oft in der Weberei blicken. Stattdessen marschierte sie an den Nachmittagen mit Schneeschuhen zu dem kleinen Hain, und an den Vormittagen saß sie in der Haupthalle und nahm Unterricht beim Gesetzessprecher – Saeunns bejahrtem Vater, einem fröhlichen, schnurrbärtigen Mann namens Hrolf, der stets eine leuchtend gelbe, nadelgebundene Mütze trug. Als Oddny sie eines Tages beim Frühstück fragte, ob sie vorhabe, sich sämtliche Gesetze einzuprägen, wie es die Gesetzessprecher taten, lachte Gunnhild.

»Zwölf Winter fernab der Gesellschaft waren nicht hilfreich«, erklärte sie. »Wenn wir zum Königsumritt aufbrechen oder zu Versammlungen gehen, wird man Erik Streitfälle und andere Probleme vortragen, und da wäre es gut, wenn ich die Gesetze mindestens ebenso gut kenne wie alle anderen.«

»Das klingt vernünftig.« Oddny fragte sich, ob Erik wusste, dass Gunnhild sich mit den Gesetzen vertraut machte, um ihm beim Regieren zu helfen. Aber die Tatsache, dass er sie nicht hinderte, bedeutete, dass er es entweder nicht wusste oder sich nicht darum scherte. Oddny vermutete Letzteres.

Zumindest wusste Gunnhild sich zu beschäftigen. Doch obgleich Oddny sich sehr bemühte, stets zu tun zu haben, war ihre Schwester in Gedanken nie weit entfernt. Mit jedem Tag, der verging, wuchs ihre Ungeduld. Sie konnte das Ende des Winters und die Reise nach Birka kaum mehr erwarten. Gunnhild empfand ebenso und tat, was sie konnte, um Oddny und sich selbst abzulenken. Sie besuchte sie zwischen Morgenlektionen und der magischen Arbeit am Nachmittag auf dem Speicher, beladen mit

Haferkeksen und Honig, die sie Hrafnhild abgeschwatzt hatte. Oddny war derlei süße und reichhaltige Speisen nicht gewohnt, schon gar nicht zwischen den Mahlzeiten. Aber obwohl auch sie viel mehr gegessen hatte, seit sie Halogaland verlassen hatten, war ihr Körper noch so dünn und drahtig wie eh und je.

Auf Gunnhild traf das Gegenteil zu. »Gut, dass du diese Kleider etwas größer gefertigt hast, Oddny«, sagte sie jeden Tag beim Abendessen in der Haupthalle zu ihr. »Hrafnhild ist eine recht gute Köchin.«

»Das habe ich gemacht, weil ich mir dachte, nun, da du verheiratet bist, wirst du früher oder später auch guter Hoffnung sein.«

Bei diesen Worten huschte ein seltsamer Ausdruck über Gunnhilds Gesicht. »Das weiß ich zu schätzen, Oddny. Aber ich bin nicht erpicht darauf zu empfangen, bis ich sicher bin, dass es in den Neun Welten eine Hexe weniger gibt, die darauf aus ist, mich umzubringen.«

Oddny senkte die Stimme. »Falls du dir ein Verhütungsmittel braust, solltest du es nicht jeden Tag nehmen. Wenn du es zu häufig nimmst, könnte das dazu führen, dass dein Blut gar nicht mehr kommt.«

Gunnhild antwortete ebenso leise: »Das tue ich nicht. Ich habe stattdessen einen Zauber angewandt. Ich habe ihn in die Matratze auf meiner Seite des Betts gestopft.« Sie sah sich kurz zu Erik um, ehe sie sich mit einem eisernen Blick wieder Oddny zuwandte. »Ich werde kein Kind in diese Welt setzen, solange Thorbjörg darin wandelt. Ich werde mir keine weitere Sorge aufladen, über die ich mir den Kopf zerbrechen muss.«

Das konnte Oddny ihr nicht verübeln. Sie fragte sich, ob ihre Freundin immer noch unter Albträumen litt oder ob der Schrecken, den die Erfahrung, beinahe zu ertrinken, hinterlassen hatte, allmählich abgeklungen war. Die Antwort erhielt sie eine Woche später.

An jenem Tag war es Gunnhild zu kalt, um zu dem Hain zu gehen, also setzte sie sich zu Oddny auf den Speicher, bewaffnet mit ihrem Hexenbeutel voller flacher Stäbe, die sie im Wald aus Zweigen hergestellt hatte. Dort saß sie nun, schnitzte eine Weile im Holz und flüsterte dabei vor sich hin, während Oddny auf der anderen Seite des Raums still Kräuter mit Mörser und Stößel zerkleinerte. Trotz des Gemurmels ihrer Freundin und der schwachen Laute von draußen, wo die Männer sich im Kampf übten, war es sonderbar friedlich.

Für einen Moment vergaß Oddny, dass sie nicht allein war, und begann leise zu singen, wie sie es oft bei der Arbeit zu tun pflegte.

Eine tiefe Falte grub sich in Gunnhilds Stirn, als sie ruckartig aufblickte. »Ist das …?«

»Oh, das … Das ist dein Gesang aus dem Sturm«, sagte Oddny und lief rot an. »Der, den du benutzt hast, um ihn aufzulösen. Ich fand ihn schön.«

Gunnhild hockte sich auf den Boden und neigte den Kopf zur Seite. »Du warst in unserer Kindheit eine kleine Imitatorin, nicht wahr? Du hast ständig Dinge wiederholt. Signy hat einmal gesagt, du solltest Gesetzessprecherin sein.«

»Ich habe ein gutes Gedächtnis«, sagte Oddny schulterzuckend.

Sie widmeten sich wieder ihrer jeweiligen Arbeit.

»Kannst du dir vorstellen, irgendwann die Magie zu erlernen?«, fragte Gunnhild kurze Zeit später mit kaum verhohlenem Interesse.

»Ich?« Oddny blickte gar nicht auf. »Nein.«

»Warum nicht? Du kannst die Fäden sehen. Das bedeutet, du hast einen Hauch von etwas in dir. Willst du das nicht fördern?«

Oddny schüttelte den Kopf. »Diesen Hauch benutze ich lieber für das, was ich derzeit tue, falls überhaupt. Zauberei ist nichts für mich.« Die Hand mit dem Stößel kam zur Ruhe. »Aber wie ist das eigentlich, zu reisen? Ein Vogel zu sein? Oder – wohin du auch gehst, wenn du gehst – nach unten zu gehen?«

»Das kann ich nicht ganz erklären«, sagte Gunnhild. »Ein Teil passiert ganz instinktiv. Ich habe gehört, es gibt ein paar Hexen, deren Geist mehr als eine Form annehmen kann, aber meiner erscheint immer als Schwalbe, und ich bin es zufrieden.« Sie bedachte ihre Freundin mit einem schiefen Blick. »Ich frage mich, welche Gestalt deiner wohl annehmen würde.«

Darüber hätte Oddny nicht einmal spekulieren können, also stellte sie die nächste Frage: »Und wenn du nach unten gehst, wie sprechen die Geister dann durch dich? Als du zur Winternacht in Trance warst, hast du gar nichts gesagt, aber etwas muss da unten passiert sein.«

Gunnhild lieferte ihr keinen Hinweis auf das Geschehen an jenem Tag, beantwortete aber die Frage: »Es gibt zwei Möglichkeiten, das zu tun. Die eine ist, mit ihnen zu sprechen und den Leuten zu erzählen, was sie gesagt haben. Die andere ist, dass sie herbeikommen, deinen Faden berühren und an ihm emporfahren, um durch deinen Mund zu sprechen, während du unten wartest. Aber du kannst hören, was sie sagen.« Gunnhild blickte auf ihren Stab hinab. »Heid hat diese Methode auf ihre alten Tage vorgezogen. Sie meinte, sie könne sich nicht erinnern, was sie ihr sagten, also sei es das Beste, sie selbst sprechen zu lassen. So wie damals bei meinem Vater, nur dass sie den Geist unterbrach, der die Prophezeiung über uns ausgesprochen hat.«

Oddny schauderte. »Aber können sie dann nicht ... *Besitz* von dir ergreifen? Und könnten Hexen dann nicht gegenseitig voneinander besessen sein?«

»Das war auch meine erste Frage, aber Heid sagte mir, so etwas könne nicht geschehen«, entgegnete Gunnhild. »Dein Faden ist ein Strick, der dich an deinen Körper bindet, und der lässt sich nicht so leicht zerstören. Wenn eine andere Hexe von dir Besitz ergreifen wollte, dann müsste sie die Fäden beider Hexen durchtrennen und sodann ihren mit deinem Körper verbinden. Das aber ist unmöglich, weil sie in dem Moment, da sie den eigenen Faden durchtrennt, sich selbst dem Untergang weiht. Und was die Geister betrifft, die keine Fäden haben – deshalb sind die Schutzweisen so wichtig, Oddny. Sie rufen nicht nur die Geister herbei; sie halten auch jene fern, die dir etwas tun könnten. Wenn ein Geist die Absicht hat, Besitz von dir zu ergreifen, würden die Gesänge ihn nicht in deine Nähe lassen.«

Oddny dachte über ihre Worte nach. »Du hast mir einmal erzählt, dass Thorbjörg über Magie gebietet, die Heid dich nie gelehrt hat – deshalb die Binderune –, aber gibt es auch noch andere Dinge, die du vielleicht nie gelernt hast? Dinge, die sie ... vor dir verheimlicht hat?«

Jäh blickte Gunnhild auf. »Bist du *sicher*, dass du nicht daran interessiert bist, eine Hexe zu werden?«

Oddny schüttelte den Kopf.

»Wie du meinst«, gab Gunnhild sich geschlagen und konzentrierte sich wieder auf ihre Arbeit. Jedes Mal, wenn sie mit einem Runenstab fertig war, steckte sie ihn in ihre Gürteltasche, zog ihr Messer über den Handrücken, fluchte beim Anblick des Bluts, zog den Stab heraus und warf ihn auf einen wachsenden Haufen Stäbe.

»Gunna«, sagte Oddny, nachdem sie diesen Vorgang ein Dutzend Mal aus dem Augenwinkel verfolgt hatte, »was genau tust du da?«

»Ich versuche, einen Schutzzauber zu schaffen«, antwortete Gunnhild mit einem matten Seufzer und warf den letzten misslungenen Runenstab von sich, ehe sie an der Wand in sich zusammensank. »Aber das ist mühselig.«

»Einen Schutzzauber? Aber die Binderune ...«

»Soll den Geist schützen. Nun brauche ich etwas, um den

Körper zu schützen. Aber das ist … schwieriger«, sagte Gunnhild.

»Wären sie leicht zu fertigen, würden ganze Heere welche haben, richtig?«

»Da bin ich nicht so sicher. Ich glaube, selbst wenn es einfach wäre, würde niemand sie benutzen. Wir haben unser ganzes Leben lang Krieger über Walhall reden hören – man könnte glauben, einige von ihnen wollen sterben. Ein glorreicher Tod ist für sie verlockender als ein hohes Alter«, wandte Oddny ein. »Und ich nehme an, Schlachten durch Mogelei zu überleben, würde nicht gerade als ehrenvoll gelten, selbst wenn es der eigenen Seite den Sieg einbringt.«

»Dann ist es ja gut, dass ich nicht in die Schlacht ziehen werde«, sagte Gunnhild wegwerfend.

Oddny schob einen kleinen Tontiegel mit Heilsalbe zu ihr hinüber. Gunnhild nahm ihn, dankte ihr und schmierte etwas von dem Inhalt auf die Schnitte an ihrem Handrücken. »Ich nehme an, du machst sie für dich, weil du Angst hast vor … vor dem, was auf dem Weg hierher auf dem Schiff passiert ist. Hast du immer noch diese Träume?«, fragte Oddny, um sich zu vergewissern.

»Nicht mehr so oft.« Gunnhild verschloss den Tiegel wieder mit dem gewachsten Leintuch und schob ihn ihr zurück. »Und nein, ich habe keine Angst. Das ist nur eine Vorsichtsmaßnahme.« Als wäre sie erpicht darauf, das Thema zu wechseln, warf sie einen Blick auf die beiden Schlafmatten in der Ecke des Speichers und bedachte Oddny mit einem vielsagenden Lächeln. »Saeunn sagt, du schläfst nicht mehr oft in der Weberei.«

Hitze kroch Oddnys Hals empor. »Das ist wahr.«

Gunnhild huschte zu ihr und nahm ihre Hand. »Ich freue mich für dich, Oddny. Das tue ich wirklich. Ich weiß, ich war anfangs nicht sicher, ob wir Halldor trauen können, aber ich traue deinem Urteilsvermögen.« Sie wackelte mit den Brauen. »Falls du ein paar Einzelheiten mit mir teilen möchtest, lass es mich wissen.«

Oddny errötete, beschloss aber, nichts preiszugeben. Das Privileg, die Person kennenzulernen, mit der sie sich einließ, bevor sie das Bett teilten, war etwas, von dem sie wusste, dass es nur wenigen vergönnt war. Deshalb war es ihr umso wichtiger – genug, um es wie einen Schatz zu hüten. So fühlte es sich besser an, wie etwas Kostbares, ein Glück, von dem nur sie und Halldor wussten. Jemandem anderen von ihren intimsten Momenten zu erzählen, würde sich sonderbar anfühlen, selbst wenn es sich bei dieser Person um ihre beste Freundin handelte.

»Wenn es dir nichts ausmacht, würde ich das lieber lassen. Aber es war ... gut.« Oddny konnte nicht anders, sie musste das Lächeln ihrer Freundin einfach erwidern. »Sehr gut.«

»Jede, wie es ihr beliebt«, sagte Gunnhild. »Denkst du, er wird dich heiraten? Er hat keinen Grund, es nicht zu tun, wenn ihr zwei euch so gut versteht.«

Oddny verspürte einen Stich in der Brust. »Ich hoffe es, vielleicht, eines Tages. Aber darüber haben wir noch nicht gesprochen.«

Nachdenklich lehnte Gunnhild sich zurück. »Was meinst du, wird Signy sagen, wenn sie euch zwei zusammen sieht? Sie wird sich bestimmt an ihn erinnern, selbst wenn sie in ihm nur den Mann erkennt, den Kolfinna über Bord geworfen hat.«

Oddny verzog das Gesicht. Gunnhild sprach oft über Signy, als würde sie am Hafen von Birka auf sie warten, wenn sie einträfen. Als wäre Birka schon das Ziel, nicht nur der Startpunkt ihrer Suche. Oddny hingegen war realistischer. Sie wusste, es könnte den ganzen Sommer dauern, Signy zu finden – womöglich länger, falls Kolfinna und ihre Mannschaft sich bereits zu neuen Raubzügen ausgeschifft hatten, wenn Oddny und Signy ankamen.

»Darüber habe ich nachgedacht. Wir werden uns gut überlegen müssen, wie wir ihr das sagen«, gestand Oddny mit einem mulmigen Gefühl. »Aber ich freue mich auch für dich, Gunna.

Ich weiß, ich hatte ebenfalls meine Zweifel in Bezug auf Erik, aber offenbar ist er nicht ganz so, wie es den Anschein hat, nicht wahr? Und ich dachte, ein Mann wie er könnte selbst durch liebevolle Zuwendung nicht verändert werden.«

Für eine Weile herrschte Stille, während Gunnhild ihre Gedanken ordnete.

»Ich glaube, so einfach ist das nicht«, sagte sie schließlich. »Er hat sein ganzes Leben auf Messers Schneide gelebt, und es ist ein Problem für ihn, sich anderen gegenüber verletzlich zu zeigen. Ich weiß nicht, ob sich das je ändern wird. Manchmal habe ich das Gefühl, wir kommen voran, und dann wieder gar nicht. Aber der Winter ist eine Zeit der Ruhe und der Sommer eine Zeit des Handelns, also wird das Ende des Winters die eigentliche Bewährungsprobe darstellen.«

Oddny blickte durch das Rauchabzugsloch im Giebel hinaus zu den Männern, die sich auf dem verschneiten Übungsareal im Kampf maßen. »Da hast du vermutlich recht.«

Einen Moment, nachdem sie sich abgewandt hatte, wurde auf dem Gelände Geschrei laut, und der kleine Haakon kreischte: »Halldor! Juchhu! Halldor!« Sogar die Hunde bellten. Oddny blickte gerade rechtzeitig wieder hinaus, um zuzusehen, wie Halldor Erik aufhalf. Bei dem Anblick blieb ihr die Luft weg.

»Was?«, fragte Gunnhild und hastete herbei, um selbst hinauszuschauen. »Was ist passiert?«

»Ich glaube, Halldor hat gerade eine Runde gegen Erik gewonnen«, sagte Oddny.

»Ich ... Nun ja, dann nehme ich an, seine Fußarbeit ist besser geworden. Wie schön.« Ein sonderbarer Ausdruck huschte über Gunnhilds Gesicht, ehe sie mit einem zweideutigen Lächeln sagte: »Gratulier ihm heute Nacht ausgiebig, ja?«, worauf Oddny sie mit dem Ellbogen in die Rippen stupste.

Bald danach verabschiedete sich Gunnhild. Oddny arbeitete

über die Abendbrotzeit hinaus und stellte eine Teemischung zusammen, um einer der Zimmermannsgattinnen, die wegen ihrer Schwangerschaft unter Übelkeit litt, zu helfen. Obwohl sie bereits Runfrids Kerzen hatte entzünden müssen, merkte sie erst, wie weit der Tag vorangeschritten war, als sie hörte, wie die Männer vom Abendessen kamen. Halldor erklomm die Leiter mit einer Schale Eintopf in der Hand.

Als er zu ihr auf den Speicher geklettert war, küsste er sie kurz auf die Lippen und setzte sich dann im Schneidersitz neben sie.

»Danke«, sagte Oddny und wollte die Schale nehmen.

Halldor zog sie weg und starrte sie gespielt empört an. »Wer hat gesagt, das wäre für dich? Geh und hol dir dein eigenes Essen.«

»Lass die Scherze und gib das her.«

Er gehorchte mit einem spöttischen Grinsen. »Ich gehe also davon aus, dass du zu tun hattest? Ich habe mich gewundert, dich nicht in der Halle zu sehen.«

»Ich hatte viel zu tun. Hast du Erik heute wirklich beim Übungskampf geschlagen?«

»Hab ich. Knapp. Und nur ausnahmsweise.«

»Das zählt trotzdem, oder nicht?« Oddny schaufelte sich einen Löffel Fleisch mit Rüben in den Mund und musterte sein Profil. Am Vorabend hatte sie seine Lachstätowierung frisch rasiert, und nun deutete sie mit einem Nicken auf das Bild. »Wirst du mir je erzählen, welche Bedeutung das hat, Halldor Lachskopf?«

»Vielleicht eines Tages, Oddny Rabenbraue«, sagte er und gab ihr damit die gleiche Antwort wie beim letzten Mal. Er lehnte sich an die Truhe hinter ihm, während sie aß. Als sie fertig war, stellte sie die Schale weg, legte den Kopf an seine Schulter und er den Arm um sie. Unten hatten einige Hirdsmannen mit einem Würfelspiel begonnen, und auch wenn der Lärm, den sie veranstalteten, überlagerte, was sie und Halldor auf dem Speicher taten, wünschte sie sich an diesem Abend ein wenig Ruhe und Frieden.

Kein Wunder, dass Runfrid sich beklagt hatte, als die Hird von ihren Raubzügen zurückgekehrt war.

»Woran denkst du?«, fragte Oddny Halldor nach einer Weile, eine Frage, die sie einander häufig stellten, da sie beide zu ausgedehntem, behaglichem Schweigen neigten.

»Ich dachte gerade …« Halldor betrachtete den Reif an seinem Bizeps. »Erik hat darüber gesprochen, den königlichen Umritt im Sommer nach der Reise nach Birka zu unternehmen, statt zu Raubzügen aufzubrechen. Was bedeutet, es könnte mich mehr als nur einen Sommer kosten, zu verdienen, was ich dir schulde.«

Oddny lächelte. »Das ist aber schade. Dann müssen wir wohl noch eine Weile länger miteinander auskommen.«

»Und ich dachte«, fuhr er fort, »dass ich das Gefühl habe, die Zeit der Raubzüge ist für Erik vorbei, zumindest so gut wie. Auch wenn er das natürlich nie zugeben würde. Sein Vater kommt in die Jahre, und es wird Zeit für ihn, sich wie ein König zu verhalten. Darum dachte ich, ich könnte vielleicht meine Fertigkeiten als Schmied verbessern, um dich auszubezahlen und in der Hird zu bleiben.«

»Du weißt doch, dass mir die Schulden nicht wichtig …«

»Oddny, das ist mir ernst. Ich will meine Schuld bei dir bezahlen.«

»Nun ja, wenn du in dem Punkt stur bleiben willst, dann können wir es ja immer noch als Brautpreis bezeichnen.«

Die Worte waren aus ihrem Mund gepurzelt, ehe sie ernsthaft überlegt hatte, was sie da sagte, und als es ihr klar wurde, weiteten sich ihre Augen vor Schreck. Halldor zog seinen Arm weg und rückte ein Stück von ihr ab, um sie anzusehen.

Oddnys Wangen brannten. »Ich wollte nicht … es ist nicht so, als würde ich erwarten … Ich höre jetzt besser auf zu reden.«

Halldor lehnte sich wieder an die Truhe und fuhr sich mit einer Hand durch sein lockiges Haar. Sein Gesicht war zur Maske erstarrt, steinern und undurchdringlich und ... besorgt? War der Gedanke, sie zu heiraten, wirklich so beunruhigend für ihn? Oddny glaubte, vor Scham sterben zu müssen.

Doch dann sagte er: »Ich habe nur ... ich hätte nie gedacht ...« Als ihm ihr Gesichtsausdruck bewusst wurde, erbleichte er. »Oh, ihr Götter, Oddny, es ist nicht deinetwegen. Ich gebe dir mein Wort! Es ist nur, dass ich nie auf den Gedanken gekommen bin, mein Leben könnte solch einen Verlauf nehmen. Ich habe neun Sommer damit verbracht, kämpfen zu lernen. Ich bin Raubfahrer. Ich bin ein Krieger. Ich dachte immer ...«

»... dass du jetzt längst tot wärest«, beendete Oddny leise den Satz.

»So etwas in der Art«, gab Halldor einen Moment später zu. »Aber jetzt weiß ich, dass es nicht so kommen muss.«

Oddny bedachte ihn mit einem zaghaften Lächeln. »Du könntest leben und glücklich sein.«

»Ich bin glücklich.« Halldor erwiderte ihr Lächeln auf jene sanfte Art, die ihr Herz zum Schmelzen brachte, und legte wieder den Arm um sie. »Ich hatte überlegt ... du könntest mit uns kommen, wenn die Hird zu dem Umritt aufbricht. Gunnhild wird auch dabei sein, also wäre ich nicht der einzige Mensch, der dich vermisst, wenn du hierbliebst. Aber ich weiß, es hängt davon ab, was Signy will ...«

Nun verfiel Oddny in Schweigen. Die Wahrheit lautete, dass sie nie über Signys Rettung hinausgedacht hatte. Was würde dann aus den beiden Schwestern werden? Würden sie tatsächlich bei Gunnhild bleiben, oder würde Signy woandershin wollen? Würde Oddny sich zwischen den beiden entscheiden müssen?

Doch es hatte keinen Sinn, sich darüber den Kopf zu zerbrechen, solange Signy nicht wieder sicher an ihrer Seite war.

»Worüber denkst du nach?«, fragte Halldor.

»Signy.«

Er drückte sie an sich. »Es dauert nicht mehr lange, Oddny. Der Winter ist fast vorbei.«

»Aber ein Teil von mir wünscht sich, er würde niemals enden«, wisperte Oddny, drehte sich zu ihm und legte eine Hand an seine glatte Wange. »Ich weiß, das ist selbstsüchtig, und doch ...«

»Ich halte es nicht für selbstsüchtig, das Glück so lange wie möglich festhalten zu wollen, wenn man es einmal gefunden hat.« Halldor legte seine Hand über ihre. Er wirkte aufgewühlt – aber warum?

Die Frage lag ihr schon auf der Zunge, doch er vertrieb sie mit einem Kuss, und der Rest der Welt verblasste zusammen mit ihren Sorgen.

29

Gunnhild hatte den Winter stets als die für sie unangenehmste Jahreszeit betrachtet. Winter, das war bisher die Zeit gewesen, in der sie mit steifen Fingern Runen geschnitzt oder ihren Geist zusammen mit Heid ausgesandt hatte, nur um in einen Körper zurückzukehren, den sie vor lauter Kälte kaum noch spürte. Und davor war sie im Haus ihres Vaters gefangen gewesen, außerstande, sich ihrer Mutter zu entziehen.

Dieser Winter war völlig anders. Gunnhild durfte nach einer Zeit, in der sie auf gefrorenem Boden hatte schlafen müssen, ihre Beine über die Bettkante schwingen, auf dass ihre Zehen einen weichen Bärenfellteppich berührten. Kalt wurde es erst, sobald sie nach draußen ging.

War es selbstsüchtig, diese Behaglichkeit auszukosten? Sie wusste, dass Oddny so dachte, und sosehr sie sich bemüht hatte, ihrer Freundin die Schuldgefühle auszureden, konnte sie doch der eigenen Schuld nicht entkommen. Also wandte sie sich anderen Dingen zu, beispielsweise dem Schutzzauber, den sie vergeblich anzufertigen versuchte. Selbst wenn sie die Runen richtig hinbekäme, müsste sie Energie für Wochen in sie leiten, um die Magie mit Macht zu erfüllen. Oberflächliche Schnittwunden an ihrem Arm zu verhindern war eine Sache, aber was war mit Stichverletzungen durch Pfeile oder Wunden, die von einer Axt geschlagen wurden? Nun, sie würde sich keine Klinge ins eigene Herz stoßen, um die Wirksamkeit ihres Zaubers auf die Probe zu stellen.

Sie konnte nur hoffen, dass er standhielt, sollte Thorbjörg beschließen, ihr dergleichen oder Schlimmeres anzutun.

Als sie nach ihrem Gespräch mit Oddny eines Tages mitten in der Nacht erwachte, sah sie Erik, der sich schwer betrunken auf dem Kastenstuhl fläzte. Auf einem nahen Hocker brannte eine Laterne, und auf seinem Schoß lag eine halb ausgebesserte Tunika, und Erik starrte ins Feuer und sah gänzlich verloren aus.

Das war keineswegs ungewöhnlich, fing aber allmählich an, ihr auf die Nerven zu fallen. *Bin ich nicht genug, um dich glücklich zu machen?*, wollte sie ihn bisweilen anbrüllen. *Bin ich nicht genug, um die Erinnerungen in Schach zu halten? Nicht genug, um ganz bei mir zu sein?*

Sie schlüpfte aus dem Bett und zog das gefältelte Leinenunterkleid aus. Es war eines der wenigen, die immer noch passten; der Winter hatte ihren Körper auf eine Weise gepolstert, die sowohl ihr als auch Erik zusagte, und zugleich ein paar lebhaft rote Dehnungsstreifen über Brüste, Hüften und Bauch gezogen, die ihr jedoch nicht zu schaffen machten, als sie nun den Raum durchquerte. Sie nahm das Flickzeug aus seinen schlaffen Händen und glitt auf seinen Schoß, dann lehnte sie ihren Kopf an seine Schulter, als er einen Arm um ihren Rücken und den anderen um ihre an die Brust gezogenen Beine legte.

»Kann ich dich ins Bett locken?«, fragte Gunnhild und betrachtete die halb geflickte Tunika. »Oder bist du zu sehr mit deiner Näharbeit beschäftigt? Ich glaube nicht, dass du auch nur einen einzigen Stich gesetzt hast, seit ich schlafen gegangen bin.«

Erik sah sie nur matt an.

Sie steckte die Nadel im Stoff fest und warf die Tunika auf den Teppich. »Entspann dich, Eiki. Ich wollte dich nicht ärgern.«

»Das ist ja mal eine Überraschung«, sagte er, doch in seiner Stimme lag weit weniger Gift, als es ein paar Monde früher vermutlich der Fall gewesen wäre, und der Kosename hätte ihm beinahe ein Lächeln entlockt. Als sie ihn das erste Mal benutzt hatte, hatte er gesagt »*Niemand hat mich je zuvor so genannt*« und dabei genauso erstaunt gewirkt wie damals, als Tora am Anleger freundlich ihm gegenüber gewesen war. »*Nicht einmal meine Mutter. Nicht einmal Arinbjörn.*«

»Warum nimmst du nicht den Schlaftrunk, den Oddny für dich angemischt hat?«, fragte sie ihn.

»Hör auf, mich zu bemuttern, Gunnsa.«

Der Kosename, der Name, den er benutzte, gab ihr ein warmes Gefühl, dennoch wollte sie sich nicht ablenken lassen. »Ich könnte es dir auch immer heimlich beim Essen ins Bier mischen.«

»Ohne meine Zustimmung?« Erik verdrehte die Augen. »Wie ehrenhaft du doch bist.«

»Wie der Zufall es will, bin ich mir dafür nicht zu gut, wenn es einem hehren Zweck dient.«

Er schürzte leicht die Lippen. »Und du weißt ja stets, was das Beste ist, nicht wahr?«

»Ja. Hast du das immer noch nicht begriffen?« Sie lehnte sich entspannt an ihn, und so blieben sie eine Weile sitzen, während sie ihn besorgt betrachtete und er ins Nichts starrte. Dann richtete sie sich wieder gerader auf, legte die Lippen an seine Schläfe, strich ihm das Haar hinters Ohr, fuhr ihm sanft mit den Fingerspitzen unter dem Kinn über den Hals und flüsterte: »Wo bist du?«

Das hatte sie ihn noch nie gefragt, doch sollte die Frage ihn überraschen, so ließ er es sich nicht anmerken.

»An dem Ort, an dem ich immer bin. In der Nacht, in der ich Rögnvald und seine Männer verbrannt habe«, sagte er, und das war das erste Mal, dass er dieses Geschehen ihr gegenüber als etwas formulierte, was er getan hatte, nicht als eine Sache, die einfach passiert war. Als er fortfuhr, sprach er langsam und bedächtig, als würde sich die Szene gerade jetzt vor seinen Augen abspielen. »Er hatte ein paar Kräuter verbrannt, um die anderen in Schlaf zu versetzen – die ganze Umgebung hat danach gestunken. Ich habe nur ihre Umrisse gesehen. Aber mein Bruder, er ... er saß direkt vor dem Herd mit dem Gesicht zur offenen Tür. Er wusste, dass wir auf dem Weg waren. Er hätte fliehen können. Ich habe die Tür offen gelassen, als ich den Befehl gab, die Halle in Brand zu stecken. Ich habe ihn mit meinen eigenen Augen brennen sehen. Warum ist er nicht geflohen? Diese Frage habe ich mir während der letzten sieben Winter jeden Tag gestellt.«

Gunnhild war erschüttert bis ins Mark.

»Vielleicht wusste er, dass es kein Entkommen gab«, führte sie an. »Womöglich wusste er, dass dein Vater fest entschlossen war, ihn zu eliminieren ...«

»Vielleicht sollte ich einfach zulassen, dass sie mich tötet«, sagte Erik so leise, dass Gunnhild für einen Moment dachte, sie hätte sich diese Worte nur eingebildet.

Sie starrte ihn an. Wie lange dachte er schon so? War es wirklich das, was ihn nachts wachhielt? »Was? Nein. Davon will ich nichts hören.«

»Warum nicht? Thorbjörg tut doch nur, was jeder andere auch tun würde. Wäre sie ein Mann oder eine Kriegerin, hätte sie mich zum Zweikampf gefordert. Aber stattdessen muss sie eben tun, was sie kann. Sie legt sich die Dinge nach Gutdünken zurecht, greift die Leute an, die mir am nächsten stehen, um von sich abzulenken. Und ich bin es leid. Ich bin es leid, ständig über die Schulter schauen zu müssen. Es wäre besser für alle, wenn ich ihr einfach ihren Willen ließe. Denn hat mein Bruder etwa nicht verdient, gerächt zu werden?«

»Natürlich hat er«, entgegnete Gunnhild ergrimmt. »Niemand verdient, was du ... was dein Vater ihm angetan hat. Aber wenn sie dich tötet, bringt das Rögnvald nicht zurück.«

»So wenig, wie es Heid zurückbringen würde, wenn du Thorbjörg und Katla tötest.«

»Das ist etwas anderes«, sagte sie. »Wenn ich sie töte, dann tue ich das nicht nur, um Vergeltung zu üben, sondern auch um uns zu schützen. Sie werden nicht aufhören, ehe sie ihr Ziel erreicht haben, also muss ich sie aufhalten, bevor es so weit kommt.«

»Aber zu welchem Preis?«

»Zu jedem Preis, Erik. Sei nicht so töricht! Wenn du geplant hast, dich selbst als Opfer anzubieten, dann hättest du mich im Wald von Finnmark zurücklassen sollen. Die Zeit dafür ist längst vorbei. Die einzige Möglichkeit, die wir jetzt noch haben, ist, zu tun, was wir am besten können.«

»Und das wäre?«, fragte Erik dumpf.

Gunnhild packte ihn am Kinn und drehte seinen Kopf so, dass er sie ansehen musste.

»Wir kämpfen«, sagte sie.

Kaum war der schlimmste Teil des Winters vorbei und die Luft wieder etwas wärmer, sprach König Harald davon, auf seinen Lieblingssitz in Avaldsnes weiter im Süden zurückzukehren. Beim ersten Tauwetter fingen seine Männer an, die Schiffe aus den Schuppen zu holen, in denen sie während des Winters eingelagert und überholt worden waren. Außerdem deckten sie die Schiffe ab, die während der langen Zeit am Strand gelegen hatten, und trugen eine neue Schicht Teer auf, um sicherzustellen, dass sie alle seetüchtig waren, darunter auch Eriks.

Der beorderte seine Hird zusammen mit Oddny und Gunnhild in die Waffenkammer. Seit das Wetter besser war, waren mehrere Schiffe von örtlichen Gehöften eingetroffen, aber die Hirdsmannen kehrten erst allmählich zurück, also war nur etwas mehr als die Hälfte zugegen, als Gunnhild ihren Platz neben Oddny und Halldor einnahm.

Kaum saß sie, erfasste sie eine Woge der Übelkeit, und sie nahm einige tiefe, langsame Atemzüge durch die Nase, während Oddny ihr einen besorgten Blick zuwarf. Gunnhild schüttelte nur den Kopf und wartete darauf, dass es vorbeiging. Das passierte ihr schon die ganze Woche über, aber nicht nur am Morgen, wie es, soweit sie gehört hatte, der Fall war, wenn man ein Kind in sich trug.

»Gunna«, flüsterte Oddny, »glaubst du, du bist …«

»Unmöglich«, antwortete Gunnhild ebenso leise. »Ich muss etwas Falsches gegessen haben.«

Oddny wirkte nicht überzeugt, aber als Gunnhild ihr keine weiteren Informationen lieferte, drehte sie den Kopf wieder nach vorn, während die letzten paar Hirdsmannen die Waffenkammer betraten.

»Ich weiß, ihr fragt euch, ob wir nach der Reise nach Birka auf Raubzüge fahren werden oder nicht«, sagte Erik, als Stille eingekehrt war. »Nach allem, was im letzten Sommer geschehen ist, und dem Ärger, den meine Brüder bei meiner Hochzeit provoziert haben, widerstrebt es mir, Norwegen für längere Zeit zu verlassen. Ich zweifele nicht an der Gesundheit und Regierungsfähigkeit meines Vaters, aber sollte er zufällig sterben, während wir fort sind, hätte das katastrophale Folgen. Ich möchte eure Meinung zu dieser Angelegenheit hören.«

»Wenn wir nicht auf Raubzüge fahren, willst du dann den Königsumritt machen?«, fragte Svein mit einem knappen Blick in Gunnhilds Richtung. »Um deine Frau im Land vorzustellen?«

»Genau das war mein Gedanke«, sagte Erik. »Und wir wären vor dem Umritt höchstens ein paar Wochen weg. Sind alle dafür?«

Niemand widersprach. Oddny jedoch sah beunruhigt aus.

»Und was, wenn wir in Birka nicht herausfinden können, wo meine Schwester ist? Oder wenn sie so weit weg verkauft wurde, dass wir den größten Teil des Sommers benötigen, um sie zu finden?«

»Wir heuern in Birka eine Mannschaft und machen von da aus weiter«, schlug Gunnhild vor.

»Nein«, sagte Erik sofort. »Kommt nicht infrage.«

»Was? Oddny und mir würde nichts passieren. Wir können auf uns selbst aufpassen«, sagte Gunnhild, und er bedachte sie mit einem finsteren Blick, den sie prompt erwiderte. Sollte in der kurzen Zeit, in der sie außerhalb Norwegens waren, etwas Schlimmes passieren und Erik wäre nicht da, um sich darum zu kümmern, könnte sie sich das nie verzeihen. Wenn es nötig war, würde sie ohne ihn weitermachen – Signy war immerhin ihre Schwurschwester.

»Darüber reden wir, wenn es so weit ist«, sagte Erik in einem Ton, der keinen Widerspruch duldete. »Noch jemand? Irgendwelche Einwände? Oder sind wir uns einig?«

»Warten wir nicht auf Arinbjörns Rückkehr?«, fragte Svein.

»Wir haben Nachricht aus Fjordane, dass sein Vater erkrankt ist. Darum weiß er nicht, wann er wieder hier sein wird«, sagte Erik. »Besser, wir legen ohne ihn ab und kommen früher wieder zurück.«

Der Gedanke, ohne Arinbjörn aufzubrechen, behagte Gunnhild nicht sonderlich – und den Mienen der Männer nach zu schließen, war sie damit nicht allein. Sie erinnerte sich an Thorolfs Worte in ihrer ersten gemeinsamen Nacht. Darüber, wozu Erik imstande war, wenn sein Ziehbruder nicht zugegen war, um ihn zurückzuhalten, und ihr war klar, dass sie vermutlich diese Rolle würde übernehmen müssen, sollte Streit ausbrechen oder anderer Ärger entstehen.

Sie hoffte jedoch, dass es dazu nicht kommen würde. Sie hatte auch so genug Sorgen: Es war anzunehmen, dass sie während des ganzen Wegs nach Birka zu kämpfen haben würde, denn sie ging davon aus, dass Thorbjörg oder Katla oder die Robbe von dem Moment, in dem sie Segel setzten, hinter ihnen her wären. Aber sie hatte den Schutzzauber, so gut sie konnte, vervollständigt, nun blieb ihr nur noch, ihn in ihrer Tasche zu verwahren und das Beste zu hoffen. Sie musste stark bleiben, wollte sie auch nur die geringste Hoffnung haben, gegen die drei Hexen bestehen zu können, und zwar trotz der plötzlichen Anfälle von Übelkeit.

Bisher hatte ihr Leiden sich als immun gegenüber Arzneitränken und Zauberei erwiesen. Und sie konnte Oddny nicht bitten, etwas speziell für sie anzurühren. Sobald Oddny herausfand, dass Gunnhild krank war, würde sie, ganz wie es ihre Art war, Erik darüber informieren. Gunnhild würde zurückbleiben müssen, und beide würden ihr erklären, es sei nur zu ihrem Besten. Und was würde wohl passieren, sollten die Hexen einen weiteren Sturm wie den letzten schicken, um das Schiff zu versenken? Die Hird hatte dergleichen auch schon vor Gunnhild überlebt, trotzdem – es konnte alles Mögliche passieren, und daheimzubleiben war ein Risiko, das einzugehen sie nicht gewillt war.

Sie würde das durchziehen, komme, was da wolle.

»Trinkt heute Abend nicht zu viel«, sagte Erik, als er die Männer entließ. »Wir brechen bei Tagesanbruch auf.«

Als sich die Männer erhoben, um hinauszugehen, blieb Oddny wie erstarrt auf ihrem Platz sitzen und drückte Gunnhilds Hand so fest, dass die dachte, ihre Knochen müssten bersten. Gunnhild legte die andere Hand auf die Oddnys und sagte ihr, sie solle sich entspannen, war aber kaum fähig, die eigene Aufregung im Zaum zu halten. Das war der Moment, auf den sie gewartet hatten, seit sie wieder zusammengefunden hatten.

»Es ist so weit, Oddny«, flüsterte sie. »Wir werden sie finden.«

Teil IV

30

DIE REISE VERLIEF GLATT, bis sie die Südspitze Norwegens umrundeten und Kurs nach Osten setzten.

Die Sonne ging gerade auf, und Gunnhild und Oddny schliefen noch, als Schreie sie weckten, und ehe sie ganz bei sich waren, schlingerte das Schiff und nahm Fahrt auf. Die beiden Frauen wechselten einen kurzen, panischen Blick, ehe sie Schuhe und Mäntel anzogen und aus dem Zelt stolperten – mitten hinein in einen Nebel, so dicht, dass sie kaum Mast und Segel erkennen konnten, vom anderen Ende des Schiffs ganz zu schweigen.

»Was ist passiert?«, rief Oddny, in deren Eingeweiden böse Vorahnungen wühlten. »Wieder ein Sturm?«

Halldor kam mit einer Laterne in der Hand und einem grimmigen Ausdruck im Gesicht auf sie zu. »Das kam aus heiterem Himmel. Und da, seht.«

Er deutete hinter sie, und Oddny sah die Umrisse von Hirdsmannen, die dabei waren, das Segel hochzubinden. Trotzdem wurde das Schiff nicht langsamer. Es war, als würde eine riesige Hand sie durch das Wasser bewegen, so, wie es der kleine Haakon mit seinem Spielzeugboot in einer Pfütze tat. Am Heck kämpfte der Steuermann mit dem Ruder, das sich offenbar nicht rühren wollte.

»Könnt ihr das Schiff anhalten?«, fragte Oddny. »Die Riemen einhängen, um den Widerstand zu erhöhen, und …?«

»Das haben wir versucht, aber wir sind zu schnell. Sie sind uns in dem Moment aus der Hand geflogen, in dem sie das Wasser berührten«, sagte Svein, der neben Halldor auftauchte. »Wir haben

Ersatz, aber nicht genug, um das noch einmal zu versuchen.« Es stand mehr Wasser auf Deck als sonst; einige der Männer waren bereits dabei, es mit Eimern zu schöpfen. »Und es sieht aus, als ob wir ein Leck im Rumpf haben.«

»Das Wasser ist zu ruhig.« Gunnhild blickte über den Schandeckel. »Das sind sie. Das ist die einzig sinnvolle Erklärung.«

»Tja«, sagte Svein, »wenigstens ist es kein Sturm.«

Erik kam herbei, packte Gunnhild am Arm und zog sie zurück. Zugleich rief er dem Rest der Hird zu: »Haltet euch von den Bordwänden fern. Was immer das verursacht, könnte im Wasser sein. Wer über Bord geht, den finden wir nie wieder.« Dann wandte er sich an seine Frau. »Kannst du irgendetwas tun?«

Gunnhild reckte das Kinn vor und nickte. »Lass mich meinen Beutel holen.«

Aber als sie kehrtmachte und einen Schritt vorantat, geriet sie ins Schwanken, fiel und prallte mit den Knien hart auf das Deck. Oddny war im Nu an ihrer Seite – und Erik an der anderen.

»Was ist los?«, fragte Oddny, aber Gunnhild schob beide weg und ging zum Zelt. Augenblicke später hörten sie, wie sie sich in einen Eimer übergab. Oddny sah Erik an, der die Brauen zusammengezogen hatte. In seinem Gesicht spiegelten sich Sorge – und, so schien es zumindest, hätte Oddny es nicht besser gewusst, Ärger. Als glaube er, seine Frau hätte ihm etwas verheimlicht.

Gunnhild krabbelte wieder aus dem Zelt, den Zauberbeutel, aus dem ihr Stab ragte, über der Schulter, und bemühte sich, aufzustehen. Erik ergriff ihren Ellbogen und half ihr auf.

»Es ist nur Seekrankheit«, sagte sie, winkte ihn fort und drehte sich weg – nur um das Gleichgewicht zu verlieren und beinahe gegen ihn zu prallen. Er fing sie auf, ehe sie fallen konnte.

Nun war Oddny diejenige, die Gunnhilds Arm ergriff. »Komm. Du musst dich hinlegen.«

»Oddny, wir sind in einem unerklärlichen Nebel gefangen und

werden von irgendwas in eine unbekannte Richtung geschoben«, blaffte Gunnhild. »Ich werde mich nicht hinlegen.«

»Sei nicht so stur. Wenn dir übel ist, wird dir dieser Gifttee, den du immer nimmst, bestimmt nicht guttun.«

»Was soll ich denn sonst tun?«

»Was denkst du, wo man uns hinbringt?«, fragte Svein plötzlich und lugte hinaus in das Zwielicht. »Als wir angefangen haben, schneller zu werden, hat es sich angefühlt, als würden wir nach backbord drehen.« Er sah sich zum Steuermann um, und der nickte.

»Also nach Norden«, konstatierte Halldor. »Vielleicht wollen sie uns auf Grund laufen lassen. Oder …«

»Oder Schlimmeres«, sagte Erik düster und wandte sich erneut an seine Frau. »Leg dich hin. Jetzt.«

Für einen langen, angespannten Moment starrten sie einander in die Augen, bis Gunnhild leise sagte: »Schön. Aber wenn wir an einer Felsenklippe zerschmettert werden, mach dir nicht die Mühe, mich zu wecken. Ich ertrinke lieber im Schlaf.«

»Das ergibt keinen Sinn«, sagte Erik, aber da war sie schon wieder im Zelt verschwunden, nicht ohne ihn zuvor mit der Schulter anzurempeln. Er sah Oddny an und sagte: »Bleib bei ihr. Sorg dafür, dass sie nicht … dass sie nirgendwohin geht.«

Das hatte Oddny so oder so vor. Als sie in das Zelt schlüpfte, lag Gunnhild zusammengerollt auf einer der auf Rudern liegenden Schlafstätten und hatte sich schmollend abgewandt. Oddny wühlte in dem Zauberbeutel ihrer Freundin, bis sie die lederne Feldflasche mit Bilsenkrauttee gefunden hatte. Sie vergewisserte sich, dass sie immer noch voll war, und steckte sie zur Sicherheit in ihren Arzneibeutel. Bei einem weiteren Blick in Gunnhilds Beutel stellte Oddny anhand der Auswahl der Kräuter und Runenstäbe fest, dass ihre Freundin sie zweifelsfrei belogen hatte. Sie war definitiv krank gewesen, als sie aufgebrochen waren, und hatte versucht, sich selbst zu heilen, schlimmer noch, sie schien bereits alle Heilmittel ausprobiert zu haben, mit denen Oddny es auch probiert hätte.

Was, überlegte Oddny, *stimmt bloß nicht mit dir?* Selbst wenn sie schwanger wäre, hätten diese Kräuter und die Magie die Symptome lindern müssen. Es sei denn ... Vielleicht gab es Komplikationen mit dem Baby oder ihrem Bauch ...

Oddny dachte darüber nach, aber es gab nicht viel, was sie tun konnte, solange Gunnhild ihr nicht die Wahrheit sagte.

Nach einer Weile steckte Oddny den Kopf zum Zelt hinaus und stellte fest, dass der Nebel sich allmählich lichtete und die unsichtbare Hand sie zur Küste zu dirigieren schien, langsamer nun, als wolle sie ihnen eine sanfte Landung gewähren. Die Männer gingen von Bord, kaum dass das Schiff auf Sand gelaufen war, und zogen es weit genug landeinwärts, dass es vor Sturm und Dünung sicher wäre. Oddny half Gunnhild an die Küste und betrachtete dabei das flache, bewaldete Land, das sich vor ihnen ausbreitete.

»Wenigstens sind wir nicht tot«, murmelte Oddny.

Gunnhild war weniger positiv gestimmt. »Ja, aber wo sind wir?«

»Wir haben das Leck im Rumpf gefunden. Das ist groß genug, dass eine Katze durchschlüpfen kann«, sagte Halldor zu Erik.

»Oder ein Fuchs«, bemerkte Gunnhild und wechselte einen Blick mit Oddny.

»Den Göttern sei Dank, dass wir die Katzen nicht mitgenommen haben«, murmelte Erik.

»Dass wir nicht gesunken sind, ist ein Wunder«, fuhr Halldor fort. »Wir hätten sinken müssen.«

»Aber was immer das war, es hat sich über unseren Proviant hergemacht«, rief Svein vom Schiff herüber, wo er und einige andere Männer die Deckplanken abgenommen hatten, um die Vorräte zu überprüfen. »Der Stockfisch ist weg, der Aal auch, und die

Ersatztaue sind durchgenagt worden. Und ...« Er hielt eine Ecke eines großen, schweren Stücks Stoff hoch, das so durchlöchert war, als hätte etwas von der Größe eines Hundes Stücke herausgebissen. »... das Ersatzsegel auch.«

Erik ballte fluchend die Fäuste und stakste zum Ufer. »Halldor. Du bist ein Mann aus Vestfold. Sag mir, wo wir sind.«

Oddny und Gunnhild sahen zu, wie die beiden über das Wasser hinausblickten, die Arme vor der Brust verschränkt in einer Pose, die Erbitterung und Resignation gleichermaßen zum Ausdruck brachte. Halldor versuchte unterdes, sich einen Eindruck von ihrer Position zu verschaffen.

»Wir können doch nicht allzu weit vom Kurs abgekommen sein, oder? In gerade einem halben Tag?«, fragte Erik, als Halldor nichts sagte.

»Bei der Geschwindigkeit, mit der das Schiff unterwegs war, ist das schwer zu sagen«, erwiderte Halldor. »Nach dieser Insel zu urteilen ...« Halldor schluckte sichtlich, als ihm eine Erkenntnis kam. »Nein. Ich weiß genau, wo wir sind – ich habe schon früher an diesem Strand gestanden. Wir sind nördlich von Saeheim. Die Grabhügel der alten Könige sind gleich jenseits des Walds hinter uns. Dort habe ich als Kind oft gespielt.«

Erik presste wortlos die Handballen auf die Augen, als wäre dies die schlimmste Antwort, die Halldor überhaupt hatte geben können. Oddny wusste nicht recht, warum, bis Gunnhild ihre Erinnerung auffrischte: »Saeheim ist Olafs Sitz. Wir wurden tief in feindliches Territorium getragen.« In ihre Wangen war wieder etwas Farbe zurückgekehrt, aber nun zitterte sie. »Und das muss exakt der Ort sein, an dem Thorbjörg uns haben will.«

Oddny zermarterte sich das Hirn auf der Suche nach ihrem Wissen über das südöstliche Norwegen und musste feststellen, dass es äußerst gering war. Abgesehen von ... »Gibt es in der Nähe von Saeheim nicht einen Markt?«

»In Tunsberg, ja. Aber ich bin nicht dumm genug, um mich da blicken zu lassen. Das ist Olafs Stadt«, sagte Erik. Die Hände immer noch an den Augen, schien er laut zu denken: »Wir könnten hinrudern, da der Wind sich gelegt hat, aber selbst wenn ich dort an Bord bleibe, wird man mein Schiff erkennen.«

»Bist du sicher?«, fragte Gunnhild. »Es ist jetzt wie viele Winter her, seit du das letzte Mal hier warst?«

Erik ließ die Hände sinken und bedachte sie mit einem Blick, in dem Zweifel und Ärger zum Ausdruck kamen. »Als ich das letzte Mal hier war, habe ich meinen Bruder, den König, getötet, seine Halle geplündert und den Markt ausgeraubt. Also, ja, ich bin sicher.«

»Schön, verzeih mir«, sagte Gunnhild und verschränkte die Arme vor der Brust.

Er ignorierte sie. »Ohne Proviant mit nur der Hälfte meiner Hird wäre es närrisch, Olaf noch näher zu kommen, als es jetzt schon der Fall ist. Wenn er herausfindet, dass ich hier bin, wird er das als Provokation werten.«

»Aber wir brauchen Proviant«, wandte Svein ein, als er vom Schiff sprang und ein Stück nass gewordenen, halb verzehrten Stockfisch vor sich auf den Boden warf.

»Richtig.« Erik seufzte. »Halldor, nimm ein paar Männer, geh nach Tunsberg und bring so viel Essen und Bier mit, wie ihr tragen könnt. Svein, du schnappst dir auch ein paar Männer und flickst das Leck im Rumpf. Sag dem Rest, sie sollen anfangen, ein Lager aufzubauen. Sie sollen es klein halten. So viele Leute in einem Zelt unterbringen wie möglich. So die Götter wollen, werden wir nicht lange hier sein.«

Svein nickte und stürzte sich auf seine Aufgabe.

Aber Halldor zögerte. »Ich glaube nicht, dass es klug wäre, wenn ich ginge.«

»Warum nicht?«, fragte Erik. »Du kennst den Weg, und ich

nehme an, du kennst auch den Markt. Du bist für diese Aufgabe am besten geeignet. Immerhin war das mal dein Zuhause.«

»Exakt.« Halldor wirkte besorgt. »Wenn man mich erkennt ...«

Oddny wusste sofort, was ihm Kummer bereitete – die Gefahr, in der er schwebte, sollte sich die falsche Person an sein Gesicht erinnern. Oder, schlimmer, ihn bei dem Namen rufen, den sein Vater ihm gegeben hatte, den Oddny weder kannte noch je erfragen würde. Aber Erik brauchte einen Moment länger, um zu der gleichen Erkenntnis zu gelangen.

»Dann behalte die Kapuze auf«, sagte Erik schlicht. »Du bist einer der besten Kämpfer, die ich je erlebt habe. Wenn sich jemand von – früher – an dich erinnert, was ist das Schlimmste, was sie dir antun könnten?«

Halldor klappte den Mund auf, aber da klopfte ihm Erik auf die Schulter, um damit zu signalisieren, dass alles gesagt war.

»Ich gehe mit«, sagte Oddny und rückte den Beutel zurecht, den sie sich über die Schulter geschlungen hatte. »Es schadet nie, einen zusätzlichen Vorrat an Heilmitteln zu haben.«

»Das ist ein langer Marsch«, warnte Halldor sie und blickte hinauf zur Mittagssonne. »Wenn wir jetzt losgehen, werden wir vor der Dämmerung nicht zurück sein.«

Oddny zuckte mit den Schultern, worauf Gunnhild sagte: »Dann gehe ich auch mit.«

»Nein«, widersprach Erik. »Sobald die Zelte stehen, wirst du dich ausruhen.«

»Ich habe mich den ganzen Tag über ausgeruht«, konterte Gunnhild scharf.

Während ihr Gespräch sich in eine Streiterei verwandelte, wählten Halldor und Oddny vier Männer aus und nahmen die Gelegenheit wahr, in den Wald zu entfleuchen.

Auf dem Markt zu finden, was sie benötigten, war kein Problem. Oddny war noch nie an einem solchen Ort gewesen und überwältigt vom Anblick und den Geräuschen der Markthändler und Handwerker, die ihre Waren anpriesen und mit der Kundschaft debattierten. In diesem Chaos war es leicht, unentdeckt zu bleiben, obwohl sie die gewaltige Halle von Saeheim in der Nähe sehen konnte, deren Anblick ihr das Gefühl vermittelte, beobachtet zu werden.

Oddny nutzte einen Teil des Silbers, das sie sich durch ihre Behandlungen während des Winters verdient hatte, um die Kräuter zu erwerben, die sie benötigte. Halldor, der die anderen Männer losgeschickt hatte, um die übrigen Vorräte zu kaufen, blieb dicht bei ihr, beladen mit einem Sack Gerste, den er an einem Bauernwagen erstanden hatte. Seine Kapuze hatte er sich weit genug über den Kopf gezogen, um das Gesicht zu verbergen.

Als sie bald darauf am vereinbarten Treffpunkt auf die Hirdsmannen warteten, ertappte Oddny einen jungen Mann dabei, sie anzustarren. Verstohlen zupfte sie an Halldors Ärmel. »Nicht hinsehen, aber links von uns ...«

Halldor sah hin. Und bekam große Augen.

Der Mann näherte sich. Oddny schlug das Herz bis zum Hals. »Sollen wir fliehen?«

»Nein. Er wird uns nichts tun«, sagte Halldor leise, legte die Gerste auf den Boden und richtete sich in dem Moment wieder auf, in dem sich der Fremde vor ihnen aufbaute. Er war ein stämmiger Mann, ungefähr so alt und groß wie Halldor, mit hellblauen Augen und dichten Locken. Er sah Halldor an, als wäre der von den Toten auferstanden.

»Das kann nicht sein«, flüsterte der Fremde.

Halldor sah sich um, packte ihn am Arm und zog ihn zwischen zwei Marktstände. Oddny blieb zurück und versuchte zu lauschen, während die Menge an ihr vorüberströmte. Als sie sich zu den beiden Männern umblickte, sah sie aus dem Augenwinkel, dass der Fremde Halldor umarmte.

»Ich dachte, du wärst tot«, sagte er im Zurückweichen. »Diese ganze Zeit dachte ich ...«

»Nicht hier«, sagte Halldor. »Komm heute Nacht zum Grabhügel. Dann erzähle ich dir alles.«

Der Mann schien Einwände erheben zu wollen, doch dann huschte ein panischer Ausdruck über sein Gesicht, als er über Halldors Schulter zum Markt blickte. »Wir sehen uns dort. Du musst gehen – Tryggvi ist auf dem Weg hierher.«

Halldor zog den Kopf ein, schnappte sich hastig den Sack Gerste und warf ihn über seine Schulter. Dann packte er Oddnys Arm und zog sie durch das Gedränge, ohne sich noch einmal umzublicken. Oddny war klug genug, keine Fragen zu stellen; dies war offensichtlich nicht der richtige Zeitpunkt. Unterwegs stießen sie auf Hirdsmannen auf ihrem Weg zum Treffpunkt. Sie sammelten sich und ließen den Markt hinter sich, ehe jemand fragen konnte, warum sie es so eilig hatten.

Sie hatten beinahe den halben Weg zum Lager hinter sich, ehe Halldor ihnen gestattete, langsamer zu gehen. Bis dahin konnten alle eine Pause gebrauchen, also hielten sie kurz inne, um ihre Waren abzulegen und durchzuatmen.

»Wer war das?«, fragte Oddny Halldor.

»Jemand aus meiner Vergangenheit«, sagte er. Die anderen Männer waren in Hörweite, und Oddny nahm an, das war alles, was er in deren Gegenwart preiszugeben gedachte. Den Rest würde sie ihm später entlocken – sie hatte längst beschlossen, dass sie ihn zu dem heimlichen Treffen am Abend begleiten würde.

Als sie das Lager erreichten, brach bereits der Abend an, und die Stimmung war schlecht. Es dauerte nicht lange, bis Oddny herausfand, dass dafür nicht nur die Umstände verantwortlich waren, sondern auch die Tatsache, dass Erik und Gunnhild nicht einmal für einen Moment aufgehört hatten zu streiten, seit sie aufgebrochen waren.

Svein kam geradewegs auf Oddny zu, als sie sich dem Lager näherten. »Geh dazwischen. Jetzt. Bitte!«

Also aßen Oddny und Gunnhild gemeinsam am Rand des Lagers, wobei Gunnhild ihre nicht ausreichend gekochte Gerste mit dem Löffel zermanschte wie ein bockiges Kind.

»Wenn der sich einbildet, er kann mir sagen, was ich zu tun habe, dann sollte er lieber noch mal scharf nachdenken«, grollte sie. Dann seufzte sie und ließ den Kopf hängen. »Das ist meine Schuld. Wäre ich stärker gewesen …«

»Er passt nur auf dich auf. Du bist seine Frau.«

»Auf wessen Seite stehst du, Oddny Rabenbraue?« Plötzlich würgte sie, schlug die Faust vor den Mund und verzog das Gesicht. »Götter! Ich wünschte, das würde aufhören.«

»Bist du sicher, dass du kein Kind erwartest?«, fragte Oddny, deren Heilerverstand schon wieder hektisch nach einer Lösung suchte. »Wann ist dein Blut das letzte Mal gekommen?«

»Mein Amulett wirkt. Und mein Blut ist noch nie regelmäßig gekommen, also was sollte das ändern? Ich habe mich schon eine Woche damit herumgeschlagen, als wir abgereist sind. Ich dachte, das Schlimmste hätte ich überstanden.«

»Wenn du dich krank gefühlt hast, bevor wir abgereist sind, hättest du mir das sagen sollen.«

»Genau, und dann hättest du es Erik gesagt, und ihr zwei hättet mich zurückgelassen.«

»Und wenn wir dich zurückgelassen hätten, wären wir jetzt an genau dem Punkt, an dem wir so auch gelandet sind, aber du würdest dich im Bett erholen können. Deine Sturheit macht dich nur kränker.«

Gunnhild rammte ihre Schale auf den Boden, stand auf und

stolzierte in den Wald. Oddny wusste, ihr zu folgen, hatte keinen Zweck.

Als die Hirdsmannen sich allmählich zum Schlafen in die Zelte begaben, war die Königin immer noch nicht zurück. Halldor, Oddny und Erik waren die Letzten, die noch wach waren. Als Erik sein Schwert gürtete, sich eine Laterne schnappte und von ihnen verabschiedete, um seine schmollende Gemahlin zu suchen, drehte sich Halldor zu Oddny um und sagte: »Wenn jemand fragt, wo ich bin, deck mich.«

»Ich begleite dich«, konstatierte Oddny und schlang sich den Arzneibeutel über die Schulter.

»Aber ...«

»Halldor, in deiner Vergangenheit gibt es nichts, was mich abschrecken könnte. Das verspreche ich dir.« Sie wandte den Blick ab. »Aber wenn das etwas ist, das du allein tun musst, werde ich das respektieren.«

Er stand auf und reichte ihr die Hand, um sie hochzuziehen. »Schön. Aber ... Was immer du heute zu hören bekommst, du musst wissen, dass die Dinge sich geändert haben.«

»Wie meinst du das?«

»Das wirst du sehen«, sagte Halldor ausweichend, als er sie in die Nacht führte. Der Mond leuchtete hell, und er hatte keine Laterne mitgenommen. Offenbar war ihm das Gelände ausreichend vertraut. Zwischen den Bäumen sahen sie jedoch ein winziges Licht, und sie konnten Fetzen der Auseinandersetzung zwischen Erik und Gunnhild hören.

Ein Zweig knackte laut unter Oddnys Fuß. Die Stimmen verstummten.

»Wer da?«, fragte Erik. Oddny und Halldor hielten die Luft an und wagten nicht, sich zu rühren.

»Das war bestimmt nur ein Tier. Sei nicht so paranoid«, sagte Gunnhild.

»Kannst du mir das verübeln, wenn man bedenkt, wo wir sind?«

Halldor, der immer noch Oddnys Hand hielt, wartete, bis sich König und Königin wieder gegenseitig an die Kehle gegangen waren, ehe er zu dem Schluss kam, dass es nun sicher genug war, um weiterzugehen. Seine eigene Hand war klamm geworden in ihrem Griff.

Er führte sie zu einer Stelle, an der die Bäume weniger dicht standen, zwischen deren Stämmen einige mächtige, grasbewachsene Erdhaufen emporragten.

»Weiß er, an welchem ihr euch treffen wollt?«, fragte Oddny.

Halldor deutete stumm auf einen der Hügel. Als sie um ihn herum auf die andere Seite gingen, fanden sie dort den Mann vom Markt vor, allein, mit einer Laterne in der Hand.

Halldor öffnete den Mund, um ihn zu grüßen, hielt aber beim Anblick der verängstigten Miene des Mannes und der Art, wie die Laternenschnur in seiner Hand zitterte, abrupt inne.

»Lauf«, flehte der Mann. »Halldor – lauf!«

Dann wurde er vorwärtsgestoßen und stolperte. Ein schmalerer Mann hatte hinter Halldors Freund gestanden, verborgen von dessen massigem Körper, und hielt ihm ein Messer in den Rücken.

Halldor ließ Oddnys Hand los und zog sein Sax. »Geh zurück, Oddny.«

Oddny tat, wie geheißen, als ein Dutzend weiterer Männer aus der Dunkelheit auftauchten und sie am Grabhügel umzingelten.

»Nun komm, das ist doch nicht nötig«, sagte der zweite Mann mit einem anzüglichen Grinsen. Er hatte die gleichen hellen Augen und das gleiche, lockige, hellbraune Haar wie der erste. Er war ungefähr im selben Alter, aber mit schärferen Gesichtszügen. Geschickt ließ er sein Messer herumwirbeln, ehe er es in die Scheide an seinem Gürtel steckte.

Der erste Mann trat vor ihn und bat: »Aufhören. Bitte ...«

»Geh mir aus dem Weg, Gudrod.« Der zweite Mann stieß ihn zur Seite und stolzierte an ihm vorbei, und als Gudrod Anstalten machte, ihm zu folgen, traten die anderen vor und hielten ihn fest.

Halldor hielt den Griff seines Saxes so fest umspannt, dass die Knöchel seiner Hand weiß hervortraten. Sein Tonfall jedoch klang matt, beinahe gelangweilt. »Du hast zwölf Männer mitgenommen, nur um mich zu holen, ja, Tryggvi? Ich fühle mich geschmeichelt.«

Tryggvi, dachte Oddny. *Warum klingt der Name so vertraut?* Ihr sonst so waches Gedächtnis ließ sie im Stich.

Tryggvi kam mit einer Zuversicht auf Halldor zu, die andeutete, dass er den anderen Mann für so harmlos wie eine Maus hielt. *Das*, dachte Oddny, *ist ein großer Fehler.* Sie hoffte, Halldor bekäme eine Gelegenheit, das zu beweisen.

»Ach, steck doch deine Waffe weg, Halldor«, sagte Tryggvi und blieb wenige Schritte vor Halldor und Oddny stehen. Die Art, wie er Halldors Namen ausgesprochen hatte – als wäre Halldor ein Kind, das nur so tut, als ob es schon groß wäre –, brachte Oddnys Blut zum Kochen. »Weißt du, als Thorbjörg mir erzählt hat, dass Erik und seine Leute an unsere Küste gespült worden sind, hat sie vorgeschlagen, dass ich ihm heute Nacht einen Besuch abstatten soll. Du warst die letzte Person, die ich zu sehen erwartete, aber zehn Winter sind nicht genug gewesen, dass ich dich hätte vergessen können.«

»Hättest du es nur getan«, entgegnete Halldor gefährlich leise. »Lass Gudrod gehen.«

Tryggvi bedachte ihn mit einem schiefen Lächeln. »Mein Vater hat Pläne für dich, nun, da er weiß, dass du die ganze Zeit am Leben warst. Du wärest die ideale Partie für eine Eheallianz. Ich frage mich, an welchen fremden König er dich wohl verschachern wird.«

Halldor erstarrte, und Oddny sah rot.

»Was fällt dir ein?«, fauchte sie und trat vor. »Wer denkst du, dass du bist? Und warum bildest du dir ein, dass dein Vater die Macht hätte, über Halldors Leben zu befinden?«

Tryggvis Blick richtete sich auf sie. »Pass auf deinen Ton auf, Frau! Du sprichst mit einem Königssohn.«

Tryggvi Olafsson. Deswegen war ihr sein Name vertraut – sie war ihm nie begegnet, hatte aber von ihm gehört. Verwirrt drehte sie sich zu Halldor um. »Doch warum sollte Olaf Macht über dich haben? Er mag ja ein König sein, aber auch Könige können den Leuten nicht einfach vorschreiben, wen sie heiraten sollen oder wer sie sein sollen ...«

»Sie weiß es nicht?«, fragte Tryggvi, und sein Lächeln wurde breiter, als er Halldor mit einer hochgezogenen Braue ansah. Der zog eine Grimasse und zeigte ihm dabei die Zähne.

»Ich weiß *was* nicht?«, fragte Oddny mit Nachdruck.

Doch ehe Halldor oder Tryggvi reagieren konnten, tauchte Erik aus derselben Richtung, aus der auch Oddny und Halldor gekommen waren, in der Dunkelheit auf und trat in den Laternenschein. Das Dutzend Männer, die Tryggvi mitgebracht hatte, wich einen Schritt zurück, als wäre Erik ein Wolf, der jeden Moment zubeißen konnte. Tryggvi selbst rührte sich nicht von der Stelle.

Erik muss uns im Wald gesehen haben und uns gefolgt sein, dachte Oddny. *Aber wo ist Gunnhild?*

»Tryggvi«, sagte Erik anstelle eines Grußes.

»Onkel«, antwortete der höflich, eine Hand am Heft seines Schwerts. »Welchem Umstand verdanken wir die Ehre deines Besuchs in Vestfold? Mein Vater ist gekränkt, dass du nicht gekommen bist, um ihm deine Aufwartung zu machen.«

»Der Wind hat uns vom Kurs abgebracht, und wir sind versehentlich hier gelandet«, sagte Erik. »Wir wollen keinen Ärger. Nimm deine Männer und geh. Wir werden am Morgen fort sein.«

»Angesichts deiner Vorgeschichte wirst du es mir nachsehen, wenn ich dir nicht glaube.«

»Wir wollen keinen Ärger«, wiederholte Erik, doch noch während er es sagte, trat der Rest der Hirdsmannen aus der Finsternis hinter ihm. Sie waren alle bewaffnet. Gunnhild war bei ihnen und trug Eriks Äxte. Oddny ging auf, dass er sie zurückgeschickt haben musste, damit sie Verstärkung holte.

Nun wich Tryggvi doch ein paar Schritte zurück, das Gesicht zu einem Ausdruck der Geringschätzung verzogen; konfrontiert mit zwanzig bewaffneten Männern, die seinen zwölf gegenüberstanden, gab es für ihn nichts mehr zu belächeln. Er deutete auf seine Gegner und höhnte: »Ah, ja. Du bist unverkennbar in friedlicher Absicht gekommen. Jetzt erkenne ich es auch.«

»Du hast meinem Hirdsmann zuerst gedroht«, sagte Erik mit knirschender Stimme. »Geh, dann muss es nicht zu einem Schlagabtausch kommen.«

Tryggvis Augen weiteten sich, als sein Blick von Halldor zu Erik und wieder zurück zu Halldor schweifte.

Dann fing er an zu lachen.

Hinter ihm hatte Gudrod jegliche Gegenwehr aufgegeben und war vor Schreck so erlahmt, dass die Männer, die ihn hielten, ihren Griff lockerten. Halldor sah ihn nicht an.

Was ist hier los?, wollte Oddny brüllen. So, wie Erik, Gunnhild und die Hird dreinblickten, fragten sie sich das Gleiche.

»Ist das wahr?«, fragte Gudrod Halldor mit schwacher Stimme. »Du bist in seiner Hird?«

Mit einer steifen Bewegung schlug Halldor seinen Mantel mit der Klinge des Saxes zurück und deutete auf den Armreif an seinem Bizeps, woraufhin Gudrod ein langes Gesicht zog.

»Wie konntest du?«, flüsterte er. Dann schossen seine Brauen gen Haaransatz. »Es sei denn ...«

»Wie konnte er was?«, fragte Erik aufgebracht. »Warum sollte er nicht Teil meiner Hird sein? Würdest du ihn kennen, dann wüsstet ihr, dass er einer der best...«

Tryggvi hörte auf zu lachen und richtete sich zu voller Größe auf. »Würde ich ihn *kennen?*«, spottete er. »Onkel, kennst du die Person, die du da in deine Dienste gestellt hast? Ich jedenfalls würde das Gesicht meiner eigenen Cous...«

Schneller, als Oddny je erwartet hätte, befreite Gudrod sich aus dem Griff der Männer, die ihn festgehalten hatten, schwang eine fleischige Faust und rammte sie Tryggvi mitten ins Gesicht. Der fiel um wie ein Stein, bewusstlos, und die Männer ergriffen Gudrod erneut.

Aber der Schaden war bereits angerichtet.

31

Cousins, cousins, cousins ...

Das Wort hallte unentwegt durch Oddnys Schädel, bis sie nichts anderes mehr hören konnte.

Niemand gab einen Laut von sich, nicht einmal Tryggvis Männer. Halldor drehte sich zu Erik um, der ihn anstarrte, als sähe er ihn zum ersten Mal.

»Halldor«, sagte Erik. »Erklär dich.«

»Du wusstest, dass mein Vater nicht wirklich Hallgrim heißt«, sagte Halldor. Seine Stimme zitterte, als kämpfte er darum, die Ruhe zu wahren. »Doch Hallgrim war mir ein guter Vater. Er hat mich das Schmieden gelehrt. Davon habe ich dir erzählt.«

Das war auch Oddny bekannt. Aber sie hatte ihn nie nach seinen leiblichen Eltern gefragt, von denen er gesagt hatte, sie seien vor langer Zeit gestorben. Sie hatte nicht gewollt, dass er den Schmerz seiner Vergangenheit wieder hervorholen musste. Erik schien ähnlich gedacht zu haben.

»Ich glaube dir«, sagte Erik, tat aber einen drohenden Schritt auf Halldor zu, die fahlen Augen im Laternenschein geweitet, als sähe er etwas vor sich, das er noch nie zuvor erblickt hatte. »Aber es wirft die Frage auf, wer dein echter Vater ist.«

»Bitte, wenn du mich nur anhören ...«

Erik war mit seiner Geduld am Ende, und seine Stimme steigerte sich zu einem Schrei: »*Sein Name, Halldor!*«

Halldor sah ihm direkt in die Augen; holte tief Luft.

Und sagte: »Björn Haraldsson.«

Erik zuckte zurück, als der Name seines toten Bruders fiel.

Oddnys Füße waren an Ort und Stelle festgefroren, und sie schlug beide Hände vor den Mund. Aufgeschrecktes Geflüster erklang um sie herum von den Hirdsmannen. Gunnhild sah aus, als könnte sie sich jeden Moment übergeben, dieses Mal jedoch nicht, weil sie krank wäre; sie hielt eine Rohlederlaterne in einer Hand und hatte sich Eriks Äxte unter den anderen Arm geklemmt. Als sie nun Oddny anblickte, spiegelte sich eine Frage in ihren Augen: *Hast du das gewusst?*

Oddny schüttelte den Kopf. Sie bekam keine Luft. Am liebsten hätte sie Halldor gepackt und weit, weit fortgeschleppt. Aber sie konnte sich nicht rühren.

Erik schüttelte ebenfalls den Kopf. »Nein.«

Halldor sprach lauter: »Doch. Ich bin der älteste Sohn von König Björn, dem Händler, den du vor zehn Wintern zu Saeheim getötet hast.«

»Aber Björn hatte nur ...« Erik deutete auf Gudrod, doch dann schloss er die Augen und verzog das Gesicht, als es ihm wieder einfiel. »Ah, aber so war das nicht, richtig? Er wusste nur nicht, dass du sein Sohn bist.« Und dann, im Selbstgespräch: »Wie konnte ich das nicht sehen?«

»Niemand hat mich je bemerkt«, sagte Halldor. »Und mir war das ganz recht. Damals wollte ich nicht gesehen werden. Nicht wie ich da war; nicht als die Person, die sie aus mir machen wollten. Woher hättest du das auch wissen sollen? Du und ich sind einander zuvor nie begegnet. König Harald hätte sich gar nicht weniger für mich interessieren können – er hat mich in diesem Winter nicht erkannt. Der Einzige, der mich erkannt hätte, war Olaf, und ich habe es recht gut hinbekommen, ihm während der Winternächte aus dem Weg zu gehen. Wären Tryggvi und Gudrod auch dort gewesen, hätte ich es schwerer gehabt.«

Er sprach schnell, als wäre ein Damm gebrochen. Oddny sah, dass seine Hände zitterten.

»Das verstehe ich nicht«, sagte Erik. Oddny hatte noch nie erlebt, dass er so schwach klang, so verletzt, und sie stellte schockiert fest, dass sie Mitgefühl mit ihm empfand.

»Ich war dort. In Saeheim. Ich habe meinen Vater sterben sehen. Ich habe gesehen, wie du ihn getötet hast«, presste Halldor zwischen zusammengebissenen Zähnen hervor. »Und als deine Männer seine Halle geplündert haben, bin ich geflohen.«

Erik fuhr sich mit einem leisen, ungläubigen Ächzen mit der Hand übers Gesicht.

»Ich habe es bis zum Markt von Kaupang im Süden geschafft, wo ich mich Kolfinnas Mannschaft anschloss«, fuhr Halldor fort. »Sie waren es, die mich das Kämpfen lehrten. Neun Sommer bin ich mit ihnen auf Raubzüge gefahren, und jedes Mal, wenn ich getötet habe, hat mich das einen Schritt weitergebracht auf dem Weg, dich ausfindig zu machen und zum Kampf zu fordern.«

»Bis Oddnys Hof dazwischengekommen ist«, konstatierte Erik.

»Ja. Bis sie mich über Bord geworfen haben. Aber das hat sich als des Schicksals Weg erwiesen, uns zusammenzuführen.«

»Und als du gehört hast, dass meine Hird dort durchkommen wird, hast du eine Gelegenheit gesehen, näher an mich heranzukommen.«

»Unter dem Vorwand, meine Schuld bei Oddny so schneller bezahlen zu können, ja«, bestätigte Halldor. »Ich hätte dich bei unserem ersten Kampf getötet, wenn es mir möglich gewesen wäre. Aber hätte ich Arinbjörns Ruf ignoriert und dort auf dich eingestochen, dann hättest du mir den Kopf abgehauen, ohne auch nur zu wissen, wer ich war oder warum ich tat, was ich tat – und du wärst vielleicht sogar am Leben geblieben. Bei diesem Kampf habe ich erkannt, dass ich nicht gut genug war, um dich zu schlagen. Ich musste besser werden.«

Inzwischen hatte Eriks Gesicht jegliche Farbe verloren. Ein wenig kläglich sagte er: »Also hast du dir stattdessen den ganzen

Winter über von mir zeigen lassen, wie du mich am besten schlagen kannst.«

»Anfangs war das der Plan. Ich hatte dich über eine so lange Zeit so sehr gehasst. Aber ich schwöre dir, die Dinge haben sich geändert. Ich wollte davon ablassen.« Halldor warf Oddny einen flehentlichen Blick zu. »Das ist die Wahrheit. Niemand wusste, wer mein Vater war. Niemand hätte es je erfahren, also gab es auch niemanden, der mich weiter zu meiner Rache hätte drängen können, abgesehen von meinem eigenen Gewissen. Aber ich war bereit, es zu vergessen. Ich wollte in der Hird bleiben. Ich war … ich war glücklich.«

Beim letzten Wort brach seine Stimme, und Oddnys Herz zersprang in tausend Stücke. Sie war auch glücklich gewesen. Gegen ihren Willen hatte sie, als der Winter zu Ende ging, angefangen, sich ein gemeinsames Leben mit Halldor auszumalen, wenn Signy erst gerettet wäre: die drei Schwurschwestern wieder vereint, wie sie mit ihren Ehegatten durch die Lande reisten und in jeder Halle zu Festen geladen wurden, die Winter gemeinsam verbrachten und sich eine Zukunft voller Lachen und Liebe webten.

Diese Zukunft war nun verloren.

Wie konnte er mir das vorenthalten?

»Tu das nicht«, sagte Erik. »Geh.«

»Ich kann nicht. Nicht mehr.« Halldor riss sich von Oddnys Anblick los, wandte sich wieder dem König zu und reckte das Kinn vor. »Nun, da die Wahrheit offenbar ist, gibt es eine Schuld, die beglichen werden muss. Und jeder hier weiß, dass die Ehre mich verpflichtet, sie einzufordern oder bei dem Versuch zu sterben. Andernfalls wird man mich einen Feigling schimpfen.«

Nein. Oddny öffnete den Mund, wollte etwas sagen, doch sie brachte keinen Ton heraus. *Nein. Du hast gesagt, du wolltest davon ablassen. Du könntest weglaufen. Du könntest leben …*

»Nein!« Mit einer raschen Bewegung riss sich Gudrod von seinen Häschern los. »Halldor, nein. Ich werde an deiner Stelle gegen ihn kämpfen. Lass mich derjenige sein, der stirbt. Vater hätte nicht gewollt ...«

»Ich bin der ältere Sohn«, sagte Halldor. »Wenn du mich als solchen anerkennst, dann wirst du dich mir nicht in den Weg stellen.«

Das kann nicht wahr sein, dachte Oddny.

Gudrod wich entmutigt zurück. Tryggvis Männer machten keine Anstalten, ihn erneut zu packen, und Halldor konzentrierte sich wieder auf Erik.

»Nebenbei«, sagte Halldor mit belegter Stimme und Tränen in den Augen. »Das wäre so viel einfacher, wenn ich dich immer noch hassen würde.«

»Zwing mich nicht, einen weiteren Angehörigen zu töten«, sagte Erik mit rauer Stimme.

Aber Halldor hatte bereits angefangen, die Spangen an seinem Mantel zu lösen. Nun ließ er ihn fallen und streifte den dicken goldenen Armreif ab, der ihn als einen von Eriks Hirdsmannen auswies, und warf ihn zwischen ihnen auf den Boden.

»Erik Haraldsson«, sagte er, und seine Stimme wurde wieder kräftiger. »Ich fordere dich zum Zweikampf bis zum Tod, um meinen Vater, deinen Bruder, zu rächen: König Björn Haraldsson von Vestfold.«

Erik schloss die Augen, als müsse er sich innerlich stählen. Als er sie wieder aufschlug, war seine Miene so ausdruckslos wie ein Stein. »So sei es.«

»Zurück«, sagte Svein zu Oddny und zog sie sacht zur Seite. Die Hird hatte sich verteilt, als Tryggvis Männer den Rückzug angetreten hatten, und nun stellten sie sich vor dem Grabhügel in einem Halbkreis um Erik und Halldor auf. Oddny bemühte sich, das Zittern ihres Körpers zu unterdrücken, während die Panik in ihrem Inneren immer weiter zunahm.

Dieser Kampf würde knapp ausgehen – zu knapp.

Eriks Hirdsmannen waren alle mit Schilden bewaffnet, aber nur Svein bot Halldor den seinen an. Halldor nahm ihn und nickte Svein ernst und dankbar zu. Gudrod bückte sich und zog Tryggvis Schwert aus dessen Scheide, um es Halldor mit dem Heft voran darzubieten, worauf Halldor sein Sax wegsteckte und die längere Klinge annahm. Der Blick, den die beiden Brüder wechselten, war voller Schmerz und Bedauern und so vieler anderer Dinge, die Oddny nicht ansatzweise verstehen konnte – und dann sah Gudrod weg, trat zurück, verkrallte die Finger in seinem Haar und versuchte gar nicht, die Tränen zu verbergen, die ihm übers Gesicht liefen. Tryggvis Männer zerrten ihren bewusstlosen Anführer aus dem Gefahrenbereich und sahen interessiert zu.

Von der anderen Seite des Halbkreises ging Gunnhild auf Erik zu und gab ihm seine Äxte. Er nahm sie, trat vor, wischte sich mit dem Ärmel über die Augen und richtete sich zu voller Größe auf, womit er beinahe einen Kopf größer war als Halldor.

»Halldor Bjarnarson, ich nehme deine Herausforderung an«, sagte der König tonlos und nahm Abwehrhaltung ein. »Dann sehen wir mal, wie gut ich dich ausgebildet habe.«

Halldor griff an.

Den ersten Hieb blockte Erik ab, indem er seine Äxte überkreuzt vor sich hielt und sie dann ruckartig auseinanderriss, sodass Halldor zurückstolperte. Dieser festigte den Griff um sein Schwert und stürmte wieder voran, dieses Mal versuchte er, Eriks Seite zu erwischen, dann seine Schulter, aber beide Hiebe wurden flink von den Schäften der Äxte abgefangen. Seine Vorstöße wurden zunehmend fieberhafter und weniger durchdacht. Erik parierte sie alle.

Oddny konnte den Bewegungen ihrer Körper und Waffen kaum folgen. Erik war größer, Halldor schneller; sie schienen einander ebenbürtig zu sein.

Aber Oddny sah auch die Schweißperlen auf Halldors Stirn. Er ermüdete. Und Erik verteidigte sich nur; er hatte bisher noch gar nicht versucht, den anderen Mann zu verletzen.

Oddnys Herz schlug ihr bis zum Hals, als ihr klar wurde, welche Strategie der König verfolgte. Erik, der ältere, erfahrenere Kämpfer, war imstande, seinen Schmerz und die Qual, die sich nur Augenblicke zuvor so deutlich auf seinem Gesicht gespiegelt hatten, zurückzudrängen. Er schaffte es, all das wegzuschließen und sich allein auf den Kampf zu konzentrieren.

Sie konnte auf einen Blick erkennen, dass Halldor das nicht fertigbrachte, und auch Erik hatte das erkannt und nutzte es zu seinem Vorteil. Er gab seinem Gegner den Raum, sich selbst auszulaugen. Und Halldor war so sehr von den eigenen Gefühlen übermannt, dass er es nicht merkte.

Du bist doch kein Anfänger!, wollte Oddny brüllen. *Siehst du nicht, was er tut?*

Als hätte er ihre Gedanken gehört, wich Halldor keuchend zurück. In dem Sekundenbruchteil, den er brauchte, um einen neuen Angriffspunkt zu suchen, schlug Erik zu. Er hechtete vorwärts, verhakte seine Axt am Rand von Halldors Schild und riss ihn aus seiner Hand. Dann täuschte er mit der anderen Axt einen Angriff auf Halldors Bein vor, genau wie er es bei ihrem ersten Kampf getan hatte.

Halldor wich aus – doch noch während dieser Bewegung wirbelte Erik herum, holte mit dem anderen Arm tief und weit aus ...

Und die stumpfe Seite der Axtklinge erwischte Halldor seitlich am Knie, kraftvoll genug, um Knochen zu zerschmettern.

Halldor schrie auf, kippte zur Seite, zugleich krachte und knallte es hörbar, was Gudrod einen erstickten Schrei entlockte und Oddny verleitete vorzustürmen, doch Svein hielt sie fest.

»Misch dich nicht ein. Du würdest seinen Ruf beschmutzen«, sagte der Skalde leise und mit feuchten Augen. »Lass ihn mit unbefleckter Ehre sterben.«

Halldor schaffte es, auf den Beinen zu bleiben und Eriks nächsten Hieb abzublocken, verlor dabei aber sein Schwert. Statt sich zu bücken und es aufzuheben, stolperte er zurück, zog den Sax aus der horizontalen Scheide an seinem Gürtel und verharrte, als wartete er darauf, den nächsten Hieb abzuwehren.

Oddny hatte keine Ahnung, wie Halldor es fertigbrachte, sich immer noch auf den Beinen zu halten. Doch in diesem Moment, in dem Erik gerade zum nächsten Schlag ausholte, griff Halldor erneut an, schneller, als sein Knie es ihm gestatten sollte. Er täuschte rechts an, und Erik wehrte ihn ab, doch dann drehte sich Halldor und zog sein Sax mit einem gezielten Schwung aufwärts, der Erik das Gesicht von der Mitte der Wange bis zum Ohr aufschlitzte.

Erik zuckte zurück. Der Schnitt schien nur oberflächlich zu sein, aber das Blut lief wie ein Wasserfall über sein Kinn und die Tunika. Er hob die Hand, berührte sein Gesicht und sah erstaunt aus, als er seine rot verfärbten Finger betrachtete.

Gunnhild war im Nu bei ihrem Gatten, und nur Oddny bemerkte die knappe Handbewegung, mit der sie ihm etwas in die Tasche am Gürtel steckte.

Erik winkte sie fort, und sie wich zurück. Seine Brauen waren zu einem wütenden Ausdruck herabgezogen, und das Tempo, mit dem er sich nun auf Halldor stürzte, war nichts weniger als beängstigend. Halldor blockte seinen nächsten Hieb mit der Kraft grimmiger Verzweiflung ab, schlug sein Sax in den Bart der Axt und riss sie Erik aus der Hand, sodass der ungeschützt zurückblieb …

Oddny schlug beide Hände vor den Mund, als Halldor mit seinem Sax auf Eriks Seite losging. Brutal fuhr die Klinge durch zwei Lagen Tunika geradewegs in seine Haut, gleich unterhalb der Rippen.

Sofort riss Halldor die Klinge zurück, und Erik stolperte rückwärts und hielt sich krampfhaft die Seite, als rechne er damit, dass seine Organe herauspurzelten. Etliche seiner Hirdsmannen keuchten entsetzt auf. Aber Gunnhild, die gegenüber von Oddny und Svein stand, straffte sich lediglich.

Als Erik die Hand wegnahm, fand er dieses Mal kein Blut, denn unter den zerrissenen Kleidern war gar keine Wunde. Oddny hörte die Leute um sich herum nach Luft schnappen und flüstern. Als Erik an seiner Seite herabblickte, wirkte er vorübergehend desorientiert, als könne er nicht fassen, dass er noch am Leben war. Doch dann sah er Halldor an, der nicht minder verwundert schien, dass sein Hieb nicht mehr Schaden angerichtet hatte. Der Blick des Königs wurde so scharf wie der eines Raubtiers, das gerade seine Beute erspäht.

Halldor humpelte hastig zurück und konnte Eriks nächste Schwinger parieren, wenn auch mit immer weniger Kraft und Geschwindigkeit. Als er zur Seite springen wollte, steckte er einen Treffer am Bizeps ein, dann einen an der Hüfte. Die Äxte erwischten ihn so, dass sie glücklicherweise lediglich Schnitte hinterließen, keine tiefen Spaltwunden. Doch nach einem letzten Schlag gegen Halldors Schlüsselbein landete der im Gras, alle viere von sich gestreckt. Die Axtklinge hatte ihn erwischt, war geradewegs durch seinen Kapuzenmantel und die Tunika gefahren und hatte eine Wunde von der Schulter bis zur Mitte der Brust geschlagen. Sie blutete stark. Oddny glaubte, Knochen sehen zu können.

Und die ganze Zeit überschlugen sich ihre Gedanken, spielten wieder und wieder den Moment durch, in dem Halldors Klinge Eriks Seite erwischt hatte. Sie hatte es mit eigenen Augen gesehen – wie hatte dieser Hieb dem Kampf kein Ende machen können? Eriks Eingeweide hätten sich über den Boden verteilen sollen. Wie hatte …?

Als sie zur anderen Seite des Halbkreises sah, dahin, wo Gunnhild stand, stellte sie fest, dass ihre Freundin den Kampf nicht verfolgte, sondern stattdessen sie anstarrte, aus Augen, in denen eine stumme Abbitte stand.

Oddny wurde übel. *Gunna, was hast du getan?*

Aber dann überfiel sie die Erinnerung an Gunnhilds Winterprojekt, und plötzlich wusste sie es.

Aufhören. Beendet den Kampf. Ihr Mund formte Worte, gab ihnen jedoch keine Stimme. Sie trat vor. *Aufhören. Aufhören!*

Erik stand nun über Halldor, während der andere Mann noch versuchte, sich davonzuschleppen, aber hinter ihm war nur der Grabhügel. Als ihm das klar wurde, sackte Halldor in sich zusammen, eine Hand auf die Brust gepresst, während die andere so heftig zitterte, dass er das blutige Sax kaum noch halten konnte.

Oddny weinte. Sie wollte zu ihm gehen, ihn trösten, ihn heilen – aber Svein hielt sie weiterhin fest, drückte allerdings ihren Arm, als hätte er ihre Gedanken gelesen. Einen Teil ihrer selbst schmerzte noch immer die Schwere des Geheimnisses, das Halldor vor ihr gewahrt hatte. Doch dieser Schmerz verblasste angesichts dessen, wie sehr sie ihn liebte.

Sie konnte nicht zusehen, wie er starb.

Erik warf seine verbliebene Axt von sich, stolzierte voran, zog das Schwert an seiner Hüfte und blickte auf Halldor hinab; sein Gesicht zuckte, während er vergeblich versuchte, die steinerne Miene aufrechtzuhalten.

»Halldor Bjarnarson«, sagte er dumpf. »Du kannst meinem Bruder sagen, dass er ungerächt bleibt. Wenn es sonst noch etwas gibt, was du zu sagen wünschst, sag es jetzt oder spar es für Walhall auf.«

Halldor reckte sein Kinn vor. Erik hob sein Schwert.

»Halt!«, schrie Oddny, riss sich aus Sveins Griff los, warf sich zwischen den König und seinen Neffen und blickte Erik an. Hinter ihm sah sie Gunnhilds aufgewühlte Miene, sah die Königin kaum merklich den Kopf schütteln, die Augen geweitet, der Blick flehentlich im orangefarbenen Licht ihrer Laterne.

Oddny ignorierte sie.

Eriks gerötete Augen starrten sie an. »Oddny Ketilsdottir, geh mir aus dem Weg!«

»Nein«, sagte sie. »Sie hat betrogen.«

»Geh zur Seite, oder ich strecke auch dich nieder. Ich sage es nicht noch einmal.« Seine Stimme war tödlich leise, und er sah aus, als müsste an diesem Tag nur ein weiteres Missgeschick passieren, und er würde auch noch den letzten Fetzen seines Verstands verlieren.

»Sie hat betrogen«, wiederholte Oddny. »Als Halldor dich an der Seite erwischt hat, hätte dieser Hieb dich töten müssen. Sogar du hast das gewusst – wir alle haben dein Gesicht gesehen. Gunnhild hat an einem Schutzzauber für sich selbst gearbeitet, und den hat sie nun für dich benutzt.«

»Wovon redest du?«

»Schau in deine Tasche«, sagte Oddny, »und sieh selbst.«

Erik blickte ihr weiter unverwandt in die Augen, als er in die Tasche an seinem Gürtel griff. Einen Moment später mussten seine Finger etwas Unerwartetes berührt haben, denn er runzelte verwundert die Stirn.

Er zog einen Runenstab aus der Tasche und starrte ihn an.

Oddny erkannte den Moment, in dem ihm klar wurde, dass sie recht hatte, als er verstand, was Gunnhild getan hatte – und was das für ihn bedeutete. Und als sie den feurigen Funken in seinen Augen sah, in dem Moment, in dem er sich zu seiner Frau umdrehte, fürchtete sie fast um ihre Freundin.

Dennoch war es Oddny unmöglich, zu bedauern, dass sie Gunnhilds Heimtücke aufgedeckt hatte.

Vor glühender Wut zitternd, brach Erik den Stab in zwei Stücke und warf sie der Königin vor die Füße. Gunnhild wich seinem

Blick nicht aus, ihre Augen leuchteten mit der gleichen Intensität und Härte wie die ihres Mannes, während das Paar sich gegenseitig niederstarrte.

Geflüster drang nun an Oddnys Ohren. Zauberin. Magie. Betrug.

»Du traust mir nicht zu, dass ich ihn allein schlagen kann?«, knurrte Erik. »Ist dir klar, wie du mich hast dastehen lassen?«

Selbst im Angesicht seiner Wut verzagte Gunnhild nicht. »Ich wollte kein Risiko eingehen.«

»Es liegt wenig Ehre in einem Sieg, den man nicht redlich erringen kann«, sagte Oddny.

Mehr Gemurmel machte die Runde. Der Rest der Hird erfasste den Sinn in dem, was sie gesagt hatte, und als Erik sich wieder ihr zuwandte, sah Oddny ihm an, dass er es auch tat. Hinter ihnen verfolgten Tryggvis Männer die grässliche Szene ungeniert mit gespannter Neugier, während Gudrod ratlos wirkte.

»Ich habe dem nicht zugestimmt«, sagte Erik, was mehr seinen und Triggvis Männern galt als seiner Frau, und er trat die Bruchstücke des Runenstabs beiseite. »Ich wusste nicht einmal, dass so etwas möglich ist.«

»Halldor Bjarnarson verdient es, diesen Ort lebend zu verlassen«, sagte Oddny, und Erik wirbelte erneut zu ihr herum. »Alles andere wäre unredlich.«

Zustimmendes Gemurmel brandete auf. Sie hatte die Hird auf ihrer Seite, nun brauchte sie nur noch den König.

»Außerdem«, sagte sie, »werden die Leute in Vestfold, sollten sie herausfinden, dass du den verlorenen Sohn von König Björn im Zuge eines Duells getötet hast, das du durch falsches Spiel gewonnen hast, noch schlimmere Worte als Brudermörder für dich finden.«

In dem Halbkreis war totale Stille eingetreten, alle lauschten jedem ihrer Worte genauso angespannt, wie Erik ihr in die Augen sah. Sie zweifelte nicht daran, dass Tryggvis Männer Olaf genau berichten würden, was hier passiert war, sobald sie gegangen waren, und Oddny wusste, was dann geschehen würde: Während die Geschichte die Runde machte, würden Teile davon passend verändert oder ausgelassen, damit Erik noch schlechter dastand. *Er wusste von dem Zauber*, würden die Leute sagen. *Er hat absichtlich betrogen. Hat den Kampf angefangen. Wollte ein drittes Mal zum Mörder am eigenen Blut werden.*

Auch Erik war das klar, denn nun sah er mit ausdrucksloser Miene an ihr vorbei zu Halldor – der immer noch am Boden lag, kurz davor, vom Blutverlust bewusstlos zu werden – und schob sein Schwert in die Scheide.

»Halldor Bjarnarson«, sagte Erik tonlos und fuhr dann lauter fort, damit alle ihn hören konnten. »Ich verhänge die Acht über dich. Du bist von nun an und für alle Zeit aus Norwegen verbannt. Solltest du es je wagen zurückzukehren, darf ein jeder dich straflos töten.«

Oddny sank auf alle viere, als der Kampfeswille aus ihr wich, und die Erleichterung sie durchflutete und seinen Platz einnahm. *Halldor wird leben.*

Erik machte kehrt und stolzierte in Richtung Wald, fegte an Gunnhild vorbei, ohne sie auch nur eines Blickes zu würdigen. Die Hird folgte ihm in dem Wissen, dass die Sache vorbei war, und Tryggvis Männer schleppten ihren Anführer davon. Gudrod blieb, still und regungslos.

Gunnhild blieb auch. Die Laterne erhoben, trat sie auf Oddny zu. »Oddny, ich …«

Oddny stemmte den Oberkörper hoch, gerade weit genug, um sich aufrecht auf die Knie zu hocken. Die Narbe in ihrer Handfläche brannte. Thorbjörgs tückische Worte in den Winternächten krochen aus den Tiefen ihres Gedächtnisses empor, wo sie sie vergraben hatte: *Du hast sie zwölf Winter lang nicht gesehen, Oddny …*

Sie wird dir noch früh genug ihr wahres Gesicht zeigen, und dann wirst du es bereuen, mein Angebot abgelehnt zu haben, und zwar für den Rest deines Lebens.

Zu dem Zeitpunkt war ihr diese Warnung absurd erschienen. Ihr Vertrauen zu Gunnhild war kaum ins Schwanken geraten, selbst dann noch, als die Rituale ihrer Freundin fehlgeschlagen waren.

Aber am Ende hatte Thorbjörg recht behalten.

»Wie konntest du?«, flüsterte Oddny und hob den Kopf, um die Königin anzusehen.

»Ich habe nicht nachgedacht«, sagte Gunnhild. Als sie wenige Schritte von Oddny entfernt war, stolperte sie, richtete sich aber wieder auf. Es ging ihr immer noch nicht gut. »Ich hatte keine Zeit. Ich habe die Entscheidung getroffen, ehe ich richtig … ehe mir wirklich bewusst war, dass …«

»Dass du, um deinen Mann zu retten, den Mann töten würdest, den ich liebe«, beendete Oddny den Satz. Das Gefühl, verraten worden zu sein, glühte heiß und hell in ihrer Brust. Als es darauf angekommen war, als die Blutschwüre, die Gunnhild mit beiden Händen abgelegt hatte, unvereinbar wurden, da hatte sie Erik gewählt, nicht Oddny. Sie hatte nicht gezögert. Nicht einmal für einen Moment.

»Ich konnte ihn nicht sterben lassen, Oddny«, flüsterte Gunnhild. »Halldor hat ihn schon einmal geschlagen, weißt du noch? Auf dem Übungsareal? Und als er sein Gesicht aufgeschlitzt hat, als ich das Blut sah, da bin ich in Panik geraten … ich konnte nicht riskieren …«

»Soll ich dir etwas verraten?« Oddny erhob sich, die Fäuste geballt, die Stimme rau. »In deiner Hochzeitsnacht hat Thorbjörg mir ein Schiff mit einem frischen Wind angeboten, das mich zu Signy bringen sollte. Dazu das Silber, um sie freizukaufen, im Gegenzug dafür, dass keine von uns dich je wiedersieht.«

Gunnhild sah erschüttert aus. »Warum hast du mir das nicht erzählt?«

»Warum sollte ich? Immerhin habe ich sie abgewiesen.«

»Du hast das Richtige getan ...«

»Ach ja? Da bin ich jetzt nicht mehr so sicher.«

»Oddny, bitte ...«

»Ich habe an dich geglaubt. Ich war dir gegenüber loyal. Und so dankst du es mir.«

Für einen Moment dachte Oddny, Gunnhild würde Abbitte leisten, aber sie kannte ihre Freundin gut genug, um den Gedanken zu verwerfen. Derweil bekam die Miene der Königin einen hässlichen Zug. »Mir war nicht bewusst, dass unsere Freundschaft einen Preis hat.«

Und etwas in Oddny zerbrach.

»*Wenn zwei Menschen einander so gut kennen wie ihr Mädchen*«, flüsterte Yrsas Stimme in ihrem Hinterkopf, »*dann wissen sie auch genau, was sie sagen müssen, um dem anderen den größten Schmerz zu bereiten.*«

»Weißt du, was Thorbjörg mir auch noch gesagt hat?«, fragte Oddny, außerstande, sich zu beherrschen. »Sie hat mir gesagt, dass sie es eigentlich auf dich abgesehen hatten, und als sie dich nicht finden konnten, haben sie sich stattdessen Signy und mich vorgenommen – deine *eingeschworenen Schwestern*. Das alles hier – einfach alles, was passiert ist – ist *deinetwegen* passiert, Gunnhild.«

Das war eine Wahrheit, die zu akzeptieren sie nicht hatte über sich bringen können. Bis jetzt. Eine Wahrheit, die Gunnhild bis ins Mark erschüttern würde, und das wusste Oddny. Aber es kümmerte sie nicht. Nicht mehr.

»Du sagst, du heiratest Erik, um Signy zu retten, aber in Wahrheit hast du es getan, um Königin zu werden. Weil du es deiner Mutter vor ihrem Tod unter die Nase reiben wolltest. Damit du die Macht spüren konntest, damit du dich zum ersten Mal im

Leben *wichtig* fühlen würdest. All das Gerede darüber, Signy zu retten, diente nur dazu, deine eigene Selbstsucht zu verbergen. Signy und ich haben unser Leben ruiniert in jener Nacht, in der wir diesen blöden Eid mit dir abgelegt haben. Ich wünschte, wir hätten es nie getan.«

Das brennende Gefühl in ihrer Handfläche verschwand.

Und Gunnhilds Gesichtsausdruck, die Art, wie sie voller Entsetzen auf ihre rechte Hand blickte, verriet Oddny, dass sie es auch gespürt hatte. Ihr Bund war zerbrochen.

»Ich werde Signy allein aufspüren. Ich brauche dich nicht. Das habe ich nie«, sagte Oddny, betrachtete ihre eigene Handfläche und krümmte langsam die Finger über dem, was nun nicht mehr als eine gewöhnliche Narbe war. Den Kopf immer noch gesenkt, blickte sie auf. »Geh nach Hause, Gunnhild.«

Gunnhild sah aus, als wäre ihr die Luft weggeblieben. Ihre Lippen bebten, während sie sich bemühte, ein Schluchzen zu unterdrücken. Dann machte sie kehrt und floh in die Finsternis.

Kaum war Gunnhild fort, stürzte Oddny zu Halldor, sank neben ihm auf die Knie und schleuderte ihren Arzneibeutel vor sich ins Gras.

»Halldor«, sagte sie und drehte seinen Kopf zu sich. »Halldor, sieh mich an.«

Seine Lider flatterten, und er stöhnte leise.

Oddny hockte sich auf die Fersen. Sie wusste nicht, wo sie anfangen sollte. Sein Atem ging flach, überall war Blut, und ein Schrei drohte sich aus ihrer Kehle zu zwängen, als die Panik sie überwältigte. Sie konnte kaum noch klar sehen. Oddny hatte Kräuter für Tees zusammengestellt, dann und wann eine Schnittwunde oder einen Knochenbruch behandelt, aber das? Das war zu viel.

Als sie sich wieder etwas gesammelt hatte, sah sie, dass Gudrod auf der anderen Seite des verletzten Bruders kniete. Auf seinem Gesicht, das dem Halldors so ähnlich war, nur breiter, voller – wie hatte sie diese Ähnlichkeit nur übersehen können? –, waren Spuren getrockneter Tränen zu sehen. »Ihr müsst beide gehen. Für euch ist es hier nicht mehr sicher.«

»Wir können ihn nicht bewegen«, wandte Oddny ein, und ihre Stimme klang sogar in ihren eigenen Ohren wie aus weiter Ferne. »Nicht, ehe ich seine Wunden versorgt habe.«

»Was brauchst du dafür?«

»Licht. Alles andere habe ich in meinem Beutel.«

»Gut.« Gudrod stellte seine Laterne neben Halldors Kopf. »Ich lasse die hier. Aber ihr müsst das Land verlassen, sobald du fertig bist. Wenn mein Onkel herausfindet, was hier passiert ist, schickt er Männer, um euch zu holen.«

Ein roter Schleier legte sich über Oddnys Blickfeld. »Er wird genau das tun, was Tryggvi gesagt hat, richtig?«

»Ja. Und das wäre für meinen Bruder schlimmer als das Exil.«

»Ich weiß«, sagte Oddny leise und kam endlich wieder ganz zu sich. Sie musste sich an die Arbeit machen. Sie zog Verbandszeug aus ihrem Beutel und presste es unter Einsatz ihres ganzen Gewichts auf die Wunde an Halldors Oberschenkel, die am schlimmsten blutete.

Gudrod erhob sich. Als Oddny die Entschlossenheit in seinen Augen sah, fragte sie sich, ob seine Untätigkeit gegenüber Tryggvis Männern nur der Täuschung gedient hatte. Vielleicht wollte er, dass sie ihn unterschätzten; möglicherweise hatten sie das schon sein ganzes Leben lang getan.

»Mit etwas Glück haben sie mein Pferd nicht gefunden. Sie haben mich erst später zu Fuß erwischt, nachdem ich längst abgestiegen war«, erklärte Gudrod. »Ich kann schneller in Saeheim sein als sie. Ich schaffe euch beide noch vor Sonnenaufgang auf ein Schiff nach Dänemark.«

»Birka. Wir müssen nach Birka.«

Für einen Moment zauderte Gudrod, dann nickte er. »Dann also Birka. Nur ... Gib gut auf ihn acht.«

»Du bist ein guter Mann, Gudrod Bjarnarson«, sagte Oddny, als er davonging. »Ich hoffe, das lässt du dir niemals nehmen.«

Gudrod verharrte für einen kurzen Moment, ehe er in der Dunkelheit verschwand.

»Oddny«, stöhnte Halldor plötzlich. »Oddny, es tut mir leid ...«

Oddny drehte sich so, dass sie ihm in die Augen sehen konnte, lockerte ihren Druck auf dem Verband, beugte sich über ihn und legte eine Hand an seine Wange. »Still. Spar deine Kraft auf.«

Halldor ignorierte die Bitte. »Ich wollte dir sagen ...«

»Pst.« Auf der Suche nach Nadel und Sehne durchwühlte sie ihren Beutel, doch Halldor griff mit seinem unverletzten Arm nach ihr. Er strich mit den blutigen Fingerspitzen über ihr Kinn, und sie drehte sich wieder zu ihm um.

»... aber als ich es aufgegeben hatte – als ich beschlossen hatte, ihn nicht zu fordern, als ich erkannt hatte, dass alles ganz anders sein könnte –, da konnte ich es dir nicht sagen«, krächzte er. »Ich wollte nicht, dass du denkst ... dass ich meinen Vater nicht rächen will ... dass ich ehrlos bin ... Ich konnte nicht zulassen, dass du wieder so von mir denkst. Ich konnte nicht. Es tut mir leid.«

»Es gibt nichts, was dir leidtun müsste«, sagte Oddny, als sie die Sehne einfädelte. Dann riss sie seine blutige Hose weit auf, um die Wunde bloßzulegen. »Das wird wehtun. Bist du bereit?«

Halldor ließ seine Hand sinken und murmelte eine Zustimmung, und sie fing an, die Wunde zu nähen. Er reagierte kaum; wäre da nicht ein gelegentliches Blinzeln und das Auf und Ab seiner Brust gewesen, sie hätte ihn für tot halten können.

Als sie fertig war, verknotete sie die Stiche, nahm einen Tiegel mit Tonerde aus dem mit Wolle wattierten Kästchen in ihrem Beutel und schmierte den Inhalt über ihr Werk, ehe sie die Wunde über der Hose bandagierte. Dann widmete sie sich der Bizepswunde, die nicht schlimm genug war, um genäht werden zu müssen, also behandelte sie sie lediglich mit Tonerde und legte anschließend auch hier einen Verband an.

Als es Zeit wurde, sich der Brustverletzung zuzuwenden, verzog sie das Gesicht – es war der schlimmste Treffer, den er hatte einstecken müssen. »Ich werde deine Tunika aufreißen. Ich möchte die Wunde nicht zusätzlich reizen, weil du dich bewegst, um sie dir über den Kopf zu ziehen. Einverstanden?«

Halldor sah sie immer noch nicht an, aber in seinen Augenwinkeln schlug sich Anspannung nieder, als er das Gesicht verzog. »Ja.«

Sie stellte fest, dass sich die Wolle seiner Übertunika nicht so leicht zerreißen ließ wie das Leinen darunter, also schnitt sie es von der Schulter bis zum Bauch auf und riss dann beide Lagen von der Schulter bis zum Nabel auseinander.

»Oh, nein«, flüsterte Oddny, denn das raffinierte Kleidungsstück, das er angefertigt hatte, um seine Brust zu kaschieren, war so zerrissen und blutig wie der Rest seiner Kleidung. Es bestand aus mehreren Lagen Wolle und sah aus wie die obere Hälfte eines ärmellosen Hemds, das knapp unter den Rippen endete und an einer Seite mit Knebelverschlüssen versehen war, die stramm gezogen werden konnten. Zwischen den zerfetzten Wundrändern konnte sie sein Brustbein erkennen, in dessen Mitte der Schwerthieb eine Kerbe hinterlassen hatte.

»Das werde ich auch aufschneiden müssen«, sagte sie. »Ich verspreche, ich werde es reparieren, so schnell ich kann. Bist du einverstanden?«

Halldor nickte ebenso schwach wie gepeinigt.

Nachdem sie die Wunde genäht und Tonerde aufgetragen

hatte, war sein Knie an der Reihe. »Dieser Teil wird am schlimmsten. Ich kann dir etwas gegen die Schmerzen geben.«

»Nein. Tu einfach, was du tun musst.«

Oddny huschte zu seinen Beinen und wickelte die Wadenbinde ab, ehe sie vorsichtig das Hosenbein emporschob. Sein Knie war auf die dreifache Größe angeschwollen und auf der Seite, wo ihn Eriks Hieb erwischt hatte, großflächig rotblau verfärbt.

Bei dem Anblick wurde Oddny übel, und kaum hatte sie angefangen, den Schaden an seinem Knie zu ertasten, gab Halldor einen erstickten Laut von sich und verlor das Bewusstsein. Was auch ganz gut war, wie Oddny dachte, während sie ihre Untersuchung fortsetzte. Ihr Magen drehte sich um, als sie spürte, wie sich Knorpel und Knochen unter der Haut verschieben ließen. Dann holte sie drei Stäbe aus ihrem Beutel: zwei lange, die als Schiene dienen sollten, und einen kleinen zum Schnitzen.

Kaum hatte sie die beiden langen Stäbe an beiden Seiten des Knies angelegt und mit einem Streifen Leinenverband fixiert, nahm sie den kleinen und ihr Messer zur Hand und schnitzte und sang die Runen so selbstsicher wie nie zuvor. Als sie fertig war, griff sie zu Halldors Wadenbinde, wickelte sie über dem Leinenverband um sein Knie und schob vorsichtig den Runenstab zwischen die Stofflagen.

Nach getaner Arbeit rollte sich Oddny an seiner Seite zusammen und wartete auf die Rückkehr seines Bruders.

32

Jeder schritt fühlte sich schwerer an als der vorangegangene, als Gunnhild die Grabhügel hinter sich ließ. Ein Teil von ihr wollte nur kehrtmachen, um Oddny um Vergebung zu bitten.

Aber Oddny wollte nichts mehr mit ihr zu tun haben. Und indem sie das gesagt hatte, hatte sie Gunnhilds größte Furcht bestätigt: dass sie selbst der Fluch war. Dass ihre Schwurschwestern ohne sie besser dran waren. Das hatte sie in ihren dunkelsten Momenten schon des Öfteren gedacht, aber es von Oddny zu hören schmerzte schlimmer, als sie in Worte fassen konnte. Also ging sie weiter, bis sie das Lager erreichte – wo keiner der Hirdsmannen auf ihre Rückkehr reagierte, abgesehen davon, dass alle den Blick abwandten, als sie vorüberging. Ihr zog sich der Magen zusammen.

Ganz in der Nähe sah sie Svein aus dem Zelt kommen, das er mit Oddny und Halldor geteilt hatte, und er trug ihre Habersäcke über der Schulter. Er kam nicht weit, denn Erik warf ihm seinen Schwertgurt an die Brust und trat vor den Skalden, um ihm den Weg zu verstellen.

Der trostlose Ausdruck auf dem Gesicht ihres Ehemanns war niederschmetternd. Dies war nicht mehr der Mann, den sie liebte: Das war das Tier mit den toten Augen, für das ihn alle hielten, das, zu dem er während des Zweikampfs wieder geworden war: eine kalte, berechnende Kreatur, die eher bereit war, sämtliche Gefühle zu unterdrücken, als sich dem eigenen Schmerz zu stellen.

Heute Abend war dieser Mann zu schwer getroffen worden, und nun war die Bestie zurück.

»Was denkst du, dass du da tust, Svein?«, fragte Erik.

»Ihnen ihr Zeug bringen«, sagte der Skalde. »Ich bin gleich wieder da.«

»Wenn du jetzt gehst, brauchst du nicht zurückkommen.«

»Was? Das meinst du doch nicht ernst.«

Eriks Mimik blieb unverändert.

Svein machte kehrt und ging zurück ins Zelt. Aber statt die Säcke dorthin zurückzulegen, wo er sie gefunden hatte, tauchte er einen Moment später mit seiner eigenen Schiffskiste unter dem Arm wieder auf, den Beutel mit seiner Leier zusammen mit Oddnys und Halldors Habersäcken über die Schulter geschlungen. Dann marschierte er auf Erik zu, streifte seinen Armreif ab und rammte ihn dem König vor die Brust, ehe er seinen Weg fortsetzte.

Kaum war er fort, schleuderte Erik den Reif zu Boden, machte auf dem Absatz kehrt und stakste in den Wald.

»Folgt mir nicht!«, sagte er zu niemand Bestimmtem, und der Rest der Hird wandte den Blick ab.

Gunnhild holte tief Luft, duckte sich in ihr eigenes Zelt, schnappte sich ihren Silberbeutel und folgte Svein. Er musste das Klimpern der Münzen und Armreifen gehört haben, denn er drehte sich um, ehe sie ihn rufen konnte.

»Nimm das auch mit«, sagte sie und hielt ihm den Beutel hin. »Für Oddny. Und Signy.«

Der Skalde musterte sie einen endlosen Moment lang, als warte er auf den Haken, und den Grund dafür erkannte Gunnhild auf Anhieb: Er misstraute ihr. Sie erinnerte sich, wie Svein zu Thorolf gehalten hatte, nachdem sie ihm das Herz gebrochen hatte, erinnerte sich an die Blicke, die er Erik zugeworfen hatte, wenn er sich unbeobachtet glaubte, als wüsste er nicht mehr so recht, was er von ihm zu halten hatte. Kein Wunder, dass er auch sie geringschätzte. Schließlich war sie der Auslöser dafür, dass die Freunde sich entfremdet hatten.

»Bitte«, sagte sie, und Svein nahm wortlos den Beutel entgegen, warf ihn zu dem Rest über seine Schulter und ging weiter.

Gunnhild nahm ihre Laterne und machte sich auf die Suche nach ihrem Ehemann. Sie fand ihn auf einer Lichtung. Mit beiden Händen die Haare raufend ging er ruhelos auf und ab und trat bei jedem Schritt Unterholz los.

»Erik«, sagte sie, als sie sich näherte.

Er sah sie gar nicht an. »Sprich jetzt nicht mit mir, Gunnhild. Bitte. Geh weg.«

»Lass mich dir erklären ...«

»Ich sagte, *sprich jetzt nicht mit mir, Gunnhild.*«

Ihre Stimme wurde lauter und schriller. »Ich habe nur getan, was in meinen Augen ...«

Da drehte er sich so plötzlich zu ihr um, dass sie einen Schritt zurückwich. Im Licht ihrer Laterne sahen seine blutunterlaufenen Augen gehetzt aus, als er sich mit ruckartigen, ungelenken Bewegungen auf sie stürzte.

»Das Beste war?«, knurrte er. Die Wunde in seinem Gesicht blutete nicht mehr, aber er hatte das Blut auch nicht fortgewischt. »Wolltest du das sagen? Du hast getan, was in deinen Augen das Beste war?«

»Ich ...«

»*Du. Weißt. Nicht. Immer. Was. Das. Beste. Ist.*« Inzwischen brüllte er aus vollem Halse und stieß sie bei jedem Wort mit dem Finger an, ehe er die Hände in die Luft riss. »Aber gut, du gewinnst. Du willst dieses Gespräch jetzt führen? Dann los.«

Gunnhild wich einige weitere Schritte zurück. Am wütendsten hatte sie ihn bis heute in ihrer Hochzeitsnacht erlebt, als sie betrunken und gemein gewesen war und er diesen Krug an die Wand geschleudert hatte, um ihr einen Schreck einzujagen, der reichte, dass sie den Mund hielt.

Das hier war etwas ganz anderes.

Doch sie hatte bereits Oddny verloren. Sie konnte nicht auch noch ihn verlieren. Sie hatte die Bestie einmal gezähmt, also konnte sie es wieder tun. Sie musste sich nur behaupten.

Sie reckte das Kinn vor. »Gut. Fangen wir an.«

»Wie oft habe ich dich gebeten, meine Kämpfe nicht an meiner Stelle auszufechten?« Als sie zum Sprechen ansetzte, reckte er eine Hand in die Höhe, um sie zum Schweigen aufzufordern, und sie klappte den Mund wieder zu. »Das war ein Zweikampf. Ein Kampf zwischen zwei Menschen. Zwei. Ich und er. Das war mein Kampf. Und du warst dreist genug, dich einzumischen. Wohlwissend, was die Leute sagen würden, wenn sie es herausfänden?«

»Sie hätten es nicht herausfinden sollen«, gab Gunnhild scharf zurück.

»Und was hast du gedacht, würde passieren, wenn ich verletzt werde und nicht blute?«

»Ich habe nicht gedacht …«

»Ja«, fiel er ihr ins Wort, »das ist mehr als deutlich geworden. Du begreifst nicht. Du hörst nicht auf mich. Wenn das Schicksal, das die Nornen für mich vorgesehen haben, besagt, dass ich für Halldors Rache sterben muss, dann hätte ich mich dem freudig gefügt.«

»Ich habe dir das Leben gerettet!«

»Indem du meinen Ruf ruiniert und meine Ehre besudelt hast – die wichtigsten Dinge, die ein Mann besitzt, umso mehr, wenn dieser Mann ein König ist. Lieber wäre ich gestorben.«

»Dein Ruf und deine Ehre waren schon besudelt, bevor wir einander begegnet sind. Und das war nicht meine Schuld.«

Die Worte trafen ihn wie ein Schlag, und Gunnhild wünschte sich sogleich, sie könnte sie zurücknehmen, denn nun sah er sie an, als wäre sie eine Fremde. Jemand, dem er nicht trauen konnte. Und wie sollte er auch? Er hatte zugelassen, dass sie ihn in seinen düstersten Momenten erlebte, hatte sich selbst gestattet, in ihrer

Gegenwart angreifbar zu sein, verwundbar sogar – und nun, da sie so gut wusste, wie sehr seine Vergangenheit ihn quälte, schleuderte sie ihm genau die ins Gesicht, nur um einen Streit für sich zu entscheiden.

Diese Nacht hatte ihn an die Grenze getrieben. Und sie trieb ihn nur noch weiter.

»Es tut mir leid«, sagte sie und presste die Hände auf die Augen, um ihre Tränen zurückzuhalten. »Das habe ich nicht so gemeint. Es ist nur … Ich wollte dich nicht verlieren. Allein der Gedanke …«

»Du meinst, du wolltest deine Position nicht verlieren«, höhnte Erik. »Glaub nur nicht, ich hätte vergessen, aus welchem Grund du schließlich bereit warst, mit mir zusammenzuarbeiten.«

Sie schluckte einen Schluchzer hinunter. Das kam Oddnys Anschuldigung so nahe, dass sie daran zu zerbrechen fürchtete. *Ist das wirklich das, was sie von mir denken? Dass mich nur die Macht interessiert?*

»Ich hätte dich während der Winternächte gehen lassen sollen, ganz wie du es wolltest.« Erik wandte sich ab und machte Anstalten, davonzugehen. »Nimm deine Sachen und geh zurück zu Oddny. Ich bin sicher, ihr findet ein Schiff, das euch nach Birka in Tunsberg bringt. Wir sind fertig miteinander.«

»Oddny will mich nicht wiedersehen.«

Er blieb stehen und wirbelte auf dem Absatz herum, um sie anzusehen. »Was?«

»Sie liebt Halldor, und ich hätte ihn sterben lassen. Ich habe sie für immer verloren.« Sie ließ den Kopf hängen. »Wie es scheint, habe ich, als ich mich für dich entschieden habe, euch beide verloren.«

Sie hörte, wie sich seine Schritte näherten. Als sie aufblickte, um ihn anzusehen, verharrte er und ließ seine Hand sinken, als wäre er im Begriff gewesen, nach ihr zu greifen, hätte es sich aber anders überlegt. Sie verlor allen Mut, bis sie ihm in die Augen schaute und dort einen winzigen Funken Leben entdeckte.

»Ich brauche Zeit, Gunnsa«, sagte er endlich leise und wandte sich erneut zum Gehen. »Wir werden über diese Sache reden, wenn wir wieder in Hordaland sind.«

Die Erleichterung, die sich beim Klang ihres Kosenamens in ihr regte, war von kurzer Dauer, denn plötzlich sah sie hinter ihm etwas Weißes aufblitzen; ein kleiner Fuchs, der zwischen den Bäumen davonflitzte. Gunnhilds Brust verkrampfte sich. Hatte Thorbjörg von Halldors Abstammung gewusst, als sie sie an diesen Ort gebracht hatte, oder hatte sie lediglich ein bisschen Unfrieden stiften wollen? Doch sie nahm an, das war nun auch nicht mehr von Bedeutung.

Thorbjörg hatte gewonnen.

Auf der Rückfahrt nach Hordaland wechselte niemand ein Wort mit Gunnhild, und sie verbrachte den größten Teil der Reise zusammengekrümmt im Zelt, einen Eimer auf dem Schoß, denn ihre Übelkeit und das Erbrechen waren am Morgen der Abreise mit aller Macht erneut über sie gekommen.

Als sie eintrafen, erfuhren sie, dass König Harald wie geplant nach Avaldsnes gegangen war, doch Tora war geblieben. In der kurzen Zeit, in der Erik und Gunnhild fort gewesen waren, hatte man den kleinen Haakon in die Obhut des Königs von England entsandt, woraufhin Tora aus Protest in Alreksstadir geblieben war. Arinbjörn und Runfrid waren noch immer nicht zurückgekehrt.

Aber wie sich herausstellte, gab es neue Gäste: Alf und Eyvind warteten in der Haupthalle auf sie.

Gunnhild hätte beinahe ihren Hexenbeutel fallen lassen, als sie ihre Brüder erblickte. Sie sahen so alt aus, obwohl sie nur zehn Jahre älter waren als sie. Alf wurde langsam kahl, und Eyvinds rotes Haar war an den Schläfen von goldenen Strähnen durchzogen. Die markante Nase, die sie von ihrem Vater geerbt hatten, war irgendwie noch markanter geworden – aber die beiden waren hier. Und ihr war egal, dass sie sie seit über einem Jahrzehnt nicht gesehen hatte, ihr war egal, dass sie während des größten Teils ihrer Kindheit fort gewesen waren, ihr war egal, dass sie bei ihrer letzten Begegnung sogar Solveigs Verachtung ihr gegenüber heruntergespielt hatten.

In diesem Moment war der Anblick zweier freundlicher Gesichter wie ein Sonnenstrahl, der sich durch finstere Wolken bohrt, und sie rannte auf sie zu und schlang ihre Arme um beide zugleich. Sie waren kleiner, als sie sie in Erinnerung hatte. Inzwischen war sie ebenso groß wie ihre Brüder.

»Kleine Gunna«, sagte Alf. »Du bist gewachsen.«

»Schau dich nur an!«, sagte Eyvind. »Königin Gunnhild.«

»Was ... was macht *ihr* denn hier?«, fragte sie, als sie sich wieder von ihnen löste.

»Wir waren im Süden auf Reisen, als uns die Nachricht erreichte, dass Vater gestorben ist«, berichtete Alf und zuckte geradezu zusammen, als ihm ihre Miene auffiel. »Du hast es nicht gewusst. Das tut mir leid.«

»Es war ein friedvoller Tod«, fügte Eyvind hinzu. »Vigdis sagte uns, er habe sich eines Abends nach dem Julfest schlafen gelegt und sei nicht mehr aufgewacht.«

Gunnhild blinzelte gegen die Tränen an. Bei all seinen Schwächen hatte sie doch immer gewusst, dass Ozur sie sehr gemocht hatte, und nun schien es, als wäre der letzte Rest ihres alten Lebens im Meer zerfallen. Die Halle ihres Vaters ohne ihren Vater darin war unvorstellbar. Er war eine feste Größe auf den Inseln an der Küste von Halogaland gewesen, solange sich irgendjemand erinnern konnte. Aber Solveig war seine einzige Liebe und hatte beinahe fünfzig Winter an seiner Seite gelebt; es war nicht überraschend, dass es nur einige Monde gedauert hatte, bis er ihr ins Grab gefolgt war.

»Ulfrun ist auch gestorben, nicht lange nach deiner Abreise«, ergänzte Alf. »Vigdis sagte, sie hätte den Göttern mit ihrem letzten Atemzug dafür gedankt, dass sie dich noch einmal hat sehen dürfen.«

»Ich verstehe.« Hatte sich die Neuigkeit über den Tod ihres Vaters angefühlt, als hätte man ihr ein Messer in den Leib gerammt, so hatte die über ihre alte Kinderfrau es in der Wunde umgedreht. Gunnhild bemühte sich, sich zu sammeln, ehe sie fragte: »Und wer ist jetzt der Herse?«

»Eigentlich sollte das einer von uns sein – aber als wir hörten, dass du nicht nur am Leben bist, sondern auch mit einem König verheiratet, haben wir beschlossen, dass sich die Gatten unserer übrigen Schwestern um den Titel schlagen dürfen.« Eyvind drehte sich zu Erik um, der ein paar Schritte hinter seiner Frau herumgeschlichen war. »Ich bin Eyvind Ozurarson, und das ist mein Bruder Alf. Wir möchten in deine Dienste treten.«

Erik musterte sie nachdenklich. »Ich habe von euch gehört. Es wäre mir eine Freude, zwei Männer von eurer Reputation in meiner Hird zu haben, wenn ihr mir erst bewiesen habt, dass ich mich auf euch verlassen kann.« Das war die längste Ansprache, die sie seit Vestfold von ihm vernommen hatte. Dann entdeckte er jemanden auf der anderen Seite der Halle und erstarrte regelrecht. »Entschuldigt mich.«

Er ging, und Gunnhilds Augen folgten ihm zu der Ecke, in der Thorolf stand. Alf und Eyvind sagten etwas zu ihr, aber sie hörte es kaum. Sie beobachtete das Zusammentreffen zwischen ihrem Gemahl und ihrem ehemaligen Liebhaber. Sie konnte nicht hören, was gesprochen wurde, aber beide wirkten so angespannt, als wären sie im Begriff, in Angriffsposition zu gehen. Dann jedoch drehte Thorolf sich um und deutete auf das zusammengefaltete

Segeltuch hinter ihm. Vielleicht ein Geschenk seines Vaters zum Dank für die Axt? Aber nach allem, was Gunnhild über Skallagrim gehört hatte, konnte sie das nicht recht glauben. Doch sie sah, wie Eriks Anspannung zu weichen schien, und die Männer unterhielten sich noch einige Minuten, ehe sie einander plötzlich in die Arme nahmen.

Gunnhild wusste, sie sollte erleichtert sein, dass die zwei ihre Beziehung anscheinend zu kitten vermochten, doch sie empfand nur tiefe Schuld, weil sie die beiden überhaupt erst auseinandergebracht hatte. Erneut regte sich der Brechreiz, also entschuldigte sie sich bei ihren Brüdern und machte sich quer durch die überfüllte Halle auf den Weg zu ihrer Kammer. Wie es schien, hatte sich jede einzelne Person, die auf diesem Anwesen lebte, anlässlich der Rückkehr der Hird in der Halle eingefunden, doch die ihr folgenden Blicke waren nun nicht mehr so freundlich wie vor ihrer Abreise und das Geflüster noch schlimmer.

»… nur darauf aus, König Erik zugrunde zu richten – König Harald wusste, dass wir ihr nicht trauen können …«

»… gehört, sie kommt in Wahrheit vom dänischen Hof und wurde zum Spionieren nach Norwegen geschickt.«

»… also ich habe gehört, sie war in Finnland mit zwei Zauberern verbandelt und hat beide umbringen lassen, um den König zu verführen …«

Schon jetzt machten schändliche Gerüchte die Runde.

Sie rang ihre Panik nieder, huschte endlich in die Kammer, schloss die Tür und lehnte sich dagegen. Als die Katzen herbeikamen, um sie zu begrüßen, scheuchte sie sie weg. Fast gelang es ihr, sich zu beruhigen, doch dann ging sie zur anderen Seite des Zimmers und tastete in der Matratze herum, bis sie ihren Verhütungszauber gefunden hatte. Als sie ihn hervorzog, wurde ihr aus ganz anderen Gründen übel.

Eine Linie zog sich durch die Runen. Wie lange war die Magie schon erschöpft? Wann hatte sie das letzte Mal nachgesehen und sich vergewissert, dass der Zauber noch wirkte?

Schwer sank sie aufs Bett und betrachtete den Runenstab. Dann legte sie die freie Hand auf ihren Bauch. Nun konnte sie sich der Wahrheit nicht länger verschließen. Oddny hatte recht gehabt. Gunnhild trug höchstwahrscheinlich ein Kind im Leib.

Der Ernst der Lage überfiel sie so heftig, dass ihr die Luft wegblieb. All die Leute in Hordaland, die während der Winternächte so beeindruckt von ihr gewesen waren, wandten sich nun gegen sie. Sie hatte Oddny und Signy verloren. Ihr Mann konnte es nicht einmal ertragen, sie anzusehen, und ihre angeheiratete Verwandtschaft begegnete ihr mit Abscheu. Ihre Brüder waren hier, aber sie waren ihr ganzes Leben lang keine verlässlichen Verbündeten gewesen. Arinbjörn und Runfrid würden sich nie gegen Erik auf ihre Seite schlagen. Juoksa und Mielat würden ihr nicht mehr vertrauen, wenn sie hörten, dass sie einen Mann geheiratet hatte, der einen der Ihren getötet hatte, und warum sollten sie? Die Frauen in der Weberei würden ihr auch nicht mehr über den Weg trauen, wenn sie erst erfuhren, dass sie sich mit ihrem Liebling Oddny überworfen hatte; sie nahm an, nicht einmal Ulla würde je wieder ein Wort mit ihr wechseln. Heid war tot. Ulfrun war tot. Ihr Vater war tot.

Und das Schlimmste war, dass Thorbjörg erneut zugeschlagen hatte, und dieses Mal war Gunnhild außerstande gewesen, etwas dagegen zu unternehmen. Ihr ganzes Leben war in nur einer Nacht auseinandergefallen.

Und nun war sie schwanger. Das absolut Letzte, was sie in diesem Moment wollte, war ein Baby; noch ein Mensch, den sie unausweichlich im Stich lassen würde.

Das war zu viel.

Sie schnappte sich ihren Beutel und stürmte aus der Kammer. Tora rief sie, aber Gunnhild achtete nicht auf sie, als sie die Halle verließ. Es regnete. Sie ging einfach weiter, ignorierte die grüßenden Worte von Ulla und dem alten Hrolf, dem Gesetzessprecher – sie musste davon ausgehen, dass sie noch nicht von dem Zweikampf gehört hatten, aber das war nur eine Frage der Zeit.

Es war fast dunkel, als sie den Birkenhain erreichte, und sie hatte weder einen Schal dabei noch den Kaftan, den zu nähen sie Saeunn in diesem Winter beauftragt hatte. Sie war nass bis auf die Knochen. Die Tage waren zwar stetig wärmer geworden, aber die Nächte immer noch bitterkalt, und Regen und Tauwetter hatten den Boden in Schlamm verwandelt, der an ihren Schuhen und dem Saum ihres Kleides klebte.

Doch Gunnhild fühlte gar nichts. Sie ließ ihren Beutel neben dem Baumstumpf auf der Lichtung fallen, suchte im Unterholz nach trockenen Holzstücken, die sie zwischen dem Stumpf und der hohlen Birke mit der Statue der Freya aufstapelte, und holte Feuerstein und Feuerstahl hervor.

Als die Flammen auflodernten, setzte sie sich vor die Birke, den Rücken an den Stumpf gelehnt, und griff erneut in ihren Beutel – nur um festzustellen, dass die Flasche mit ihrem Bilsenkrauttee verschwunden war. Ihr war sofort klar, dass Oddny sie stibitzt haben musste, als sie auf dem Weg nach Vestfold in den Nebel geraten waren – vermutlich, um sie von Dummheiten abzuhalten. Umso schwerer fiel es ihr, darüber verärgert zu sein. Also wühlte sie weiter in dem Habersack, bis sie das beinahe leere Säckchen getrockneter Bilsenkrautblätter fand, die noch von den Pflanzen stammten, die Heid angebaut hatte.

Muss das immer zu Tee verarbeitet werden?, hatte ihr viel jüngeres Ich ihre Lehrerin eines Tages im Garten gefragt. *Ich habe gehört, die Blätter sind giftig.*

Heid hatte gelächelt, als hätte sie gehofft, dass Gunnhild genau diese Frage stellen würde. *Du kannst es auch verbrennen, und der Rauch wird dir Visionen schicken, ohne dass du deinen Körper verlassen musst. Aber es ist schwer zu beurteilen, wie zuverlässig sie sind. Besser, du hörst dir die Prophezeiungen direkt aus dem Mund der Toten an, Kind; mit deinem Tee und deinem Stab und mit den Schutzweisen als Schirm. Andernfalls weißt du nie, wen du in deinen Kopf einlädst.*

Aber Gunnhild hatte die tätowierte Binderune, die all jene fernhalten würde, die ihr Böses wollen könnten. Sie zerbrach sich nicht mehr den Kopf darüber, dass sie die Geister nicht rufen konnte. Mehr denn je benötigte sie nun Anleitung und Führung, und es kümmerte sie wenig, von wem sie kamen.

Sie streute etwas Bilsenkraut ins Feuer und atmete den Rauch ein. Dann lehnte sie sich wieder an den Stumpf und wartete, den Blick auf das Loch im Baum gerichtet. Die kleine Holzstatue der Freya, befleckt mit dem Blut ihrer Anhänger, starrte teilnahmslos zurück und gab rein gar nichts preis.

Es war hoffnungslos, närrisch sogar. Sie sackte nach vorn, stützte die Ellbogen auf die Knie und barg ihr Gesicht in den Händen. »Ich brauche Hilfe. Ich habe fast alles verloren, und was mir bleibt, hängt an einem seidenen Faden. Und ich …«

Gunnhild kniff die Augen zu, Tränen fielen in ihren Schoß.

»Ich habe Angst.«

Endlich hatte sie es eingestanden, doch die Worte verschafften ihr keine Erleichterung.

Für einen Moment war nichts zu hören außer dem Knistern des Feuers, aber dann vernahm sie eine süße, rauchige Frauenstimme, die sagte: »Wovor hast du Angst, Gunnhild Ozurardottir?«

Eine Hand legte sich von der Seite an ihr Gesicht, drehte sacht ihren Kopf, und Gunnhilds dunkelblaue Augen begegneten flüssigem Gold.

Die Frau, die neben ihr kauerte, war die schönste, die Gunnhild je gesehen hatte: langes Haar, leuchtend rot wie frisch vergossenes Blut; ein Kleid von der gleichen Farbe, abgesetzt mit goldener

Brettchenweberei, und eine schimmernde Halskette aus poliertem Bernstein, die ihr bis auf die Brust fiel und mit filigranen Goldornamenten geschmückt war, die perfekt zu ihren Augen passten.

Freya war die erste Hexe, hatte Heid ihr vor einer Ewigkeit erzählt. *Vielleicht wirst du ihr eines Tages begegnen.*

Bist du ihr begegnet?

Heid hatte nur gelächelt.

Gunnhilds Blick huschte zu der Statue in der Höhlung des Baumes. Obgleich sie mit Liebe gefertigt worden war, war sie doch nur ein dürftiges Abbild, und Heids Statue war noch unzulänglicher gewesen. Andererseits, welcher Sterbliche wäre auch nur ansatzweise imstande, die Schönheit der Frau einzufangen, die sie vor sich sah?

»Zwing mich nicht, mich zu wiederholen«, mahnte die Göttin.

»Ich ... ich habe Angst, zu versagen«, antwortete Gunnhild endlich. »Ich habe Angst, dass ich nicht stark genug bin. Ich habe Angst zu sterben. Ich habe Angst, noch mehr zu verlieren, als ich bereits verloren habe. Ich habe Angst, ein Nichts zu sein.«

»Gut«, sagte Freya besänftigend. »Wie willst du deine Furcht je bewältigen, wenn du nicht einmal zugeben magst, dass du sie empfindest? Nimm sie und mach sie zu deinem Werkzeug. Von jetzt an wird alles nur noch komplizierter, aber am Ende wird es das alles wert sein.«

»Aber wie?«, fragte Gunnhild. »Ich weiß nicht, ob ich noch retten kann, was übrig ist. Meine Macht ist fort. Oddny ist fort. Erik verliere ich gerade. Und sollte meinem Kind etwas zustoßen ...«

»Deine Macht war nie fort«, widersprach Freya. »Du hast nur geglaubt, sie wäre es. Du hast dein Selbstvertrauen verloren, als du das erste Mal einen Kampf verloren hast, an jenem Tag, an dem du versucht hast, deine Lehrerin zurückzuholen. Bis jetzt warst du nicht imstande, dir einzugestehen, wie sehr du zu scheitern fürchtest. Das hat die Geister davon abgehalten, zu dir zu kommen.

Aber du musst nicht zaudern, meine Tochter. Es gibt so vieles, wofür es sich zu kämpfen lohnt, und wenn es vorbei ist – wenn du deine Feinde zum Feiern in unsere Hallen geschickt hast, wenn du aus ihren Leibern ein Festmahl für die Krähen angerichtet hast, wenn du nichts als Blut und Schrecken zurückgelassen hast –, dann werden alle Welten dich als das erkennen, was du bist. Sie werden deine Größe sehen. Und sie werden in dir eine Königsmutter sehen.«

»Eine ... eine was?«, würgte Gunnhild hervor, denn der Rest – *Blut und Schrecken und Größe,* Heids eigene Worte – war ihr so vertraut wie ein Wiegenlied.

Freya zog die Hand weg und sagte: »Du weißt, was du zu tun hast.«

»Gunnhild. *Gunnhild.* Wach auf!«

Sie riss die Augen auf, und es dauerte einen Moment, bis sie begriff, wo sie war: im Birkenhain. Zusammengesunken saß sie noch immer zwischen Baumstumpf und Feuer. Doch vom Feuer war nichts mehr übrig. Es war dunkel, und sie konnte ihre Hände und Füße nicht spüren. Erik war neben ihr und schüttelte sie.

Sie hob den Kopf so ruckartig, dass er überrascht und erleichtert zurückzuckte. Er stellte seine Laterne auf den Baumstumpf, öffnete seinen Mantel und wickelte sie in den Stoff.

»Was ist passiert?«, fragte sie. Fragmente ihrer Vision schwirrten durch ihren Kopf, doch ihr erschöpfter Geist war nicht bereit, sie zu einem sinnvollen Ganzen zusammenzusetzen.

»Ich weiß es nicht. Sag du es mir.« Erik legte ihr die Hände auf die Schultern. »Bist du verrückt? Was hast du dir gedacht? Ich war krank vor Sorge. Die ganze Nacht war ich unterwegs, um dich zu suchen.«

»Du ... warst besorgt um mich? Warum?« Gunnhild legte eine taube Hand an ihre Stirn, und als sie sie zurückzog, war sie mit einem Hauch von Frost überzogen. Ihre nasse Kleidung war steif gefroren. »Wie lange war ich weg?«

»Die Morgendämmerung zieht bald auf. Ich hatte vor, in der Waffenkammer zu nächtigen, aber als ich in unsere Kammer gegangen bin, um mir ein Kissen zu holen, habe ich gesehen, dass du nicht zurückgekommen bist. Also habe ich mich auf die Suche gemacht.«

Sie zog seinen Mantel fester um sich. Ihr Kopf wurde langsam klarer, aber ihr Sichtfeld war an den Rändern immer noch vernebelt. »Hätte dies nicht der erste Platz sein müssen, an dem du nach mir hättest suchen sollen?«

»Richtig«, sagte Erik mit einem vorsichtigen Blick auf die Statue der Freya. »Ich kenne den Weg hierher so genau wie meinen eigenen Handrücken, aber ich konnte ihn nicht finden. Und als ich dann beschloss, zurückzugehen und die Hird zu wecken, damit sie mir bei der Suche hilft, da ist der Pfad plötzlich ... aufgetaucht. Genau da, wo er meiner Erinnerung nach sein sollte.«

Auch Gunnhild musterte jetzt die Statue. Die Göttin hatte, so war es ihr vorgekommen, nur Augenblicke zu ihr gesprochen. Aber das hatte die ganze Nacht gedauert?

Er nahm ihre Hände zwischen seine und rieb sie. Die Wärme war sogleich spürbar. »Kannst du gehen?«

»Ich glaube schon. Wenn du mir aufhilfst.«

Erik legte einen Arm um ihre Taille und zog sie vorsichtig hoch. Ihre Füße waren taub, die Beine schwer, und kaum stand sie, da riss sie sich auch schon los, stolperte ein paar Schritte voran, krümmte sich zusammen und übergab sich neben dem erloschenen Feuer.

»Ah, ja, meine kranke Frau verschwindet mitten in der Nacht im Wald und kommt nicht zurück. Und dann wundert sie sich, dass ich mir Sorgen um sie mache«, kommentierte Erik, als sie fertig war.

Gunnhild wischte sich die Lippen ab und richtete sich auf wackligen Beinen auf, und er eilte zu ihr, um sie zu stützen. Aber sie winkte ab. »Ich bin nicht krank. Ich bin schwanger.«

Erik erstarrte lange genug, dass sie dachte, er könnte sich in Stein verwandelt haben, doch in seinen Augen sah sie etwas, das sie bisher noch nie gesehen hatte: Ehrfurcht, Furcht und Hoffnung, alles in einem. Und all das spiegelte ihr eigenes Empfinden.

Wir können besser sein als unsere Eltern, wollte sie sagen. *Wir werden besser sein als sie, wenn du uns noch eine Chance gibst, besser zueinander zu sein.*

»Das ist eine gute Nachricht«, sagte er endlich, und ihr Herz hüpfte vor Freude.

»Wirklich?«, fragte sie und tarnte ihre neue Hoffnung mit vagem Desinteresse. »Ich war nicht sicher, wie es zwischen uns steht. Ich dachte, du könntest dich von mir abwenden.«

Erik wandte den Blick ab und verschränkte die Arme vor der Brust. Wenn er nicht bereit war, darüber zu sprechen, so wollte sie ihn nicht drängen, deshalb war sie überrascht, als er doch wieder etwas sagte.

»Bei dem Zweikampf hast du eine schlechte Entscheidung getroffen, aber ich hätte diese Dinge nicht zu dir sagen dürfen.« Endlich sah er sie an. »Es tut mir leid.«

Sie zögerte nur einen Herzschlag lang, ehe sie sich in seine Arme warf. Erik drückte sie sacht an sich, und sie barg ihr Gesicht an seinem Hals.

»Mir tut es auch leid. Dass ich dir in jener Nacht so zugesetzt habe.« Gunnhild löste sich von ihm, um ihn anzusehen. »Aber ich werde keine Abbitte dafür leisten, dass ich dein Leben gerettet habe, und mir ist egal, was die Leute über mich sagen. Lieber bin ich die meistgehasste Frau ganz Norwegens als deine Witwe.«

Erik schien von ihren Worten betroffen zu sein; er machte den Mund auf, doch kein Ton kam heraus. Als wollte er davor flüchten, seine Gefühle zum Ausdruck zu bringen, sah er an ihr vorbei zu der Feuerstelle und dann zu der Statue der Freya in der Baumhöhle. »Was hast du hier draußen gemacht?«

Die Erinnerung an ihre Begegnung mit der Göttin schälte sich augenblicklich aus dem Nebel, als hätte sie versucht, die zerbrochenen Scherben eines tönernen Gegenstands zusammenzusetzen, ohne zu wissen, was sie wiederherzustellen suchte. Plötzlich erkannte sie, welche Form die Einzelteile zusammen annehmen sollten. Sie keuchte auf und ergriff Eriks Oberarm, worauf er sie besorgt anblickte.

»Da gibt es etwas, das ich tun muss«, sagte Gunnhild.

Die Sonne war bereits aufgegangen, als sie zur Haupthalle zurückkehrten. Erik weigerte sich, sie in die Weberei zu lassen, wie sie es wollte, und drängte sie stattdessen zurück in ihre Kammer, damit sie sich umziehen konnte, ehe sie sich den Tod holte. Als sie dann zu seiner Zufriedenheit in saubere, trockene Wolle und Felle gewickelt war, schlüpfte Erik zur Tür hinaus, um einige der Frauen gemäß ihren Anweisungen zu einem Ritual zu ihr zu bringen. Ulla und Saeunn trafen als Erste ein und rieben sich, still und argwöhnisch, den Schlaf aus den Augen. Aber Ulla hatte ihre Trommel mitgebracht, was ein gutes Zeichen war.

»Oddny ist fort, und das ist meine Schuld. Es tut mir leid. Ich weiß, ihr vermisst sie. Das tue ich auch«, sagte Gunnhild zu ihnen, Stab und dampfende Teetasse in den Händen. »Trotzdem kann ich immer noch ihre Schwester finden. Wenn ihr für mich singen würdet ...«

Knarrend öffnete sich die Tür, und Königin Gyda und Hrafnhild, die Köchin, traten ein.

»Ich lasse mich nicht herbeordern wie eine Dienstmagd«, verkündete die alte Königin gebieterisch.

»Erik hat dich höflich gebeten«, bemerkte Hrafnhild.

»Ja, aber er hat mich beim Frühstück gestört.«

»Wo ist Tora?«, fragte Gunnhild besorgt. Sie konnte den Gedanken nicht ertragen, dass Tora, die Einzige aus Eriks Familie, die ihr mit Güte begegnet war, sich von ihr abgewandt haben könnte.

»Noch im Bett. Ich habe versucht, sie zu wecken, aber diese Frau hat einen ziemlich tiefen Schlaf«, sagte Königin Gyda. »Also, was hat es mit diesem neuen Ritual auf sich? Warum sollte es dieses Mal anders laufen als beim letzten Mal?«

Weil ich niemals an mir hätte zweifeln dürfen, hätte Gunnhild gern gesagt. Weil ich das Scheitern so hoch gewichte, dass es mein Selbstwertgefühl beeinträchtigt.

»Es wird anders laufen«, versicherte sie. »Also, werdet ihr für mich singen?«

Nach einem kurzen Zögern willigten alle ein, und Ulla trommelte dazu. Gunnhild dachte zurück an Freyas Worte und spürte, wie ihr Selbstvertrauen auflo derte, kaum dass sie zu spinnen begann. Und als sie dieses Mal hinabsank, wurde sie von einem einsamen Geist erwartet. Und beim Anblick des Gesichts dieser Person brach Gunnhild in Tränen aus.

»Yrsa«, flüsterte sie.

Die Mutter ihrer Freundinnen schenkte ihr ein schwaches, trauriges Lächeln und ergriff ihre Hände. »Oh, Gunnhild. Es ist so eine Wohltat, dich zu sehen.«

»Sag es mir. Bitte. Sag mir, wo ich sie finden kann.«

Und Yrsa beugte sich vor und flüsterte ihr etwas ins Ohr.

33

Gudrod hatte wort gehalten: Er war mit zusätzlichen Pferden und einer Wegbeschreibung dorthin zurückgekehrt, wo Oddny und Halldor vor Tagesanbruch das Schiff finden würden. Als er Svein bei ihnen warten gesehen hatte, war er anscheinend ebenso überrascht, wie Oddny es gewesen war, als der Skalde mit ihrem Gepäck aus der Dunkelheit gekommen war. Halldor war immer noch bewusstlos, aber Oddny hatte geweint vor Erleichterung, dass sie nicht mit nur einem Beutel Kräuter und den Kleidern am Leib würden aus dem Land fliehen müssen. Und sie war dankbar dafür, dass die Eir-Statue ihrer Mutter wieder bei ihr war; die hatte sie zu ihren Kleidern gepackt, statt sie bei ihren Heilmitteln zu verstauen, und dafür hatte sie sich bereits ausgiebig verwünscht, bis Svein aufgetaucht war.

Oddnys Überraschung ging allerdings übergangslos in Erschütterung über, als er ihr den Beutel Silber von Gunnhild überreichte – den anzunehmen sich befremdlich anfühlte nach alldem, was sie ausgesprochen hatte, doch zugleich hatte sie das Gefühl, gar keine andere Wahl zu haben – und ihr erklärte, dass er, als er das Lager verließ, damit auch die Hird verlassen hatte.

»Ich weiß, sie war deine Freundin, aber nach allem, was Thorolf mir erzählt hat, habe ich ihr nie ganz vertraut«, erklärte er und blickte auf die Stelle an seinem Arm, an der der Reif gewesen war. »Was sie heute Abend getan hat, ist unverzeihlich, und wenn ich Erik auch ebenso liebe, wie es der Rest der Hird tut, weiß ich doch, dass er sich nicht von ihr trennen wird. Das wiederum lässt mich an seinem Urteilsvermögen zweifeln.«

»Wenn sie verheiratet bleiben, werden die Leute den Eindruck haben, er heißt gut, was sie getan hat«, ging Oddny plötzlich auf. »Niemand wird glauben, dass er nichts von dem Zauber gewusst hat. Oder sie denken, sie hätte ihn mit einem Bann belegt. Aber – wenn du ihn wirklich liebst, könntest du dann nicht ein Gedicht darüber schreiben und es verbreiten, um seinen Namen reinzuwaschen?« Poesie besaß große Macht; das war der Grund, warum Skalden gut bezahlt wurden.

»Das könnte ich, aber nicht schnell genug, um Olaf daran zu hindern, seine eigene, verdrehte Version der Geschichte zu verbreiten, sobald er davon hört. Wenn ich eines weiß, dann, dass die schlimmsten Gerüchte sich am schnellsten fortpflanzen und am bereitwilligsten aufgenommen werden. Die Leute hören selten auf vernünftige Argumente, wenn sie lieber wütend sein wollen«, antwortete Svein schwermütig. »Außerdem tat ich vor allem das, was ich in meinem Herzen als richtig erkannt habe.«

Oddny hatte noch nie jemanden davon sprechen hören, etwas in seinem »Herzen als richtig erkannt« zu haben, aber schließlich war er ein Poet.

Sie erreichten das Schiff ohne Zwischenfälle, und die Mannschaft, die Gudrod angeworben hatte, schien aus erfahrenen Seeleuten zu bestehen, dennoch hatte Oddny erst, als die Küste von Vestfold außer Sicht war, das Gefühl, wieder frei atmen zu können. Sie segelten, ohne zwischendurch anzulegen, denn das Wetter war perfekt, und die Reise verlief reibungslos. Nun, fünf Tage später, waren sie schon in Svealand und fuhren durch das Labyrinth der Inseln in der Mälarenbucht, bis sie diejenige erreichten, die sie gesucht hatten.

Der Anblick der Marktstadt Birka versetzte sie in Erstaunen. Die Wallburg saß auf einer gewaltigen Erhebung aus Felsgestein, und sie konnte kleine Gestalten auf den Mauern sehen. Die Stadt darunter bestand aus unzähligen Reihen kleiner Häuser und eingezäunter Höfe. Zum Ufer hin waren der Jahreszeit entsprechend Zelte und Buden aufgebaut worden, während vor der Küste alle Arten von Schiffen vor Anker lagen: kleine Handelsschiffe und Kriegsschiffe sowie Schiffe aus fernen Ländern von gänzlich fremdartigem Aussehen.

Als die Zeit gekommen war, von Bord zu gehen, und Gudrods Mannschaft sich aufmachte, um Proviant für die Rückreise zu beschaffen, wusste Oddny, dass ihre Heilrunen Wirkung entfaltet hatten. Halldor konnte ohne Hilfe stehen, und solange er sich mit einem Arm auf Oddnys Schultern stützte, sogar gehen. Er hatte während der Reise nicht viel gesprochen, was Oddny nur recht war, denn anderenfalls hätte sie ihm doch nur gesagt, er solle seine Kraft sparen. Nun bahnten sie sich mit Svein auf den Fersen einen Weg durch das Gedränge am Hafen, bis Halldor jemanden sah, den er kannte: den Hafenmeister. Sie gingen hin, und Halldor unterhielt sich mit dem Mann.

Oddny hörte kaum, was die beiden miteinander besprachen, denn sie war auf ein Spektakel weiter unten an der Küste aufmerksam geworden, bei dem ihr übel wurde. Da stand eine Reihe in Eisen geschlagener Menschen, die meisten von der Sonne verbrannt und in zerschlissenen Kleidern, einige mit geschorenen Köpfen. Alle starrten auf die eigenen Füße, während potenzielle Käufer vorbeischlenderten, um sie zu begutachten, oder mit einem Mann, der offenbar der Eigentümer dieser Menschen war, um den Preis schacherten.

Ist Signy hier verkauft worden?, fragte sie sich, angewidert von dem Gedanken. Doch da tauchte Svein an ihrer Seite auf und stellte sich absichtlich in ihr Sichtfeld, also riss sie sich von dem Anblick los.

Der Hafenmeister und Halldor beendeten ihr Gespräch, und kaum war Ersterer gegangen, sagte Halldor: »Kolfinnas Mannschaft ist noch nicht abgereist, aber er wollte mir nicht verraten, warum. Ihr Haus liegt in dieser Richtung. Normalerweise vermietet sie es während des Sommers an Händler, solange sie fort ist.«

Oddny verspürte keinerlei Verlangen, die Frau zu sehen, die eine Axt in den Körper ihrer Mutter getrieben hatte, aber dass sie noch hier war, war auch für sie unbestreitbar eine gute Nachricht.

Sie machten sich auf den Weg zu dem Häuschen und klopften an. Oddny hörte hastige, kurze Schritte aus dem Inneren, ehe die Tür einen Spaltbreit geöffnet wurde. Zu ihrer Verwirrung schien jedoch niemand da zu sein – bis Halldor hinabschaute und Oddny seiner Blickrichtung folgte und das argwöhnische Auge eines kleinen Kindes, dessen schmutzige Finger die Türkante umklammerten, ihr entgegenstarrte.

Zum ersten Mal seit Vestfold sah sie Halldor lächeln. »Hallo, Steinvor.«

»Ha…do?« Die Tür wurde weit genug geöffnet, dass ein kleines Mädchen zum Vorschein kam, nicht mehr als drei Winter alt. Zuerst neigte das Kind den Kopf zur Seite und musterte ihn prüfend. Dann bekam es große Augen und riss die Tür ganz auf. »Hado! Hado ist wieder da!«

»Können wir bitte mit deiner Mutter sprechen?«, fragte er das Mädchen.

Steinvor ergriff zwei seiner Finger und führte ihn hinein. Oddny, die ihn stützte, hatte keine andere Wahl, als mitzugehen. Svein folgte ihnen und stellte ihre Sachen ab, sobald sie eingetreten waren.

Der Geruch von Krankheit und Moder überfiel Oddny, kaum dass sie die Schwelle überquert hatte. Das Häuschen war klein. Es gab nur einen Tisch, zwei Bänke, einen Herd und eine Pritsche in der Ecke. Jemand lag auf dieser Pritsche, das Gesicht zur Wand gedreht. Steinvor ließ Halldor los und krabbelte auf die Decke. »Mama! Hado ist wieder da!«

»Ich habe dich schon beim ersten Mal gehört, Kleines«, stöhnte eine Stimme, die, selbst so geschwächt, Oddny das Blut in den Adern gefrieren ließ:

»Ich gebe dir eine letzte Chance, Weib. Wo sind die anderen?«

Die Gestalt auf dem Bett drehte sich, um sie anzuschauen – und als das Licht durch die offene Tür auf die Mörderin ihrer Mutter fiel, keuchte Oddny. Kolfinnas Gesicht war eingefallen, die Haut grau, das Haar schlaff und fettig. Oddny hatte das Gefühl, dass sie dieses Bett schon lange nicht mehr verlassen hatte.

»Halldor Hallgrimsson«, krächzte die Frau, und einer ihrer Mundwinkel zuckte zu einem hämischen Grinsen empor. »Als ich dich das letzte Mal gesehen habe, hast du ausgesehen wie eine ertrinkende Ratte. Hat es dir gefallen zu schwimmen?«

»Nicht besonders«, sagte Halldor. Svein zog eine der Bänke herbei und stellte sie hinter sie. Halldor und Oddny setzten sich, und Oddny nahm den Arm von Halldors Rücken und ballte beide Fäuste im Schoß. Nach einem dankbaren Blick für den Skalden konzentrierte sich Halldor wieder auf seine ehemalige Kapitänin. »Was ist dir zugestoßen?«

Kollfinna sah an ihm vorbei zu Oddny, und ein schwaches Lächeln zeigte sich auf den farblosen Lippen. »Warum siehst du nicht selbst?«

Eine magere Hand schob sich unter der Decke hervor und zog sie an der Seite hoch, um ihr Bein freizulegen. Oddny drehte sich der Magen um. Kolfinnas Oberschenkel war gleich über dem Knie bandagiert, und von dieser Stelle aus zog sich ein Ausschlag über ihren Torso und das Bein hinunter. Die Haut war rot, straff gespannt und aufgequollen. Oddny musste den Verband nicht abnehmen, um zu wissen, dass er die Wunde bedeckte, die ihre Mutter Kolfinna beigebracht hatte, nur Augenblicke, bevor die Frau sie erschlagen hatte.

Und während sie Kolfinna anstarrte, hörte sie Yrsas letzte

Worte, zart wie ein Flüstern im Wind: »*Möge dich der Drache in Hel langsam verzehren.*«

»Warum hast du das Bein nicht einfach abnehmen lassen?«, fragte Halldor, ein wenig grün im Gesicht.

Kolfinna zog die Decke wieder über das Bein und lachte dumpf. »Als ich endlich begriff, dass diese Wunde nicht heilen wird, war es zu spät. Ich bin erledigt.« Sie schloss die Augen und seufzte rasselnd und anhaltend. »Ich wünschte, die Walküren würden mich holen, aber auf mich wartet Hels Halle. So sei es denn. Ich kann nur darauf hoffen, dass die Wolfsschwester jedem so einen warmen Empfang bereitet wie Odins Sohn.«

Ihr Kopf war zur Seite gekippt, und Halldor beugte sich auf der Bank vor und ergriff ihre Schulter. »Kolfinna. Wohin hast du Signy Ketilsdottir verkauft? Wer hat sie gekauft?«

Die Frau runzelte die Stirn. »Wer?«

»Meine Schwester«, sagte Oddny. »Sag uns, wo sie ist, und ich werde mein Bestes tun, um dein Bein zu heilen. Ich schwöre es bei ihrem Leben.«

Kolfinnas halb geschlossene Augen richteten sich auf sie. »Nein. Soll deine Mutter ihre Rache haben, Mädchen. Aber es gibt etwas anderes, was ihr stattdessen für mich tun könnt.«

Halldor und Oddny warteten. Steinvor, gelangweilt, krabbelte vom Bett und zog los, um Svein in Augenschein zu nehmen. Kolfinnas Blick folgte ihr für einen Moment, ehe er zu Halldor zurückkehrte.

»Ramm mir ein Messer ins Herz«, sagte sie. »Mach es so schnell und sauber, wie ich es, so denke ich, verdient habe. Und wenn ich fort bin, dann sorgt ihr für mein Mädchen, Halldor. Du bist der Einzige aus meiner Mannschaft, der mit ihr umzugehen wusste, und sie hat dich immer am liebsten gehabt. Schwört mir, dass ihr das tun werdet, und ich sage euch, an wen ich ihre Schwester verkauft habe und wo ihr ihn finden könnt.«

Sie hielt eine klamme Hand hoch und bot sie Halldor an, und der schüttelte sie.

»Sie ist in Kurland, jenseits der Ostsee«, sagte Kolfinna und gab ihnen den Namen des Mannes, der Signy gekauft hatte. Er war ein recht bekannter Bauer; sie würden nur herumfragen müssen, sobald sie dort eintrafen, und wüssten im Handumdrehen, wo sein Haus zu finden war.

Als Kolfinna fertig war, brachte Oddny es nicht über sich, ihr zu danken. Stattdessen sagte sie: »Wir schätzen die Unterstützung.«

»Wie war ihr Name?«, fragte Kolfinna, als Oddny sich erhob, um zu gehen. »Der Name der Frau, die mich getötet hat.«

»Yrsa«, sagte Oddny, und der Name schnürte ihr die Kehle zu.

»Yrsa.« Kolfinna schloss die Augen. »Sie war eine würdige Gegnerin.«

Danach verabschiedete sich Kolfinna von ihrer Tochter, ehe Oddny Steinvor aus dem Haus brachte und draußen in dem kleinen Garten wartete und zusah, wie das Kind im Schmutz des unbestellten Bodens spielte, ohne zu ahnen, dass es seine Mutter gerade zum letzten Mal lebend gesehen hatte. Svein kam kurz nach ihr raus und schloss die Tür hinter sich. Auf Oddnys fragenden Blick erklärte er: »Er will das allein tun.«

Oddny senkte den Blick und starrte ihre Hände an.

Augenblicke später verriet ein ersticktes Geräusch aus dem Inneren des Hauses, dass die Vergeltung ihrer Mutter vollendet war.

Am nächsten Tag verbrannten die Bewohner des Orts Kolfinnas Leichnam und setzten die Asche in einem Grabhügel gleich außerhalb der Stadt bei, wo die Insellandschaft getüpfelt war von derlei Gräbern.

Am Abend wurde Steinvor unruhig angesichts der Abwesenheit ihrer Mutter und der drei Fremden im Haus, und die Frau des Hafenmeisters – die sich im letzten Sommer, als Kolfinna auf Raubfahrt war, um sie gekümmert hatte und auch immer wieder nach ihr gesehen hatte, seit die Kapitänin bettlägerig geworden war –, erklärte sich widerstrebend bereit, noch ein wenig länger für das Kind zu sorgen.

»So lange, bis du und dein Mann euch eingerichtet habt«, sagte die Frau. »Aber nur bis dahin. Ich habe zu viele eigene Kinder.«

»Wenn du dich um sie kümmern könntest, bis wir aus Kurland zurück sind«, sagte Oddny, »wüssten wir das sehr zu schätzen.«

Oddny hatte angenommen, sie könnten sofort nach einem Schiff suchen, das ihnen eine Überfahrt über die Ostsee gewährte, aber als sie an diesem Abend, nachdem sie Kolfinnas Bettleinen gewaschen und das Haus gelüftet und vom Geruch des Todes befreit hatte, den Schaden an Halldors Knie begutachtete, stellte sie fest, dass es wieder angeschwollen war. Und die Schnittwunde an seinem Arm, die, die sie für zu oberflächlich gehalten hatte, um sie zu nähen, war noch keineswegs verheilt. Am Ende nähte sie die Wunde doch und versorgte sie mit dem Gedanken an Kolfinnas schauderhafte Verletzung mit einer zusätzlichen Packung Kräuter, damit sie nicht eiterte.

»Wir bleiben, bis du gesund bist«, erklärte sie nachdrücklich, als sie ihm den Verband wieder anlegte.

»Nein«, widersprach Halldor. »Nimm Svein und geh. Du bist schon so weit gekommen …«

»Und wenn Gudrod in Schwierigkeiten geraten ist, nachdem wir fort waren, und die Männer deines Onkels schon auf dem Weg sind, um dich gefangen zu nehmen, während wir uns hier unterhalten?«, wandte Oddny ein und verknotete den Verband. »Auf keinen Fall. Ich weiche nicht von deiner Seite, Halldor Bjarnarson. Das darfst du als Drohung verstehen.«

Halldor ließ den Kopf hängen und kniff sich in den Nasenrücken. »Wenn meinem Bruder etwas geschieht, werde ich mir das nie verzeihen.« Er sah Oddny an und dann die Wand hinter ihr. »Er war ... er war der Erste, der mich mit meinem Namen angesprochen hat. Hallgrim, meines Vaters Schmied zu Saeheim, war der Zweite. Und Kolfinna war die Dritte, und dann kam der Rest ihrer Mannschaft dazu ...«

Oddny ergriff seine Hand. Sie war nicht überrascht, dass Kolfinna Bescheid gewusst hatte. Auf einem Schiff war es nicht einfach, ein Geheimnis zu wahren, und sie waren lange Zeit zusammen gesegelt. Aber das musste das, was er am Tag zuvor hatte tun müssen, noch schwerer gemacht haben.

»Gudrod hat mir gestattet, mir Kleidung von ihm zu leihen, wenn ich mich zur Schmiede geschlichen habe«, fuhr Halldor fort. »Er hat mir so viele Male gesagt, unser Vater würde es verstehen, wenn ich ihm die Wahrheit sage, aber ich ... ich hatte keine Chance. Dafür hatte ich zu viel Angst. Ich war immer sein Sohn, und als er tot war, hat es wehgetan, dass er es nun nie erfahren würde. Aber ich dachte, wenn ich eines Tages mit einem Schwert in der Hand Walhall betrete und ihm sage, dass er gerächt wurde, dann hätte er gar keine andere Wahl, als mich zu akzeptieren. Also tat ich, was einem Sohn obliegt. Der Drang, Vergeltung zu üben, hat mich vollends beherrscht. Nicht nur, weil ich Erik gehasst habe, sondern auch, weil ich, wenn ich einmal gegen ihn angetreten wäre, endlich die Anerkennung bekommen hätte, nach der ich mich so lange gesehnt hatte. Aber nun ist mir klar, dass ich die nie gebraucht habe. Ein Mann zu sein umfasst mehr, als nur die Dinge zu tun, die von Männern erwartet werden. Ich glaube, das war es, was Gudrod mir verständlich machen wollte. Ich war sein Bruder, weil ich gesagt habe, dass ich es bin, und das hat ihm gereicht. Und ich glaube, unser Vater hätte genauso empfunden.«

Oddny setzte sich neben ihn auf das Bett und lehnte den Kopf an seine Schulter. Noch immer hielt sie seine Hand fest in der ihren. Nun verstand sie, was die Tätowierung zu bedeuten hatte.

»Diese Geschichte darüber, dass Loki sich in einen Lachs verwandelt«, sagte sie. »Um den Göttern zu entkommen, nachdem er sie bei Ägirs Fest beleidigt und gestanden hatte, dass er den Tod von Odins Sohn herbeigeführt hat. Ich habe mich immer gefragt, warum er so etwas getan haben sollte, aber ich glaube, jetzt verstehe ich es. Er wollte sich seinem Schicksal zu seinen eigenen Bedingungen stellen und dabei noch die Götter zurechtstutzen.«

Halldor schenkte ihr ein schwaches Lächeln. »Ich habe mich Loki immer auf gewisse Weise verbunden gefühlt. Aber es gibt viele verschiedene Möglichkeiten, diese Geschichte auszulegen.«

»Du kannst dich verändern, aber manchmal nicht entkommen«, sagte Oddny. »Und du konntest der Tatsache nicht entkommen, dass du deines Vaters Sohn bist – dass du ihn rächen oder bei dem Versuch sterben musstest.«

»Ja. Bis ich begriff, dass ich eine Wahl habe. Dass die Dinge nicht so sein müssen«, sagte Halldor leise. »Wären Gudrod und Tryggvis Männer nicht dort gewesen, dann hätte ich vielleicht versucht, Erik zu beschwichtigen. Ich wollte nicht gegen ihn kämpfen, aber ich hatte das Gefühl, ich müsste es tun, nach dem, was Tryggvi zu mir gesagt hatte. Da hatte ich wieder das Gefühl, ich muss etwas beweisen. Aber, Oddny – ich glaube, wäre mein Vater dabei gewesen, er hätte mir gesagt, ich soll es lassen. Ich denke, die Toten wollen nicht, dass wir für sie sterben. Ich glaube, wir können ihnen unseren Respekt besser erweisen, indem wir leben.«

»Das ist mal eine radikale Idee. Aber ich schätze, Loki würde zustimmen«, sagte Oddny und stupste ihn sacht mit dem Ellbogen an.

Nun lächelte Halldor ein wenig mehr. Oddny hatte ihn seit langer Zeit nicht mehr so viel reden gehört, und sie wollte ihn nicht bedrängen, aber da war noch etwas, das ihr durch den Kopf ging.

»Weißt du, als die Frau des Hafenmeisters dachte, wir wären

verheiratet, da habe ich sie nicht korrigiert.« Sie verlagerte ihr Gewicht. »Wir könnten es einfach dabei belassen. Wer weiß denn schon, dass das nicht stimmt?«

Halldor musterte sie forschend. Er hatte seit Vestfold nicht mehr gut geschlafen, und die Haut unter seinen blutunterlaufenen Augen war tief purpurn, wodurch seine fahlgrünen Iriden noch heller wirkten.

»Ich wüsste nicht, was dagegensprächer«, sagte er. »Es wäre einfacher für uns, nicht wahr?«

Das wäre es. Weder Brautpreis noch Mitgift würden den Besitzer wechseln, und sie bräuchten keine offiziellen Zeugen für ihre Hochzeit. Es war einfach so, weil sie sagten, dass es so war. In der Welt um sie herum war das genauso unerhört wie ein Mann, der der Rache entsagt, um sein Glück zu finden, oder eine Frau, die ihre eigene Zukunft formt, ohne die Zustimmung ihrer Familie einzuholen.

Für sie beide war es perfekt.

»Aber ich schulde dir immer noch zehn Silbermark«, bemerkte Halldor grinsend. »Richtig?«

»Hör auf damit«, sagte Oddny und küsste ihn.

Wochen vergingen, bis Oddny zu dem Schluss kam, dass Halldor nun gesund genug für die Reise war. Sie hatte ein paar Runen geschnitzt, um seine Heilung voranzutreiben, und es dauerte nicht lange, bis er mit geringfügiger Unterstützung gehen konnte und anfing, im Garten kurze, leichte Schwertübungen mit Svein zu machen. Als Oddny ihn ermahnte, er würde sich erneut zu sehr fordern, sagte er: »Wenn ich mich ruhig verhalte, wird es auch genauso verheilen, nicht wahr? Es wird vernarben, und das Gewebe wird steif werden. Ich muss mich bewegen, wenn ich je wieder fähig sein will zu kämpfen.«

Svein hatte sich eine Unterkunft auf der Wallburg beschafft, wo er seine Gedichte vortrug, um ein wenig Silber zu verdienen. Jeden Tag kam er zu ihnen und fragte, wann sie sich nach Kurland einschiffen würden.

»Wir reisen morgen bei Tagesanbruch ab«, informierte ihn Oddny knapp einen Mond nach ihrer Ankunft. Sie und Halldor waren während der vergangenen Tage immer wieder zum Hafen gegangen, und am letzten Nachmittag hatten sie ein Schiff gefunden, das sie über die Ostsee bringen würde.

Aufgemuntert durch diese Neuigkeit gingen Svein und Oddny zum Markt, um sich ein letztes Mal dort umzuschauen, während Halldor sich ausruhte. Als sie die einzelnen Zutaten für ihren Mondtee beisammenhatte und wieder zu Svein zurückkehrte, sah sie den Skalden mit zwei Männern in sonderbarer Kleidung sprechen. Das war an sich nicht so ungewöhnlich – Birka war ein Handelszentrum, das Gäste aus der ganzen bekannten Welt anzog –, aber sie war verwundert, Svein in einer fremden Sprache mit ihnen reden zu hören, die ihr völlig unbekannt war. Er gab ihnen ein Päcklein und etwas Silber, ehe er sich verabschiedete und zu Oddny zurückging.

»Ich habe meinem Vater einen Bericht über die Geschehnisse in Vestfold geschickt. Er ist Chronist des Kalifen von Bagdad«, erklärte Svein ihr auf dem Rückweg zum Haus.

»Wirklich?«, fragte Oddny verblüfft. »Aber hast du nicht einmal gesagt, dass deine Mutter Norwegerin ist?«

»Das ist sie«, entgegnete Svein. »Mein Vater hat meine Mutter auf einer Reise durch Norwegen kennengelernt, als sie einander bei einem Fest als Trinkgefährten zugeteilt wurden. Trinken ist kein Teil seiner Kultur, und zuerst war meine Mutter gekränkt, weil er sich weigerte, ihren Becher zu teilen, aber am Ende haben sie sich verliebt, und er hat sie geheiratet, ehe er abreisen musste. Er ist so oft wie möglich zurückgekommen, bis sie starb. Aber da war ich schon erwachsen und Teil der Hird. Ich bin in Norwegen geboren und aufgewachsen, habe aber als Kind viele Sommer im Süden verbracht.«

»Das wusste ich nicht«, sagte Oddny. »Ich habe dich bisher nie darüber reden gehört.«

»Nun ja, wir hatten bis vor kurzer Zeit auch nicht viel Gelegenheit, uns zu unterhalten, oder?« Svein blieb stehen. »Hast du alles, was du brauchst?«

»Ich glaube schon.« Oddny blickte in den Korb, den sie am Ellbogen trug. »Warte. Mir fehlt noch Engelwurz für meinen Tee. Ich bin gleich wieder da.«

Sie ging zurück zum Kräuterstand und verfluchte sich selbst, als ein schmerzhafter Stich durch ihren Unterleib schoss, ein Vorbote dessen, was sie vor sich hatte. Im Laufe des Winters, als sie und Halldor sich nähergekommen waren und sie mehr Zeit mit ihm als mit irgendeinem anderen Menschen verbracht hatte, hatten ihre Zyklen angefangen, sich aufeinander einzuspielen. Die Folge war, dass Oddny nicht mehr wusste, wann sie mit einer Blutung rechnen musste. Dieses Mal, mit all den Belastungen drumherum, war sie völlig unvorbereitet gewesen.

Um sie herum erklangen viele Sprachen, aber die dominante war die der Svear, die sie verstehen konnte, auch wenn sie in ihren Ohren eher wie Gesang klang. Doch als sie um die Ecke zur nächsten Reihe Marktstände bog, hörte sie Gesprächsfetzen in Nordisch und zudem in einem vertrauten Akzent – *Halogalander?* Neugierig folgte sie den Stimmen zu zwei rothaarigen Männern, die sich vor einem Stand mit feinen Seidentüchern zankten.

»… zurück, so schnell wir können. Für so etwas haben wir keine Zeit. Es ist nicht wichtig, wie sie aussieht … wir haben getan, worum wir gebeten wurden …«

»Götter, Eyvind, wir müssen ihr wenigstens irgendetwas beschaffen, womit sie ihren Kopf bedecken kann. Die Leute fragen mich ständig, ob sie zu verkaufen ist.«

»Aber sie trägt das Messer, das ich ihr gegeben habe, und ein *Schwert*, in Odins Namen. Wie können die nicht erkennen, dass sie eine freie Frau ist?«

»Ich weiß, aber vorhin hat ein Mann versucht, sie zu packen ...«

»Der, dem du das blaue Auge verpasst hast? Gut. Das hat er verdient. Diese Aasgeier. Gunna bringt uns um, wenn ihr irgendetwas zustößt ...«

»Alf? Eyvind?«, sagte Oddny, und Gunnhilds Brüder drehten sich um. Sie hatte sie seit beinahe zehn Jahren nicht mehr gesehen, und ihre erschrockenen Mienen vermittelten ihr das Gefühl, dass sie einen Moment brauchten, um sie unterzubringen. »Was macht ihr hier?«

Da schob sich eine dritte Person zwischen die Zwillinge und blieb bei Oddnys Anblick wie angewurzelt stehen, während die ihre Arme kraftlos hängen ließ, sodass der Korb hinunterrutschte und sich sein Inhalt auf dem Boden verteilte.

Die Frau, die auf sie zukam, war ihr vertraut und fremd zugleich. Saum und Ärmelaufschläge ihres ausgebleichten kupferfarbenen Wollkleids waren ausgefranst, Halsausschnitt und Achselhöhlen fleckig, das Leinenunterkleid fehlte gleich ganz. An den Füßen hatte sie ein Paar dünner Bastschuhe aus Birkenrinde. Das blasse, mit Sommersprossen getüpfelte Gesicht sah ausgezehrt aus, das braune Haar war ungeschickt bis auf die Kopfhaut geschoren worden. Die grünen Augen waren noch dieselben wie früher, aber die Verschmitztheit war aus ihnen verschwunden, ersetzt durch etwas, das düsterer war, etwas Gehetztes, etwas, das Oddny nicht ansatzweise verstehen konnte. Sie trug einen Gürtel mit einem Schwert, an dem außerdem ein Messer mit Beingriff baumelte. Das Schwert war Oddny ebenfalls vertraut – es hatte ihrem Vater gehört.

Als die Frau sich Oddny mit zaghaften Schritten näherte, blieb die genau da stehen, wo sie war, zu überwältigt, um sich zu rühren, zu atmen oder zu sprechen. Tränen sammelten sich in ihren Augen, doch sie wagte nicht, zu blinzeln, voller Furcht, die kleinste Bewegung könnte diese Erscheinung in die Flucht treiben.

Signy blieb vor ihrer Schwester stehen, einen Ausdruck der Fassungslosigkeit in den ermatteten Zügen.

»Das ist ein Traum«, sagte sie und sah sich über die Schulter zu Alf und Eyvind um. »Beinahe hättet ihr mich überzeugt, dass es keiner ist. Die Grausamkeit des Schicksals kennt keine Grenzen.«

Ehe Oddny etwas sagen konnte, riss Signy ihren zerfledderten Ärmel hoch und kniff sich so fest in den Unterarm, dass ihre abgebrochenen Fingernägel blutige Wunden hinterließen.

Oddny stürzte voran und packte ihr Handgelenk. »Hör auf! Sieh mich an! Signy. Sieh her.«

Signy musterte die Finger um ihr Handgelenk, und dann schlang Oddny die Arme um sie. »Ist das wirklich möglich …?«

Oddny spürte den Moment, in dem ihre Schwester begriff, dass sie tatsächlich gerettet war, spürte, wie ihr ganzer Körper sich entspannte, vermutlich zum ersten Mal seit jenem schrecklichen Tag. Dann schluchzte Signy klagend, und als sie die Umarmung erwiderte, gaben ihre Knie nach, und sie zog Oddny mit sich zu Boden. Und Oddny war es gleich, dass die holzbeplankten Straßen nach dem gestrigen Regen voller Schlamm waren, dass ihre heruntergefallenen Zutaten nun unbrauchbar waren, dass ihr Kleid schmutzig wurde, dass die Leute sie anstarrten.

Signy ist hier!

Und Oddny würde sie nie wieder fortlassen.

34

Bald darauf kamen sie alle in dem kleinen Häuschen zusammen: Alf, Svein und Halldor saßen auf Bänken am Tisch, Signy und Oddny hielten einander auf dem Bett an den Händen, Eyvind kümmerte sich von einem Hocker aus um den Eintopf auf dem Herd. Nachdem sie sich einander vorgestellt hatten, gaben zuerst Alf und Eyvind ihre Geschichte zum Besten.

»Gunnhild hatte eine Art … Vision.« Alf gestikulierte hilflos. »Die hat ihr gesagt, wo Signy zu finden ist, also hat sie uns mit dem schnellsten Schiff, das in Alreksstadir zu finden war, nach Kurland geschickt. Gunna konnte uns jeden Orientierungspunkt genau beschreiben. Es war absolut bizarr.«

»Ich muss zugeben, ich habe ihr zuerst nicht geglaubt«, fügte Eyvind hinzu, nachdem er einen Bissen Eintopf probiert hatte. »Ich dachte, sie schickt uns auf eine nutzlose Mission, um zu sehen, wie weit wir gehen würden, um ihr zu Gefallen zu sein.«

»Warum ist sie nicht selbst gekommen?«, fragte Oddny.

»Sie ist in Umständen, und es scheint ihr sehr schlecht zu gehen.«

Ich wusste es, dachte Oddny.

»Darum hat sie uns an ihrer Stelle entsandt. Wir wussten gar nicht, dass du hier bist«, fuhr Alf fort. »Wir haben nur haltgemacht, um unseren Proviant aufzustocken. Nicht zu fassen!«

»Wärt ihr nur einen Tag später eingetroffen, hätten wir euch verpasst«, sagte Halldor. »Wir wollten morgen früh nach Kurland aufbrechen. Mein ehemaliger Kapitän hat uns verraten, wo Signy war.«

Signy hatte sich ein seidenes Tuch in leuchtendem Rosa um den geschorenen Kopf gewickelt, das Alf an dem Marktstand erworben hatte. Die heitere Farbe bildete einen krassen Kontrast zu dem Blick, den sie Halldor zuwarf. Wie nicht anders zu erwarten, hatte sie ihn auf Anhieb erkannt, und Oddny konnte den Hass spüren, der in Wellen von ihr ausging.

»Könntest du mir erklären, was der hier zu suchen hat?«, fragte sie Oddny. »Diese Frau hat ihn über Bord geworfen, weil er es nicht geschafft hat, dich gefangen zu nehmen, damit sie dich in die Sklaverei verkaufen konnte!«

»Dafür hätte Gunnhild ihm aber auch beinahe ein Auge geraubt«, sagte Oddny und erklärte, als Signy sie verständnislos anstarrte: »Sie ist manchmal ein Vogel. Das ist schwer zu erklären ...«

Signy bekam große Augen. »Ja. Ich wusste, dass sie das war. Alf und Eyvind haben mir erzählt, dass sie sie geschickt hat, dass sie lebt. Dass sie eine Königin ist – aber wie ist das möglich? Wie ist irgendetwas davon möglich? Wir dachten doch alle, sie wäre tot!«

»Wir wussten nicht, was wir ihr sagen sollen, weil wir es auch nicht so recht wissen«, sagte Alf verlegen zu Oddny. »Am einen Tag sind wir in Aleksstadir angekommen, am nächsten sind wir abgereist, um Signy zu holen. Alles, was man uns erklärt hat, war, dass wir nach den Schiffen Olafs von Vestfold Ausschau halten und ihnen aus dem Weg gehen sollen.«

»Und bei den Göttern, da haben wir etwas zu sehen bekommen. Da waren so viele Schiffe, die Richtung Vik fuhren! Wir haben uns dicht an die Küste gehalten, um ihnen auszuweichen«, warf Eyvind ein. »Als wir das erste Mal hier in Birka angelegt haben, bevor wir die Ostsee Richtung Kurland überquerten, hörten wir, dass Olaf dabei sei, eine Flotte zusammenzustellen. Wie es scheint, erzählt er aller Welt, dass Erik nach Vestfold gekommen sei und den verlorenen Sohn von König Björn in einem Ehrenduell getötet hätte. Und dass Gunnhild seinetwegen geschummelt hätte ...«

»Also verdreht er die Geschichte doch«, sagte Halldor mit finsterer Miene.

»Genau wie wir es erwartet hatten«, murmelte Svein leise, und Halldor nickte ergrimmt dazu. Signy hatte die Augen zu schmalen Schlitzen zusammengezogen, und ihr Blick wanderte zwischen den beiden hin und her.

»Moment«, sagte Oddny zu den Zwillingen. »Wollt ihr damit sagen, dass eine Flotte unterwegs ist, um Aleksstadir anzugreifen?«

»Das ist, was wir gehört haben«, sagte Eyvind.

»Meint ihr, Erik weiß Bescheid?«, fragte Svein.

»Wenn es sogar die Leute im fernen Birka wissen, dann bin ich überzeugt, er weiß es auch.« Alf seufzte. »Und wir sind im Begriff, mitten hinein zu segeln. Darum, Signy, haben wir dir nichts davon erzählt. Wir wollten nicht, dass du Angst bekommst ...«

»Signy geht nirgendwohin«, konstatierte Oddny. »Sagt Gunnhild, sie ist bei mir, und wir sind beide in Sicherheit. Das sollte ihr reichen. Es wird reichen, ich weiß es.«

Signy drehte sich zu ihr um und starrte sie an. »Warum sollten wir nicht mit ihnen zurückfahren?«

Angesichts all dessen, was seit Kolfinnas Überfall geschehen war, wusste Oddny nicht, wo sie anfangen sollte. Es war einfach zu viel. Allein, was im Laufe des letzten Mondes passiert war – sie wollte da nicht wieder hin, denn je mehr sie daran dachte, desto zwiespältiger sah sie ihr eigenes Verhalten Gunnhild gegenüber im Anschluss an den Zweikampf. Zu erfahren, dass sie ihre Brüder geschickt hatte, um Signy zu holen, dass ihr Bestreben, Signy zu retten, nie ins Wanken geraten war, nicht einmal, nachdem sie Oddny das Silber überlassen hatte, damit sie es selbst tun konnte, machte es nur noch schwieriger.

Es bewies, dass die Schwestern Gunnhild immer noch wichtig

waren. Dass Thorbjörgs Warnung nicht in Oddnys bestem Interesse ausgesprochen worden war und womöglich sogar ihre Reaktion in jenem Moment beeinflusst hatte, in dem sie all die grausamen Dinge zu Gunnhild gesagt hatte. Und das war eine Wahrheit, der sie sich nicht bereit war zu stellen.

Oddny erhob sich. »Ich brauche frische Luft. Entschuldigt mich.«

Sie ging hinaus und setzte sich im Garten auf eine Bank, schloss die Augen und atmete tief ein und aus. Es dauerte nicht lang, bis Signy sich dazusetzte, aber sie schwieg eine ganze Weile, ehe sie sagte: »Fang am Anfang an, Oddny.«

Also tat sie das. Sie erzählte ihr alles, von den Folgen des Überfalls bis zu ihrer Flucht nach Birka.

»Aber das alles ist nur wegen des Eids passiert, den wir abgelegt haben, Signy«, sagte sie, als sie fertig war. »Thorbjörg hat den Überfall geplant, um uns beide loszuwerden. Wenn sie Gunnhild schon nicht finden konnte, wollte sie wenigstens dafür sorgen, dass wir nie wieder vereint wären. Unser Eid bedeutet etwas – das hat Thorbjörg mir gegenüber in Gunnhilds Hochzeitsnacht mehr oder weniger zugegeben. Sie hat vorhergesehen, dass nur wir drei gemeinsam sie schlagen können. Aber ... das Gegenteil trifft auch zu. Wenn wir nicht zurückgehen ...«

»... wird Gunnhild etwas Schlimmes zustoßen«, beendete Signy den Satz mit einem Blick auf ihre eigene Narbe. Als Oddny sie überrascht anblickte, hielt sie ihre Hand hoch und sagte: »Das Ding hat den ganzen letzten Mond ... gekribbelt. Beinahe, als hätte es mich vor etwas warnen wollen. Das hat es vorher nie getan.«

Oddny hatte nichts dergleichen verspürt, aber das überraschte sie nicht. Das Band, das sie mit Gunnhild verknüpft hatte, war zerrissen, Signys jedoch nicht.

»Alles, was ihr zwei getan habt, habt ihr getan, um mich zu

retten«, fuhr Signy fort. Als sie sich umdrehte, blinzelte sie. Erst da erkannte Oddny, dass sie weinte. »Götter, ich hätte nie gedacht, dass du so etwas tun würdest. Du hättest weiterziehen und mich vergessen können ...«

Oddny drehte sich zu ihr und ergriff ihre Hände. »Wie hätte ich das je tun können?«

Tränenspuren zogen sich über Signys schmutzige Wangen. »Ich war an dem Tag so mies zu dir.«

»Warst du, aber ... du bist meine Schwester. Ich würde alles für dich tun.«

Signy zog die Hände weg, wischte sich die Tränen ab und verteilte den Schmutz nur noch mehr über ihr Gesicht. »Ich muss zurück, Oddny. Das bin ich Gunna schuldig. Kommt mit oder lasst es, aber ich werde mit Alf und Eyvind gehen. Ich besitze keine Magie, und ich kann nicht kämpfen, doch sollte ich sterben, so werde ich es wenigstens an Gunnhilds Seite tun. Ja, sie hat dich hintergangen. Ja, das war furchtbar und unehrenhaft, und du hast jedes Recht, wütend zu sein. Aber am Ende habt ihr beide euren Männern den Vorzug gegenüber einander gegeben. Begreifst du?«

Oddny maß sie mit einem finsteren Blick, konnte ihre Worte aber auch nicht widerlegen.

»Die Frau, die Mutter getötet hat«, sagte Signy, senkte den Blick und knibbelte an dem Schmutz unter ihren Fingernägeln. »Halldor meinte, sie hätte euch erzählt, wo ich war. Warum sollte sie so etwas tun?«

»Sie lag im Sterben«, erklärte Oddny. »Die Wunde, die Mutter ihr beigebracht hat, hat geeitert und wollte nicht heilen. Sie sagte uns, wo wir dich finden können, unter der Bedingung, dass wir sie im Gegenzug von ihrem Elend erlösen und uns um ihre Tochter kümmern.«

Signy lächelte bitter. »Wie poetisch. Und Halldor – vertraust du ihm wirklich?«

»Ja. Er ist mein Mann. Ich liebe ihn.«

»Offenbar genug, um Gunnhild im Stich zu lassen. Ich hätte nicht gedacht, dass du zu so etwas imstande bist«, sagte Signy, und ein Hauch des alten Funkelns trat in ihre Augen, als sie Oddny mit ihrem knochigen Ellbogen anstupste. »Die kleine Oddny Rabenbraue, die gute Tochter, zieht einen hübschen Krieger ihrer Schwurschwester vor. Soll ich dich von jetzt an Oddny Eidbrecher nennen?«

Oddny zögerte und ballte dann die Hand zur Faust. Von der Narbe ging kein Gefühl aus. Und das war etwas, von dem sie nun wusste, dass sie es in Ordnung bringen musste.

»Das wird nicht nötig sein«, sagte sie, bevor sie es sich anders überlegen konnte. »Wir reisen zurück.«

Das Schiff, das Alf und Eyvind bekommen hatten, war eine Knorr, klein und schnell, die Seemänner tüchtig und erfahren. Mit Halldor und Svein – die sich trotz der Gefahr beide geweigert hatten, zurückzubleiben – waren sie genug, um sich bei der Arbeit abzuwechseln, statt bei Nacht anzulegen, um ein Lager aufzuschlagen, also kamen sie gut voran. Oddny braute eine große Menge ihres Tees und füllte ihn in einen Krug; jeden Tag nippte sie etwas davon, um die zunehmenden Schmerzen zu lindern, und hoffte, das Blut würde erst fließen, wenn das alles vorbei war.

Halldor wirkte nervös, bis sie die Meerenge zwischen Dänemark und Norwegen hinter sich hatten und die Küste hinauf in Richtung Hordaland fuhren. Später erzählte er Oddny unter vier Augen: »Ich schätze, wenn Olaf den Leuten erzählt, dass ich tot bin, dann wird er ihnen wenigstens auch sagen, dass ich meines Vaters Sohn war. Das natürlich nur, weil er andernfalls nicht die Möglichkeit hätte, in meinem Namen einen Krieg anzuzetteln.«

Signy brachte den größten Teil der Reise damit zu, wie besessen die Klinge ihres Vaters zu schärfen, die sie in einer Scheide trug, die an einem geborgten Gürtel hing. Sie erzählte Oddny, dass Kolfinna das Schwert demselben Mann verkauft hatte wie sie selbst und sie es geschafft hätte, Alf und Eyvind zu überreden, es zusammen mit ihrer Freiheit zurückzukaufen.

Sie sah, wie Oddny dachte, ziemlich albern aus mit dieser Waffe an einem der alten Kleider, die Gunnhild aus Solveigs Truhe gestohlen und Oddny auf ihre Größe gekürzt hatte, wodurch es für ihre Schwester viel zu kurz war. Als Oddny fragte, warum sie das Schwert mitgenommen hatte, obwohl sie es nicht führen konnte, sagte Signy: »Damit fühle ich mich besser.«

Daran zweifelte Oddny nicht. Sie wünschte, sie hätte daran gedacht, einen Schlaftrunk für Signy anzumischen, ehe sie abgelegt hatten, denn nun hatte sie nicht die passenden Zutaten, um es nachzuholen. Mehr als einmal war ihre Schwester mitten in der Nacht schreiend erwacht, was die Seemänner zunehmend verunsicherte.

»Signy«, hatte Oddny ihr in der dritten Nacht zugeflüstert, während sie ihr schweißnasses Haar gestreichelt hatte. »Sprich mit mir. Bitte.«

»Ich kann nicht.« Zitternd schlang Signy die Arme um den Leib. »Ich kann nicht. Ich kann nicht …«

Oddny rieb ihr den Rücken. »Dann sag es mir, wenn du bereit bist, oder lass es ganz. Es ist deine Entscheidung.«

Etwas an ihren Worten weckte Signys Zorn. »Was gibt es da zu erzählen? Ich war beinahe ein Jahr lang versklavt. Man hat mich geschlagen. Man hat mir Gewalt angetan. Warum sollte ich darüber reden wollen?« Als Oddny in Tränen ausbrach, war Signy empört. »Hör auf damit. Spiel dich nicht in den Vordergrund. Du bist nicht diejenige, der das widerfahren ist.«

Oddny verließ das Zelt. Hilflos und entmutigt berichtete sie Halldor von dem Gespräch.

»Lass sie einfach«, riet er ihr. »Sie weiß, dass du für sie da bist.«

»Aber das ist alles meine Schuld. Ich hätte an dem Tag nicht weglaufen dürfen. Ich hätte versuchen müssen, sie zu retten ...«

»So solltest du nicht denken. Ja, du hättest es versuchen können, aber dann wäre der Rest der Mannschaft gekommen und hätte dich gepackt, während ich versuchte, Gunnhild abzuwehren. Es hat keinen Sinn, sich den Kopf über Dinge zu zerbrechen, die hätten sein können – vertrau mir. Signy ist jetzt hier. Überlass es einfach ihr, dir zu sagen, was sie braucht.«

Als sie außer einem Schniefen nichts von sich gab, nahm er sie in die Arme, und sie barg ihr Gesicht an seiner Schulter und weinte, bis keine Tränen mehr übrig waren.

Als sie endlich den Fjord erreichten, an dem Aleksstadir lag, mussten sie, sehr zum Missfallen der Seeleute, feststellen, dass seine Mündung unter dichtem Nebel lag.

»Es müsste gleich dort sein«, sagte Svein.

Halldor ließ sich schwer auf eine Ruderbank fallen und streckte das schlimme Bein, ehe er sich umdrehte. »Hört ihr das? Es klingt wie ... Stimmen?«

Svein hielt inne und lauschte. »Da müssen Schiffe im Nebel sein, und ich würde wetten, es sind nicht Olafs.«

Der Wind hatte sich abrupt gelegt, also holten sie die Ruder hervor und näherten sich vorsichtig. Je tiefer sie in den Nebel vordrangen, desto dichter wurde er. Die körperlosen Stimmen hallten um sie herum, sodass es nahezu unmöglich war, die Richtung zu bestimmen, aus der sie kamen – und dann tauchten plötzlich die Umrisse eines Langschiffs vor ihnen auf. Die Leute an Bord, deren Gesichter Oddny nicht sehen konnte, brüllten Warnungen.

»Backbord, Ruder absenken!«, befahl der Kapitän der Knorre. Die Seeleute gehorchten umgehend, und das Schiff wurde langsamer und drehte sich, sodass der Aufprall, als sich die Schiffe rammten, nur noch ein kleiner dumpfer Schlag war.

Eine Stimme von dem anderen Schiff fragte fassungslos: »Halldor? Svein?«

Und eine zweite Stimme, weiblich: »Oddny!«

»Arinbjörn! Runfrid!«, schrie Oddny.

Runfrid sprang von dem hohen Bord des Kriegsschiffs hinab in die Knorre, noch bevor die Seeleute die beiden Schiffe miteinander hatten vertäuen können. Geradezu überfallartig stürzte sie sich auf Halldor und umarmte ihn, ehe sie das Gleiche mit Oddny machte und dann überrascht Signy musterte. »Ist das deine Schwester? Du hast sie gefunden?«

»Gunnhild hat sie gefunden«, sagte Oddny.

Signy starrte Runfrid an – in Tunika und Hose, das Sax am Gürtel, den kurzen Frauenumhang an einer Schulter in maskulinem Stil festgeklammert –, als wäre sie ein Hauch von Sonnenschein nach einem langen Winter.

»Ich bin … Signy«, würgte sie hervor. »Signy Ketilsdottir.«

Runfrid lächelte sie strahlend an. »Runfrid Asgeirsdottir. Oddny hat uns viel über dich erzählt.«

Einen Moment später folgte Arinbjörn ihr auf die Knorre. Thorolf Skalagrimsson war ihm direkt auf den Fersen. Nacheinander umarmten beide Männer Svein, und dann drehte sich Arinbjörn, ohne zu zögern, zu Halldor um und nahm auch ihn in die Arme, worauf Halldor erschrocken über Arinbjörns Schulter hinweg Oddny anglotzte.

»Solltest du nicht tot sein?«, fragte ihn Arinbjörn in einem fröhlichen Ton, der so gar nicht zu der Frage passen wollte. »Oder verbannt? Götter, was ich alles zu hören bekommen habe.«

»Ich nehme an, das kommt ganz darauf an, wen du fragst«, antwortete Halldor so vorsichtig, als fürchte er, Arinbjörn würde sich lediglich einen Spaß mit ihm machen und ihm in Eriks Namen die Faust ins Gesicht rammen, sobald sie sich voneinander lösten. Aber der Schlag blieb aus.

»Kommen wir zu spät?«, fragte Oddny und fürchtete sich vor der Antwort. Nun, da sie ihrem Ziel so nahe waren, konnte sie die geisterhaften Schatten vieler anderer im Nebel festsitzender Schiffe erkennen, aber wie viele es waren, war unmöglich zu sagen.

»Wir wissen es nicht«, sagte Runfrid. »Was wir wissen, ist, dass es auf der anderen Seite eine Schlacht gibt und Erik zahlenmäßig unterlegen ist. Wir haben in Fjordane, dem Rest von Hordaland und einigen weiteren Bezirken Schiffe zu Hilfe gerufen, doch nun sitzen wir fest.«

Arinbjörn schüttelte den Kopf. »Wir haben Olafs Flotte gesehen und darauf zugehalten. Aber dann legte der Wind sich plötzlich, und sie sind geradewegs an uns vorbeigesegelt, und dieser Nebel ist aus dem Nichts aufgetaucht. Nun müssen wir warten, bis er sich lichtet ...«

»Das wird er aber nicht«, sagte Oddny. »Das ist das Werk der Hexen – Signy und ich haben diesen Nebel schon einmal an dem Tag erlebt, an dem unser Hof überfallen wurde. Halldor, Svein und ich haben ihn dann auf dem Weg nach Vestfold erneut gesehen.«

»Kann Gunnhild nichts dagegen tun?«, fragte Runfrid.

»Vermutlich versucht sie das gerade. Oder sie hat es versucht und ist gescheitert. Wir müssen zu ihr.«

»Aber wie?«, fragte Arinbjörn. So aufgewühlt hatte Oddny ihn bisher nie erlebt. »Wir können da nicht durch. Wir können ja nicht einmal etwas sehen. Womöglich zerschellen wir an den Klippen oder laufen auf Grund.«

Thorolf legte ihm eine seiner Bärenpranken auf die Schulter. »Uns fällt schon etwas ein.«

»Was soll uns da denn einfallen?« Arinbjörn schüttelte ihn ab. »Normalerweise bin ich der mit den Lösungen, aber dieses Mal fällt mir keine ein.«

Während die Seemänner versuchten, sich einen Plan zurechtzulegen, ging Oddny nachdenklich zum Bug des Schiffs. Sie rückte den Heilerbeutel über ihrer Schulter zurecht und stutzte, als sie unerwartet etwas schwappen hörte, also griff sie hinein und holte Gunnhilds Lederflasche mit Bilsenkrauttee hervor. Inzwischen war er vermutlich schlecht geworden, aber vielleicht ...«

»*Kannst du dir vorstellen, irgendwann die Magie zu erlernen? ... Du kannst die Fäden sehen ... Du hast einen Hauch von etwas in dir.*«

»Ich habe eine Idee«, murmelte sie vor sich hin.

Sie hatte gar nicht bemerkt, dass Signy und Runfrid ihr gefolgt waren, bis Runfrid fragte: »Wirklich?«

Oddny wirbelte herum. »Ihr zwei müsst für mich singen.«

»Singen?«, wiederholte Signy. »Was denn singen?«

»Die Schutzweisen. Die meinst du doch, oder?« Runfrid maß sie mit einem zweifelnden Blick. »Oddny ... Gunnhild hat zwölf Winter damit zugebracht, die Magie zu lernen. Ich glaube nicht, dass das etwas ist, was du einfach so tun kannst, genauso wenig, wie irgendjemand sich bloß eine Leier nehmen und sich einen Skalden nennen kann.«

»Oder ein paar Kräuter sammeln und sich Heiler nennen oder eine Nadel und sich Tätowierer nennen«, stimmte Oddny zu. »Ich weiß, das braucht Übung. Aber Gunnhild sagte, ich hätte ... etwas in mir. Ich kann die Fäden sehen, die den Geist der Hexen an ihren Körper binden, und ich habe mir den Gesang eingeprägt, den Gunnhild benutzt hat, um den Sturm zu vertreiben, der uns auf dem Weg von Halogaland erwischt hat. Und diesen Winter hat sie mir ein wenig darüber erzählt, wie es ist, so zu reisen. Außerdem, sollte ich versagen, dann wissen wir doch wenigstens, dass wir wirklich alles getan haben, was wir konnten, nicht wahr?«

»Das sind die Fäden, über die ihr zwei während des Rituals gesprochen habt«, murmelte Signy kaum hörbar, und Runfrid sagte: »Gut. Versuchen wir es. Aber brauchst du nicht ein...«

Oddny griff schon in ihre Tasche, holte einen sehr kleinen Rocken, umwickelt mit noch nicht gesponnener Wolle, hervor und durchtrennte den Faden, der ihn mit ihrer Handspindel verband.

Signy verdrehte die Augen. »Du musstest natürlich dein Spinnzeug mitnehmen, wenn du zu einem gefährlichen Abenteuer aufbrichst. Mutter wäre stolz auf dich.«

»Manche Dinge ändern sich eben nie«, entgegnete Oddny arglos. Sie reichte Signy ihren Beutel, steckte sich den Rocken unter den Arm und drehte sich zu den Männern um. »Ich werde etwas versuchen«, rief sie, worauf alle aufhörten zu reden und sich ihr zuwandten.

»Oddny?«, fragte Halldor argwöhnisch und stand auf. »Was hast du vor?«

»Etwas Unmögliches. Aber sollte ich es schaffen, müssen wir schnell sein«, sagte Oddny und fuhr an die Hirdsmannen gewandt fort: »Erinnert ihr euch noch an den Sturm? Halfdans Hexe Katla war der Adler, der ihn verursacht hat. Ich wette mein Leben darauf, dass sie gerade jetzt in diesem Nebel ist. Wenn das hier funktioniert, wird sie mich angreifen. Solltet ihr sie also sehen, dann schießt sie ab.«

Alle Augen richteten sich auf Runfrid. »Ich werde nicht scheitern, wenn du nicht scheiterst«, sagte die nur.

»Das kann ich nicht versprechen. Aber ich habe keine andere Wahl, als es zu versuchen.« Oddny drückte die Schultern durch. »Wie gesagt, wenn es funktioniert, müssen wir schnell sein. Unser Schiff ist das kleinste hier, oder?« Als Arinbjörn nickte, fuhr sie fort: »Während ihr euch mit Olaf befasst, werden wir die Schlacht umfahren, an Land gehen und versuchen, Gunnhild zu finden. Mit etwas Glück wird uns in dem Trubel niemand folgen.«

Ein Augenblick zog dahin. Die meisten der Männer starrten Oddny an, als hätte sie den Verstand verloren, aber Arinbjörn grinste.

»Also? Ihr habt sie gehört«, sagte er. »Machen wir uns bereit, ein bisschen Unordnung zu veranstalten.«

Arinbjörn und Thorolf kehrten auf das größere Schiff zurück, und Svein schloss sich ihnen an, während Alf und Eyvind auf der Knorre blieben, um sich an den Bemühungen, ihre Schwester zu retten, zu beteiligen. Ehe die Vertäuung der Schiffe gelöst wurde, gab Runfrid Arinbjörn einen Abschiedskuss, und der reichte ihr ihren Bogen und einen Köcher mit Pfeilen.

»Wenn wir das beide überleben«, rief Arinbjörn Halldor zu, als die Schiffe auseinandertrieben, »schuldest du mir immer noch eine Revanche, Halldor Bjarnarson.« Er zeigte auf die Narbe auf seinem Nasenrücken.

Halldor schien perplex, dass Arinbjörn sein korrektes Patronym aussprach, und darüber, was das beinhaltete – es war ein klarer Beweis dafür, dass Arinbjörn Bescheid wusste, und das hieß, dass Runfrid vermutlich auch informiert war. Und doch hatte keiner der beiden sich von ihm abgewandt. Dennoch nickte er nur und drehte sich mit vage ergriffener Miene zu Oddny um.

»Bist du sicher, dass du das tun willst?«, fragte Halldor und legte ihr die Hände auf die Schultern.

»Ganz und gar nicht. Selbst wenn es funktioniert, was tue ich, wenn ich kein Vogel bin? Was, wenn ich ein Narwal bin oder eine Katze oder was anderes?«, sagte Oddny. »Ich weiß nicht, ob ich das beeinflussen kann. Ich glaube, es geschieht einfach.«

»Dann schätze ich, es wird wohl eine Überraschung werden.« Halldor küsste sie einmal auf die Stirn und dann auf die Lippen. »Los! Wir werden hier unten nach dir Ausschau halten.«

Oddny kehrte zurück zum Bug des Schiffs und wartete, bis Signy und Runfrid zu ihr gestoßen waren; dann setzte sie sich auf eine Schiffskiste und trank den Tee. Sie würgte einige Male – er war definitiv schlecht geworden –, bis es ihr gelang, wenigstens ein bisschen von dem Zeug zu schlucken.

Signy und Runfrid sangen da schon. Oddny schloss die Augen und wartete einige Augenblicke, ehe sie anfing, die Bewegungen des Spinnens nachzuahmen. Anfangs kam sie sich ein wenig albern vor – und dann fühlte sie etwas unter ihren Fingern, als sie in der Nähe des Rockens die Finger in der Luft zusammenkniff und zog …

Ein Faden. Ihr Faden.

Signy und Runfrid harmonierten in erstaunlicher Leichtigkeit miteinander, und die Klänge umhüllten Oddny wie ein Licht, das sie bis ins tiefste Innere wärmte und ihr Selbstvertrauen stärkte. Genau in der Mitte des Brustbeins spürte sie etwas, fast, als würde sich ein Haken hineinbohren, und gerade, als sie anfing, Gunnhilds Singsang zu rezitieren, da war es, als löste sich etwas in ihr, und dann war sie …

Draußen.

Sie war über ihnen, blickte hinab auf ihren eigenen Körper auf Deck: Rocken in der Hand, die Augen völlig verdreht, die Lippen bildeten die Worte des Zaubers. Signy und Runfrid stockten nicht für einen Moment, aber von den Decks beider Schiffe hallte Jubel empor.

Halldor legte die Hände trichterförmig an den Mund und rief: »Du bist ein Falke!«

Oddny flog in den Nebel und fing an zu kreisen, wie sie es Katlas Adler hatte tun sehen, und sie spürte, wie ihr Singsang den Wind allmählich erreichte. Sie beschwor ihn, aufzuleben, merkte aber dann, dass sie durch ihren Flug seine Richtung beeinflusste, also stieß sie hinab und flog auf den Fjord zu. Da folgte ihr der Wind und trieb den Nebel vor sich her. Als der sich lichtete, sah sie, wie sich die Segel blähten und die Schiffe sich wieder in Bewegung setzten, allen voran die kleine Knorre. Die Seeleute jubelten erneut.

Es funktioniert, dachte sie staunend. *Ich tue das wirklich …*

Etwas rammte sie.

Der Falke schaffte es gerade noch, den nach ihm schlagenden Krallen auszuweichen, als er ins Straucheln geriet, und der plötzliche Stoß vermochte es auch nicht, Oddnys Konzentration zu brechen. Als sie sich wieder gefangen hatte, sah sie einen einäugigen Adler, dessen gewaltige Schwingen den Nebel um sie herum zerstreuten.

Was bildest du dir ein, dass du hier tust?, herrschte Katla sie an. Ehe Oddny antworten konnte, kreischte der Adler erzürnt, als ein Pfeil an seiner Schwinge vorbeisirrte.

Unten unterbrach Runfrid ihren Gesang gerade lange genug, um zu fluchen, ehe sie ihn wieder aufnahm und den nächsten Pfeil anlegte.

Der Adler stürzte sich auf Oddny – was dazu führte, dass Runfrid ihn erneut verfehlte und ihren Gesang mit einem lauteren Fluch akzentuierte –, aber Oddny konnte auch dieses Mal ausweichen und beeilte sich, die Mündung des Fjords zu erreichen. Katla war direkt hinter ihr.

»Schießt sie ab! Schießt sie ab!«, brüllte Arinbjörn. Inzwischen hatten auch einige der Männer ihre Bögen ergriffen, um Runfrid zu unterstützen, und die Flotte nahm Fahrt auf; sollte Oddny nicht zu Ende bringen, was sie begonnen hatte, riskierten sie eine Kollision mit den Klippen.

Sie flog, so schnell sie nur konnte, aber der Adler war schneller. Katla holte sie ein. Um den Falken zu verfolgen, hatte sie sogar ihren eigenen Zauber aufgegeben. Und dann sah Oddny aus dem Augenwinkel Krallen aufblitzen …

Doch ehe die sie packen konnten, bohrte sich einer von Runfrids Pfeilen in die Brust des Adlers.

Oddny wagte nicht, sich umzublicken, um zuzusehen, wie Katla in die Tiefe fiel. Sie schaffte es zum Fjord, und die Knorre war unter ihr, dicht gefolgt vom Rest der Flotte. Sie hatte es geschafft.

Sie hörte das Platschen, als der Adler ins Wasser klatschte, aber sie drehte sich nicht um. Sie flog weiter. Ihr Wind trieb den Nebel zu einer Gruppe von Schiffen, die mitten im Fjord miteinander vertäut vor Anker gegangen waren. Voller Entsetzen erkannte sie, dass die Schlacht geschlagen war. Müde, blutige Krieger schlurften wie Gespenster ihrer selbst über die Decks, und während einige Leichen im Wasser trieben, war Oddny doch auch klar, dass andere von Rans Netz in die Tiefe gezogen worden waren und nie wieder an die Oberfläche zurückkämen. Zuerst wusste sie nicht, wer gewonnen hatte, denn sie konnte weder unter den Lebenden noch unter den Toten ein vertrautes Gesicht erkennen. Aber dann richteten sich ihre scharfen Vogelaugen auf die größten Schiffe, die allesamt unterschiedliche Segel trugen. Sie erkannte Thorbjörg am Heck eines der Schiffe. Von ihren Augen war nur das Weiße zu sehen, und sie hielt ihren Stab in der Hand: Sie war in Trance.

Das konnte nichts Gutes verheißen. *Wo ist Gunnhild?*

Oddny hatte keine Zeit, länger darüber nachzudenken, ehe ein anderer Anblick auf demselben Schiff sie in Angst und Schrecken versetzte.

Erik kauerte auf den Knien, die Hände vor dem Körper gefesselt. Vor ihm stand Olaf, der anscheinend eine Art Siegesrede hielt und sichtlich verärgert schien, als Oddnys Nebel heranwogte und seine Männer einhüllte, was diese mit lautem Geschrei quittierten.

Zufrieden damit, dass ihr Wind in die gewünschte Richtung wehte, stieß Oddny im Sturzflug hinab, um mehr herauszufinden.

»Soso«, sagte Olaf gerade. »Ich schätze, das bedeutet, dass Thorbjörgs Freundin im Begriff ist, Arinbjörn Thorissons Flotte zu versenken. Ich wünschte, sie hätte den Nebel ganz verschwinden lassen, aber das ist nicht von Bedeutung.«

Erik bedachte ihn mit einem faden Lächeln. Obwohl er von Blut bedeckt war, wirkte er nicht allzu mitgenommen. »Besser, du wirst mich los, ehe Vater eintrifft, und achte darauf, dass deine

Hexen nicht versehentlich auch seine Schiffe versenken. Ich habe eine Botschaft nach Avaldsnes gesandt, zur gleichen Zeit, als ich auch Arinbjörn benachrichtigt hab.«

»Ich werde dich nicht töten, du Tor«, sagte Olaf.

»Wirklich?« Erik lockerte seine Finger; die Nägel waren bis aufs Bett abgenagt. »Und ich habe all diese Jahre gedacht, du willst Björn rächen.«

»Das will ich. Er war der beste Mann, den ich je gekannt habe, und er hat Besseres verdient als das, was du ihm angetan hast«, sagte Olaf, und in seiner Stimme lag echter Schmerz. Doch dann trat ein harter Ausdruck in seine Züge und den Tonfall. »Bedauerlicherweise kann ich nicht einen Bruder rächen, indem ich einen anderen töte – ich bin kein Brudermörder. Wenn Thorbjörg also mit dieser Gemahlin fertig ist, die du dir ausgesucht hast, wird sie diejenige sein, die dir einen Dolch ins Herz stößt. Das habe ich ihr zugesichert.«

Erik sah sich zu Thorbjörg um, ehe er wieder Olaf anblickte. Das gelangweilte Lächeln rutschte ihm aus dem Gesicht, und er antwortete mit einem ruhigen, kalten Zorn, den Oddny als zutiefst erschreckend empfand. »Wenn Gunnhild irgendein Leid geschieht«, sagte er, »werde ich dich in Stücke reißen. Ich werde dich so umfassend vernichten, dass von dir nichts mehr übrig bleibt, das man begraben könnte. Ich werde dich in so vielen Einzelteilen nach Walhall schicken, dass deine eigenen Vorväter dich nicht erkennen …«

»Ich bin nicht derjenige, dessen Hände gebunden sind. Du magst Vaters dressierter Wolf sein, aber dank mir bist du zahnlos«, giftete Olaf. »Deine Drohungen beeindrucken mich nicht.«

Oddny tauchte hinab, um sich auf den Schandeckel zu setzen, und Erik drehte sich zu ihr um.

Ihre Blicke trafen sich, und seine Augen weiteten sich vor Überraschung.

Doch ehe er etwas sagen konnte, brach ein Schiff aus dem Nebel und rammte das von Olaf. Oddny erhob sich wieder in die Lüfte, als eine Gestalt über den Schandeckel des anderen Schiffs rannte und sprang. Im Steigflug sah Oddny das Aufblitzen zweier inmitten der Luft gezogener Klingen – im nächsten Moment landete Arinbjörn hart mit beiden Füßen auf dem Rücken eines von Olafs Männern. Dessen Nacken knackte hörbar, als er gegen den Fischmast krachte und zusammenbrach.

Thorolf kam als Nächster, dann Svein, dann die anderen. Mehr Schiffe aus Fjordane drängten sich um das von Olaf. Verstärkung nahte von allen Seiten, und Erik sprang mit einem grausamen Grinsen auf die Füße und drosch mit den gefesselten Fäusten auf den Kopf des ihm nächsten Mannes ein. Arinbjörn durchtrennte seine Fesseln mit einem schnellen Hieb seines Saxes, und Thorolf versetzte seinen Äxten auf dem schlüpfrigen Deck einen Tritt, um sie zu ihm zu befördern.

Erik bückte sich, um seine Waffen aufzuheben. Als er sich mit ihnen erhob, verlor der Mann, der ihm am nächsten war, die Nerven und sprang ins Wasser. Oddny hatte das Gefühl, er würde nicht der Einzige bleiben. Der Wolf hatte seine Zähne zurück.

Als die Schlacht erneut begann, sah Oddny, wie die Knorre durch den sich lichtenden Nebel glitt, und sie machte sich auf den Weg zurück zu ihrem Körper. Sie flog in ihre Brust, wie sie es bei Gunnhilds Schwalbe gesehen hatte, als das Schiff gerade anlegte. In dem Moment, in dem sie den Rocken fallen ließ und aufschrak, schlangen beide, Signy und Runfrid, die Arme um sie, und gleich darauf hob Halldor sie hoch, wirbelte sie herum und sagte ihr, wie fantastisch sie sei, doch ...

Ein kleines Schiff hatte sich von Olafs Flotte getrennt und jagte mit demselben Wind, der sie so schnell zum Anleger gebracht hatte, auf sie zu. Ihnen blieb nicht viel Zeit.

»Wir müssen uns beeilen. Thorbjörg macht irgendwas mit

Gunnhild«, sagte Oddny und wand sich aus Halldors Armen. Sie schnappte sich ihren Beutel und hastete von Bord, noch ehe das Schiff vollständig vertäut war. Runfrid, Signy und Halldor folgten ihr mit Alf und Eyvind auf den Fersen.

35

Das anwesen wirkte auf beunruhigende Weise verlassen. Oddny ging zur Haupthalle, und kaum stieß sie die Tür auf, sah sie sich einer Gruppe angriffsbereiter Bediensteter und Leibeigener gegenüber: Alle hatten vertraute Gesichter, ein jeder war mit irgendetwas bewaffnet, von Walbein-Webschwertern bis hin zu Mistgabeln, und die Mädchen aus dem Kochhaus hatten sich mit mehreren schweren Pfannen gerüstet. Sogar die Leibeigenen waren hier, Männer, die sich Werkzeuge aus der Schmiede geholt hatten, Frauen mit gefährlich aussehenden Kardierkämmen und zugespitzten Besenstielen.

»Oddny Ketilsdottir«, sagte Hrafnhild und ließ das gewaltige Küchenmesser sinken, mit dem sie gerade hatte angreifen wollen. »Ist das möglich? Wir dachten, du ...«

»Keine Zeit«, fiel Oddny ihr ins Wort. »Wo ist Gunnhild?«

Die Menge teilte sich, um Königin Gyda Platz zu machen, die sich durch das Gedränge ihren Weg nach vorn bahnte. »Sie ist gegangen, als die Schlacht begann. Wir konnten sie nicht zurückhalten, das dumme Mädchen. Sie ist zur Weberei gelaufen und ...«

»Gehen wir«, sagte Oddny sofort und eilte mit ihrem Anhang wieder hinaus ...

Nur um dort zwei Dutzend Männer zu erblicken, die, angeführt von Tryggvi Olafsson, geradewegs auf sie zukamen. Weitere Krieger verließen gerade sein Schiff, das neben dem Knorr angelegt hatte.

Halldor zog sein Sax und Alf und Eyvind ihre Schwerter. Hinter ihnen drängten die Hordalander mit ihren provisorischen Waffen zur immer noch offenen Tür hinaus.

»So sehen wir uns wieder«, rief Tryggvi seinem Vetter zu.

»Geh, Oddny«, sagte Halldor, ohne sie anzusehen. »Such Gunnhild.«

Sie ergriff seinen Arm. »Nein. Du kannst nicht kämpfen. Dein Knie ...«

Er achtete gar nicht auf sie, sondern rief: »Nur du und ich, Tryggvi. Es ist nicht nötig, dass sonst jemand verletzt wird.«

»Ach, das tut mir leid, Vetter, aber so wird das nicht ablaufen.« Tryggvi blieb stehen und zog gemächlich sein Schwert. »Geht wieder hinein und wartet bei den anderen. Mein Vater wird sich um euch kümmern, wenn er mit Erik fertig ist.«

»Das werden wir noch sehen.« Halldor drehte sich um und bedachte Oddny mit einem Blick, der sagte *Los!*, und ehe Oddny Einwände erheben konnte, trat Signy vor, öffnete den Gürtel und nahm das Schwert samt Scheide ab.

»Halldor«, sagte sie und reichte ihm die Waffe. »Das hat meinem Vater gehört und seinem Vater vor ihm. Als Ehemann meiner Schwester bist du mein letzter lebender männlicher Verwandter. Das bedeutet, es gehört nun dir.«

Forschend sah er sie an, um sich zu vergewissern, dass sie es ernst meinte, ehe er sein Sax zurück in die Scheide steckte und das Schwert entgegennahm. Oddny erkannte Dankbarkeit in seinen Augen, denn dies bedeutete, dass Signy ihn nun als ihren Schwager anerkannt hatte, auch wenn sie ihm seine Rolle bei dem Raubzug noch nicht ganz verziehen hatte.

»Genug gespielt«, sagte Tryggvi, der dem Geschehen aus zusammengekniffenen Augen gefolgt war.

»Zur Abwechslung sind wir mal einer Meinung.« Halldor zog mit einer Hand Ketils Schwert aus der Scheide, die er in der anderen hielt, und stürzte sich mit Gebrüll auf seinen Vetter.

Alf und Eyvind folgten seinem Beispiel und rasselten mit anderen Männern zusammen, während die Hordalander aus dem Langhaus sich den Rest vornahmen. Oddny packte Signy und Runfrid und rannte los.

Sie umrundeten die Ecke des Gebäudes und sahen, dass die Tür der Weberei eine Handbreit offen stand. Ein dünner schwarzer Faden zog sich aus dem Inneren bis hinab zum Wasser. Oddny runzelte die Stirn – das war kein normaler Faden, aber warum leuchtete er nicht wie die anderen? Sie ging hinein.

Gunnhild kauerte nahe dem Herd mitten auf dem Boden, den Kopf in Ullas Schoß. Ulla schluchzte und streichelte das offene Haar der Königin, während Saeunn und Tora niedergeschlagen am Rand der Plattform saßen. Ullas Trommel und Schlägel lagen vergessen auf dem Boden neben Gunnhilds Stab, der mit dem schwarzen Faden verbunden war, welcher zur Tür hinausführte.

Im Nu war Oddny an Gunnhilds Seite. »Was ist passiert?«

»Ich habe ihr gesagt, sie soll das nicht tun«, klagte Ulla. »Ich habe ihr gesagt, es ist zu gefährlich ...«

»Sie hat versucht, den Nebel aufzulösen.« Traurig schüttelte Saeunn den Kopf. »Und dann ... ist irgendwas passiert. Sie ist einfach zusammengebrochen.«

Toras Gesicht war gerötet. Sie weinte ebenfalls, rieb sich die Nase und rückte ihren Umhang zurecht. »Sie will einfach nicht aufwachen.«

Oddny sah erneut Gunnhild an, deren Augen halb geschlossen waren und trübe ins Nichts starrten. »Sie hat einen Puls. Sie atmet noch. Aber ...«

»Sie ist fort«, flüsterte Ulla. »Ich habe gehört, so etwas kann unseren Noaidi auch passieren. Sie ist verloren, irgendwo. Wir konnten sie mit den Gesängen oder meiner Trommel nicht zurückholen. Ich habe es versucht ...«

»Dann muss jemand sie finden«, sagte Signy. Alle Köpfe drehten sich in ihre Richtung, sie aber starrte ihre Schwester an. »Hast du noch mehr von dem, was du auf dem Schiff getrunken hast? Kannst du ... hingehen, wo immer sie hingegangen ist ... Sie zurückholen?«

»Ich könnte es versuchen«, sagte Oddny. »Aber ...«

»Wir singen für dich«, versicherte Runfrid.

»Und dieses Mal gehe ich mit«, verkündete Signy entschlossen und legte die Finger auf das Messer mit dem beinernen Griff, das immer noch an ihrem Gürtel hing.

Oddny holte die Lederflasche hervor. »Ich weiß nicht mal, ob ich selbst dorthin gelangen kann, ganz zu schweigen davon, jemanden mitzunehmen.«

»Wir sind im Begriff, genau das zu tun, was deinen Worten zufolge nötig ist, Oddny«, beschwor Signy sie. »Du hast selbst gesagt, wir drei zusammen können Thorbjörg besiegen.« Sie riss Oddny die Flasche aus der Hand. »Also müssen wir beide gehen.«

Ehe Oddny sie hindern konnte, nahm Signy einen Schluck, verzog das Gesicht und gab ihrer Schwester den Tee zurück. Tora beeilte sich, einen Rocken zu holen, und presste ihn Signy in die Hände. Die sah bei dem Gedanken, auch nur so zu tun, als würde sie spinnen, noch angewiderter aus als zuvor beim Trinken des halb verdorbenen Gifttees.

Oddny hatte keine andere Wahl, als es ihr gleichzutun. Danach setzten sie und Signy sich zu beiden Seiten Gunnhilds hin, und als die Frauen zu singen begannen und Ulla ihre Trommel schlug, hatte Oddny erneut das Gefühl, ein Haken würde sich in ihre Brust bohren, kaum dass sie angefangen hatte, das Spinnen zu simulieren. Signy ahmte sie mit weit weniger geschmeidigen Bewegungen nach.

Hinab, dachte Oddny, während sie spann. *Bring mich hinab. Führe mich zu ihr.*

Allmählich formte sich der Faden zwischen ihren Fingern,

doch als sie aufblickte, erkannte sie, dass Signy weniger Erfolg hatte. Oddny ergriff mit ihrer freien Hand die ihrer Schwester – und auch Signys Faden nahm Gestalt an.

Dann kribbelte die Narbe in Oddnys Handfläche, die Welt um sie herum verschwand, und sie fielen. Oddny kniff die Augen zu, bereitete sich auf den Aufprall vor ...

Doch er blieb aus. Als sie es wagte, die Augen wieder aufzuschlagen, war sie an einem dunklen Ort, der endlos zu sein schien. Und sie war allein. Sie konnte die Schutzweisen und die Trommel weit über sich hören. Zitternd tat sie ein paar Schritte und rief: »Signy? Gunnhild?«

»Was hast *du* hier zu suchen?«, herrschte Thorbjörg sie an und schälte sich aus der Finsternis. Wie Oddny besaß auch sie einen dünnen, schimmernden Faden, der sich von ihrem Sternum aus in die Höhe zog.

Oddnys Hand huschte zu ihrem Messer. »Wo ist sie?«

»Du solltest nicht hier sein«, sagte Thorbjörg, und Oddny glaubte, Furcht in der Stimme der Hexe wahrzunehmen.

»Na, so ein Pech!«, quetschte Oddny zwischen zusammengebissenen Zähnen hervor. »Was hast du mit ihr gemacht?«

»Das ist ganz und gar nicht richtig.« Thorbjörg krallte die Hände in ihr helles Haar und verschob dabei ihre Mütze. »Das war es, was ich gesehen habe. Du, hier. Warum passiert das? Wir haben alles getan, um es zu verhindern ... du dürftest gar nicht hi...«

»Reiß dich zusammen, Mädchen. Wir sind zu weit gekommen, um uns jetzt noch Fehler zu leisten«, erklang eine verzerrte Stimme rechts von Oddny. »Gunnhild kommt nicht mehr zurück, aber der Versuch, ihre Freunde fernzuhalten, ist offenbar gescheitert. Ich hätte wissen müssen, dass du allein dieser Aufgabe nicht gewachsen bist, nachdem du schon diejenige warst, die von Anfang an alles vermasselt hat.«

Die dritte Hexe, ging Oddny auf. »Wer bist du?«

Zur Antwort warf die Hexe ihre Kapuze zurück – und offenbarte ein Gesicht, das sie kannte.

»Tora?«, flüsterte Oddny entsetzt. »Du bist ... du bist die Robbe? Wie ist das möglich? Du bist ... da oben ... du ...«

Die Frau lächelte, und es war schauderhaft. »Es ist nicht schwer, einen Teil von sich selbst zurückzulassen. Du hast selbst etwas Ähnliches getan, kleiner Falke, vermutlich, ohne es überhaupt zu ahnen. So kann man den Zauber weitersprechen – oder, in meinem Fall, die Gesänge vortragen. Und wenn ich die Augen geschlossen und meinen Stab unter dem Mantel halte, wer sollte etwas merken?«

Oddny verstand auf Anhieb. »Es waren nicht Thorbjörg oder Katla, die Gunnhilds Ritual während der Winternächte vereitelt haben. Das warst du. Und du hast gleich bei uns gestanden. Du bist auch jetzt bei uns ...« Und sie hatte keine Ahnung, wie sie Runfrid, Ulla und Saeunn vor der Verräterin in ihrer Mitte warnen könnte. »Aber – warum? Du warst so freundlich.«

»Ach, nun schau nicht so verdattert, Liebes«, sagte Tora und schlug ihren Mantel zur Seite. Dabei lächelte sie auf eine höhnische Art, die für sie so unüblich war, dass Oddny das Blut in den Adern gefror. »Mein Sohn mag der Jüngste in Haralds Brut sein, aber ich habe vorhergesehen, dass er ein König sein wird und dass Gunnhild eines Tages zu seinem Untergang beitragen wird. Ich wollte sie aus dem Spiel nehmen, ehe sie Gelegenheit dazu bekommt. Darum habe ich dich und deine Schwester nicht von dem Versuch abgehalten, sie zu erreichen. Besser, ich kümmere mich hier unten gleich um euch alle drei, sodass niemand je erfährt, was aus euch geworden ist. Kein Mensch in der wachen Welt weiß von meiner Beteiligung an alldem, und ich habe die Absicht, es dabei zu belassen.«

Thorbjörg, die Hände immer noch im Haar verkrallt, lachte nervös und sagte vage hysterisch: »Warum zeichnest du ihr nicht gleich ein Bild unseres Plans?«

»Ich sagte: Reiß dich zusammen!«, blaffte Tora. »Und dieser Angriff war mein Plan, denn du bist die, die uns auf den Weg des Verderbens geführt hat mit deiner Idee, Oddny und ihre Schwester zu töten wegen deiner Vision. Hätten wir deinen Plan nicht befolgt, dann wäre Gunnhild immer noch eine Einsiedlerin im Wald, behütet von der alten Frau. Sie hätte Erik vielleicht gar nicht kennengelernt, wenn du nicht gewesen wärest! Nein, Thorbjörg – jetzt ist endgültig Schluss mit diesem Unsinn. Es ist Zeit, dass du Wiedergutmachung leistest.«

»Wo ist sie?«, fragte Oddny, und ihre Hand spannte sich um das Heft des Messers in der Scheide an ihrem Gürtel. »Wenn ich noch einmal fragen muss, wird euch nicht gefallen, wie ich das tue.«

Etwas hatte sich bei Toras Worten in Thorbjörg verändert. Sie ließ die Hände sinken und bedachte Oddny mit einem Blick, in dem eine Mischung aus Mitleid und Verdruss lag. »Sie ist jenseits deiner Reichweite. Und du stehst kurz davor, selbst woanders hinzugehen.«

Tora kicherte. »Falls das ein Trost ist, ich mochte dich wirklich sehr, Oddny Ketilsdottir. Wenn du dich nur nicht eingemischt und einfach ferngehalten hättest. Dann hätten wir dich am Leben gelassen. Thorbjörg – sei so lieb und bring zu Ende, was du in den Winternächten begonnen hast, ja?«

Thorbjörg zog ihr Horngriffmesser und griff an, ehe Oddny ihre eigene Waffe ziehen konnte. Sie konnte ausweichen, aber die Klinge riss ihr den Ärmel auf. Als sie zurückstolperte, erkannte sie erschrocken, dass nicht nur das alte gelb-grüne Kleid aufgerissen war, wo die Hexe sie erwischt hatte, sondern dass auch ihr Arm aus einer oberflächlichen Wunde blutete, und das tat weh.

»Ach, bitte. Schau nicht so überrascht drein – daran musst du dich doch von dem Ritual während der Winternächte erinnern«, spöttelte Tora kichernd. »Was dir an diesem Ort widerfährt, widerfährt dir auch dort oben.«

Endlich zog auch Oddny ihr Messer. »Ist es das, was ihr Gunnhild angetan habt? Sie in die Falle gelockt und hier unten getötet?«

»Nein, nein«, sagte Tora abwinkend. »Ich fürchte, das Los der Königin ist weitaus schlimmer. Sie stirbt den langen, langsamen Tod der Verlorenen. Dein eigener wird nicht annähernd so schrecklich sein.«

Über ihnen wurden die singenden Stimmen lauter, das Trommeln schneller. Drängender. Saeunn, Runfrid und Ulla mussten die Wunde gesehen haben. Die Klänge erfüllten Oddny mit solcher Hoffnung, schenkten ihr so viel Courage, dass sie ihre eigene Macht aufflammen spürte. Aber wo war Signy? Oddny hatte keine Zeit, darüber nachzudenken, denn Thorbjörg setzte zu einem neuerlichen Angriff an, dem sie gerade noch ausweichen konnte.

Die eigene kleine Klinge in der Hand nahm Oddny Verteidigungshaltung ein und gab sich Mühe, ihr Zittern zu verbergen, sich nicht anmerken zu lassen, wie viel Angst sie tatsächlich hatte …

»Mach ihr ein Ende, Thorbjörg«, befahl Tora. »Jetzt. Oder …«

Und dann gab sie einen erstickten Laut von sich, versuchte für einen Moment nach der Spitze der Klinge zu greifen, die aus ihrer Brust ragte, und brach dann zusammen.

Und hinter ihr stand Signy.

Oddny keuchte auf. Weit über ihnen stockte der Gesang, aber der Trommelschlag hielt an.

»Tut mir leid, dass ich so lange gebraucht habe«, sagte ihre Schwester, als sie sich bückte, um das Messer mit dem Beingriff aus dem Körper von König Haralds verschiedener Ehefrau zu ziehen. »Ich hatte mich verirrt.« Ihr Blick wanderte zu Thorbjörg. »Das ist sie, oder? Der Fuchs?«

Welches Selbstvertrauen Thorbjörg auch aus Toras Gegenwart geschöpft hatte, es war fort. Sie wich zurück; die Augen geweitet und voller Furcht, ließ sie das Messer fallen, sank auf die Knie und grub die Finger in ihr Haar. »Nein, nein, nein, nein ...«

Am Ende, dachte Oddny, *ist anscheinend nicht der Wolf zahnlos, sondern der Fuchs.* Olaf hatte sie im Durcheinander des Kampfgeschehens auf dem Schiff aus den Augen verloren, aber sie fragte sich, ob Thorbjörgs Herr und Meister ahnte, wie schlecht es für seine Hexe lief.

Signy ging, das blutige Messer erhoben, auf die Hexe zu, aber Oddny war zuerst bei Thorbjörg, packte sie am Schopf und legte der Frau ihr eigenes Messer an die Kehle. »Wo. Ist. Gunnhild?«

»Weiter unten«, presste Thorbjörg hervor. »Tief, tief unten. Tora hat Gunnhilds Faden durchtrennt, als sie über das Wasser flog, um Katlas Nebel aufzulösen. Gunnhild ist närrisch und kühn, und wir wussten, sie würde genau das tun, was sie dann auch getan hat. Tora hat im Fjord auf sie gewartet – sie hat ihren Zauber gewirkt, ist geradewegs aus dem Wasser gesprungen und hat den Faden mit den Zähnen durchgebissen. Versteht ihr nicht? Ihr werdet Gunnhild nie finden, ihr Närrinnen, denn da gibt es nichts zu finden. Sie existiert nicht mehr.«

»Wir haben mit Tora kurzen Prozess gemacht, wie du sehen kannst.« Doch als Oddny sich zum Leichnam der Frau umsah, war er verschwunden. Ohne sich die Zeit zu nehmen, sich darüber den Kopf zu zerbrechen, konzentrierte sie sich wieder auf Thorbjörg und übte etwas mehr Druck mit der Klinge aus, sodass Blut an den Seiten hervorquoll. »Und mit Katla auch. Wie können wir Gunnhild zurückholen? Wie können wir den Faden flicken?«

»Du bist närrisch, wenn du denkst, du könntest das«, sagte Thorbjörg, doch sie konnte nicht verbergen, wie sehr es sie erschütterte, von Katlas Tod zu hören, denn nun zitterte sie am ganzen Leib. »Wenn man den Faden einer Person durchtrennt, dann trennt man ihren Geist von ihrer Gestalt. Das gehört zu Odins

Magie, und es ist grausam: ein langsamer Tod von Geist und Körper, bis am Ende beide verloren sind.«

»Du hast die Frage immer noch nicht beantwortet«, sagte Signy hinter Oddny. »Wie bekommen wir sie zurück?«

»Gar nicht«, geiferte Thorbjörg. »Närrinnen. Sie existiert nicht. Was immer Gunnhild zu der gemacht hat, die sie war, ist fort. Zerstört. Sie ist nichts.«

»Es gibt Schlimmeres als Ertrinken«, hatte Gunnhild auf dem Schiff erzählt, als sie unterwegs nach Hordaland gewesen waren und sie Oddny gebeten hatte, den Faden beim ersten Anzeichen von Problemen zurückzuziehen. *Wenn sie es schaffen, meinen Faden zu durchtrennen, werde ich sterben, und ich werde langsam sterben.*

»Noch ist sie nicht tot«, beharrte Oddny. »Ihr Körper ist noch nicht tot, also kann ihr Geist es auch nicht sein. Wir können sie immer noch zurückholen. Wir müssen nur ... tiefer gehen. *Richtig?*«

Thorbjörg rümpfte die Nase, doch als Oddnys Finger sich in ihrem Haar spannten und die Klinge sich in ihre Kehle grub, knurrte sie: »Ja. Theoretisch. Aber das ist noch nie vollbracht worden. Du bist keine Hexe, Oddny Ketilsdottir. Du wirst das nicht überleben.«

»Du weißt rein gar nichts über mich«, sagte Oddny.

Signy nahm ihren Gürtel ab und benutzte ihn dazu, Thorbjörgs Hände zu fesseln. »Und wenn sie nicht überlebt, wirst auch du sterben.« Sie riss Thorbjörg die Mütze vom Kopf und stopfte sie ihr in den Mund, sodass sie keinen Widerspruch mehr erheben konnte.

Als Thorbjörg sicher verpackt war, sahen Signy und Oddny einander an.

»Ich komme mit dir«, sagte Signy.

»Nein«, widersprach Oddny. »Ich glaube, wenn der Weg weiter nach unten der Reise hierher gleicht, dann brauche ich dich, um die Schutzweisen für mich zu singen. Ruf sie nur zurück, und ich erledige den Rest.«

Ausnahmsweise verzichtete Signy auf Einwände und fing stattdessen an zu singen.

Oddny schloss die Augen. Wie zuvor wartete sie auf das Gefühl, festgehakt zu werden, doch dieses Mal nahm sie es nicht in ihrer Brust wahr: Es kam von der Narbe in ihrer Handfläche, ein Zupfen, das sie einlud, tiefer zu sinken. Sie stellte sich vor, sie wäre so leicht wie eine Feder, folgte dem Gefühl und spürte, wie sie zu treiben begann.

Der Raum jenseits ihrer Augenlider war weiß, und sie streckte die Hände aus und griff ins Nichts. Sie wusste, dass ihr Geist noch immer an dem dunklen Ort war, noch immer mit Signy und Thorbjörg in dem Nichts weilte, aber sie fühlte sich, als würde sie in einen Nebel gleiten.

»Gunnhild«, rief sie. »Wo bist du?«

Ein Summen, ein Flüstern in weiter Ferne. *Wer?*

»Ich bin es. Oddny.«

Die Stimme, die antwortete, gehörte eindeutig Gunnhild, fühlte sich aber so schrecklich fern an. *Wer ...? Ist ... Oddny? Wer ... bin ich?*

Ich muss sie wieder zusammensetzen, ging Oddny auf. *Ich muss sie daran erinnern, wer sie ist.*

»Dein Name ist Gunnhild Ozurardottir«, sagte Oddny. »Du wurdest in Halogaland geboren und bist die letzte Tochter von Ozur und Solveig. Deine Brüder sind Alf und Eyvind und deine Schwestern zahlreich.«

Gunnhild, flüsterte der Nebel, und Oddny spürte, wie sich um ihre tastende Hand herum etwas verdichtete – ein Etwas, das sie nicht ganz berühren konnte, das aber doch da war.

»Dein Ehemann ist Erik Haraldsson«, sprach Oddny weiter. »Du bist hier, weil du versucht hast, ihm in einer Schlacht beizustehen. Du hast ein großes, törichtes Risiko auf dich genommen. Und du hast dafür bezahlt. Nun ist es Zeit, zurückzukehren.«

Das *Etwas* wurde konkreter, doch nicht so weit, dass Oddny es packen konnte. Die Narbe in ihrer Handfläche fing an, schwach zu pochen, pulsierend wie ein Herzschlag.

Wer ...?, fragte der Nebel. *Wer ... bist du ...?*

»Ich? Ich sagte dir doch, ich bin Oddny. Oddny Ketilsdottir. Erinnerst du dich nicht?«

Oddny ...?

»Wir waren Freundinnen von Geburt an«, erklärte Oddny mit bebender Stimme. »Wir haben zusammen einen Eid geschworen. In dieser Nacht nach dem Ritual. Du, ich und Signy.«

Oddny ... Signy ...?

Oddny konnte das *Etwas* fast greifen, konnte beinahe die Faust darum schließen.

»Ja. Hör hin ... hörst du den Gesang? Das ist Signy. Du hast sie gerettet, Gunnhild. Deine Brüder haben sie gefunden. Und die Stimmen hinter ihr – das sind Runfrid und Ulla und Saeunn. Du erinnerst dich doch an sie, oder? An all unsere Freundinnen?«

Freundinnen ... unsere Freundinnen ...

Oddnys Stimme überschlug sich vor Verzweiflung. »Erinnerst du dich an das Spiel, das wir mit den Hörnern gespielt haben? Das, was deinen Vater so verrückt gemacht hat? Zwei Hornstöße für ›Hallo‹, drei für ›Auf Wiedersehen‹?«

Sie schloss die Faust um – nichts. Mit einem Zornesschrei kniff sie die Augen noch fester zu, öffnete die Hand und spreizte die Finger.

»Du warst stets so *lästig!*«, schrie sie. »Ich wollte diesen Blutschwur gar nicht ablegen, aber du und Signy, ihr habt mich überstimmt. Das habt ihr immer. Ich habe für euch und eure Ideen die Stimme der Vernunft gespielt, als wir Kinder waren, weißt du noch?«

Keine Antwort. Vielleicht war das nicht das, was Gunnhild hören musste.

»Hör mal«, wimmerte Oddny nun. »Was ich in Vestfold zu dir gesagt habe, tut mir leid. In dem Moment habe ich dich dafür gehasst, dass du Erik über mich gestellt hast, und ein Teil von mir tut das noch immer. Ein Teil von mir ist nicht sicher, ob ich darauf vertrauen kann, dass du das nicht wieder tust. Doch du hast nie daran gezweifelt, dass wir Signy finden würden. Du hast mir das Silber gegeben, aber ... du hast deine Brüder zu ihrer Rettung ausgesandt, ehe ich sie überhaupt retten konnte. Du warst im Unrecht, ich jedoch auch.«

Der Nebel schien immer noch im Ungewissen zu verharren.

»Gunnhild – ich liebe dich. *Lass nicht zu, dass dies ein Abschied für immer ist.*«

Oddnys Handfläche *brannte*, als der Schwur wieder auflebte. Als sie dieses Mal die Faust schloss, da schloss sie sie um ... einen *Faden*.

Und sie zog daran, so stark sie konnte.

Als Oddny die Augen wieder aufschlug, war sie an dem dunklen Ort und hielt das Ende eines schimmernden, hauchdünnen Fadens umklammert. Sie zog und zog, und sie fühlte, dass Signy hinter ihr sich näherte und ihr half, als der Faden immer länger und länger wurde, hervorgezogen aus dem Nichts der Leere.

Oddny wusste, dass Gunnhild am anderen Ende hing. Sie mussten nur weiter ziehen.

Und dann, endlich, *endlich*, nach einem letzten Zug, tauchte Gunnhild auf, als wäre sie durch eine unsichtbare Türöffnung gezogen worden, und der Faden in Oddnys Hand führte direkt in die Mitte ihrer Brust.

36

Gunnhild war nichts, und dann war sie wieder etwas. Das Letzte, woran sie sich erinnerte, war, dass sie über Wasser geflogen war und auf Eriks Schiff hinuntergeblickt hatte, während sich die Männer auf die Schlacht vorbereiteten – und dass sie eine geisterhafte Gestalt winken und auf etwas im Wasser hatte deuten sehen. Und in dem Moment, in dem sie in dem Geist Heid erkannt hatte, war es finster geworden.

Ihre Fylgja war doch noch gekommen, um sie zu warnen, aber es war zu spät.

Und nun fiel sie – aber zwei Paar Arme fingen sie ab und richteten sie auf, und Signy hielt sie ruhig, während Oddny aufsprang und in der Luft haschte, bis sie das Ende eines baumelnden grauen Fadens gefangen hatte. Sie brachte ihn nah an den heran, der aus Gunnhilds Brust kam, und die beiden Enden verschmolzen und fingen an, so strahlend zu leuchten wie die der anderen Frauen. Gunnhilds Band war wiederhergestellt.

Gunnhild blickte zwischen den Schwestern hin und her. »Signy ...?«

Signy nahm den Arm von Gunnhilds Rücken und schlang ihn ihr um den Leib. »Du hast es geschafft, Gunna. Deine Brüder haben mich geholt. Du hast mir das Leben gerettet.«

»Haben sie? Ich ...?« Gunnhild befreite sich aus der Umarmung. »Oddny – du bist zurückgekommen?«

Dann sah sie an beiden vorbei zu Thorbjörg.

»Du!«, entfuhr es ihr wild.

Thorbjörg sah sie an, dann Signy und Oddny, die bernsteinfarbenen Augen geweitet vor Entsetzen und Erkenntnis. Sie sah aus, als hätte sie das schon einmal geschehen sehen, als wäre ihr schlimmster Albtraum wahr geworden. Sie spuckte den Knebel aus und huschte rückwärts vor ihnen weg, unbeholfen und mit weiterhin gefesselten Händen. »Nein. Warte. Bitte ... hab Erbarmen ...«

Und da begriff Gunnhild: Was immer sie vorhergesehen hatte, was immer sie zu alldem getrieben hatte, es ging nicht nur um Erik oder Rache oder Macht. Thorbjörg hatte ihren eigenen Tod gesehen.

Und der war ich, und meine Schwestern standen hinter mir.

Gunnhild ging auf sie zu, aber Oddny packte ihren Arm. »Lass sie, Gunna. Sie ist verloren, und sie weiß es.«

»Hat sie es denn nicht verdient?«, fragte Signy tonlos. »Lass Gunna es tun.«

Oddny wirbelte zu ihrer Schwester herum, ohne Gunnhild loszulassen. »Signy, sie zu töten wird Mutter und Vestein nicht zurückbringen. Es wird nicht ...«

»... ungeschehen machen, was ich erdulden musste?«, fragte Signy. »Ich weiß. Aber zuzusehen, wie die Person, die dafür verantwortlich ist, stirbt, würde mir helfen, mich wenigstens ein bisschen besser zu fühlen.«

»Thorbjörg hat den Tod deiner Mutter verschuldet, Oddny. Und den von Heid. Meiner wahren Mutter«, sagte Gunnhild, ohne auch nur für einen Moment den Blick von der zitternden kleinen Hexe abzuwenden. »Ich werde sie nicht ungerächt lassen.«

»Gunnhild«, setzte Oddny an, doch ihre Entschlossenheit nahm ab, und Kälte trat in ihre Augen. Gunnhild wusste, sie erinnerte sich an den Pfeil in der Kehle ihres Bruders, die Axt in der Brust ihrer Mutter, den brennenden Hof.

»Sie leben zu lassen, ist zu gefährlich«, sagte Signy. »Gunna – tu es.«

Gunnhild riss ihren Arm aus Oddnys Griff und ging erneut auf Thorbjörg zu.

»Ihr ... ihr wisst nicht, was ich gesehen habe«, stotterte Thorbjörg. »Wenn ihr das tut, ist das nur der Anfang. Du wirst eine Mörderin sein, und du wirst nicht mit mir aufhören. Wenn du die Möglichkeit bekommst, zu verhandeln, wirst du das Töten wählen; wenn du die Möglichkeit bekommst, Frieden zu schaffen, wirst du die Gewalt wählen. Und am Ende wird man sich deiner als noch unbarmherziger und skrupelloser erinnern als deines Ehemanns.«

Das gab Gunnhild zu denken, bis sie im Hinterkopf ein Flüstern hörte, Freyas Stimme: *Du darfst nicht zaudern.*

Fast konnte sie die Anwesenheit der Göttin an ihrer Seite spüren, und sie fragte sich, ob sie lediglich halluzinierte – etwas, was sie sich nach der Begegnung in jener Nacht im Birkenhain häufig gefragt hatte –, bis sie Freyas Stimme erneut hörte: *Schick meine Tochter zu mir nach Hause, Gunnhild, Mutter von Königen.*

Thorbjörg schien zu glauben, dass Gunnhilds kurzes Zögern darauf hindeutete, dass sie es sich anders überlegt hatte, denn sie klang viel ruhiger, als sie fragte: »Ist das der Preis, den du für die Rache zu zahlen bereit bist?«

Gunnhild kauerte sich zu ihr und brachte ihr Gesicht ganz nah an das von Thorbjörg heran.

»Ja«, sagte sie.

Und dann packte sie Thorbjörgs Hals, presste sie zu Boden und drückte zu, so kraftvoll sie nur konnte.

Hinter sich hörte sie Oddny entsetzt aufkeuchen, aber sie achtete nicht weiter darauf. Alles, was sie fühlte, war die Kehle dieser Frau in ihren Händen. Alles, was sie sah, war Heid, kalt und tot auf ihrer Pritsche und dann in ihrem Grab; den Pfeil in Vesteins Hals; Yrsa, wie sie zusammenbrach.

All das verschwamm, und zurück blieb Thorbjörgs Gesicht mit aufgerissenem Mund und hervortretenden Augen. Sie sah

Dinge aufblitzen, Dinge, die Thorbjörg in der wachen Welt sehen musste, während sie darum kämpfte, Gunnhild zu entkommen und in ihren Körper zurückzukehren. Sie sah Bruchteile ihrer Gedanken – die letzten Augenblicke einer Seeschlacht: Sie hätten niemals so weit kommen dürfen; wie konnte das passieren? – und sie fühlte, wie der Herzschlag unter ihren Fingern allmählich schwächer wurde.

Thorbjörgs gefesselte Hände tasteten hilflos nach Gunnhilds Armen und Gesicht, aber Gunnhild wich ihnen aus und hielt stand. Und plötzlich hörte die andere Hexe auf zu kämpfen. Ihre Augen standen offen. Und sie regte sich nicht mehr.

Gunnhild ließ noch immer nicht los, bis sie eine Hand auf ihrer Schulter fühlte und Signy sanft sagen hörte: »Das reicht, Gunna. Sie ist tot.«

Auf dem Boden der Weberei kam sie zu sich, den Kopf in Ullas Schoß, und kaum setzte sie sich auf, da nahmen Oddny und Signy sie in die Arme. Ulla weinte und klammerte sich an Runfrid, die vor Erleichterung regelrecht in sich zusammensackte. Doch Saeunn drehte sich voller Trauer zu der reglosen Gestalt neben sich um und fragte: »Was ist da unten passiert?«

Gunnhild kam mit Oddnys und Signys Hilfe auf die Beine. Die ganze Zeit schaute sie Tora an, die auf der Plattform auf den Rücken gesunken war. Blut sickerte unter ihrem Körper hervor, während ihre blicklosen Augen zu den Dachsparren emporstarrten. Ein kleiner Eisenstab ragte unter ihrem Mantel hervor.

»Was …?« Gunnhild schlug eine Hand vor den Mund. »Was ist ihr zugestoßen?«

»Wir wissen es nicht«, sagte Runfrid hilflos. »Sie ist einfach …«

»Signy ist ihr zugestoßen«, sagte Oddny. »Tora war die dritte Hexe, Gunna. Sie war die Robbe. Sie hat deinen Faden zerrissen. Sie hat die ganze Zeit mit ihnen zusammengearbeitet.«

Gunnhild knirschte mit den Zähnen. Nicht für einen Moment hatte sie Tora in Verdacht gehabt; sie war so dankbar dafür gewesen, dass wenigstens eine von Eriks Stiefmüttern sie zu mögen schien, hatte Trost gefunden in der Freundlichkeit dieser Frau, die in solch einem Kontrast zu Königin Gydas Härte gestanden hatte. Tora hatte Gunnhild dazu gebracht, unvorsichtig zu werden. Niemals wieder.

Saeunn und Runfrid entfernten sich voller Abscheu von dem Leichnam, und Ulla stemmte sich hoch und spuckte der toten Frau vor die Füße.

»Ich schätze, deswegen ist sie erst hergekommen, nachdem Gunnhild zusammengebrochen war.« Saeunn griff zu ihrem Stock und erhob sich ebenfalls. »König Harald wird das nie glauben.«

»Was glauben?«, fragte eine Stimme an der Tür, und Königin Gyda trat ein. Die Frauen schwiegen, also wiederholte sie: »Was glauben?« Dann fiel ihr Blick auf Toras Leichnam, und sie richtete sich so gerade auf wie ein Speerschaft, ehe sie auf Gunnhild losging. »Was hat das zu bedeuten?«

»Tora war eine Hexe«, erklärte Gunnhild.

»Sie sagte, Haakon würde König werden – und sie wollte Erik aus dem Weg haben, damit es für ihn weniger Konkurrenz gäbe«, fügte Oddny hinzu; doch die Art, wie sie das tat, weckte in Gunnhild den Verdacht, dass sie nicht die ganze Wahrheit sagte.

Einen Augenblick fürchtete Gunnhild, dass Königin Gyda ihnen nicht glauben würde, doch dann wanderte der Blick der älteren Frau zu ihrer Überraschung zurück zu Toras Leichnam – zu ihrem Stab –, und ein harter Ausdruck trat in ihre Augen.

»Das erklärt einige Dinge, die ich schon länger für verdächtig gehalten habe.« Sie seufzte. »Saeunn hat recht. Mein Mann wird das nie glauben, und selbst wenn er es täte, würde er es leugnen. Eher lastet er einer von euch ihren Tod an, als zuzugeben, dass er zweimal verzaubert wurde, und für diese unglückliche Person würde das nichts Gutes bedeuten.« Bei diesen Worten sah sie ostentativ Gunnhild an. »Wir werden ihren Leichnam vor das Langhaus schaffen, zu den anderen, dann wird niemand etwas ahnen.«

»Zu ... den anderen?«, fragte Oddny mit weit aufgerissenen Augen. »Oh, Götter. Halldor!« Sie schoss davon und, vorbei an Königin Gyda, zur Tür hinaus. Signy ergriff Gunnhilds Hand, und sie liefen hinterher.

Der Hang, der hinab zum Anleger führte, war übersät mit den Leichen von Bediensteten, Leibeigenen und Kriegern gleichermaßen, aber es war unverkennbar, dass die Hordalander Tryggvis Männer besiegt hatten. Der alte Hrolf blutete aus einer Schläfenwunde, und Saeunn eilte zu ihm, so schnell ihr schlimmes Knie es ihr gestattete, während die Mädchen des Kochhauses großes Trara um Hrafnhild veranstalteten, die eine kleine Wunde an der Schulter davongetragen hatte. Oddny schlängelte sich durch die Überlebenden und rief immer wieder verzweifelt den Namen ihres Ehemanns.

Weiter hinten hatte sich der Nebel im Fjord aufgelöst. Mehrere Schiffe hatten bereits angelegt, und die Überlebenden der Schlacht mischten sich unter die Leute auf dem Hang. Sie sah Eriks Schiff unter denen am Ufer, aber das war keine Garantie dafür, dass er noch lebte. Mit einem besorgten Blick auf Oddny setzte sich Gunnhild in Bewegung, um bei der Suche nach Halldor zu helfen, als sie aus dem Augenwinkel eine vertraute Gestalt am Hafen erblickte und ihr Herz einen Satz tat. Jeder Knochen in ihrem Leib schrie sie an, sie solle zu ihm gehen, sich vergewissern, dass ihre Augen sie nicht trogen. Aber Oddny ...

Signy drückte ihre Hand und sagte: »Gunna.«

Gunnhild drehte sich um und sah sie genau an. So viel hatte sich an ihrer Schwurschwester verändert – Signy war jetzt so dünn, dass sie, wie Gunnhild nun erkannte, eines von Oddnys Kleidern trug, das ihr jedoch zu kurz war –, aber diese Augen, dieses Lächeln, all das war noch wie früher.

Signy umarmte sie, und Gunnhild erwiderte die Geste, während sie gegen die Tränen anblinzelte. Sie war so weit gekommen, hatte so viel getan, doch bis zu diesem Moment hatte sie eines nicht begriffen – sie hatte es geschafft. Sie hatte Thorbjörg bezwungen. Sie hatte Signy gerettet.

Sie hatte gewonnen.

Doch nicht ohne Hilfe.

Signy löste sich von ihr und sah ihr in die Augen. »Ich werde Oddny bei der Suche nach Halldor helfen. Geh du zu deinem Ehemann.«

Gunnhild drückte sie noch einmal an sich, ehe sie zum Anleger lief. Sie drängelte sich durch eine Menge von blutbefleckten, abgespannten und erschöpften Kriegern, die den Hang emporstiegen, bis sie den blutigsten, abgespanntesten und wohl auch erschöpftesten Krieger von allen vor sich hatte. Sie schlang die Arme um ihn, ohne auch nur einen Gedanken daran zu verschwenden, dass sie ihre Kleider ruinierte; er war fast von Kopf bis Fuß mit Blut und Gewebefetzen bespritzt. Aber sie hatte das Gefühl, nichts davon stammte von ihm.

Erik hielt sie fest, als hätten sie einander eine sehr lange Zeit nicht mehr gesehen. Ihr war gar nicht bewusst gewesen, dass sie weinte, bis er zurückwich und mit dem Daumen eine ihrer Tränen fortwischte und dabei einen Streifen aus Schmutz und Blut in ihr Gesicht schmierte. Sie umfasste seine Wangen, strich sanft über seinen Bart. Er war feucht von dem vielen Blut, aber die einzige jüngere Verletzung, die sie an ihm sehen konnte, war die frische Narbe, die er von dem Zweikampf mit Halldor davongetragen hatte.

Er sah sie an und senkte dann den Blick. »Geht es dir gut?«

»Ja«, sagte sie und legte eine Hand auf die sanfte Wölbung ihres Bauchs. »Es geht uns beiden gut. Und dir?«

»Nur ein paar Kratzer. Meine Feinde sehen viel schlimmer aus.«

Gunnhild lächelte und dachte erneut an Freyas Worte. »Du hast heute viele zum Speisen mit den Göttern geschickt.«

Erik drehte ruckartig den Kopf zur Seite. »Mir scheint, da bin ich nicht der Einzige.«

Sie schaute in die Richtung, in die er mit der Bewegung gedeutet hatte, und sah auf Deck eines der größeren Kriegsschiffe eine vertraute Gestalt liegen, deren Gesicht unter ihrem fahlen Haar verborgen war, während ihre Finger kraftlos an ihrem Eisenstab lagen.

»Da war die Schlacht vorbei, und niemand hatte sie angerührt«, sagte Erik leise. »Sie hat ... sich einfach an die Kehle gegriffen und ist umgekippt. Als wäre sie von einer unsichtbaren Hand erwürgt worden.«

»Zwei, um genau zu sein.« Gunnhild blickte auf ihre Hände hinab, die diese Tat vollbracht hatten. Erik legte ihr einen Finger unter das Kinn und hob es an, bis sie ihm in die Augen sah.

»Ich weiß nicht, was du gemacht hast, während ich fort war, aber Olaf schien überzeugt davon, dass dein Tod sichergestellt ist. Er sagte, sie würde sich darum kümmern. Doch als sie fiel, wusste ich, dass du gesiegt hast. Umso mehr, nachdem ich Oddny gesehen habe ...«

»Ja. Sie und Halldor sind zurückgekommen, um uns zu helfen. Sie hat mir das Leben gerettet ...«

Etwas erregte Eriks Aufmerksamkeit, und er sagte: »Später.« Dann bot er ihr seinen Arm. Sie ergriff ihn und begleitete ihn dorthin, wo Olaf und König Harald standen.

»Kurz nachdem Arinbjörns Flotte durchgekommen ist, ist auch mein Vater eingetroffen«, berichtete Erik unterwegs. »Und er ist, wie du sehen kannst, nicht erfreut.«

Das war eine Untertreibung. König Harald war dabei, Olaf lautstark zu schelten, was für die übrigen Leute ein guter Grund war, den beiden weitläufig aus dem Weg zu gehen. Der Anblick eines Mannes in den Fünfzigern, der zusammengestaucht wurde wie ein Kind, entlockte Gunnhild ein Lächeln, und als Olafs Blick auf sie fiel, wackelte sie auf eine gespielt kriecherische Art mit den Fingern.

Olafs Gesicht lief dunkelrot an, und er zeigte mit dem Finger auf sie. »Ihr zwei! Ihr habt damit angefangen, nicht ich. Ihr seid in mein Gebiet gekommen und habt Ärger gemacht in mein…«

Ehe Gunnhild widersprechen konnte, sagte Erik gedehnt: »Geh nach Hause, Olaf. Und sollte ich je wieder dein Gesicht vor Augen bekommen, dann wird man mich einen dreifachen Brudermörder nennen.«

»Ist das eine Drohung?« Olafs Gesicht lief noch dunkler an, falls das überhaupt möglich war.

»Ist es. Gut gemacht«, sagte Gunnhild. »Vielleicht bist du doch nicht so dumm, wie du aussiehst.«

»Hörst du, Vater?«, wütete Olaf. »Hast du die zwei gehört?«

König Harald ignorierte ihn; er starrte aus zusammengekniffenen Augen über Gunnhilds Schulter hinweg: »Was hat das zu bedeuten?«

Gunnhild drehte sich um.

Halldor humpelte auf sie zu, zerschlagen von der Schlacht wie all die anderen, aber sein Gesicht verriet, dass sein Kampf ein anderer gewesen war – viel persönlicher. Hinter ihm schleiften Gunnhilds Brüder einen Mann herbei: Tryggvi Olafsson, die Hände gefesselt, einen Knebel im Mund, die Augen glühend vor Scham und Wut.

Halldor deutete auf Alf und Eyvind. »Das reicht«, sagte er, worauf sie Tryggvi einen Stoß versetzten und der mit dem Gesicht voran direkt vor Olaf zu Boden stürzte. Dann, nach einem kurzen Blick zu Gunnhild, machten die Zwillinge kehrt und suchten das Weite, um nicht das Risiko einzugehen, den Zorn des Königs auf sich zu ziehen. Halldor jedoch blieb, wo er war.

»Tryggvi! Was ...« Olaf drehte seinen Sohn um und blickte zu Halldor auf. »*Du?*«

»Ich«, sagte Halldor, und das schien auch alles zu sein, was er sagen musste. Ohne das geringste Anzeichen von Ehrfurcht zu zeigen, blickte er zu König Harald. Dann sah er Erik und Gunnhild an und nickte ihnen zu. Sie erwiderten die Geste, und Halldor machte kehrt und verschwand in der Menge.

König Harald runzelte die Stirn. »Wer ist dieser Mann?«

»Ich habe nicht die mindeste Ahnung«, sagte Erik mit vollends unbewegter Miene.

Gunnhild wusste nicht, warum er log, aber sie folgte seinem Beispiel. »Ich auch nicht. Ich habe ihn noch nie zuvor in meinem Leben gesehen.«

Es kostete sie all ihre Selbstbeherrschung, nicht zu grinsen, als der alte König sich damit zufriedengab, der den eigenen Enkelsohn immer noch nicht erkannt hatte. Halldor hatte sich offenbar sehr geschickt angestellt, als er ihm den ganzen Winter aus dem Weg gegangen war. Oder König Harald achtete einfach nicht darauf, wer zu der Hird seines Sohnes gehörte. Gunnhild hegte den starken Verdacht, dass Letzteres der Fall war.

»Lügner!« Olaf hatte Tryggvis Handfesseln gelöst und den Knebel von seinem Mund gerissen, und jetzt zerrte er seinen Sohn auf die Beine und kam drohend auf Erik zu.

»Den eigenen Makel sieht man gern im anderen«, konterte Erik.

»Jungs!«, blaffte König Harald. »Es reicht. Olaf, geh nach Hause. Erik, räum diesen Saustall auf.« Er deutete auf die Toten am Hang und wandte sich zum Gehen.

»Mit allem gebotenen Respekt«, sagte Gunnhild in vollends respektlosem Ton, »dieser Saustall, das sind die Leichen der Menschen, die gestorben sind, als sie dein Anwesen gegen den Angriff deines Sohnes verteidigt haben.«

König Harald blieb stehen und musterte sie, als wäre sie übergeschnappt. »Ich habe nicht die Geduld, mich gerade jetzt mit dir zu befassen, Frau.« Wieder wandte er sich an Erik. »Hol die Leibeigenen, damit sie hier aufräumen. Sofort.«

»Es gibt keine. Ich habe sie alle freigelassen und jedem, der bereit war zu bleiben und zu kämpfen, eine Silbermark geboten«, erwiderte Erik. Überrascht ruckte Gunnhilds Kopf zu ihm herum. Als sein Vater ihn fassungslos anstarrte, zuckte Erik mit den Schultern. »Wir waren in der Unterzahl. Was hätte ich tun sollen? Hätte ich sie zu Olaf überlaufen lassen sollen?«

König Harald schüttelte langsam den Kopf, wedelte mit der Hand und ging den Hügel hinauf. Dienstboten, die mit den Leinen seiner Hunde in Händen hinter ihm gewartet hatten, folgten ihm. Gunnhild drehte sich um und sah Königin Gyda an der Tür des Langhauses warten. Als die alte Königin sie sah und ihr kaum merklich zunickte, da wusste Gunnhild, dass Toras Leichnam zu all den anderen gelegt worden war.

Da erst begriff sie es – sie musste nicht mehr ständig nach einer mörderischen Robbe Ausschau halten, sobald sie an Bord eines Schiffes ging. Und sie würde ihr Kind in einer Welt ohne Thorbjörg gebären. Die Erleichterung war beinahe mit Händen zu greifen, obgleich noch immer andere Feinde vor ihr standen.

»Dafür werdet ihr bezahlen«, geiferte Tryggvi. Dann veränderte sich etwas in seiner Mimik, und Gunnhild folgte seinem Blick zum Schiff seines Vaters, auf dem Thorbjörgs Leiche lag. Er drehte sich von seinem Vater weg und sprach ihren Namen mit solch einer Trauer in der Stimme, dass Gunnhild auf Anhieb erkannte, welcher Art die Beziehung zwischen ihm und der Hexe gewesen sein musste – und dann wandte er sich mit neu entfachter Rage Erik und Gunnhild zu: »Ihr werdet bezahlen.«

Olaf packte seinen Sohn an den Schultern. »Das reicht. Es ist vorbei.« Aber der Ausdruck in seinen Augen sagte: *Vorerst.*

Herausfordernd reckte Gunnhild das Kinn vor. Mach, was du willst.

»Komm«, sagte Erik, als sein Bruder und sein Neffe sich abgewandt hatten. »Lass uns Arinbjörn suchen. Wir schulden ihm Dank.«

Gunnhild folgte ihm zu Arinbjörns Führungsschiff, wo dieser, Svein und Thorolf gerade von Bord gingen, alle schmutzig und blutbefleckt und grinsend. Als sie Erik voller Blut gesehen hatte, war sie nur erleichtert gewesen, dass er noch lebte; sie alle zusammen so zu sehen, fühlte sich anders an. Sie hatte gewusst, dass diese Männer zu erschreckender Gewalt imstande waren, den Beweis dafür aber aus erster Hand präsentiert zu bekommen, war verstörend. Alles, was Thorolf ihr in dem Zelt in Finnmark erzählt hatte, ergab plötzlich Sinn.

»Dieser *Sprung*, Arinbjörn«, sagte Svein gerade. »Götter, über diesen Augenblick werde ich ein Gedicht schreiben. So etwas Unfassbares habe ich noch nie gesehen. Du bist einfach ... auf den Schandeckel gehüpft wie ein Kaninchen, und ...«

Die drei hielten inne und drehten sich um, als sie Erik dort stehen sahen.

»Besser spät als nie, schätze ich«, sagte Erik zu seinem Ziehbruder, aber er lächelte, als er vortrat und den anderen Mann für einen Moment in die Arme schloss.

»Ohne Oddny hätten wir es nie geschafft«, sagte Arinbjörn und wandte sich Gunnhild zu. »Sie hat den Nebel vertrieben und einen Wind herbeigerufen. So sind wir durchgekommen. Du hast uns nie erzählt, dass sie eine Hexe ist!«

Gunnhild war wie vom Donner gerührt. Dass Oddny hinab in die Leere gereist war, war das eine, aber der Rest war neu für sie. »Das alles hat sie getan?«

»Also habe ich mir das nicht eingebildet«, bemerkte Erik. »Sie war ein Falke, richtig?«

Runfrid, die sie in dem Durcheinander endlich gefunden hatte, trat hinter ihnen näher und sagte: »Erik! Gut, dich lebend anzutreffen. Geh mir aus dem Weg.« Und kaum war er zur Seite getreten, schlang sie Arme um Arinbjörn.

Erik wandte sich Svein zu, und sie wechselten einen gewichtigen Blick, ehe sie einander an den Unterarmen umfassten. Als sie wieder auseinandergingen, nickte Gunnhild dem Skalden zu, und der erwiderte die Geste. Und dann konzentrierten sie und Erik sich auf Thorolf.

»Soweit ich mich erinnere, sagtest du, du kommst nicht zurück«, sagte Erik auf eine behutsam förmliche Art. »Nachdem du das Segeltuch deines Vaters abgeliefert und zu deinem Schiff zurückgegangen bist.«

Gunnhild warf ihm einen Seitenblick zu. Nach dem, was sie an dem Tag ihrer Rückkehr aus Vestfold beobachtet hatte, hatte sie angenommen, er und Thorolf hätten sich versöhnt. Doch dann fiel ihr auf, dass Thorolf seinen Armreif nicht trug, und sie fragte sich, ob das mit dem zurückhaltenden Ton ihres Gatten zusammenhing.

»Ich habe mich nur beeilt, weil ich meinen Bruder an Bord zurückgelassen hatte«, entgegnete Thorolf ebenso vorsichtig. »Dann bin ich nach Fjordane gegangen, um mit Arinbjörn über die Heirat mit seiner Cousine in Sogn zu sprechen, wie ich es dir sagte.«

»Werden wir diesen Bruder von dir je kennenlernen?«, fragte Erik.

»Lieber nicht«, sagte Thorolf ein wenig verlegen. »Er, äh ... er kommt nach unserem Vater. Aber ...« Er sah erst Erik, dann Gunnhild und dann wieder den König an. »Du warst in Gefahr. Wie hätte ich da fortbleiben können?«

Erik verlagerte sein Gewicht, Gunnhild rang die Hände. Hatte sie sich Augenblicke zuvor noch siegreich gefühlt, lasteten nun Schuldgefühle auf ihrem Herzen. *Ich habe nie Abbitte bei ihm geleistet.*

Als sie vortrat, holte er tief Luft, als würde er sich wappnen, rührte sich davon abgesehen aber nicht.

»Ich hätte mich dir gegenüber besser verhalten sollen, Thorolf Skallagrimsson«, sagte sie. »Es tut mir leid. Ich möchte als Frau bekannt sein, die gut zu ihren Freunden ist und furchtbar gegen ihre Feinde, und meine Freundschaft gehört dir uneingeschränkt, solltest du sie wünschen.«

»Gunnhild spricht für uns beide«, sagte Erik. »Was immer du zu tun beschließt, wisse, dass du uns stets willkommen sein wirst.«

Thorolf blickte sie an. Und ganz ähnlich wie damals, als sie Erik das erste Mal geküsst hatte – als sie das Gefühl gehabt hatte, die Nornen würden ihrer beider Schicksale miteinander verweben, als würden ihre Fingerspitzen den verwobenen Faden berühren –, erschien es Gunnhild nun, als wäre das, was in diesem Moment unausgesprochen in der Luft zwischen ihnen hing, ebenso eine Berührung des Schicksals. Doch mit diesem Gefühl kam eine ungute Vorahnung, beinahe, als wären sie zu nahe an etwas, das besser unberührt bleiben sollte, als würde ein Spindelschwung zu viel reichen, um den Faden, der sie verband, zu zerreißen.

»Seid euch meines Danks gewiss«, sagte Thorolf endlich ein wenig zu höflich. »Ich breche am Morgen nach Sogn auf. Nach meiner Hochzeit werde ich sehen, wie die Dinge liegen.«

Als er sich verabschiedete, ließen Erik und Gunnhild ihn ziehen, blieben aber noch einen endlosen Moment lang stehen und starrten in die Richtung, in die er verschwunden war, bis Gunnhild sagte: »Ich werde Oddny und Signy suchen.«

Erik schüttelte den Kopf, als ob er aus einer Trance erwachte. »Deine Brüder haben Signy gefunden?«

»Ja, aber ich möchte die ganze Geschichte hören und dafür sorgen, dass meine Schwestern gut untergebracht sind. Du hast Arinbjörn gehört – Oddny hat mir das Leben gerettet. Wir sind beiden, ihr und Halldor, zu Dank verpflichtet. Wenn du seine Verbannung aufhebst, dann würde Oddny vielleicht sogar bleiben ...«

»Gunnsa.« Er beugte sich vor und senkte trotz des Lärms um sie herum die Stimme. »Halldor kann nicht bleiben. Ich kann seine Verbannung nicht aufheben, ohne zugleich zu offenbaren, dass er noch am Leben ist.«

»Und? Er ist am Leben, was bedeutet, du hast ihn nicht in dem Zweikampf getötet, wie Olaf behauptet hat. Das beweist, dass Olaf ein Lügner ist. Du könntest deinen Namen reinwaschen.«

»Ja ...« Erik dachte darüber nach, schüttelte aber dann den Kopf. »Das könnte ich, aber es ginge zu Halldors Lasten. Olaf könnte seine Verantwortung immer leugnen, indem er behauptet, er sei auf ein Gerücht hereingefallen – er war schließlich nicht dort, als der Zweikampf stattgefunden hat. Derweil habe ich meinen Vater belogen, als ich erklärte, nicht zu wissen, wer Halldor ist, und das ließe Olaf nur umso glaubwürdiger erscheinen. Schlimmer noch – wenn die Leute wüssten, dass Halldor lebt, wäre es an meinem Bruder, über sein weiteres Los zu befinden.«

Sie blinzelte. »Übersehe ich etwas? Was kann er Halldor denn tun? Er ist ein freier Mann.«

Erik starrte sie einen Moment zu lang an. »Wie auch immer, selbst wenn Halldor seinen Groll tatsächlich bezwungen hat – wie könnte es je wieder so zwischen uns werden, wie es einmal war? Wie kann ich sicher sein, dass er sein Streben nach Vergeltung wirklich aufgegeben hat? Seine Ehre gebietet, die Sache zu klären, und das ist noch nicht geschehen. Eines Tages könnte er sich gezwungen sehen, erneut die Waffe gegen mich zu erheben.«

»Dann klärt das auf eine andere Art«, sagte Gunnhild. »Entschädige ihn. Gib ihm das Silber, das Olaf abgelehnt hat. Lass Hrolf vermitteln und benenne Zeugen.« Ihr Blick schweifte zu Thorbjörg, die nun tot in Tryggvis Armen lag. »Und was das betrifft, such dir auch jemanden, um Entschädigung für Rögnvald zu leisten. Einen von Snaefrids anderen Söhnen, vielleicht? Thorbjörg war dumm, aber sie lag nicht so falsch. Sie hat nur versucht, ihren Lehrmeister zu rächen. Sie hat genau das getan, was ich getan hätte. Was ich getan *habe*.«

»Ich denke darüber nach.« Er rieb sich das Kinn und legte ihr eine Hand auf die Schulter. »Nun geh schon zu Oddny.«

37

In freyas hain war ein kleines Zelt aufgestellt worden, in dem Halldor die Nacht nach der Schlacht verbrachte. Oddny hatte ihren Tee gebraut, um die stechenden Schmerzen in ihrem Bauch niederzuringen, und Halldor einen weiteren für sein Knie aufgebrüht. Dann hatten sie und Gunnhild sich um die verletzten Hordalander gekümmert, so gut sie konnten, ehe Oddny und Signy in der Abenddämmerung zu dem Zelt zurückgekehrt waren. Signy war still und nachdenklich, und Oddny entging nicht, dass Halldor trotz seines Sieges darauf brannte, diesen Ort wieder zu verlassen.

Am nächsten Morgen kehrte Oddny zum Anwesen zurück und brachte den Tag damit zu, nach den Verwundeten zu sehen und wo immer nötig zusätzliche Behandlungen durchzuführen. Bald nach ihrer Rückkehr zu dem Hain traf Svein mit einem kleinen Kessel Eintopf und einem großen Krug Bier ein.

»Wenn du nicht zum Fest kommen kannst, dann bringe ich das Fest eben zu dir«, sagte er zu Halldor, ehe er sich an Oddny und Signy wandte: »Die Königin möchte euch sehen.«

Also gingen Oddny und Signy zur Haupthalle, um Gunnhild zu treffen. Sie setzten sich zusammen und tranken, während Oddny Gunnhild von ihrem ersten Flug und Katlas Tod erzählte und Gunnhild Signy ihre Version der Ereignisse, seit sie ihr Zuhause verlassen hatte, darlegte. Signy lauschte, sprach aber nicht und weigerte sich, irgendwelche Einzelheiten über das zu offenbaren, was ihr zwischen dem Raubzug und ihrer Rettung widerfahren war. Oddny erinnerte sich gut daran, was Halldor ihr auf dem Schiff gesagt hatte, und drängte sie nicht. Gunnhild schien ähnlich zu denken.

Erst spät am Abend, als Signy davonspaziert war und sich zu Runfrid gesellt hatte, wandten sich Gunnhild und Oddny dem Zweikampf zu.

»Oddny«, begann Gunnhild, »was in Vestfold passiert ist ...«

Oddny wartete darauf, dass sie weitersprach. Als Gunnhild sie dann anblickte, erkannte sie Trauer in ihren Augen, Reue. Aber auch Härte.

»Es tut mir leid, dass das, was ich getan habe, dir Leid zugefügt hat. Das tut es wirklich. Aus tiefster Seele. Und doch bedaure ich nicht, es getan zu haben. Ich bedaure nicht, dass ich Erik zu Halldors Schaden gerettet habe. Ich würde es wieder tun. Und wenn das bedeutet, dass unsere Freundschaft vorbei ist, dann werde ich damit leben müssen.«

»Und mir tut nicht leid, dass ich den Zweikampf beendet und jedem gesagt habe, dass du geschummelt hast«, sagte Oddny. »Obwohl ich wusste, es würde dir wehtun – ich konnte ihn nicht sterben lassen, Gunna. Ich liebe ihn, und das wusstest du.«

Gunnhild rutschte unruhig auf ihrer Sitzbank herum. »Er kann nicht bleiben, Oddny.«

»Ich weiß. Und wir haben auch nicht die Absicht.«

»Nicht?«

Oddny schüttelte den Kopf. »Ich werde nirgendwo bleiben, wo er nicht willkommen ist.«

»Es liegt nicht daran, dass er nicht willkommen wäre. Es liegt daran, dass es gefährlich ist«, erklärte Gunnhild. »Erik wollte mir nicht sagen, warum. Er sagt, es geht darum, dass sie sich am Ende womöglich wieder zu einem Zweikampf gedrängt sehen könnten. Aber ich kann mich des Gefühls nicht erwehren, dass da noch etwas anderes dahintersteckt.« Sie sah Oddny an, als erwartete sie eine Antwort, aber die lieferte ihr keine.

»Erik will ihn für den Tod seines Vaters entschädigen und die Sache als erledigt betrachten«, fuhr Gunnhild fort, als Oddny nichts entgegnete. »Das hat er Olaf schon vor langer Zeit angeboten, aber der hat abgelehnt. Und du, Oddny – du hast mir das Leben gerettet. Und dazu hast du Magie benutzt! Wie kann ich dir je angemessen danken?«

»Soweit es mich betrifft, musst du das nicht. Du hast Signy gerettet. Und was die Magie betrifft, ich hatte keine Ahnung, was ich da tue«, gestand Oddny. »Ich habe mich nur an das erinnert, was du einmal zu mir gesagt hast, und habe getan, was ich dich hatte tun sehen. Ich kann immer noch nicht fassen, dass es geklappt hat.«

»Oddny, begreifst du eigentlich, was für eine enorme natürliche Gabe nötig ist, um so etwas ohne Ausbildung zu schaffen? Bleib bei mir«, sagte Gunnhild, stellte ihren Becher ab und ergriff Oddnys Hände. »Ich bringe dir alles bei, was ich weiß, und den Rest lernen wir zusammen. Wir finden eine Möglichkeit, Halldor zu schützen. Wir lassen uns etwas einfallen.«

Oddny sah ihr in die Augen und dachte darüber nach. Doch in ihrem Herzen kannte sie die Antwort längst.

»Ich will keine Zauberin werden, Gunna. Was ich tat, habe ich aus schierer Verzweiflung getan. Ich hege nicht den Wunsch, es noch einmal zu tun. Ganz gleich, wie die Dinge zwischen unseren Ehemännern stehen, du bist meine beste Freundin. Ich werde dich immer lieben. Aber ich weiß nicht, ob ich dir noch voll und ganz vertrauen kann, und du hast guten Grund, mir gegenüber genauso zu empfinden.«

Gunnhild verzog das Gesicht. »Ich verstehe. Hör mal – du hattest recht, als du gesagt hast, Signy zu retten wäre nicht der einzige Grund gewesen, warum ich zugestimmt habe, Erik zu heiraten. Ich wollte meiner Mutter zeigen, wie falsch sie lag. Ich wollte wichtig sein. Ich habe nicht damit gerechnet, mich in ihn zu verlieben – aber so ist es gekommen, und das kann ich genauso wenig ändern wie du deine Gefühle für Halldor.«

»Dennoch – in Vestfold war ich zu hart zu dir«, erwiderte Oddny. »In meinem Herzen wusste ich, dass ich zu weit gegangen bin. Aber erst, als ich erfuhr, dass du deine Brüder entsandt hast, um Signy zu retten, konnte ich mir das auch eingestehen.«

Gunnhild zog die Hände weg, legte sie auf ihre Knie und betrachtete die Narben in beiden Handflächen.

»Dennoch hattest du recht. Es ist genau, wie Heid vorhergesagt hat: ›Eine von euch verdunkelt die Zukunft der anderen. Eure Schicksale sind auf Gedeih und Verderb miteinander verbunden.‹ Ich wusste immer, dass ich diejenige bin. Es tut mir leid.«

Oddny schwieg.

Auf der anderen Seite saß Signy mit Runfrid und Arinbjörn zusammen, unterhielt sich und lächelte auf eine Art, die Oddny nicht von ihr erlebt hatte, seit sie wieder vereint waren. Zwar war Signy in der letzten Nacht im Zelt geblieben, doch sie hatte nicht gut geschlafen und ihre Schwester schon in der Dämmerung geweckt, um ihr zu sagen, sie würde zu Runfrid in die Waffenkammer gehen. Und als Oddny nach dem Frühstück zur Haupthalle gegangen war, um sich um ihre Patienten zu kümmern, hatte sie Signy am Zaun des Übungsplatzes lehnen sehen.

Sogar aus der Entfernung hatte Oddny die Sehnsucht in den Augen ihrer Schwester wahrgenommen, während sie und Runfrid zugesehen hatten, wie Arinbjörn und Svein sich im Zweikampf mit Speeren maßen. Signys Hand hatte das beinerne Heft ihres Messers umklammert, und als Oddny sich genähert hatte, da hatte sie Runfrid sagen hören: »Du wirst mit etwas Kleinerem als einem Schwert anfangen müssen. Ich wäre erstaunt, wenn du das, was du Halldor gegeben hast, überhaupt anheben könntest.«

»Wie viel kleiner?«, hatte Signy argwöhnisch gefragt. »Es muss groß genug sein, um einen Mann zu töten.«

Runfrid hatte sich zu ihr umgedreht, und Oddny hatte ihr grinsendes Profil gesehen. »Weißt du, wenn du noch ein bisschen bleibst, dann könnten wir zusammen eine Menge Spaß haben, Signy Ketilsdottir.«

Oddny war für einen Moment wie erstarrt gewesen, ehe sie ihren Weg fortgesetzt und die beiden Frauen am Zaun sich selbst überlassen hatte. Signy war später im Langhaus zu ihr gekommen, und sie hatten schweigend beisammengesessen, während Oddny ihrer Arbeit nachgegangen war. Aber selbst da war Oddny nicht entgangen, dass ihre Schwester in Gedanken weit weg war.

Gunnhild war ihrer Blickrichtung gefolgt, und nun riss ihre Stimme Oddny aus ihren Betrachtungen. »Es war unsere Liebe zu ihr, die uns verbunden hat – doch nun ist sie in Sicherheit, und unsere Wege trennen sich. Was bedeutet das für Signy?«

Oddny verspürte einen angsterfüllten Stich in der Brust. Vor diesem Tag war ihr nie in den Sinn gekommen, dass ihre Schwester beschließen könnte, bei Gunnhild zu bleiben, statt mit ihr zu kommen, wo immer der Weg sie auch als Nächstes hinführen würde. Sie hatte es für selbstverständlich gehalten, dass sie zusammenbleiben würden, doch nun war sie da nicht mehr so sicher.

»Ich nehme an, das muss sie selbst entscheiden«, sagte Oddny.

Die Sonne war kaum aufgegangen, als Oddny und Halldor am folgenden Morgen am Anleger erschienen, und trotzdem wartete schon eine kleine Menschenmenge auf sie.

Gunnhild hatte Oddny die Knorre geschenkt, die ihre Brüder genommen hatten, um Signy zu suchen, ein kleines Schiff mit einem gelben Segel, für dessen Nutzung nur eine Mannschaft von sechs Mann nötig war. Neben Kapitän und Steuermann hatten sich mehrere ehemalige Leibeigene freiwillig erboten, sie zu begleiten, obwohl sie nicht wussten, wo es hinging; einige von ihnen hofften, eines Tages wieder nach Hause zu gelangen, andere wollten nur Norwegen so schnell wie möglich hinter sich lassen. Oddny konnte es ihnen nicht verdenken.

Gunnhild, Signy und Ulla standen nahe dem Anleger. Erik, Arinbjörn und Runfrid verabschiedeten sich gerade von Svein, der mit seiner Leier über der Schulter und der Schiffskiste unter dem Arm dastand.

»Du kommst mit uns?«, fragte Oddny ihn überrascht, als er zu ihnen kam.

»Das habe ich vor, wenn ihr mich haben wollt«, entgegnete der Skalde. »Erik und ich haben uns ausgesprochen, aber das heißt nicht, dass ich mich wieder seiner Hird anschließen möchte. Ich weiß so wenig wie ihr, wohin der Weg mich führt. Umso mehr Sinn ergibt es, wenn wir zusammenbleiben, nicht wahr?«

»Wir werden nach Birka fahren, um Steinvor zu holen«, sagte Oddny. »Und danach, wer weiß?«

»Aber«, fügte Halldor hinzu, »wir würden uns geehrt fühlen, dich bei uns zu haben.« Und Svein ging an Bord.

Erik war der Nächste, der an Halldor herantrat, und die beiden Männer taxierten einander, wie sie es nach ihrem ersten Kampf auf dem Übungsareal getan hatten. Oddny hatte den Eindruck, die beiden würden über mehr reden wollen als nur über die Entschädigung, die Gunnhild bei dem Fest am Vorabend erwähnt hatte. Also drückte sie kurz die Hand ihres Gemahls und entfernte sich – jedoch nicht, ohne einen knappen Blick mit Erik zu wechseln und ihm ernst zuzunicken, eine Geste, die er erwiderte, ehe er sich wieder auf Halldor konzentrierte.

Oddny überließ die beiden ihrem Gespräch und verabschiedete sich von Arinbjörn, der sie kurz drückte und ihr verschwörerisch zulächelte. Dann ging sie weiter zu der Stelle, wo Signy, Gunnhild und Ulla warteten, zu denen sich inzwischen auch Runfrid gesellt hatte.

»Bist du bereit, abzureisen?«, fragte sie Signy und fürchtete die Antwort.

Signys Kehle arbeitete, aber sie brachte keinen Ton heraus. Stattdessen zupfte sie das rosarote Seidentuch zurecht, das ihr Haar bedeckte. »Ich ... ich liebe euch beide so sehr. Ich wollte nie wieder von dir getrennt sein. Aber ich ...« Sie starrte auf ihre Hände, ballte sie zu Fäusten. »Wie soll ich zwischen euch wählen, nach allem, was ihr für mich getan habt?«

»Es ist deine Entscheidung«, sagte Oddny ruhiger, als sie im Inneren war.

Signy hob den Kopf und blickte ihrer Schwester in die Augen. »Ich bin so stolz auf dich, Oddny. Darauf, wie weit du es gebracht hast. Darauf, was du geschafft hast. Sieh dich nur an. Was würde Mutter sagen, wenn sie dich jetzt sehen könnte?«

Oddny wusste, dass diese Worte nicht als spitze Bemerkung gedacht waren, und dennoch schmerzten sie.

»Ich glaube, sie wäre froh, dass wir beide am Leben sind«, sagte Oddny. »Und ich glaube nicht, dass sie enttäuscht wäre. Du hattest recht – mit allem, was du an jenem Tag gesagt hast. Ich habe mich für etwas Besonderes gehalten, weil ich versuchte, genau so zu sein, wie eine Frau Mutters Worten zufolge sein sollte. Und ich habe mich durch dich bedroht gefühlt, denn hättest du dieses Muster durchbrochen, so hätte das doch bedeutet, dass Mutter falschgelegen hat und dass ich gar nichts Besonderes war. Aber es musste erst all das passieren, damit ich die grundlegende Wahrheit erkennen konnte.«

»Und welche Wahrheit ist das?«, fragte Signy, blickte ihr forschend ins Gesicht und ergriff ihre Hand.

Oddny überlegte, doch erst, als sie Gunnhild anschaute, fand sie Worte: Gunnhild, die in Oddnys dunkelsten Tagen gekommen war, um ihr beizustehen, die unablässig die Hoffnung aufrechterhalten hatte, dass Signy eines Tages gefunden würde. Gunnhild, die getan hatte, was sie konnte, um Signy nach Hause zu holen, sogar dann noch, als sie und Oddny getrennte Wege gegangen waren. Gunnhild, die ebenso erpicht darauf war, ihre Feinde zur Rechenschaft zu ziehen, wie sie entschlossen war, die Menschen, die sie liebte, zu beschützen.

Gunnhild, unbezwingbar.

»Welche Wahrheit ist das, Oddny?«, fragte Signy erneut.

Oddny streckte die Hand nach Gunnhild aus. Die Königin trat vor und ergriff sie und dann auch Signys freie Hand, als sie ihr dargeboten wurde.

Und Oddny sah beide an, und es war wie ein Echo der Worte, die ihre Schwester vor einem gefühlten ganzen Leben gesprochen hatte, als sie sagte: »Dass eine Frau sich nicht über ihren Mann definieren lassen muss. Dass sie für sich selbst einstehen und ihren eigenen Weg gehen kann.«

Signy fing an zu weinen und ließ die anderen los, um sich mit den Ärmeln die Tränen abzuwischen. Gunnhild lächelte ein wenig angespannt, als würde sie selbst mit den Tränen kämpfen.

»Gut gesagt«, bemerkte Ulla strahlend, während Runfrid neben ihr griente.

Signy schloss die Augen und schniefte. Als sie sie wieder aufschlug und Oddny anblickte, tat sie das mit solch einer enormen Trauer, dass ihr sofort klar war, wie ihre Entscheidung ausgefallen war. Oddny sah sich zu Halldor um. Der hatte inzwischen sein Gespräch mit Erik beendet und war dabei, sich von Arinbjörn zu verabschieden, nicht ohne ihm eine Revanche zu versprechen, und als Oddny sein Lächeln sah, wurde ihr leicht ums Herz. In diesem Moment wusste sie, dass sie, was immer Signy auch beschlossen hatte, auf jeden Fall mit Halldor gehen würde. Und wenn das bedeutete, dass ihre Wege sich trennten, so sollte es so sein.

Sie drehte sich wieder zu Signy um und sagte: »Du hast einen Entschluss gefasst, nicht wahr?«

»Ja. Ich bleibe bei Gunnhild«, sagte Signy. »Ich will mich der Hird anschließen, genau wie Runfrid. Arinbjörn hat schon angeboten, mich das Kämpfen zu lehren. Und ich will lernen. Das wollte ich immer. Aber alle haben geglaubt, das könnte ich nicht, darum habe ich es nicht einmal mehr versucht. Doch das ist egal. Ich glaube, ich kann, und ich werde.«

»Dann wirst du das brauchen«, sagte Halldor hinter Oddny und hielt ihr Ketils Schwert hin.

Signy starrte es überrascht an. »Aber das habe ich dir gegeben.«

»Und ich gebe es nun zurück.«

»Es könnte Jahre dauern, bis ich es richtig zu nutzen weiß ...«

»Aber irgendwann wirst du es wissen. Mach deinen Vater stolz, Signy Ketilsdottir.«

Signy zögerte noch kurz, nahm dann das Schwert und stürzte sich auf ihn, um ihn zu umarmen, eine Geste, die Halldor erwiderte. Als sie sich voneinander lösten, trat Runfrid an Signys Stelle. Danach nickte Halldor Gunnhild und Ulla zu, ehe er zum Schiff ging. Oddny und Gunnhild drehten sich wieder zu Signy um, die gerade dabei war, ihren Gürtel zu lösen, um das Schwert wieder an seinen Platz zu gürten.

»Bist du auch ganz sicher?«, fragte Oddny sie. »Du wolltest immer ausziehen und Abenteuer erleben ...«

»Ja, das wollte ich«, stimmte ihre Schwester zu. »Vielleicht werde ich das auch, wenn ich erst kämpfen kann. Wenn ich weiß, ich kann mich wehren, und den Wunsch hege, die Welt zu erkunden, wie du es tust. Aber vorerst ...«, sagte sie, und obgleich ihre Stimme brüchig klang, leuchteten doch ihre Augen, »... will ich mich nur wieder sicher fühlen.«

Oddny verstand sie gut. Zwar würde eine Zukunft im Gefolge von Erik und Gunnhild zweifellos nicht frei von Gefahren sein, dennoch würden sie Signy eine Sicherheit bieten, die Oddny ihr nicht versprechen konnte.

»Dann wirst du wirklich bleiben?« Gunnhild sah eher erschrocken als erfreut aus, und Oddny fuhr sich mit einer Hand über die Augen, spürte schon jetzt den erneuten Verlust ihrer Schwester, als tue sich ein klaffendes Loch in ihrer Brust auf. Doch das Wissen, dass Signy lebte und ihrem selbst gewählten Schicksal folgte, musste reichen. Zumindest würden Signy und Gunnhild einander haben; Oddny würde derweil ihre eigene Zukunft erschaffen.

Sie sah sich zum Schiff um, zu Halldor. Als er ihren Blick auffing, lächelte er wieder, und sie lächelte ebenso.

Und was für eine Zukunft das sein wird.

»Vater ist schon jetzt stolz auf dich.« Oddny drehte sich wieder zu Signy um und deutete mit einem Nicken auf das Schwert. »Und wenn du ihn in einer fernen Zukunft in Walhall wiedersiehst, wird er dir das selbst sagen.«

»Oddny«, rief Svein, »der Kapitän sagt, der Wind ist günstig. Wir sollten ihn nutzen.«

Runfrid nahm sie in die Arme. »Es war mir eine Ehre, dich kennenzulernen, Oddny Ketilsdottir. Du wirst sehr fehlen.«

»Auf Wiedersehen, Oddny. Ich hoffe, wir werden uns eines Tages wieder begegnen«, schloss sich Ulla an und winkte dann Runfrid zur Seite. »Wir lassen euch einen Moment.«

Und da waren es nur noch Oddny und Signy und Gunnhild.

Signy nahm Oddny als Erste in die Arme, und Oddny klammerte sich fest, nicht bereit, wieder loszulassen, wohlwissend, dass sie musste. Die Zeit wurde knapp.

»Das ist kein Abschied für immer, weißt du?«, flüsterte Signy. »Wenn ihr zwei euch irgendwo niederlasst, dann benachrichtigt mich, und ich werde zu euch kommen, wenn ich kann.«

»Auf diesen Tag freue ich mich mehr, als du ahnst.« Oddny löste sich von ihrer Schwester und wandte sich Gunnhild zu. Die Königin trat von einem Fuß auf den anderen, und ihre Lippen zuckten. Sie bemühte sich, sich ruhig zu geben, doch Oddny kannte sie besser.

»Oddny, ich weiß, das habe ich schon gesagt, aber ich …«, begann sie, verstummte aber, als Oddny sie in die Arme schloss und sagte: »Ich weiß. Mir tut es auch leid.«

Als sie auseinandergingen, funkelte der Schalk in Gunnhilds Augen, und sie griff in ihren Beutel und holte zwei Gegenstände hervor, bei deren Anblick Signy aufkeuchte und ein Schluchzen unterdrücken musste.

»Das kann nicht dein Ernst sein«, sagte Oddny mit einem ungläubigen Lachen.

»Mir war nie etwas ernster.« Gunnhild reichte Oddny das Horn, dessen Zwilling sie in der anderen Hand hielt. »Wann immer ich mich auch entschließe, ins Horn zu stoßen, ihr müsst die Mündung des Fjords erreichen, um das Gleiche zu tun.«

»So haben die Regeln nicht gelautet«, protestierte Signy. »Es war genau umgekehrt.«

»Mag sein, aber ich bin die Königin, also mache ich die Regeln«, sagte Gunnhild und drehte sich mit einem verruchten Lächeln wieder zu Oddny um. »Und du beeilst dich jetzt besser, solltest du gewinnen wollen.«

Als sie am Heck standen und zusahen, wie die Küste von Hordaland in der Ferne verschwand, trat Halldor hinter Oddny und schlang die Arme um sie. Dieser Abschied war bittersüß. Sie schritt voran, ließ jedoch auch einen Teil ihres Herzens zurück. Aber nicht endgültig.

Eines Tages, dachte sie hoffnungsvoll, *werde ich sie wiedersehen. Und dann werden wir einander viel zu erzählen haben.*

»Meinst du, Steinvor will überhaupt mit uns kommen?«, fragte sie Halldor. »Sie ist noch so klein, und Birka ist das einzige Zuhause, das sie kennt.«

»Sie ist zäh. Die wird uns bald gut auf Trab halten. Außerdem wäre es doch gar nicht so schlecht, wenn sie auf einem Schiff aufwüchse. Sieh dir nur Runfrid an«, sagte er. »Aber wo sollen wir von Birka aus hinreisen? Irgendeine Idee?«

»Wir können gehen, wohin wir wollen. Heiler werden immer und überall gebraucht«, entgegnete Oddny, ohne den Blick von den grünen Hängen abzuwenden, von den Gebäuden, die sich zwischen ihnen drängten, und von den Menschen, die am Hafen standen und immer kleiner wurden.

»Weißt du«, merkte Halldor sanft an, »ich hätte es dir nicht verdenken können, wärst du bei ihnen geblieben.«

»Bist du verrückt?« Oddny wirbelte zu ihm herum. »In diesem Punkt eine Wahl zu haben ist schon mehr, als ich mir als Mädchen je hätte erträumen können. Ich liebe dich, und ich liebe das Leben, das wir uns gemeinsam aufbauen werden. Jeder Tag wird ein Abenteuer sein.«

»Aber du wolltest doch gar keine Abenteuer erleben. Deine Heimat ist ...«

Sie umfasste mit beiden Händen sein Gesicht. »Wir sind frei, Halldor. Und wir leben. Und wir sind zusammen. Das ist alles, was zählt. Und ich würde es für nichts in allen Neun Welten eintauschen. Meine Heimat ist genau hier. Bei dir.«

Er drückte sie an sich, anscheinend sprachlos, und dann hallten vom Anleger drei Hornstöße herüber.

Oddny befreite sich aus den Armen ihres Mannes, stieß ebenfalls dreimal ins Horn und lächelte unter Tränen. Zwei für »Hallo«, drei für »Auf Wiedersehen«. Sie freute sich auf den Tag, an dem sie ihren Schwestern wieder Hallo würde sagen können.

Aber bis dahin würde sie jeden Moment ihres wunderbaren, unmöglichen Lebens auskosten.

38

Gunnhild ließ das Horn sinken, sodass es locker an der Kordel baumelte, die über ihrer Schulter hing, während ihre andere Hand die von Signy fest umschlossen hielt. Sie standen da und sahen zu, wie das gelbe Segel des Schiffs in der Ferne immer kleiner wurde.

»Danke, Signy«, sagte sie nach einer Weile. »Dass du bleibst.«

»Danke mir noch nicht«, entgegnete Signy leichthin. »Wir haben einander während der Hälfte unseres Lebens nicht gesehen. Woher willst du wissen, dass ich nicht schrecklich lästig bin? Außerdem, ich meine, du hast den verhasstesten Mann ganz Norwegens geheiratet. Mir scheint, du wirst jede Hilfe brauchen, die du kriegen kannst.«

»Du hast keine Ahnung, wie sehr ich dich vermisst habe«, sagte Gunnhild mit Nachdruck.

Signys Lächeln blieb unverändert, aber das Funkeln in ihren grünen Augen verblasste ein wenig. Gunnhild drückte ihre Hand noch fester. Auch wenn Signy in vielerlei Hinsicht wieder ganz die Alte zu sein schien, gab es Wunden, die weder Gunnhilds Magie noch Oddnys Tinkturen zu heilen vermochten. Sie konnte sich nicht ansatzweise vorstellen, was Signy hatte durchmachen müssen. Nur weil sie gerettet worden war, war sie nicht geheilt. Sie hatte noch einen langen Weg vor sich, und Gunnhild hatte die Absicht, bei jedem einzelnen Schritt für sie da zu sein.

»Signy!«, rief Runfrid, als sie, Arinbjörn und Ulla den Hügel wieder erklommen. »Komm! Wir wollen Hrafnhild auf die Nerven gehen, bis sie uns Frühstück gibt!«

»Aber wir werden ihr nicht zu sehr auf die Nerven gehen. Sie ist verletzt«, warf Ulla besorgt ein.

»Ach, Oddny hat sie gut genug zusammengeflickt, dass sie ein paar Eier kochen kann«, erwiderte Arinbjörn, und dann waren sie außer Hörweite.

Signy sah Gunnhild an.

»Geh nur«, sagte Gunnhild und ließ ihre Hand los. »Ich sehe dich dann später, Unruhestifterin.«

Signy grinste, als der alte Spitzname fiel, und konterte auf ihre Weise: »Ich sehe dich dann später, o künftig mächtigste Frau in ganz Norwegen!« Lachend wandte sie sich zum Gehen. »Ha! Wer ist jetzt die Seherin von uns beiden?«

Gunnhild lächelte, wurde aber sofort ernst, als Erik wenige Augenblicke später neben ihr auftauchte. Zu zweit drehten sie sich genau im richtigen Moment um, um zuzusehen, wie Oddnys Schiff die offene See erreichte. Der Wind trug ihre Schwurschwester davon, aber eines Tages würde er sie wieder zurückbringen. Und vielleicht wären ihrer beider Wunden bis dahin so weit verheilt, dass sie einander erneut ganz vertrauen konnten.

Der König und die Königin standen schweigend beieinander und blickten auf das Wasser hinaus. »Wenn es dir gut genug geht«, sagte Erik nach einer Weile, »dann würde ich den Rest des Sommers gern für den Königsumritt nutzen, und Bard von Atloy bittet schon seit langer Zeit darum, dass ich ihn zu den Winternächten besuche. Er hat uns das Eisbärenfell zur Hochzeit geschenkt, und Treue sollte stets belohnt werden.« Er verzog das Gesicht. »Angesichts der Größe von Olafs Flotte scheint die so oder so ein knappes Gut zu sein.«

Gunnhild stimmte zu. Thorbjörg mochte fort sein, aber ihre Probleme waren noch lange nicht gelöst – das hatte sie in Olafs Augen ebenso gesehen wie in Tryggvis. Und dabei waren Halfdan und die übrige Schar der Haraldssons, die nur darauf warteten, dass Eriks Vater unter der Erde oder auf andere Weise außerstande war, sie aufzuhalten, wenn sie sich Erik entgegenstellten, noch nicht einmal einbezogen. Die Neuigkeiten über die Schlacht zu Aleksstadir würden sich genauso schnell verbreiten, wie es die über den Zweikampf getan hatten, und Fronten würden sich bilden, wenn die Menschen in diesem jungen Land Norwegen sich auf eine Seite schlugen, und ihr war nur zu bewusst, dass nicht alle ihre Seite wählen würden.

Sie ergriff seine Hand. »Dann müssen wir sie zurückerobern. Ihnen zeigen, wer wir wirklich sind. Wir stehen noch ganz am Anfang. Nun komm. Sparen wir unsere Sorgen für morgen.«

»Der Friede könnte kurz sein«, gab Erik zu bedenken, als sie ihn den Hang hinaufführte.

»Dann sollten wir ihn genießen, solange er dauert«, entgegnete Gunnhild. Sie hatten einen Sieg errungen, einen, der es wert war, ihn dem Wandteppich anzuvertrauen, den zu schaffen Königin Gyda ihr aufgetragen hatte, doch sie wusste, es lagen noch viele weitere Schlachten vor ihnen.

Wenn es vorbei ist … wenn du nichts als Blut und Schrecken zurückgelassen hast … alle Welten … werden deine Größe sehen …

Zu gegebener Zeit würden sie ihre Feinde den Göttern opfern, und wenn ihre eigene Zeit gekommen war, würden Odin und Freya sie in ihren Hallen in Ehren willkommen heißen. Erik und Gunnhild, mit ihren treuen Freunden an ihrer Seite, würden nicht aufhören zu kämpfen, bis jener Tag gekommen war.

Aber heute hatten sie einander, und die Zukunft konnte warten.

ANMERKUNGEN DER AUTORIN

In dem Buch *Children of Ash and Elm* aus dem Jahr 2020 (auf Deutsch: *Die wahre Geschichte der Wikinger*, 2022, Anm. d. Übersetzerin) schreibt Neil Price, Experte für die Zeit der Wikinger, dass »die Geschichtswissenschaft [...] manchmal verwandt mit einer spekulativen Fiktion der Vergangenheit« ist. Diesen Gedanken habe ich weiterentwickelt, indem ich anstelle historischer Fiktion mit *Sisters in Blood – Der Schwur* (in der amerikanischen Originalausgabe unter dem Titel *The Weaver and the Witch Queen* erschienen) eine historische Fantasy geschaffen habe. Doch es gibt ein paar Dinge in Bezug auf das, was Historiker wissen, im Vergleich zu dem, was ich ergänzt oder passend zu meiner Erzählung abgeändert habe, die ich erwähnen möchte.

Obwohl die mittelalterlichen Sagen, die mich zu diesem Roman inspiriert haben, ganze Arbeit leisten, um uns das Gefühl zu geben, es handele sich um »wahre« Geschichten, abzüglich einiger amüsanter und unglaubwürdiger übernatürlicher Geschehnisse, handelt es sich größtenteils um fiktive Berichte, auch wenn viele der Gestalten, die in ihnen vorkommen, vermutlich wirklich gelebt haben. Diese Sagas und der Großteil der anderen literarischen Quellen, die wir über die Wikingerzeit haben, sind erst Hunderte Jahre später von christlichen Nachfahren der Menschen, die die Geschichten bevölkern, niedergeschrieben worden. Sie spiegeln deshalb vermutlich die Werte und Vorurteile der Zeit, in der sie verfasst wurden, genauer wider als die jener Zeit, aus der sie angeblich berichten.

So schildern viele Quellen das Leben von Gunnhild Königsmutter, wobei sie aber größtenteils negativ dargestellt wird, und oft sind diese Berichte widersprüchlich. Der eine Punkt, in dem die meisten übereinstimmen, ist, dass sie in ihrer Zeit eine mächtige und einflussreiche Frau gewesen ist, im Guten oder im Bösen. Auch wenn allgemein angenommen wird, dass Gunnhild sehr wahrscheinlich eine dänische Prinzessin war, habe ich für diesen Roman die Abstammungsgeschichten zugrunde gelegt, die Gunnhild als Halogalanderin und Zauberin beschreiben.

Da viele der Quellen häufig in Konflikt mit einer der anderen stehen, musste ich sorgfältig wählen, aus welchen ich mich bediene. Am Ende habe ich mich vorwiegend auf zwei mittelalterliche isländische Werke bezogen, *Egils Saga* und Snorry Sturlusons *Heimskringla*, obgleich sich auch diese zwei häufig widersprechen. Wie auch immer, beide stützen die gleiche Herkunftsgeschichte Gunnhilds, und ich persönlich fand Gefallen daran, wie sie in *Egils Saga* als lebenslange Antagonistin der Titelfigur beschrieben wird. Egil war der Bruder Thorolfs, der in diesem Roman erwähnt wird, wenn auch nicht namentlich. *Heimskringla* springt ein wenig in der Zeit umher und macht es schwer, eine chronologische Abfolge herzustellen. Zugleich schummelt *Egils Saga* bei der Datierung bestimmter historischer Ereignisse, die andernorts verlässlicher angegeben werden, und beide weichen in vielerlei Weise von den Festlandquellen ab und dichten manches Geschehen zurecht, auf dass es in die Geschichte passt, die der Autor zu erzählen wünschte. Ich habe weitgehend das Gleiche getan, als ich dieses Buch schrieb. Beispielsweise habe ich eine alte Frau namens Heid zu Gunnhilds Lehrerin gemacht, anstelle der finnischen Zauberer (der Noaidi der Samen) aus *Heimskringla*. In *Heimskringlas* Version dieser Geschichte wollen beide Zauberer sie heiraten, also schmiedet Gunnhild mit Hilfe der Nordmänner, die gekommen sind, um sie zu »retten«, ein Komplott, um beide zu töten. Archäologische Funde deuten darauf hin, dass der kulturelle Austausch und die Zusammenarbeit zwischen Samen und nordischen Völkern in jener Zeit verbreiteter waren, als spätere Quellen wie *Heimskringla* uns glauben machen wollen, und einige der Änderungen, die ich eingebaut habe, sind dazu gedacht, diesem Umstand Rechnung zu tragen.

Anhand der vorliegenden archäologischen Beweise ist es unmöglich, festzustellen, ob die Wikinger tätowiert waren. Nur die Schriften von Ahmad Ibn Fadlān, eines reisenden Schriftstellers aus Bagdad im zehnten Jahrhundert, könnten Beschreibungen von Tätowierungen aus Begegnungen mit den Rus (Wikinger des Ostens) entlang der Wolga während des Wikingerzeitalters beinhalten. Folglich gibt es für die Tätowierungen, die ich in diesem Buch erwähnt habe, ebenso wie für die Frisuren keine sichere historische Grundlage, auch wenn Hinweise auf Tätowierungsgebräuche in ganz Europa Tausende von Jahren zurückreichen. Und das bedeutet, dass sie unter den Wikingern nicht undenkbar sind.

Das Magiesystem in diesem Roman ist zwar von historischen Quellen inspiriert, entstammt aber überwiegend meiner Fantasie. Aus diesem Grund habe ich mich entschieden, nicht die altnordischen Begriffe wie *Seiðr* und *Völva/Völvur* für die vorchristliche Magie und deren Anwenderinnen zu benutzen und auch auf Begriffe wie *Goði* für die spirituellen Anführer zu verzichten, da diese eine Spezifität hervorrufen, die ich vermeiden wollte – sowohl aus Respekt gegenüber modernen Heiden als auch aus Sorge, Fehlinformationen zu verbreiten. Daher habe ich sie mit (den englischen Äquivalenten von) Begriffen wie »Magie«, »Hexerei«, »Seherin«, »Hexe« und »Zauberin« ersetzt, die Sie auch in englischen Übersetzungen der Sagas finden können (abgesehen von *Goði*, was ebenfalls so etwas wie »Häuptling« in der Zeit des Freistaats Island bedeutete). Ebenso wurden die Erwähnungen der Noaidi und ihrer Magie *(Noaidevuohta)* durch Recherchen inspiriert, sollen jedoch nicht die heutige Spiritualität der Samen widerspiegeln.

Die Einzelheiten zu den Festlichkeiten in den Winternächten sind beinahe zur Gänze erfunden, abgesehen von Tieropfern (einer der am besten dokumentierten Punkte der heidnischen Rituale des Nordens) und dem rituellen Versprenkeln des Bluts, den Spielen, dem Trinken und der Tatsache, dass Hochzeiten oft im Zuge dieses Fests gefeiert wurden. Die Details zur Hochzeit von Erik und Gunnhild und dem Fest im Anschluss sind ebenfalls frei erfunden.

Die Seide mit dem Entenmuster, die Gunnhild an ihr Kleid nähen lässt, ist ein albernes kleines Detail mit einem historischen Hintergrund. Fragmente derartiger Seide wurden bei dem Oseberg-Schiffsgrab entdeckt, das gegenüber den Ereignissen im Roman ungefähr hundert Jahre älter ist und Gunnhilds Seide zu dem Zeitpunkt, da sie sie in die Hände bekommt, also zu einem Erbstück macht. Weitere Seidenstoffe wurden in Gräbern aus der Wikingerzeit gefunden und deuten zusammen mit anderen Grabbeigaben, die von weit entfernten Orten stammen, darauf hin, wie weitreichend das Handelsnetzwerk jener Tage war. Skandinavier der Wikingerzeit waren verwegene Seefahrer, die Kontakt zu etlichen anderen Kulturen unterhielten, sogar noch vor dem Eintrag in die historischen Aufzeichnungen von Lindisfarne 793 n. Chr. Ahmad Ibn Fadlān, der bereits erwähnte Reiseschriftsteller, ist eine der wenigen zeitgenössischen Quellen, wenn es um Wikinger geht – und er schrieb seine Reiseberichte sogar ungefähr zu der Zeit, in der dieser Roman auf der anderen Seite der Wikingerwelt spielt.

Meine Studien über das Wikingerzeitalter mithilfe von Lehrbüchern, Podcasts und Museen sowie eigenen, praktischen Erfahrungen mit lebendiger Geschichte haben viel zu diesem Buch beigetragen. »Wikinger« war eine Berufsbezeichnung, keine ethnische Benennung. Frauen reisten häufig mit den Männern, besonders, wenn es darum ging, sich in anderen Ländern anzusiedeln, blieben aber bisweilen auch daheim und kümmerten sich um den

Hof und verteidigten ihn gegebenenfalls gegen andere Wikinger. Scheidung war kein Tabu und konnte sowohl vom Ehemann als auch von der Ehefrau eingeleitet werden. Textilarbeit, für die vorwiegend die Frauen zuständig waren, wurde nicht als etwas Unwichtiges betrachtet; jeder braucht Kleidung, und die Wikinger wären nicht weit gekommen, wenn sie keine Segel für ihre Schiffe gehabt hätten. Und wenn ich auch glaube, dass es bei den Wikingern Kriegerinnen gegeben hat, die gefeiert werden sollten, glaube ich ebenso, dass eine Frau nicht zur Waffe greifen und sich in den Kampf stürzen muss, um ein Leben zu führen, das es wert ist, ihre Geschichte zu erzählen. Die sturen, klugen, einfallsreichen Frauen isländischer Sagas sind Beweis genug, auch wenn ihre Entscheidungen manchmal fragwürdig erscheinen.

Abschließend, obwohl es aller Wahrscheinlichkeit nach unterschiedliche Geschlechterrollen im Wikingerzeitalter gegeben hat, heißt das nicht, dass die Menschen nie die Grenzen zwischen diesen beiden Sphären überschritten oder verwischt hätten. Anders zu sein ist kein neues Phänomen, und Halldors Erfahrungen, wie sie in diesem Roman dargestellt werden, sind nur eine Möglichkeit, wie jemand, den wir heute als transgender einstufen würden, gelebt haben könnte. Wir werden nie wissen, wie viele Menschen, die wir heute als LGBTQIA+ einordnen würden, aus der Geschichte gestrichen wurden, aber wir waren immer schon da und werden immer da sein.

Weitere Lektürehinweise und eine Bibliografie ausgewählter Bücher sind auf meiner Webseite verfügbar. Etwaige Fehler gehen auf mein Konto.

ANHANG

Im Folgenden finden Sie neben einem Glossar auch Erklärungen der Autorin, die jedoch auf die deutsche Ausgabe nur eingeschränkt anwendbar sind. Wie im Original orientiert sich auch die deutsche Fassung an der Schreibweise in der eigenen Sprache, wodurch beispielsweise »Eirík« zu »Erik« geworden ist. Namen und Begriffe, die im Deutschen von der englischen Version abweichen, stehen im Glossar in Klammern hinter den Namen aus dem englischen Text. Im Schlussteil des Glossars werden einige Begriffe aufgeführt, die entweder übernommen und anglisiert oder erklärungsbedürftig sind. (Anmerkung der Übersetzerin)

Ich habe mich entschieden, alle altnordischen Namen (AN) von Personen und Orten zu anglisieren, indem ich auf bestimmte Zeichen (á, ö etc.) verzichtet und die Lettern þ und ð durch th und d ersetzt habe. Altnordisch ist eine flektierte Sprache, was bedeutet, dass sich die Schreibung eines Wortes verändern kann, je nachdem wie es in einem Satz verwendet wird, darum habe ich auch die Kasusendungen entfernt, da sie im Englischen nicht vorkommen. Folglich wird »Eiríkr« zu »Eirik«, »Þórólfr« zu »Thorolf«, »Gunnhildr« zu »Gunnhild« und so weiter. Das spiegelt auch die Form wider, in der altnordische Namen im Englischen in der Penguin-Classics-Ausgabe von *The Sagas of Icelanders* auftauchen; die Buchstabenkombination ei wird eyy (wie in »hey« ausgesprochen, statt wie in *eye* zu klingen, was bedeutet, dass Namen wie Heid und Svein ausgesprochen werden als Heyd und Sveyn (im Gegensatz zu *hide* und *swine*).

Es gibt einige Begriffe, die ich in ihrer ursprünglichen Form beibehalten habe, weil es keine passenden englischen Äquivalente dazu gibt.

PERSONEN

GUNNHILD OZURARDOTTIR*: eine Hexe; später in die Geschichte eingegangen als Gunnhild Königsmutter
ODDNY KETILSDOTTIR: ein Bauernmädchen aus Halogaland und Schwurschwester Gunnhilds
SIGNY KETILSDOTTIR: Oddnys Schwester, ebenfalls eine Schwurschwester Gunnhilds
VESTEIN KETILSSON: Bruder von Oddny und Signy
KETIL(†): Bauer in Halogaland; enger Freund von Gunnhilds Vater Ozur
YRSA: Ehefrau Ketils, Mutter Oddnys, Signys und Vesteins
OZUR*: Gunnhilds Vater, ein Herse in Halogaland
SOLVEIG: Gunnhilds Mutter
ALF und EYVIND: Gunnhilds Brüder
ULFRUN: Solveigs bevorzugte Dienstmagd
VIGDIS: Köchin, Vorgesetzte der Küchenmädchen auf dem Gehöft von Ozur und Solveig
EIRIK HARALDSSON* (ERIK): erwählter Nachfolger seines Vaters, König Harald, zweiter König von Norwegen; später bekannt als Erik Blutaxt
THOROLF SKALLAGRIMSSON*: einer von Eriks Hirdsmannen, ein Isländer, dessen familiäre Interaktionen mit dem norwegischen Königtum in *Egils Saga* beschrieben wurden
HALLDOR: ein Räuber
SVEIN: ein Skalde und einer von Eriks Hirdsmannen
JUOKSA: ein Noaidi (Magier) der Samen
MIELAT: Juoksas Lehrbursche
HEID: eine Seherin

KOLFINNA: eine Räuberin
THORBJORG (THORBJÖRG): eine Hexe im Dienste König Olafs
KATLA: eine Hexe im Dienste König Halfdans
KÖNIGIN GYDA*: zweite Frau von König Harald; leitet sein Anwesen in Alreksstadir in Hordaland; berühmt dafür, seinen Antrag abgewiesen zu haben, solange er Norwegen nicht unter einer Regentschaft geeint hatte
SAEUNN: Leiterin der Weberei auf dem Anwesen in Hordaland
HROLF: der Gesetzessprecher des Anwesens in Hordaland und Saeunns Vater
ULLA: eine Samin, die in der Weberei in Aleksstadir arbeitet
HRAFNHILD: Köchin, Leiterin des Kochhauses zu Aleksstadir
RUNFRID: Tätowiererin der Hird König Eriks
KÖNIG HARALD*: erster König Norwegens. Er vereinte das Land unter einer Regentschaft; Vater von Erik Blutaxt, der nur eines von vielen Kindern vieler Ehefrauen war
THORIR DER HERSE*: ein Freund König Haralds; Ziehvater Eriks, Ziehbruder von Skallagrim (Thorolfs Vater)
ARINBJORN THORISSON* (ARINBJÖRN): Thorirs Sohn, Ziehbruder Eriks, enger Freund Thorolfs
OLAF HARALDSSON*: Sohn König Haralds, König von Vestfold nach dem Tod seines Bruders Björn durch Eriks Hand
TRYGGVI OLAFSSON*: Olafs Sohn; Vetter und Ziehbruder von Gudrod
BJORN HARALDSSON (†)* (BJÖRN): Sohn König Haralds, König von Vestfold, bis er von Erik getötet wurde; leiblicher Bruder Olafs, der geschworen hat, ihn zu rächen; Vater Gudrods
GUDROD BJARNARSON*: Björns Sohn; aufgezogen von König Olaf, nachdem sein Vater von Erik ermordet wurde
HALFDAN HARALDSSON*: Sohn König Haralds; einer der Könige der Region Trondheim
ROGNVALD HARALDSSON (†)* (RÖGNVALD): Sohn von König

Harald und Snaefrid; getötet von Erik auf Geheiß seines Vaters wegen der Ausübung magischer Praktiken

THORA* (TORA): Mutter Haakons, König Haralds jüngstem Sohn

HAKON HARALDSSON* (HAAKON): Sohn König Haralds und Toras, in die Geschichte eingegangen als Haakon der Gute

SNAEFRID SVASADOTTIR (†)*: eine Samin und ehemalige Frau von König Harald; Mutter von Rögnvald und drei weiteren Söhnen; steht in dem Ruf, den König bis zu ihrem Tod über Jahre verhext zu haben

STEINVOR: Kolfinnas kleine Tochter

HALLGRIM (†): ein Schmied in Vestfold, der sich Halldors angenommen hatte

* kennzeichnet eine quasi-historische Figur
(†) verweist darauf, dass die Figur zu dem Zeitpunkt, zu dem die Haupthandlung des Romans beginnt, verstorben ist

BEGRIFFE

Dɪsɪʀ (AN: *dísir*; singular: *dís*) (Disen/diese): weibliche Schicksalsgeister, mächtig genug, ein alljährliches Opfer zu rechtfertigen (Disablot/AN: dísablót), über sie ist wenig bekannt

Fʏʟɢᴊᴀ (Plural: Fʏʟɢᴊᴜʀ): weiblicher Folgegeist, der erscheint, wenn eine Person im Sterben liegt oder etwas Bedeutendes bevorsteht; Fylgjur gehören üblicherweise zu einer Familie und werden vor allem über die weibliche Linie weitergegeben; treten manchmal in Tierform auf

Hᴇʀsɪʀ (Plural: ʜᴇʀsᴀʀ; dt. Fassung: Hᴇʀsᴇ/Hᴇʀsᴇɴ): Landeigentümer, der eine Anzahl bewaffneter Männer beschäftigt und von dem erwartet wird, dass er weitere Krieger zusammenruft, sobald der König zum Kampf ruft

Hɪʀᴅ: Gefolge eines Königs, seine eingeschworenen Männer und Leibwächter

Hɴᴇғᴀᴛᴀғʟ (auch: Tᴀғʟ): Strategiebrettspiel

Jᴀʀʟs: die Fürsten, die über die diversen Gebiete Norwegens unter König Harald und seinen Söhnen herrschten; im Englischen oft als »earls« übersetzt

Nᴏᴀɪᴅɪ: Samenmagier, Samenmagie: *noaidevuohta*

Sᴇᴀx (Sᴀx): ein einschneidiges Kurzschwert

Sᴋᴀʟᴅ (Sᴋᴀʟᴅᴇ): manchmal übersetzt mit »Poet« oder »Barde«; die Dichtkunst im Wikingerzeitalter war eine Form der Währung und konnte einen Ruf stärken oder zerstören, daher wurden gute Skalden hochgeschätzt, besonders seitens der Könige

Sᴄʜᴜᴛᴢᴡᴇɪsᴇɴ (AN: ᴠᴀʀᴅʟᴏᴋᴋᴜʀ): Gesänge, vorgetragen von Frauen, um Geister zu rufen und die Person zu schützen, die mit ihnen kommuniziert

ZIEHKINDER: Die Pflegschaft für Kinder war im Wikingerzeitalter gänzlich anders, als wir sie uns heute vorstellen. Damals waren die Menschen bereit, ihre Kinder außerhalb der Familie aufziehen zu lassen, um Allianzen und Netzwerke aufzubauen und manchmal auch, damit die Kinder ein Gewerbe erlernen konnten (das Recht, beispielsweise).

DANKSAGUNG

Dieser Roman hat mir im Laufe von zwei Jahren viele Male schwer zu schaffen gemacht.

Mein Dank gilt all denen, die mir durch diese Zeit geholfen haben.

Meiner Lektorin Jessica Wade: Wie schon *The Witch's Heart* wäre auch dieses Buch ohne dich völlig anders geworden, und nicht in einem guten Sinn. Meiner ersten Agentin Rhea Lyons, die schon in den Anfangsstadien geholfen hat, diesem Buch Form zu verleihen. Meiner aktuellen Agentin Brianne Johnson für die Begeisterung, die du meinen Geschichten entgegenbringst, und dafür, dass du meine Stubengelehrtenallüren zu schätzen weißt.

Jessica Mangicaro, Yazmine Hassan, Stephanie Felty, Elisha Katz, Gabbie Pachon, Dan Walsh und dem Team bei Ace/Berkley. Adam Auerbach, der ein weiteres wunderbares Cover geliefert hat. Daniel Carpenter und dem Team bei Titan Books im Vereinigten Königreich, und Julia Lloyd für das UK-Cover. Den Verlagen und Übersetzern, die *The Witch's Heart* Lesern überall auf der Welt verfügbar gemacht haben.

Kati Felix, H. M. Long, M. J. Kuhn, Alexis Henderson, Mariah McGuire, Stephen Pollard und Kristin Ell, meinen ersten Lesern; Shannon Mullally, meinem Ein-Frau-Hype-Team; Allen Chamberlin, Emily DeTar Birt, Candyce Beal, Mirria Martin-Tesone, Angela Rodriguez, Jessica Bladek, Sarah Gunnoe, Ryann Burke, Emma Tanskanen und Terryl Bandy; Casey Eade, Siobhán Clark, Joshua Gillingham, Leier Wolf und Cat Rector; und all den anderen, die zuhören mussten, wenn ich in diesen zwei Jahren von dem Buch geschwafelt habe: Vielen Dank (und sorry).

Meinen Freunden bei Dog-Eared Books in Ames, Iowa, die dazu beigetragen haben, dass diese Autorin – die während einer Pandemie debütierte und folglich wenig persönlichen Zuspruch entgegennehmen konnte – sich besonders und geliebt fühlen durfte.

Allison Epstein, Greta Kelly, J. S. Dewes, Ava Reid, Hannah F. Whitten, C. L. Clark, Shelly Parker-Chan, Jye Viner, Elizabeth Everett, Rachel Mans McKenny und dem Rest meiner Mit-Debüt-Autoren aus dem Jahr 2021: Ich bin so stolz auf uns alle und sehr gespannt, wie es mit uns weitergeht.

Meinen Sensitivity Readers für transbezogene Themen danke ich für ihr Verständnis und die Anleitung zu meiner Beschreibung Halldors vom ersten Entwurf an; Matthew Broberg-Moffit, dessen Vorschläge und Begeisterung mir geholfen haben, die Samen im Buch zu entwickeln; Heba Elsherief für ihre Hinweise hinsichtlich der Hintergrundstorys von Svein und Runfrid und dafür, dass du dein Wissen und deine Erfahrung mit mir geteilt hast; und Mandy Ballard und dem Team von Salt & Sage Books. Eirnin Jefford-Franks für die Rückmeldung zu einem frühen Entwurf und Villimey Sigurbjörnsdóttir dafür, dass du meine Fragen zu den Spitznamen der Charaktere beantwortet hast. Alle Fehler, Inkonsistenzen oder Taktlosigkeiten liegen allein in meiner Verantwortung.

Dr. Merril Kaplan, in dessen Unterricht der Funke meiner Leidenschaft für die Wikingerzeit erstmals entzündet wurde; er hat mein Leben für alle Zeiten verändert. Drs. John Sexton und Andy Pfrenger von Saga Thing, einem Podcast, der meine Liebe zu isländischen Sagen angefacht und mir während langer Spaziergänge und noch längerer Roadtrips Gesellschaft geleistet hat. Dr. Mathias Nordvig und Daniel Farrand von The Nordic Mythology Podcast und den beeindruckenden Gästen, die sie über die Jahre begrüßt haben. All den Akademikern, die ihre Werke verfügbar gemacht haben – ihr seid zu viele, um euch einzeln aufzuführen, aber ich möchte Dr. Alexander Lykke und Dr. Rolf Thiel persönlich dafür danken, dass sie mir einige Fragen beantwortet haben. Thilde Kold Holdt, die ebenfalls historische Fantasy schreibt, die in der Wikingerzeit spielt, für die Zeit, die du dir genommen hast, um deine Erfahrungen über das Segeln auf einem Wikingerschiff weiterzugeben. Von all den aufgeführten Menschen trägt niemand Verantwortung dafür, was ich aus all dem gemacht habe, was ich von ihnen lernen durfte, aber ihnen gilt mein Dank.

Daina Faulhaber für das Autorenfoto und alles andere. Brittany Clay und Henry Utley; Scot und Maggie King; und meiner der Wikingerzeit zugetanen »Living-History-Familie« im Mittleren Westen der USA und darüber hinaus. Den Buchhändlern, Bibliothekaren, Podcastern, Rezensenten und Lesern, die *The Witch's Heart* in den USA bekannt gemacht haben. Zum Abschluss und doch ganz sicher nicht zuletzt: Ich danke Ihnen fürs Lesen. Es bedeutet mir die Welt.

Die Community für alle, die Bücher lieben

Das Gefühl, wenn man ein Buch in einer einzigen Nacht verschlingt – teile es mit der Community

In der Lesejury kannst du

- ★ Bücher lesen und rezensieren, die noch nicht erschienen sind
- ★ Gemeinsam mit anderen buchbegeisterten Menschen in Leserunden diskutieren
- ★ Autoren persönlich kennenlernen
- ★ An exklusiven Gewinnspielen und Aktionen teilnehmen
- ★ Bonuspunkte sammeln und diese gegen tolle Prämien eintauschen

Jetzt kostenlos registrieren: www.lesejury.de

Folge uns auf Instagram & Facebook:
www.instagram.com/lesejury
www.facebook.com/lesejury